LA RELIEUSE D'OXFORD

DE LA MÊME AUTRICE

La Collectionneuse de mots oubliés, Fleuve Éditions, 2022 ; Éditions 10/18, 2024

PIP WILLIAMS

LA RELIEUSE D'OXFORD

Traduit de l'anglais
par Odile Demange

fleuve
ÉDITIONS

Titre original :
The Bookbinder of Jericho
Première publication par Affirm Press

Fleuve Éditions
92, avenue de France – 75013 Paris
serviceclients@lisez.com

ISBN : 978-2-265-15719-4

Dépôt légal : septembre 2024

Pour ma sœur,
Nicola

* * *

« À nous aussi, déesse née de Zeus, conte ces aventures
en commençant où tu voudras. »

Homère, *Odyssée**

* Toutes les références des œuvres citées et marquées d'un astérisque sont répertoriées en fin d'ouvrage.

AVANT

Des bribes. C'est tout ce que j'avais. Des fragments sans queue ni tête en l'absence des mots précédents ou des mots suivants.

On nous avait chargées de plier *The Complete Works of William Shakespeare*, *Les Œuvres complètes de Shakespeare*, et mon regard avait parcouru une bonne centaine de fois la première page de la préface de l'éditeur. Sa dernière ligne résonnait dans mon esprit, incomplète et aguicheuse. *Je ne me suis hasardé à m'éloigner que là où il me semblait que…*

Hasardé à m'éloigner. Mon œil s'arrêtait sur cette expression à chaque cahier que je pliais.

Où il me semblait que…

Que quoi ? me demandais-je, et je recommençais une autre feuille.

Premier pli : *Les Œuvres complètes de Shakespeare.* Deuxième pli : Éditées par W. J. Craig. Troisième satané pli : *hasardé à m'éloigner.*

Ma main restait en suspens pendant que je lisais la dernière ligne, cherchant à deviner la suite.

W. J. Craig a changé ce que Shakespeare a écrit, pensais-je. *Quand il lui semblait que…*

Je mourais d'envie de savoir.

J'ai balayé du regard l'atelier de reliure, la longue table de pliage couverte de mains de papier et de cahiers. Mes yeux se sont posés sur Maude.

Elle se souciait des mots imprimés comme d'une guigne. Je l'entendais fredonner une petite mélodie, chaque pli marquant la mesure comme la trotteuse d'une horloge. Le pliage était sa tâche préférée et elle s'y distinguait, ce qui n'empêchait cependant pas les erreurs. *Les digressions de pliage*, comme disait Ma. Des plis d'une conception et d'une finalité bien à elle. Du coin de l'œil, je repérais alors un changement de rythme. Il me suffisait de tendre le bras, de retenir sa main. Elle comprenait. Elle n'était pas simplette, contrairement à ce que beaucoup pensaient. Et si les signes m'échappaient ? Un cahier gâché, voilà tout. Cela pouvait arriver à n'importe laquelle d'entre nous. Il suffisait que le plioir glisse. Mais nous nous en rendions compte et nous mettions le cahier endommagé de côté. Ma sœur ne le remarquait jamais. C'était donc à moi de faire attention.

Être vigilante.

À l'affût.

Inspirer profondément.

Maude chérie. Je t'aime, oui, bien sûr. Mais il y a des moments où... Voilà ce qui me trottait dans la tête.

Je venais de repérer sur la pile de Maude un cahier plié qui n'était pas parfaitement aligné. Je le retirerais plus tard. Elle n'en saurait rien, et Mme Hogg non plus. Inutile d'intervenir.

En cet instant, si quelqu'un pouvait provoquer un désastre, c'était moi.

Il fallait que je sache pourquoi W. J. Craig avait modifié Shakespeare, ou j'allais me mettre à hurler. J'ai levé la main.

« Oui, mademoiselle Jones ?

— Cabinets, madame Hogg. »

Elle a acquiescé d'un signe de tête.

J'ai terminé le pli commencé et j'ai attendu que Mme Hogg s'éloigne. *Mme Hogg, le dogue rogue.* Maude l'avait dit tout haut un jour et Mme Hogg ne me l'avait jamais pardonné. Elle n'avait aucun mal à nous distinguer, mais dans son esprit, Maude et moi ne faisions qu'une.

« Je reviens tout de suite, Maudie.

— Reviens tout de suite », a-t-elle dit.

Lou pliait le deuxième cahier. En passant derrière sa chaise, je me suis penchée sur elle.

« Tu peux t'arrêter une seconde ? lui ai-je demandé.

— Je croyais que ça pressait.

— Mais non. Je veux connaître la suite, c'est tout. »

Elle s'est interrompue le temps que je lise la fin de la phrase. Je l'ai ajoutée à ce que je savais déjà et j'ai chuchoté pour moi-même : *« Je ne me suis hasardé à m'éloigner que là où il me semblait que la négligence du copiste ou de l'imprimeur avait privé un mot ou une phrase de tout sens. »*

— C'est bon, Peggy ? Je peux m'y remettre ? m'a demandé Lou.

— Oui, Louise, vous pouvez », a répondu Mme Hogg.

Lou a rougi et s'est retournée vers moi.

« Mademoiselle *Jones*... »

Mme Hogg était allée en classe avec Ma et elle nous connaissait, Maude et moi, depuis notre naissance. Tout de même, « mademoiselle *Jones* »... L'insistance sur le nom de jeune fille de Ma, comme si qui que ce fût à l'atelier de reliure avait oublié son déshonneur.

« Vous êtes ici pour relier les livres, pas pour les lire... »

Elle parlait encore, mais déjà, je ne l'écoutais plus. J'avais entendu cent fois le même refrain. Les feuilles étaient là pour être pliées, pas lues, les cahiers assemblés, pas lus, les corps d'ouvrage cousus, pas lus – et pour la centième fois, je me suis dit que lire les pages était la seule chose qui me permettait de supporter le reste. *Je ne me suis hasardé à m'éloigner que là où il me semblait que la négligence du copiste ou de l'imprimeur avait privé un mot ou une phrase de tout sens.*

Mme Hogg a dressé l'index et je me suis demandé quelle réponse j'avais négligé de lui donner. Elle s'empourprait, comme toujours. Mais notre contremaîtresse est intervenue.

« Peggy, puisque tu es debout, j'aurais une commission à te confier. » Mme Stoddard a adressé un sourire à la surveillante d'atelier. « Vous pouvez certainement vous passer d'elle dix minutes, madame Hogg ? »

Le dogue rogue a hoché la tête et s'est remis à déambuler le long de la rangée de filles, sans un regard pour moi. Je me suis tournée vers ma sœur.

« Maude s'en sortira très bien », m'a rassurée Mme Stoddard.

Nous avons parcouru toute la longueur de l'atelier, Mme Stoddard s'arrêtant de temps en temps pour encourager une des plus jeunes ou corriger une posture quand elle voyait un dos voûté. Quand nous sommes arrivées dans son bureau, elle a pris un livre fraîchement relié. Un titre doré aux lettres si brillantes qu'elles avaient l'air mouillées.

The Oxford Book of English Verse, 1250-1900. Nous le réimprimions presque chaque année.

« Personne n'a écrit un seul poème depuis 1900 ? » me suis-je étonnée.

Mme Stoddard a réprimé un sourire.

« Le Contrôleur est impatient de découvrir le dernier tirage. » Elle m'a tendu le volume. « Aller jusqu'à son bureau devrait te distraire de ton ennui. »

J'ai approché le livre de mes narines : arôme de cuir propre et parfum d'encre et de colle qui s'estompait déjà. Je ne m'en lassais jamais. C'était l'odeur fraîche d'une nouvelle idée, d'une vieille histoire, d'une rime troublante. Consciente qu'elle mettrait moins d'un mois à s'évanouir, j'inhalais profondément, comme si je pouvais absorber tout ce qui était imprimé sur les pages du livre.

Je suis revenue à pas lents, passant entre les deux rangées de longues tables couvertes de feuilles imprimées posées à plat et de cahiers pliés. Courbées sur leur tâche, des femmes et des filles s'appliquaient à transformer les premières pour en faire les seconds, et j'avais obtenu quelques instants de répit. Je m'apprêtais à ouvrir le volume quand une main tavelée a recouvert la mienne et refermé le livre.

« Il ne s'agirait pas que le dos soit cassé, m'a fait remarquer Mme Hogg. Surtout par quelqu'un comme vous, mademoiselle *Jones*. »

* * *

J'ai traversé les couloirs de la Clarendon Press sans me hâter.

M. Hart avait une visiteuse : ses paroles s'échappaient de l'intimité de leur conversation. Elle était jeune et s'exprimait avec distinction, malgré un très léger accent des Midlands. J'ai allégé mon pas pour éviter d'effaroucher ses mots et de les réduire au silence.

« Et qu'en pense votre père ? » a demandé M. Hart.

Je me suis arrêtée à la porte du bureau. Par l'entrebâillement, j'ai aperçu des chaussures à la mode et des chevilles fines sous une jupe droite couleur lilas. Une longue veste assortie.

« Il était réticent, mais il a fini par se laisser convaincre.

— C'est un homme d'affaires. Pragmatique. Comme il n'a pas eu besoin de diplôme pour assurer la réussite de sa papeterie, il n'en voit sans doute pas l'intérêt pour une jeune femme.

— Effectivement », a-t-elle approuvé, et j'ai senti son agacement. « Ce sera donc à moi de le lui prouver.

— Quand arriverez-vous à Oxford ?

— En septembre. Juste avant le début du premier trimestre. J'ai été admise à Somerville. Nous serons donc voisins. »

Somerville. Tous les matins, j'imaginais que je laissais Maude à l'entrée des Presses et que je traversais la rue pour entrer dans la loge du concierge de Somerville College. J'imaginais la cour intérieure, la bibliothèque, et un bureau dans une des chambres donnant sur Walton Street. J'imaginais que je passais mes journées à lire des livres au lieu de les relier. J'imaginais, l'espace d'un instant, que je n'avais pas besoin de gagner ma vie et que Maude pouvait se passer de moi.

« Quelle matière étudierez-vous ? »

J'avais une réponse sur le bout de la langue, mais la jeune femme me l'a dérobée.

« L'anglais. Je veux être écrivain.

— Eh bien, peut-être aurons-nous un jour le privilège d'imprimer un ouvrage de votre plume.

— Peut-être, monsieur Hart. Je serais ravie de voir mon nom parmi vos premières éditions. »

Leur dialogue a laissé place à un silence qui n'avait rien de pesant et j'ai compris qu'ils contemplaient les étagères du Contrôleur, toutes ces premières éditions aux dos de cuir immaculés et aux titres dorés à la feuille. Le livre que j'avais en main s'est manifesté. J'avais presque oublié la raison de ma venue.

« Transmettez toutes mes salutations à monsieur votre père, mademoiselle Brittain.

— Je n'y manquerai pas, monsieur Hart. »

La porte s'est ouverte sans me laisser le temps de reculer, de sorte qu'un instant, nous nous sommes retrouvées face à face. Mlle Brittain devait avoir dix-neuf ou vingt ans, vingt et un, peut-être, mon âge. Elle avait la même taille que moi et était tout aussi mince, jolie, malgré ses cheveux d'un châtain clair un peu terne. *La couleur lilas lui va bien*, ai-je pensé, et je me suis demandé ce qu'elle pouvait penser de moi. Jolie, sûrement, tout le monde le disait. Les cheveux aussi foncés que le canal la nuit et des yeux assortis, comme ceux de Ma. Mon nez pourtant était différent : un peu trop grand. Je n'y aurais sans doute pas été aussi sensible si je ne l'avais pas vu de profil chaque fois que je regardais Maude.

Cela n'a duré qu'un moment, mais parfois, il n'en faut pas davantage – j'ai relevé quelque chose d'inflexible dans l'expression de Mlle Brittain : une détermination. *Nous pourrions être amies*, ai-je pensé.

Tel n'était manifestement pas son avis. Elle n'a pas été impolie, mais elle a respecté les convenances. Elle a pris note du tablier de relieuse sur une jupe de coutil brune, ordinaire, et du chemisier usé par les lessives, manches retroussées jusqu'aux coudes. Elle a souri et esquissé un signe de tête avant de s'éloigner dans le couloir.

J'ai frappé contre le battant de la porte ouverte et M. Hart a levé les yeux de son bureau. Cela faisait sept ans que je travaillais aux Presses et je ne l'avais jamais vu sourire, mais un frémissement s'attardait alors à la commissure de ses lèvres. Quand il a constaté que ce n'était pas Mlle Brittain qui revenait, son sourire s'est évanoui. Il m'a fait signe d'entrer, mais a reporté son attention sur le registre posé sur son bureau.

Mes dix minutes de pause étaient passées, mais je ne pouvais pas me permettre de l'interrompre. Mon regard s'est porté au-delà de M. Hart, de l'autre côté de la vitre. Mlle Brittain était là, elle traversait Walton Street. Elle s'est arrêtée sur le trottoir et a levé les yeux en direction des fenêtres de Somerville College. Elle est restée immobile un bon moment, obligeant les passants à la contourner. En cet instant, j'ai partagé son émotion. Elle se demandait si l'une de ces fenêtres serait la sienne. Elle imaginait le bureau donnant sur la rue et tous les livres qu'elle lirait.

Et puis, mon cœur s'est serré. Une impression familière. Peut-être Mme Hogg était-elle dans le vrai, peut-être n'avais-je pas le droit de lire les livres que je reliais, de m'imaginer ailleurs qu'à Jericho, ni d'envisager un seul instant que je puisse avoir un jour une vie en dehors de Maude. Le livre a commencé à peser entre mes mains, et je suis allée jusqu'à m'étonner qu'on me l'ait confié.

Puis la colère m'a envahie.

J'ai ouvert *The Oxford Book of English Verse* et entendu le dos craquer. J'ai tourné les pages – John Barbour, Geoffrey Chaucer, Robert Henryson, William Dunbar, Anonyme, Anonyme. Si ces poètes avaient des noms, pouvaient-ils s'appeler Anna, Mary, Lucy ou Peg ? J'ai levé les yeux et vu le regard du Contrôleur fixé sur moi.

J'ai cru un instant qu'il allait me demander à quoi je pensais. Mais il s'est contenté de tendre la main pour prendre le livre. J'ai hésité et il a haussé les sourcils. Il n'en fallait pas plus. J'ai posé le volume dans sa main. Il a esquissé un signe de tête et s'est replongé dans son registre.

Sans un mot, j'avais été congédiée.

PREMIÈRE PARTIE

SHAKESPEARE'S ENGLAND

Août-octobre 1914

CHAPITRE 1

Les vendeurs de journaux à la criée annonçaient la nouvelle à travers tout Jericho et leurs voix nous ont accompagnées sur le chemin du travail.

« Défendez la neutralité de la Belgique », répétait Maude. « Tous derrière la France. »

Elle prononçait ces mots exactement sur le même ton que les crieurs de journaux, encore et encore.

Quand nous sommes passées chez Turner chercher notre courrier, des gens se bousculaient au comptoir pour acheter le journal.

« Rien pour vous ce matin, mademoiselle Jones », a dit M. Turner quand il m'a enfin aperçue.

J'ai pris un numéro du *Daily Mail* et j'ai tendu un demi-penny. M. Turner a haussé les sourcils ; c'était la première fois que j'achetais le journal. *Un demi-penny perdu*, disait Ma. Il y avait toujours des journaux qui traînaient aux Presses.

Maude a parcouru la une pendant que nous descendions Walton Street.

« La Grande-Bretagne déclare la guerre à l'Allemagne ? »

C'était un titre et une question – elle était déroutée par la liesse des jeunes gens et par l'inquiétude qu'elle lisait sur les traits de leurs mères. Mais demandait-elle ce que la guerre signifierait pour l'Angleterre, ou bien pour nous ?

« Tout ira bien pour nous, Maudie. » J'ai serré sa main dans la mienne. « Il y aura peut-être quelques changements, pourtant. »

J'espérais bien qu'il y en aurait et je m'en suis un peu voulu, mais pas trop. Maude continuait à parcourir le journal.

« *Chapeaux pratiques à prix cassés* », a-t-elle dit.

Elle avait cette habitude depuis qu'elle avait appris à lire, une compétence durement acquise. Si elle ne prenait pas la peine de lire des livres, elle adorait déchiffrer les titres et les dessins humoristiques – des mots déjà tout arrangés, prêts à l'emploi.

Nous nous sommes mêlées au flot d'hommes et de femmes, de garçons et de filles, qui franchissait l'arche de pierre de la Clarendon Press. Nous avons traversé la cour, passant devant les parterres soignés, le hêtre pourpre et le grand bassin, et sommes entrées dans l'aile sud du bâtiment – le côté Bible, comme nous l'appelions, bien que les bibles fussent désormais imprimées à Londres. À l'intérieur, tous les vestiges d'un collège d'Oxford laissaient place aux bruits, aux odeurs et aux textures de l'industrie. Après avoir déposé nos sacs et nos chapeaux au vestiaire de l'atelier de reliure, nous avons pris des tabliers propres à leurs crochets et avons rejoint le côté filles. Les tables étaient couvertes de piles de corps d'ouvrage qui attendaient d'être cousus, et des cahiers prêts à être réunis en livres étaient disposés sur l'établi d'assemblage.

Les tables de pliage formaient trois longues rangées, dont chacune pouvait accueillir douze femmes. Elles étaient situées face à de hautes fenêtres nues, et la lumière matinale se déversait sur des mains de grandes feuilles imprimées et sur des piles de cahiers pliés la veille. Lou et Aggie avaient déjà gagné leurs places à une extrémité de la table, juste sous les fenêtres. Maude et moi nous sommes assises entre elles.

« Qu'est-ce qu'ils nous ont donné, aujourd'hui ? ai-je demandé à Aggie.

— Un vieux machin », a-t-elle répondu.

Ça ne l'intéressait jamais.

« Tu as des bouts de *Shakespeare's England*, est intervenue Lou. Des pages d'épreuves. Elles te prendront cinq minutes. Ensuite, ses œuvres complètes devraient t'occuper jusqu'à la fin de la journée.

— Toujours l'édition Craig ? »

Elle a acquiescé.

« Ça m'étonnerait que quelqu'un en Angleterre n'en ait pas encore un exemplaire. »

J'ai tiré la première feuille d'épreuves qui se trouvait devant moi et j'ai attrapé le plioir de Ma. Toutes les autres détestaient plier les pages d'épreuves – il n'y en avait jamais assez pour qu'on puisse prendre le rythme –, mais moi, j'adorais ça. Et ce que j'aimais plus que tout, c'était leur retour. Je cherchais les modifications apportées au texte et me félicitais quand je les avais anticipées. Un petit exploit qui évitait que la monotonie quotidienne me rende folle. Mme Stoddard veillait à me confier les épreuves, et tout le monde lui en savait gré.

J'ai jeté un coup d'œil aux feuilles imprimées de *Shakespeare's England : An Account of the Life & Manners of His Age*. C'étaient des épreuves de chapitres, probablement truffées d'erreurs. J'en connaissais déjà un, un texte sur les libraires, les imprimeurs et les papetiers. Je m'étais fait surprendre en pleine lecture la dernière fois qu'il m'était passé entre les mains – « Votre travail, mademoiselle Jones... » –, mais la réprimande avait glissé sur moi. Il parlait de nous, de ce que nous faisions là, aux Presses, et j'y avais appris que du temps de Shakespeare, imprimer un livre qui avait le malheur de déplaire à la reine ou à l'archevêque de Canterbury vous mettait en danger. *Qu'on leur coupe la tête*, avais-je pensé ce jour-là. Les autres chapitres m'étaient inconnus : « Ballades et placards », « Le théâtre », « La maison ». Ils étaient moins nombreux que je ne l'aurais pensé. Si *Shakespeare's England* devait être prêt pour le tricentenaire de la mort du Barde, la totalité des pages d'épreuves aurait dû arriver sans tarder.

La dernière feuille imprimée portait la première version définitive de la préface. J'ai parcouru la salle du regard pour repérer Mme Hogg. Elle était devant l'établi d'assemblage, où elle vérifiait que les plateaux de cahiers étaient dans le bon ordre. J'ai posé la préface au sommet de la pile de feuilles et j'ai survolé quelques lignes : *Ceux qui veulent savoir ce que pense Shakespeare ne doivent pas négliger ce que disent ses bouffons.*

C'était assez pour m'encourager. J'ai pris le bord droit de la feuille et l'ai replié sur le gauche, alignant parfaitement les marques d'imprimeur. J'ai fait glisser le plioir de Ma le long du pli pour qu'il soit bien net.

Premier pli. In-folio.

J'ai tourné la feuille. J'ai pris le bord droit que j'ai replié sur le gauche. L'épaisseur était double à présent, et la résistance un peu plus forte. J'ai adapté la pression sur le plioir de Ma – instinctivement, sans réfléchir. J'ai bien marqué le pli.

Deuxième pli. In-quarto.

Le plioir de Ma. Je continuais à lui donner ce nom alors que cela faisait trois ans qu'il était à moi. Ce n'était qu'un morceau d'os de vache plat, arrondi à une extrémité, pointu à l'autre. Mais des décennies d'utilisation l'avaient rendu lisse comme la soie, et il portait encore l'empreinte de sa paume. À l'image des cuillers en bois et des manches de hache, les plioirs gardent imperceptiblement en mémoire la main de leur utilisateur. J'avais pris celui de Ma avant que Maude ne puisse le réclamer. Je m'étais débattue avec sa sensation au creux de ma main comme je m'étais débattue avec l'absence de Ma. Obstinément. Refusant de céder.

J'avais enfin renoncé à essayer de le tenir à ma façon et j'avais laissé le plioir se caler dans ma paume comme il s'était calé autrefois dans celle de Ma. J'avais senti la douce incurvation de l'os là où ses doigts s'étaient posés. Et j'avais sangloté.

Mme Stoddard a agité sa clochette et j'ai laissé le souvenir s'effacer.

« Il va y avoir un défilé, a-t-elle annoncé. Un adieu aux hommes des Presses qui sont membres de l'Armée territoriale et à ceux qui ont réussi à s'engager comme volontaires depuis la déclaration. »

La *déclaration.* Elle ne pouvait pas prononcer le mot *guerre*, pas encore.

Nous étions plus de cinquante relieuses – la plus jeune avait douze ans, la doyenne plus de soixante – et nous avons toutes suivi Mme Stoddard dans les couloirs des Presses comme des écolières en excursion. Quand nos bavardages ont passé les bornes, notre contremaîtresse s'est arrêtée, s'est retournée et a posé l'index sur ses lèvres. Comme des écolières, nous avons obéi, et ce n'est qu'en cet instant que j'ai pris conscience de ce que cette guerre pourrait signifier pour nous : on n'entendait plus un bruit dans toute l'imprimerie. Les presses étaient à l'arrêt. Je n'avais jamais connu pareil silence et j'en ai soudain été troublée. Nous avons toutes éprouvé la même impression, je crois, car nous n'avons recommencé à papoter qu'une fois arrivées dans la cour. Six cents hommes et garçons y étaient déjà rassemblés. Mme Stoddard nous a fait avancer, et j'ai constaté que presque toutes les familles de Jericho étaient représentées.

Il y avait des conducteurs de machine et des typographes, des fondeurs, des mécaniciens et des correcteurs. Apprentis, compagnons aussi bien que contremaîtres, tous regroupés par corps de métier ; il était facile de les identifier à l'état de leurs tabliers et de leurs mains. Ils emplissaient tous les espaces situés entre le côté Bible et le côté Savant, se massaient autour du bassin, entre les plates-bandes et jusqu'aux alentours de la maison où vivaient M. et Mme Hart. C'était la première fois que nous étions tous réunis et j'ai été impressionnée par la masse que cela représentait ; puis j'ai pris conscience qu'une bonne moitié des hommes étaient en âge de se battre, ou ne tarderaient pas à l'être. J'ai ratissé la foule du regard.

Les aînés passaient le temps en bavardant paisiblement alors que les jeunes étaient plus animés : certains félicitaient des amis, d'autres fanfaronnaient, n'accordant pas une chance au Kaiser.

« Ça va durer plus d'un an, c'est sûr, disait un garçon.

— Espérons-le », a répondu son ami.

Je leur donnais à peine seize ans.

Deux contremaîtres, qui avaient troqué leurs tabliers des Presses contre l'uniforme de l'Armée territoriale, s'évertuaient à mettre les jeunes recrues en rangs, mais les conscrits n'avaient la tête qu'aux péripéties de la nuit précédente. Ceux qui avaient passé la soirée devant le palais de Buckingham se donnaient de grands airs. Ils évoquaient la cohue et la bousculade, le décompte jusqu'à minuit, les acclamations quand on avait compris que le Kaiser ne se retirerait pas de Belgique et que l'Angleterre entrerait en guerre.

« Il est de notre devoir de défendre la Belgique, disait l'un, alors nous avons chanté *God Save the King* à gorge déployée.

— Que Dieu nous garde tous », a grommelé une voix rocailleuse derrière moi.

Je me suis retournée et j'ai vu le vieux Ned secouer la tête. Il avait ôté sa casquette qu'il tenait sur sa poitrine, ses doigts noueux et maculés d'encre pétrissant le tissu. Quand il a baissé la tête, il m'a semblé qu'il priait.

Puis une voix, claire et familière. Maude chantait *God Save the King* à pleins poumons.

« Bien dit, mademoiselle Maude », a crié Jack Rowntree.

Jack était notre voisin du canal. Il était apprenti typographe et aurait dû être nommé compagnon dans trois ans si rien n'avait changé. Il se tenait au milieu de la cour avec tous ceux qui s'étaient engagés dans l'Armée territoriale au cours des derniers mois, devançant l'appel. J'ai repensé au pique-nique que nous avions fait quelques jours auparavant seulement. Un gâteau pour ses dix-huit ans, une partie de charades.

« Ne l'encourage pas, Jack », ai-je protesté, mais il a levé les mains comme s'il n'avait pas le choix et s'est mis à battre la mesure.

Maude chantait toujours, et les gars se sont joints à elle pour le couplet. La voix ferme d'un ténor, puis un baryton. Bientôt, toute la chorale des Presses s'y est mise, et la cour a résonné comme une salle de concert. Les contremaîtres ont renoncé à mettre les recrues en rangs et ont attendu, bras croisés, la fin de l'hymne. Les dernières notes sont restées suspendues dans l'air frais pendant une bonne minute, sereines.

Puis un des contremaîtres a crié aux hommes de former deux lignes. Le silence rendait sa voix plus impérieuse, et ils ont obéi, mais on voyait bien que ce n'étaient pas des soldats. Ils se bousculaient et chahutaient en sourdine, et quelques gars ont même changé de place pour être à côté de leurs copains. Avant qu'ils soient tous en position, Mme Stoddard nous a demandé à nous, les relieuses, de nous disposer de part et d'autre du passage qu'ils emprunteraient.

« Quand ils sortiront d'ici, ils seront heureux de voir un joli visage, nous a-t-elle dit, alors débrouillez-vous pour sourire. »

Lou a été la première à fondre en larmes. D'autres filles cherchaient leurs galants parmi les rangs et leur envoyaient des baisers. Certaines sortaient leurs mouchoirs pour les agiter ou s'essuyer les yeux. Les apprentis ont redressé les épaules. Un ou deux ont soudain pâli. Le regard de Jack a croisé le mien et je m'attendais à ce qu'il me lance un commentaire espiègle, mais il n'a rien dit. Il s'est contenté d'un signe de tête et d'un petit sourire, puis il s'est détourné pour regarder droit devant lui.

J'ai dénombré soixante-cinq recrues. Certains hommes avaient les tempes grisonnantes, le visage ridé par la vie. Mais la plupart étaient tout jeunes, et trop d'entre eux n'avaient visiblement pas fini de grandir. M. Hart a traversé la cour en compagnie de M. Cannan, le secrétaire des Presses, notre patron à tous. Nous le voyions rarement au milieu du papier, de l'encre et des machines, et pourtant il était là, parcourant du regard les rangées d'hommes, calculant peut-être ce que la guerre coûterait au chiffre d'affaires des Presses. Apercevant un homme qu'il connaissait, il s'est avancé pour lui serrer la main.

« Son adjoint, a chuchoté Angie. Maintenant, il va devoir écrire ses lettres tout seul. »

Cannan a reculé d'un pas tandis que M. Hart s'adressait à l'un de ses contremaîtres. Deux jeunes garçons chétifs ont été sortis des rangs. Leurs protestations ont été vaines. Je me suis demandé quelle aventure ils croyaient manquer. Puis le Contrôleur est monté sur une caisse et a tenu des propos appropriés – je ne sais plus ce qu'il a dit. Il avait plu pendant la nuit et des gouttes restaient suspendues, çà et là, aux feuilles et aux pierres. L'ondée avait assombri le gravier sous nos pieds. Je me suis demandé qui allait nous faire rire si Jack partait, qui coltinerait notre eau et colmaterait nos fuites. Je me suis demandé qui le remplacerait en salle de composition. Si tous ces hommes s'en allaient, *Shakespeare's England* ne serait peut-être jamais terminé.

Le soleil matinal se reflétait dans une flaque. Un vieux soulier l'a effacé dans une éclaboussure. J'ai levé les yeux. Les hommes franchissaient déjà l'arche de pierre qui débouchait dans Walton Street. Tout le monde les applaudissait, les hélait.

« Reviens entier, Angus McDonald, a crié une relieuse, le visage mouillé par l'émotion.

— Reviens entier, Angus McDonald », a répété Maude.

Angus McDonald lui a envoyé un baiser et Maude l'a imité. Sa petite amie a jeté un regard noir à ma sœur, mais c'était inutile. Dès cet instant, Maude a envoyé des baisers à tous les hommes.

Après que le dernier a disparu dans la rue, nous nous sommes tues. Gênées, nous nous sommes rassemblées par petits groupes dans la cour, et un ou deux contremaîtres ont regardé leur montre de gousset, prévoyant que le travail finirait plus tard que d'habitude. Le Contrôleur et le Secrétaire discutaient tout bas, le front plissé. M. Hart a tourné les yeux vers l'arche et a secoué la tête.

Mme Stoddard a réagi la première. Elle a tapé dans ses mains.

« Allons, reprenez le travail, mesdames », a-t-elle dit.

Mme Hogg a pris la tête des relieuses.

Les contremaîtres ont suivi, et les hommes qui n'étaient pas partis ont regagné leurs postes : dans les salles d'imprimerie et la fonderie de caractères, dans la salle de composition et la réserve de papier, les salles de correction, le dépôt et le côté de l'atelier de reliure réservé aux hommes. Pas un métier qui n'eût à souffrir de la perte d'un employé qualifié.

À présent, le côté filles de l'atelier de reliure serait le seul à avoir un personnel au complet, ai-je pensé. J'ai ralenti le pas pour attendre Mme Stoddard.

« Qui va occuper tous les postes vacants ? lui ai-je demandé.

— Des jeunes femmes intelligentes, si les responsables ont deux sous de bon sens et si les syndicats ne s'y opposent pas. » Elle m'a jeté un regard en biais. « Il n'y a aucune restriction à l'embauche de femmes dans l'administration, Peggy. Tu pourrais envisager de postuler un autre emploi. »

J'ai secoué la tête.

« Pourquoi ? » a demandé Mme Stoddard.

J'ai tourné les yeux vers Maude.

« Pourquoi ? » a dit Maude.

Parce que tu as besoin de moi, ai-je pensé.

« Parce que je te manquerais », ai-je répondu.

Mme Stoddard s'est arrêtée et m'a regardée dans les yeux.

« La porte ne restera pas ouverte très longtemps, Peggy. Tu ferais mieux d'essayer de t'y faufiler tant que c'est possible. »

* * *

J'ai essayé de m'y faufiler pendant la pause thé de l'après-midi.

Les presses avaient été remises en marche, mais le bruit s'est atténué pendant que je suivais les couloirs. Les odeurs de graisse de machine et de lampes à gaz ainsi que les relents de poisson à marée basse de la colle ont été remplacés par des effluves de cire avec une touche de vinaigre. J'ai sorti de la poche de mon tablier la lettre que j'avais écrite et je l'ai relue. Elle était propre et sans faute, une candidature convaincante. Ma main n'en tremblait pas moins quand j'ai frappé à la porte de M. Cannan.

Une jeune femme m'a ouvert.

« Que puis-je faire pour vous ? »

Elle avait le même nez que son père, la même élocution raffinée. J'avais entendu dire qu'elle écrivait des poèmes. Elle tenait une liasse de papiers à la main et j'ai compris qu'elle était venue aider son père. Évidemment. Elle avait reçu l'éducation nécessaire et disposait de tout le temps qu'il fallait. C'était parfaitement raisonnable.

« Est-ce pour mon père ? »

Elle a pointé le menton vers ma lettre de candidature.

J'ai secoué la tête et j'ai reculé.

« Pardon, je me suis trompée de bureau », ai-je bredouillé en refermant la porte.

J'ai déchiré ma lettre en deux, je l'ai retournée, l'ai déchirée une deuxième fois, l'ai retournée, déchirée une troisième fois. Puis j'ai suivi l'odeur de poisson à marée basse jusqu'à l'atelier de reliure.

CHAPITRE 2

Une atmosphère de fête s'attardait dans les rues de Jericho lorsque nous sommes rentrées chez nous.

« *God save the King*, a lancé un passant en nous croisant.

— *God save the King* », a répondu Maude.

Après avoir traversé le pont de Walton Well, nous sommes descendues sur le chemin de halage, envahi de mauvaises herbes et tout vibrant de bourdonnements et pépiements estivaux. Pendant un moment, les émanations du canal me sont montées aux narines, une puanteur écœurante de déjections – humaines, animales, industrielles –, mais j'y étais habituée et il m'a semblé qu'elle s'estompait au fur et à mesure que nous approchions de chez nous, malgré les irisations qui chatoyaient toujours à la surface de l'eau. Maude s'est arrêtée pour cueillir un peu de couleur, reine-des-prés, épilobe et buddleia.

« Bouquet joli, c'est pour Rosie », a-t-elle dit.

Il n'y avait que deux chalands amarrés à portée de vue du clocher de St. Barnabas, le *Reste ici* et le *Calliope*. Le *Reste ici* était une bariolure de peintures de fleurs, de châteaux et de fioritures en tout genre. Rosie Rowntree le bichonnait et l'entourait de fleurs pendant tout le printemps et l'été. Des géraniums en pots poussaient sur le toit et elle avait aménagé sur la rive une plate-bande de fleurs et de légumes qui bordait le chemin de halage sur deux longueurs de bateau. Ce jardin offrait un lieu d'amarrage accueillant à son mari, Oberon, quand il lui était possible de faire halte avec son bateau de travail et de passer la nuit sur place.

« *God save the King*, a lancé Maude alors que nous approchions.

— Ah, vous êtes rentrées, tant mieux », a dit la Vieille Madame Rowntree, la belle-mère de Rosie.

Elle était assise parmi des jardinières de laitues et de pois de senteur, l'*Oxford Chronicle* sur les genoux. La page a tremblé quand elle l'a tournée.

« Ça va être la bringue, ce soir. Je préfère vous savoir à la maison. »

Rosie soignait un treillage de haricots d'Espagne adossé à la coque du *Reste ici.* Son fils était parti pour la guerre, et quand elle s'est tournée vers nous, j'ai lu sur son visage toute l'émotion de la journée. Son ton cherchait à masquer son inquiétude.

« Ça sera fini avant Noël, paraît-il. »

Elle hochait la tête en espérant une approbation. Maude lui a tendu son bouquet, défait, tout en tiges, et Rosie l'a pris comme si elle était en deuil. Je n'ai pas su quoi dire.

« C'est ce qu'on dit », a renchéri la Vieille Madame Rowntree.

Poser les yeux sur le *Calliope* a été un soulagement. Notre chaland était bleu marine avec des lettres dorées, comme la reliure des grands classiques des Presses, les Oxford World's Classics. Il touchait presque le *Reste ici*, une proximité qui m'avait toujours rassurée. J'ai tenu l'écoutille ouverte pour Maude et je l'ai suivie à l'intérieur.

Le *Calliope* était resté fermé toute la journée et il en émanait une odeur vaguement douceâtre, vaguement terreuse. L'écoutille s'est refermée derrière moi et j'ai inhalé profondément. *C'est l'odeur des livres*, disait Ma quand on lui posait la question. *Le papier qui se décompose.* Les gens fronçaient le nez et Ma ajoutait en riant : *J'ai fini par l'aimer.*

Quand elle s'était installée à bord du *Calliope*, Ma avait apporté deux livres : la traduction de l'*Odyssée* et celle des *Tragédies* d'Euripide, volume II. Ils avaient appartenu à sa propre mère et étaient tout usés à force d'être lus. Elle ne s'était mise à collectionner les livres qu'après notre naissance. Elle les glanait dans les brocantes et les kermesses, et, parfois, les achetait neufs, des éditions de l'Everyman's Library à un shilling pièce. La majorité venait cependant des Presses. Ils étaient reliés, mais présentaient des défauts. Chaque fois que je lui avais demandé si elle avait l'autorisation de rapporter tel ou tel ouvrage à la maison, elle avait éludé. *C'est du rebut*, répondait-elle.

Pas assez bon pour être vendu. Puis elle me le tendait. *Mais assez bon pour être lu, tu ne crois pas ?* Je disais toujours oui, mais quand j'étais petite, je n'en comprenais presque pas un mot.

Ma alignait ses livres sur une rangée d'étagères étroites qui courait entre les fenêtres, de la proue à la poupe. Quand les premiers rayonnages avaient été pleins, Oberon Rowntree lui en avait fabriqué une nouvelle rangée. Puis une troisième. Quand nous avions eu dix ans, il avait déclaré impossible de faire tenir une quatrième rangée, alors Ma avait acheté une petite bibliothèque à la vendeuse de bric-à-brac du Marché couvert. Ce meuble avait été sorti du fleuve à marée basse et ne payait pas de mine, mais Ma l'avait nettoyé, sablé puis huilé. Elle l'avait disposé à côté de son fauteuil, juste de l'autre côté de l'écoutille, et y avait rangé ses romans préférés et tous ses mythes grecs. *Pourquoi est-ce que nous avons autant de livres ?* lui demandais-je parfois. *Pour élargir votre univers*, répondait-elle invariablement.

Quand elle est morte, mon univers a rétréci.

C'est à ce moment-là que j'ai commencé à collectionner. Des manuscrits non reliés, des parties de livres, des cahiers isolés. Des pages sans indication de titre ni d'auteur. En trois ans, le désordre avait envahi nos étagères. Le *Calliope* était devenu un vrai bazar, envahi d'idées fragmentées et de parcelles d'histoires. Il y avait des débuts sans fin et des fins sans début et je les entreposais partout où ils tenaient, et même souvent où ils ne tenaient pas. Ils étaient glissés entre des volumes reliés, empilés sous la table. Quelques manuscrits cousus mais sans plats gisaient dans l'égouttoir, au-dessus du plan de travail de la coquerie.

Et puis il y avait des pages auxquelles je ne tenais pas. Nous les découpions en carrés et les rangions dans une vieille boîte à biscuits que nous laissions sur la table. Pendant que je faisais la cuisine, Maude réalisait des pliages de toutes sortes. Plier était pour elle aussi naturel que respirer, et elle le faisait depuis qu'elle était petite. Aussi loin que remontaient mes souvenirs, ses œuvres avaient été accrochées comme des guirlandes tout autour du *Calliope*.

J'ai ôté mon chapeau et l'ai suspendu à la patère, près de la porte de l'écoutille. Puis j'ai fait quelques pas jusqu'à la table où Maude s'était déjà installée, où elle pliait déjà. Je lui ai retiré son chapeau.

Elle faisait un éventail.

« Bonne idée », ai-je dit.

Il faisait chaud.

Elle a acquiescé de la tête.

J'ai accroché son chapeau à côté du mien puis je suis allée dans la coquerie déballer les harengs fumés que nous avions achetés en chemin. J'ai tisonné le charbon dans le fourneau et, quand la plaque a été chaude, j'ai posé la poêle dessus. Je commençais à transpirer.

« Tu pourras me passer ton éventail quand tu l'auras fini ? » ai-je demandé à Maude.

Elle l'a fait glisser jusqu'à moi à travers le comptoir qui séparait la table de la coquerie. Dans le *Calliope*, tout était à portée de main, et il n'y avait que quelques pas du salon à la coquerie et de la coquerie à notre chambre et à celle de Ma. Nous les appelions des chambres, mais ce n'étaient que des espaces définis par leur fonction. Je me suis éventé le visage.

« Reviens entier, Angus McDonald, a dit Maude.

— Tu sais au moins qui c'est, Angus McDonald ? »

Elle a secoué la tête.

« Ouvre l'écoutille, tu veux bien ? ai-je ajouté.

— Qu'on ait un peu d'air frais », a-t-elle complété.

De la coquerie, je l'ai regardée attacher une des portes puis ramasser *Une histoire des échecs* pour maintenir l'autre ouverte. J'ai attendu son commentaire habituel.

« Il faudrait la réparer », a-t-elle dit.

Cela faisait un moment que l'écoutille aurait dû être réparée, mais *Une histoire des échecs* offrait une solution plus qu'acceptable. Et il y avait quelque chose dans le geste de prendre le volume, de le mettre en place puis de le retirer quand nous voulions nous isoler. Le poids de ses neuf cents pages. Savoir que Ma en avait plié certaines et nous d'autres. Que Ma avait cousu les cahiers ensemble, que son ami Ebenezer l'avait endossé, emboîté puis recouvert de cuir – bleu, comme le *Calliope* –, le titre, *Une histoire des échecs*, estampé à la feuille d'or. *Il a été recalé à l'inspection*, m'avait dit Ebenezer en me le tendant. Comme j'avais l'impression qu'il était au bord des larmes, j'avais préféré baisser les yeux sur le livre. Il ne présentait aucun défaut, pour autant que j'aie pu en juger. Cela faisait alors un mois que Ma était morte.

J'ai ouvert la fenêtre de la coquerie et un courant d'air a traversé le *Calliope*. Un oiseau de papier a palpité. C'était celui de Tilda, celui qui avait une aile cassée.

Tilda était la plus chère amie de Ma. Quand Ma était morte, Tilda était restée juste assez longtemps pour que je commence à pleurer et que Maude recommence à parler. Elle avait rendu ce premier Noël supportable, ce premier Nouvel An aussi. Après nous avoir laissées nous débrouiller seules pendant les premiers mois de 1912, elle était revenue à Pâques. Quelques mois plus tard, elle nous avait aidées à franchir l'étape de l'anniversaire de Ma, et pour nos dix-neuf ans, elle était arrivée avec un gâteau. Un an jour pour jour après la mort de Ma, Tilda avait apporté de l'eau de Seltz et du vin de gingembre. *Votre Ma aimait bien ça*, nous avait-elle expliqué, et elle nous avait versé à chacune un verre d'eau de Seltz dans lequel elle avait ajouté une goutte de vin de gingembre. Nous avions bu ça comme de la limonade. *Voilà, ils sont passés*, avait-elle dit en nous resservant sans plus s'embarrasser d'eau de Seltz. *Tous les premiers. Les premiers Noël, Pâques et anniversaire. Le premier anniversaire de sa mort.* Elle avait trinqué avec nous et avait bu. *Il n'y en aura plus et vous pouvez commencer à vivre sans elle.* Même si ce n'était pas tout à fait vrai, j'étais heureuse qu'elle l'ait dit. C'était comme une permission.

Tilda était comédienne et suffragette. Elle allait et venait au gré de ses humeurs ou de ses besoins et sa dernière visite remontait au printemps précédent, quelques jours après nos vingt ans. Elle n'avait pas mentionné notre anniversaire, mais avait passé toute la soirée à plier des pages avec Maude, avant de suspendre leurs sculptures de papier à la tringle à rideaux, au-dessus du banc de l'écoutille, comme un décor de fête.

J'ai posé la main sur l'oiseau de Tilda. Pur chiffon. Solide. *Malgré son aile brisée, il continuera à voler un moment*, ai-je pensé, et j'en ai été heureuse.

Maude s'est remise à ses pliages et a repris la conversation là où elle l'avait laissée.

« Reviens entier, a-t-elle dit. Reviens entier.

— Reviens entier, Jack Rowntree, ai-je complété.

— Jack Rowntree. » Elle a hoché la tête. « Reviens entier. »

J'ai sorti les serviettes et les couverts du tiroir et je les ai posés sur la table. Deux verres et la cruche. Presque vide, mais cela suffirait pour nous deux. Je la remplirais plus tard. La pluie de la nuit aurait rempli la barrique. Maude a écarté ses papiers et malaxé la dentelle qui bordait sa serviette. Elle était jaunie par le temps. Elle l'a posée bien à plat sur la table et l'a pliée en deux.

« Les serviettes de grand-mère, a-t-elle dit en la pliant une nouvelle fois, puis en superposant deux angles.

— Un cadeau de mariage », ai-je confirmé.

Elle aimait ce dialogue et j'avais cessé d'y résister. *Fais comme si tu étais sur scène*, m'avait conseillé Tilda un jour. *Prononce tes répliques tous les soirs avec le même enthousiasme. Ton public te sera tout acquis.*

« De la vieille tante machin, a poursuivi Maude en pliant la serviette dans un sens puis dans l'autre jusqu'à ce qu'elle devienne autre chose.

— Un livre aurait été plus utile.

— On ne peut pas se moucher dans un livre. »

Autrefois, c'était Ma qui prononçait la dernière réplique ; maintenant, c'était Maude. Elle a pris un couteau et une fourchette et les a glissés dans la pochette qu'elle venait de fabriquer. Puis elle a recommencé avec la seconde serviette.

J'ai égoutté les harengs et j'ai réchauffé un reste de purée de la veille.

« Jack Rowntree, reviens entier ? » a-t-elle demandé.

Une question dont j'ignorais la réponse, mais si je me taisais, elle risquait de la répéter en boucle.

« Il ne risque rien tant qu'il est à l'entraînement, ai-je dit.

— Tes chansons me manqueront.

— Il t'a dit ça ? »

Elle a hoché la tête.

« Quand tu penseras à Jack, tu pourrais peut-être chanter une de ses chansons préférées, ai-je suggéré, et je l'ai immédiatement regretté.

— *À la fin du bal, après le point du j...* »

J'ai fait glisser la purée dorée de la poêle sur nos assiettes et me suis demandé si Tilda avait été à Londres pour le compte à rebours de la guerre. J'ai posé les assiettes sur la table.

« Rien de vert », a remarqué Maude.

J'avais eu l'intention de faire cuire des haricots.

« Nous survivrons, ai-je dit.
— Moins longtemps. »
Le refrain de Ma.

* * *

8 août 1914

Salut Pegs !

Quelle soirée ! Bien sûr, j'étais à Londres. Une sacrée fête, crois-moi, mais je n'ai pas encore vraiment compris pourquoi. Certains hommes s'emparent du moindre prétexte pour mal se conduire, et la guerre leur en offre un de premier choix. Je me suis fait peloter par au moins six types et trois ont réussi à m'embrasser, plus ou moins bien. Ils étaient tous jeunes et prêts à s'engager (raison pour laquelle, je suppose, j'ai laissé faire les plus jolis garçons). Ils collectionnaient les faveurs des dames, comme les chevaliers du temps jadis.

Je pense que nous ne pouvions pas nous défiler – nous avons des obligations, après tout, et ce qui s'est passé en Belgique a été effroyable –, mais je n'avais pas vraiment imaginé l'effet que ça ferait. Je vais être honnête, Peggy : c'est sacrément excitant. Je suis lasse, vois-tu, de notre autre guerre. Sur ce front-là, la victoire paraît plus éloignée que jamais. Asquith est devenu farouchement hostile au droit de vote des femmes et le moral est bien bas dans les rangs des suffragettes de la WSPU[1]*.*

Maintenant, au moins, nous avons un dérivatif. Mme Pankhurst pense que la guerre pourrait être notre cheval de Troie, et mobilise déjà ses troupes. Elle a été furieuse que Millicent Fawcett déclare que les suffragistes suspendraient toute activité politique pendant la durée des hostilités. Panky sait que notre tactique n'obtiendra guère de soutien aussi longtemps que la vraie guerre fera rage, mais elle n'a pas l'intention d'y renoncer. Elle n'est pas du genre à suivre les suffragistes et à accepter

1. La Women's Social and Political Union, l'Union sociale et politique des femmes, créée en 1903 et dissoute en 1917, se battait pour le droit de vote des femmes. Elle s'opposait aux suffragistes, plus modérées. Au début de la Première Guerre mondiale, sa dirigeante, Emmeline Pankhurst, a demandé à ses militantes de soutenir l'effort de guerre. *(N.d.T.)*

une trêve de convenance. Tu vas voir, Peg, elle se débrouillera pour que les journaux continuent à parler de nous.

Dis à Maude que je me suis entraînée et que mon cygne est presque parfait. Je joins à cette lettre ma plus récente tentative et, bien que j'en sois fière, je m'attends à des critiques cinglantes de sa part.

Tilda x

CHAPITRE 3

Au cours des journées suivantes, Jericho a perdu son humeur de fête, mais pas son effervescence. Devant les boutiques et aux coins des rues, on voyait se former des petits groupes dont l'indignation et la ferveur trouvaient un écho dans les clameurs des vendeurs de journaux. Les mots tombaient comme des flocons de neige sur la langue de Maude. *Invasion*, *barbares*, *notre devoir*, disait-elle. *Ces pauvres diables de Belges*, disait-elle. Ils s'accrochaient un moment, puis disparaissaient. Bien des conversations abondaient dans le sens de Rosie Rowntree : *Fini avant Noël*, disaient les gens. *Fini avant Noël*, répétait Maude.

Le samedi après-midi, nous avons pris l'autobus pour Cowley – la ligne passait devant la caserne et j'étais curieuse. Il était bondé de jeunes gens, de pères accompagnés de leurs grands fils, auxquels s'ajoutaient quelques couples. J'ai reconnu quatre apprentis imprimeurs quand ils ont gravi à toutes jambes les marches de l'impériale. Le moteur a vrombi dans la pente de Temple Cowley, puis le bus a tourné sur Hollow Way et a ralenti.

« Des détritus, des détritus partout », a dit Maude.

J'ai regardé par la fenêtre, me demandant ce qu'elle voyait.

Pas de détritus. Des hommes. *L'armée de Kitchener*, comme les appelaient les journaux. Ils étaient partout où ils n'auraient pas dû être. Sur les accotements, où ils fumaient et bavardaient. Certains étaient assis, la tête entre les genoux. D'autres dormaient sous la haie. Deux se bagarraient, et un troisième les a rejoints. Des acclamations et des encouragements ont éclaté sur l'impériale. Plus nous approchions de la caserne de Cowley, plus la route en était jonchée. On aurait dit qu'un grand vent avait balayé l'Oxfordshire et ramassé les hommes dans les champs, dans les usines et les grands-rues avant de les laisser retomber comme des feuilles autour du donjon de la caserne.

Nous nous sommes arrêtés et l'autobus a tressauté quand les jeunes gens de l'impériale ont dévalé l'escalier. Les apprentis sont passés devant notre fenêtre. Ils ont envoyé des baisers à Maude et Maude leur a envoyé des baisers en retour. Une imitation, c'est tout. Ça ne signifiait rien. Nous les avons suivis des yeux tandis qu'ils rejoignaient la file des hommes venus s'engager. Ils étaient nombreux à être sous-alimentés, rachitiques, le teint cireux, des dents manquantes. *Comment pourraient-ils gagner une guerre ?* me suis-je demandé. Et pour la première fois, je me suis inquiétée.

L'autobus a poursuivi son itinéraire sur Hollow Way et nous avons aperçu des tentes au-delà de la haie, un homme qui se rasait, un autre qui avait retiré sa chemise et se lavait.

« Ils sont là depuis des jours, ai-je remarqué.

— Depuis des jours, a renchéri Maude.

— Mais pourquoi ?

— Rappelez-vous la Belgique. »

Une affiche qu'elle avait vue.

« La moitié d'entre eux ne savent même pas où est la Belgique.

— Une aventure, a-t-elle dit. L'occasion de faire quelque chose d'important. Mon billet pour partir d'ici. »

Des propos qu'elle avait entendus.

* * *

Le lundi matin, nous nous sommes mises en route un peu tard, Maude et moi, et quand nous sommes arrivées à l'atelier de reliure, la plupart des filles étaient déjà à leur poste. J'ai parcouru la salle du regard pour repérer le dogue rogue, m'attendant à une réprimande. Mais c'est Mme Stoddard qui a haussé les sourcils et tourné les yeux vers la grosse horloge qui marquait le passage de nos journées. J'ai respiré.

« Mme Hogg a accompagné M. Hogg à la caserne de Cowley, nous a-t-elle annoncé. Elle sera de retour avant la pause thé du matin. Entre-temps, vous allez assembler Shakespeare avec Louise et Agatha. » Puis elle s'est tournée vers ma sœur avec un sourire complice. « Je compte sur toi pour l'empêcher de se distraire, Maude. »

Maude s'est redressée.

« Assembler, pas lire. »

Une ombre est passée sur le front de Mme Stoddard.

« As-tu parlé à M. Cannan, Peggy ? À propos du poste vacant ?

— J'ai essayé. Mais cette porte-là s'était déjà refermée. »

* * *

Après le déjeuner, je me suis installée à l'établi d'assemblage, en face d'Aggie. Des piles de cahiers s'étiraient sur toute sa longueur en deux rangées, de chaque côté, attendant d'être assemblés pour former *The Complete Works of William Shakespeare*. C'était un volume énorme, composé de quatre-vingt-cinq cahiers, plus ou moins, chacun plié trois fois pour faire seize pages.

J'ai palpé le cahier qui frôlait ma cuisse. Les premières pages. Ce seraient les dernières que j'assemblerais, mais les premières à être lues. Elles comprenaient la page de titre, une liste des illustrations et la table des matières – *La Tempête*, *Les Deux Gentilshommes de Vérone*, *Les Joyeuses Commères de Windsor* –, le reste des œuvres théâtrales et l'intégralité des poèmes. J'ai fait glisser un cahier de la rangée du haut sur mon avant-bras gauche, fait un pas à gauche et ramassé le cahier suivant, puis le suivant. Il m'a fallu quelques instants pour prendre le rythme, pour que mon corps se remémore la chorégraphie. Ensuite, je me suis déplacée sur toute la longueur de l'établi, mes jambes se croisaient, ma main passait en un clin d'œil sur les piles de cahiers. La musique que faisaient le claquement de mes talons et le bruissement du papier accompagnait mes déplacements. Le brouhaha de l'atelier s'est atténué et, si mes hanches se balançaient plus que nécessaire, qui aurait pu jurer que leur mouvement n'accélérait pas ma cadence ?

J'ai fait glisser les premières pages sur la pile que j'avais sur le bras – la moitié d'un volume – et je l'ai passée à Maude. Elle a tapoté chaque bord contre la table avant d'associer mes cahiers à ceux qu'avait assemblés Aggie, de l'autre côté de l'établi.

J'ai jeté un coup d'œil à ma partenaire d'en face, un imperceptible signe de tête, et nous nous sommes engagées dans un nouveau tour de piste.

Chaque cahier de titre signalait qu'un corps d'ouvrage était complet, et Maude les empilait. Elle en était à quinze quand je me suis interrompue pour vérifier qu'elle ne s'était pas laissé détourner de sa tâche – les mains de ma sœur avaient, elles aussi, l'habitude de danser, mais sur une mélodie bien à elles. Les corps d'ouvrage étaient tous parfaitement alignés et ordonnés, et si rien ne venait déranger Maude, ils le resteraient.

Mme Hogg, de retour, a agité sa clochette pour annoncer à la première équipe que c'était l'heure du thé. Nous faisions partie de la deuxième et mon rythme a à peine fléchi. Puis elle a aboyé un avertissement à toutes les filles qui se permettraient de traîner. Son ton était plus sec que d'ordinaire, j'en ai déduit que l'armée avait accepté M. Hogg malgré les protestations de son épouse.

J'ai terminé mon tour de piste, posé les cahiers devant Maude et retiré mon cardigan.

« Il fait chaud, ai-je soupiré. À force de danser.

— Chaud. »

Elle a hoché la tête en tapotant les bords. Les corps d'ouvrage commençaient à déborder de son espace de travail.

« Arrête un instant, Maudie », ai-je dit.

J'ai cherché Lou du regard et l'ai vue revenir des machines à coudre avec un chariot vide.

« Tu as un nouveau chargement pour moi, Maude ? » a demandé Lou.

Maude a brandi un éventail. Elle avait déplié le dernier cahier que j'avais assemblé – une fois, deux fois – et laissé ses doigts danser autour de lui jusqu'à ce qu'elle l'ait transformé en quelque chose d'utile.

« Il fait chaud, a-t-elle déclaré en tendant l'éventail à Lou.

— Maudie…, ai-je commencé.

— Exactement ce qu'il me fallait », a dit Lou.

Elle a pris l'éventail et l'a agité devant son visage, assez fort pour que nous sentions toutes la brise, puis elle me l'a passé.

« Il m'arrive de penser que c'est toi qui l'entraînes, Peg. »

Elle souriait.

Lou a entrepris de vérifier chaque nouveau corps d'ouvrage en feuilletant les cahiers rapidement, avec compétence. S'ils étaient dans le bon ordre et dans le bon sens, elle paraphait la dernière page et posait le bloc sur le chariot destiné aux couseuses sur machine.

Mon regard a balayé l'atelier. Mme Hogg était occupée à former une des nouvelles et Mme Stoddard travaillait dans son bureau.

« Pause pipi, Aggie. Si quelqu'un s'interroge. »

J'ai pris le corps d'ouvrage d'où Maude avait soustrait de quoi faire son éventail et me suis dirigée vers les cabinets. En réalité, j'aurais pu me contenter de retirer le cahier abîmé – le reste était impeccable –, mais qu'aurais-je pu faire du titre et de la table des matières ?

J'ai fourré Shakespeare dans mon sac.

J'ai profité de notre pause thé pour aller trouver Eb dans la salle de réparation, du côté hommes de l'atelier.

Ebenezer était calme, myope et gentil. Trop gentil, disait-on souvent, et presque tout le monde l'appelait Scrooge à cause de ça. Sa générosité discrète avait évité à presque tous ses collègues un embarras quelconque, pour leur fierté ou pour leur porte-monnaie, à un moment ou à un autre. Il repérait les erreurs avant le contremaître : un signe de tête, un mot, et personne n'en savait rien. Ses apprentis étaient les plus compétents, et deux d'entre eux étaient devenus contremaîtres. M. Hart avait cessé d'encourager Eb à postuler un poste de plus grande responsabilité. *Je ne suis pas fait pour diriger*, l'avais-je entendu dire à Ma. Quand je lui avais demandé plus tard si c'était la raison pour laquelle ils ne s'étaient jamais mariés, elle avait secoué la tête. *Il me l'a proposé trois fois, mais je ne l'aime pas comme ça.* Elle avait eu le courage de dire non, mais l'appréciait assez pour le laisser continuer à l'aimer.

« Rebut, ai-je dit en tendant le corps d'ouvrage à Eb. Pourrais-tu le rogner ?

— Du rebut, en effet », a-t-il confirmé en calant le bloc de cahiers sur son petit massicot pour rogner les plis.

* * *

Des papillons nous ont ralenties sur le chemin de halage, des myrtils et des argus bleus affairés dans les herbes hautes et les orties ; les plis de leurs ailes exerçaient sur Maude un attrait irrésistible. Puis j'ai aperçu une belle-dame, dont les marques noires et orange formaient une mosaïque exotique. L'été avait été chaud, et elle était là. Elle. La belle-dame me faisait toujours penser à Tilda.

Rosie et la Vieille Madame Rowntree se prélassaient dans des chaises longues installées dans le jardin de rive de Rosie.

« Bienvenue chez vous, les filles, a dit Rosie. Nous vous attendions. »

Elle a désigné deux sièges vides et a brandi une théière.

Maude est passée entre les jardinières pour embrasser Rosie puis s'est penchée pour déposer un baiser sur la joue de la Vieille Madame Rowntree. Deux mains tremblantes ont retenu son visage.

« Tu as un sourire à chasser le malheur, mademoiselle Maude. » Puis la Vieille Madame Rowntree a tapoté le siège à côté du sien. « Raconte-moi ce que tu as fait aujourd'hui. »

Maude lui a fait l'offrande de bribes de conversation et la Vieille Madame Rowntree a hoché la tête et poussé des exclamations à point nommé.

« Je vous retrouve dans un instant, ai-je dit à Rosie.

— Prends ton temps. »

À bord du *Calliope*, j'ai sorti le corps d'ouvrage de mon sac et suis allée m'asseoir sur notre lit pour le feuilleter.

Nous avions déjà Shakespeare, les sonnets, les œuvres théâtrales, séparément et en recueils, mais nous n'avions pas les œuvres complètes. L'argent avait toujours manqué, ou bien l'occasion. Mais tout de même, cet ouvrage était si volumineux qu'il fallait que je l'examine avant de décider s'il était utile de le coudre et de lui attribuer un emplacement.

La préface m'a plu, et quand je me suis penchée sur les sonnets, quelque chose dans la police de caractères m'a séduite. J'en ai lu quelques-uns et j'ai décidé de garder le tout. J'ai posé le bloc de cahiers à côté de mon cousoir et ai attrapé deux châles avant de rejoindre les autres.

« Je me suis perdue dans les mots superbes de M. Shakespeare », ai-je dit pour justifier le temps qu'il m'avait fallu.

J'ai posé un châle sur les épaules de Maude et je me suis installée dans la dernière chaise longue.

« Quels mots, Peg ? a demandé la Vieille Madame Rowntree.

— Les sonnets.

— J'aime bien les sonnets. Plus que les pièces.

— Il y en a un que tu préfères, Ma ? a demandé Rosie.

— *De fatigue accablé, vers mon lit je m'élance, mais dans ma tête alors un voyage commence*.* » Elle a froncé les sourcils, secoué la tête. « Je le connaissais par cœur.

— Tu auras eu bien des occasions de le réciter quand tu étais plus jeune, Ma.

— Il ne s'agissait pas réellement de travail, a expliqué la Vieille Madame Rowntree, mais des regrets qu'inspire l'absence d'un être cher. De son visage qui vient vers toi dans l'obscurité et le silence de la nuit, et qui agite ton esprit. »

Elle a baissé les yeux vers le plaid qui couvrait ses genoux et a cherché à le remettre en place, mais sa main droite a été prise d'un violent tremblement. Maude a posé sa propre main sur celle de la vieille dame et a souri quand les spasmes ont cessé. Puis la Vieille Madame Rowntree a posé sa main gauche sur celle de Maude, qui a accepté l'invitation. Rosie et moi avons regardé leurs mains glisser de bas en haut, de plus en plus vite jusqu'à ce que la Vieille Madame Rowntree déclare que Maude avait gagné.

* * *

La nuit a pris son temps pour tomber et Maude a refusé d'aller se coucher tant qu'elle distinguait ce qui s'étendait au-delà des fenêtres de notre péniche. J'ai installé mon cousoir en le disposant de manière à avoir un bras de chaque côté, comme une harpiste devant son instrument. Pendant que Maude pliait des papillons, j'ai attaché les cahiers aux ficelles, l'un après l'autre.

Quand je suis arrivée à *La Mégère apprivoisée*, j'ai reposé mon aiguille et mon protège-paume et j'ai massé le muscle entre mon pouce et mon index.

« Je suis de fatigue accablée, ai-je déclaré.

— Vers mon lit je m'élance », a répliqué Maude sans relever les yeux de son pliage.

J'ai regardé ses mains sculpter le papier en papillon, avec des ailes qui glissaient l'une sur l'autre, comme dans la vie.

Tu es ma fatigue, ai-je songé en me levant. J'ai sorti un cahier de la pile que je n'avais pas encore attachée, posé un baiser sur le haut du crâne de Maude et chuchoté :

« Élançons-nous vers notre lit, le monde s'est assombri. »

Plus tard, quand le sommeil a ralenti le souffle de Maude, j'ai pris le cahier détaché des *Complete Works*. Comme la bougie brûlait encore, j'ai lu le sonnet de la Vieille Madame Rowntree. Numéro vingt-sept. La mémoire de la vieille dame avait été fidèle, sinon pour l'ensemble de la strophe, du moins pour le sentiment. Et je me suis demandé combien de nuits les Rowntree devraient voyager en esprit avant que cette guerre s'achève et que Jack rentre enfin chez lui.

La flamme de la bougie a vacillé et je l'ai mouchée.

CHAPITRE 4

Les matins d'été étaient sans gêne ; ils se faufilaient sous nos rideaux et déclenchaient un chœur ailé, me réveillant bien plus tôt que je ne l'aurais voulu. Maude, en revanche, continuait à dormir, les trilles et les roucoulements, les croassements et les caquetages incapables de rivaliser avec la lourdeur de son sommeil.

J'ai remis la main sur le cahier de sonnets que j'avais lus la veille au soir, mais n'ai eu le temps d'en lire qu'un avant de sentir le clapotis du canal contre la coque du *Calliope*. On aurait pu se croire dans un berceau.

« Oberon, ai-je murmuré à l'oreille de Maude.

— Qui caresse *Calliope* », a-t-elle complété sans ouvrir les yeux.

C'était ce que disait Ma quand notre bateau ondoyait au gré de la marée.

Nous sommes restées allongées jusqu'à ce que le balancement cesse et que nous puissions nous déplacer à bord plus commodément. Le mouvement était plus fort que d'ordinaire, et je me suis promis de ne pas oublier de retendre les cordages du *Calliope*.

Il faudrait un certain temps aux Rowntree pour convaincre le *Retour de Rosie* de rejoindre son mouillage, mais ensuite, il y aurait du charbon pour notre soute et du bacon pour notre petit déjeuner. Pendant que Maude vidait nos pots de chambre, j'ai fait le lit, puis j'ai posé la bouilloire sur la plaque et ai versé du café pour cinq dans un sachet de mousseline. Maude est revenue avec les vases de nuit qu'elle a posés au pied de notre lit.

« Lave-toi les mains, Maudie – je lui ai désigné le lavabo d'un signe de tête –, et la figure, et tout ce qui peut en avoir besoin. »

Nous avions vingt et un ans et il fallait encore le lui rappeler.

J'ai versé de l'eau bouillie sur le sachet de mousseline et ai posé la cafetière sur le fourneau pour la tenir au chaud. Je venais de finir de m'habiller quand le café a été prêt et que j'ai entendu Oberon frapper contre notre coque – deux petits coups secs, pas plus que nécessaire. *C'est tout lui*, avait dit Ma un jour, et Rosie avait ajouté qu'il n'était ni plus grand ni plus gros qu'il ne fallait, et aussi économe en mots qu'en accès de mauvaise humeur : *La meilleure personne au monde avec qui partager un petit espace*, avait-elle conclu, et elles avaient ri.

J'ai ouvert l'écoutille et Oberon m'a adressé un petit signe de tête, puis il m'a tendu un seau rempli de charbon. Je l'ai vidé dans la soute, sous l'escalier menant au pont avant. Elle n'était même pas à moitié pleine.

« Tu n'en aurais pas un de plus pour nous ? lui ai-je demandé en lui rendant le seau.

— De plus pour nous ? a répété Maude.

— Si, a-t-il répondu.

— Tu as le droit de refuser, tu sais. »

Il a souri et a incliné la tête en direction du *Reste ici*.

« Ça vaut pas le coup de risquer de la mettre en rogne. » Puis il a levé les yeux vers le ciel. « Et lui non plus. »

Maude a regagné la coquerie et est revenue avec une tasse de café. Elle l'a tendue à Oberon à l'instant précis où Rosie surgissait sur le chemin de halage, vêtue de sa grosse jupe plissée, de ses bottines lacées et d'un bonnet noir de batelière. C'était la tenue qu'elle portait du temps où elle naviguait avec Oberon sur les cours d'eau. Celle que sa mère avait portée, et sa grand-mère aussi.

Les rivières lui manquaient, m'avait-elle confié. Oberon lui manquait. C'était le fils d'une relieuse et d'un ouvrier des papeteries ; il n'était pas né pour passer sa vie sur l'eau, comme Rosie, mais il y mourrait, elle en était sûre. Rosie en aurait fait autant, si elle avait pu. Mais leur premier bébé avait été maladif et elle avait jugé plus raisonnable de ne plus bouger. *Juste un moment*, avait-elle dit à Oberon, et il avait peint *Juste un moment* sur la coque de leur chaland. Prévoyant une nichée de bébés, il avait transformé en cabines la partie réservée au chargement, et Rosie y avait aménagé un confortable logis. Puis il avait vendu leur cheval et équipé leur bateau de tête d'un moteur afin qu'il puisse naviguer sur le Grand Union Canal, jour et nuit. À la mort du bébé, Rosie avait voulu rejoindre Oberon, mais les mains de la Vieille Madame Rowntree avaient commencé à trembler trop fort pour lui permettre de plier des cahiers, et elle ne pouvait plus tenir une bouilloire sans se brûler. Quand Jack était né, Rosie avait demandé à Oberon de rebaptiser leur chaland *Reste ici*.

Maintenant, Oberon livrait du charbon et des briques pour Pickfords. Son emploi du temps draconien lui interdisait de passer plus d'une nuit par mois sur le *Reste ici*, sauf si son bateau avait besoin de réparations. Mais il s'arrêtait pour prendre le petit déjeuner une fois par semaine, le dimanche, généralement.

« Passe-moi ça », a dit Rosie en tendant la main pour attraper le seau vide.

Elle l'a emporté jusqu'au *Retour de Rosie*, a soulevé la bâche et a prélevé une nouvelle provision de charbon.

Une fois cette affaire de charbon réglée, Rosie a raccompagné Oberon sur le *Reste ici*. Un tub d'eau chaude l'attendait, une chemise et un pantalon de velours propres avaient été préparés. Elle ne lui servirait son petit déjeuner que lorsque sa peau aurait été récurée de sa longue semaine de travail. Il y avait toujours suffisamment de bacon pour Maude et moi.

Après le petit déjeuner, nous nous sommes installés dans le jardin de rive de Rosie, et Oberon nous a lu les titres de l'*Oxford Chronicle* :

« *Les Allemands saccagent Louvain, Oxford s'apprête à accueillir des réfugiés, Modes et marottes, Impressions de la campagne, Santé et maison.*

— *Modes et marottes*, a suggéré la Vieille Madame Rowntree. Quel est le sujet, cette semaine ?

— Le secret », a répondu Oberon.

Je m'attendais à des commentaires sur les potins locaux.

« *La guerre est toujours un dieu sévère*, a commencé Oberon, *mais jamais elle n'a présenté visage aussi inexorable qu'aujourd'hui – surtout pour vous, les femmes. Vos hommes vous quittent, vous ne savez pas où ils sont, peut-être recevez-vous de leurs nouvelles, mais leurs lettres ne portent pas de cachet de la poste et ne contiennent pas un mot sur ce que vous voudriez tant savoir…*

— *Santé et maison.* »

Rosie a interrompu Oberon au milieu de sa phrase, ses mains voletant pour chasser les mots. Elle s'est levée et a débarrassé nos tasses. La mienne avait beau être encore à moitié pleine, je n'ai pas réagi.

Oberon a reporté son attention sur les sujets de la rubrique *Santé et maison.*

« *Nervosité*, *Indispensables économies* ou *Plus de règles* ? » a-t-il demandé.

Rosie lui a souri.

« *Nervosité*, bien sûr. »

Oberon a lu :

« Seules les femmes et les mauviettes attirent la compassion lorsqu'elles sont sujettes aux maux que l'on rassemble sous l'étiquette de "nervosité". »

Rosie a éclaté d'un rire moqueur et Oberon s'est arrêté. Elle lui a adressé un petit signe de tête et il a repris.

« Quand le système nerveux d'un homme robuste défaille, on l'accuse généralement de jouer la comédie. Pourtant, si une automobile tombe en panne... »

Rosie s'est retirée à bord du *Reste ici* et Oberon s'est interrompu une nouvelle fois.

« Continue », a dit la Vieille Madame Rowntree.

Nous avons écouté la chronique jusqu'au bout, puis Oberon est passé aux nouvelles locales, au courrier des lecteurs, aux réclames pour des produits d'épicerie – tout parlait de la guerre, même quand ça n'en parlait pas.

Lorsqu'il a été temps pour Oberon de repartir, Rosie l'a rejoint sur le *Retour de Rosie*. Elle s'est tenue fièrement à la proue, les mains posées sur la barre, et ils ont avancé lentement sur le canal en direction de Wolvercote. Nous connaissions tous la routine, elle n'avait pas changé depuis vingt ans. Au bout de deux ou trois kilomètres, il la faisait descendre et elle rentrait à pied par le chemin de halage.

Nous sommes restées avec la Vieille Madame Rowntree dans le jardin de rive, attendant de voir la silhouette de Rosie coiffée de son bonnet venir vers nous. Elle n'avait jamais l'air aussi sûre d'elle qu'en ces instants. Mais ce matin-là, elle a eu l'air soudain désarmée. Ses traits se sont adoucis et elle a pressé le pas. J'ai regardé dans l'autre sens et j'ai aperçu Jack – longues enjambées, sourire reconnaissable entre tous. Il n'avait passé que quelques semaines à la caserne de Cowley, mais nous l'avons accueilli comme s'il revenait à l'instant de Mons.

Nous n'avions pas réalisé à quel point il nous avait manqué, et avons toutes cherché à rattraper le temps perdu. Rosie l'a gavé tandis que la Vieille Madame Rowntree se serrait contre lui, sa main tremblante caressant la sienne comme s'il était un chat. J'ai trop parlé des changements survenus aux Presses : qui s'était engagé, qui avait tenté de le faire et avait été refusé. Du côté filles de l'atelier, la vie était exactement comme avant, lui ai-je dit.

Seule Maude était égale à elle-même, et quand nous l'avons enfin laissé tranquille, Jack l'a rejointe sur le *Calliope* et ils sont restés ensemble en silence – elle pliait, il la regardait. Il a sorti l'échiquier et ils ont disputé une partie sans presque échanger un mot.

Il a pris congé après le dîner et je crois qu'il était soulagé de regagner Cowley – notre attention constante et nos mains agaçantes semblaient lui avoir mis les nerfs à vif. Nous sommes restées sur le chemin de halage et l'avons suivi des yeux tandis qu'il se dirigeait vers Oxford. Il grandissait à chaque pas, se dépliant après l'exiguïté du *Rosto ici.*

* * *

13 septembre 1914

Salut Pegs,

Quand j'ai promis à votre Ma de garder le contact avec vous, les filles, je pensais à des vœux à Noël, à une carte postale de temps en temps. Je ne songeais pas à des lettres et je n'aurais jamais imaginé que je t'en écrirais deux en deux mois. C'est un record, tu sais. Même à mon frère, je n'écris pas aussi souvent. Je suis égoïste, vois-tu. Votre Ma le savait, mon frère le sait, tous mes amis le savent. Au fond de toi, tu le sais aussi.

Venons-en au sujet de cette lettre (j'en ai déjà des crampes à la main). Tu ne connais pas mon frère, mais tu peux me croire si je te dis que Bill est le plus doux des hommes et que l'idée de partir en Belgique ou en France pour tirer sur des Allemands ne le séduit pas le moins du monde. Toujours est-il que quelques bécasses de suffragettes de la WSPU ont épinglé une plume blanche au revers de sa veste pendant qu'il attendait le tram. Il l'a retirée, mais un certain nombre de gens l'avaient vue. Quelqu'un lui a même craché dessus.

Quand j'ai critiqué ce nouvel activisme, je me suis fait remettre à ma place. Cela fait partie d'un accord que Mme Pankhurst a conclu avec le gouvernement : en échange de la libération de toutes les suffragettes actuellement détenues, la WSPU soutiendra activement la guerre et fera tout pour encourager le recrutement. Les plumes, semble-t-il, feront partie de l'arsenal déployé contre les pacifistes, les indifférents et les trouillards. Bien que j'apprécie de moins en moins Mme P., je ne peux m'empêcher de l'admirer. La stratégie a été efficace, puisque Bill s'est enrôlé le lendemain. Sa femme était ravie. Pas moi. J'ai quitté la WSPU.

Des regrets ? Bien sûr. Je reste une fervente adepte de la cause (la cause initiale, celle du droit de vote pour Maude, toi et moi). Sais-tu que la première fois que je t'ai vue, c'était à une réunion de la WSPU à Jericho ? Helen vous avait emmenées. C'est Maude et toi que j'ai remarquées en premier, bien sûr. Vous vous ressembliez comme deux gouttes d'eau. Quinze ou seize ans, je ne sais plus très bien, mais ça ne faisait pas longtemps que vous aviez commencé à travailler à l'atelier de reliure. Quand j'ai demandé à Helen pourquoi elle était venue, elle t'a regardée puis elle a regardé Maude. Quand ses yeux se sont reposés sur moi, ils étaient pleins de chagrin. Du chagrin, Peg. Je ne l'oublierai jamais.

Bref. Il paraît que déplorer d'être laissées pour compte, c'est se conduire en enfants gâtées, maintenant que nous sommes en guerre. J'ai essayé de remonter sur scène, mais les seuls rôles qu'on m'a proposés étaient ceux de « nounou » et de « vieille prostituée ». J'aurais pu accepter de jouer la « vieille prostituée », mais voilà : quand j'ai demandé au metteur en scène quel âge avait réellement le personnage, il m'a répondu : « Trente-cinq ans, mais la vie n'a pas été tendre avec elle. Vous devriez vous en sortir. »

En quittant le théâtre, je me suis dirigée tout droit vers les bureaux de la Croix-Rouge et je me suis inscrite au VAD, le Détachement d'aide volontaire. (Je me suis rajeunie de cinq ans, j'ai dit que j'en avais trente-trois. L'employé n'a pas bronché.) Je vais suivre une formation à Londres, à l'hôpital St. Bartholomew. Il faut que je valide les cours d'initiation aux premiers secours, aux soins à domicile et à l'hygiène avant qu'ils puissent m'enrôler, mais c'est simple comme bonjour. Ta maman pensait que je ferais une bonne infirmière. Excellent contact et les nerfs solides, disait-elle. J'ai été très heureuse de la soigner, Peg. C'est ce que j'ai fait de moins égoïste dans ma vie. Et maintenant, vois où j'en suis – j'écris des lettres alors que je pourrais faire la fête.

Je passerai vous voir avant de commencer ma formation. Je ne sais pas exactement quand, mais attendez-vous à me voir débarquer un jour ou l'autre.

Tilda x

P.-S. : J'ai inclus dans mon message pour Maude une commande de cœur en papier. Il est pour Bill. J'ai l'intention de l'épingler au revers de son uniforme quand il reviendra en permission pendant sa formation. Tu veux bien le lui rappeler ?

Je n'avais pas oublié cette réunion de la WSPU. À la fin, Ma avait invité Tilda à dîner chez nous. Elle avait proposé à Rosie de partager leur repas, et pendant qu'elles s'installaient dans son jardin de rive, j'avais préparé du thé et des tartines beurrées. Elles bavardaient comme de vieilles amies et je m'étais demandé ce qui les faisait rire comme ça. Pendant que l'eau chauffait, je m'étais approchée de l'écoutille ouverte pour les entendre. Tilda se livrait à des imitations d'hommes faisant des commentaires abominables sur les femmes. *Des écervelées. Trop impressionnables. Capricieuses. Ignorantes. Elles affaibliraient la Grande-Bretagne si on les laissait voter.* Elle prenait des voix différentes, et j'étais convaincue qu'elles n'étaient pas seules.

« Pour dire les choses simplement, avait déclaré Tilda d'une voix grave, avec un accent aussi distingué que celui d'un professeur de Balliol College, le volume cérébral des femmes est inférieur à celui des hommes. Il ne serait pas bon de leur imposer les exigences du scrutin.

— En revanche, rien n'empêche de les *imposer* fiscalement », avait fait remarquer Ma.

Tilda avait ri, Ma aussi, et on aurait dit qu'il y avait de la musique.

Quand j'avais apporté le plateau, Ma riait tant qu'elle avait à peine pu soulever la théière. Tilda avait insisté pour qu'elle s'asseye puis pour que je m'asseye, moi aussi. Elle avait pris la théière et rempli trois tasses, elle en avait tendu une à Rosie, une à Ma et une à moi. Comme je proposais d'aller en chercher une quatrième, elle avait repoussé mon offre d'un revers de main et sorti une petite flasque d'un sac qui contenait tous les tracts qu'elle n'avait pas pu distribuer après la réunion.

« Le thé ne me réussit pas », avait-elle observé en souriant.

Elle avait bu au goulot avant de présenter la flasque à Ma, qui lui avait tendu sa tasse. Tilda avait versé de l'alcool dans le thé de Ma puis dans celui de Rosie.

Je lui avais tendu ma tasse.

« Juste une goutte, avais-je dit. Je travaille demain. »

Cette fois, c'est *moi* qui l'avais fait rire. Elle s'était tournée vers Ma, qui avait hoché la tête, et avait versé du whisky dans ma tasse. Maude faisait des pliages sur le *Calliope*, mais si elle avait été avec nous, Tilda ne lui en aurait pas offert. Et si elle l'avait fait, Ma aurait secoué la tête. J'étais restée avec elles jusqu'à ce que le thé soit froid et la flasque de Tilda vide.

« Maudie, ai-je dit. Tilda voudrait que tu lui fasses un cœur d'amour. »

Maude a hoché la tête. Le message que lui avait envoyé Tilda était ouvert et déjà lu, et le carré de papier rouge que Tilda y avait joint à moitié plié devant elle. Je me suis assise et j'ai regardé ses mains faire des mouvements que je comprenais à peine.

« Pour Bill, a-t-elle approuvé. Le plus doux des hommes. »

* * *

Au lit, j'ai relu la lettre de Tilda. VAD. Infirmière bénévole. Une nouvelle vie, choisie sur un coup de tête. *Tu veux bien le lui rappeler ?* avait écrit Tilda, et j'ai serré les dents. Lui rappeler de fabriquer un cœur en papier, de se brosser les dents, de mettre un chapeau, d'enfiler un manteau quand il faisait froid. *Elle aura besoin de quelqu'un*, avait murmuré Ma entre deux inspirations laborieuses. Alors, ne pars pas, avait hurlé mon esprit.

Une nouvelle vie.

« Je n'irai nulle part », ai-je dit à la nuit indifférente.

CHAPITRE 5

C'était la pause et nous prenions notre thé dans la cour, Maude et moi, profitant du faible soleil d'automne. Les chariots roulaient tout autour de nous ; des rames de papier partaient dans un sens, des caisses de livres dans l'autre. Un garçon aux membres en allumettes traînait son chargement comme un mulet têtu. Deux gaillards plus âgés l'ont taquiné en passant après avoir livré leur fardeau. J'ai pu imaginer un moment que le Kaiser n'avait pas envahi la Belgique et que l'Angleterre n'était pas obligée de faire la guerre, que les Presses tournaient à plein régime et que rien n'avait changé.

Pourtant, la cour n'était pas tout à fait aussi animée que quelques mois auparavant et les garçons avaient l'air plus jeunes, les hommes plus âgés. Il me semblait que cela faisait une éternité que nous n'avions pas vu Jack passer à grandes enjambées entre le bassin et les massifs pour nous dire un petit bonjour.

Quelqu'un d'autre se dirigeait vers nous, cependant. Le contremaître de Jack. *Un chic type*, disait souvent celui-ci. Il s'est arrêté à quelques pas de nous et son regard s'est posé sur moi, puis sur Maude, avant de revenir sur moi. Ma sœur et moi étions presque identiques, seuls nos regards permettaient de nous différencier. Celui de Maude donnait l'impression qu'elle était indifférente ou qu'elle rêvassait, même quand elle vous regardait droit dans les yeux. Le mien était méfiant, et il y avait entre mes sourcils des plis absents du visage de Maude. La plupart des gens nous distinguaient en moins d'une seconde.

« Vous êtes Peggy, n'est-ce pas ? m'a demandé le typographe.

— Oui, monsieur Owen. »

J'ai planté les dents dans mon biscuit.

Il s'est tourné vers Maude, dont le regard était fixé juste derrière lui.

« Et vous devez être Maude. Je suis Gareth. Je travaille avec votre voisin, Jack. »

Le regard de Maude a croisé celui du contremaître.

« Fini avant Noël », a-t-elle dit, puis elle a observé sa bouche, attendant sa réponse.

« J'espère, a-t-il dit.

— Tes chansons me manqueront », a-t-elle poursuivi.

Si on m'avait posé la question, j'aurais dit qu'elle se concentrait sur sa barbe, remarquant les fils gris tressés dans les noirs. Qu'elle écoutait chacun de ses mots.

J'ai scruté le visage du typographe, me demandant comment il interpréterait l'expression de ma sœur.

Il a réagi du tac au tac.

« Vos chansons *lui* manqueront, c'est sûr. Il me l'a dit lui-même. »

Maude a hoché la tête comme s'il était tout naturel d'être un sujet de conversation entre Jack et son contremaître.

M. Owen s'est retourné vers moi. Il a hésité. J'étais intriguée.

« Maude, ai-je dit, crois-tu que M. Sims te laisserait cueillir quelques roses pour Rosie ?

— Bouquet joli, c'est pour Rosie », a répondu Maude en hochant la tête, comme prévu.

Elle s'est dirigée vers le jardinier qui taillait une haie.

J'aurais pu proposer à M. Owen de s'asseoir, l'inviter à parler, mais j'ai préféré continuer à grignoter mon biscuit.

Il a retiré sa casquette et a passé la main dans ses cheveux, presque entièrement noirs. Des doigts longs, plutôt beaux, mais que déparait le pouce bulbeux du typographe chevronné. Il a remis sa casquette, a regardé autour de lui. Je n'ai même pas cherché à le mettre à l'aise.

« Je peux m'asseoir ? »

Je me suis glissée un peu plus loin sur le banc. Nous étions assis aux deux extrémités.

« J'ai un projet et Jack m'a dit que vous accepteriez peut-être de m'aider à le réaliser.

— Ah bon ? »

J'ai avalé une gorgée de thé. Il était froid. J'en ai pris une autre gorgée, comme si de rien n'était.

« Il paraît que vous appréciez beaucoup les livres que nous produisons. »

Satané Jack, ai-je pensé.

« Il s'est dit que vous pourriez être intéressée par un ouvrage que je suis en train de composer. »

De nouveau, sa main a ratissé ses cheveux. Cette fois, il n'a pas remis sa casquette. Il l'a tenue contre lui, comme un homme qui mendie quelques sous.

« Il s'agit d'un livre de mots.

— C'est généralement le cas. »

Il a ri et a remis sa casquette.

« De mots de femmes. Une de mes amies les a rassemblés, elle les a écrits. Elle a noté leurs significations. »

Il souriait, malgré lui.

« Ça fait penser à un dictionnaire.

— C'est exactement ça. »

Mon vernis d'indifférence s'est un peu craquelé.

« Mais ces mots-là ne seront pas dans le *New English Dictionary*.

— Je croyais que tous les mots y figureraient. Je me trompe ?

— Je le croyais, moi aussi, mais Esme… » Avait-il rougi ? « Je veux dire, Mlle Nicoll travaille au Scriptorium. C'est là qu'on définit les mots. Elle dit que certains seront exclus. »

Il s'est interrompu pour me dévisager attentivement. Quelque chose dans son récit me paraissait familier. Tilda avait une amie, « mon amie lexiqueuse », l'appelait-elle. J'ai fait un effort pour dissimuler mon intérêt.

« Il s'agira d'un cadeau.

— D'un cadeau ? »

Comment aurais-je pu empêcher ma voix de trahir ma curiosité et mes yeux de s'écarquiller ? J'ai essayé de maîtriser mon expression, de la Maudifier, mais elle n'avait pas échappé à M. Owen. Son sourire s'est élargi.

« Elle n'en sait rien. »

Un secret, bien sûr, et une déclaration d'amour. Ce cadeau était destiné à la séduire, à consolider leur relation. Tout le monde faisait ça, d'une manière ou d'une autre : les amoureux faisaient des demandes en mariage, les pères transmettaient des montres de gousset et de sages conseils, les mères tricotaient de grosses chaussettes et des maillots de corps (ils ne protégeraient peut-être pas leurs garçons des Boches, mais, à coup sûr, ils les protégeraient du froid). On fermait soigneusement les écoutilles, comme nous le faisions sur le *Calliope* quand nous savions qu'une tempête approchait.

« Je peux le composer, a-t-il poursuivi, et l'imprimer, mais Jack a pensé...

— Qu'a pensé Jack ? »

La phrase est sortie plus sèchement que je ne l'aurais voulu ; Jack savait que je rapportais des pages de l'atelier. Imaginer qu'il ait pu en parler à son contremaître m'irritait.

M. Owen s'est légèrement incliné en arrière. Il a pesé ses mots.

« Jack m'a aidé. Il a vérifié la composition. Et Ned a monté une petite presse typographique pour que je puisse imprimer les pages. On a fait ça après les heures de travail.

— Vous voulez dire que...

— Le Contrôleur n'en sait rien. »

J'ai senti mon pouls s'accélérer, comme il le faisait si souvent lorsque je lisais une page que j'avais envie de garder – désir et risque. J'ai parcouru la cour du regard. Le jardinier nouait une ficelle autour du bouquet de Maude.

« Continuez.

— Eh bien, quand le livre sera imprimé, j'aurai besoin que les feuilles soient pliées, assemblées, cousues. Je n'en aurai qu'un jeu, alors il faut que le travail soit impeccable. Jack m'a dit que vous accepteriez peut-être de m'aider.

— Ah oui ? Il vous a dit ça ? Si je me fais prendre par M. Hart, je suis bonne pour une retenue sur salaire.

— Je comprends bien, mais voici mot pour mot ce que m'a dit Jack : "Peggy m'étranglera si on ne la met pas dans le coup."

— Des mots de femmes, vous disiez ? »

M. Owen a souri.

« Qu'y a-t-il de drôle ?

— C'est ce qui devait vous convaincre, selon Jack. “Elle ne pourra pas résister.” »

Cher Jack, ai-je pensé. Il me manquait tellement.

« Alors, qu'est-ce que vous en dites ?

— Il va falloir trouver le moyen de contourner Mme Stoddard. »

Maude est revenue avec son bouquet et M. Owen s'est levé pour lui céder sa place.

« Merci, Peggy, a-t-il dit.

— Je ne vous promets rien, monsieur Owen.

— Appelez-moi Gareth. »

J'ai hoché la tête, bien décidée à n'en rien faire.

* * *

Les fascicules du Dictionnaire arrivaient à l'atelier à un rythme régulier. Je les attendais avec impatience et à chaque livraison, Mme Stoddard nous affectait au pliage, Maude et moi. Plier permettait à mon regard de s'attarder un moment, et tandis que les pages s'empilaient, j'arrivais à mémoriser un mot et sa définition. À la fin de la journée, j'étais capable de dire quand il avait été écrit pour la première fois et de réciter la phrase dans laquelle il avait été employé. Maude aimait bien que je cite du Chaucer. « Baragouin », disait-elle. Elle ne demandait jamais ce que ça signifiait.

Je travaillais sur *Souci-Speech*, des pages d'épreuves qu'il fallait plier et couper, mais qui ne seraient jamais brochées ni recouvertes. Je me suis demandé quelles erreurs les correcteurs repéreraient, quels mots les éditeurs retireraient, à quels ajouts ils pourraient procéder. Les pages définitives arriveraient probablement dans quelques semaines, et si j'étais à nouveau chargée de les plier, cela me permettrait de mettre ma mémoire à l'épreuve.

J'ai choisi un mot. *Souris*. Il y avait plusieurs sens, mais celui qui a retenu mon attention désignait un ruban dont les femmes ornaient leur coiffure. J'ai lu la citation : *Votre belle-sœur a une souris, qui fait fort bien dans ses cheveux noirs : la plaisante folie* !* Ce sens était vieilli, à en croire le feuillet d'épreuves, mais je n'avais pas de mal à imaginer une petite souris faisant son nid dans les cheveux de certaines filles de l'atelier. Je l'ai plié une fois, deux fois – in-quarto. Puis j'ai fait glisser devant moi la feuille de pages suivante.

Cela faisait une semaine que j'avais parlé avec M. Owen, et j'avais réfléchi à la meilleure façon de l'aider. J'aurais pu effectuer le plus gros du travail chez moi, mais M. Owen n'accepterait certainement pas de se dessaisir des pages, et il n'aurait pas été correct de l'inviter à bord du *Calliope*. Si Mme Stoddard acceptait de fermer les yeux, nous pourrions très bien procéder au pliage, à l'assemblage et à la couture des cahiers à la main, du côté filles. En revanche, le rognage et la couverture ne pouvaient se faire que du côté hommes.

J'ai décidé de m'adresser à Ebenezer.

Notre journée de travail s'achevait une heure avant celle des hommes, un privilège qui tenait compte des tâches qui attendaient la plupart d'entre nous chez elles. J'ai laissé Maude aider Mme Stoddard à fermer les volets et à éteindre les lampes, et je suis allée trouver Eb.

Les bruits étaient différents du côté hommes, les odeurs étaient différentes. À la place du froissement du papier et du bourdonnement incessant des machines à coudre, leur travail était scandé par le rythme irrégulier des massicots et par le cliquetis de la fabrication mécanique des plats. Des effluves d'huile et de colle emplissaient l'air : relents de poisson à marée basse. Pendant les quelques instants qu'il m'a fallu pour m'adapter à cet environnement, j'ai imaginé qu'un des livres qui venait d'être rogné, collé ou endossé était lu. Lire était une activité si paisible, jamais le lecteur assis dans son salon ou adossé contre un arbre n'aurait pu deviner le nombre de mains entre lesquelles son ouvrage était passé, toutes les opérations de pliage, massicotage et battage qu'il avait subies. Jamais il ne se serait douté que la vie antérieure du volume avait été aussi bruyante et odorante. J'étais heureuse de le savoir. Heureuse que les lecteurs ne le sachent pas.

La porte qui donnait sur la salle de réparation des livres était ouverte et j'ai vu Eb penché sur son travail. J'ai attendu un instant, ne voulant surtout pas être responsable d'une erreur. La pièce était petite, sans machines. Eb faisait tout comme on le faisait depuis des siècles. Il y avait suffisamment de place pour deux, et il arrivait qu'un apprenti travaille avec lui ou qu'on me fasse venir depuis le côté filles pour recoudre un vieux livre à la main, comme Ma le faisait autrefois. Eb cousait aussi bien que n'importe laquelle d'entre nous, mais les syndicats, et la plupart des hommes, estimaient que c'était un travail de femme. Ce jour-là, il était seul.

Les outils de son métier jonchaient son établi. Des plioirs de toutes formes pour plier les pages et le cuir, des pinceaux pour appliquer la colle, la glaire et la dorure, des instruments pour décorer le cuir et le tissu, un coussin à dorer, de la toile, un mètre ruban. Et des ciseaux. Ma boîte à couture se trouvait là où je l'avais laissée la dernière fois que j'étais venue. Elle contenait des aiguilles, du fil et de la cordelette, un dé en cuir et un protège-paume. Ma avait fait ces outils pour moi quand j'avais commencé à coudre.

Il y avait trois livres sur l'établi d'Eb, sans doute issus d'une bibliothèque universitaire ou d'une maison de campagne. Deux étaient débrochés, leurs nouveaux cartonnages et du maroquin rouge disposés à côté avec soin. L'autre avait déjà sa nouvelle reliure, Eb en était à la finissure.

Debout sur le seuil, je l'ai regardé passer un échantillon de vieux cuir dans ses cheveux avant de l'utiliser pour attraper une feuille d'or. Celle-ci a voleté quand l'électricité statique l'a soulevée, tout en conservant sa forme. Il l'a déposée sur le cuir qu'il venait d'estamper et qui recouvrait le livre devant lui, et je me suis demandé quel en était le titre. Il a brossé l'excédent, puis a retiré de son nez ses épaisses lunettes et s'est penché sur l'ouvrage pour s'assurer qu'il n'y avait pas de défaut.

Je suis entrée.

« Vivra-t-il assez longtemps pour être encore lu ? »

Il a levé la tête et a remis ses lunettes. Puis il a souri, comme chaque fois qu'il nous voyait, Maude ou moi.

« Oui », a-t-il répondu.

J'ai tendu la main et il y a posé le livre. Un mince volume. *Othello, le Maure de Venise*.

« Il est beau, Eb. Comme neuf. »

Il a ignoré le compliment.

« Il a cent quatre-vingts ans.

— Et l'ancienne reliure ? Elle était comment ? »

Les restes traînaient à côté de son établi et il les a ramassés – du carton qui s'effritait sous un tissu fané, déchiré.

« Ce n'est pas la reliure originale. Elle aurait été en veau ou en basane. Mais celle-ci a duré à peu près quatre-vingts ans. Une belle vie – il a été beaucoup lu.

— Et celle-ci durera au moins un siècle, ai-je ajouté. Nous ne serons plus que poussière. »

Il a hoché la tête.

« Voilà une idée qui ne me déplaît pas.

— De n'être plus que poussière ? »

J'ai souri.

« Non. Que quelqu'un ait mon travail en main dans un lointain avenir.

— Elle me plaît aussi, Eb. Mais je serais surprise que quiconque pense à ceux qui ont relié ses livres. »

Il a haussé les épaules.

« Ça m'est égal que personne ne sache qui je suis.

— Pas à moi. »

C'était sorti comme ça et je ne comprenais pas vraiment ce que j'avais voulu dire.

Comme Eb s'apprêtait à réagir, je me suis hâtée de lui rendre *Othello*.

« Tu ferais mieux de le récupérer, sinon je pourrais bien le fourrer dans ma poche. »

Il a pris le livre et l'a reposé sur son établi.

« Je peux te demander une faveur, Eb ? »

Il a acquiescé. Il acquiesçait toujours.

« J'aide quelqu'un à relier un livre. Une sorte de dictionnaire. Mais ce n'est pas un travail des Presses. »

Ses lunettes ont glissé ; il les a remontées sur son nez.

« C'est quel genre de travail ? »

J'ai baissé la voix.

« Un travail d'amour. »

Il a cillé, et j'ai su que je profitais de lui.

CHAPITRE 6

C'était la fin de la journée, le côté filles s'était vidé et M. Owen se tenait sur le seuil. Comme tous les hommes, même M. Hart, il attendait d'être invité à entrer.

Mme Stoddard est sortie de son bureau.

« N'oublie pas les volets et les lumières quand tu auras fini, Peggy. »

Elle a épinglé son chapeau et s'est dirigée vers la porte.

« Tu es entre de bonnes mains, Gareth, l'ai-je entendue dire.

— J'apprécie énormément, Vanessa. »

Elle a agité la main.

« Il n'y a rien à apprécier. Je ne sais même pas de quoi tu parles. »

Elle est partie et il s'est avancé vers moi.

« Il n'est pas facile de garder un secret, ici.

— Tout dépend de qui on cherche à le garder. Personne n'aurait l'idée d'en parler au Contrôleur. »

Il a souri.

« Merci, Peggy. Ça fait vingt ans que je suis aux Presses et le côté filles reste un mystère pour moi.

— Ce que nous faisons ici n'a rien de très compliqué. »

Son regard s'est porté vers l'endroit où Maude, assise, pliait encore.

« Chaque tâche exige une compétence, a-t-il remarqué.

— Il nous faut sept heures pour apprendre à plier et à assembler les cahiers. Sept jours pour savoir coudre correctement, ai-je précisé. Par rapport à sept années d'apprentissage, ce n'est pas grand-chose.

— Un livre serait sans valeur si ses pages étaient mal alignées ou s'il était mal cousu. »

J'ai haussé les épaules. Pas sans valeur.

« Par quoi commençons-nous ? » a-t-il demandé.

J'ai désigné du doigt le rouleau niché au creux de son bras.

« Ce sont les feuilles imprimées ?

— Oui. »

Il les avait emballées dans du papier brun, soigneusement rentré aux extrémités. Il a posé sa main libre sur elles et les a caressées – le geste était protecteur, son attitude indécise. Je me suis demandé comment son cadeau serait reçu, comment je le recevrais si j'étais elle. Je l'ai conduit jusqu'à l'établi d'assemblage et j'ai repoussé une petite pile de cahiers.

« Qu'étiez-vous en train de plier ?

— Des pages d'épreuves de *Shakespeare's England*. Une étude sur les vauriens et les vagabonds. »

Il a hoché la tête.

« Le premier jet de quelques chapitres est passé par l'atelier de composition. Pas assez, pourtant. Hart rouspète déjà. Il craint que tous les textes arrivent en retard, ce qui ne serait pas sans conséquences pour les Presses.

— Il faudrait y consacrer beaucoup d'heures supplémentaires, j'imagine.

— Sans hommes pour les faire. »

Le typographe a posé son rouleau sur l'établi, là où j'avais fait un peu de place. Il a déplié le papier brun aux deux bouts et laissé les feuilles se dérouler.

In-octavo. Huit pages sur chaque côté, seize pages par feuille, chacune de la taille d'une page du *New English Dictionary*. Il y avait deux colonnes au lieu de trois, et les notices étaient très espacées. J'ai feuilleté l'ensemble en comptant. Douze feuilles. Cent quatre-vingt-douze pages en tout. Beaucoup de mots.

« Et le Dictionnaire du professeur Murray n'en contiendra aucun ?

— Quelques-uns, si. »

Il a tourné quelques feuilles et un mot a retenu mon attention.

« *Sœurs*. Ce mot-là est sûrement dans le Dictionnaire de Murray ?

— Il y sera, oui, mais nous n'en sommes pas encore là. Pourtant, à en croire Esme, les exemples que ces messieurs ont retenus négligent cette signification. »

Il a soulevé le feuillet pour que je puisse lire l'ensemble de la notice.

> SŒURS
>
> *Femmes (connues ou inconnues) unies par une expérience commune, un objectif politique commun, un désir commun de changement.*
>
> *1906 TILDA TAYLOR : Mes sœurs, merci de rejoindre la lutte.*
>
> *1908 LIZZIE LESTER : Pas besoin d'être de la même chair et du même sang pour être sœurs. Il suffit de vouloir le bien de l'autre.*
>
> *1913 BETTY ANGRAVE : N'oublions pas nos sœurs qui travaillent pour gagner leur vie, qui ne possèdent rien en propre, qui n'ont pas les moyens de s'instruire.*

J'ai caressé le nom de Tilda, ses mots. Elle les avait prononcés à toutes les réunions où Ma nous avait emmenées. *Sœurs.* C'est ainsi que Tilda appelait les femmes qui venaient et que, pour la plupart, elle n'avait jamais rencontrées. C'était un mot qu'il m'était arrivé de détester pour sa tendance à devenir singulier dès qu'il s'appliquait à Maude et moi. *Les sœurs, les jumelles, les filles.* Nous étions indiscernables, et la plupart des gens n'étaient pas disposés à faire l'effort de nous définir individuellement. C'était un mot commode qui me faisait disparaître, et pourtant, quand Tilda le prononçait à ces réunions, il semblait fort et résolu. Il semblait subversif et me donnait envie d'*être* une de ces sœurs.

« Elle a saisi quelque chose, vous ne trouvez pas ? »

Sa voix m'a ramenée dans l'atelier.

J'ai lu les autres citations, relu la définition. *Femmes (connues ou inconnues) unies par une expérience commune.* Ce n'étaient pas les mots qui m'attiraient vers celle qu'aimait M. Owen, mais l'image que je me faisais d'elle, les poches pleines de bouts de papier et la tête pleine du désir d'être plus que ce qu'on lui permettait d'être. *Un désir commun de changement.*

« Vous avez raison, ai-je dit. C'est parfaitement clair.

— Ça pourrait sortir tout droit du *New English Dictionary.*

— Mais vous avez utilisé une police de caractères différente, ai-je observé. Qu'est-ce que c'est ?

— Baskerville.

— Pour quelle raison ? »

Une pause, comme le petit interligne blanc entre des paragraphes. Il pensait à elle.

« Pour sa clarté et sa beauté. »

Il a laissé les feuillets retomber en une pile bien alignée.

« Je ne saurais pas par quel bout commencer le pliage – les pages sont complètement en désordre. »

J'ai tourné la pile d'un geste démonstratif pour la mettre dans le bon sens.

« Si on ne place pas les feuilles correctement dès le départ, on peut être sûr de bousiller tout le cahier. » Je me suis tournée vers ma sœur. « Pas vrai, Maudie ? »

Elle a hoché la tête sans lever les yeux.

« Tout le cahier, peut-être tout le livre. »

Il a souri et observé l'orientation des feuilles.

« Première page recto en bas à gauche. Pigé. »

J'ai posé le premier feuillet et saisi le bord droit, que j'ai rabattu sur le gauche.

« Il faut aligner les marques d'imprimeur. Autrement, il y aura un décalage entre les pages. » J'ai ajusté l'alignement puis j'ai pris le plioir de Ma pour marquer le pli. « Pli un, ai-je dit. Maintenant, tournez-le pour que le pli soit contre votre ventre et recommencez. Pli deux. » Je l'ai tourné une dernière fois. « Vous avez huit pages sur chaque face, c'est ce qu'on appelle un in-octavo. Il vous faut donc trois plis.

— Attendez, laissez-moi deviner, est-il intervenu. Côté droit sur côté gauche, marque, pli.

— Oui, mais il faut utiliser le plioir pour que le rainage soit bien net dans le creux du pli – à cette étape, l'épaisseur du cahier peut provoquer des plissures. »

J'ai terminé le troisième pli et j'ai tendu le cahier à Owen.

Il a essayé de le feuilleter.

« Il faut le rogner pour pouvoir tourner les pages facilement.

— Cela se fait quand ?

— Une fois que tous les cahiers sont pliés et assemblés, cousus et pressés.

— Pressés ?

— Pour chasser tout l'air du corps d'ouvrage. »

Il a hoché la tête.

« Je peux essayer ? »

Je me suis écartée de l'établi et j'ai laissé le typographe s'asseoir sur ma chaise. Il a pris la feuille suivante, mais Maude s'est penchée et a posé la main dessus pour l'empêcher de continuer.

« S'exercer, a-t-elle dit en me regardant, sourcils froncés.

— Bonne idée. »

J'ai trouvé quelques feuilles de réserve que j'ai posées devant notre élève. Maude et moi avons pris position de part et d'autre du typographe pendant qu'il saisissait la première feuille et suivait lentement, l'une après l'autre, toutes les étapes que je lui avais indiquées. J'ai posé mon index sur mes lèvres pour empêcher Maude de lui donner des conseils.

« Rebut, a-t-elle déclaré quand il a montré son premier cahier, aux bords mal alignés.

— J'ai oublié les marques d'imprimeur.

— Et vous n'avez pas orienté la feuille correctement, ai-je ajouté. Les pages sont en désordre.

— J'ai cru qu'elles étaient déjà dans le bon sens.

— Ne jamais croire », a dit Maude.

M. Owen a dû plier quatre nouvelles feuilles d'essai avant d'avoir mémorisé toutes les étapes. Et cinq de plus avant d'avoir achevé un cahier sans que le papier se décale, compromettant l'alignement.

« Tu crois qu'il est prêt, Maude ?

— Prêt », a-t-elle dit.

J'ai repris les feuilles d'essai et Maude a fait glisser les mots de femmes sur l'établi dans la direction du typographe.

Il s'est préparé. Je pense qu'il attendait que je lui donne l'autorisation de commencer. J'ai pris mon temps. J'ai regardé les mots que celle qu'il aimait avait rassemblés, et un frisson d'excitation m'a parcourue. Cette émotion venait en partie des noms écrits à côté des citations et de la manière dont elle avait su rendre la singularité de leurs paroles. Sans doute certaines de ces femmes n'auraient-elles pas été capables de lire les mots qu'elles avaient prononcés, et pourtant ils étaient là, imprimés sur le papier, leurs noms désormais dûment consignés. Mais mon hésitation venait aussi de l'homme qui s'apprêtait à les plier, de la manière dont il s'était redressé.

Je lui ai dit de commencer.

J'ai éprouvé un curieux plaisir à voir les mots de femmes se tordre et se tourner entre les mains de cet homme. Enfin, douze cahiers ont été empilés sur la gauche du typographe. Il s'est tourné vers Maude, puis vers moi. On aurait dit un petit garçon à la pêche aux compliments, et pourtant, il ne devait pas avoir loin de quarante ans.

« Bien, ai-je approuvé. Et déjà assemblés dans le bon ordre. »

Maude a feuilleté les cahiers – une ultime vérification. Elle a pris un crayon et a paraphé la dernière page : *M. J.* M. Owen a froncé les sourcils.

« Contrôle de qualité, ai-je expliqué. Tous les corps d'ouvrage reçoivent le même traitement, mais rassurez-vous, ça ne se verra pas. Les pages de garde le recouvriront. »

Il a pris les cahiers assemblés des mains de Maude puis les a enveloppés dans le papier brun avant de nouer une ficelle autour du paquet. Quand je lui ai proposé de les laisser à l'atelier jusqu'à la prochaine fois, il a refusé.

* * *

Quelques jours plus tard, M. Owen est réapparu sur le seuil du côté filles. Mme Stoddard a inventé des heures supplémentaires de pliage pour Maude, et j'ai conduit le typographe à travers le côté hommes de l'atelier. Les machines étaient silencieuses. Des piles de cahiers assemblés étaient posées à côté des massicots, fraîchement rognées. M. Owen s'est arrêté devant une des piles et a pris le cahier du haut.

« *Souci-Speech*, a-t-il dit en le feuilletant.

— Le prochain fascicule du Dictionnaire, ai-je annoncé. Il est passé par le côté filles au début de la semaine. »

J'ai vérifié le mot *souris* et me suis réjouie que le sens qui m'avait amusée n'ait pas été victime de la plume de l'éditeur.

Il a ri.

« Je n'ai corrigé les formes que la semaine dernière. La composition se fait à une allure d'escargot par rapport aux autres opérations.

— Vous travaillez toujours sur le Dictionnaire ?

— La plupart des typographes ont une spécialité. La mienne, ce sont les dictionnaires.

— Depuis combien de temps composez-vous pour le *New English Dictionary* ?

— Depuis ma première année d'apprentissage. Les dictionnaires étaient la spécialité de mon maître et ils sont devenus la mienne.

— Vous devez avoir un vocabulaire exceptionnel. »

Je plaisantais, mais il m'a répondu avec sérieux.

« Meilleur qu'il ne l'aurait été autrement. On ne peut pas éviter d'apprendre une ou deux choses, quand on travaille ici.

— Mais vous avez tous les mots à l'envers devant vous, non ?

— J'ai appris à lire leur image inversée, tout comme vous avez dû apprendre à lire tête en bas et de droite à gauche.

— Qu'est-ce qui vous fait croire que je lis ce que je plie ? »

Il a reposé les pages de *Souci-Speech*.

« Ce n'est pas vrai ? »

Sa réaction m'a fait rougir. Je me suis tournée vers la salle de réparation.

Eb était penché sur une presse de finissure et retirait la colle du dos d'un vieux livre. Quand nous sommes entrés, il a levé la tête et remonté ses lunettes sur son nez.

« Merci, Ebenezer », a dit M. Owen.

Eb a secoué la tête, toujours gêné par les marques de gratitude. M. Owen a sorti le paquet de sa sacoche et l'a posé sur l'établi. Eb a tiré sur la ficelle et le papier brun s'est écarté, dévoilant les cahiers. Pendant un moment, il n'a rien dit, n'a rien fait, incapable de les quitter des yeux. Ces cahiers contenaient les mots les moins précieux de la langue anglaise, mais on aurait pu croire qu'il venait de déballer le tout premier folio de Shakespeare.

Nous nous sommes mis au travail.

Eb a rogné les pages pendant que je fixais cinq cordelettes de lin entre la partie supérieure et la partie inférieure du cousoir. J'ai invité le typographe à s'asseoir à côté de moi devant l'établi.

« Nous allons coudre les cahiers à ces cordelettes, ai-je expliqué en posant le premier cahier sur le cousoir, son pli central entre les ficelles. Quand nous aurons fini, tous les cahiers seront cousus sur ces ficelles et elles fonctionneront un peu comme des ressorts ; cela permettra d'ouvrir et de fermer le livre sans qu'il se déforme.

— Solidité et flexibilité, a précisé Eb. Un livre a besoin des deux. »

J'ai orienté le cousoir pour pouvoir le manipuler facilement et ai cousu le premier cahier en guise de démonstration, mais mes mains connaissaient chaque geste sans que j'aie besoin de réfléchir, et M. Owen n'a pas tardé à être perdu.

Je me suis rappelé la souffrance et le sentiment de frustration de ma première leçon. *La couture est ce qui maintiendra toute l'histoire ensemble*, m'avait dit Ma alors que j'étais sur le point de renoncer.

Il m'avait fallu deux jours pour coudre un seul ouvrage alors que les autres en réalisaient huit dans le même temps. Pour finir, la tension était irrégulière et les cahiers mal alignés. Comme ce travail n'était pas assez bon pour être endossé, Mme Stoddard m'avait permis d'emporter le livre chez moi. C'était *De l'origine des espèces au moyen de la sélection naturelle* ; Ma l'avait choisi exprès. Elle savait que grâce à mes doigts maladroits, il finirait sur une de ses étagères. Eb l'avait cartonné et recouvert de toile ordinaire.

J'ai ajouté le cahier suivant des *Mots de femmes* et essayé de décomposer mes gestes.

« Si vous attachez suffisamment bien les cahiers, lui ai-je dit, votre travail sera invisible. »

Je suis passée de l'autre côté et j'ai laissé le typographe s'asseoir au cousoir. Le montage des cahiers suivants a été laborieux. Ses mains étaient maladroites et la couture tour à tour trop lâche ou trop serrée. Mais il a fini par trouver son rythme. Je l'ai regardé pousser l'aiguille à travers le centre du cahier et la faire passer autour de la première ficelle, de la deuxième, de la troisième. Ses points s'alignaient comme il le fallait, et à la cinquième ficelle, le cahier était confortablement posé sur les précédents. Eb et moi n'avons pas dit un mot quand le typographe a disposé le cahier suivant. Puis le suivant. Il a mis en place le neuvième cahier et je l'ai vu faire une pause.

Coudre les parties d'un livre inspire un sentiment de satisfaction. Relier une idée à la suivante, un mot à un autre, réunir des phrases à leur début et à leur fin. Le travail de couture peut devenir un geste de vénération, et lorsque les cahiers sont plus nombreux sur le cousoir que sur l'établi, on commence à anticiper le moment où les parties se transformeront en tout.

Il restait trois cahiers, et M. Owen l'avait remarqué. Il a perdu le rythme. Il a poussé trop fort et l'aiguille s'est enfoncée dans l'extrémité de son doigt, le faisant saigner. J'ai cillé. Il s'est reculé sur sa chaise et a appuyé sur la petite blessure. Eb lui a tendu un linge propre.

« Il va falloir attendre, maintenant, ai-je dit en pointant le menton vers son doigt, sinon vous allez tacher les pages.

— Qu'arrive-t-il à un livre mal cousu ? a-t-il demandé.

— Le corps d'ouvrage perd sa forme, ce qui compromet l'endossage.

— Peg adore les livres mal cousus », a remarqué Eb.

Je l'ai fusillé du regard. Le typographe a souri.

« Ne vous en faites pas, Peggy. On m'a déjà parlé de votre collection de rebuts. »

Jack. J'ai essayé de prendre l'air embarrassé, mais c'était difficile. L'idée qu'on parle de moi ne me déplaisait pas. Je me suis tournée vers le cousoir.

J'adorais les livres à cette étape du travail, et il était exact que le *Calliope* en regorgeait. Des livres cousus puis abîmés d'une manière ou d'une autre. Des pages déchirées, de la colle renversée ou une malfaçon moins visible – un défaut quelconque dans l'arrondissure du dos, une imperfection qui aurait pu être masquée par un bon cartonnage entoilé, mais ne l'avait pas été. Mon doigt a couru sur le dos nu de *Mots de femmes*. L'arrière des cahiers faisait penser à des vertèbres, la ficelle sur laquelle ils étaient cousus aux baleines d'un corset.

J'aurais voulu que le travail de reliure des mots de femmes dure éternellement, mais il n'y avait que cent quatre-vingt-douze pages et un seul volume. J'anticipais déjà son absence, comme cela m'arrivait de temps en temps avec des livres auxquels je m'étais attachée en les pliant et en les assemblant, et surtout en les cousant. Mais il n'y aurait pas de rebut avec celui-ci. Aucune chance que le moindre fragment de *Mots de femmes* finisse sa course sur le *Calliope*.

« Vous n'avez jamais envisagé d'en imprimer d'autres exemplaires ? » ai-je demandé.

Le typographe a secoué la tête.

« Non, il n'y a que celui-ci. Je n'avais pas conscience qu'il courait autant de risques d'être gâché. »

J'ai ri.

« Eb ne vous laissera pas le gâcher. Moi non plus. Mais je pensais que d'autres pourraient s'intéresser à ce dictionnaire. »

Il a froncé les sourcils, très légèrement, et j'ai soudain éprouvé un certain agacement. Tous ces efforts avaient peut-être relevé d'une simple attention, comme on fait encadrer un ouvrage de broderie pour décorer un salon. Je me suis dit qu'il ne voyait peut-être pas ces mots comme je les voyais : une idée nouvelle, une forme d'argument, de réparation ou de rectification. Mon esprit s'est emballé comme un cheval fou. Tant de raisons pour lesquelles nos mots n'avaient jamais été reliés, et ils étaient enfin là. En un seul satané exemplaire.

« J'ai conservé les formes », a-t-il repris.

Le cheval s'est remis au pas.

« J'en imprimerai d'autres, mais je voulais que celui-ci soit unique, à part. Je ne veux pas que l'exemplaire qui lui est destiné n'en soit qu'un parmi d'autres. »

Le cheval s'est arrêté. Mon exaspération a fléchi.

« Vous comprenez ? » m'a-t-il demandé comme s'il y attachait de l'importance.

Je comprenais parfaitement.

« Seul en son genre. Au moins pendant un temps », ai-je répondu.

Il a retiré le linge de son doigt. Il ne saignait plus. Il a cousu le cahier suivant.

CHAPITRE 7

Rosie bavardait avec quelqu'un dans son jardin de rive. Un long manteau rouge avec une garniture noire. *Une belle-dame*, ai-je pensé. Maude s'est précipitée, dispersant les canards qui s'étaient regroupés sur le chemin de halage. Tilda l'a prise dans ses bras et quand je les ai rejointes, elle en a laissé un autour de Maude et m'a entourée de l'autre. *Sculpturale*, avait dit un jour Ma en parlant de Tilda. Nous avions fini de grandir et ne lui arrivions qu'à l'épaule.

« Elles me vont bien, tu ne trouves pas ? a-t-elle demandé à Rosie en nous embrassant sur la tête, d'abord Maude, puis moi.

— Ce ne sont pas des pendeloques à t'accrocher aux oreilles, a protesté Rosie.

— Si je pouvais, je le ferais. Comme ça, elles m'accompagneraient partout. »

Si seulement, ai-je pensé.

« Parce que tu crois que nous aurions envie de venir ?

— Oh, Peg, tu viendrais, j'en suis sûre. Quant à celle-ci, en revanche… » Elle a serré Maude contre elle. « Je pense qu'elle est parfaitement heureuse où elle est.

— Heureuse où elle est », a dit Maude.

Nous avons pique-niqué sur la berge. Tilda avait apporté un morceau de stilton, un bocal d'oignons au vinaigre et une grosse miche de pain blanc. Et aussi suffisamment d'anecdotes pour nous faire rire et nous scandaliser très légèrement avant que la lumière décline et que la Vieille Madame Rowntree se mette à frissonner. Nous nous sommes alors retirées à bord de nos péniches.

À l'intérieur, j'ai préparé du chocolat chaud et j'en ai versé une tasse à Maude. Tilda n'en a pas voulu.

« Quand commences-tu ta formation d'infirmière ? » lui ai-je demandé en m'asseyant à la table.

Tilda s'est versé un petit verre de whisky.

« Après-demain. »

Dans deux jours seulement. Ma tasse s'est arrêtée à mi-chemin de mes lèvres.

« Oh, je sais. Tu voudrais que je reste pour toujours. »

J'ai avalé une gorgée.

« Pas pour toujours », ai-je dit.

Tilda a parlé, nous l'avons écoutée, et la nuit s'est étendue d'un noir d'encre au-delà du *Calliope*. J'ai remonté la mèche de la lampe et nous nous sommes abreuvées de la vie qu'elle avait menée depuis sa dernière visite, de ses péripéties tragiques et comiques. Soudain, elle s'est interrompue.

« Assez parlé de moi, a-t-elle dit en regardant autour d'elle comme si elle venait de remarquer où elle était. Et vous deux, qu'avez-vous fabriqué de beau ? »

En guise de réponse, Maude a brandi un papillon de papier.

« Assez parlé de moi », a-t-elle dit.

Tilda s'est esclaffée de son grand rire sonore.

« Touché ! Mais ne fais pas comme si tu ne t'intéressais pas à mes faits et gestes, Maudie. Tu es suspendue à mes lèvres.

— À mes lèvres, a approuvé Maude.

— Et toi, Pegs ? Quoi de neuf ? »

Tilda était comme une tempête. Elle soufflait et bousculait tout, révélant ce que j'essayais de laisser englouti.

« Rien, ai-je répondu. Je plie, j'assemble, je couds. En voyant ta lettre, j'ai envisagé de rejoindre le VAD. Mais je ne peux pas, évidemment.

— Il y a Maude, est intervenue Maude.

— Ce n'est pas ça, Maudie, ai-je protesté.

— Bien sûr que non, a renchéri Tilda. Seules les femmes aisées et *sans* obligations peuvent entrer au VAD. Peg se sent un peu inutile, c'est tout.

— Je *suis* un peu inutile.

— Ça vient de commencer. Oxford ne va pas tarder à être inondé d'hommes meurtris et brisés, tu finiras bien par trouver quelque chose à faire. » Elle s'est servi un autre whisky et s'est appuyée contre le dossier de sa chaise. « Alors, dis-moi quels livres tu as pliés – y a-t-il quelque chose que tu aurais eu envie d'emporter chez toi ?

— En fait, oui. »

Et je me suis mise à lui parler des mots de femmes.

Tilda a siroté son whisky, plus attentive que d'ordinaire. Un curieux sourire jouait sur ses lèvres.

« C'est sûrement Esme, a-t-elle dit.

— Je me suis demandé si tu la connaissais. J'ai repéré ton nom.

— Plus d'une fois, j'espère. J'ai fait découvrir à Esme tout un univers de mots.

— C'est ton amie lexiqueuse ?

— Exactement.

— Pourquoi ne nous as-tu jamais présentées ?

— Helen l'a rencontrée une fois, à une de nos réunions sur le droit de vote.

— Ce n'est pas une réponse. »

J'ai croisé les bras et attendu.

Elle s'est versé un autre whisky.

« Je n'ai pas envie de vous partager. Aucune de vous. Je suis égoïste, tu le sais bien. » Elle a pris son verre et l'a vidé d'un trait. « Je n'ai pas envie d'expliquer Helen à qui que ce soit, Peg. Pas même à Esme. » Puis elle a ri. « Surtout pas à Esme.

— Qu'y a-t-il de drôle ?

— Je la vois bien écrire le nom d'Helen en haut d'une de ses fiches et essayer de la définir. »

Le sourire s'est effacé de son visage et pendant un moment nous sommes restées silencieuses. Les mains de Maude avaient ralenti.

Puis Tilda a levé les yeux de son verre vide.

« C'est impossible, tu ne crois pas ? »

* * *

Deux jours plus tard, nous avons accompagné Tilda à la gare. Le hall des départs résonnait d'adieux éplorés et bruyants – des jeunes gens en uniforme aux plis impeccables et aux boutons étincelants, le visage illuminé par une aventure imaginaire. Sur le quai, ce n'était qu'échos de promesses de revenir entiers. Chacun d'eux était persuadé d'avoir tout ce qu'il fallait pour rester en vie. J'ai pensé à Jack – il en était sûr.

Tilda était debout devant la fenêtre ouverte à côté de sa place.

« Écris-nous, ai-je crié.

— Si j'ai le temps », a-t-elle répondu.

* * *

Mme Hogg a agité la clochette et nous avons rejoint le flot de femmes qui sortaient de l'atelier en fin de journée.

« Bonjour, Peggy. »

Il se tenait juste derrière la porte, s'efforçant en vain de ne pas gêner le passage.

« Monsieur Owen », ai-je dit, consciente des têtes qui se tournaient. De l'agitation que provoquait la présence d'un homme aussi près du côté filles.

« Bonjour, Gareth, a dit Maude sans se soucier un instant des têtes qui se tournaient.

— Bonjour, Maude, a-t-il répondu, avant d'ajouter en baissant la voix : Je me disais que Peggy et vous souhaiteriez peut-être vous joindre à moi pour les dernières touches.

— Les *Mots de femmes* », a-t-elle acquiescé, d'une voix aussi forte que d'ordinaire.

Il a hoché la tête.

Eb avait tout préparé. Il avait débarrassé son établi de ses activités officielles pour poser au milieu un mince volume, des dimensions et de la forme d'un fascicule du Dictionnaire, superbement relié en cuir vert. M. Owen s'est écarté pour nous laisser approcher, Maude et moi.

Un motif simple était déjà gaufré sur le pourtour de la couverture et le titre avait été gravé en creux sur le plat de devant et sur le dos. *Mots de femmes avec leur signification*. C'était comme un murmure de ce que serait le livre après la dorure.

Sur une feuille de papier millimétré posée à côté du volume était dessiné le motif de bordure, et on y relevait des traces d'estampage.

J'ai saisi un des petits fers dont s'était servi M. Owen et j'ai pressé le motif dans ma paume. C'était une simple coquille et l'empreinte a disparu en un instant, mais l'outil conservait des traces de papier, de graphite et de cuir, le tout lié par la chaleur. Le dessin resterait sur ma peau jusqu'à ce que je me lave.

J'ai posé la main sur le volume.

« Je peux ? ai-je demandé à M. Owen.

— Je pense que oui », a-t-il répondu en se tournant vers Eb.

Eb a acquiescé. J'ai soulevé la couverture et tourné les feuillets de garde jusqu'aux premières pages imprimées.

Mots de femmes avec leur signification
Édité par Esme Nicoll

Un élan d'émotion, une chaleur soudaine, un frisson. De l'envie, et puis autre chose. Un chuchotement à mon oreille. *Pourquoi pas ?*

« Vous êtes prêts ? » a demandé Eb.

J'ai levé les yeux et constaté que tous me regardaient.

« Qu'en pensez-vous, Peggy ? Faut-il le terminer ? » a demandé M. Owen.

Son cadeau avait pris de l'importance pour moi, et il le savait. Je me suis demandé un moment s'il était contrarié de devoir partager cette expérience, et j'ai conclu que non. M'écartant de l'établi, je lui ai fait signe de prendre ma place.

Eb a calé le livre dans la presse à dorer de manière à pouvoir travailler d'abord le dos. Puis il nous a expliqué le processus de la dorure.

« Glaire, graisse, or, a-t-il énuméré en mettant ces trois matériaux à portée de main du typographe.

— Glaire, graisse, or, a fait Maude en écho.

— Glaire ? Qu'est-ce que c'est ? » ai-je demandé.

Les relieuses n'apprenaient pas à dorer.

« Principalement du blanc d'œuf, a répondu Eb. Elle permet de préparer le cuir à recevoir la dorure. »

Il a pris un petit pinceau qu'il a plongé dans la glaire avant de l'appliquer sur le décor estampé dans le cuir à la tête du dos, puis il a tendu le pinceau à M. Owen.

« Vous pouvez continuer. Ça n'abîmera pas le cuir, mais tâchez que ça ne soit pas trop épais. Il faut en laisser sécher deux couches avant de pouvoir appliquer le suif.

— C'est comme quand on met de l'œuf battu sur un gâteau », ai-je dit à Maude.

Une fois la graisse appliquée, Eb nous a montré comment procéder à la dorure.

Il a secoué une mince spatule juste au bord des feuilles d'or pour que le courant d'air les sépare. Lorsque la feuille supérieure s'est soulevée, il l'a attrapée sur la lame. Il l'a transférée sur un petit coussin de caoutchouc, puis a utilisé le même outil pour découper la feuille en bandes de différentes tailles.

« C'est une manipulation délicate, a-t-il poursuivi. Il faut apprendre à déplacer l'air autour d'elle. »

Il a positionné la lame sur le bord inférieur d'un petit ruban d'or et a soufflé tout doucement pour le soulever. Puis, avec une promptitude et une délicatesse extraordinaires, il l'a attrapé et l'a déplacé jusqu'au dos de l'ouvrage où il l'a laissé retomber. L'or s'est posé dans les creux de l'estampage, comme s'il était soulagé d'être enfin chez lui. Eb a retiré l'excédent au pinceau, laissant apparaître le motif. Il m'a tendu la spatule.

« Et si tu faisais le dos ?

— Bonne chance », a dit Maude.

Ma main tremblait et les feuilles d'or se sont enroulées sur elles-mêmes : une fois, deux fois, trois fois.

« Je crois bien que je ne suis bonne qu'à plier », ai-je dit après avoir gâché la troisième.

Eb est alors intervenu. Il m'a tendu la lame avec un ruban de feuille d'or et a désigné le dos du livre d'un mouvement de tête.

« Il y en a assez pour *Mots.* »

J'ai mis la feuille d'or en place et j'ai senti l'attraction statique l'aspirer vers les lettres en creux. J'ai retiré l'excédent d'or puis j'ai posé une nouvelle bande, puis une autre. Pour finir, tout le titre a été illuminé.

Eb a retiré le livre de la presse à dorer pour que M. Owen puisse décorer le plat. Le typographe a hésité. *C'est la dernière étape*, me suis-je dit. Après cela, son cadeau serait prêt.

« Je me suis entraîné », a-t-il déclaré.

Il a tendu le doigt vers un échantillon de cuir recouvert de lettres et de motifs dorés disposés au hasard. Il a soulevé la première feuille d'or. Il n'avait pas la rapidité ni la délicatesse de notre mentor, mais a réussi à dorer les mots sans son assistance.

C'était terminé, et nous sommes tous restés silencieux.

« Merci », a-t-il dit finalement.

Il m'a tendu la main, puis l'a tendue à Maude.

« Merci, a dit Maude, et cela aurait pu être un écho, mais je pense qu'elle était sincère.

— Merci à *elle*, ai-je dit. À Mlle Nicoll. »

Pour les mots, aurais-je pu ajouter ; merci de les avoir recueillis, compris, de leur avoir accordé son attention. Je me suis retournée immédiatement et je suis partie.

* * *

9 octobre 1914

Salut Pegs,

Si ça peut te consoler, ça n'a rien de l'aventure que j'avais espérée – nous passons notre temps à ranger des casiers, vider des bassins et enrouler des bandages. Notre principale mission, cependant, est de « porter fièrement l'uniforme ».

Les débutantes de St. Bart prennent cette consigne très au sérieux et mettent le plus grand soin à repasser leur tenue et à cirer leurs chaussures. C'est tout nouveau pour elles (elles ont toujours eu du personnel de maison, les pauvres chéries) et elles en font tout un théâtre. Je m'en soucie beaucoup moins, ce qui me vaut d'être constamment réprimandée pour mes vêtements fripés, les éraflures de mes souliers et mon indiscipline générale. L'infirmière-chef m'a laissé entendre que je serais peut-être plus utile ailleurs. Elle a raison, ce qui est très agaçant, alors par pur esprit de contradiction, je me suis engagée pour toute la durée du conflit. Seuls la maladie, la mort ou le mariage pourront me libérer.

Tilda x

P.-S. : Quel est ton niveau de français ? Les journaux disent que tout un convoi de Belges se dirige vers vous – ça pourrait te donner quelque chose à faire.

CHAPITRE 8

Maude s'était mise sur son trente et un, ses mains pliaient une page volante d'un livre qui n'avait rien d'intéressant à dire. Laissant le café infuser sur le fourneau, je suis passée dans notre chambre pour m'arranger un peu. Je me suis pincé les joues et j'ai sorti un bâton de rouge à lèvres du placard, au-dessus de notre lit. Il avait appartenu à Tilda. Je l'ai utilisé avec parcimonie. J'ai frotté mes lèvres l'une contre l'autre et regardé la couleur se répandre, puis s'atténuer d'un rouge profond en une nuance plus comme il faut. J'ai eu envie d'en remettre un peu, mais après tout, ce n'était pas à une soirée dansante que nous allions. J'ai reposé le bâton puis j'ai levé les yeux, vivement, cherchant à prendre mon reflet par surprise.

Je faisais ça de temps en temps, espérant que le visage qui me rendrait mon regard serait le mien. Mais c'était presque toujours celui de Maude, ce qui m'inspirait la sensation pénible de ne pas savoir qui j'étais. *Lire l'image inversée*, ai-je pensé, me rappelant les propos du typographe. J'ai détourné les yeux puis je les ai reposés sur mon visage.

Les lèvres rougies arrangeaient un peu les choses, les joues pincées aussi. Peut-être était-ce les yeux, plus foncés grâce au khôl que j'avais appliqué, mais en tout cas, j'étais bien là : Peggy Jones. La jolie Peggy Jones. J'ai repris le rouge à lèvres et j'en ai ajouté une couche.

L'odeur du café chaud m'a ramenée à la péniche, à Maude dans sa plus belle robe, au train qui n'allait pas tarder à arriver à Oxford. Je me suis approchée du fourneau et j'ai rempli deux Thermos de café que j'ai rangées dans la corbeille avec deux paquets de biscuits.

Rosie nous a appelées depuis le chemin de halage.

« Il faut y aller, Maudie », ai-je dit en lui tendant son manteau pour qu'elle enfile les manches.

Elle s'est exécutée. Je lui ai confié la corbeille et elle y a ajouté une petite pile de pliages, des cadeaux : éventails, marque-pages, oiseaux aux ailes articulées.

Rosie avait mis sa deuxième plus belle robe, son chapeau du dimanche solidement épinglé sur ses boucles poivre et sel – ce n'était pas un événement destiné à une batelière. Nous avons échangé un regard approbateur.

« Tu es superbe », m'a dit Rosie, et j'ai attendu qu'elle adresse le même compliment à Maude.

Elle ne l'a pas fait et je lui en ai été reconnaissante.

Maude a soulevé le linge qui couvrait le panier de Rosie.

« Des brioches, a-t-elle annoncé.

— Tu peux en prendre une maintenant, ou bien tout à l'heure, Maude, a dit Rosie. Mais pas maintenant *et* tout à l'heure ; elles sont pour les réfugiés.

— Maintenant *et* tout à l'heure », a dit Maude.

Rosie a retiré son panier.

« Maintenant *ou* tout à l'heure, a-t-elle reprécisé.

— Maintenant », a dit Maude et Rosie a soulevé le linge.

Maude a pris son temps avant de choisir la plus grosse et de mordre dedans. Un ruban de chaleur s'est élevé dans l'air automnal.

« Elles sentent vraiment bon », ai-je dit, et Rosie m'a tendu le panier.

J'ai rompu ma brioche par le milieu et laissé la vapeur monter jusqu'à mes narines. Pomme, ainsi qu'un mélange d'épices qui rendait toute la cuisine de Rosie un peu plus délicieuse que celle des autres.

Nous avons suivi le chemin de halage jusqu'au pont de Hythe avant de rejoindre un petit cortège de gens qui se dirigeaient vers la gare. Il y avait surtout des femmes, endimanchées alors que nous étions mercredi. Chargées de corbeilles et de sacs en tout genre, nous avions l'air d'être en route pour une fête foraine.

Nous étions en avance, bien sûr. Le train n'arriverait que dans une demi-heure, mais nous voulions être prêtes. Les Belges avaient fait un long voyage. Ils seraient fatigués, affamés, apeurés. Traumatisés.

Le Viol de la Belgique : voilà comment les journaux parlaient de l'invasion allemande. Les maisons pillées et incendiées, les villes détruites, des gens ordinaires brutalisés et fusillés, même s'ils n'étaient pas armés, même si c'étaient des femmes et des enfants. Certains étaient restés terrés dans des caves pendant des semaines, d'autres s'étaient enfuis et s'étaient fait tuer par des clôtures électriques. Les rumeurs de ce que les Allemands faisaient aux femmes étaient pires que des cauchemars. Nous voulions que ces gens se sentent en sécurité, bien accueillis. Nous voulions qu'ils sachent que nous étions meilleurs que les Allemands.

Mme Stoddard était déjà là, en train d'installer une table à tréteaux recouverte d'un drap blanc. Une autre femme déroulait une banderole portant l'inscription *Comité d'aide aux réfugiés de guerre d'Oxford* peinte maladroitement sur toute sa longueur. Elle l'a fait tenir au bord de la table avec des boîtes de haricots.

Quand elle a aperçu Mme Stoddard, Maude a agité la main. Mme Stoddard lui a adressé un grand sourire. C'était elle qui était derrière tout cela. Elle qui s'était arrangée avec M. Hart pour que Maude et moi puissions être à la gare à l'arrivée des réfugiés.

Rosie et moi avons posé nos brioches, nos biscuits et nos Thermos de café sur la table. Comme d'autres femmes arrivaient, j'ai aidé Mme Stoddard à disposer leurs plats et leurs boissons chaudes de façon que la circulation soit fluide d'une extrémité de la table à l'autre. J'imaginais chaque Belge comme un cahier de livre, et me demandais quelle histoire ils raconteraient s'ils étaient tous cousus ensemble.

Cet étalage de nourriture était irrésistible pour Maude. Je l'ai vue tendre la main vers une deuxième brioche de Rosie, mais j'étais trop loin pour l'en empêcher. Une ou deux femmes lui ont fait les gros yeux et ont ostensiblement donné une tape sur la main de leurs enfants qui cherchaient à l'imiter. Maude n'a rien remarqué de tout ça. Moi, je remarquais le moindre geste.

Je me suis avancée vers ma sœur, mais Mme Stoddard est intervenue.

« Maude, a-t-elle dit exactement de la voix qu'elle employait pour lui confier une tâche spéciale à l'atelier. Il me semble bien avoir vu des cadeaux pour nos visiteurs dans ta corbeille. Je me trompe ? »

Maude a quitté l'assiette de brioches des yeux et a hoché la tête. Puis elle m'a regardée.

« Cadeaux ? »

J'ai extrait la corbeille de sous les tréteaux – une collection de trésors pliés et la moitié d'une brioche aux pommes et aux épices. J'ai sorti la brioche et j'ai tendu la corbeille à Maude au moment même où l'on entendait le souffle d'une locomotive. Avant que j'aie eu le temps de l'arrêter, elle s'est approchée du bord du quai en même temps qu'une dizaine d'enfants. J'ai fait comme toutes les mères qui leur criaient de rester en arrière.

Le sifflet a chanté, sonore et joyeux. Puis le quai a été submergé de vapeur, et l'odeur de la fumée de charbon a remplacé le parfum d'épices des brioches de Rosie. Mme Stoddard m'a tendu une jatte de pommes.

« Prends-les et offres-en à ceux qui arrivent. »

Je me suis frayé un passage à travers la cohue de femmes et d'enfants qui se bousculaient pour apercevoir nos visiteurs. Maude était au premier rang, un cadeau plié dans sa main, prête à l'offrir à la première personne qui descendrait du wagon. Un ou deux enfants ont regardé dans sa corbeille et lui ont demandé s'ils pouvaient prendre un oiseau en papier.

« Non », a-t-elle répondu, et ils ont reculé, dociles.

J'ai souri. Il était impossible d'ignorer le message de Maude quand elle disait oui ou non. Son visage, ses mains, son corps tout entier corroboraient le mot qui franchissait ses lèvres, et il était rare qu'on ait besoin de davantage d'explications. Les enfants, en particulier, semblaient comprendre qu'il était inutile de discuter.

Le chef de gare a parcouru toute la longueur du convoi, demandant aux gens de s'écarter, de laisser de la place aux passagers. La foule s'est écartée puis refermée, comme de l'eau dans le sillage du chef de gare.

Je me suis tournée vers Mme Stoddard, prête derrière sa table avec Rosie et trois autres membres du comité d'aide aux réfugiés. Elle redressait son chapeau. Rosie s'était haussée sur la pointe des pieds pour essayer de voir par-dessus la foule.

Qu'attendons-nous ? me suis-je soudain demandé.

Il y avait quatre wagons. Les portes se sont ouvertes.

Une femme se tenait sur la marche supérieure de la deuxième voiture, face à un accueil compact d'enfants, de mères et de bruit. Elle portait plusieurs couches de vêtements superposées, les ourlets de deux jupes et les cols de deux chemisiers étaient visibles sous un cardigan et un épais manteau. Elle tenait une petite malle – *trop petite*, ai-je pensé, *pour contenir une vie*. Elle n'a pas fait mine de vouloir descendre sur le quai, et à l'expression de son visage, j'ai cru qu'elle allait faire demi-tour pour s'enfoncer à nouveau dans les entrailles du wagon. *(Un refuge*, ai-je pensé, *pour échapper à l'empressement de ceux qui prétendaient leur accorder refuge.)* Un beau visage. Sa peau souillée par le voyage, ses cheveux pâles s'échappant des épingles, ses yeux bleu clair, perplexes.

J'ai regardé autour de moi. Elle arrivait en pleine fête. Pensant à ce qu'elle avait dû fuir, j'ai eu honte, honte de ma robe du dimanche, de mon rouge à lèvres. J'ai calé ma jatte de pommes sur ma hanche, ai sorti mon mouchoir de ma manche et je me suis frotté la bouche.

Puis Maude a surgi devant la portière de la deuxième voiture avec sa corbeille de cadeaux. Elle a brandi un éventail en papier et la femme pâle l'a regardé comme si elle n'avait pas la moindre idée de ce que c'était, de ce qui se passait. Ma sœur a attendu sans donner d'explication – elle n'en donnait jamais. Au bout de quelques instants, Maude a déployé l'éventail comme aurait pu le faire une élégante Espagnole : une main, un geste, les plis s'écartant telle une queue de paon. C'était un des éventails dont elle avait décoré la bordure de roses bleues. « Pourquoi bleues ? » lui avais-je demandé quand elle les avait coloriées. Elle avait haussé les épaules.

Maude a approché l'éventail du visage de la femme et j'ai regardé la brise créée par son geste soulever des mèches de cheveux éparses, des fils arachnéens. J'ai regardé la femme descendre du train, j'ai regardé sa malle glisser de sa main et basculer. Il n'est pas possible, en réalité, que le silence ait alors régné sur le quai, mais c'est l'impression que j'ai eue. On aurait dit des retrouvailles, et j'observais la scène comme aurait pu le faire une étrangère, m'interrogeant sur le lien qui unissait ces deux femmes. L'espace d'un instant, je me suis sentie séparée de ma sœur, j'ai éprouvé l'étrange impression de ne pas la connaître, tandis que l'étrangère prenait Maude dans ses bras et sanglotait.

« Sanglotait » n'est pas tout à fait le mot juste. C'était plus que cela. Quelque chose s'arrachait à cette femme. Quelque chose qui avait été enraciné au plus profond d'elle. Après tout, peut-être le silence s'est-il vraiment fait. Sa détresse s'étalait devant nous. Gênante. Inintelligible. La foule s'en est écartée. Les gens se sont tournés, hésitants à présent, vers les autres passagers qui descendaient du train. J'ai remarqué leur soulagement quand des sourires leur ont répondu. Ils se sont précipités pour prendre les bagages des Belges les mieux habillés, les moins traumatisés, pour les entraîner vers la table, leur servir du thé ou du café, distribuer des bonbons à leurs enfants.

Maude était la seule à être à l'aise avec la douleur de la femme. Elle a tenu bon et lui a rendu son étreinte. La femme était grande, et son visage pâle s'inclinait au-dessus de la tête sombre de ma sœur. Elle la serrait plus fort qu'un étranger ne le fait d'ordinaire, comme une mère serrerait dans ses bras un enfant qui s'était égaré et que l'on a enfin retrouvé. Je m'attendais à ce que Maude se dégage, que sa tolérance au contact d'une personne inconnue soit poussée au-delà de ses limites. Mais cette femme avait besoin de serrer quelque chose dans ses bras, et ma sœur avait estimé que cela pouvait être elle.

Je me suis dirigée vers le petit espace qui entourait leur étreinte. Elles se sont écartées avant que je ne les rejoigne et la femme a reculé d'un pas, désorientée. Elle a regardé Maude dans les yeux, comme si ma sœur était en mesure de lui expliquer quelque chose. Maude s'est contentée de hocher la tête et de soutenir son regard, comme Ma lui avait toujours dit de le faire.

Cela a paru suffisant.

Je me suis approchée et Maude s'est retournée. La femme s'est retournée. Elle a réagi comme tout le monde, son regard passant de moi à Maude pour revenir se poser sur moi. Pour une fois, j'en ai été heureuse. Son visage a pris une expression qui m'était familière.

« Jumelles, ai-je commenté.

— Visiblement. »

Elle parlait anglais.

« Je m'appelle Peggy et elle, c'est Maude. »

Maude lui a tendu l'éventail et la femme l'a pris. Elle l'a déployé comme aurait pu le faire une élégante Espagnole. Elle a fermé les yeux et s'est éventé le visage.

« Merci, a-t-elle soufflé.
— Merci », a répété Maude.

Même accent, même souffle. *Oh, Maude*, ai-je pensé, *pas maintenant.*

La femme a ouvert les yeux et a regardé ma sœur bien en face. Maude l'a regardée bien en face.

* * *

Mme Stoddard était rouge et souriante. La table était presque vide, tout comme le quai. La majorité des Belges avaient été conduits au Ruskin College, déserté par les étudiants dont la plupart s'étaient enrôlés. Ils logeraient là en attendant qu'on leur trouve un domicile plus permanent. Mais quelques-uns étaient restés, avec leur billet de logement, pour aider à ranger. C'étaient des femmes, seules. Elles empilaient tasses et assiettes dans des corbeilles, pliaient la nappe tachée qui avait couvert la planche. La grande femme pâle se tenait parmi elles, sa détresse à peine perceptible à présent tandis qu'elle raclait les assiettes couvertes de miettes et de restes de galettes d'avoine.

Depuis leur arrivée, la plupart de ces femmes avaient eu l'air de quelqu'un qui vient de se réveiller. J'ai vu l'une ou l'autre se retourner vers le train, comme si elles avaient laissé quelque chose à bord. *Un mari*, ai-je pensé. Un amant, un frère, leur chapeau préféré. Elles acceptaient des tasses de café qu'elles tenaient entre leurs mains sales. Elles prenaient des biscuits et des brioches, qu'elles mangeaient trop vite. Quand il le fallait, un sourire s'étirait sur leurs visages épuisés, mais il s'évanouissait bientôt. En cet instant seulement, enfin, alors qu'elles débarrassaient les reliefs de leur réception de bienvenue, elles avaient l'air à l'aise.

Mme Stoddard m'a tendu un torchon dans lequel elle avait enveloppé des restes.

« Votre récompense pour avoir aidé à débarrasser. »

Je l'ai niché au fond de notre corbeille. *Des galettes d'avoine et des pommes pour le thé*, ai-je pensé.

« Mais avant de partir, venez, que je vous présente aux autres dames. »

Mme Stoddard nous a entraînées vers l'endroit où les membres du comité étaient en train de retirer leurs tabliers. Elle a fait les présentations.

Mlle Bruce était la responsable.

« Mlle *Pamela* Bruce, a annoncé Mme Stoddard en insistant sur son prénom. Sa sœur est Mlle *Alice* Bruce, directrice adjointe de Somerville. »

Mlle Pamela Bruce était une femme solide et raide, avec un chignon de cheveux gris fer planté haut sur le crâne qui la faisait paraître plus grande qu'elle n'était. Elle m'a tendu la main, un geste auquel je n'étais pas habituée, mais je l'ai serrée. Puis elle l'a tendue à Maude, qui ne l'a pas serrée.

« Peggy adore Somerville », a dit Maude.

Je l'aurais pincée s'il n'y avait pas eu de témoins.

« Le bâtiment, me suis-je empressée de préciser, qui donne sur Walton Street. »

Mlle Bruce a observé ma sœur, a remarqué son expression candide et lui a adressé un gentil sourire d'approbation avant de se tourner vers moi.

« Le bâtiment est plutôt ordinaire, pour un collège.

— Et permettez-moi de vous présenter, a dit Mme Stoddard en posant la main sur le bras de la femme aux yeux pâles, aux cheveux pâles, Lotte Goossens. »

Elle m'a probablement présenté les autres Belges, les autres membres du comité d'aide aux réfugiés, mais le seul nom qui, semble-t-il, me soit vraiment parvenu aux oreilles, était celui de Lotte.

« Lotte va loger chez moi, a poursuivi Mme Stoddard. Quand elle sera prête, elle travaillera à l'atelier de reliure. »

DEUXIÈME PARTIE

LES BROCHURES D'OXFORD

Octobre 1914-juin 1915

CHAPITRE 9

Le matin était clair. Une fraîcheur d'octobre.

« Sang, boue, pluie », a annoncé Maude quand nous nous sommes arrêtées chez Turner pour prendre notre courrier. « Course à la mer. Les Alliés se retranchent à Ypres. L'instruction va débuter à Port Meadow.

— Vous pourriez vendre des journaux, mademoiselle Jones, le jour où vous en aurez assez de travailler aux Presses », lui a dit M. Turner.

J'ai pensé aux Belges de la gare, à ce à quoi ils avaient échappé. Puis j'ai essayé de penser à tous les hommes des Presses qui étaient peut-être en Flandre. Ils étaient trop nombreux.

Quand nous sommes arrivées à l'atelier, seule la moitié des établis était couverte de cahiers imprimés.

« La salle des machines n'est pas encore tout à fait opérationnelle, nous a expliqué Mme Hogg. En attendant, Mme Stoddard insiste pour que vos mains ne restent pas oisives. »

Elle m'a tendu une paire d'aiguilles à tricoter et une pelote de laine.

« Que suis-je censée en faire ?

— Je vous croyais plus intelligente que ça, mademoiselle Jones.

— Des cache-nez », m'a annoncé Lou quand je me suis assise parmi toutes celles à qui elle montrait comment faire.

Je n'étais pas la seule à avoir oublié ce qu'on nous avait appris à l'école de filles.

« J'espère que les Belges savent tricoter, ai-je dit.

— Mme Stoddard prétend que nous aurons plus qu'assez de travail avant qu'elles nous rejoignent. »

Je me suis tournée vers Maude. Comme elle était dispensée de tricot, une pile de feuilles imprimées était posée sur sa table. Je me suis penchée pour voir ce qu'elle pliait.

Poésie. Un petit volume – un cahier, seize pages. Douze sonnets, plus les pages de garde. À voir la pile, il devait y avoir une quarantaine d'exemplaires. Chaque semaine, nous imprimions de nouveaux textes de ce genre. Effusions de chagrin ou de gloire de femmes et d'hommes qui avaient les moyens de faire face au coût croissant de l'impression. Le papier se faisait cher, mais ces petits volumes n'en finissaient plus. Nous nous en moquions volontiers, tout en leur étant reconnaissants. Sans eux, nous aurions eu encore moins de travail et M. Hart moins de raisons de nous payer. J'ai lu quelques vers tout haut.

« *L'aube se lève, rouge, sur le ciel d'Angleterre,*
L'oiseau matinal chante d'une voix incertaine.
L'aube sait les pleurs dans lesquels ma nuit se perd,
Mais elle ne peut rien changer à ma peine. »

Un amoureux ? Un frère ? Un ami ? Je me suis demandé qui elle avait perdu. Et puis ça m'a échappé :

« Dommage qu'elle ne se soit pas mise au tricot au lieu de faire de la poésie. Tout le monde s'en trouverait mieux.

— Sois gentille, Peg », lança Maude.

Ma avait dit ça, une ou deux fois.

« Oh ! Crotte. »

J'avais laissé tomber une maille.

« Surveille ton langage, Peggy.

— Pardon, madame Stoddard. Le tricot n'a jamais été mon fort. Je plains le pauvre type qui se retrouvera avec ce… – j'ai brandi mon cache-nez – machin-là.

— C'est avant tout un problème de tension. La tienne est irrégulière. »

Elle m'a pris le tricot des mains et a tiré dessus. Puis elle s'est tournée vers Lou, qui a haussé les épaules.

« Tu as de la chance. Nous venons de recevoir une livraison de feuilles.

— C'est quoi ?

— Quelle importance ? Elles te dispenseront du tricot. » Elle savait pourtant que c'était important pour moi, et elle a souri. « Une brochure d'Oxford. *Force fait loi*, de Sir Walter Raleigh. »

Un pli.

C'est une doctrine très dangereuse quand elle devient le credo d'un peuple stupide…

Deux plis.

Une nation d'hommes qui confondent violence et force, ruse et sagesse…

Trois plis.

L'Angleterre sera peut-être fière de mourir ; mais sûrement, son heure n'est pas encore venue.

CHAPITRE 10

M. Hart a commencé à accueillir des Belges aux Presses une semaine plus tard. Les hommes qui parlaient assez bien anglais ont été affectés à la réserve de papier et à la fonderie de caractères. Les autres étaient envoyés à la « cave à mouiller » où l'on humidifiait le papier avant l'impression, dans les salles de séchage, et à l'entrepôt. Bien qu'adultes, ils étaient traités comme des apprentis de quatorze ans. Les femmes, elles, étaient employées à l'atelier de reliure.

Lotte et deux autres Belges sont ainsi arrivées du côté filles un lundi après la pause déjeuner. Les bavardages se sont tus pendant que Mme Stoddard leur expliquait les opérations qui s'effectuaient aux différentes tables. Nous avons ralenti la cadence du pliage, relâché la chorégraphie de l'assemblage. Nous accueillions régulièrement des nouvelles, mais c'étaient des filles de Jericho, des voisines ou des connaissances, et nous nous interrompions à peine pour les accueillir. Ces femmes-là étaient des étrangères.

Mme Stoddard a agité sa clochette sans que ce soit vraiment nécessaire ; nous étions toutes attentives.

« Comme vous le savez, Oxford a accordé l'hospitalité à deux cents Belges, et j'ai le grand plaisir de vous en présenter trois. »

Elle s'est tournée vers les femmes qui se tenaient à ses côtés. Lotte a été la seule à lui rendre son regard. Les deux autres avaient la tête basse comme des écolières sermonnées par la directrice et je me suis aperçue qu'elles étaient bien plus jeunes que Lotte, sans doute plus jeunes que moi. Dix-sept ou dix-huit ans, pas plus. Mme Stoddard a posé la main sur l'épaule de chacune d'elles en prononçant son nom.

« Je vous présente Lotte, Gudrun et Véronique. »

Lotte a hoché la tête à la mention de son nom. Gudrun a levé les yeux, cramoisie. Véronique a essayé de sourire, mais a fondu en larmes. Lou s'est précipitée vers elle, l'a prise par les épaules et lui a tamponné le visage avec un mouchoir.

« Merci, Louise, a dit Mme Stoddard. Comme vous pouvez l'imaginer, mesdames, c'est un moment extrêmement éprouvant pour nos invitées. Je vous demande d'être gentilles avec elles et de les mettre à l'aise. Je compte sur vous pour les soutenir. »

Ces quelques mots ont éveillé un enthousiasme général, et plusieurs femmes ont proposé de se charger de former les nouvelles venues. Mais Mme Stoddard avait déjà décidé à qui elle souhaitait confier cette tâche, et des espaces avaient été réservés à côté de nos chaises.

Lou a conduit Véronique à la place voisine de la sienne. Lotte s'est assise entre Maude et moi, Gudrun de l'autre côté d'Aggie. Nous pliions un volume de la collection des grands classiques d'Oxford – *Lorna Doone* – et étions assises en rang le long de notre table. Lou, Aggie, Maude et moi avions fréquenté la même classe de St. Barnabas et étions entrées ensemble à l'atelier de reliure à douze ans. Aussi loin que remontaient nos souvenirs, nous avions toujours été amies. Cela faisait partie du plan de Mme Stoddard.

« Vous pourrez les intégrer dans votre groupe. Vous leur donnerez un coup de main pour l'anglais, et elles pourront s'aider réciproquement si elles ont du mal à comprendre. Lotte est celle qui parle le mieux anglais, c'est aussi la plus âgée. Les plus jeunes sont venues avec leurs familles. » Elle a marqué une pause, comme si elle avait quelque chose à ajouter, mais hésitait à le faire. « Je crois qu'il vaut mieux qu'elles restent ensemble. »

Nous étions fières d'être jugées dignes de nous occuper d'elles et avons toutes remercié Mme Stoddard de sa confiance. Pourtant, au moment où Lotte s'est installée entre Maude et moi, j'ai soudain été contrariée de devoir la partager.

Comme Véronique pleurait toujours, Lou s'est assise, le bras sur ses épaules, repoussant doucement les textes imprimés pour que ses larmes ne les mouillent pas. Aggie expliquait déjà la technique du pliage à Gudrun, ses mots suivant la cadence de ses gestes prestes.

Gudrun observa d'un regard hébété la feuille de papier rétrécir à la taille d'une page en l'espace quelques secondes.

« Va moins vite, Aggie », ai-je conseillé.

Aggie s'est tournée vers Gudrun.

« Tu comprends, n'est-ce pas ? » Comme Gudrun ne répondait pas, Aggie a parlé plus fort : « Comprends ? »

Gudrun a secoué la tête.

« C'est très simple ; recommençons. »

Aggie a attrapé une nouvelle feuille et l'a pliée, sans ralentir le moins du monde.

« Tu vois. Simple. Essaie. »

Elle a fait glisser une feuille devant Gudrun qui, l'air perplexe, n'a pas bougé. Aggie a repris la feuille, l'a pliée, plus rapide et efficace que jamais.

L'opération s'est reproduite trois fois sous mes yeux fascinés. L'optimisme d'Aggie n'a pas fléchi un instant, son allure n'a pas diminué. Gudrun est devenue plus attentive, et à la cinquième tentative, elle a réussi. Aggie l'a serrée dans ses bras. Gudrun était tout sourire.

Quand Véronique a enfin cessé de pleurer, Lou a adopté une méthode différente. Elle a mis une feuille entre elles et a posé la main sur celle de Véronique. Elle l'a aidée à trouver les marques d'imprimeur et à faire correspondre les bords, puis elle a glissé le plioir dans sa main et a encouragé Véronique à appuyer sur le papier pour marquer le pli. Elles ont ainsi plié cinq feuilles avant que Lou se cale contre son dossier et laisse Véronique en faire une toute seule. Quand elle a eu fini, Lou a apporté une simple correction, l'a observée encore un moment, puis a disposé une main de papier à côté de sa protégée. Elle vérifiait de temps en temps que les plis étaient bien droits, mais Véronique a plié les vingt-quatre feuilles sans une seule erreur.

J'avais été tellement occupée à observer Aggie et Lou que j'avais négligé Lotte. Me tournant vers elle, j'ai découvert une petite pile de cahiers impeccablement pliés. Maude pliait lentement ; Lotte calquait ses gestes sur les siens. De temps en temps, Maude regardait ce qu'avait fait Lotte. Si tout était en ordre, elle hochait la tête. Si elle remarquait une erreur, elle disait « non », sans la corriger.

Lotte avait rapidement appris à attendre que Maude en soit au pli correspondant du feuillet suivant ; elle l'imitait alors et attendait le signe d'approbation de ma sœur. C'était de cette façon que Tilda avait appris à plier des étoiles de Noël, mais Lotte possédait apparemment une précision qui faisait défaut à Tilda. Ses plis terminés se superposaient dans un alignement irréprochable.

Elles n'avaient pas besoin de moi. J'ai regardé la pile de feuilles posée devant moi et je les ai pliées, comme si les Belges n'avaient pas été là. Une fois mon tas terminé, j'ai levé la main pour que quelqu'un vienne chercher les cahiers, et j'en ai commencé un autre. J'en avais fait la moitié quand j'ai entendu Maude dire :

« Celui-là, c'est pour la bibliothèque de la maison. »

J'ai tourné les yeux vers elles et remarqué que le plioir de Lotte avait glissé, faisant une petite déchirure. Lotte s'est adressée à moi pour la première fois depuis que nous nous étions mises au travail.

« Bibliothèque de la maison ?

— Il m'arrive d'emporter chez nous les feuilles abîmées, ai-je expliqué.

— C'est permis ?

— Personne ne m'a jamais dit que je ne pouvais pas le faire. Pas vraiment. De toute façon, elles sont mises au rebut. »

Elle m'a tendu le cahier déchiré, le début du chapitre 16 : *Encore une visite dangereuse**. Je l'ai caché sous ma pile de feuilles non pliées.

Mme Hogg a agité la clochette, signalant à la première équipe qu'il était l'heure du thé.

« Le dogue rogue, a commenté Maude quand Lotte s'est retournée.

— Mme Hogg, ai-je rectifié.

— C'est à nous », a annoncé Aggie.

Elle s'est hâtée de faire son dernier pli et s'est adressée à Gudrun :

« Qu'est-ce que tu préfères, du thé fort ou du café léger ? »

Gudrun a repris un air perplexe.

« Le thé est toujours fort et le café jamais. Lequel tu préfères ? a dit Aggie en haussant le ton.

— Elle n'est pas sourde, Aggie. Parle moins vite et avec moins de mots, suis-je intervenue.

— Parler moins vite ? Je ne suis pas sûre de pouvoir faire ça, Peg. »

Elle a souri et s'est levée. Gudrun l'a suivie. Aggie l'a prise par le bras et elles se sont dirigées vers la porte de l'atelier.

« Si tu veux t'en sortir, il va falloir que tu te débrouilles mieux en anglais. Et si tu veux qu'on soit amies, il va te falloir un surnom. Je peux t'appeler Goodie ? Bien sûr que oui. Tu vas voir, Goodie, avec moi, tu vas parler anglais en un rien de temps. »

Nous avons attendu que Véronique ait terminé la feuille qu'elle avait commencée. Maude a inspecté les plis de Lotte et a hoché la tête.

« Merci, Maude », a dit Lotte.

* * *

Peu à peu, les Belges ont fait des progrès. Lotte était de loin celle qui apprenait le plus vite, mais peut-être avait-elle le meilleur professeur. Maude ne se pressait pas comme Aggie. Et elle ne se laissait pas distraire par les événements qui avaient conduit son apprentie en Angleterre. Lou, en revanche, commençait chaque journée en demandant à Véronique si elle se faisait à sa nouvelle vie. Et quelle que fût la manière dont Lou formulait sa question, Véronique fondait en larmes.

« Cesse donc de l'interroger, Lou, ai-je fini par dire. Ta gentillesse la tue. »

Mortifiée, Lou a aussitôt cessé de lui poser des questions, mais elle a remplacé les mots par des gestes. Une main sur le bras, un regard lourd de sens, une étreinte à la moindre erreur. J'envisageais de faire remarquer à Mme Stoddard qu'une petite dose d'Aggie ne ferait pas de mal à Véronique, et une petite dose de Lou à Goodie.

Quant à Lotte et Maude, elles s'accordaient à merveille. Elles ne parlaient presque que de pliage. Ça me rendait folle. Je n'avais que ma conversation à offrir, et elle était rarement la bienvenue.

« De quelle région de Belgique viens-tu, Lotte ? », ai-je demandé alors que nous avions passé deux journées à travailler côte à côte.

Elle a hésité, son plioir en suspens. Puis elle a fait un deuxième pli et j'ai compris que sa réponse se ferait attendre.

Je travaillais sur des pages du Dictionnaire – les premières épreuves de *Speech-Spume*. Dans le silence, j'ai lu les trois derniers mots de la page que j'avais devant moi. *Spondyle. Spongieux, euse. Spontané : Que l'on fait de soi-même, sans y être incité ni contraint par autrui* ; par ext. *Se dit d'une personne qui exprime aussitôt ce qu'elle ressent, comme elle le ressent.*

Tilda aime « exprimer aussitôt ce qu'elle ressent », ai-je pensé pendant que Lotte terminait son cahier.

« Louvain », a-t-elle enfin dit.

Ce nom me disait quelque chose.

« C'est comment ? » a demandé Aggie, qui avait toujours l'oreille à l'affût des discussions d'autrui.

Lotte a pris une profonde inspiration.

« Avant, c'était comme Oxford. Maintenant, c'est comme l'enfer.

— Oh », a murmuré Aggie, accablée.

Louvain. Qu'avais-je lu sur Louvain ?

Maude a tendu le bras pour poser la main sur la haute pile de cahiers de Lotte.

« Suffit, a-t-elle dit. Tous par terre. »

Je m'apprêtais à expliquer ce que voulait dire Maude, mais Lotte s'est levée et a ramassé la pile.

« Tu n'as qu'à lever la main, lui ai-je dit. La fille du chariot viendra les prendre. »

Elle m'a entendue, mais ne s'est pas rassise et n'a pas levé la main. Elle est partie avec ses cahiers.

Louvain. Je me creusais la tête. Il y avait eu quelque chose dans l'*Oxford Chronicle*. Mme Stoddard a agité la clochette et j'ai perdu le fil de mes pensées.

* * *

Cela faisait quatre jours que les Belges étaient à l'atelier de reliure quand nous leur avons montré comment assembler les cahiers.

Comme moi, Aggie aimait les empiler en exécutant une sorte de chorégraphie, dont Goodie a vite appris les pas. Goodie parlait un peu plus, mais ses propos n'avaient souvent ni queue ni tête et il leur arrivait d'éclater de rire toutes les deux à la suite d'un malentendu.

En général, Maude n'assemblait pas, et c'est donc moi qui ai montré à Lotte la marche à suivre. J'ai pris mon temps, heureuse d'avoir un prétexte pour être proche d'elle, pour scruter son visage et essayer de la comprendre, pour qu'elle me regarde comme elle regardait Maude.

Elle a coupé court à mes explications.

« J'ai compris. Merci, Peggy. »

Nous avons pris place de part et d'autre du long établi d'assemblage, le côté de Lotte constituant la parfaite image inversée du mien. J'ai fait glisser le premier cahier sur mon bras. Lotte en a fait autant. Puis le deuxième, le troisième. Lotte ne dansait pas, mais au bout de quelques séries, elle a trouvé son rythme.

Elle est trop intelligente pour ce travail, ai-je pensé, et j'ai eu envie de lui demander ce qu'elle faisait en Belgique. Qui elle était. J'ai levé les yeux vers son visage pâle. Les rides et la tension qui le marquaient toujours ont paru s'atténuer à mesure que ses compétences en assemblage augmentaient. Par certains traits, elle ressemblait à Maude : le réconfort de la répétition qui étouffait le bruit et la distraction, faisait taire la pensée, émoussait la mémoire, peut-être.

Véronique se trouvait avec Lou et Maude à l'extrémité de l'établi d'assemblage. Maude rangeait les corps d'ouvrage au fur et à mesure que nous les livrions. Lou les collationnait, apposait sa marque sur le dernier cahier, puis les passait à Véronique dont la seule tâche consistait à les poser sur un chariot.

Mme Stoddard a agité sa clochette : pause étirements. Fermement convaincue que le mouvement était indispensable à notre corps et à notre esprit, elle avait instauré des rituels de deux minutes pour rompre la monotonie du travail de reliure. Toutes les heures, sa clochette retentissait, et d'un bout à l'autre de l'atelier, les filles s'interrompaient pour s'étirer et se contorsionner en effectuant des mouvements spécifiquement adaptés à la tâche qu'elles accomplissaient.

Lotte et moi avons fini de ramasser la partie du livre que nous assemblions et avons commencé nos exercices. J'ai incliné la tête sur le côté, à gauche puis à droite, et Lotte en a fait autant. J'ai regardé le plafond, puis le sol. J'ai étiré mes bras, pris ma main droite dans la gauche pour étirer mon côté droit, puis la gauche dans la droite pour étirer l'autre. Lotte reproduisait tous mes mouvements, et quand j'ai eu fini, nous sommes restées face à face. Elle souriait.

« J'aime cette habitude », a-t-elle dit.

Je lui ai rendu son sourire. Nous avons recommencé à assembler et, si Lotte ne dansait toujours pas le long de la rangée, elle semblait plus détendue.

Véronique, en revanche, était crispée. Lou lui apprenait à vérifier que les cahiers assemblés étaient dans l'ordre, et dans le bon sens.

« Je ne suis pas sûre qu'elle arrive à lire le texte, Lou, ai-je remarqué en plaçant mon corps d'ouvrage suivant devant Maude. Elle a peut-être du mal à déchiffrer à l'envers.

— Oh, Peg, bien sûr ! La pauvre. Je n'y ai pas pensé. »

Lou a pris la main de Véronique et l'a caressée. Au moment où j'avais assemblé ma série suivante de cahiers, Véronique s'était chargée du travail de Maude, tapotant et rangeant tandis que Maude tripotait les bords d'un cahier, une partie d'un corps d'ouvrage déjà vérifié et posé sur le chariot.

« Maude », ai-je dit.

Elle a levé les yeux et je lui ai fait un tout petit signe de tête. Elle a retiré ses mains et a laissé ses bras tomber le long de son corps. Ses doigts ont commencé à tripoter sa jupe, la pliant en accordéon.

* * *

Le lendemain, quand nous avons retrouvé la table de pliage, Goodie et Véronique avaient pris l'habitude de travailler avec Aggie et Lou, et Lotte continuait à s'adresser à Maude quand elle avait besoin d'instructions. Je n'avais aucune raison d'être assise avec elles. Maude elle-même semblait n'avoir pas besoin de mes conseils, et ma vigilance s'est relâchée.

Soudain, j'ai vu Lotte s'interrompre avant d'avoir terminé un cahier. Son corps était immobile, mais elle a tourné la tête vers ma sœur. J'ai suivi son regard et j'ai reconnu le changement de posture de Maude : une inclinaison en avant et le doux hochement de tête qui accompagnait le mouvement de ses mains manipulant le papier à son idée.

J'avais déjà son nom sur le bout de la langue. Si j'intervenais assez rapidement, c'était suffisant, mais à partir d'un moment, il devenait impossible de l'arrêter. Elle ne pouvait que terminer ce qu'elle avait commencé, comme si c'était une respiration. *Imagine qu'on te demande de refermer un livre au milieu d'un paragraphe*, avait dit Ma avant que je finisse par comprendre.

Mais son nom n'a jamais franchi mes lèvres. Lotte a tendu le bras et a posé la main sur celle de Maude. Un geste muet. J'ai guetté des symptômes de gêne de ma sœur : ses dents mordant sa lèvre inférieure, son balancement rythmé. Ses doigts remuaient sous ceux de Lotte et je me suis demandé si sa main allait s'échapper. Mais ils n'étaient pas retenus, ils n'étaient que suivis. Lotte remuait les doigts elle aussi, réglant ses mouvements sur ceux de Maude, mais les ralentissant, les amenuisant. Les arrêtant.

Lotte a alors retiré sa main, avec une extrême lenteur. Elle a aplati les cornes que Maude avait faites aux coins de la feuille. Lotte s'arrêtait après chaque mouvement. Restait immobile. Elle attendait, comme moi, un signe qui révélerait qu'elle était allée trop loin. Comme il ne venait pas, elle continuait.

Lotte a ramassé le plioir de Maude, s'est arrêtée et le lui a tendu. Maude l'a pris, a fait le premier pli, le deuxième pli. Lotte est retournée à ses propres pages.

Je me suis sentie plus inutile que jamais.

* * *

22 octobre 1914

Salut Pegs,

Tu n'as pas réellement envie d'entrer au VAD, tu as juste envie de FAIRE quelque chose. Ne te méprends pas : je suis persuadée que tu accomplirais un boulot remarquable, mais vois-tu, tu ne corresponds pas tout à fait aux critères. La vérité est que la plupart d'entre nous n'ont rien de mieux à faire.

J'ai fini par faire mon trou au milieu de ces jeunes personnes aisées. La situation a été délicate pendant un moment, à cause de mon grand âge et de mes « antécédents intéressants ». Les débutantes détestent parler de « classe ouvrière » ; le mot « actrice » les fait rougir et la moitié d'entre elles prononcent « suffragette » tout bas comme si c'était un gros mot (et elles ne disent jamais de gros mots). Mais j'ai exploité toutes mes excentricités à mon avantage et je fais métier de conseils sous le manteau. Maquillage et coiffure, pour l'essentiel. Contraception à l'occasion. (À en croire l'infirmière-chef, le contraceptif le plus efficace est une attitude professionnelle et un visage sans artifices. Inutile de te dire qu'il m'arrive d'accueillir des débutantes qui viennent me demander ce qu'elles doivent faire quand leur attitude professionnelle et leur visage immaculé n'ont pas suffi.)

Le sous-entendu étant, bien sûr, que je suis à ta disposition si tu as besoin de conseils dans un des domaines susmentionnés.

Tilda x

P.-S. : Tu trouveras des capotes dans une pochette de velours noir que j'ai laissée dans la penderie d'Helen.

P.-P.-S. : Si tu as vraiment envie de faire quelque chose, pourquoi ne pas proposer tes services de bénévole dans un des hôpitaux militaires qui s'installent à Oxford ? Le carnage d'Ypres a rempli tous les lits de St. Bart. Je suis certaine qu'Oxford ne va pas tarder à accueillir des trains sanitaires bondés de blessés, et il n'y a de loin pas assez de mains pour tout ce qu'il y a à faire.

CHAPITRE 11

Pourquoi ne pas proposer tes services de bénévole ? avait demandé Tilda.

J'ai remonté High Street, plus nerveuse que je ne l'aurais souhaité. Arrivée au niveau des Examination Schools, j'ai hésité. Le bâtiment où se déroulaient habituellement les examens universitaires avait été transformé en hôpital, mais j'avais longtemps rêvé d'y entrer en toge noire, de m'asseoir avec d'autres étudiantes et d'écrire ce que je savais sur une copie. Ces copies étaient imprimées aux Presses. Je les avais pliées, collationnées. On m'avait dûment informée des conséquences que j'encourrais si je communiquais les sujets qui y figuraient, chose que peu de celles qui manipulaient les copies auraient au demeurant eu l'occasion de faire. Nous étions « Ville », les étudiants étaient « Toge », deux milieux qui ne se mélangeaient pas plus que l'eau et l'huile. Il pouvait arriver cependant qu'un étudiant essaie de corrompre un apprenti imprimeur. Les étudiants attendaient au bar de la Taverne de Jericho ou du Prince-de-Galles, espérant pouvoir engager la conversation avec les apprentis qui venaient boire une chope. Les apprentis les menaient en bateau et buvaient la bière qu'ils leur payaient en riant sous cape, mais ils n'acceptaient pas d'argent. S'ils s'étaient fait prendre, ils n'auraient pas seulement eu des comptes à rendre au Contrôleur, mais aussi à leurs frères, leurs oncles et leurs pères. Trahir les Presses, c'était comme trahir votre famille. Les étudiants repartaient aussi ignorants qu'à leur arrivée, mais plus pauvres de quelques shillings.

Ils auraient peut-être eu plus de chance auprès des relieuses. Nous passions davantage de temps devant les pages et avions de plus nombreuses occasions de lire ce qui y était imprimé. J'en connaissais bien une dizaine qui auraient pu se laisser embobiner par quelques compliments, mais elles ne se seraient certainement pas donné la peine d'apprendre une question par cœur. Cela aurait pourtant été la seule solution, car le travail de reliure des sujets d'examen était soumis à un contrôle rigoureux.

Je m'amusais à mémoriser les questions. J'étais attirée par l'anglais, l'histoire et les lettres classiques – le grec ancien n'avait ni queue ni tête pour moi, mais j'aimais bien les histoires. Ma avait adoré les lire et les raconter, et le mythe de *Calliope* figurait en bonne place parmi ses favoris. Il y avait pourtant tant de choses que nous ignorions. Quand il m'arrivait de trouver dans un sujet d'examen des noms de dieux que je ne connaissais pas, je traînais Maude au Clarendon Institute et je passais une heure à la bibliothèque, plongée dans les légendes antiques. Je pouvais comprendre la question, mais la qualité de ma réponse, j'en avais conscience, ne faisait que refléter celle de la bibliothèque à laquelle j'avais accès.

L'entrée des Examination Schools sur High Street était grandiose, comme celle de tous les bâtiments universitaires qui bordaient cette rue. Si je n'étais pas passée tous les jours sous l'impressionnante arche des Presses, j'aurais peut-être fait demi-tour et serais rentrée chez moi, trop intimidée pour dépasser les colonnes de pierre et franchir les lourdes portes ornementées. Les Presses faisaient partie de l'Université ; je l'avais toujours su. J'en étais consciente quand je traversais la cour tous les matins ; entre le côté Bible et le côté Savant, devant les plates-bandes, le bassin aux nénuphars, les rangées de bicyclettes sous la pierre couverte de lierre. Un visiteur aurait pu se méprendre et penser pénétrer dans un collège, mais notre cour était principalement couverte de gravier et non de gazon, et s'il était entré dans le bâtiment, une odeur d'encre, de colle et de graisse lui serait montée aux narines. Le ronflement des presses aurait retenti à ses oreilles. Dès l'instant où je nouais mon tablier et m'asseyais devant mon établi, je savais que tout ce qui comptait pour l'Université était le bâtiment et les livres. Ce n'était ni moi, ni Maude, ni Mme Stoddard. Ni même M. Hart. Nous n'étions que des rouages de la machinerie qui imprimait leurs idées et remplissait leurs bibliothèques.

Debout sur le trottoir, je regardais les lourdes portes des Examination Schools s'ouvrir et se fermer pour laisser passer les hommes qui entraient et sortaient. La plupart étaient en uniforme de l'armée, quelques-uns en blouse blanche de médecin, un ou deux seulement en toge d'étudiant. J'ai baissé les yeux instinctivement pour vérifier que je ne portais pas le tablier des relieuses.

Je m'apprêtais à entrer quand un homme en uniforme m'a arrêtée.

« Vous venez pour faire du bénévolat ? »

Grand et bien bâti, il s'exprimait avec distinction. Il était vêtu d'un uniforme d'officier.

« Vous trouverez le bureau d'inscription de l'autre côté, sur Merton Street. »

L'entrée de service.

« Merci, ai-je dit.

— Merci à *vous*, mademoiselle, a-t-il répondu avec le sourire. Je ne saurais vous dire à quel point ces garçons vous en seront reconnaissants. »

Ai-je légèrement redressé les épaules ? Je crois que oui.

* * *

Si les Examination Schools avaient une entrée de service, ce n'était pas celle-ci. Je suis passée entre deux piliers de pierre pour accéder à une cour aussi bien entretenue que celle de n'importe quel collège, mais au lieu d'hommes en toge, elle grouillait d'hommes en uniforme. J'ai aperçu une autre jeune femme qui avait l'air de ne pas savoir où aller, et quand quelqu'un lui a indiqué une porte, je lui ai emboîté le pas.

Les Examination Schools n'avaient rien d'utilitaire. Leurs murs étaient lambrissés de chêne et leur plafond recouvert de métal repoussé. Le sol était dallé de carreaux de couleur. Des affichettes nous ont dirigées vers une large cage d'escalier en pierre qui menait au premier étage. La femme a gravi les marches sans prendre le temps de regarder autour d'elle. *Elle est habituée à ce genre de décor*, ai-je pensé, malgré ses vêtements d'allure ordinaire. J'ai observé sa jupe plus attentivement : de la laine finement tissée ; au poignet de sa manche, une dentelle sobre d'un blanc immaculé. Elle avait veillé à s'habiller simplement. Je m'étais endimanchée.

Elle a ouvert la porte du bureau d'inscription sans hésiter. Malgré le panonceau indiquant *Entrez*, j'aurais frappé. Quand elle m'a tenu le battant, j'ai eu l'impression de me trouver devant une directrice d'école. Elle était plus grande que moi, comme la majorité des gens. Pas de beaucoup, en réalité, mais son maintien et sa coiffure à coque la grandissaient. Je me suis demandé combien de temps il lui avait fallu pour se coiffer. Je l'ai remerciée d'un signe de tête et me suis fait violence pour franchir le seuil devant elle.

L'employé a levé les yeux, ses yeux comiquement grossis par ses verres épais.

« Vous venez vous porter volontaires ?

— Excellente supposition, a répondu ma compagne d'un ton qui a arraché un sourire à notre interlocuteur.

— Et qu'aimeriez-vous faire ? a-t-il demandé.

— Tout dépend de ce qu'il y a à faire. »

Il l'a jaugée du regard un instant, ses yeux immenses relevant la dentelle qui ornait ses poignets.

« Nous avons besoin de bénévoles pour lire et écrire des lettres, a-t-il répondu. Parmi celles qui se sont inscrites, beaucoup ne conviennent à aucune de ces activités, si bien que nous avons pléthore de femmes qui roulent des bandages et tiennent des mains.

— Voilà qui règle la question, a-t-elle commenté.

— Très bien. » Il a pris un formulaire dans un tiroir sur sa droite. « Nom complet ?

— Guinevere Hertha Artemisia Jane Lumley. »

Il a haussé les sourcils.

« Je sais, a-t-elle soupiré. Les réclamations sont à adresser à ma mère. »

Puis il s'est tourné vers moi.

« Et vous ?

— Margaret Jones.

— Quelle chance vous avez ! » s'est écriée Guinevere Hertha Artemisia Jane Lumley.

Pendant que l'employé réglait les questions administratives, la porte s'est ouverte derrière nous. Trois autres femmes sont entrées.

Pas de dentelle aux poignets, leurs jupes, comme la mienne, en serge solide.

L'employé a tendu le formulaire à Mlle Lumley.

« Remettez ceci à l'infirmière-chef du rez-de-chaussée, salle commune.

— Avec grand plaisir », a-t-elle dit.

L'employé a regardé derrière elle et a fait signe aux autres femmes d'avancer. J'ai reculé d'un pas, indécise.

« Vous êtes avec moi, je crois. » Mlle Lumley m'a tendu la main. « Ravie de faire votre connaissance, Margaret Jones. Appelez-moi Gwen.

— Personne ne m'a jamais appelée Margaret, ai-je répondu en lui serrant la main énergiquement. Je préfère Peggy. »

* * *

L'infirmière-chef nous a demandé de venir tous les samedis après-midi pour lire, écrire et, plus généralement, tenir compagnie à ses patients.

« Nous disposons d'environ trois cent cinquante lits, et plus de la moitié sont déjà occupés. Nous devrions être au complet avant Noël et nous aurons besoin de toute l'aide que nous pourrons trouver, nous a-t-elle expliqué.

— Je suis prête à vous obéir au doigt et à l'œil, a dit Gwen.

— Le doigt et l'œil ne seront pas nécessaires, a répondu l'infirmière-chef.

— Quel soulagement ! », ai-je lancé, incapable de tenir ma langue.

Gwen a ri, sans méchanceté, pendant que l'infirmière-chef me jaugeait du regard. *Propre, bien tenue, signes d'usure*, ai-je pensé.

« Vous travaillez, mademoiselle Jones ? »

J'ai acquiescé d'un signe de tête. Elle a hoché la tête en retour puis s'est tournée vers Gwen, a apprécié la dentelle à ses poignets, la qualité de sa jupe.

« Et vous, mademoiselle Lumley, à quoi employez-vous *vos* journées ?

— Comme je viens d'arriver à Somerville, je devrais les employer à lire.

— Devrais ?

— Oui, en effet. Il est si facile de faire autre chose, n'est-ce pas ? »

L'infirmière-chef n'a pas réagi.

« Et vous, mademoiselle Jones, où travaillez-vous ?

— Aux Presses. À Jericho. À l'atelier de reliure.

— Oh, c'est épatant ! s'est enthousiasmée Gwen. Que reliez-vous cette semaine ?

— Nous venons de finir *Lorna Doone* et nous sommes passées aux *Brochures d'Oxford* et au *New English Dictionary*.

— Vraiment ? » Elle a eu l'air impressionnée. « Papa en collectionne les fascicules au fur et à mesure de leur publication ; où en sont-ils ?

— *Subtiliser*.

— *Dérober*, a-t-elle suggéré.

— *Raffiner à l'extrême, à l'excès*, ai-je dit. Un autre sens. »

L'infirmière-chef a toussoté.

« Puis-je me permettre de vous interrompre ?

— Bien sûr, mademoiselle », a répondu Gwen comme si l'infirmière-chef s'apprêtait à proposer une troisième définition de *subtiliser*.

L'infirmière-chef a pris une profonde inspiration.

« Dans un premier temps, je vais vous inscrire pour les samedis après-midi. Présentez-vous à 14 heures. Quand les salles commenceront à se remplir, vous pourriez peut-être venir une fois de plus dans la semaine. » Elle m'a regardée. « Après le travail, ce serait parfait. Certains ont tendance à s'agiter au crépuscule. Il peut arriver qu'un garçon qui semble tout à fait équilibré et sain d'esprit se mette soudain à demander où il est, où sont passés ses camarades. Cela n'a rien d'inhabituel. Les calmer prend parfois plus de temps que nous n'en disposons généralement.

— Nous formons donc une équipe, Mlle Jones et moi ? a demandé Gwen.

— Oui, a confirmé l'infirmière-chef. Si vous n'avez encore jamais mis les pieds dans une salle d'hôpital, vous découvrirez sans doute qu'au début, être à deux suscite un certain réconfort. Il me paraît utile d'avoir une amie près de soi.

— Nous devrons donc être amies, Peggy. Qu'en pensez-vous ? » m'a demandé Gwen.

Cela me paraissait peu probable.

« Je suis sûre que nous allons très bien nous entendre », ai-je répondu.

CHAPITRE 12

Je bavardais avec Rosie sur le chemin de halage. Le soleil était déjà couché et, sous son manteau, elle était en tenue de nuit. Les bras croisés sur la poitrine, elle m'écoutait.

« Elle s'est attachée à Maude comme un chien errant au garçon boucher, ai-je remarqué. C'est bizarre.

— Qu'y a-t-il de bizarre ?

— D'habitude, une fois que les gens ont pris la mesure de Maude, ils trouvent plus facile de me parler, à moi. Mais Lotte n'est pas pareille. Plus je fais d'efforts, plus elle se rapproche de Maude. C'est comme si je n'étais pas là. »

Rosie a ri.

« Peggy Jones, serais-tu jalouse ?

— Je crois qu'elle n'a pas besoin de moi, voilà tout.

— Qui n'a pas besoin de toi ?

— Lotte, bien sûr. »

Elle a haussé les sourcils.

« Bien sûr.

— Je me sens de trop.

— Donc, tu t'es portée volontaire.

— Il faut bien que je fasse *quelque chose*.

— Et Maude est d'accord ? Pour rester assise à côté de toi pendant que tu fais la lecture à ces garçons ? Et si elle décide tout à coup qu'elle n'a pas envie d'être là ? Tu vas laisser le pauvre type en plan au milieu d'une phrase pour raccompagner ta sœur à la maison ? »

Je savais où allait nous mener cette conversation et c'était précisément la raison pour laquelle je l'avais amorcée.

« Maude n'en sait encore rien. »

Rosie a décroisé les bras.

« Dis-lui qu'elle passera ses samedis après-midi avec la Vieille Madame Rowntree et moi. »

J'ai souri.

« Merci, Rosie.

— Tu sais, il faut bien que je fasse *quelque chose*, m'a-t-elle dit, taquine. Je suis certaine que nos sacrifices finiront par nous valoir une médaille. »

Je l'ai serrée fort dans mes bras et j'ai regagné le *Calliope*. Maude disposait devant elle les derniers carrés de papier de couleur que Tilda lui avait envoyés. Il lui arrivait de les agencer ainsi au lieu de les plier, et j'imaginais qu'elle réfléchissait à ce qu'elle pourrait en faire. Qu'elle préparait son prochain mouvement, comme un général. Elle a levé les yeux quand je suis entrée.

« Fasse *quelque chose*.

— Tu écoutes aux portes, maintenant ?

— Oui.

— Tu veux bien passer tes samedis après-midi avec Rosie ?

— Oui.

— À ton avis, qu'est-ce que je pourrais bien lire aux soldats ? »

Son regard s'est promené tout autour du *Calliope*, sur les étagères de livres et les manuscrits non reliés empilés au sol. Il s'est arrêté sur la bibliothèque de Ma.

« *Jane Eyre*. »

Puis elle a reporté son attention sur ses papiers, comme si la décision avait été prise.

Jane Eyre. Mon premier livre d'adulte. *Tu finiras par user les mots*, m'avait dit Ma quand je l'avais rouvert à la première page immédiatement après avoir lu la dernière.

* * *

J'ai retrouvé Gwen dans Merton Street, comme nous en étions convenues. J'étais un peu en avance ; Gwen un peu en retard.

« Prête ? m'a-t-elle demandé en s'approchant.

— Je pense, oui.

— Je dois t'avouer que je n'en mène pas large. J'ai entendu d'horribles histoires de membres amputés. » Elle s'est tournée vers le bâtiment. « J'espère ne pas poser les yeux où il ne faut pas.

— J'espère surtout ne pas les détourner », ai-je dit.

Gwen m'a prise par le bras. Son geste m'a étonnée, mais je n'en ai rien montré. Nous sommes entrées ensemble dans les Examination Schools.

On nous a escortées jusqu'à une salle commune.

« La plupart passeront une ou deux semaines ici, nous a annoncé l'employé. Ensuite, après quelques semaines de convalescence chez eux, ils seront renvoyés dans leur section. » Il nous a tenu la porte. « Quelques pauvres types sont ici pour des mois, peut-être plus longtemps. » Il a remonté ses lunettes sur son nez. « Ils ne retourneront pas au front. »

Il y avait une quarantaine de lits, dont seulement les deux tiers étaient occupés. Quelques hommes déambulaient en s'aidant de béquilles, au milieu du vacarme du chariot à thé qui passait de patient en patient et des conversations que les hommes tenaient d'un bout de la salle à l'autre. L'employé a croisé le regard de l'infirmière.

« Deux bénévoles pour vous, mademoiselle. Des lectrices.

— Nous vous attendions, a-t-elle dit. Une sacrée bande d'énergumènes, vous verrez. » En souriant, elle a tourné les yeux vers la salle. « La moitié d'entre eux ne vont pas tarder à sortir ; ils ont du mal à se tenir tranquilles tout l'après-midi. Quelques-uns savent à peine lire, et nous en avons deux qui ont perdu la vue, temporairement, espérons-nous. Il faut leur lire leur courrier et les aider à y répondre. »

Gwen a ri.

« J'ai sans doute légèrement surestimé mon rôle de lectrice. »

Elle a ouvert son sac, révélant toute une collection de livres à reliure de cuir.

L'infirmière a tendu le menton vers deux lits juste à côté du bureau du personnel soignant.

« Deuxième classe Dawes et sous-lieutenant Shaw-Smith, a-t-elle dit. Le spécialiste a tenu à ce qu'ils soient ensemble, ça facilite ses tournées. Comme nous ne pouvions évidemment pas installer un simple soldat avec les officiers, nous accueillons le jeune lieutenant pendant la durée de son traitement. »

Évidemment, ai-je pensé.

Ils étaient assis tous les deux, chacun avec une tasse de thé fumante posée sur le casier disposé près de leurs lits, des bandages identiques sur les yeux. Ils avaient tous les deux les cheveux bruns et étaient rasés de près. Le premier avait un grand nez et un menton saillant. L'autre quelques boutons sur la mâchoire inférieure. Leurs couvertures ne dissimulaient pas leur minceur et celui qui avait un grand nez paraissait un peu plus âgé que le boutonneux, mais à mon avis, ils ne devaient pas être mes aînés de beaucoup.

Quand nous nous sommes approchées, leurs têtes se sont tournées très progressivement vers le bruit que faisaient nos chaussures sur le sol de pierre. *On dirait des moineaux*, ai-je pensé. En alerte, prêts à s'envoler.

« Messieurs », a dit l'infirmière.

Les hommes ont bougé la tête d'un même mouvement, inclinant le buste en direction de la voix.

« Permettez-moi de vous présenter Mlle Lumley et Mlle Jones. Elles se sont proposées pour vous aider avec votre correspondance. »

Leurs têtes se sont tournées un peu par-ci, un peu par-là.

« Ravie de faire votre connaissance », ai-je dit.

Les têtes se sont immobilisées dans ma direction.

« Je suis Peggy, Peggy Jones.

— Oui, oui, tout à fait enchantée », a renchéri Gwen d'une voix un peu forte.

Les têtes se sont tournées brusquement vers elle.

Le garçon aux boutons a tendu la main. Elle est restée suspendue en l'air un instant avant que Gwen ne la serre.

« Tout le plaisir est pour nous, j'en suis sûr », a-t-il dit.

Il s'exprimait avec les voyelles distinguées d'un gentleman distingué, ce qui semblait pourtant difficilement conciliable avec sa peau d'adolescent. À ses intonations, j'ai supposé que c'était le sous-lieutenant Shaw-Smith. Je me suis approchée de l'autre lit.

« Vous devez être le deuxième classe Dawes, ai-je dit.

— En effet, mademoiselle Jones. Mais vous pouvez m'appeler Will.

— Alors appelez-moi Peggy.

— Vous pouvez tous les deux m'appeler Gwen, est intervenue Gwen, toujours un peu trop fort. Quel est votre prénom, lieutenant ?

— Harold.

— J'ai un frère qui s'appelle Harold.

— J'espère qu'il s'en sortira mieux que moi, mademoiselle Lumley.

— Certainement. Son asthme le relègue derrière un bureau du War Office, à sa grande honte. »

Ce commentaire a été accueilli par un silence de plomb et des froncements de sourcils. Puis Gwen a pris la main de Harold.

« Qu'aimeriez-vous que je vous lise ? »

Nous avons lu leurs lettres et rédigé des réponses. Au bout d'une heure, l'infirmière est venue nous annoncer qu'il était temps de les laisser se reposer.

« Ça s'est très bien passé, me semble-t-il, a-t-elle dit. Le vacarme qui règne ici peut être extrêmement perturbant pour eux. Hier, une infirmière a laissé tomber un bassin et le deuxième classe Dawes s'est cru revenu en France, le malheureux. Je crois que la possibilité de se concentrer sur une seule voix, une voix féminine, surtout, devrait le rassurer sur ce point. »

Je le constatais moi-même. Leurs têtes ne vacillaient plus de-ci de-là.

« Je sais que vous n'êtes inscrites que pour le samedi, mais si vous pouviez venir un jour sur deux, par exemple, cela leur ferait le plus grand bien. Comme ils seront bientôt démobilisés, cela ne devrait pas durer trop longtemps.

— Bien sûr, a acquiescé Gwen. Qu'en penses-tu, Peggy ? »

J'ai hésité. Ils attendaient.

« Je ne vois pas ce qui pourrait m'en empêcher, ai-je enfin répondu, alors que je le voyais parfaitement.

— L'infirmière-chef m'a dit que vous travaillez aux Presses, à Jericho. C'est bien ça ? a demandé l'infirmière.

— Oui.

— Après le travail, alors. Si nous disions 18 heures ? Cela vous conviendrait-il ? »

Pas du tout, ai-je pensé. *J'aurais à peine le temps de rentrer à la maison et de tout préparer pour Maude.*

« Parfaitement », ai-je répondu.

* * *

Quelques jours plus tard, je me suis dépêchée de raccompagner Maude chez nous à travers les rues de Jericho. Il faisait un froid de loup à bord du *Calliope* quand nous sommes montées à bord, et je me suis reproché de ne pas avoir attisé le feu dans le fourneau avant de partir au travail. Maude a retiré son chapeau, mais gardé son manteau, puis elle s'est assise à la table et a repris le pliage qu'elle avait commencé le matin.

« Je t'ai acheté quelque chose de bon, Maudie », lui ai-je dit.

Elle a levé les yeux et j'ai sorti un chausson aux pommes de mon sac.

« Il faut que je te laisse, maintenant. Je dois faire la lecture aux soldats. »

Elle a tendu la main, mais je ne lui ai pas donné le chausson.

« Tu le mangeras quand tu auras plié quelques cœurs. »

Je suis allée dans la coquerie et j'ai posé le chausson aux pommes sur une soucoupe. Puis j'ai ouvert la porte du fourneau et j'ai tisonné à l'aveuglette, espérant que le feu repartirait. Au moment où il a pris, il était presque 18 heures.

« Je serai rentrée avant sept heures et demie. »

Je ne l'avais jamais laissée seule aussi longtemps.

Une mosaïque de papiers de couleur était posée sur la table. Un rapide calcul – j'ai dénombré douze carrés et les ai empilés.

« Douze cœurs », ai-je dit en les faisant glisser vers son coude.

Maude était comme un métronome, une fois lancée, elle poursuivrait jusqu'à ce que quelqu'un arrête sa main. J'y comptais bien.

« Je ferai le thé à mon retour », ai-je dit.

* * *

Gwen griffonnait une lettre pour Harold quand je suis arrivée aux Examination Schools.

« Cordialement, lieutenant Harold Shaw-Smith », a-t-il déclaré.

La main de Gwen est restée suspendue en l'air.

« Felicity est-elle votre bonne amie ? a-t-elle demandé.

— Euh... Oui. Ce n'est pas officiel. Mais... oui.

— Peut-être aura-t-elle du mal à s'en convaincre si vous signez vos lettres de votre nom complet et de votre rang. Et encore plus si vous ajoutez *Cordialement*. Comment vous appelle-t-elle ?

— Harold.

— Pas de surnom ? Pas de petit nom tendre ? »

Il a hésité.

« Vous rougissez, Harold. Ce qui veut dire qu'elle vous donne effectivement un surnom. C'est une excellente nouvelle. » Gwen s'est penchée en avant, a baissé la voix. « Puis-je vous donner un petit conseil ? »

Il a hoché la tête.

« Depuis votre départ pour la France, Felicity attend le courrier tous les jours. Quand cette lettre arrivera, elle la lira là où elle se trouve, elle la parcourra rapidement en quête de nouvelles de votre santé et d'un témoignage d'affection. Si elle va jusqu'au bout et constate que cette lettre a été envoyée par *Cordialement, lieutenant Harold Shaw-Smith*, elle repliera les feuilles avec soin, les rangera dans leur enveloppe et les posera sur la desserte de l'entrée jusqu'à ce qu'il soit l'heure de les lire à toute la famille, après le dîner. En revanche, si cette lettre, aussi barbante qu'elle puisse être, est signée par l'homme dont elle est amoureuse, elle l'emportera dans sa chambre, elle la lira et la relira inlassablement, recherchant d'autres marques de tendresse au milieu de votre récit des semaines que vous avez passées en France et des désagréments de votre cécité temporaire. Elle la serrera contre son cœur et versera certainement une ou deux larmes. » Gwen s'interrompit pour lui laisser le temps d'assimiler le message. « Quelle version préférez-vous, Harold ? »

Il déglutit.

« La seconde, mademoiselle Lumley.

— Je m'en serais doutée. Alors, comment souhaitez-vous signer cette lettre, pour de vrai ?

— *Bien à toi, avec toute mon affection, lieutenant Harold.* »

Gwen a plissé le front.

« *Lieutenant*. Vous êtes sûr ?

— Oui, mademoiselle Lumley. » Il a toussoté. « C'est comme ça que Flick m'appelle quand… »

Sans achever, il a baissé sa tête bandée vers le drap, cherchant peut-être à dissimuler un léger sourire complice. L'échec a été complet, car Gwen a aussitôt changé de position pour ne pas perdre la moindre de ses mimiques.

« Ah, je vois, a-t-elle soupiré. Dans ce cas, va pour *lieutenant Harold*. » Gwen a enfin signé la lettre, avec un large sourire. « Maintenant, y a-t-il quelque chose que vous auriez envie de dire à Flick, mais qu'il serait préférable qu'elle ne lise pas tout haut au salon après le dîner ? Nous pourrions l'ajouter sur une feuille à part. »

Gwen a pris une autre feuille de papier à lettres et s'est penchée encore davantage. Harold a baissé la voix et a parlé jusqu'à ce que le feuillet soit rempli et son visage brûlant.

« Vous avez une petite amie, Will ? ai-je alors demandé.

— Nan, pas encore, mademoiselle. Pourquoi, ça vous dirait ?

— Ne soyez pas insolent », ai-je dit en souriant.

Will m'a fait signe de m'approcher.

« Vous pouvez m'appeler *Deuxième classe* Will, si vous voulez. »

J'ai pouffé et Will a éclaté de rire. Il nous a fallu quelques minutes pour reprendre notre sérieux avant de nous consacrer à la rédaction d'une réponse polie à sa tante Lyn.

* * *

« Ça fait du bien, tu ne trouves pas ? m'a demandé Gwen alors que nous descendions High Street après avoir quitté les Examination Schools.

— Ça dépend de quoi tu parles. De ce satané crachin – j'ai levé les yeux vers le ciel gris – ou de lire des lettres à Will et au *lieutenant* Harold ? »

En riant, Gwen a ouvert son parapluie et l'a tenu au-dessus de nos têtes.

« La deuxième proposition, évidemment. Mais je pense que ce qui peut leur faire le *plus* de bien, c'est l'aide que nous leur apportons dans leurs *réponses* aux lettres qu'ils reçoivent. »

Nous avons tourné dans Cornmarket Street.

« Je suis sûre que le *lieutenant* Harold est encore tout rouge. Qu'a-t-il bien pu te demander d'écrire ?

— Disons seulement que quand Flick recevra cette lettre, elle aura, elle aussi, de bonnes raisons de rougir.

— Et quand elle se dira qu'une autre femme est dans le secret des pensées de son lieutenant ? »

Gwen s'est arrêtée d'un coup.

« Oh ! Je n'avais pas pensé à ça. » Puis elle a haussé les épaules et nous nous sommes remises en route. « Cette idée ajoutera peut-être encore à l'émoi de Flick, à moins qu'elle ne lui passe un savon. Quoi qu'il en soit, leur relation évoluera dans le bon sens. »

Au niveau du Mémorial des Martyrs, nous nous sommes engagées dans Beaumont Street. Ce n'était pas l'itinéraire le plus direct : normalement, je rentrais chez moi par le chemin de halage en passant par le pont de Hythe. Mais depuis qu'Oxford grouillait de soldats, il était devenu peu recommandable, à en croire Mme Stoddard, et j'évitais donc de l'emprunter de nuit.

« Ça fait effectivement du bien, tu as raison », ai-je dit.

En esprit, j'ai commencé à rédiger une lettre pour raconter à Tilda que je faisais enfin quelque chose d'utile.

J'ai obliqué avec Gwen dans Walton Street. Quand nous sommes arrivées à Somerville, elle m'a pris la main et l'a serrée.

« Il faut que je me dépêche, je vais être en retard au réfectoire. Poulet rôti au dîner, généralement mangeable. On se voit bientôt ? »

Le dîner. J'avais perdu la notion du temps.

« Oui. Après-demain. »

J'aurais dû m'éloigner immédiatement, mais je suis restée sur le trottoir jusqu'à ce qu'elle soit entrée dans la loge du concierge. L'aisance avec laquelle elle s'y est engouffrée m'a fait la détester, juste un peu.

* * *

Elle est montée à mes narines dès que j'ai ouvert l'écoutille. Une odeur âcre de brûlé. J'en ai eu les tripes nouées avant que mes yeux constatent l'absence de dégâts.

L'absence de Maude, aussi, alors que la lampe était restée allumée.

Je me suis précipitée sur le chemin de halage, j'ai bondi sur le pont avant de la péniche de Rosie et ai tambouriné contre la porte de l'écoutille.

« Rosie ! Rosie ! »

La porte s'est ouverte et Rosie a posé la main sur mon bras.

« Tout doux, Peg. Il n'y a rien de grave. Juste une casserole brûlée et un œuf gâché. »

Elle s'est retournée et j'ai suivi son regard. Maude était assise avec la Vieille Madame Rowntree. Elles jouaient aux échecs.

Je me suis affalée contre le cadre de l'écoutille et j'ai observé Maude qui prenait le fou de la Vieille Madame Rowntree. Ce n'était qu'une casserole brûlée, mais ça aurait pu être bien pire. Je me suis sentie mal en pensant à tout le papier qu'il y avait à bord du *Calliope*. *Je n'y arriverai jamais*, me suis-je dit, et aussitôt, j'ai commencé à regretter Will, le *lieutenant* Harold, et même Gwen, une amie tellement inattendue.

Le cavalier de Maude a pris la reine de la Vieille Madame Rowntree.

« Échec », a-t-elle annoncé.

CHAPITRE 13

Le lendemain matin, nous avons suivi Walton Street en silence ; Maude n'éprouvait pas la nécessité de le combler. Elle m'a pris le bras comme s'il ne s'était rien passé et j'ai essayé de ne pas lui en vouloir. J'ai imaginé une autre femme au chevet de Will, écrivant ses lettres. Elle serait jeune et jolie, elle disposerait de tout son temps et n'aurait aucune raison d'arriver en retard ou de partir plus tôt. Elle s'exprimerait bien, elle serait instruite. Une étudiante de St. Hugh ou une amie de Gwen, de Somerville.

« Je t'aime, Maude », ai-je dit.

Parce qu'en cet instant précis, je ne l'aimais pas.

* * *

Nous pliions les pages de *Dot et le Kangourou*. In-octavo. Trois pliures. Les mêmes pages, encore et toujours.

« Kangourou, a dit Maude, goûtant le mot. Kangourou », a-t-elle répété.

Lou et Aggie bavardaient avec leurs protégées. Lou parlait encore très doucement à Véronique et Aggie ne cherchait toujours pas à s'adapter à Goodie, mais les deux jeunes Belges faisaient des progrès. Elles souriaient plus souvent. Ce n'était pas le cas de Lotte. Elle comprenait tout, mais esquivait les conversations qui voltigeaient autour d'elle. J'avais appris à ne pas l'interroger sur sa vie en Belgique, mais avais tout de même réussi à en glaner quelques bribes grâce à ce qu'elle confiait à Maude. Ma sœur était la seule personne à qui Lotte souhaitait parler.

« Aggie est un vrai moulin à paroles », a dit Maude d'un ton prosaïque.

Je lui avais expliqué cette expression, et elle l'adorait. Aggie m'avait pardonné depuis longtemps.

« Gudrun a fait des progrès en anglais, a remarqué Lotte.

— Le tien est meilleur », a répliqué Maude.

Ce n'était pas une question, mais une simple constatation, pourtant Lotte s'est justifiée.

« J'ai étudié l'anglais.

— À l'université ? » ai-je demandé.

Lotte m'a regardée et son embarras ne m'a pas échappé.

« Oui.

— Pourquoi l'anglais ?

— Pour pouvoir travailler à la bibliothèque universitaire, a-t-elle répondu tout bas.

— Lire les livres, a ajouté Maude, tout aussi bas.

— Oui. Lire les livres, les livres en anglais. Les étudier. »

À peine un murmure.

« Comme Peggy », a dit Maude.

L'espace d'un instant, la curiosité de Lotte s'est éveillée. Je l'ai remarqué au rapide regard qu'elle a jeté vers moi. Mais elle s'est aussitôt dissipée.

Mme Hogg a agité la clochette annonçant la fin de la journée et nous avons terminé les plis commencés. Aggie s'est mise à parler à toute vitesse et Goodie a tendu l'oreille à son charabia. Elle souriait chaque fois qu'elle comprenait un mot ou une expression. Elles sont sorties de l'atelier les premières.

Mme Stoddard est entrée dans le vestiaire au moment où nous épinglions nos chapeaux.

« J'en ai encore pour dix minutes, Lotte, a-t-elle dit. Si vous voulez bien m'attendre, nous pourrions rentrer ensemble.

— Je vous attends, a répondu Lotte.

— Alors, Peggy, tu es contente de ton travail de bénévole aux Examination Schools ? m'a demandé Mme Stoddard.

— En fait, je crois que ça ne va pas marcher.

— J'avais cru comprendre que ça te plaisait. »

Ça me plaisait, oui. J'aimais être utile, j'aimais bavarder avec Gwen, j'aimais remonter High Street et faire comme si aucune autre fille d'Oxford ne me ressemblait.

« Je n'avais pas imaginé que ça se passerait comme ça », ai-je dit.

Mme Stoddard a froncé les sourcils.

« Casserole brûlée, est intervenue Maude. Gaspillage d'un œuf. »

Le visage de Mme Stoddard a pris une expression de compassion.

Les gens ne comprenaient pas que la compassion ne faisait qu'aggraver les choses. Tout était bien plus facile quand ils changeaient de sujet.

« Ce n'est qu'une casserole », ai-je dit.

Puis j'ai décroché le manteau de Maude de la patère.

« On y va, Maudie. »

Nous avons traversé la cour et franchi l'arche. Sur Walton Street, nous avons fait une pause. Somerville s'illuminait. Les étudiantes regagnaient leurs chambres après leur journée de cours, des entretiens avec leurs directrices d'études, une longue après-midi à la Bodleian Library à lire des textes d'histoire, de philosophie, de chimie. J'ai saisi la main de Maude et ai inspiré profondément pour empêcher mes ongles de s'enfoncer dans sa peau. Nous avons pris le chemin de la maison.

« Peggy ! »

Lotte courait derrière nous pour nous rattraper. Nous nous sommes arrêtées.

« Je voudrais... »

Elle a cherché ses mots puis a regardé Maude, et ses traits se sont détendus dans un de ses rares sourires.

« Maude, j'aimerais bien avoir quelqu'un avec qui me promener. Tu aurais envie de m'accompagner, samedi ? »

Il était rare qu'on propose à Maude de faire quelque chose sans moi et je m'attendais à ce qu'elle se tourne vers moi d'un air interrogatif. Mais non. Elle a simplement regardé Lotte jusqu'à ce qu'elle trouve elle-même la réponse.

« Samedi, a-t-elle dit. Oui.

— Ça me ferait très plaisir », a dit Lotte.

* * *

Le samedi, Gwen était déjà assise à côté du lieutenant Harold quand je suis arrivée, en retard et hors d'haleine.

« Ne vous faites plus de bile, Will. Peggy est là. » Elle s'est tournée vers moi. « Nous n'étions pas sûrs que tu viendrais. Alors au lieu de répondre aux lettres, nous avons passé notre temps à essayer de deviner ce que tu fabriquais. Je pensais qu'on t'avait peut-être demandé de relier toute seule les œuvres complètes de William Shakespeare… »

C'était presque ça, ai-je pensé en souriant. Les œuvres théâtrales étaient sur mon cousoir, il ne me restait que les sonnets à faire.

« Harold était d'avis que tu avais été recrutée comme espionne, alors que Will était convaincu que tu avais un rendez-vous galant et que tu nous avais complètement oubliés. Je crois bien qu'il était un peu jaloux.

— Ce n'est pas vrai, mademoiselle, a protesté Will. Vous êtes trop vieille pour moi.

— Et vous, quel âge avez-vous, Will Dawes ?

— Vingt et un ans.

— Pareil ! »

Il a rougi.

« Je ne voulais pas dire que vous avez l'air vieille, bien sûr, c'est juste que quand vous parlez, vous paraissez tellement…

— Sage ? » a suggéré Gwen.

Il a ri.

« Ouais. Sage, c'est ça. »

Gwen m'a adressé un clin d'œil. Je me suis assise au chevet de Will et j'ai inspiré profondément. J'ai pensé à Lotte et à Maude et me suis demandé comment elles s'entendaient.

« Vous avez reçu du courrier, Will ?

— Tout un tas. »

Sa main a cherché la poignée du tiroir de son casier. Il a bataillé avec les enveloppes et j'ai résisté à l'envie de l'aider. *Ils doivent apprendre à se débrouiller seuls*, avait dit l'infirmière. *Au cas où.*

* * *

« Il y a eu un problème ? m'a demandé Gwen lorsque nous nous sommes éloignées des Examination Schools.

— Ma sœur, ai-je répondu. J'avais cru pouvoir la laisser seule. Manifestement, je me suis trompée.

— Ta sœur ? Je ne savais pas que tu avais une sœur. Quel âge a-t-elle ?

— On est jumelles. Elle… elle n'est pas comme tout le monde. C'est difficile à expliquer. »

Gwen ne m'a pas demandé d'essayer.

« Avec qui est-elle en ce moment ? »

Je lui ai parlé de Lotte.

« Elle parle mieux anglais que les autres, mais deux fois moins, et presque uniquement à Maude.

— Tu sais d'où elle vient ?

— De Louvain. Elle travaillait à l'université catholique, à la bibliothèque. »

Gwen en a eu le souffle coupé.

« Oh ! Mon Dieu ! La pauvre ! » Elle a passé son bras dans le mien. « Je n'ose pas imaginer ça.

— Qu'est-ce que tu n'oses pas imaginer ?

— La bibliothèque. Elle a été détruite. Incendiée. Tous ces livres. Elle a dû flamber comme un feu de joie. »

* * *

J'ai remonté le chemin de halage à grands pas, tous mes sens en alerte. Pas le moindre signe d'incident. En arrivant au *Calliope*, j'ai jeté un coup d'œil par la fenêtre de la coquerie. Lotte était assise en face de Maude, en train de plier. Il aurait pu s'agir de Tilda, et j'ai pris conscience de certains points communs dans leur attitude en présence de Maude – leurs longues colonnes vertébrales, d'ordinaire parfaitement droites et un peu rigides, étaient souples ; leurs mouvements étaient plus libres, comme si personne ne leur prêtait attention. Maude savait apaiser quelque chose chez ces deux femmes.

Lotte a levé les yeux quand je suis entrée, s'est un peu raidie, mais elle a souri, un petit sourire, et j'y ai cru.

« Maude m'apprend l'art du pliage. » Elle a brandi un cygne. « Elle est très douée. »

Plus de mots qu'elle ne m'en avait adressé depuis son arrivée à l'atelier.

Maude a regardé le cygne avant de se tourner vers moi. « Meilleure que Tilda », a-t-elle dit.

Lotte a eu l'air perplexe.

« Tilda est une amie, ai-je expliqué, qui n'est pas du tout douée pour le pliage.

— Très douée pour la vie », a complété Maude.

C'était un des refrains de Ma.

« Elle était proche de notre mère, ai-je ajouté.

— Ma est morte, a précisé Maude, et j'ai tressailli.

— Il faut que j'y aille », a dit Lotte.

* * *

Une semaine plus tard, on a retiré ses bandages à Will. Je suis restée avec lui alors qu'il cherchait à concentrer son regard sur des gens, puis sur des objets, puis sur les mots d'une page. Il lui a fallu des jours, mais il a fini par réussir à lire son courrier tout seul.

« Un ou deux mois à la maison et je serai sur pied, m'a-t-il déclaré. Et ensuite, retour en France. » Il a dit ça avec désinvolture, mais sa lèvre supérieure a frémi et ses yeux se sont humectés. « Toujours pas habitué à tant de lumière autour de moi, s'est-il justifié en les tamponnant avec sa manche. C'est bigrement énervant. »

Le jour où Will a été renvoyé chez lui, l'infirmière nous a annoncé que Harold avait été transféré dans un autre service. Sa blessure s'était infectée. Il y avait peu de chances qu'il recouvre la vue un jour.

« Il ne retournera pas en France », a-t-elle annoncé.

Gwen a gardé le silence, ébranlée.

« Que pouvons-nous faire ? » ai-je demandé.

L'infirmière a soupiré.

« Vous y habituer. »

CHAPITRE 14

Nous étions samedi. Nous nous sommes réveillées et habillées comme d'habitude, mais j'ai insisté pour que nous mettions nos plus beaux chapeaux et j'ai pris plus de soin encore à enrouler les cheveux de Maude en un chignon serré. J'ai laissé le mien plus lâche. Nous nous sommes engagées sur le chemin de halage.

C'était une belle journée, une de celles où notre monde paraissait deux fois plus vaste, deux fois plus brillant et plus coloré. Pas la moindre brise, pas le moindre bateau ne troublait l'eau du canal, et tout s'y reflétait. Maude s'est avancée au-delà de la poupe du *Calliope* et j'ai vu sa tête s'incliner. Elle observait le reflet, le comparant à l'original. Elle aimait faire ça les jours parfaits. *Il y a une certaine beauté dans la symétrie*, disait Ma. *On ne peut que la remarquer.*

Je l'ai rejointe et j'ai vu ce qu'elle voyait. La surface du canal contenait toute une palette de teintes automnales et le clocher de St. Barnabas avait un jumeau. Le *Calliope* se réfléchissait, lui aussi, avec sa coque bleue et ses lettres dorées : l'inscription en image inversée, mais facile à lire. J'ai imaginé que tout ce qu'il contenait possédait un double aqueux. Puis le vent s'est levé et l'eau a frissonné. Tout est redevenu singulier.

Nous avons traversé Jericho, Maude avançait en sautillant comme si Noël approchait. À la place de guirlandes et de sapins, les vitrines étaient décorées de rouge, jaune et noir. Les couleurs voltigeaient aux branches des arbres et une porte sur deux s'ornait d'une cocarde. Il était encore tôt, mais quand nous nous sommes engagées sur Walton Street, une jeune femme s'était installée devant le pub

Prince-de-Galles pour vendre de petites cocardes et des rubans de couleur. Des hommes, jeunes et vieux, réclamaient qu'elle les épingle à leurs revers pour l'obliger à s'approcher. L'importance de l'occasion faisait naître des sourires au lieu de moues réprobatrices sur le visage des mères et des tantes de Jericho, qui attendaient leur tour pour glisser des pièces dans le tronc.

Le maire d'Oxford avait fait du 7 novembre la Journée de la Belgique et les cocardes et rubans étaient vendus au profit des réfugiés. Deux femmes étaient postées de part et d'autre de l'arche menant aux Presses avec des plateaux de rubans. Imprimeurs, typographes, coursiers et fondeurs se côtoyaient dans la queue qui s'étirait devant elles.

« Aidez ceux dont la vie a été brisée ! criait la jeune femme la plus proche de nous. Achetez un ruban. Achetez-en deux ! »

Maude est passée devant moi et a rejoint la file.

Nous étions restées tard à l'atelier la veille au soir, avec Lou, Aggie et quelques autres, pour décorer le côté filles. Mme Stoddard nous avait apporté du papier crépon que nous avions enroulé autour des piliers et accroché à l'extrémité des établis. À notre arrivée, rares étaient les femmes qui ne portaient pas les couleurs de la Belgique épinglées à leur col. Nous nous sommes dépêchées d'entrer avec d'autres, qui s'étaient aussi laissé convaincre d'acheter des rubans. Mme Stoddard n'a pas prononcé un mot de remontrance, mais la colère de certaines ne m'a pas échappé. Leurs cols sans décoration révélaient clairement leur opinion, et quelques-unes avaient retiré le papier crépon de leur établi.

J'ai rejoint ma place entre Lotte et Aggie.

« Pourquoi est-ce que Martha Burton est d'aussi mauvaise humeur ? » ai-je demandé à Aggie.

Elle s'est penchée vers moi.

« Son neveu était à Ypres. Sa sœur a reçu un télégramme hier.

— Nous n'avons pas demandé ça », a dit Lotte, sans lever le nez de ses feuilles.

J'ai pensé qu'elle parlait de la Journée de la Belgique, mais peut-être parlait-elle de la guerre. Ou bien des deux.

Aggie a fait la grimace, a articulé tout bas *désolée* et s'est tournée vers Goodie, qui appréciait le surcroît d'attention que lui valait la

Journée de la Belgique. Au lieu de plier, elle bavardait avec des filles qui travaillaient à la même table qu'elle, parlant de l'armoire remplie de robes et de jolis chapeaux qu'elle avait dû abandonner dans sa fuite.

« Tu as laissé des frères derrière toi ?

— Non, seulement des robes, a répondu Gudrun. Mais maintenant très petite armoire, alors c'est mieux, oui. »

J'ai incliné la tête vers les pages qui m'attendaient sans pouvoir m'empêcher de jeter un regard en biais à Lotte. Elle avait les mâchoires serrées et respirait profondément. Maude la regardait aussi. Une question lui plissait le front.

Si j'avais pu tendre le bras et poser la main sur la bouche de Maude, je l'aurais fait. *Laisse Lotte tranquille*, lui aurais-je chuchoté.

« Des vies brisées », a dit Maude.

Lotte a cessé de plier. J'ai cessé de plier. Je m'apprêtais à intervenir, à trouver des excuses aux paroles de ma sœur. Un simple écho. Mais elles n'étaient un simple écho que si l'on ne connaissait pas le code. Au lieu de se raidir, le corps de Lotte s'est détendu. Elle a regardé Maude et a parlé tout bas.

« C'est bien ça. »

Maude a hoché la tête. Elle n'en demandait pas plus.

À midi, Mme Stoddard a agité sa clochette et nous a encouragées à sortir profiter des festivités.

« Tous les pennies que vous dépenserez iront aux réfugiés.

— Excellent prétexte pour s'offrir un petit plaisir, a commenté Aggie au moment où nous retirions nos tabliers et épinglions nos chapeaux.

— Économise tes sous, Agatha, a lancé Martha Burton. Ça ne leur suffit donc pas que nos garçons meurent pour eux ? Ils veulent notre argent en plus ? La moitié d'entre eux s'en sortent mieux que nous. »

Elle a jeté un regard en coin à Goodie.

Aggie est restée bouche bée. Lotte était immobile, tournant le dos à Martha, la main posée sur le crochet où elle venait de suspendre son tablier.

« Mieux que nous, a répété Maude.

— Enfin une parole de bon sens, Maude Jones. »

Maude a cherché d'autres mots. Elle n'a rien trouvé d'autre que « brisées ».

C'est Martha qui a réagi. Martha dont les yeux se sont remplis de larmes alors qu'elle se mettait à crier.

« Tu as raison, là encore. *Brisées*. Oui. Rien à dire. La vie de ma sœur est *brisée*, c'est sûr. Et pour quoi ? »

Son regard était fixé sur le dos de Lotte et j'ai remarqué que la main de celle-ci était toujours posée sur le crochet, les jointures de ses doigts blanches de colère ou de peur, ou peut-être seulement en suspens.

* * *

Il y avait foule dans Walton Street. Des centaines d'ouvriers des Presses en congé pour l'après-midi se mêlaient à des hommes en kaki ou en chemise d'hôpital bleue et en peignoir. C'étaient des patients de la Radcliffe Infirmary. Certains avaient été sortis dans des fauteuils roulants, d'autres marchaient avec des béquilles ou au bras d'un visiteur. Tous avaient des rubans épinglés à leur col.

« Peggy ! »

Je me suis retournée. Deux jeunes femmes étaient toujours postées de part et d'autre de l'entrée des Presses, leurs plateaux presque vides à présent. L'une d'elles agitait le bras.

J'ai dit à Aggie et aux autres que nous les retrouverions près de la mairie. Elles ont pris le chemin d'Oxford et je me suis apprêtée à rejoindre Gwen. J'ai hésité.

« Et si tu m'attendais ici, Maudie ? Je n'en ai même pas pour une minute. »

Elle a secoué la tête et a glissé son bras sous le mien en disant : « Rester collée ».

Une consigne d'enfance.

« Dieu du Ciel ! s'est écriée Gwen en nous voyant approcher. Tu ne m'avais pas dit que vous vous ressembliez à ce point. » Elle a dévisagé Maude, puis son regard s'est posé sur moi. « Bon sang, comment les gens vous reconnaissent-ils ?

— Gentils yeux », a dit Maude en regardant Gwen.

Amusée, Gwen a observé nos yeux avec une attention exagérée.

« C'est vrai, Maude, vos yeux sont gentils. Mais on ne peut pas dire que ceux de votre sœur ne sont *pas* gentils. » Elle s'est tournée vers moi et a soutenu mon regard, espiègle. « Les yeux de Peggy sont… » Elle s'est interrompue, comme pour réfléchir. « … curieux. Est-elle curieuse, Maude ?

— Comme un chat.

— Comme un chat », a répété Gwen.

Je me suis détournée.

« Il faut qu'on y aille, Maude. Aggie et Lou nous attendent.

— Je vous accompagne, a dit Gwen. J'ai amassé une petite fortune aujourd'hui, il est temps de s'amuser.

— Temps de s'amuser, a acquiescé Maude.

— Mais avant, il faut que j'apporte ça à Somerville. Venez avec moi. »

Ce n'était pas une question, et elle a traversé Walton Street sans me laisser le temps de protester.

Quand elle est entrée dans la loge du concierge, je me suis arrêtée. C'était la frontière entre Ville et Toge.

« Nous t'attendrons ici.

— Si tu préfères. »

Je préférais, oui. Je ne sais combien de fois j'avais imaginé que j'entrais à Somerville, mais jamais sur les talons de quelqu'un comme Gwen, et jamais avec Maude à mon côté.

« Je reviens dans un instant », a-t-elle ajouté.

Elle a réapparu vingt minutes plus tard.

« Vous êtes officiellement invitées à venir prendre le thé samedi prochain, nous a-t-elle annoncé.

— Qu'est-ce que tu racontes ?

— À l'intention des familles belges qui résident à Oxford. Somerville organise un thé et vous êtes invitées.

— Pourquoi ? Nous ne sommes pas belges.

— C'est ce que j'ai dit, mais Mlle Bruce a insisté. Elle est responsable du Comité d'aide aux réfugiés. C'est la sœur aînée de notre directrice adjointe qui s'appelle, elle aussi, Mlle Bruce, ce qui n'est pas du tout commode. Le prénom de la première est Pamela, celui de la seconde Alice. Franchement, il serait plus pratique pour tout le monde que l'une d'elles se marie. Quoi qu'il en soit, j'ai parlé de vous, Maude et toi, à Mlle Bruce, Pamela, celle du comité d'aide

– je lui ai expliqué que vous m'attendiez dans la rue – et elle m'a dit qu'elle vous avait rencontrées à la gare. »

Mlle Pamela Bruce. Droite, solide, déterminée. Se serait-elle souvenue de moi si j'avais été seule ?

« Tu ne me l'avais pas dit, a poursuivi Gwen. C'est une femme absolument épatante, tu sais. Et elle sera ravie d'avoir une paire de mains supplémentaire.

— Nous sommes censées faire la lecture aux soldats blessés, le samedi après-midi, Gwen. »

Sa main a agité l'air comme si elle chassait une mouche.

« Ils n'en mourront pas. »

J'ai ouvert de grands yeux.

« Oh, tu comprends ce que je veux dire. Je préviendrai l'infirmière-chef cet après-midi. »

Mais je n'avais aucunement l'intention d'entrer à Somerville pour servir de paire de mains supplémentaire.

* * *

Le samedi suivant, Gwen avait repris position devant les Presses.

« Ah, te voilà, a-t-elle dit. Je t'attendais. »

Nous étions dans Walton Street : Somerville se dressait derrière Gwen, les Presses derrière Maude et moi.

« Pourquoi ?

— Pour que tu n'oublies pas cet après-midi. »

J'ai froncé les sourcils, feignant d'ignorer de quoi elle parlait.

« Le thé pour les Belges. »

Elle a prononcé ces mots à l'instant précis où Lotte sortait des Presses.

Maude a agité le bras et Lotte s'est approchée. Je l'ai présentée à Gwen.

« Il faut que vous veniez aussi, a dit Gwen.

— Non, merci, a répondu Lotte.

— Non, merci, a répété Maude.

— Pas un mot, Peg, m'a devancée Gwen. Mlle Bruce se demanderait ce que j'ai bien pu faire qui t'ait froissée. »

Une paire de mains supplémentaire, ai-je pensé. Non, merci : c'était exactement ce que je voulais dire.

« Je suis sûre qu'il y a assez d'étudiantes qui ne demandent qu'à faire passer des plateaux de gâteaux, ai-je remarqué.

— Plus qu'assez. Tout le monde veut contribuer, et de toutes les activités organisées par Mlle Bruce, faire passer des plateaux de gâteaux est celle qui recueille le plus de suffrages.

— Tu vois bien. Je les encombrerai, c'est tout.

— Sornettes. Hier encore, Mlle Bruce m'a parlé de toi. En fait, elle a précisé, je cite : *Dites bien à votre amie qu'on ne lui demandera pas de servir le thé.* »

Elle m'avait cloué le bec. Triomphante, Gwen a regagné Somerville, et j'ai regardé Lotte et Maude partir en direction de la ville. Lotte a glissé son bras sous celui de Maude et j'ai attendu que Maude se dégage. Elle l'a fait, et j'en ai éprouvé une satisfaction puérile. Mais elle a presque aussitôt pris Lotte par la main.

J'ai traversé Walton Street pour ne pas les perdre de vue, mais elles se sont vite transformées en deux femmes comme les autres qui marchaient main dans la main – des amies intimes, des cousines. Des sœurs, peut-être. Puis leur âge est devenu indistinct. Une grande, une petite. Elles auraient pu être mère et fille. C'est à ce moment-là que les yeux m'ont picoté et que l'image s'est brouillée.

Rentrer seule au *Calliope* et ne pas voir Maude à la table en train de plier ses papiers m'a fait un effet bizarre. Ce n'était pas la première fois, pourtant, mais c'était rare et toujours déconcertant. Pendant un moment, je n'ai pas su quoi faire.

J'ai retiré ma jupe, reniflé mes aisselles puis retiré mon chemisier aussi. J'ai écarté le rideau de notre petite penderie pour dresser l'inventaire de mes possibilités. Je ne voulais pas avoir l'air d'une relieuse sans donner l'impression non plus de vouloir me faire passer pour quelqu'un d'autre. J'avais le sentiment que Mlle Bruce n'apprécierait pas.

Après avoir effacé toutes les traces des Presses de mon visage, de mes mains, de mes aisselles, j'ai enfilé ma jupe du dimanche et mon chemisier blanc à col. Puis je suis allée dans l'espace de Ma. Ni Maude ni moi ne l'avions revendiqué. Nous le réservions à Tilda – le lit, les petits placards au-dessous et au-dessus. La penderie identique à la nôtre, avec son rideau tiré. Je l'ai écarté – les affaires de Ma et celles de Tilda, côte à côte.

Servez-vous, nous avait dit Tilda, mais il n'y avait pas grand-chose à notre taille. Elle était aussi grande que nous étions petites. Mais tout de même, elle avait des chapeaux, des ceintures et des écharpes. Et aussi deux cravates de dame.

CHAPITRE 15

« Tu es parfaite ! »

Gwen a surgi de la loge du concierge. J'ai levé la main vers mon cou ; je n'avais pas très bien su comment nouer la cravate de Tilda.

Gwen a écarté mes doigts. Elle a défait puis refait le nœud, a reculé d'un pas et m'a inspectée de la tête aux pieds.

« Tu ne détonneras pas le moins du monde. »

Puis elle m'a prise par le bras pour m'entraîner dans la loge.

« Mon amie, Mlle Jones, a-t-elle déclaré. Mon invitée pour le thé. »

J'ai regardé le concierge inscrire mon nom dans le registre des visiteurs. Ce n'était pas vraiment l'image que je m'étais faite de cet instant, mais j'étais prête à m'en contenter pour le moment.

J'ai repu mes yeux des bâtiments, de la pelouse, des massifs de fleurs. J'ai relevé la mise ordinaire des femmes, jeunes et mûres – *elles sont conscientes d'avoir davantage à offrir que leur silhouette et leur visage*, me suis-je dit. Elles ont salué Gwen et m'ont toutes souri cordialement. Me croyaient-elles belge ? Leur accueil aurait-il été différent si elles avaient su que j'étais anglaise ?

Dans l'entrée, nous avons été reçues par une Somervillienne tellement expansive que je n'ai pu m'empêcher de faire un pas en arrière. Elle ne s'est pas laissé démonter pour si peu. Son sourire s'est encore élargi et elle a pris ma main entre les siennes. Puis elle a parlé, trop fort, et m'a demandé si je voulais boire quelque chose : « *Prendre un verre ?* » Je n'avais pas eu le temps de répondre que déjà, elle me proposait du gâteau : « *Prendre le gâteau ?* » Elle hochait la tête de haut en bas et ses mains se sont encore resserrées autour de la mienne. Elle me prenait pour une réfugiée, pour elle il n'était pas question que je me soustraie à sa générosité. Peut-être pensait-elle que son accueil saurait effacer le traumatisme de l'invasion allemande. Je lui ai répondu, en anglais et avec un accent indéniablement « Ville », que je n'avais besoin de rien pour le moment, et une expression déconfite a remplacé son sourire.

Gwen a éclaté de rire.

« Miriam, je te présente Peggy, elle travaille aux Presses. C'est une des filles de Vanessa Stoddard.

— Oh ! » Miriam a froncé les sourcils, son enthousiasme douché. « Dans ce cas, je te laisse faire. Ravie d'avoir fait votre connaissance, Penny. »

Et sans nous laisser le temps de rectifier, Miriam s'est dirigée vers une famille de Belges avec un tel élan qu'ils se sont tous rapprochés les uns des autres pour amortir le choc.

« Mme Stoddard est-elle très connue à Somerville ? ai-je demandé.

— Parmi les filles qui aident Mlle Bruce, oui. Elle est très active au sein du Comité d'aide aux réfugiés de guerre d'Oxford. Mlle Bruce la tient en haute estime – comme nous toutes, d'ailleurs. »

Une jolie jeune femme a marché droit sur Gwen.

« Nous avons besoin de toi, Gwen. Nous ne sommes que trois à parler français, sans compter Miriam, et la moitié de nos invités sont livrés à eux-mêmes faute d'interprète.

— Oh, Vee, je te présente Peggy Jones. Peggy, je te présente Vera Brittain, elle est en première année, comme moi. »

J'ai reconnu la jeune femme que j'avais vue dans le bureau de M. Hart. Ce jour-là, elle portait une robe couleur lilas. *J'ai été admise à Somerville. J'étudierai l'anglais.*

« Peggy est une des filles de Vanessa, des Presses. »

Un grand sourire a éclairé le visage de Vera.

« Vraiment ? »

Elle m'a tendu la main. Je l'ai serrée, comme si j'étais habituée à ce geste.

« Mon père fabrique du papier pour les Presses », a-t-elle dit.

Un instant, j'ai imaginé son père brassant des fibres de chiffons dans un chaudron fumant. Un instant seulement.

« C'est lui qui fournit le papier pelure des bibles et des dictionnaires », a-t-elle poursuivi.

Le propriétaire de la papeterie.

« Parlez-vous français ? m'a-t-elle demandé.

— Très mal. »

J'ai repensé aux cours de français que j'avais suivis au Clarendon Institute, le Stute, comme nous disions, pendant mes pauses déjeuner. M. Hart nous avait toutes encouragées à poursuivre nos études après notre entrée aux Presses. Si je lisais le français sans trop de difficultés, je n'avais jamais eu l'occasion de le parler.

« Seriez-vous très contrariée que je vous emprunte Gwen ? C'est elle qui le parle le mieux. »

Oui, ai-je pensé.

« Bien sûr que non », ai-je répondu.

Gwen a parcouru la salle des yeux et j'ai suivi son regard. Des petits groupes composés de couples belges et de dames anglaises. Beaucoup de gesticulations. Mauvais anglais, mauvais français. Par-ci par-là, un enfant dans les bras de sa mère ou accroché à ses jupes. Je savais que Lotte ne viendrait pas, mais si Goodie et Véronique étaient là, je pourrais m'abriter entre elles.

« Je ne vois pas Mlle Bruce, a remarqué Gwen. Mais je sais qu'elle veut te parler ; ça ne te ferait rien d'essayer de la trouver ?

— Non, bien sûr, ai-je répondu, terrifiée à cette idée.

— Très bien. Tu devrais aller voir au gymnase. » Elle a tendu le bras dans le vague. « Il est possible qu'elle ait organisé des jeux pour les enfants. »

Puis elle m'a plantée là. Si je ne détonnais pas dans ma jupe du dimanche et ma cravate de dame, je me faisais tout de même l'effet d'un mauvais poème sous une reliure plein cuir.

Quittant l'entrée, je suis arrivée dans la petite cour aménagée en jardin. Je me suis assise sur le banc le plus proche et j'ai boutonné mon manteau pour me protéger du froid. Je n'étais pas pressée de trouver Mlle Bruce.

J'étais passée devant Somerville toute ma vie, imaginant l'existence de celles qui se trouvaient de l'autre côté du mur. Maintenant, j'y étais. Comme un rebut de Jericho dans une cour d'Oxford. Je me suis rappelé la première fois que j'avais envisagé d'être une de ces jeunes femmes – j'avais écouté à un moment où je n'aurais pas dû. *Elle serait tout à fait à sa place au lycée d'Oxford*, avait dit mon institutrice. *Je sais*, avait répondu Ma, *mais elle ne quittera pas Maude*. Mon institutrice avait insisté. *À mon avis, elle est suffisamment intelligente pour entrer à l'université*. Ma avait soupiré. *Malheureusement, ça ne suffit pas toujours, vous savez*. J'avais pensé au salaire que je commencerais à gagner aux Presses, à la différence que ça ferait pour nous. J'avais cessé d'écouter.

J'ai quitté le banc et j'ai traversé la pelouse. Je me suis brièvement demandé si on avait le droit de le faire et me suis surprise à espérer que non. *Quand un privilège vous est injustement refusé*, aimait à dire Tilda, *il faut s'en emparer*.

Les cris des enfants étaient à peine audibles. J'ai franchi une porte ouverte et j'ai entendu l'écho de leurs jeux résonner dans le couloir. J'ai écouté quelques instants avant de m'éloigner en sens inverse.

La plupart des portes étaient fermées et pendant un moment, je me suis promenée au hasard en m'imprégnant de l'esprit des lieux. Somerville était plus délabré que je ne l'avais imaginé. Les planchers étaient usés et grisâtres et les murs portaient encore les traces de l'ancien éclairage au gaz, malgré les ampoules électriques.

J'ai tourné une poignée de porte et elle s'est ouverte. Un débarras avec des serpillières et des seaux, des sacs remplis de ce qui devait être du linge. Il y avait une chaise dans un coin et une odeur âcre de tabac froid, un panier fatigué avec un châle tricoté. *Pas de privilège ici*, ai-je pensé, et j'ai refermé la porte.

J'ai gravi l'escalier conduisant au premier étage et je me suis collée au mur de brique en apercevant deux femmes qui descendaient. Leur pas était assuré et elles dévalaient les marches tout en bavardant.

« Oh, pardon, j'ai failli vous renverser », a dit l'une.

Puis elles ont disparu. Pas de question. J'aurais pu être des leurs.

J'imaginais les bâtiments habituellement peuplés de femmes qui entraient et sortaient de leurs chambres, de leurs cours, du gymnase, du réfectoire, du foyer des étudiantes. *Elles sont libres de fréquenter tous les espaces*, ai-je pensé, *alors que nous, de l'autre côté de la rue, nous sommes cantonnées dans l'atelier de reliure*. Les salles des machines, la fonderie de caractères, les magasins et le dépôt étaient trop dangereux, ou trop grossiers. Ces restrictions d'accès devaient prétendument nous protéger.

Au sommet des marches, une porte donnait sur un étroit corridor tout enveloppé de livres. Je l'ai suivi en laissant mes mains traîner sur les étagères qui bordaient les deux côtés. J'avais terriblement envie de les mettre en désordre. Une autre porte.

Je l'ai ouverte, me suis arrêtée sur le seuil, j'ai pris une inspiration. Cire de meubles. Papier, cuir et encre. Certaines odeurs plus fortes, certaines plus ténues que celles auxquelles j'étais habituée. Je m'imaginais la bibliothèque de Somerville depuis une éternité, mais je ne m'en étais pas même approchée. Elle expliquait le souci d'économie que trahissait le reste des locaux – ce qu'il y avait de plus précieux ici était les livres, bien plus que tout le reste.

J'ai franchi le seuil. Le bureau que devait occuper d'ordinaire la bibliothécaire était vide, et je suis passée devant sans m'arrêter. Une interminable succession d'étagères s'étirait devant moi et je savais qu'elles abritaient des livres dont la première page s'ornait des armoiries estampées de la Clarendon Press. Je me suis demandé combien de temps il me faudrait pour mettre la main sur un livre dont j'avais plié, assemblé, cousu les pages. Combien de temps il me faudrait pour mettre la main sur un livre qu'on m'avait interdit de lire. Qu'on m'avait recommandé de ne pas abîmer en cassant son dos.

Je me suis avancée. Les étagères étaient disposées à intervalles réguliers. Elles divisaient la longue salle en travées et chaque travée disposait d'une fenêtre tout en hauteur et d'un grand bureau. Quelques lampes étaient restées allumées, et je me suis dit que la faible lumière de l'après-midi était insuffisante pour permettre de lire. J'ai touché à tout : un bureau, le dossier d'une chaise. La chaleur d'un abat-jour m'a fait tressaillir. J'ai laissé courir mes doigts le long du dos des livres. Des classiques. Une étagère après l'autre.

J'ai à peine su ce que je faisais avant de l'avoir fait. C'était un mince volume, entoilé. Tellement manipulé qu'il avait perdu son identité. Un privilège assez petit pour tenir dans la poche de mon manteau.

* * *

En arrivant au gymnase, j'ai compris pourquoi les couloirs étaient vides, la bibliothèque déserte. On se serait cru à une kermesse. Il y avait des jeux d'anneaux et de quilles, une longue corde à sauter dont les extrémités étaient tenues par deux femmes qui la faisaient tourner tandis que des fillettes s'élançaient d'un côté à l'autre. Des enfants plongeaient les mains dans un bac de pêche miraculeuse et en sortaient de petits jouets. Une sorte de partie de colin-maillard remplissait la salle de cris d'excitation et une ou deux femmes plus âgées souriaient en se bouchant les oreilles. Disposée à un bout de la salle, une table à tréteaux était couverte de gâteaux nappés de glaçage, de tartines beurrées et de cruches de limonade. J'ai aperçu Mlle Bruce debout derrière la table. Mme Stoddard se tenait à côté d'elle. Quel soulagement !

« Mademoiselle Jones ! s'est écriée Mlle Bruce en m'apercevant. Je suis si contente que vous ayez pu venir. »

Je détestais rougir, mais j'ai senti mon cou s'empourprer. Je me suis demandé ce que Gwen avait bien pu lui raconter et je les ai soudain imaginées confortablement assises dans des fauteuils, en train de siroter du sherry en parlant de Maude et moi d'un air songeur.

« Vous avez été très aimable de m'inviter, mademoiselle », ai-je dit avant d'ajouter à contrecœur : « Y a-t-il quelque chose que je puisse faire pour vous aider ?

— Ma foi, puisque vous insistez, vous pourriez peut-être aider Vanessa à servir les rafraîchissements. Je vais laisser les enfants jouer pendant encore cinq minutes, puis j'agiterai la clochette. Vous pourrez constater qu'ils ont gagné en assurance depuis le jour de leur arrivée. »

Je suis passée derrière la table et j'ai pris place à côté de Mme Stoddard.

« Vanessa, accepteriez-vous de la partager avec moi ? a demandé Mlle Bruce. J'aimerais poser quelques questions à votre jeune relieuse. »

Mme Stoddard ne demandait pas mieux. Elle s'est reculée pour me laisser passer entre Mlle Bruce et elle. J'ai regretté de n'être pas plus grande, de ne pas pouvoir regarder Mlle Bruce dans les yeux. J'ai retiré mon manteau, vieux et terne, et l'ai rangé sous les tréteaux. Puis j'ai redressé les épaules et levé la main jusqu'au nœud de ma cravate, de la cravate de Tilda. *Il ne suffit pas d'avoir l'apparence de ton personnage et de t'exprimer comme lui*, avait dit Tilda un jour. *Si tu veux être convaincante, il faut éprouver la même chose que lui.*

« Puis-je vous appeler Peggy ? » m'a demandé Mlle Bruce.

Puis-je vous appeler Pamela ? ai-je pensé.

« Oui, bien sûr, mademoiselle Bruce, ai-je répondu.

— Parlez-moi un peu de votre travail aux Presses – il vous plaît ? »

Me plaisait-il ? Personne ne m'avait jamais demandé cela et je n'avais jamais réfléchi à la réponse que je pourrais donner.

« Ce n'est tout de même pas une question difficile », a insisté Mlle Bruce.

Si je répondais oui, elle me demanderait ce qui me plaisait dans ce travail. Si je répondais non, elle me demanderait pourquoi.

« Elle n'est pas difficile à poser, mademoiselle Bruce, mais il est difficile d'y répondre », ai-je dit, regrettant aussitôt mes propos.

Elle a haussé les sourcils ; j'y ai vu une réprimande.

« Dans ce cas, prenez votre temps. »

J'ai scruté son visage en quête d'une nuance de raillerie, sans en trouver. J'ai senti que Mme Stoddard s'écartait légèrement pour se mettre juste hors de portée de voix.

« Je n'ai pas choisi de travailler aux Presses, mademoiselle Bruce. C'était écrit d'avance. Ce n'est pas comme aller au bal.

— Pourquoi n'est-ce pas comme aller au bal ?

— Eh bien, à un bal, si vous êtes fatiguée, vous pouvez aller vous asseoir, si vous n'aimez pas la musique ou les gens, vous pouvez partir, et si quelqu'un vous invite à danser, vous pouvez refuser.

— Poursuivez. »

Je fronçais les sourcils, à présent, me demandant si elle cherchait à me pousser dans mes retranchements ou si son ignorance était sincère.

« Si mon travail ne me plaît pas, mademoiselle Bruce, je ne peux pas refuser de m'y rendre. Travailler à l'atelier de reliure n'est pas un passe-temps : c'est avoir de quoi manger, des vêtements et du charbon. Que ce soit plaisant ou non n'y change rien.

— Si je comprends bien, votre travail ne vous plaît pas ? »

Je me suis sentie piégée. Un coup d'œil rapide en direction de Mme Stoddard.

« Pas toujours, en effet.

— Et pourquoi ?

— Parce qu'il lui arrive d'être ennuyeux.

— Vraiment ? Mais vous êtes entourée de livres, de mots, d'idées…

— *De l'eau, de l'eau partout*, mademoiselle Bruce, *mais pas une goutte à boire.* »

Elle a souri.

« Coleridge, a-t-elle approuvé.

— *La Complainte du vieux marin* », ai-je ajouté, lui renvoyant la balle.

Elle a posé la main sur mon épaule.

« Faites attention à l'albatros, mademoiselle Jones. Et veillez à ne pas le tuer. »

Puis elle a agité la clochette et les enfants se sont précipités vers nous.

* * *

Un peu plus tard, le thé fini, alors que je rentrais chez moi à travers les rues de Jericho, j'ai sorti de la poche de mon manteau le livre que j'avais pris à la bibliothèque. J'espérais qu'il était d'Euripide, l'auteur grec préféré de Ma. Ou bien de Virgile, l'auteur latin préféré de Ma. J'ai regardé le dos.

Abbott et Mansfield. Des noms on ne peut plus anglais. *Manuel de grammaire grecque.*

Mon cœur s'est serré.

* * *

Le lendemain était un dimanche. Je rinçais la vaisselle du petit-déjeuner quand les solides bottines lacées de Rosie ont surgi dans l'encadrement de la fenêtre de notre coquerie. Les chaussures à semelles cloutées d'Oberon ont suivi, puis j'ai aperçu une troisième paire de souliers, ordinaires et familiers.

« Jack », a dit Maude.

Sa voix était neutre, mais elle s'est précipitée dehors pour l'accueillir.

J'ai attendu que les pieds de Maude aient rejoint les autres ; elle était chaussée de vieilles pantoufles peu adaptées à l'humidité matinale du chemin de halage. J'ai soupiré, puis Jack s'est dirigé vers elle et les pantoufles ont quitté le sol.

Bien que Cowley n'ait été qu'à l'autre bout d'Oxford, l'entraînement de Jack était intensif et nous ne le voyions que quelques heures, toutes les quelques semaines. Il arrivait sans prévenir, comme une carte postale, et nous nous regroupions autour de lui pour écouter ses histoires : pénurie d'uniformes, exercice avec des fusils en bois, subtilités du creusement d'une tranchée et de la confection d'un lit de camp. Chaque fois, il nous confiait qu'il était impatient d'être envoyé sur le continent. *Attends seulement que l'écluse se remplisse*, disait Oberon quand il était là pour l'entendre.

Oberon a réamarré le *Retour de Rosie* puis il s'est assis, silencieux, pendant que Jack nous apprenait qu'il avait été désigné pour une formation spéciale.

« Que fait un sniper ? lui a demandé Rosie.

— C'est exactement comme de tirer des lapins, a répondu Jack sans la regarder en face.

— Mais tu n'as jamais tiré un lapin de ta vie, lui a-t-elle fait remarquer.

— Ils doivent croire que j'ai l'œil. De toute façon, l'instruction va durer jusqu'après mon anniversaire. »

Il ne la regardait toujours pas.

« Et ensuite ? » a demandé Rosie.

Une seconde s'est écoulée, puis une autre.

« Ensuite, il aura l'âge d'être envoyé sur le continent tuer des Allemands », a dit Oberon.

CHAPITRE 16

D'un bout à l'autre du mois de décembre et pendant tout le début de la nouvelle année, les jours de pluie ont été plus nombreux que les jours sans, tambourinement régulier qui vibrait dans mon corps et bourdonnait dans ma tête même quand je n'étais pas à bord du *Calliope*. Le bateau sentait la couverture mouillée, et je suis sûre que nous aussi. Lotte n'a pourtant jamais protesté. Elle continuait à venir tenir compagnie à Maude, un soir par semaine et quelques heures tous les samedis, pour que je sois libre de vaquer à mes activités de bénévole.

J'attendais avec impatience ces heures aux Examination Schools – les locaux étaient secs, bien chauffés et bien éclairés, et les conversations n'étaient pas perturbées par le martèlement obsédant de la pluie sur le bois et sur l'eau. Mais j'étais heureuse aussi de regagner le *Calliope*, de prendre le chemin de halage et d'apercevoir la lumière de la lampe filtrer à travers les fenêtres. De savoir que Lotte était là et que Maude était en sécurité. Je les observais avant de monter à bord. Habituellement, elles faisaient des pliages, sans échanger un mot, mais sans la moindre tension non plus. Parfois, Lotte avait un livre à la main, un des nôtres. Il était ouvert, pourtant je pouvais rester là plusieurs minutes sans la voir tourner une page. Je la regardais regarder ma sœur en m'interrogeant sur ce qu'exprimait son visage, un mélange de chagrin et d'envie.

À mon arrivée, Lotte s'empressait de refermer son livre et de le ranger sur l'étagère ou sur la pile où elle l'avait pris. Tout en enfilant son manteau et en épinglant son chapeau, elle me racontait ce qu'elles avaient fait comme si c'était un bulletin d'information. Elle posait la main sur l'épaule de Maude et m'adressait un signe de tête. Je lui proposais de la raccompagner jusqu'au pont de Walton Well, mais elle refusait toujours. *L'obscurité ne renferme rien qui puisse me faire du mal*, m'a-t-elle dit un jour.

* * *

« Et si tu restais prendre le thé avec nous ce soir, Lotte, à mon retour de l'hôpital ? » Nous rentrions des Presses, en direction du canal. « Rien d'exceptionnel, juste pour te dire merci. »

Lotte n'a pas répondu immédiatement.

« Dire merci, a commenté Maude.

— Entendu, a dit Lotte. Merci.

— Elle ne faisait que répéter...

— Je sais », m'a coupée Lotte en esquissant un sourire.

Un fragment de celle qu'elle a été, ai-je pensé. Un sens de l'humour ironique et taquin, peut-être. Je lui ai rendu son sourire.

* * *

À notre arrivée, l'infirmière-chef nous a prises à l'écart, Gwen et moi.

« Généralement, je ne vous confie pas d'officier, mademoiselle Jones. Mais on m'assure que vous êtes tout à fait comme il faut. »

J'ai jeté un coup d'œil à Gwen ; elle affichait un air innocent qui ne lui était pas habituel.

« Tout à fait, ai-je acquiescé.

— Dans ce cas, si cela ne vous embarrasse pas trop – elle a haussé les sourcils et j'ai secoué la tête en me mordant la langue –, je ne pense pas que cela puisse poser de problème. »

La salle des officiers contenait moins de lits, les fenêtres plus grandes dispensaient davantage de lumière, et il y avait des fleurs à chaque chevet. À une extrémité de la pièce, des fauteuils étaient disposés devant une cheminée. Une table pliante y avait été dressée et deux patients jouaient aux dames. L'infirmière-chef nous a laissées entre les mains d'une infirmière à l'air revêche, vêtue d'un uniforme lourdement amidonné.

« Il s'agit d'un service de chirurgie générale, nous a-t-elle expliqué, mais les blessures de nos patients sont d'une gravité très variable. Certains se remettront parfaitement et rejoindront alors leurs sections, tandis que d'autres seront renvoyés chez eux avec moins de membres qu'ils n'en avaient à la naissance. »

Elle nous dévisageait tout en parlant, et a eu l'air satisfaite de constater que nous n'étions pas du genre à défaillir ou à nous émouvoir à l'excès.

« Nous avons également deux officiers belges dans notre service. L'infirmière-chef m'a dit que vous parlez français toutes les deux. C'est bien cela ?

— En effet », a confirmé Gwen en me jetant un regard en coin.

Voilà ce qui me rend comme il faut, ai-je compris.

« Dans ce cas, permettez-moi de faire les présentations », a poursuivi l'infirmière.

Nous l'avons suivie jusqu'au fond de la salle.

Gwen est devenue toute pâle, muette. Elle avait les yeux posés sur un des Belges. Son corps était recouvert d'un drap blanc et une armature de bois évitait que le poids du tissu ne repose sur une de ses jambes. Des bandages recouvraient presque intégralement son visage et ses mains.

L'homme invisible, ai-je songé, avant d'imaginer ce que recouvraient les pansements. J'ai distingué avec soulagement les contours d'un nez et le rose tendre de sa lèvre inférieure. Seul son œil droit était dégagé. Il était ouvert. Il nous regardait.

« *Bonjour*, ai-je dit.

— *Bonjour.* »

À peine un chuchotement, presque inarticulé.

L'infirmière a souri.

« Mademoiselle Jones, je vous présente le sergent Peeters. »

Elle a incliné la tête vers la chaise disposée près de son lit. J'ai compris le message et me suis assise.

Puis elle a présenté Gwen au sergent Jansen. Il portait moins de bandages que le sergent Peeters et lui a immédiatement donné son prénom, Nicolas, en lui tendant sa main intacte. Elle s'est assise à son chevet et son visage a repris quelques couleurs. Le français de Gwen était amplement suffisant pour entretenir une conversation, et dès que la religieuse a pris congé, Nicolas et elle ont commencé à discuter comme de vieux amis. Je ne comprenais pas grand-chose de ce qu'ils disaient.

J'essayais désespérément de former une phrase en français quand mon homme invisible a pris la parole. Sa voix était heurtée et faible. Je me suis penchée vers lui.

« Je m'appelle Bastiaan, a-t-il dit en anglais.

— Dieu soit loué, me suis-je écriée, soulagée. Pas parce que vous vous appelez Bastiaan, bien que ce soit un très joli nom, un nom charmant. Mais parce que vous parlez anglais. Quel bonheur ! »

J'étais mal à l'aise. J'essayais de fixer mon regard sur cet unique œil, de cesser d'imaginer tout ce que pouvaient recouvrir ses bandages. Les mots dévalaient de ma bouche en s'entrechoquant. Il n'avait certainement rien compris.

J'ai laissé mon regard glisser sur ma jupe dont j'ai lissé les plis. J'ai inspiré un grand coup et relevé les yeux. Son œil unique attendait.

« Je m'appelle Peggy », ai-je dit.

J'ai eu l'impression qu'il hochait la tête. J'essayais de trouver autre chose à dire, mais les seuls mots en français qui me venaient à l'esprit étaient *Où est la gare ? Où est la plage ? Où est l'hôpital ?*

Il a produit quelques sons dans lesquels il m'a semblé entendre :

« Parlez anglais.

— Vous êtes à l'aise en anglais ? »

Sa poitrine s'est soulevée et il a exhalé :

« Oui. »

J'ai compris qu'il ne pouvait pas bouger la mâchoire.

« Vous avez mal quand vous parlez ? »

Il a hoché la tête et je me suis demandé si ce geste aussi était douloureux.

« Il faut, a-t-il dit.

— Les médecins l'ont dit ? »

Il a à nouveau hoché la tête et son œil s'est refermé pendant quelques instants. Je ne savais plus quoi dire.

« Je suis navrée », ai-je fini par chuchoter.

Son œil s'est rouvert.

« Pourquoi ? » a-t-il soufflé.

Parce que je suis complètement incompétente, ai-je pensé.

« De ce qui s'est passé », ai-je dit.

L'œil qui me regardait était gris ardoise, mais j'étais sûre qu'il devait être bleu par un beau jour d'été et tendre vers le vert quand il contemplait un cours d'eau. Sa paupière s'est fermée et je me suis demandé si c'était la seule partie de son corps qui était indemne. Nous sommes restés assis en silence jusqu'à ce que l'infirmière vienne nous dire qu'il était temps de partir.

* * *

Quelques flocons s'étaient mis à tomber, mais je me suis attardée sur le chemin de halage et j'ai jeté un coup d'œil par la fenêtre de la coquerie. Maude pliait les bonnes serviettes de table de Ma – celles que grand-mère tenait de la vieille tante machin – pour en faire des décorations raffinées, et Lotte était aux fourneaux. Une odeur d'oignons frits m'est montée aux narines et j'en ai été contrariée un instant – après tout, c'était moi qui l'avais invitée, *elle*, à prendre le thé avec nous. Puis l'eau m'est montée à la bouche et j'ai été heureuse de ne pas avoir à faire la cuisine.

Lotte s'est tournée vers moi quand je me suis glissée dans l'écoutille. Elle s'est essuyé les mains au tablier qu'elle portait, celui que je portais d'ordinaire. Elle avait l'air détendue, ses joues pâles rosies par la chaleur du fourneau.

« Maude m'a montré le Marché couvert, m'a-t-elle dit. Nous avons acheté des *moules*.

— *Des moules* », a dit Maude.

Elles sentaient divinement bon.

« Et des pommes de terre, a poursuivi Lotte. Je vais faire des *frites*.

— *Moules et frites ?* » ai-je demandé.

Lotte a acquiescé.

« Tu parles français ?

— Si seulement ! » ai-je dit en retirant mon chapeau.

J'ai suspendu mon manteau à la patère.

« On m'a chargée de tenir compagnie à un officier belge. »

Son hochement de tête a été presque imperceptible. Elle s'est retournée vers le fourneau.

« Le dîner sera prêt dans un quart d'heure. Assieds-toi.

— Assieds-toi », a dit Maude.

Je me suis assise.

Lotte s'est consacrée à ses casseroles, le dos raide maintenant que j'étais rentrée. Elle donnait l'impression que rien ne pouvait l'abattre, mais je savais que certaines choses avaient ce pouvoir. Sans le vouloir, je n'avais cessé de les jeter en travers de son chemin depuis le jour où nous avions fait connaissance, l'obligeant à battre en retraite. Je n'aurais pas dû parler de l'officier belge.

Je me suis relevée pour aller dans notre chambre et me suis allongée sur notre lit, rideaux fermés. J'ai écouté les bruits familiers de la préparation d'un repas : un couteau qui heurtait la planche à découper, la poêle posée sur la plaque, un tiroir qu'on ouvrait, le cliquetis des couverts, le tiroir qu'on refermait. Des tranches de pommes de terre jetées dans la graisse, le grésillement soudain. Et puis une odeur que je ne reconnaissais pas.

L'eau m'est à nouveau venue à la bouche et je me suis rappelé que la dernière fois que j'avais attendu le dîner allongée sur mon lit, Ma était vivante et en bonne santé. J'ai sorti du papier et un stylo et j'ai commencé une lettre pour Tilda.

Pourquoi ne fais-tu jamais la cuisine quand tu es chez nous, Tilda ? Est-ce parce que tu ne sais pas ou parce que tu ne veux pas ?

Maude a écarté le rideau.

« Le dîner est prêt. »

J'ai fermé les yeux. J'aurais voulu que ce soit Ma qui m'attende dans la coquerie.

Être accueillie à notre table par Lotte m'a fait un drôle d'effet. Elles avaient mis le couvert, Maude et elle, avec ce que Ma avait eu de plus beau. Lotte avait dû demander où trouver une nappe, des bols et des assiettes, des serviettes de table, et Maude le lui avait indiqué. Mais elle n'avait pas pensé à lui dire que nous n'utilisions que le service ordinaire. À lui préciser que les assiettes aux bords décorés de feuilles peintes étaient un cadeau de mariage – de grand-mère, pas de Ma, bien que nous ayons parfois fait comme si elles lui appartenaient. Elles m'ont rappelé la dernière fois que Ma avait préparé le rôti du dimanche.

La casserole pleine de moules encore dans leurs coquilles, fumantes et odorantes, était posée au milieu de la table. À sa gauche, un plat de frites, plus fines que je ne les aurais faites. À droite, un plat de choux de Bruxelles. Au lieu de les faire bouillir, elle les avait fait sauter. Chacune de nous avait une petite assiette avec une épaisse tranche de pain.

Lotte a pris une louche pour servir les moules dans les bols, qu'elle a posés sur nos assiettes.

« Pour les *frites*, prenez ce que vous voulez. Pareil pour les choux de Bruxelles. » Elle s'est servie et s'est assise. « Le pain, il faut le tremper dans le jus de cuisson des moules. »

Elle nous a montré comment faire.

Maude a pris une poignée de frites. Lotte lui a passé les choux de Bruxelles. Maude a secoué la tête.

« Tu n'en veux pas ? Pourquoi ? a demandé Lotte.

— Les choux de Bruxelles, ça pue l'eau de vaisselle. »

Nous étions enfants la dernière fois qu'elle avait dit ça. Elle emmagasinait les phrases comme un imprimeur les planches – les mots bien à leur place, prêts à être utilisés quand le besoin s'en faisait sentir.

« C'est vrai quand les Anglais les préparent, a dit Lotte. Mais moi, je ne suis pas anglaise. »

Elle a pris le plat de choux de Bruxelles et s'est servie copieusement. Quand elle l'a reposé, il était plus près de Maude qu'avant, mais Lotte ne lui en a pas reproposé.

J'ai regardé ma sœur, qui ne la quittait pas des yeux. Lotte a mangé un chou de Bruxelles, puis deux, puis trois. J'ai remarqué qu'elle se léchait subtilement les lèvres ; j'ai entendu le discret ronronnement de satisfaction tout au fond de sa gorge. Elle n'a pas levé les yeux de son assiette.

« Ça sent drôlement bon, ai-je remarqué.

— C'est parce que je ne les ai pas fait bouillir. »

Maude s'est penchée pour les sentir.

« Tu les fais cuire comment ?

— Je les fais revenir dans du beurre avec de l'ail, du sel et du poivre. Ce n'est pas difficile.

— Du beurre avec de l'ail, a dit Maude.

— Avec du beurre, tout est bon. Avec de l'ail, tout est meilleur. »

Elle a écarté le plat de Maude et l'a rapproché de moi.

J'ai compris le message et j'ai posé un petit tas de choux de Bruxelles sur mon assiette. J'étais prête à faire semblant de les trouver délicieux, mais cela n'a pas été nécessaire. J'ai tout mangé et j'ai tendu la main pour me resservir.

« Ne sois pas gloutonne », a dit Maude.

Elle a tiré le plat vers elle et en a pris deux.

Nous n'avons rien dit, Lotte et moi. Nous nous sommes occupées de nos assiettes, retirant les moules de leurs coquilles, coupant des morceaux de pain pour les tremper dans le jus. Maude a mangé les choux de Bruxelles qu'elle avait pris puis elle s'est resservie.

J'ai attrapé ma serviette, défaisant les plis de Maude. Je me suis essuyé la bouche et j'ai vu que Lotte regardait ma sœur manger. Chagrin et envie. La représentation était terminée et son visage si pâle était apaisé. *Ce n'est pas la première fois qu'elle fait ça*, ai-je pensé.

CHAPITRE 17

À la fin du mois de janvier 1915, les hôpitaux d'Oxford débordaient de soldats blessés à Ypres et les vendeurs de journaux annonçaient à grands cris des raids meurtriers de zeppelins sur la côte du Norfolk. Des gens furieux ou éplorés arrachaient des murs les affiches nous exhortant à ne pas oublier la Belgique. Le visage de Kitchener les a bientôt remplacées. Il pointait du doigt des garçons trop jeunes et des hommes trop vieux, et tous ceux qui, ni trop jeunes pourtant, ni trop vieux, ne portaient pas l'uniforme. Son regard accusateur les toisait au-dessus d'une énorme moustache.

Des plumes blanches ont resurgi autour des Presses. Elles étaient déposées sur les montants de portes, les établis des typographes et les machines d'impression à plat. On en a découvert une sur l'établi de réparation où Ebenezer refaisait la reliure d'une vieille édition des *Mille et Une Nuits*. J'étais sur le seuil de la pièce au moment où il a retiré la plume avec un scalpel, veillant soigneusement à ne pas plier la tige et à ne pas séparer les barbes. Il l'a glissée dans sa poche au lieu de la mettre à la poubelle.

Dans l'atelier de reliure, on nous avait confié une réimpression de populaires Brochures d'Oxford – des articles sur la guerre. Explications. Justifications.

Guerre à la guerre m'était passé entre les mains à plusieurs reprises et les cahiers s'empilaient à nouveau. J'ai pris le bord gauche pour le poser sur le droit. Un pli, in-folio – tourner, répéter. Deux plis, in-quarto – tourner, répéter. Trois plis, in-octavo – tourner, répéter. Quatre plis. Une brochure.

Je pliais les mots comme Rosie aurait pu incorporer des blancs d'œufs en neige dans un pudding. Je travaillais avec soin, en cadence, et les mots disparaissaient avant que j'aie eu la possibilité de les lire. C'était comme cela – si nous travaillions consciencieusement, nous n'avions guère d'occasions de lire. Ce n'était qu'au moment où un cahier était terminé, au moment où il prenait place sur la pile qu'une phrase avait le temps d'accrocher le regard. *Une détestable nécessité* en était une. *Dans cette situation immédiate, nous étions innocents* en était une autre. *Nous faisons la guerre à la guerre, et nous pouvons résister à toutes les souffrances et à toutes les horreurs qui accompagnent la guerre.*

Pouvons-nous y résister ? me disais-je.

Puis je recommençais. Je faisais le premier pli, le deuxième pli, le troisième, le quatrième. Je posais la section sur la pile à ma gauche.

Nous pouvons résister à toutes les souffrances et à toutes les horreurs.

Qu'est-ce que cela signifiait, au juste ? Qui devrait y résister, comment y résisteraient-ils ?

Premier pli, deuxième, troisième, quatrième – mes gestes étaient réguliers et automatiques, seule une petite ride sur mon front trahissait qu'en réalité, mon cerveau travaillait, pensait, se posait des questions. *Que dirait Mme Hogg*, me suis-je demandé, *si elle s'en apercevait ? « Vous n'êtes pas ici pour penser, mademoiselle Jones. » Et je ne le serai jamais*, me suis-je dit.

* * *

Le samedi, Maude m'a demandé si nous pouvions prendre l'autobus pour Cowley après notre matinée de travail.

« Jack n'y est plus, Maudie, tu le sais bien. »

J'avais prévu de rentrer à la maison et de lire un peu avant de retrouver Gwen à l'hôpital.

Maude a haussé les épaules. Elle voulait tout de même y aller.

Nous nous sommes assises dans le bus et Maude s'est installée pour le trajet – les paumes à plat sur l'assise pour sentir le grondement du moteur, le regard prêt à voir les rues défiler. Quant à moi, j'ai déplié un cahier abîmé d'une autre Brochure d'Oxford. *Réflexions sur la guerre.* Elle avait été écrite par un professeur d'Oxford, Gilbert Murray.

Je connaissais son nom grâce à la bibliothèque de Ma. Il avait traduit *Les Troyennes* d'Euripide. L'auteur grec préféré de Ma.

J'avais gardé le cahier, déchiré par un plioir qui avait glissé (*Négligente*, avait dit Maude, *Pas du tout*, avais-je répondu), parce que ses réflexions sur la guerre s'adressaient aux travailleurs (et que j'estimais en faire partie, sans être tout à fait certaine que le professeur Murray aurait été de mon avis). La guerre, selon lui, avait apaisé les relations entre sa catégorie sociale et la mienne, entre la Toge et la Ville, les aristos et la plèbe. Elle avait engendré une *association de frères* face à un ennemi commun. *Dieu merci, nous ne nous détestions pas réciproquement autant que nous l'avions cru*, écrivait-il.

Nous détestions-nous ? me suis-je demandé. *Avaient-ils vraiment des raisons de nous détester ?*

Plus maintenant, à en croire le professeur Murray. Parce qu'aux quatre coins du monde, de Jericho aux bidonvilles indiens, le travailleur était prêt à faire la queue devant les bureaux de recrutement, espérant qu'on lui donnerait la possibilité de verser son sang pour l'Angleterre. *Tout au fond de notre esprit, nous nous aimions.*

J'ai ricané intérieurement. C'était un idéaliste ; facile quand on portait une toge. La guerre faisait ressortir ça chez tout le monde. J'ai tourné les pages, cherché à lire entre les lignes. Les travailleurs ne pouvaient prétendre à aucune prérogative en Angleterre, ils ne possédaient aucune parcelle de son sol et beaucoup n'avaient même pas la possibilité de voter, exactement comme moi. Cela ne les empêchait pas de faire la queue pour s'engager. Ils versaient leur sang et donnaient leur vie pour un pays qui ne leur accordait aucun droit pendant que leurs femmes et leurs filles allaient fabriquer des obus dans les usines. Peut-être cette réalité mettait-elle les maîtres, les propriétaires et les législateurs vaguement mal à l'aise. S'ils nous aimaient, *notre* mort deviendrait *leur* sacrifice et ils dormiraient mieux. Nous aimer maintenant n'était peut-être qu'une commodité.

J'ai imaginé que je rédigeais une brochure sur ce sujet.

J'ai ricané intérieurement, à nouveau, et j'ai rangé *Réflexions sur la guerre* dans mon sac.

« Sandwich, Maude ? »

Elle a acquiescé d'un hochement de tête. Nous avons mangé en regardant les rues fuir derrière nous.

Quand l'autobus s'est arrêté devant la caserne de Cowley, seuls quelques hommes en sont descendus pour aller prendre place dans la file d'attente. L'enthousiasme des premiers jours avait été douché par les listes de noms que publiaient tous les journaux du pays.

Certains, cependant, avaient attendu six mois pour avoir enfin l'âge requis. Ils sautillaient sur la pointe des pieds, observant avec impatience la queue qui s'étirait jusqu'au bureau de recrutement. Les autres étaient les prudents, ou ceux qui avaient réagi aux harangues. Quand le 3e Hôpital général Sud avait commencé à s'étendre au-delà des Examination Schools pour envahir les universités et la mairie, ils avaient répondu à l'appel de Kitchener malgré leur peur et leur sagesse. Ils avaient rejoint la file, mais n'avaient pas hâte d'arriver au bout.

« Jack ? a dit Maude.

— Il suit un entraînement à Salisbury. Il nous a envoyé une carte postale de la cathédrale, tu te rappelles ?

— Le meilleur tireur de la bande.

— C'est ce qu'il prétend.

— Ils ne sauront même pas ce qui les a touchés. »

J'ai regardé la file et je me suis demandé s'il valait mieux savoir ce qui vous attendait ou être enhardi par quelque image puérile de saint Georges. J'ai pensé à mon Belge invisible et à ce qui devait se dissimuler sous ses bandages. Combien de ces hommes rentreraient chez eux dans le même état que lui ? Combien rentreraient chez eux ?

Un groupe est sorti de la caserne et a couru pour attraper l'autobus. La file de recrutement a fait quelques pas en avant au moment où les portières se refermaient.

« Ebenezer », a dit Maude.

Il était là, en effet, en tête de la queue ; il a retiré sa casquette et a remonté ses lunettes sur son nez. Le bus a démarré et j'ai tendu le cou pour ne pas perdre Eb de vue. Il a baissé les yeux vers la marche, comme il faisait toujours pour éviter de trébucher, puis il a été englouti par le bureau de recrutement.

* * *

Avant de nous mettre au travail le lundi, Maude et moi sommes passées par le côté hommes pour jeter un coup d'œil dans la salle de réparation. Ebenezer était à son établi. Je l'ai regardé poser une feuille d'or et soulever ses épaisses lunettes pour vérifier le résultat.

« Myope comme une taupe, a dit Maude.

— Dieu merci », ai-je confirmé.

* * *

1er mars 1915

Bonjour mes charmantes,

Vous ne devinerez jamais où je suis.

Étaples. France.

Mon Dieu. C'est vaste, immense, tentaculaire comme un quartier pauvre de Londres.

[redacted]

Le choc a été brutal, je dois l'avouer. Je ne sais pas vraiment à quoi je m'attendais – à quelque chose de plus petit, de plus propre, qui sente moins mauvais. Ça empeste comme votre canal le jour le plus chaud de l'été. J'ai honte de reconnaître que je pensais voir ici les soldats qui nous sourient sur les affiches d'un bout à l'autre de l'Angleterre. En réalité, ça m'a fait le même effet que si j'étais entrée dans une église dans l'intention d'assister à un mariage pour m'apercevoir soudain que c'était un enterrement.

Au bout d'un moment, nous avons cessé d'agiter les mains devant les files d'hommes qui passaient près de notre camion. À notre arrivée au quartier général de la Croix-Rouge, nous ressemblions plus à des réfugiées qu'à des auxiliaires de renfort. Une pauvre fille pleurait si éperdument qu'il a fallu la conduire à l'infirmerie pour qu'on lui administre un sédatif.

Un soldat qui avait beaucoup maigri ou portait un uniforme encore beaucoup trop grand pour lui est monté sur la galerie de notre camion pour récupérer nos affaires. Je lui ai adressé mon plus beau sourire de théâtre, mais il n'y a pas répondu. Il n'a pas rougi et ne s'est pas détourné. Il m'a regardée fixement pendant un moment. « Bienvenue au purgatoire », a-t-il dit d'un ton impassible. Puis il a laissé tomber mon sac dans mes bras et a crié le nom d'une autre femme. Je ne pense pas que ce soit la vanité qui m'incite à douter de sa santé mentale, mais tout de même, il est extrêmement difficile de me résister, comme vous le savez l'une et l'autre, or il est resté de marbre. Au moment même où je vous écris, je me demande encore si c'était un spectre.

Affectueusement,

Tilda xx

Mes yeux sont restés rivés sur les lignes noircies. Deux seulement, mais leur ombre pesait sur toute la lettre. Je voulais absolument savoir ce que Tilda avait écrit. J'ai gratté le noir avec le tranchant d'une lame de couteau ; j'ai approché la lettre le plus près possible de la lampe. J'ai fini par la jeter sur la table.

« Qu'est-ce qu'ils ne veulent pas que nous sachions ?

— La vérité », a répondu Maude sans cesser de plier.

* * *

Lotte est rentrée des Presses avec Maude et je suis aussitôt partie pour les Examination Schools.

À mon arrivée, l'Homme invisible dormait. L'armature qui protégeait sa jambe avait été retirée, mais pour le reste, il n'y avait guère de changement ; ses traits demeuraient un mystère. Je me suis assise à droite de son lit et j'ai sorti le cahier que j'avais apporté de l'atelier de reliure. Je lirais pour moi en attendant son réveil. C'était encore une Brochure d'Oxford – nous en imprimions tout le temps. *Comment la guerre peut-elle être juste ?* Gilbert Murray, de nouveau. *La guerre*, écrivait-il, *est l'ennemie du progrès social, de la gentillesse et de la douceur, de l'art, de la littérature et du savoir.*

L'Homme invisible a remué, il a gémi. Ses mains bandées ont frotté son lit comme si elles cherchaient à creuser un tunnel. J'ai posé Gilbert Murray pour les prendre entre les miennes. Je les ai tenues délicatement jusqu'à ce que ce mauvais rêve se dissipe et que l'Homme invisible s'apaise.

J'ai continué à lire. La première grande dénonciation de la guerre dans la littérature européenne était, selon Gilbert Murray, *Les Troyennes. Euripide donne une voix aux femmes*, avait dit Ma un jour. *Il les rend puissantes.*

L'Homme invisible a appelé et a commencé à agiter la tête d'un côté à l'autre. L'infirmière est arrivée en courant.

« Il risque d'aggraver encore ses blessures », a-t-elle dit.

Elle est passée de l'autre côté du lit pour immobiliser son visage invisible entre ses mains puis lui a parlé, d'une voix grave, apaisante et répétitive. Il a cessé de s'agiter et elle s'est écartée du lit.

« Il va peut-être dormir encore un moment, m'a-t-elle prévenue.

— Ça ne fait rien. J'attendrai. »

Je me suis replongée dans Gilbert Murray. *Pourtant, je suis fermement convaincu que nous avons eu raison de déclarer la guerre à l'Allemagne.*

L'Homme invisible a alors ouvert son œil et a parlé.

« *Morte* », a-t-il dit.

Il regardait fixement devant lui, mais ce n'était pas moi qu'il voyait. Quelque chose dans son rêve. Un souvenir, peut-être. Son œil s'est refermé et il a encore dormi un peu. À son réveil, il s'est concentré sur mon visage.

« Voulez-vous que j'écrive une lettre pour vous ? lui ai-je proposé.

— À qui ?

— À votre famille ? »

Au moment même où je prononçais ces mots, j'ai pris conscience de toutes les questions qu'ils recelaient.

Il s'est tourné vers le casier posé à son chevet.

« Dans le tiroir. »

Il y avait une montre, au cadran fracassé. Je me suis demandé pourquoi il la gardait. Un recueil de poèmes, assez petit pour tenir dans une poche – *Fusées* de Baudelaire. Une photographie. Une femme, assise, habillée pour ce portrait, le visage un peu crispé. Un garçon se tenait à côté d'elle – dix, onze, douze ans, peut-être. Souriant. Un jeune homme était debout à sa gauche, souriant lui aussi, grand, en uniforme. J'ai jeté un coup d'œil à l'Homme invisible puis à la photographie. Le photographe avait coloré leurs joues en rose.

« Ma mère et mon frère, a-t-il dit. Il s'appelle Gabriel. »

Il s'exprimait plus distinctement, mais je voyais bien que parler lui coûtait encore un douloureux effort.

« Et à côté, c'est vous. »

Il a secoué la tête.

« Ce n'est plus moi.

— Où sont-ils ?

— *Je ne sais pas.* »

* * *

Tout était déjà prêt quand je suis arrivée à l'atelier de réparation. C'était un événement exceptionnel. Un travail spécial. Tous les employés des Presses – tous ceux qui y travaillaient encore – y avaient participé ou avaient au moins signé les feuilles qui étaient passées de main en main dans tous les services. En tête de celle que j'avais signée figuraient les mots *L'ATELIER DE RELIURE*. Une bordure rouge, un dessin très sobre. Les noms de vingt hommes et d'une cinquantaine de femmes s'y trouvaient déjà. J'avais été chargée de la transmettre à Ebenezer.

« Tu es le dernier à signer, Eb. »

Il a pris la feuille, l'a posée avec soin sur son établi et a ajouté son nom. L'image de sa silhouette dans la queue devant la caserne de Cowley m'a picoté les yeux.

« Ça va, Peg ?

— J'ai du mal à imaginer les Presses sans M. Hart », lui ai-je répondu.

Sans toi, ai-je pensé.

Nous étions très peu à garder le souvenir d'un temps où le Contrôleur n'était pas M. Hart. C'était un homme strict, mais juste. Il avait créé le Clarendon Institute et la plupart d'entre nous en avaient profité pour se perfectionner. Personne ne pouvait véritablement prétendre être son ami, mais nous lui étions tous reconnaissants. Sa retraite était devenue inévitable, mais nous avions toujours du mal à y croire.

« Il ne supporte plus qu'on vienne lui annoncer qu'un apprenti de plus s'est fait tuer par un Allemand, a expliqué Eb.

— N'empêche que les Presses ne seront plus les mêmes sans lui.

— Ça m'étonnerait qu'il soit le même sans les Presses. »

Discours en l'honneur de Horace Hart, maître ès Arts
Contrôleur des Presses
et
Imprimeur de l'Université
Remis par les employés des Presses universitaires d'Oxford

Eb avait déjà préparé l'emboîtage de notre discours d'adieu, maroquin bleu avec détails et lettrage dorés. Ma tâche consistait à plier, assembler et coudre.

Les feuilles étaient plus épaisses que celles auxquelles j'étais habituée, et j'en ai tiré prétexte pour prendre mon temps. Je voulais rendre hommage à M. Hart en déployant toutes les compétences que j'avais acquises depuis mes douze ans, depuis le temps où il était devenu Contrôleur. Mais je ne pouvais guère m'éterniser. Un pli. In-folio. Rien de plus.

J'ai rassemblé les cahiers et vérifié qu'ils étaient dans le bon ordre. J'ai paraphé la dernière page, bien que ce fût inutile, puis j'ai disposé le cahier sur le cousoir. C'était un travail plus lent, celui que je préférais. J'ai cousu chaque cahier aux ficelles, puis l'un à l'autre. Je les ai solidement nouées et j'ai été sûre que mon travail survivrait à tous ceux qui avaient signé ces pages.

« Fini », ai-je annoncé.

Eb a inspecté la couture. Il a fait courir son doigt sur le dos.

« Dommage qu'il faille la recouvrir », a-t-il dit.

CHAPITRE 18

18 mars 1915

Bonjour mes charmantes,

J'ai beau être en France, notre camp est britannique de bout en bout, jusqu'au thé Twinings et aux sablés McVitie's. Je me suis installée dans ma cahute avec sept autres VAD, des jeunes filles en grande majorité, malgré la présence d'une autre femme assez mal dégrossie. Elle est plus jeune que moi, mais elle fait plus âgée. Je pense qu'elle est veuve. Elles sont nombreuses à s'engager dans le VAD à la mort de leurs maris. Tristes, mais consciencieuses. Tu ne trouveras personne qui roule un bandage aussi bien qu'une veuve. Pour ma part, j'ai été affectée à un service de chirurgie. Moins intéressant qu'on ne pourrait le croire. Je passe encore le plus clair de mon temps à ranger des casiers et à vider des bassins. Ce que je fais de plus intéressant est d'aider des hommes blessés aux bras ou aux mains à manger et à se raser. On bavarde. On flirte un peu, vous voyez. Ce sont les instants où je me sens le plus utile.

Tilda x

P.-S. : Helen présentait habituellement votre M. Hart comme quelqu'un de sévère. Mais elle disait aussi qu'il avait été bon pour elle, l'unique fois où ça comptait vraiment. Je pense qu'elle aurait été heureuse que vos noms figurent sur sa carte.

P.-P.-S. : J'ai fait un colis avec tout ce qu'en temps normal, je ne me serais jamais donné la peine d'empaqueter – des chemisiers, des jupes, la robe abricot que votre maman aimait me voir porter et une paire de chaussures à talons (qu'avais-je en tête ?) ainsi que la moitié de mes fards. Il semble que la couleur de rouge à lèvres que j'affectionne soit très appréciée des pensionnaires du bordel numéro deux d'Étaples, et il m'est arrivé par deux fois, alors que j'étais en congé, d'être prise pour une « fille de joie ». Et même pas de première catégorie ! Le colis devrait arriver dans une ou deux semaines – faites bon usage de ce qui peut vous aller et ayez la main légère avec le rouge à lèvres cerise. Je ne voudrais pas qu'on vous prenne pour des « filles de joie ».

« Fille de joie ? » a interrogé Maude.

Je ne savais pas très bien comment lui expliquer ça.

« Une femme qui aime bien passer du temps avec les hommes, Maudie. »

* * *

En avril, la salle commune des Examination Schools était pleine à craquer. Des pères impatients de voir leurs fils, des mères impatientes de les toucher. Des amoureuses assises, muettes, devant des lits, leur avenir en ruine gisant sous des draps blancs. Quelquefois, à notre arrivée, nous avions la surprise de trouver un lit vide. Nous ne demandions pas toujours pourquoi. Les Belges étaient les seuls à n'avoir pas d'autre endroit où aller.

Le visage de Bastiaan était toujours entouré de blanc, mais ses mains n'avaient plus de bandages et devenaient plus expressives de semaine en semaine. Je m'étais habituée à la dentelle des cicatrices et à la mosaïque des textures de peau. Il a levé la main droite pour me faire signe. Son œil souriait.

« Bientôt, vous pourrez tenir un livre, peut-être même un stylo. Je n'aurai plus rien à faire. »

Il a essayé de remuer les doigts, de les recourber en pince. À part le pouce, ils restaient obstinément raides.

« C'est mieux que la dernière fois, ai-je dit sans en être convaincue. Voulez-vous que j'écrive ou que je lise ?

— Écrire. » Il avait préparé le papier sur son lit ; il a posé la main dessus. « Ma mère et mon frère. Ils sont retrouvés. Aux Pays-Bas.

— Oh, Bastiaan. »

Ma propre main s'est projetée en avant et s'est posée sur la sienne.

« Roosendaal, a-t-il dit. J'ai une adresse.
— Il faudra rester simple. Ma compréhension du français est…
— Moyenne, a-t-il complété. Tenons-nous-en à l'anglais. C'est bien que Gabriel l'apprenne.
— Dans ce cas, nous pouvons nous y mettre. »
Mais son pouce s'était refermé sur l'extrémité de mes doigts et ne les a pas lâchés tout de suite.

* * *

Quelques jours plus tard, nous parcourions les couloirs familiers, Gwen et moi, passant la tête dans tel ou tel service pour saluer des visages connus. Nous prenions des nouvelles de parents, de sœurs et de jeunes frères, de fermes et de commerces familiaux. Gwen adorait se pencher sur les patients pour les interroger sur leurs chéries. Elle tenait le compte du nombre de demandes en mariage qu'elle avait rédigées et était curieuse de connaître le résultat de ses efforts. Quand une union semblait se concrétiser, elle s'en attribuait l'essentiel du mérite, et s'indignait en cas de rejet.

« Je ne comprends pas comment elle a pu refuser, m'a-t-elle dit un jour. C'était une si belle lettre. »

Nous avions pris nos habitudes, Gwen et moi. Nous ne nous étonnions plus des divagations épisodiques d'un patient, de la course d'un médecin et du mouvement précipité d'infirmières, du paravent que l'on déployait autour du lit d'un homme, puis des pleurs d'une mère, promptement étouffés. Mais depuis le changement d'année, je m'étais mise à relever quelque chose de plus subtil, un murmure de ressentiment. Je l'avais entendu dans les conversations chuchotées qui avaient suivi la bataille d'Ypres dans le courant de l'automne précédent, je l'avais perçu dans les froncements de sourcils des lecteurs de journaux. Il suivait les parents qui quittaient le chevet d'un garçon dont l'avenir ne ressemblerait en rien à celui qu'ils avaient prévu pour lui, il se transmettait en même temps que des cigarettes parmi les hommes renvoyés en France. Quand Lotte demandait des moules au Marché couvert, il se voyait dans le regard du poissonnier, et je le retrouvais dans l'hostilité latente de certains employés des Presses à l'égard des travailleurs belges.

Dans le service où étaient soignés les officiers, au moins, personne n'en voulait aux Belges. Ces hommes-là en avaient vu plus que leur compte gisant, morts, dans les rues de Mons, Dinant et Louvain. Des hommes, des femmes, des enfants. Si pareille horreur pouvait arriver dans les rues de Belgique, pourquoi pas en Angleterre ? J'ai tenu la porte à Gwen et suis entrée derrière elle. La plupart des hommes nous connaissaient, patients de longue durée ou arrivés de fraîche date – grâce à Gwen. Elle dégageait une assurance due aux portes qu'on lui avait tenues ouvertes, au sens propre et au figuré, toute sa vie. Peut-être pas toutes les portes, mais la plupart. Dans le service des officiers, personne n'aurait eu l'idée de contester sa présence, et par conséquent, personne ne contestait la mienne. Ceux qui étaient à portée d'oreille du lit de Bastiaan appréciaient plutôt les poèmes que je lui lisais et les histoires que je lui racontais et, si mon patient s'endormait, certains me demandaient de venir m'asseoir près d'eux pour leur réciter une strophe ou deux. Je songeais que ce que j'avais lu dans la Brochure d'Oxford était peut-être vrai – nous ne nous détestions pas autant que nous l'aurions cru. Nous ne nous étions pas très bien connus avant la guerre, voilà tout.

Ce jour-là, Bastiaan était assis dans son lit et Nicolas occupait la chaise qui était habituellement la mienne. Quand nous nous sommes approchées, Nicolas s'est hissé sur ses pieds en prenant appui sur une béquille. Il m'a fait signe de prendre sa place.

« La chaise je garde au chaud, mademoiselle Jones.

— Depuis combien de temps nous connaissons-nous, Nicolas ?

— Je pense, trois mois, a-t-il répondu après un instant de réflexion.

— Et vous m'appelez encore mademoiselle Jones ! » J'ai croisé les bras. « Si vous ne vous décidez pas à m'appeler Peggy, je vais peut-être être forcée de cesser mes visites. »

Bastiaan s'est raclé la gorge.

« Appelle-la Peggy, Nicki. Si elle ne vient plus, je ne te le pardonnerai jamais. »

Il ne le lui pardonnerait pas. C'était inattendu.

« La chaise je garde au chaud, Peggy. »

Nicolas était passé derrière et se tenait au dossier. Quand je me suis assise, il l'a rapprochée du lit de Bastiaan.

« Vous continuerez à venir ? » m'a demandé Bastiaan quand Nicolas s'est dirigé vers Gwen.

Aussi longtemps que vous voudrez, ai-je pensé.

« Aussi longtemps que vous aurez besoin d'une lectrice, ai-je dit.

— Et si j'ai envie de parler ?

— Vous avez encore mal ? »

Il a haussé les épaules.

« Plus trop.

— Alors, parlez autant que vous voudrez, et je vous écouterai.

— Et si j'ai envie d'écouter ? »

Pendant une heure, il a parlé, j'ai parlé, et nous avons écouté l'un et l'autre. Je lui ai parlé de Maude, de Ma et du *Calliope*. Des Presses et de Jericho. Il m'a dit que sa mère adorait la musique comme Ma avait adoré les livres, et que leur maison en résonnait sans cesse. Et puis son père était mort, et le silence était tombé sur leur maison. Quand l'heure de mon départ est arrivée, Bastiaan avait cessé d'être invisible.

* * *

Gwen nous a abritées toutes les deux sous son parapluie à la sortie des Examination Schools.

« On nous met dehors, a-t-elle dit.

— De quoi tu parles ?

— Le War Office a réquisitionné Somerville. Il est question d'y aménager un nouvel hôpital et, à en croire les rumeurs, notre service d'officiers va s'y installer.

— Quand ?

— Nous devons avoir fait nos valises dans deux semaines. Les patients arriveront en mai.

— Où irez-vous ?

— À Oriel College. On met les chambres des domestiques à notre disposition.

— Tu plaisantes, ai-je protesté. Les collèges d'hommes sont à moitié vides – on a sûrement mieux à vous proposer.

— Oui, je plaisante. » Elle a incliné la tête. « Enfin, je pense. Ça n'a pas vraiment d'importance. Je parie que les chambres des domestiques d'un collège d'hommes sont plus confortables que les chambres d'étudiantes de Somerville. »

* * *

L'infirmière m'a donné un carton pour emballer les affaires de Bastiaan. *Trop grand*, ai-je pensé en ouvrant le tiroir de son casier. Une montre qui ne marchait plus. Un recueil de poésies. Une photo. J'ai tout rangé à l'intérieur.

« Vous occuperez peut-être l'ancienne chambre de Gwen, lui ai-je dit.

— Je ne vous le souhaite pas, a rétorqué Gwen. Elle est pleine de courants d'air. » Elle a pris le numéro de *Punch* posé sur le casier. « Vous voulez qu'on emballe ça ? »

Bastiaan a secoué la tête.

« Ce n'est pas à moi.

— Et ça ? »

Un petit réveil.

« Pas à moi.

— Ça ? » a-t-elle demandé d'un ton plein d'espoir.

C'était une traduction anglaise de poèmes de Baudelaire.

« À Peggy, a dit Bastiaan.

— Ça ne m'étonne pas ! » Elle m'a regardée avec un sourire taquin. « Tu sais, Peg, ça vaut vraiment le coup de le lire en français. » Un instant de silence pour me laisser le temps de lever les yeux au ciel. « Bastiaan pourrait peut-être te servir de professeur. »

Il m'aidait effectivement à lire Baudelaire en français, mais avant que nous ayons, lui ou moi, eu le temps de réagir, elle s'est penchée pour ouvrir la porte du casier.

« Ce machin-là vous appartient sûrement ? »

Elle a brandi la chose en question – en laine, verte, mal tricotée. Plus courte que prévu.

« Mais qu'est-ce que ça peut bien être ?

« Un couche-nez, a dit Bastiaan.

— Cache-nez, ai-je rectifié.

— Vraiment ? s'est étonnée Gwen. Il n'est pas assez long, voyons. J'imagine mal comment il pourrait vous tenir chaud au cou. »

Elle a enfoncé le doigt dans un des plus gros trous.

« Emballez-le, s'il vous plaît, a dit Bastiaan.

— Si vous y tenez. »

Je le lui ai arraché des mains et l'ai rangé dans le carton. Il permettrait au moins de caler le reste de ses affaires.

* * *

Les bénévoles ont été priées de rester à l'écart du nouvel hôpital de Somerville jusqu'à ce que tous les patients soient installés et la routine de soins bien établie. Cela n'a pris que quelques semaines, mais le temps a passé lentement. J'avais beau plier, assembler ou aider Eb à coudre, rien ne semblait pouvoir le faire s'écouler plus vite, et j'ai été soulagée le jour où Mme Stoddard nous a demandé de l'accompagner à un mariage.

« Qui se marie ? a demandé Aggie.

— M. Owen, a répondu Mme Stoddard avant de se tourner vers moi.

— Elle a dit oui, ai-je remarqué.

— En aurais-tu douté ? »

Pas un instant, ai-je pensé.

« Nous serons le cadeau de mariage des Presses, en quelque sorte, a poursuivi Mme Stoddard. M. Hart a tout organisé, si j'ai bien compris, bien qu'il soit censé être à la retraite. Il tenait à ce que quelques *douces* voix accompagnent la chorale des Presses dans une interprétation de "By the Light of the Silvery Moon". Vous connaissez cet air, j'espère. »

Lotte a secoué la tête. Aggie, Lou et moi avons acquiescé. Maude s'est mise à chanter.

« Économise ta voix, Maude, pour le moment où l'heureux couple sortira de l'église. » Mme Stoddard s'est tournée vers Lotte. « Que cela ne vous empêche pas de vous joindre à nous, Lotte. Si vous ne pouvez pas chanter, vous pourrez au moins jeter du riz.

— Non merci, madame Stoddard. Je resterai ici. »

Nous avons commencé à chanter dès que les portes de St. Barnabas se sont ouvertes et, à l'instant où les rayons du soleil se sont posés sur les jeunes mariés, nous avons jeté des poignées de riz. Mlle Nicoll, avait-il dit, mais elle s'appelait Mme Owen, maintenant. Elle ne portait pas de voile et les grains de riz se sont pris dans les boucles de ses cheveux flamboyants. Il l'a embrassée, et quand elle s'est tournée vers lui, le soleil a fait étinceler les minuscules perles cousues dans la robe. J'ai éprouvé un étrange pincement, au cœur et au ventre. Ce n'était pas de l'envie, malgré l'indéniable séduction de M. Owen dans son uniforme d'officier ; il était superbe, et Aggie l'a dit assez fort pour que toute la chorale l'entende. C'était une sensation plus difficile à définir. Quelque chose qui était lié à la joie de cet instant. Ça faisait l'effet d'être tellement... optimiste.

Un joyeux cortège a suivi la noce à travers les rues de Jericho. De bruyantes acclamations se sont élevées quand nous sommes passés devant la taverne Aux Armes des Relieurs, de vieux employés des Presses brandissant des pintes qu'ils offraient à tous les hommes qui en voulaient. Les gens sortaient de chez eux et des boutiques pour féliciter le jeune couple, des enfants couraient à leurs côtés. Quand nous sommes arrivés dans Walton Street, nos chemins se sont séparés. La noce est partie manger des sandwiches et du gâteau au Scriptorium, sur Banbury Road, tandis que tous les autres regagnaient les Presses.

* * *

8 mai 1915

Chère Pegs,

Il est tard, et je ne devrais peut-être pas t'écrire ça, mais comment sauras-tu la vérité si je ne le fais pas ? Je lis les mêmes journaux que toi – ils sont toujours périmés –, mais je me penche vainement sur toutes les informations en noir et blanc, cherchant quelque chose qui ressemble à mes journées. [redacted]. *Rien. Je suppose que mes journées n'ont guère d'intérêt pour les hommes à leurs cercles et pour les femmes dans leurs salons. Et puis, il faut soutenir le moral de la population.*

Normalement, je suis pour à cent pour cent – ce moral à soutenir –, mais ce garçon m'a bouleversée. Il avait les taches de rousseur ridicules de mon frère, et ses yeux avaient la même nuance de vert. Il était plus jeune, ce qui rendait sans doute les choses encore pires.

Il revenait de [redacted]. Il avait les mains fracassées. Ses belles mains de garçon qui, je l'imaginais, étaient aussi couvertes de taches de rousseur, comme celles de Bill. Mais il n'y avait pas moyen de le savoir. Je tenais la lampe pendant que le médecin nettoyait tout le sang. J'ai eu un haut-le-cœur quand l'infirmière lui a tendu la scie. Quelques heures plus tard, le garçon s'est réveillé, hébété, l'air encore plus jeune. J'aurais pu être sa mère, à en juger par son regard. J'aurais l'âge de l'être, et ici, je suis souvent ce qui s'en rapproche le plus. Je lui ai fait du thé – nous n'avons que du lait en poudre, mais il y a du sucre et j'en ai ajouté une cuiller de plus. Je me suis assise au bord de son lit et j'ai relevé sa tête de l'oreiller pour qu'il puisse avaler. Il avait bu la moitié de sa tasse de thé quand ça m'a frappée. Cet enfant, qu'on a envoyé en France pour qu'il devienne un homme, aurait toujours besoin de quelqu'un pour glisser de la nourriture dans sa bouche ou approcher une tasse de ses lèvres.

Qui le fera, Peg ? Voilà ce qui m'empêche de dormir, ce soir. Il n'a pas de fiancée qui l'attend, il n'a qu'un père et deux petits frères. Le médecin lui a dit qu'il avait de la chance d'être vivant. « De la chance ? » m'a-t-il demandé. Oh, Peg, qu'aurais-je pu lui répondre ?

Et comment va ton Homme invisible ? Parle-t-il ? Rit-il ? S'il rit, il reste de l'espoir, et ton travail en sera facilité. J'ai soigné plus que ma part d'hommes invisibles et pour certains, on dirait que l'effacement de leur visage a réduit au silence ceux qu'ils ont été un jour. Ils ont l'air perdus à eux-mêmes.

Il m'arrive de regretter qu'ils ne soient pas morts, Peg. Ça te choque ? Certains m'ont demandé de les aider à mourir, tu sais. Et j'ai senti peser sur moi la haine de plus d'un garçon démoli à qui je n'ai pas accordé cette satisfaction. Ils se détournent de moi et refusent de manger ou de boire. Il leur faut plus longtemps, mais certains arrivent à leurs fins. Le médecin note qu'ils sont morts de leurs blessures ou des suites d'une infection, mais il y en a qui l'ont simplement décidé.

Dis à Maude que ses étoiles en papier ont quelques fervents admirateurs ici, en France. Comme je manquais de place autour de mon lit de camp, j'ai commencé à en accrocher autour des fenêtres de ma cahute.

Une débutante qui vient d'arriver m'a demandé si c'étaient des talismans destinés à éloigner le mal de nous. Comme j'ai bien vu qu'elle souhaitait que je réponde oui, c'est ce que j'ai fait. Cette fille s'est très bien adaptée et j'ai remarqué qu'elle effleure l'étoile que j'ai suspendue à la porte chaque fois qu'elle va prendre son service et chaque fois qu'elle en revient.

Tilda xx

P.-S. : Merci pour ta description du mariage d'Esme et Gareth. Il faut croire que son cadeau lui a fait très plaisir.

J'ai levé les yeux de la lettre de Tilda pour regarder ma sœur qui pliait ses papiers. La flamme de la bougie posée devant elle vacillait, mais elle ne semblait pas s'en apercevoir. J'ai allumé l'applique.

« Tilda demande que tu lui envoies d'autres étoiles, Maude. Elles donnent un sentiment de sécurité aux infirmières. »

Elle a froncé les sourcils.

« Tilda est en sécurité ? »

Je n'en savais rien.

« Bien sûr, ai-je dit. Même les Allemands n'auraient pas l'idée de balancer des bombes sur un hôpital. »

CHAPITRE 19

J'étais dans Walton Street avec Maude et Lotte, et nous avions les yeux levés vers les fenêtres de Somerville.

« J'ai du mal à imaginer que ce bâtiment soit rempli d'hommes, ai-je murmuré, plus pour moi-même que pour elles.

— Il est rempli de quoi, d'habitude ? a demandé Lotte.

— De femmes. C'est une université pour femmes. »

Maude a tendu le doigt vers la fenêtre située au-dessus de la loge du concierge.

« La chambre de Peggy. »

Lotte a froncé les sourcils et Maude a cherché à préciser sa pensée.

« Lire les livres, pas toujours les relier, crotte à la fin. »

Combien de fois m'avait-elle entendue dire ça ?

« Ne dis pas de gros mots, Maudie », l'ai-je reprise.

Quand j'ai baissé les yeux, j'ai vu des gens qui entraient et sortaient du collège. Des hommes en uniforme ou en blouse blanche. Des infirmières et des auxiliaires du VAD avec leurs petites coiffes blanches, des infirmières-chefs aux voiles amidonnés. *On dirait des bonnes sœurs*, ai-je pensé, et l'image de Tilda en costume blanc virginal m'a fait rire.

« Qu'est-ce qu'il y a de drôle ? » a demandé Lotte.

Je me suis tournée vers elle et j'ai repris notre conversation.

« Les ouvrières des Presses n'ont rien à faire à Somerville, Lotte. En temps normal, si une femme de Jericho veut franchir cette grille, il faut qu'elle soit scoute et qu'elle arrive avec une serpillière, un seau et du cirage.

— Scoute ?

— C'est le nom qu'on donne aux femmes de ménage dans les universités d'Oxford.

— Mais aujourd'hui, tu vas y entrer avec un stylo, du papier et un livre. »

Ce sont les mots qu'elle a prononcés. Elle comprenait ce que cela signifiait pour moi et je n'ai pas pu réprimer le sourire qui s'est étalé sur mon visage.

« Ils ont baissé leurs défenses, ai-je confirmé. Et je vais prendre la porte d'assaut. »

J'ai embrassé Maude sur la joue et me suis retournée pour traverser Walton Street.

Je suis entrée dans la loge. Le concierge portait un uniforme militaire et je me suis demandé si son prédécesseur était parti pour Oriel avec toutes les Somervilliennes. J'ai donné mon nom et le motif de ma présence, puis j'ai retenu mon souffle.

« Le Belge, dites-vous ? »

J'ai acquiescé. Il s'est penché sur son registre.

« Traversez la cour jusqu'au bâtiment de la bibliothèque. Ensuite, quelqu'un vous indiquera le chemin. »

Le Belge. Bastiaan était le dernier. Cinq étaient morts et avaient été enterrés au cimetière de Botley. Quant à Nicolas, il s'était suffisamment rétabli pour être envoyé à Elisabethville, le village qu'on avait construit pour les réfugiés belges à Durham.

La cour principale avait changé d'aspect depuis le thé donné pour les réfugiés. D'immenses tentes recouvraient la pelouse, et j'ai dû regarder où j'allais pour éviter de trébucher sur les cordes qui maintenaient la toile tendue. Les rabats d'entrée étaient relevés pour laisser entrer l'air printanier et j'ai pu constater que toutes les tentes étaient équipées de lits de camp, tous occupés. On n'entendait que des voix masculines, et cela m'a fait plaisir. Ce n'était plus l'université féminine dont l'accès m'était interdit. C'était un hôpital, et j'y étais la bienvenue au même titre que n'importe quel visiteur.

J'ai gravi les marches menant à la loggia, où quelques patients assis dans des fauteuils en rotin jouaient aux cartes et fumaient des cigarettes. Une infirmière m'a expliqué comment rejoindre le service de Bastiaan, mais une fois à l'intérieur du bâtiment, j'ai hésité. Si j'allais tout droit, l'escalier me conduirait directement à la bibliothèque. J'ai pris à gauche.

Une auxiliaire du VAD m'a désigné le lit dressé à droite de la cheminée et j'ai aperçu un homme de haute taille, trop mince pour son ossature.

C'était une version différente de celui que j'avais fini par connaître aux Examination Schools : *la dernière mouture*, ai-je pensé. Une grande partie de la moitié gauche de son visage était encore recouverte d'un pansement qui s'étendait de la partie supérieure de son front jusqu'à sa mâchoire reconstruite, mais on avait retiré les bandages qui lui avaient entouré la tête. Son profil droit était visible, et je distinguais la saillie aiguë d'une pommette et, sur son menton, la ligne où la nouvelle peau rejoignait l'ancienne. Ses lèvres pleines étaient presque intactes – seule la commissure gauche semblait estompée, comme si la main de l'artiste avait essuyé la peinture de son portrait avant qu'elle soit sèche.

Bastiaan a légèrement tourné la tête pour me voir traverser la pièce. Je me suis assise à sa droite et j'ai eu du mal à ne pas fouiller du regard ses traits enfin découverts.

« Il paraît que tout le monde a un bon profil, a-t-il dit. Avant, je pensais que le mien était le gauche. »

Sa main est restée en suspens près de son menton, explorant la peau neuve où pas un poil de barbe ne poussait, ou cherchant peut-être à la dissimuler. Pendant des mois, je m'étais demandé à quoi il ressemblait. J'avais rassemblé des indices grâce à quelques bribes entraperçues : teint bistre, légèrement jaune après des mois de réclusion, poils noirs sur les avant-bras, mains à l'ossature fine qui auraient pu jouer du piano, mais risquaient de se briser facilement. Sa photographie n'avait pas rendu tout cela avec précision.

Mon imagination ne s'était cependant pas beaucoup éloignée de la réalité. Je voyais le côté de son visage qui n'avait pas été abîmé. Son œil paraissait plus bleu que gris contre la teinte jaunâtre de sa peau, et son nez avait été redressé. Le grand pansement masquait encore son œil, sa joue et la majeure partie de sa mâchoire gauches. J'ai inventé des cicatrices parfaites, des os ressoudés.

« Quand vous a-t-on retiré vos bandages ?

— Il y a dix jours.

— On nous a dit que les visites étaient réservées aux familles le temps qu'ils aient fini de vous installer.

— Ça m'a paru bien long », a-t-il dit.

Sa bouche a tressailli.

« Vos séances de lecture m'ont manqué. Mon anglais, il a peut-être souffert de pas de conversation.

— C'est drôle, ai-je dit. Je pensais la même chose. »

Il a froncé les sourcils, et j'ai dû réprimer le tremblement de ma lèvre. Les pansements avaient dissimulé tant de choses. Je me sentais noyée sous les détails de son visage.

« Je regrette d'avoir à le dire, mais votre anglais est meilleur que celui de certaines des personnes avec qui je travaille. »

Le tressaillement s'est transformé en sourire, mais la commissure estompée a à peine bougé. Sa main droite a glissé jusqu'au bord du lit, et j'ai posé la mienne dessus. Son œil s'est fermé et sa tête s'est tournée sur l'oreiller. De profil, il aurait pu être entier.

« Qu'allez-vous me lire aujourd'hui ? »

J'ai pris un volume de poésie et l'ai brandi.

« Rupert Brooke. »

Il a secoué la tête.

« Je connais ces poèmes. Je vous en prie, Peggy, je n'ai pas envie de les entendre encore.

— Il est très populaire.

— Je sais. Sa guerre est pleine de… – il s'est interrompu – … d'une sorte de gloire. Pour moi, elle n'a pas ressemblé à cela. »

J'ai rangé Rupert Brooke dans mon cartable et ai senti sous mes doigts l'autre livre, sa reliure usée, le bord duveteux de ses pages.

« Vous en avez un autre ? » a-t-il demandé.

Je le lui ai montré. Il a lu le titre.

« Manuel de grammaire grecque. »

Son froncement de sourcils, à moitié là.

« Vous apprenez le grec ?

— Non. Pas du tout. Je l'ai emprunté. Si on veut. À la bibliothèque d'ici, de Somerville. »

C'était un aveu, et il m'a fait trébucher. J'ai pris une profonde inspiration.

« En réalité, il faut que je le rende.

— Très bien, et qu'est-ce qui vous en empêche ?

— Votre main. »

Son sourire. À moitié là. J'ai rougi. Manque de volonté.

« Pensez-vous qu'on trouve du Rudyard Kipling dans cette bibliothèque pour dames ? m'a-t-il demandé.

— Sûrement.

— Vous pourriez en emprunter un pour moi ?

— Je ne vois pas ce qui pourrait me l'interdire », ai-je dit, alors que je le voyais très bien.

Il a libéré ma main.

* * *

« Êtes-vous étudiante ici ? » m'a demandé la bibliothécaire.

Exigera-t-elle une preuve si je réponds oui ? me suis-je demandé. J'ai arrondi mes voyelles.

« Je travaille comme bénévole. Je fais la lecture et je rédige des lettres.

— Dans ce cas, j'ai bien peur de ne pas pouvoir vous donner satisfaction. L'accès de la bibliothèque est réservé aux étudiantes de Somerville.

— Je n'ai pas l'intention de sortir ce livre du bâtiment. Je voudrais simplement le lire à l'officier belge. Un patient du rez-de-chaussée. »

La bibliothécaire a changé de position, la ligne de ses lèvres s'est adoucie. *On sait toujours quand on les tient*, m'avait dit Tilda un jour, à propos du public.

« Le malheureux est à l'hôpital depuis le mois de janvier, ai-je poursuivi. Il a de terribles blessures. » J'ai posé la main sur ma bouche, feignant le désarroi. « Il risque de ne… » Je me suis interrompue, n'étant pas tout à fait prête à proférer le mensonge que j'avais préparé. « Il y a de quoi vous briser le cœur. »

Mes yeux se sont inondés de larmes ; c'était parfaitement involontaire. Tilda aurait applaudi.

La bibliothécaire était assise tout au bord de son siège.

« Il ne cesse de me réclamer du Rudyard Kipling. Mais voilà, je n'en ai pas. Il s'efforce de ne pas montrer sa déception, mais…

— Quel ouvrage ? a-t-elle demandé.

— Pardon ? »

Comme si je n'avais pas attendu très exactement cette question. *Donne-leur l'occasion de se pousser du col*, m'avait conseillé Tilda, *tu auras de meilleures chances d'en faire ce que tu voudras.*

« De quel ouvrage aimerait-il que vous lui lisiez des extraits ?

— Ma foi, je n'en connais pas le titre. Il m'a dit que c'était un mélange d'histoires et de poèmes. Il en a acheté un exemplaire illustré pour son petit frère, pour l'aider à apprendre l'anglais, m'a-t-il dit. Avant la guerre. J'imagine que ce sont ces poèmes-là qu'il voudrait que je lui lise.

— Nous avons ici plusieurs ouvrages de Kipling, mais il me semble que celui dont vous parlez pourrait être *Le Retour de Puck.* Bien qu'il s'agisse d'un livre pour enfants, un des poèmes qu'il contient a obtenu un grand succès auprès des adultes. »

La volonté de trouver le bon livre l'aiguillonnait.

J'ai dompté mon enthousiasme. Baissé les yeux placidement. Retenu ma langue. *Inutile de prononcer un mot quand tu as l'avantage*, aurait dit Tilda. *Il est généralement préférable de s'en abstenir.*

« Nous avons un catalogue sur fiches, m'a dit la bibliothécaire en se tournant vers une rangée de petits tiroirs en bois. Je suppose que ce système vous est familier ? »

J'ai acquiescé.

« Si mes souvenirs sont exacts, le Kipling que vous cherchez doit se trouver dans la deuxième travée de la grande salle. Apportez-le-moi quand vous l'aurez trouvé pour que je remplisse la fiche d'emprunt. »

Elle m'a suivie des yeux alors que je me dirigeais vers le fichier. Quand j'ai trouvé la bonne fiche, elle a souri ; j'ai rejoint la salle principale que j'ai traversée jusqu'à la deuxième travée. Je m'attendais à ce qu'elle soit à l'affût de tous mes faits et gestes. Son bureau était en effet idéalement placé pour surveiller tout ce qui se passait. J'ai trouvé le livre de Kipling et j'ai fait demi-tour pour revenir sur mes pas. Elle consultait son registre. Je me suis arrêtée, à peine une fraction de seconde. J'ai sorti le *Manuel de grammaire grecque* de sous ma veste et l'ai posé sur un chariot de retours vide.

« Il va me falloir votre nom. »

Son crayon était déjà prêt.

« Peggy Jones. »

Je l'ai regardée écrire mon nom dans le registre de la bibliothèque de Somerville. J'ai fixé la ligne des yeux. Une preuve de quelque chose. Pas grand-chose, mais quelque chose.

« Tout va bien, mademoiselle Jones ?

— Oui, oui, très bien.

— Je vous prierais de bien vouloir me retourner ce livre dans moins d'une heure. J'ai eu une longue journée avec une multitude de requêtes d'étudiants et de professeurs à satisfaire, et je vous serais très reconnaissante de ne pas m'obliger à me mettre à votre recherche.

— Vous avez ma parole, madame... ?

— *Mademoiselle* Garnell.

— Mademoiselle Garnell. Vous avez ma parole. »

* * *

Bastiaan guettait mon retour. J'ai brandi le livre.

« C'est bien celui-ci, m'a-t-il dit quand je me suis assise à son chevet.

— C'est un livre pour enfants, vous savez.

— Je sais.

— Voulez-vous que je commence au début ?

— Non. Lisez le poème de la page 175. C'est après *Bouts-Carrés le saint homme.*

— Puisque vous connaissez le numéro de la page, j'imagine que vous pourriez réciter ce poème par cœur.

— Oui, mais j'aime le son de votre voix. »

J'ai lu :

« Si tu sais conserver ta tête / Quand autour de toi, tous les autres la perdent... »

Bastiaan s'est mis à rire. Tout bas, d'abord, son corps cherchant à s'y opposer, mais son corps n'était pas assez fort. Un son étranglé lui a échappé, incitant d'autres patients à se retourner, puis son rire a jailli sans entraves. Profond, rond, et régulier comme un battement de tambour. L'effort qu'il lui coûtait gonflait sa poitrine et faisait sourdre des larmes de son œil.

J'ai attendu, le livre à la main, que son rire s'apaise. Nous attendions tous, mais lorsque son corps a commencé à se calmer, que le déferlement de son hilarité s'est interrompu et que sa bonne main s'est levée pour essuyer les larmes qui ruisselaient sur sa joue droite, les autres patients se sont replongés en eux-mêmes.

« Qu'y a-t-il de si drôle ?

— C'est une métaphore, n'est-ce pas ?

— Oui, bien sûr.

— Pas pour moi. Et je viens de le comprendre. J'ai conservé ma tête de justesse, a-t-il dit avant de se remettre à rire. Quand autour de moi, tous les autres perdaient la leur. »

Je ne saurais dire quand son rire s'est arrêté et quand le chagrin l'a emporté. Sa poitrine se soulevait, ses larmes coulaient, et ses sanglots étaient profonds, ronds et réguliers comme un battement de tambour.

Personne ne s'est tourné vers lui. Personne n'a prêté attention à sa souffrance.

Voilà comment nous avons conservé notre tête, ai-je pensé.

CHAPITRE 20

Tilda est arrivée à l'improviste, le premier samedi de juin.

« J'ai préféré ne pas vous annoncer ma venue, nous a-t-elle expliqué en vidant le contenu de son sac de voyage sur le lit de Ma. Ils ont le chic pour annuler nos permissions au dernier moment. La déception est pire que la surprise. » Elle a exhibé un morceau de fromage sec et une bouteille de vin rouge. *« Le dîner »*, a-t-elle déclaré.

Le lendemain, Tilda a insisté pour que nous allions canoter sur la Cherwell. Comme j'avais prévu de voir Gwen, celle-ci est venue avec nous. Elle s'est assise à côté de moi, Tilda et Maude en face de nous. Un garçon manœuvrait la barque.

« Décrivez-nous une de vos journées ordinaires », a demandé Gwen.

J'ai vu Tilda changer de position. Une profonde inspiration a gonflé sa poitrine.

La veille au soir, nous avions parlé pendant des heures de la dernière journée qu'elle avait passée à Étaples. Elle avait assisté à dix amputations d'affilée. *J'avais l'impression de travailler dans un abattoir*, avait-elle dit. Elle préférait les mains et les bras aux jambes et aux pieds. *Pied de tranchée*, avait-elle ajouté, son visage s'enlaidissant à ce souvenir. La puanteur persistait dans ses narines et polluait ses rêves. Je n'avais pas dit grand-chose ; elle n'avait pas besoin de ça. *Mains et bras, jambes et pieds ?* avait demandé Maude. Tilda avait compris, s'était versé un autre whisky. *Incinérateurs*, avait-elle répondu. *Ils s'efforcent de les allumer quand le vent souffle dans le bon sens, mais ils n'ont pas toujours le choix.* Elle avait froncé le nez et secoué la tête, puis levé son verre avant de le vider d'un trait. J'avais imaginé que l'alcool charriait les images de ces membres morts jusqu'au fond de ses entrailles. Les noyait, pendant un moment.

Quand elle était allée se coucher, elle m'avait demandé de m'étendre à côté d'elle jusqu'à ce qu'elle soit endormie. Elle en avait été gênée. *Juste ce soir*, avait-elle précisé. *Et quand tu partiras, laisse le rideau ouvert entre nous. J'ai pris l'habitude de dormir dans une cahute pleine de femmes.*

Je m'étais couchée en chien de fusil et Tilda avait fermé les yeux. J'avais écarté des mèches de son visage, et je m'étais rappelé que Ma faisait la même chose quand elle était allongée à côté d'elle. Son visage restait beau, mais les rides étaient plus creusées et les ombres plus foncées. Il y avait quelques fils gris dans ses cheveux couleur miel. Quel âge avait-elle, à présent ? Trente-neuf ans ? Quarante ? Elle était plus vieille que Ma au moment de sa mort.

Le matin, sa vulnérabilité s'était évanouie. Dieu merci.

Le soleil jouait à la surface de la Cherwell. Il éclairait le visage de Tilda et je me suis rendu compte que Gwen était séduite. J'en ai éprouvé une curieuse fierté – nous nous connaissions depuis huit mois, Gwen et moi, et c'était la première fois que j'avais été en mesure de lui offrir quelque chose de précieux.

« On dirait une ruche, a dit Tilda. Ça bourdonne toute la journée, ça fredonne toute la nuit. Des milliers d'hommes venus des quatre coins du monde passent par Étaples. Ils arrivent, ils suivent une formation, les engagés passent quelques heures exquises au village à se bourrer de pâtisseries et à faire un tour au bordel. Les officiers traversent le pont qui mène au Touquet. Les pâtisseries et les bordels n'y sont pas meilleurs, mais la plage est belle et le soleil se couche sur la mer – un cadre idéal pour un rendez-vous galant avec une VAD avant d'être envoyés au front. » Elle a cillé une fois, deux fois. « Beaucoup d'entre eux sont de retour quelques jours plus tard.

— D'où viennent-ils ? a demandé Gwen.

— De Grande-Bretagne, bien sûr. D'Inde, du Canada, d'Australie, de Nouvelle-Zélande. Il y a seize hôpitaux, ce qui m'a d'abord paru excessif. » Elle s'est interrompue un instant. « Il paraît qu'ils seront pleins d'ici à juillet. C'est pour ça qu'on m'a accordé une permission maintenant, pour que j'aie regagné mon poste à temps.

— À temps pour quoi ?

— Je n'en sais rien. Une offensive, mais cette rumeur elle-même est secret défense. En général, on ne nous prévient pas. Peu importe, où en étais-je ? » Tilda a souri, un sourire de théâtre. « Les Indiens et les Canadiens sont polis. Les Australiens ne le sont pas, mais ils sont amusants. Les Néo-Zélandais sont plus ou moins entre les deux. » Elle s'est penchée en avant. « J'ai un faible pour les Néo-Zélandais, mais franchement, je ne comprends pas pourquoi ils s'obstinent à venir. Ils ne risquent pas d'être envahis. À mon avis, l'empereur Guillaume ne doit même pas savoir où se trouve la Nouvelle-Zélande.

— Ils ont peut-être envie de voir le monde ? a suggéré Gwen.

— S'ils ont l'intention de faire du tourisme en Europe, j'ai bien peur qu'ils soient déçus. »

* * *

« Tu as pris le soleil », ai-je dit à Tilda de retour à bord du *Calliope*.

J'étais dans la coquerie et elle s'était installée dans le fauteuil de Ma, la bouche pleine d'épingles. Maude se tenait devant elle, debout sur une pile de livres. La robe abricot de Tilda pendait sur sa frêle ossature.

Tilda a haussé les épaules. Autrefois, elle redoutait les taches de rousseur, mais apparemment, c'était devenu le cadet de ses soucis.

« Arrête de bouger, Maude, ou je vais finir par te piquer. »

Les mots perdaient leur forme en se faufilant autour des épingles. Elle en prenait une, puis une autre, pour rétrécir, raccourcir.

« J'ignorais que tu savais coudre, ai-je remarqué.

— Bill m'a appris les rudiments. »

Son frère. J'ai hésité à l'interroger.

« Comment va-t-il ? »

Certaines questions étaient faciles, avant.

« Il y a tout juste une semaine, il allait bien.

— Et où est-il ? »

Elle s'est reculée contre son dossier, a inspecté Maude de la tête aux pieds.

« En Belgique, je crois. Peut-être en France. Son lieutenant prend son rôle de censeur très au sérieux. Villes, rues, cafés, tout est passé au noir. Il pourrait être à Brighton, pour ce que j'en sais. » Elle s'est penchée en avant pour rectifier l'ourlet. « C'est bon, Maudie. Maintenant, tu peux faire tourner la jupe. »

Maude est descendue de la pile de livres et a tourbillonné sur elle-même. Tilda a froncé les sourcils.

« Le décolleté pourrait être un peu plus échancré, je crois.

— Il me paraît très bien, ai-je commenté.

— Un peu plus échancré », a dit Maude.

Tilda lui a fait un clin d'œil.

« Pour mieux attirer les garçons, hein, Maude ! »

Ma sœur a hoché la tête, a envoyé un baiser à Tilda. Tilda le lui a renvoyé. Elle s'est levée et a épinglé le décolleté plus bas. Puis elle a reculé d'un pas.

« Tu es superbe, a-t-elle dit. Maintenant, ôte-la. Je vais coudre tout ça sur la machine de Rosie. »

* * *

Lotte passait moins de temps sur le *Calliope* quand Tilda était là. Elle raccompagnait Maude à la maison les jours où j'étais prise à Somerville, mais repartait dès qu'elle avait posé le pied sur notre pont avant.

« Pourquoi n'insistes-tu pas ? ai-je demandé un soir à Tilda en rentrant d'une visite à Bastiaan.

— J'insiste, crois-moi. Mais elle refuse. Je ne peux quand même pas la forcer, Peg. »

J'ai essayé de poser un regard extérieur sur la scène : Maude pliait sur la table qui n'était pas mise ; il n'y avait rien sur le fourneau. Tilda était en pyjama de soie rouge, brodé et boutonné à l'orientale, un whisky à la main.

« Tu dois la mettre mal à l'aise, voilà ce que je pense.

— Pourquoi ? »

Mon regard est passé de ses pieds en pantoufles à son whisky. J'ai incliné la tête.

« Oh, Peg, tu es sérieuse ? Ta Belge a supporté bien pire que ça. »

D'un geste de la main, elle a suivi la ligne de son corps.

« C'est sûr, mais tu peux être drôlement intimidante, tu sais. *Surtout* en pyjama de soie. »

Tilda a posé son whisky sur la table et s'est assise à côté de Maude. Elle a pris un carré de papier, a commencé à plier. Ses mains tremblaient imperceptiblement.

« Ce n'est pas mon pyjama qui intimide Lotte, a-t-elle repris. La première fois que nous nous sommes rencontrées, elle a été tout à fait contente de venir. Elle s'est assise là où tu es en ce moment, on a pris un café et partagé une brioche qu'elle avait achetée au Marché couvert. Je lui ai demandé si elle se plaisait à l'atelier de reliure et elle m'a demandé quel genre de travail je faisais. » Tilda a interrompu son pliage et pris une gorgée de whisky. « Pourquoi ne lui as-tu pas dit que j'étais VAD en France ?

— Je n'avais pas l'intention de le lui cacher.

— De quelle région de Belgique vient-elle ?

— Louvain.

— Ah. »

Tilda a passé le doigt sur le bord de son verre, puis elle l'a soulevé et l'a vidé. Pendant un moment, elle a gardé les yeux fixés sur la bouteille de whisky. Moi, j'avais les yeux fixés sur elle. Elle a renoncé à se resservir et a posé le verre sur la table, hors d'atteinte. Sa main ne tremblait plus.

« Je pense que ce que ton amie a vu de cette guerre suffira à peupler ses nuits jusqu'à la fin de sa vie. C'est ma proximité avec le conflit qui la tient à distance, Peg, pas mon pyjama. Je pense qu'elle préfère éviter tout risque d'en savoir plus long. »

Elle a reposé les yeux sur la bouteille de whisky avant de se tourner vers Maude.

« Combien d'étoiles as-tu faites pendant que nous bavardions, Maude ? »

Je me suis levée de table pendant que Maude comptait ses pliages terminés.

« Six », a-t-elle dit.

J'ai pris la bouteille de whisky et l'ai posée sur l'étagère, au-dessus du banc de la coquerie.

* * *

Tilda ronflait quand j'ai grimpé dans notre lit avec Maude. Nous en avions l'habitude, autrefois, mais ses ronflements m'ont paru plus sonores, plus irréguliers. J'ai tendu le bras pour prendre la main de Maude.

« Pourquoi ne lui as-tu pas dit ? » a-t-elle demandé.

Maude n'était jamais sourde à ce qui se passait autour d'elle, et je m'attendais constamment à ce qu'elle répète un fragment de conversation lorsque son esprit se détachait de ses pliages. Mais j'ai été incapable de deviner quelle partie de la discussion de la soirée elle se rappelait.

« Tilda, a-t-elle dit, puis elle a fermé les yeux pour sonder sa mémoire. Travaille dans un abattoir. »

Elle disposait ses fragments de phrases comme le docteur Frankenstein ses fragments de corps.

« Je n'avais peut-être pas envie de la partager, ai-je dit.

— Égoïste », a répondu ma sœur.

* * *

« Ah ! Ça fait du bien, a commenté Tilda quand nous sommes sorties de la salle pour nous retrouver dans l'entrée de l'Electra Palace. *Les Aventures d'Alice au pays des merveilles* était mon livre préféré quand j'étais petite.

— Le mien aussi, a dit Gwen. Nous avons plus de choses en commun que nous n'aurions pu le penser. »

Tilda a ri.

« Ça m'étonnerait, Gwen. C'était aussi mon seul livre. »

Gwen a à peine cillé.

« Ma pauvre ! Mais tant qu'à avoir un seul livre, autant que ce soit celui-ci.

— C'est certain, a approuvé Tilda, toujours souriante. Bill et moi en jouions régulièrement de petites scènes, et il n'est pas exclu qu'il soit partiellement responsable de ma médiocre carrière de comédienne.

— Votre interprétation d'Alice devait être impressionnante, a dit Gwen.

— Détrompez-vous, a rétorqué Tilda. Je déguisais Bill en Alice pour pouvoir jouer le Lièvre, le Chat du Cheshire, le Chapelier et la Reine de Cœur.

— Tilda est connue pour la diversité de ses talents, ai-je ajouté.

— Si seulement », a-t-elle soupiré.

Elle a poussé les portes du cinéma et nous sommes sorties sur Queen Street, reprenant du même coup pied dans la réalité.

Il y avait du kaki partout, certains uniformes plus défraîchis que d'autres, à l'image du visage de ceux qui les portaient. À côté de l'entrée du cinéma, un soldat était assis par terre, adossé au mur, tête baissée, pantalon soigneusement replié juste sous l'endroit où auraient dû se trouver ses genoux.

« Je vais me noyer dans mes larmes », a dit Maude, répétant une réplique du film.

Tilda a sorti quelques pièces de son porte-monnaie et les a laissées tomber dans la casquette de tranchée du soldat.

« Merci, mademoiselle, a-t-il dit sans relever le visage.

— Merci à *vous*, soldat », a-t-elle répondu.

La colère de Tilda ne m'a pas échappé et j'ai ajouté des pièces dans la casquette. Gwen y a déposé un billet d'une livre, s'est reprise, en a ajouté un autre. Nous nous sommes éloignées sans dire un mot.

« Venez déjeuner dimanche », a proposé Tilda à Gwen alors que nous approchions du chemin de halage.

Gwen m'a regardée, aussi consciente que moi que je ne l'avais jamais invitée à visiter le *Calliope*.

« Excellente idée », ai-je approuvé.

Mais qu'en penserait-elle ? Elle s'était plainte des courants d'air de sa chambre de Somerville, des grincements du sommier, de la nourriture. Quand il m'arrivait d'imaginer sa maison de famille, il y avait trop de pièces et une armée de domestiques était là pour faire le ménage. Je ne lui avais jamais demandé de détails et préférais ne pas m'étendre sur mes propres conditions de vie.

« Je préparerai un rôti avec tout ce qu'il faut pour l'accompagner, a poursuivi Tilda.

— Tu détestes faire la cuisine », ai-je observé.

Je me rappelais les efforts qu'elle avait fournis au cours des semaines qui avaient précédé la mort de Ma et son complet renoncement depuis.

« C'est vrai, ça a toujours été le truc de Bill. Mais ça fait presque deux semaines que je suis chez vous et je n'ai pour ainsi dire pas bougé le petit doigt.

— Pas bougé le petit doigt », a répété Maude.

Tilda a ri.

« Vous voyez, Gwen, quel boulet je suis ? Je ferais sans doute bien d'ajouter un pudding si je ne veux pas que les filles me mettent dehors avant la fin de ma permission.

— Tu as déjà fait un pudding, Tilda ? ai-je demandé.

— Et si c'était moi qui l'apportais ? a suggéré Gwen. Je m'en voudrais que Tilda se retrouve à la rue. »

* * *

J'ai prié Maude de mettre le couvert avec le plus beau service de Ma. Elle a entrepris de plier les serviettes en boutons de rose.

« Je ne pense pas que Gwen soit du genre à se soucier des serviettes de table, Peg, a remarqué Tilda en repoussant une mèche de cheveux de son visage, se tartinant le front de saindoux au passage. Ça m'étonnerait qu'elle te juge.

— C'est le genre de femme qui n'a pas *besoin* de se soucier des serviettes de table, Tilda. Elles sont toujours soigneusement disposées au moment où elle passe à table. » J'ai souri. « J'ai passé des mois à essayer de lui dissimuler mes vraies origines, et il ne t'a fallu qu'une seconde pour démolir tout mon travail. Il lui suffira de jeter un coup d'œil à l'endroit où nous vivons pour nous prendre pour des romanichelles. »

Tilda a enfourné les pommes de terre.

« Je suis sûre qu'elle a percé à jour tes chapeaux du dimanche et tes voyelles affectées, Peg. Elle ne t'en apprécie pas moins. Quant à l'endroit où tu vis » – son regard a parcouru le *Calliope* de bout en bout – « il lui suffira d'y jeter un coup d'œil pour se dire que c'est une sacrée bibliothèque flottante. »

Une demi-heure plus tard, Gwen se tenait dans l'encadrement de l'écoutille, un carton de pâtisserie à la main, bouche bée.

« Je savais que tu aimais lire, Peg, mais c'est… »

Gwen a secoué la tête, à court de mots.

« Une sacrée bibliothèque flottante », a dit Maude.

* * *

Tilda était cramoisie et échevelée quand nous sommes enfin passées à table.

« M'en voudrez-vous beaucoup si je reste comme je suis ? a-t-elle demandé à Gwen. Le déjeuner sera froid si je prends le temps de me faire une beauté. » Elle a contemplé toute la nourriture étalée sur la table et a secoué la tête. « Je ne pensais pas que ça serait un tel boulot.

— Je sais à peine faire cuire un œuf, a reconnu Gwen. Je serais certainement encore plus exténuée que vous si j'essayais de préparer tout ça. »

J'ai découpé le poulet, servi les haricots verts et les pommes de terre, puis je me suis attaquée au Yorkshire pudding.

« Je crois que tu vas devoir gratter, m'a avertie Tilda. J'ai oublié de graisser la plaque. »

J'ai battu en retraite.

« Et si nous faisions passer la plaque autour de la table avec la sauce et une cuiller ? »

Maude avait toujours adoré le Yorkshire pudding. Elle a tendu la main vers la plaque pour être la première à se servir. Nous l'avons toutes observée, curieuses de voir comment elle allait se débrouiller.

Elle a regardé les puddings, chacun logé dans son alvéole personnelle, enfoncé et aplati. Elle a froncé les sourcils et essayé d'en démouler un, mais il était collé au fond. Avec un profond soupir de résignation, elle a pris la saucière de Ma. La sauce était épaisse. Quand elle s'est décidée à couler, elle est tombée comme une bouse de vache sur un des puddings.

« Plop », a dit ma sœur.

Puis elle a regardé Tilda.

« Flop.

— Merci pour ton commentaire, Maude, a dit Tilda. Mange, maintenant. »

Maude a entrepris de manger son pudding à même la plaque avant de faire passer celle-ci avec la saucière. Nous nous sommes toutes servies tour à tour, mais nous riions tellement que nous avons eu du mal à manger.

« Comment faites-vous pour que vos pommes de terre soient aussi croustillantes ? a demandé Gwen en faisant un effort prodigieux pour garder son sérieux.

— Je vous remercie de votre question, Gwen, a dit Tilda, en plantant son couteau dans une pomme de terre et en la brandissant pour mieux l'examiner. Je les ai brûlées.

— Et les haricots ? suis-je intervenue. Comment as-tu obtenu une aussi riche nuance de gris ? »

Tilda a soulevé un haricot flasque sur sa fourchette.

« Je les ai fait bouillir jusqu'à ce que mort s'ensuive et leur ai refusé le moindre grain de sel. »

Le visage de Gwen s'est plissé irrépressiblement.

« Et le poulet ? »

Tilda lui a jeté un regard acéré. Elle a invoqué sa Lady Macbeth des grands jours.

« Ce qui est fait ne peut être défait, a-t-elle proclamé. Toute la sauce du monde n'attendrirait pas cet oiseau desséché et racorni. »

Nous avons joué l'auditoire captif pendant quelques instants, puis Maude a pris la parole.

« Desséché et racorni », a-t-elle répété exactement sur le même ton.

Nous avons tellement ri que nous en pleurions.

« C'est un crime, en vérité, de gâcher toute cette nourriture. Je me demande si une loi l'interdit en ces temps difficiles, a repris Tilda.

— Rosie saura sûrement en tirer quelque chose, ai-je suggéré. Maude, va lui demander de venir, veux-tu ? »

Quand Rosie est arrivée, Tilda a attrapé la bouteille de whisky et deux verres.

« Une cause perdue, j'en ai bien peur. Un verre ?

— Allons-y », a accepté Rosie.

Elle a enfoncé le doigt dans les restes du dîner.

« Retirez toutes les parties noircies et ajoutez une sauce blanche. Assaisonnez le tout et vous aurez une excellente tourte au poulet. » Elle a regardé Tilda. « Te vexeras-tu si je m'en charge ?

— Tu peux en être certaine. Mais comme je suis la générosité personnifiée, j'insiste pour que vous agissiez comme vous l'entendez, madame Rowntree.

— Vous êtes trop bonne, mademoiselle Taylor. » Puis elle s'est tournée vers Gwen. « Vous êtes certainement l'illustre invitée de Somerville. Peut-être vous ont-elles gardé de quoi dîner.

— J'espère que non, madame Rowntree...

— Pas de madame Rowntree entre nous. C'est le nom de ma belle-mère. Tilda sait à quel point ça m'agace. Appelez-moi Rosie.

— Eh bien, Rosie, si vous pouviez me passer ce couteau, j'ai apporté une génoise de chez Grimbly Hughes. »

Prout ma chère, disait l'expression de Rosie.

Nous avons dévoré le gâteau comme des enfants, enfournant tout ce que nos bouches pouvaient contenir et nous barbouillant le nez et le menton de crème. C'était la faim, le cidre et le whisky, mais autre chose encore. Gwen a coupé une deuxième part de gâteau pour Maude. Rosie s'est renversée contre son dossier, riant d'une remarque de Tilda, et elles ont trinqué.

C'est une fête, ai-je pensé. Mais que fêtions-nous ? J'ai bu mon verre à petites gorgées. Nous vivions un moment de spontanéité, de renoncement à toute vigilance, à toute inquiétude. La joie inattendue d'un incident ordinaire et de l'amitié facile.

Maude a tiré le carton de gâteau vers elle et a écrasé les miettes du bout des doigts.

« Tout fini, a-t-elle dit quand la boîte a été propre.

— Eh bien, c'est parfait. »

Tilda a tapé de la main sur la table, plus fort qu'elle ne l'avait voulu. Nous avons toutes sursauté.

« J'ai un plan.

— Un plan ? s'est étonnée Rosie.

— Pour contourner les censeurs, a précisé Tilda. Peg m'a montré ce qu'ils ont fait de mes lettres, et il n'est pas question que j'accepte qu'on efface mes mots.

— C'est pareil avec celles de Jack, a renchéri Rosie. Sur certaines, les lignes noircies sont plus nombreuses que les autres. On a beau les tenir à contrejour, impossible de lire un mot. » Elle a froncé les sourcils. « Enfin tout de même, ils ont été écrits pour moi, ces mots. C'est comme si on me les avait volés.

— Tu ne crois pas si bien dire, a confirmé Tilda. On t'a volé l'expérience de Jack. Et à lui, on a volé la possibilité de se décharger d'une partie de son fardeau. J'ai passé suffisamment de temps au chevet de soldats pour savoir à quel point ça les aide de parler. Et j'ai vu l'état de certains garçons se dégrader quand ils reçoivent une lettre ne contenant aucune allusion à ce qu'ils ont cherché à partager. »

Rosie est restée silencieuse. Sans doute pensait-elle aux lettres qu'elle avait adressées à Jack. Pas un mot pour reconnaître la souffrance que pouvait dissimuler l'encre noire du censeur.

« Qu'est-ce qu'ils ne veulent pas que je sache ? a-t-elle enfin murmuré, presque pour elle-même.

— Où se font les mouvements de troupes, essentiellement, a répondu Gwen, et j'ai remarqué le soulagement de Rosie. D'après mon frère, ils noircissent le nom de villes, de ponts et même de restaurants, de peur que ces indications ne trahissent le lieu de la prochaine offensive.

— Ils noircissent aussi tout ce qui pourrait inquiéter leurs mères, est intervenue Tilda, trop ivre pour sentir que Gwen cherchait à rassurer Rosie. Mais certains sont plus vigilants que d'autres sur ce point.

— Quoi, par exemple ? » a demandé Rosie.

Elle a un peu reculé, comme si son corps cherchait déjà à prendre ses distances avec ce que pourrait dire Tilda.

Celle-ci s'est tournée vers moi.

« Tu as reçu ma dernière lettre, celle qui portait un timbre français ? »

C'est Maude qui a réagi. Elle s'est levée et a fouillé dans le courrier que nous rangions entre les livres, dans la bibliothèque de Ma. Elle a tendu une enveloppe à Tilda, qui l'a fait glisser vers Rosie.

« Par exemple ça », a-t-elle dit.

Rosie a pris l'enveloppe. Elle l'a tournée et retournée entre ses mains.

« Tu veux bien la lire ? » m'a-t-elle demandé.

J'ai hésité.

« Tu es sûre ? »

Rosie a ouvert l'enveloppe, sorti la lettre, d'une seule page. Elle me l'a tendue pour que je la lise tout haut.

Chère Pegs,

Tu n'as pas commenté un certain nombre de choses que je t'ai écrites, et je commençais à penser que tu étais de ceux qui préfèrent faire l'autruche. Puis j'ai compris qu'une partie de ce que j'ai écrit a sans doute été censurée. Mon opinion de toi s'est immédiatement améliorée, et j'ai demandé à mon amie Iso de bien vouloir te faire parvenir cette lettre par les services postaux français. Iso est une artiste australienne, mais cela fait des années qu'elle vit à Étaples avec sa mère et sa sœur (difficile de croire qu'il y a eu une colonie d'artistes ici avant la guerre ; encore plus difficile de comprendre pourquoi ils sont restés, mais je dois dire que sans Iso, la vie serait franchement difficile). Ma lettre n'échappera peut-être pas à tous les censeurs, mais au moins, elle échappera à mon infirmière-chef et au bureau de la censure.

Il ne s'en est pas sorti, Peg. Le garçon aux taches de rousseur. Celui qui me rappelait Bill. Ypres a été une boucherie, disait-il. J'entends ça constamment : la moitié du temps, les généraux ne savent pas ce qu'ils font, ils ne tiennent aucun compte des officiers qui sont dans les tranchées et ils les menacent de la cour martiale s'ils n'envoient pas leurs hommes au-dessus du parapet. Ils sont pris entre le marteau et l'enclume – la mort s'ils obéissent, la mort s'ils refusent d'obéir. Ils préfèrent encore que ce soit une balle allemande qu'une des nôtres…

Gwen a toussoté et je me suis interrompue. J'ai suivi son regard et j'ai vu les yeux écarquillés de Rosie, le frémissement de peur à la commissure de ses lèvres. Tilda a pris la lettre, elle l'a repliée. Remise dans son enveloppe. *Elle s'endurcit*, ai-je pensé, et je me suis demandé tout ce qu'elle avait pu chercher à me dire et tout ce qu'elle avait préféré ne pas partager du tout.

« Votre amie est artiste de guerre ? » a demandé Gwen.

Tilda s'est esclaffée.

« Elle a posé sa candidature. Mais l'Australie n'autorise pas les femmes à peindre la guerre – pas officiellement. Officiellement, elle n'a le droit que de laver, réconforter et soigner. Elle est donc entrée au VAD. Mais elle peint la guerre quand elle n'est pas de service. Sa guerre, en tout cas. Qui est aussi la mienne. Je l'observe quelquefois – c'est très beau, ce qu'elle fait. Pas seulement ce qu'elle représente, mais l'acte lui-même. Elle prend un de ses pastels et réussit à extraire d'elle tout ce qu'elle a vu d'indicible ce jour-là. » Tilda a vidé le fond de la bouteille de whisky dans son verre et a tout bu. « Et quand elle rentre chez elle, dans sa petite maison en ville, elle n'a de comptes à rendre à personne, heureusement pour nous.

— Heureusement pour nous ? a demandé Maude.

— L'armée possède un bataillon de fouineurs, Maude. Ils lisent toutes nos lettres et raturent tout ce qui est susceptible de trahir des secrets, mais aussi tout ce qui pourrait bouleverser ou heurter ceux qui les lisent. Envoyer le courrier par les services postaux locaux ne garantit pas que personne n'y fourrera son nez, mais ça limite les risques. »

* * *

Tilda est repartie quelques jours plus tard. Elle était encore endormie dans le lit de Ma quand nous sommes parties travailler, et quand nous sommes revenues déjeuner, elle n'était plus là. Nous le savions, mais le déchirement n'en a pas moins été douloureux. Le lit défait m'a un peu consolée. J'ai retiré les draps et son parfum m'a chatouillé les narines. Quand j'ai ouvert un des placards sous le lit de Ma, j'ai trouvé un mouchoir, des épingles à cheveux, un stylo et quatre cartes postales vierges identiques de High Street à Oxford, des timbres verts à l'effigie du roi George V déjà collés dessus. Dans le placard à côté du lit, Tilda avait laissé un assortiment de sous-vêtements et d'accessoires, des produits de maquillage et quelques bijoux. J'ai sorti une longue rangée de perles et je l'ai passée à mon cou. Elle m'arrivait au-dessous de la taille.

« De retour en moins de temps qu'il n'en faut pour le dire. »

Je me suis retournée.

« Elle a dit ça, Maude ?

— De retour en moins de temps qu'il n'en faut pour le dire », a-t-elle répété.

Elle se rassurait, elle me rassurait. Je lui ai pris la main et je l'ai serrée.

TROISIÈME PARTIE

THE OXFORD BOOK OF GERMAN VERSE

Juin 1915-août 1916

CHAPITRE 21

Pages d'épreuves. Textes divers, dans des formats divers : deux chapitres de *Shakespeare's England* ; le *Docteur Faust* de Marlowe avec une préface de Sir Adolphus Ward ; une réédition de *The Oxford Book of German Verse*, une anthologie de poésie allemande ; le prochain fascicule du *New English Dictionary – Stéarine-Stillation*. À vue de nez, cela devait représenter à peu près deux heures de travail. J'ai commencé par les pages du Dictionnaire, impatiente d'apprendre un nouveau mot.

Stellifère : qui porte les étoiles.

Le Calliope *est stellifère*, ai-je songé.

J'ai plié le reste et j'ai posé les cahiers sur un chariot avant de traverser l'atelier de reliure jusqu'au bureau de Mme Stoddard. Il était fermé. Le nouveau Contrôleur, M. Hall, était avec elle. Quand la porte s'est ouverte, un lévrier irlandais a surgi.

« Elle ne mord pas, m'a rassurée M. Hall. Douce comme un agneau. »

J'ai tout de même préféré mettre le chariot entre la bête et moi. Le Contrôleur m'a adressé un sourire affable.

« Qu'avons-nous là ?

— Des pages d'épreuves, monsieur. En tout genre. »

Il a feuilleté les cahiers, saluant chaque texte d'un hochement de tête approbateur. Quand il est arrivé à l'*Oxford Book of German Verse*, il a froncé les sourcils.

« Quelque chose ne va pas, monsieur Hall ? »

Le même sourire, tout aussi affable.

« Non, non, mademoiselle… ?
— Jones, monsieur.
— Votre travail est irréprochable, mademoiselle Jones. Certaines pages nous tracassent, c'est tout. »
Il s'est tapoté la cuisse et est sorti. Son chien l'a suivi.
J'ai décliné les titres pendant que Mme Stoddard consignait les pages d'épreuves dans son registre.
« *The Oxford Book of German Verse* », ai-je dit.
Elle a posé son stylo et a regardé les cahiers que j'avais en main.
« Cette édition ne dépassera peut-être pas le stade des épreuves.
— C'est pour cela que M. Hall était ici ?
— Oui. S'ils décident de ne pas l'imprimer, notre calendrier en sera affecté.
— Ce n'est qu'une réimpression, pourquoi y renonceraient-ils ?
— De crainte qu'on y voie un soutien à l'Allemagne.
— Sommes-nous en guerre contre leur poésie ?
— En effet. » Elle a repris son stylo et a noté *The Oxford Book of German Verse* dans son registre. « M. Cannan a suggéré un changement de titre. Espérons que cela suffira. »

CHAPITRE 22

Lotte a eu l'air contente que je l'invite à passer la soirée avec Maude.

« Veux-tu que je fasse le dîner ? m'a-t-elle demandé.

— Si tu veux bien. »

Elle a eu l'air encore plus contente.

Quand nous avons traversé la cour, elle a pris ma sœur par le bras et elles ont marché du même pas.

« Je suis navrée de n'être pas passée chez vous pendant le séjour de votre amie, m'a-t-elle dit. Ce n'était pas très poli de ma part. »

Je me suis rappelé ce que Tilda avait dit de Lotte.

« La politesse peut être ennuyeuse, ou pire, ai-je dit.

— Qu'y a-t-il de pire qu'ennuyeux ?

— Hypocrite. »

Lotte m'a regardée, la tête penchée. Elle a souri.

« Hypocrite. Oui. La politesse l'est souvent. »

Je les ai regardées s'éloigner. Je crois que je commençais à comprendre ce dont Lotte avait besoin et ce que Maude lui donnait. J'ignorais ce que cette guerre lui avait fait, mais je savais qu'elle vivait désormais dans un pays qui ne la connaissait pas, en compagnie de gens incapables d'imaginer ce qu'elle pouvait avoir enduré. Elle écoutait les questions aimables des filles de l'atelier de reliure et des femmes de Jericho : *D'où venez-vous ? Vous vous plaisez ici ? Le chocolat belge ne vous manque pas trop ?* Et elle entendait ce qui se cachait derrière leurs mots : *Dites-nous ce qui s'est passé. Dites-nous les brutalités que vous avez subies. Dites-nous que vous avez tout perdu et que nos garçons meurent pour une juste cause.*

Si ce qu'elle avait vécu avait été aussi affreux que ce qu'on avait lu dans la presse, comment pourrait-elle supporter de se le rappeler, et plus encore de le raconter ?

Et puis, il y avait Maude. Ma sœur était d'une simplicité qui désarçonnait les gens, d'une franchise qui les mettait mal à l'aise. La plupart préféraient penser que ses mots n'étaient que des bruits ricochant contre les murs d'une pièce vide. Ils préféraient penser qu'elle était demeurée.

Ma savait que ce n'était pas vrai. Maude avait du mal à échafauder une phrase originale, mais elle choisissait ce qu'elle décidait de répéter. Elle comprenait, me semble-t-il, que l'essentiel de ce que disaient les gens était vide de sens. Qu'ils parlaient pour combler le silence ou pour passer le temps ; que malgré notre maîtrise des mots et notre aptitude à les assembler à l'infini, nous avions, pour la plupart, du mal à dire ce que nous avions réellement en tête. Maude filtrait les conversations comme un prisme filtre la lumière. Elle les décomposait de manière que chaque expression puisse être interprétée comme l'affirmation de quelque chose d'unique. La vérité de ce qu'elle disait pouvait être dérangeante ; il était parfois plus confortable de mal la comprendre.

Mais je me suis aperçue que ce qui troublait la majorité des gens apaisait Lotte. Je ne savais pas bien comment, mais dès le premier instant, elle avait compris Maude, elle l'avait en quelque sorte reconnue et s'était sentie à l'aise. Elle ne méjugeait pas Maude et, pour cette raison, Maude commençait à l'aimer.

* * *

J'ai traversé Walton Street. Gwen m'attendait près de la loge du concierge.

« Tu sens le papier, m'a-t-elle dit en se penchant pour m'embrasser sur la joue. La première fois que nous nous sommes vues, j'ai cru que c'était un parfum exotique. J'ai failli te demander son nom, mais ce n'est que l'odeur du papier. »

Elle était contente d'elle.

« On ne peut pas dire que ce soit un compliment, ai-je remarqué.

— Mais si ! » Elle m'a pris le bras et nous sommes entrées dans le collège. « Surtout dans cette ville. Tu sens comme un livre neuf – c'est absolument enivrant.

— On ne t'a jamais dit que tu étais un peu bizarre, Gwen ? »

Elle a haussé les épaules, a serré mon bras un peu plus fort. Nous avons fait le tour de la grande cour, transformée en hôpital de toile, et avons gravi les marches de la loggia. Gwen a à peine levé les yeux vers les bâtiments, et j'ai songé qu'elle faisait partie de Somerville autant que moi de l'atelier de reliure. Ce décor ne l'intimidait et ne l'impressionnait pas. Il l'intéressait à peine.

Malgré tous les mois qui s'étaient écoulés depuis que j'avais commencé à rendre visite à Bastiaan, je continuais à m'imprégner de toutes les particularités du lieu.

* * *

Et Bastiaan s'imprégnait des miennes. Quand j'ai franchi la porte du service, il a suivi du regard chacun de mes pas. Il était assis sur une chaise et j'en ai tiré une autre à côté de la sienne. Je me suis penchée pour remettre en place la couverture posée sur ses genoux ; elle n'avait pas glissé, mais ce geste me permettait de me rapprocher un peu de lui. J'ai rempli son verre d'eau et le lui ai tendu. Il a secoué la tête. Je l'ai reposé. J'ai tiré ma chaise encore un peu plus près.

Son attention est restée fixée sur moi, malgré les allées et venues d'une infirmière et la présence d'une VAD qui flirtait avec un officier dans le lit en face du sien. Son regard était intense et vaguement déstabilisant – son œil unique, la légère inclinaison de sa tête.

Ma main reposait sur son genou enveloppé de la couverture. Des carrés tricotés par des écolières, cousus ensemble. *Elles ont fait leur part*, ai-je pensé. Je lui ai demandé comment il allait. Je me suis de nouveau penchée vers lui. Il a posé sa main sur la mienne et ses doigts se sont enroulés autour de mon poignet, exerçant une très légère pression. Mon pouls battait contre eux, et je l'ai senti se détendre.

« Je conserve ma tête », a-t-il dit.

* * *

J'ai laissé Bastiaan à son rituel du soir pour retrouver Gwen dans la loggia.

« Quel dommage de rentrer à Oriel d'aussi bonne heure, alors que mon laissez-passer m'autorise à rester dehors jusqu'à huit heures et demie. »

Gwen me regardait, pleine d'espoir.

« Tu veux prendre le thé avec nous ? » ai-je proposé.

La perspective de rentrer au *Calliope* et de me retrouver seule avec Maude et Lotte ne me tentait guère. Je ne pouvais me défendre de l'impression d'être une copie superflue, de moindre qualité.

« Il y en aura assez pour tout le monde ?

— Avec un peu de chance, Lotte aura mis la main sur les saucisses que j'ai achetées et aura préparé quelque chose de délicieux.

— L'abominable Lotte, a dit Gwen. Que ferais-tu sans elle ? »

Elle n'attendait pas de réponse, mais la question m'a taraudée sur le chemin de la maison.

Depuis la mort de Ma, Rosie avait toujours été là pour nous, mais à présent, la Vieille Madame Rowntree avait besoin d'aide pour faire sa toilette et s'habiller. Ses tremblements s'étaient aggravés au point qu'elle avait du mal à manger seule, et Rosie enchaînait les lessives – du linge séchait sur toutes les haies en face du *Reste ici*, rappel quotidien qu'elle avait largement de quoi s'occuper.

Lotte était entrée en scène. Elle avait envie de passer du temps avec Maude, et Maude aimait passer du temps avec elle. Il lui arrivait même de préférer sa présence à la mienne, et c'était peut-être pour cela que je ne prévenais pas toujours Lotte quand je partais à Somerville et que j'avais commencé à laisser Maude seule – une heure par-ci, deux heures par-là. L'angoisse chaque fois un peu plus légère.

C'était l'image de Maude et Lotte s'éloignant de moi, bras dessus, bras dessous, en direction du canal ou du Marché couvert. L'intimité de leur attitude. Voir ma sœur avec Lotte me rappelait l'aisance avec laquelle Maude et Ma s'étaient accordées. Toutes les fois où, marchant derrière elles, j'aurais voulu être à la place de Maude. Et puis, après le départ de Ma, le regret de ne pas lui avoir demandé comment elle faisait. Comment elle faisait pour aimer Maude aussi pleinement.

« J'espère que cette délicieuse odeur vient de ton bateau et pas de celui de Rosie, a dit Gwen, me tirant brutalement de mon introspection. Il y avait quoi, à part des saucisses, dans ton garde-manger ?

— Des poireaux et des patates. »

Gwen a haussé les épaules.

« Pas très engageant. »

Mais elle a changé d'avis dès que nous avons franchi l'écoutille. Penchée sur le four, Lotte en sortait un plat couvert de fromage qui bouillonnait et d'une sauce blanche qui embaumait l'ail. Les saucisses étaient dans une poêle, sur la plaque, fendues en deux, dorées et croustillantes. Il y en avait juste assez pour tout le monde.

« Saucisses, poireaux et pommes de terre : un classique des cuisinières de Somerville, a commenté Gwen après avoir vidé son assiette. Mais jamais aussi bons. »

Lotte a souri, hoché la tête. *Elle est habituée aux compliments*, ai-je pensé, et je n'ai pu m'empêcher de me demander qui les lui avait faits.

« Si un jour tu en as assez de relier des bouquins, tu pourrais peut-être te charger de la gestion des cuisines de Somerville.

— Travailler dans une cuisine n'est pas mon ambition, a répondu Lotte.

— Je m'en doute, a poursuivi Gwen, sans envisager un instant qu'elle ait pu être blessante. Tu es de Louvain, c'est ça ? Peggy m'a dit que tu travaillais à la bibliothèque universitaire. » Elle a secoué la tête. « C'est affreux. »

Lotte a ramassé les assiettes vides et les a emportées dans la coquerie.

« Ton ambition et la mienne ne sont sans doute pas très différentes, a ajouté Gwen.

— Et quelle est ton ambition ? » a demandé Lotte.

Elle a pris la bouilloire sur le fourneau et a versé de l'eau chaude dans l'évier avant d'ajouter une poignée de savon en paillettes.

« Oh, tu sais bien.

— Non, je ne sais pas.

— Obtenir mon diplôme, bien sûr, et participer au débat, au sens large.

— De quel débat parles-tu ? » a demandé Lotte.

Elle a lavé chaque assiette, chaque fourchette, chaque couteau. Les a mis à sécher sur un torchon propre.

« Il change tout le temps, pas vrai ? Un jour, c'est la question des femmes, le lendemain, celle de la moralité de la guerre. La conscription, l'éducation des femmes, les droits des travailleurs. »

J'ai ri.

« Que sais-tu des droits des travailleurs, Gwen ?

— Rien, en réalité. Je n'ai jamais exercé d'emploi. » Elle a esquissé un petit sourire vaguement honteux. « Mais ça ne doit pas m'empêcher de participer au débat.

— Tu as raison, Gwen », est intervenue Lotte.

Elle s'est retournée pour faire face à la table.

« Mon ambition était de participer au débat, comme tu dis. Je travaillais à la bibliothèque. Je lisais des livres et je me faisais une opinion. J'élaborais des arguments qui auraient dû changer les mentalités, mais qui ne le faisaient généralement pas. Il me paraissait important de prendre part à la discussion.

— Et maintenant ? lui ai-je demandé.

— Maintenant ? »

Son impassibilité s'est troublée d'un coup, comme la surface d'un étang sous une bourrasque. Elle a baissé la tête, repris contenance. Quand elle a relevé les yeux, il ne restait sur son visage qu'une infime ondulation.

« Tout n'est plus que cendres, a-t-elle dit.

— Cendres », a fait écho Maude.

Lotte a franchi les quelques pas qui séparaient la coquerie de la place où ma sœur était assise et a déposé un baiser sur le haut de sa tête. Puis elle a pris son manteau et nous a souhaité bonne nuit.

« Oh, flûte ! s'est écriée Gwen. J'ai bien peur d'avoir mis les pieds dans le plat !

— Peut-être, ai-je répondu. Ou peut-être pas. C'est la première fois qu'elle parle autant depuis que je la connais.

— Je me demande ce qu'elle voulait dire.

— À quel sujet ?

— Les cendres. Qu'est-ce qui n'est plus que cendres ?

— Sa bibliothèque, Gwen. Ils l'ont incendiée, rasée. Les livres et les manuscrits anciens. Tout. C'est toi qui me l'as dit.

— Il doit y avoir plus que ça, Peg. Elle a dit que *tout* n'était plus que cendres – tout. Elle n'était sans doute pas que bibliothécaire.

— Je ne sais presque rien d'elle. Je lui ai posé quelques questions, au début, mais elle est bien décidée à garder ses secrets. »

Gwen s'est tournée vers ma sœur.

« Et toi, Maude, qu'est-ce que tu sais ? »

Sa question m'a soudain mise mal à l'aise.

« Je crois que tu ne devrais pas lui demander ça, ai-je remarqué.

— Pourquoi ? »

Maude me regardait, attendant peut-être mon explication. J'ai essayé de trouver une réponse qu'elle puisse comprendre.

« Si Lotte parle à Maude, c'est parce qu'elle lui fait confiance. »

J'avais du mal à trouver les mots justes en présence de ma sœur. Gwen était patiente ; le regard de Maude imperturbable.

« Ce n'est pas facile à expliquer, ai-je dit avant de me tourner vers ma sœur. Je peux essayer ? »

Elle a hoché la tête. Je me suis alors adressée à Gwen.

« Maude n'a pas d'arrière-pensées. » Les mots de Ma. « Elle ne cherche ni à faire plaisir ni à blesser, et elle ne juge jamais. Si Lotte a traversé l'enfer, Maude est peut-être la seule personne à laquelle elle se sente libre de se confier en toute sûreté. » Je me suis interrompue et j'ai tendu le bras pour toucher la main de ma sœur. « Maude ne fait pas semblant. »

Gwen s'est tournée vers ma sœur.

« Tu es exactement ce que tu parais être, Maude. C'est très rafraîchissant.

— Rafraîchissant », a dit Maude.

* * *

J'ai accompagné Gwen jusqu'au pont de Walton Well.

« La relation entre Maude et Lotte me semble tout à fait compréhensible, a-t-elle dit.

— Tu te prends pour le docteur Freud, Gwen ? »

Elle m'a pris le bras et l'a serré.

« Tu n'as pas envie de savoir ce que je pense ? »

Je n'en étais pas sûre.

« J'ai le choix ?

— Je crois que Lotte a besoin de materner quelqu'un et qu'elle pense que Maude a besoin d'être maternée. »

J'y ai vu comme un reproche.

CHAPITRE 23

Août, et Jack est rentré pour fêter ses dix-neuf ans. Il était plus large d'épaules, plus grand. Ses yeux paraissaient plus verts sur sa peau hâlée, et l'uniforme lui allait comme un gant.

« J'ai enfin reçu mon affectation, nous a-t-il annoncé.

— Où ? ai-je demandé.

— En France. Dans la section de mon ancien contremaître. Il sera mon lieutenant.

— M. Owen ?

— Pour moi, c'est lieutenant Owen, maintenant.

— J'imagine qu'il n'a pas eu son mot à dire », a commenté Oberon.

Jack a ri et l'effort qu'a dû faire Rosie pour s'arracher un sourire ne m'a pas échappé.

Nous avons dîné dans le jardin de rive. Rosie a posé sa plus belle nappe sur le cageot, rempli six verres de cidre, et nous a servi une tourte au poisson. Jack a gardé sa vareuse et sa casquette et nous nous sommes tous tenus un peu plus droits, un peu plus fiers.

Nous avions mangé là des centaines de fois, et ceux qui empruntaient le chemin de halage pour rentrer du travail se contentaient généralement d'un hochement de tête en passant. Mais Jack était rentré, il était en uniforme, et chacun y est allé de son commentaire : « N'oublie pas de descendre un Boche de ma part, Jack », « Je te rejoins bientôt, Jack », « Bonne chance, Jack ».

« Il n'aura pas besoin de chance, a lancé Rosie. Vous l'avez vu ? Il est assez balaise pour se battre contre toute l'armée allemande.

— Toute l'armée allemande », a répété Maude.

J'ai rapporté les assiettes vides dans la coquerie de Rosie. Je les ai lavées et essuyées en écoutant par la fenêtre les bruits assourdis de la conversation. Je ne distinguais pas grand-chose, mais j'ai remarqué que les silences étaient plus longs que d'habitude. Que dit-on à son fils, à son petit-fils, avant son départ pour la guerre ?

Jack a parlé, puis Maude s'est mise à chanter *After the Ball Is Over*… Les chaises ont un peu grincé quand la mère, le père et la grand-mère se sont calés contre leurs dossiers, détendus. Ce serait le jour le plus long et le plus court de leurs vies.

* * *

Le lendemain matin, nous nous sommes tous retrouvés sur le chemin de halage. Rosie avait enfilé sa plus belle tenue de batelière, Oberon portait un pantalon de velours et un gilet propres. La Vieille Madame Rowntree a offert à Jack son exemplaire élimé des sonnets de Shakespeare. Sa main s'est mise à trembler et Jack a pris le volume.

« Qu'est-ce que je vais en faire ? a-t-il demandé.

— Les lire », a répondu la Vieille Madame Rowntree.

Le tremblement avait à présent gagné sa voix.

« Et ensuite, rapporte-les à la maison, a ajouté Rosie.

— Rapporte-les à la maison », a dit Maude.

Un battement. Mon cœur. Il y avait tant de choses que nous n'avions pas dites, mais leur écho emplissait le silence.

« Et ça, c'est de la part de Maude et moi. »

Je lui ai tendu notre cadeau.

Jack avait été très gai pendant tout son séjour chez lui, mais au moment de poser notre cadeau dans sa main, j'ai bien vu au tressaillement qui effleurait son sourire que son entrain était mensonger.

« Ouvre-le », ai-je dit.

Il a déchiré l'emballage en papier journal et a brandi le rouleau de papier toilette à la vue de tous. Son soulagement était manifeste.

« Je le garderai précieusement », a-t-il déclaré.

Un grand sourire, plus trace de tressaillement.

« Ce que tu dois garder précieusement, c'est le Shakespeare de ta grand-mère, ai-je dit. Ce cadeau-là est destiné à être utilisé. Si tu es économe et que tu évites les fayots, tu arriveras peut-être à le faire durer jusqu'à la fin de la guerre.

— Évite les fayots », a dit Maude, et Jack a ri.

Il l'a prise dans ses bras et elle s'est laissé faire. Puis il nous a enlacées, la Vieille Madame Rowntree et moi. Enfin, il s'est planté devant ses parents. Oberon a retiré son foulard et l'a passé à Rosie. Rosie a tendu la main et l'a noué autour du cou de Jack. Il l'a serrée contre lui. Elle a attendu un long moment avant de le libérer.

* * *

10 août 1915

Chère Pegs,

Permets-moi de commencer par les Allemands. Ne t'inquiète pas : ils sont tous cloués au lit, plus ou moins, sauf le docteur Henning. Je me demande encore si c'est une promotion ou une rétrogradation. Comme personne ne veut travailler dans le service des Allemands, je me dis que j'ai peut-être froissé quelqu'un. En contrepartie, je jouis de plus de liberté et j'ai plus de responsabilités ; il n'est donc pas impossible que j'aie donné la preuve de mes compétences. La réputation de l'infirmière-chef est légendaire – un chameau, de l'avis général. J'étais impatiente de faire sa connaissance. Elle n'éprouve pas la moindre compassion pour ces salauds de Boches, comme elle les appelle, mais ça ne l'empêche pas de changer leurs pansements avec une infinie douceur et de les border tous sans exception avant de quitter le service, le soir. L'infirmière-chef Livingstone est un chameau de première qualité. Si nous sommes de repos le même soir, elle m'accompagne dans les dunes près du camp et m'aide à descendre une bouteille de whisky pendant qu'Iso dessine.

Comme dans tous les autres services, le sol est constamment couvert de boue et de sang, il fait une chaleur d'enfer (je suppose qu'en hiver, il fait un froid de canard), et il n'y a jamais suffisamment de pansements ni de bassins. Bien sûr, nos patients sont des prisonniers, raison pour laquelle l'Armée britannique ne leur a affecté qu'une VAD au lieu des deux ou trois habituelles. (Une punition, je suppose, mais pour qui ? C'est nous qui sommes éreintées en fin de journée.) L'infirmière-chef est la seule infirmière militaire, et si ce sont des médecins anglais qui amputent des jambes et des bras allemands et refourrent des entrailles allemandes dans des ventres allemands, le docteur Henning (Hugo) se charge de tout le reste. Il est prisonnier, lui aussi, et extrêmement compétent, d'après l'infirmière-chef (mais elle était visiblement contrariée de devoir en convenir). Qu'il soit beau garçon et en parfait état de marche ne gâche rien.

Quoi qu'il en soit, Peggy, je suis ici pour un bon bout de temps. J'ai reçu des instructions sur la « conduite à tenir avec et à proximité de l'ennemi » et on m'a avisée avec désinvolture d'avoir toujours recours au service postal de l'armée, le seul à « assurer une distribution du courrier dans les délais ». Je continuerai à envoyer quelques cartes postales par la voie officielle (je ne voudrais pas qu'on me croie sans amis), mais Iso m'a donné quelques conseils sur la manière de déguiser mes lettres pour les faire passer pour celles de ta vieille et barbante tante française plutôt que pour celles de ta belle et barbante je-ne-sais-quoi anglaise. Je dois avouer que je sèche. Je n'ai encore jamais eu à me demander ce que je suis pour Maude et toi. Je vous considère comme ma famille, Peg. Vous êtes, Maude et toi, aux côtés de Bill chaque fois que je suis d'humeur à prier (ce qui m'arrive plus souvent, ai-je constaté, depuis mon arrivée à Étaples, bien que je doute que quiconque m'écoute).

Tilda x

P.-S. : Si le texte et le timbre-poste français ne suffisent pas, j'essaierai de faire preuve de plus d'imagination. Je te fais confiance pour lire entre les lignes.

CHAPITRE 24

Bastiaan a attendu que je sois assise pour se détourner de la fenêtre ouverte, mais au lieu de me regarder, il a gardé les yeux fixés au plafond. Une légère brise agitait des mèches de ses cheveux bruns, et l'odeur du savon dont il s'était servi pour se les laver est parvenue jusqu'à moi. Des pétales des fleurs que j'avais apportées quelques jours plus tôt avaient commencé à tomber. Le rose et le violet des épilobes et des buddleias parsemaient la surface du casier près de son lit. La brise avait répandu leurs couleurs par terre. J'ai tendu la main vers le vase.

« Laissez-le. S'il vous plaît.

— Elles sont complètement passées. Je vous en apporterai d'autres demain. Le chemin de halage n'en est pas avare, cette année. »

Bastiaan s'est tourné pour regarder les fleurs, me laissant voir son autre profil. Pas de pansement, pas d'œil, de la peau comme des tripes. J'ai détourné le regard, je l'ai posé sur les fleurs, le vase, les pétales au sol. J'ai ravalé la nausée qui m'était montée aux lèvres.

« Elles ne sont pas *parfaites.* » Il a craché ces mots. « Mais elles ne sont pas *mortes.* »

Sa tête, il était en train de la perdre.

J'ai gardé les yeux rivés au sol.

« Elles ne sont pas *mortes*, a-t-il répété, plus fort.

— Vous avez raison », ai-je dit d'une voix un peu plus douce.

Je me suis penchée pour humer les fleurs encore intactes, espérant que les buddleias exhaleraient un soupçon de miel.

« Et elles ont gardé leur parfum. »

Ce n'était pas vrai. J'ai commencé à rassembler les pétales tombés, mes mains tremblant comme celles de la Vieille Madame Rowntree.

« Regardez-moi. »

Bas, tel un orage au loin.

J'ai frotté les pétales entre mon pouce et mes autres doigts, les ai approchés de mon nez. Du miel, à peine un soupçon. À chaque instant de répit, je me détestais davantage.

« Regardez-moi. »

Plus fort.

Je ne l'ai pas regardé.

« Je vous en supplie. Regardez-moi. Regardez-moi. Regardez-moi. »

Comme le battement de la pluie ou de la grêle, ou une rafale de coups de feu.

J'ai regardé. Une greffe de peau du front à la mâchoire, évoquant une membrane plus que des tripes. Elle avait été raclée, étirée et cousue à la peau saine qui l'entourait, mais il n'y avait pas d'os pour lui donner sa forme, et là où aurait dû être l'œil, il n'y avait qu'un trou. Tous les muscles de mon visage trahissaient la répulsion qui me montait du ventre.

Bastiaan s'est retourné vers la fenêtre.

« Je suis fatigué. »

J'avais trop honte pour dire ne fût-ce que pardon.

* * *

« Tu rentres tôt, a remarqué Lotte quand je suis arrivée à la maison. Le dîner n'est pas prêt.

— J'ai fait ce qu'on peut faire de pire.

— Ça m'étonnerait. »

Je me suis assise sur le banc et me suis effondrée sur la table.

« J'ai détourné les yeux, Lotte. J'ai détourné les yeux alors qu'il voulait que je regarde. »

Lotte a secoué la tête.

« Vous autres, les Anglais, vous parlez par énigmes.

— Je n'ai pas su quoi faire.

— Pas su quoi dire », a renchéri Maude.

Elle m'a tendu la boîte qu'elle venait de plier et je me suis rappelé les petits cadeaux que nous lui faisions, Ma et moi, quand des enfants repoussaient ses offres d'amitié. Je me suis rappelé les excuses que nous leur trouvions.

Je la lui ai rendue.

« Je ne la mérite pas, Maude. J'aurais dû savoir exactement quoi faire et quoi dire.

— Pourquoi ? » s'est étonnée Lotte.

Elle s'est détournée du fourneau pour me regarder.

« Pourquoi aurais-tu dû savoir, *exactement* ? »

J'ai hésité.

« Je connais toutes ses blessures depuis des mois, Lotte. J'aurais dû être mieux préparée.

— Penses-tu qu'il était préparé, lui ? Penses-tu que nous l'ayons été, nous ? » Elle s'est retournée vers le fourneau. « Pardonne-toi, a-t-elle dit avec répugnance. Ce que tu as fait n'est pas grand-chose. Ce n'est rien. Ça ne l'empêchera pas de vivre. »

Elle s'est mise à trembler.

Maude a fini son pliage, sans hâte. Quand il a été terminé, elle s'est dirigée vers Lotte, un papillon au creux de sa paume ouverte. Lotte l'a pris, comme elle avait pris l'éventail de papier à sa descente du train à Oxford, et une fois encore, je l'ai vue serrer ma sœur dans ses bras et sangloter.

* * *

Je suis retournée dans le service de Bastiaan deux jours plus tard. Les fleurs étaient toujours là, leurs tiges presque nues, les pétales tombés s'amoncelant sur le dessus du casier. Je suis restée debout près du lit de Bastiaan.

« Au moins, vous les avez laissées balayer le sol », ai-je observé.

Il m'a ignorée, a gardé la tête tournée vers la fenêtre.

« Je vous demande pardon, Bastiaan.

— Vous n'y pouvez rien, a-t-il murmuré.

— J'aurais dû essayer.

— Ç'aurait été un mensonge.

— C'est plus compliqué que ça.

— Non, c'est très simple. Vous avez été dégoûtée.

— J'ai honte, Bastiaan. J'attendais mieux que ça de ma part. Je croyais mieux comprendre. Mais ça a été un choc. Rien ne m'y avait préparée et je n'ai pas su quoi faire ni quoi dire. »

Il s'est tu.

« Bastiaan, je n'ai pas été assez forte. Je le regrette. »

Il a continué à se taire. J'ai senti la colère m'envahir.

« Dites-moi une chose, Bastiaan. Comment avez-vous réagi quand le médecin a retiré vos bandages et vous a tendu un miroir ? »

Un côté de son visage était encore parfaitement capable de s'exprimer, et j'ai vu ma question s'inscrire dans le coin de son œil droit. J'ai attendu, et quand il a été prêt, il a tourné la tête à moitié et a regardé le plafond.

« J'ai fait tomber le miroir de sa main. Il s'est brisé par terre.

— Et depuis, vous êtes-vous regardé dans une glace ?

— Oui.

— Vous les flanquez toutes par terre ?

— Bien sûr que non.

— Pourquoi ?

— Ça ne me surprend plus.

— Et voilà, ai-je dit.

— Et voilà », a-t-il répété.

J'ai pris le vase et les derniers pétales sont tombés. Bastiaan a fait mine de protester, mais je l'ai devancé :

« Être jolies : elles ne sont bonnes qu'à ça. »

J'ai scruté les contours de son visage, le bon côté et le mauvais.

« Vous n'êtes pas une fleur et c'est tant mieux. »

Puis, sans lui laisser le temps de réagir, je me suis retournée pour me diriger vers le bureau des infirmières, près de la porte. J'ai jeté les fleurs fanées dans la poubelle et j'ai laissé le vase, avec son eau putride, sur le chariot de la cuisine. L'infirmière m'a approuvée d'un signe de tête ; elle m'a tenu la main jusqu'à ce que le tremblement ait cessé.

« La greffe a bien pris, m'a-t-elle dit, et on lui insérera un œil de verre demain. »

Quand je suis revenue au chevet de Bastiaan, j'ai déplacé la chaise pour qu'elle soit à gauche du lit.

* * *

Quelques jours plus tard, nous avons fait le tour de la cour, Bastiaan et moi, afin d'éprouver la solidité de sa jambe et de lui redonner des forces. Il avait passé un bras autour de mes épaules, pour être plus stable.

« Mon père boitait, m'a-t-il confié. Il marchait avec une canne, ça lui donnait l'air vieux alors qu'il était encore jeune. »

J'ai levé la tête vers lui pendant qu'il parlait, mais son œil tout neuf ne me voyait pas.

« Vous n'avez pas l'air vieux, Bastiaan. Vous avez l'air d'avoir fait la guerre.

— Malgré son infirmité, je suis sûr qu'il aurait tenu à participer à cette guerre s'il avait encore été en vie.

— Que faisait-il ?

— Il était architecte. À mon retour en Belgique, je finirai mes études et je deviendrai architecte, moi aussi. Il y aura tant de choses à reconstruire !

— Vous étiez étudiant ?

— Oui, à l'Académie royale de Bruxelles. »

Je l'ai regardé, cherchant à imaginer le jeune homme qu'il avait été. J'avais menti en lui disant qu'il n'avait pas l'air vieux.

« Et votre père à vous, Peggy ? » Il parlait prudemment. « Vous ne m'en avez jamais rien dit. »

Il n'y avait presque rien à en dire.

« Il était Toge », ai-je dit.

Comme vous, ai-je pensé.

Rempli de mots qui me faisaient tourner la tête, avait raconté Ma, *mais j'ai fini par comprendre que la plupart étaient creux. D'autres sont devenus très cruels.* J'insistais pour en savoir davantage, et elle ajoutait : *Il n'était pas celui qu'il semblait être*, et le plus souvent, elle s'arrêtait là. Sauf le jour où j'avais pleuré et où elle avait compris que je ne pouvais pas me contenter de si peu. *Il était professeur à Christ Church*, m'avait-elle dit. *De lettres classiques. Il écrivait un traité sur Hipponax, qu'il admirait beaucoup, mais je ne le savais pas quand nous avons fait connaissance.* Mes larmes avaient séché. *Ça aurait changé quelque chose ?* lui avais-je demandé. Elle s'était tournée vers moi, et dans son regard, j'avais lu de la tristesse, du regret et d'autres choses que je n'avais pas su nommer. *Hipponax est le poète grec que j'aime le moins*, avait-elle dit.

« Ça veut dire quoi, "Toge" ? a demandé Bastiaan.

— C'était un universitaire », ai-je expliqué.

Puis, pour éviter toute confusion :

« Ma était Ville. Ce sont deux milieux qui ne se mélangent généralement pas. »

Nous avons continué à marcher jusqu'à ce que sa jambe soit fatiguée. Et puis, nous nous sommes assis sur un banc.

« Les bibliothèques de nombreuses grandes demeures sont remplies de recueils de pages blanches reliées en cuir, a-t-il dit.

— C'est vrai ?

— Oui. J'ai vu ça quand j'étais petit, chez quelqu'un pour qui mon père travaillait. Pendant qu'ils discutaient, je suis monté sur une échelle pour voir les livres qui étaient rangés sur les étagères du haut. Leurs reliures étaient magnifiques, et j'espérais que c'étaient des livres que les petits garçons n'ont pas le droit de lire. » À cette évocation, il a souri : son demi-sourire. « Mais quand j'en ai pris un sur l'étagère, j'ai constaté que ses pages étaient vierges. J'en ai sorti un autre. Pareil. Un livre après l'autre. Une belle couverture, mais rien d'intéressant dedans.

— Le *Calliope* vous plairait.

— Pourquoi ?

— Il est rempli d'histoires intéressantes dans des reliures délabrées.

— Vous les aimez quand même ?

— Oui. »

CHAPITRE 25

Un dimanche de septembre, je suis arrivée en avance à Somerville. Les infirmières distribuaient les petits déjeuners, faisaient les toilettes et les pansements matinaux, et je les encombrais. Mais la responsable du service de Bastiaan m'attendait.

« Il est nerveux », m'a-t-elle déclaré.

Je le serais aussi, à sa place, ai-je pensé.

« Tant qu'ils sont ici, a-t-elle poursuivi, personne ne les trouve monstrueux. Ils savent que ce ne sera plus pareil quand ils seront sortis. »

Bastiaan était assis sur la chaise à côté de son lit, en civil. Des vêtements donnés, qui ne lui allaient pas très bien. Ses mains remuaient sur ses genoux ; sa bonne jambe tressautait. Il regardait par la fenêtre – *pour la dernière fois*, me suis-je dit. Était-il heureux ou regrettait-il déjà le confort de ce lieu ?

J'ai toussoté et il s'est retourné. Un grand masque de tissu recouvrait son œil aveugle, sa joue affaissée, sa peau comme une membrane. Mais aussi la moitié de son nez, de ses lèvres et de son menton. Je m'étais habituée au paysage de son visage et, l'espace d'un moment, j'ai eu l'impression d'être une étrangère qui le fixait du regard. Il s'est détourné.

Je me suis assise sur le lit et j'ai pris ses mains agitées entre les miennes. J'ai attendu qu'il se tourne vers moi.

« Presque tout votre visage est caché, lui ai-je dit.

— C'est le but. »

Il n'y avait rien à regarder, excepté son bon œil.

« Qu'est-ce qui ne va pas ? s'est-il inquiété.

— C'est comme si on me refusait quelque chose.

— En réalité, on vous *épargne* quelque chose.

— Qu'est-ce qu'on m'épargne ?

— Le pénible spectacle du gâchis dont la guerre est responsable. »

Nous avons baissé les yeux en même temps sur ses mains que tenaient les miennes. Mes pouces ont suivi la trace des cicatrices dessinées un peu partout sur ses doigts. J'ai relevé la tête, me suis pénétrée encore du masque qui le recouvrait. C'était comme la plume du censeur : il cachait ce que la guerre avait fait, ce qu'elle faisait. Elle le cachait, lui.

« Et moi, ça m'épargnera la pitié », a-t-il repris.

Il avait raison et il avait tort. J'ai repensé au jour où j'avais vu son visage pour la première fois. Je m'étais détournée afin de pouvoir nier l'œil manquant, la joue affaissée, la texture artificielle de sa peau. En cet instant, son expérience était hors de propos, et la mienne occupait toute la place. La pitié était venue plus tard, mais elle avait été passagère – plus je regardais son visage, moins il était étrange.

J'ai haussé les épaules.

« Le masque mettra sans doute les gens moins mal à l'aise, Bastiaan, mais ça m'étonnerait qu'il vous évite leur pitié. »

* * *

Un bénévole attendait Bastiaan pour le conduire à son logement, St. Margaret's Road. Il tenait la portière de la voiture ouverte, mais Bastiaan est resté sur le trottoir.

« Qu'est-ce que je fais, maintenant ? a-t-il demandé.

— Vous montez dans la voiture.

— Elle me conduira loin de vous.

— Elle ne vous conduira pas bien loin. St. Margaret's Road n'est qu'à un quart d'heure à pied d'ici. »

Il n'a pas bougé. J'ai posé le carton contenant ses affaires sur la banquette arrière.

« Je me suis habitué à vos visites, a-t-il repris. Vous allez me manquer. »

Vous aussi, ai-je pensé.

« Vous n'aurez pas le temps d'y songer, vous aurez trop à faire au Stute, à enseigner le français aux apprentis des Presses.

— Au Stute ?

— Le Clarendon Institute. »

Il a hoché la tête en entendant son nom officiel.

« Vous voudrez bien remercier Mme Stoddard d'avoir pris ces dispositions ? »

C'était moi qui avais présenté cette requête, par pur égoïsme, pour le garder près de moi.

« Je n'y manquerai pas.

— Pensez-vous que nous pourrions nous revoir là-bas ? »

J'en ai bien l'intention, ai-je pensé.

« Certainement », ai-je dit.

* * *

Somerville a perdu tout attrait après le départ de Bastiaan, mais au cours des semaines qui ont suivi, j'ai continué à m'y rendre avec Gwen tous les jeudis soir et le samedi après-midi. Nous tenions compagnie à des officiers de différents services, selon les instructions de l'infirmière de service. Mon accent, l'absence de dentelle à mes poignets ou l'emploi que j'exerçais laissaient généralement indifférents les hommes auxquels je rendais visite, et je commençais à arpenter les couloirs avec autant d'assurance que Gwen.

Pourtant, un beau jour, un officier s'est formalisé de ma présence.

« Mademoiselle l'infirmière ! » a-t-il crié.

Une fois, deux fois, trois fois, avant qu'elle ait le temps de venir voir ce qui se passait.

« Pourquoi me l'a-t-on affectée ? »

Sa main droite était entourée de bandages, mais il a réussi à la pointer dans ma direction.

L'infirmière m'a regardée ; j'ai haussé les épaules. La lettre que j'avais commencé à écrire gisait, abandonnée, sur le lit où il m'avait donné ordre de la poser.

« Elle devrait s'occuper des gens de son espèce à la Radcliffe Infirmary, au lieu d'être envoyée dans un hôpital pour officiers. »

Quand il m'avait demandé ce que faisait mon père, je lui avais répondu que je n'en avais pas. *Il n'y a que ma sœur et moi – nous habitons sur le canal et nous travaillons aux Presses.* Il n'avait pas cherché à dissimuler son mépris.

« Mes affaires ne la regardent pas. Elle n'a rien à faire ici. »

L'infirmière a présenté ses excuses, sans que je sache très bien à qui. Elle a regardé la pendule.

« Il est presque 7 heures, m'a-t-elle dit. Vous pouvez rentrer chez vous. »

Je ne suis pas revenue.

* * *

« Tu devrais nous accompagner au club de jardinage de Port Meadow, m'a proposé Lou, depuis l'autre bout de l'établi d'assemblage. On a enfin réussi à empêcher les vaches de piétiner toute la parcelle, et les légumes poussent à foison. Quelques bras de plus ne seraient pas de refus. »

J'ai passé mes cahiers à Maude ; elle les a tapotés sur la table.

« Ça peut être un peu salissant, a reconnu Aggie. Nettement plus que de faire la lecture à des officiers, et tu peux être certaine que Lou va t'affecter à la corvée de fumier. »

Elle a feuilleté les cahiers pour vérifier qu'ils étaient dans le bon ordre avant de parapher la dernière page.

« Le secret de notre réussite, a commenté Lou.

— Corvée de fumier ? » a demandé Maude.

Aggie a posé le corps d'ouvrage sur le chariot.

« Elle te donnera une pelle et une brouette et te montrera où sont les vaches, a-t-elle expliqué. Mais avec un peu de chance, elles seront près de l'aérodrome, ce qui te permettra peut-être de faire la connaissance d'un pilote. »

À ce moment-là, Mme Hogg est arrivée et tous les bavardages ont cessé.

* * *

J'étais avec Gwen devant Somerville.

« Tu pourrais venir avec moi, nous aider à cultiver des patates.

— Tu veux rire ! Je suis douée pour les lettres d'amour, pas pour l'horticulture. De toute façon, il faut que je rentre chez moi. Maman m'a adressé un commandement. Je serai de retour au début du trimestre, en octobre. Je t'apporterai de la pommade pour les mains. »

* * *

Rosie a tapoté sur la vitre de la coquerie en agitant une lettre. J'ai tendu le doigt vers le pont avant et suis allée ouvrir l'écoutille. Elle a posé l'enveloppe dans ma main.

« Tilda ? »

J'étais surprise que Tilda lui écrive alors qu'elle connaissait ses difficultés en lecture.

« C'est à propos de Jack. »

Elle était toute pâle. J'ai sorti la lettre de l'enveloppe.

« Pourquoi ne demandes-tu pas à la Vieille Madame Rowntree de te la lire ?

— Elle dit qu'elle voit flou. »

Ça l'arrange peut-être, ai-je pensé.

« Tu as pu comprendre quelque chose ? lui ai-je demandé en retenant mon souffle.

— Assez pour savoir qu'il n'est pas mort. »

J'ai expiré.

« Mais pas assez pour être sûre qu'il n'est pas à l'article de la mort. »

Maude a interrompu son pliage et nous a rejointes. Elle a pris Rosie par le coude et l'a conduite jusqu'au fauteuil de Ma.

« Assieds-toi », a-t-elle dit.

Une fois Rosie installée, Maude s'est perchée sur l'accoudoir.

« Lis », m'a-t-elle dit.

4 octobre 1915

Chère Rosie,

Jack va s'en sortir – c'est la première chose que je tiens à te dire. Si j'avais plus de temps, je te donnerais plus de détails, mais Jack fait partie des quelques centaines d'hommes qui sont arrivés de Loos au cours de la semaine dernière. Un sacré miracle que je sois tombée sur lui. Il fait partie de ceux que nous appelons des patients à béquilles, et ils n'ont aucune chance qu'on vienne les voir tant que tous les patients en civière n'ont pas été orientés. Mais il n'arrêtait pas de crier mon nom. Je l'ai pris pour un boomerang, un des garçons que j'ai soignés et qui sont retournés au front avant de revenir ici, mais il était couvert de boue de la tête aux pieds et je ne l'ai pas reconnu. Pourtant j'ai fait comme si, bien entendu. « Tu n'aurais pas pu te tenir peinard ? » lui ai-je demandé. Puis il a souri – impossible de ne pas le reconnaître. « C'est Jack », a-t-il crié (il est encore à moitié sourd à cause de l'explosion d'un obus auquel il doit une cuisse criblée d'éclats). Il m'a serrée dans ses bras, le sacripant, et il m'a si bien couverte de gadoue que ça fait cinq heures que j'essaie de me récurer.

Jack est heureux d'être en vie à l'instant présent, Rosie, mais il y a eu trois morts dans son bataillon, dont son lieutenant. Pour certains, c'est aussi dur que de perdre un parent, alors compte sur moi pour le garder à l'œil.

Tilda x

Rosie s'est effondrée contre Maude. Soulagement.

Les bras de Maude se sont refermés autour d'elle.

Je me suis concentrée sur le dernier paragraphe, que j'ai lu et relu jusqu'à ce que j'aie compris l'information qu'il contenait. *Dont son lieutenant*, écrivait Tilda. *Appelez-moi Gareth*, avait-il dit du temps où il n'était qu'un typographe. Il avait composé les mots du *New English Dictionary*. Et de l'autre dictionnaire. *Les Mots de femmes*. Il l'avait épousée. Nous avions fait la haie devant St. Barnabas avec Mme Stoddard, Eb et les autres employés des Presses et avions chanté « By the Light of the Silvery Moon ».

Le sait-elle ? me suis-je demandé. Son identité allait être vérifiée, les circonstances de sa mort élucidées. Entre combien de mains son télégramme passerait-il ? Elle ne pouvait pas encore le savoir.

Appelez-moi Gareth, avait-il dit. Je ne l'avais jamais fait. *Trop familier*, avais-je pensé, mais maintenant, je pleurais.

* * *

Et puis un jour, quelques semaines plus tard, M. Hart est venu parler à Mme Stoddard. Cela faisait six mois qu'il avait pris sa retraite, mais nous le voyions encore de temps en temps dans les couloirs avec M. Hall et son lévrier, s'efforçant de tenir sa langue.

M. Hall n'était pas là quand il a traversé l'atelier de reliure, et après son départ, Mme Stoddard a demandé à me parler.

En voyant son visage, je me suis préparée à l'annonce de nouveaux décès.

« C'est M. Owen », m'a-t-elle dit.

En un sens, c'était un soulagement de le savoir déjà. Je me suis contentée de hocher la tête, comme nous le faisions désormais.

« Il a conservé les formes. Celles des pages pour lesquelles il t'a demandé de l'aide. »

Ça aussi, je le savais.

« M. Hart m'a demandé de l'aider à relier quelques exemplaires supplémentaires.

— M. Hart n'était pas censé être au courant, ai-je remarqué.

— Il a fermé les yeux. »

Je l'ai ressenti, alors.

« Je me suis dit que tu aimerais peut-être le faire », a repris Mme Stoddard.

Je ne pouvais pas parler. J'ai simplement continué à acquiescer en silence. C'est ce qui m'a permis de conserver ma tête.

« M. Hart est en train de les faire imprimer. »

* * *

J'ai plié les cahiers, aussi lentement et aussi soigneusement que je le pouvais. Je chuchotais les mots, cherchant à trouver les voix des femmes qui les avaient prononcés. Maude m'a aidée. Elle redisait des phrases et répétait des noms : Mabel O'Shaughnessy ; Lizzie Lester ; Tilda Taylor.

« Notre Tilda, lui ai-je dit.

— Notre Tilda », a-t-elle dit.

Imprimée, ai-je pensé. J'ai laissé glisser le plioir, très légèrement. Juste assez pour créer une petite déchirure. J'ai mis le cahier de côté, j'ai rassemblé les autres et les ai posés près de lui.

« Je ne vois pas ce qui pourrait te l'interdire », a répondu Mme Stoddard quand je lui ai demandé si je pouvais les garder.

Chaque nuit, cinq nuits d'affilée, nous avons veillé, Eb et moi, dans sa salle de réparation. J'ai relié les mots avec de la ficelle et du fil, et il a offert à chaque volume un emboîtage tout simple, même à celui qui avait une petite déchirure. Pas de cuir. Pas de dorure. Le cuir et la dorure étaient pour elle. Quand tout a été terminé, je me suis assise avec mon exemplaire, tournant toutes les pages, l'une après l'autre, jusqu'à ce que j'arrive aux dernières, toutes vierges.

Et puis, sur la garde volante, *amour*, *éternel* en caractères Baskerville. Il avait choisi cette police pour sa clarté et sa beauté, avait-il dit.

Il m'a semblé que ces mots n'avaient pas leur place dans mon exemplaire. J'ai pris le plioir sur l'établi et m'en suis servie pour les déchirer de la page.

J'ai retiré ces mots de chaque volume – le sien devait être unique, avait-il dit. Puis j'ai quitté la salle de réparation.

CHAPITRE 26

Bastiaan a commencé à enseigner le français au Stute le lundi et le vendredi, et nous le retrouvions pour déjeuner, Maude et moi, à la fin de ses cours. Lotte nous avait accompagnées une fois, mais dès que Bastiaan s'était assis, elle avait trouvé un prétexte pour s'éclipser.

Et puis, un jour de décembre, Maude s'est arrêtée sur le trottoir à la sortie des Presses et a refusé de venir au Stute avec moi.

« Pourquoi ? »

Surgissant derrière nous, Lou a pris Maude par le bras.

« Parce qu'il n'y a pas un nuage dans le ciel et que Maude préfère aller se promener avec moi au lieu de traîner devant le Stute en attendant ton chéri.

— Ce n'est pas mon chéri, Lou. »

Aggie est sortie des Presses et a pris Maude par l'autre bras.

« Bien sûr que si, a-t-elle rétorqué.

— Bien sûr que si, a dit Maude, en levant les yeux au ciel exactement comme Aggie l'avait fait.

— Allez, file, m'a dit Aggie. On va bien s'amuser avec Maude et on te retrouve à l'atelier après déjeuner. »

* * *

« Quelle belle journée, s'est écrié Bastiaan quand il est sorti de cours.

— C'est vrai.

— Vous êtes tout de même venue ? »

J'ai tourné les pages de l'*Oxford Chronicle*, faisant semblant de me concentrer sur les titres.

« Et la guerre ? Il y a du nouveau ? » m'a-t-il demandé.

J'ai lu un article en diagonale.

« On relève une augmentation du nombre d'engagés depuis que les Allemands ont exécuté Edith Cavell, ai-je dit.

— L'infirmière anglaise ? »

J'ai acquiescé, puis j'ai parcouru un autre article.

« L'évacuation des baies Anzac et Suvla a été un remarquable succès. Les Turcs ne se sont doutés de rien.

— Pourquoi se battent-ils, selon vous ?

— Qui ?

— Ces hommes d'Australie, de Nouvelle-Zélande, d'Inde. S'ils restaient chez eux, ils ne risqueraient rien.

— On leur a demandé de le faire » ai-je dit.

Il a pris un autre journal et s'est assis, a déballé son sandwich, s'est mis à manger. Je l'observais pendant qu'il lisait et je me suis rendu compte que mon regard ne s'arrêtait plus à l'étrangeté de son visage. C'était devenu *lui*. C'était le visage que je cherchais chaque fois que j'arrivais au Stute, et chaque fois que je le voyais, mon pouls battait plus vite. Quand il a relevé la tête, je n'ai pas détourné les yeux, et pendant un moment, il est resté silencieux. Mais ensuite, il s'est éclairci la gorge et m'a demandé :

« Accepteriez-vous de venir vous promener avec moi, Peggy ?

— Ça fera le plus grand bien à votre jambe », ai-je dit pour dissimuler mon soulagement et mon enthousiasme.

Son demi-sourire.

« Ce n'est pas pour ma jambe que je vous le demande. »

* * *

En février, la jambe de Bastiaan pouvait le porter jusqu'à la librairie Blackwell de Broad Street. Debout sur le trottoir, nous regardions la vitrine où était exposé *Shakespeare's England*. Bastiaan s'appuyait sur une canne – ce n'était pas *sa* canne, insistait-il. Il ne la garderait pas. Mais pour le moment, il en avait besoin. Il avait aussi besoin de mon bras. Nous ressemblions à tous les couples qui allaient admirer

Trinity College, le Sheldonian, l'Old Ashmolean et la Bodley, comme l'appelait Gwen. Tous les couples qui s'efforçaient d'arracher une journée à la guerre.

« Les presses ont tourné vingt-quatre heures sur vingt-quatre pour qu'il soit imprimé à temps, lui ai-je dit.

— À temps pour quoi ?

— Pour le tricentenaire de sa mort, en avril.

— Croyez-vous vraiment que ce soit important pour lui ? »

J'ai ri.

« Un bon nombre des Toges de cette ville ne sauraient pas quoi faire sans Shakespeare, ils lui doivent leur utilité.

— Ce ne sont pourtant pas les gens comme eux qui l'ont rendu populaire.

— Non, Shakespeare a toujours été populaire, mais les Toges se le sont approprié.

— Et de quoi ça parle ? » Bastiaan a pointé sa canne vers la vitrine. « Ce *Shakespeare's England ?*

— De l'Angleterre où naquirent ses histoires.

— Et où sont naquirent ses histoires ?

— Où *sont nées.*

— D'où viennent ses histoires ?

— De l'Angleterre des gens ordinaires, pour la plupart. Même quand Shakespeare écrivait l'histoire de rois et de reines, c'est de nous qu'il parlait. De ce que nous voulons. »

Il a détourné les yeux de *Shakespeare's England* pour me regarder. « Et que voulons-nous ? »

Je me suis rappelé les pages pliées, les fragments d'idées.

« Aimer. Exercer du pouvoir. Être libérés.

— Être libérés ?

— Du sentiment de culpabilité ou de la folie… »

Il a hoché la tête.

« Ou de l'espoir, ai-je dit.

— Ou des morts.

— Que voulez-vous dire ?

— Nous voulons ressusciter les morts ou les faire taire, a-t-il dit, pour être libérés du poids de la mort. »

Pendant un temps, j'avais imaginé que j'exhumais Ma de sa tombe, mais à présent, sa voix dans ma tête m'offrait une douce compagnie.

« Qui voudriez-vous faire taire, Bastiaan ? »

Il s'est retourné vers la vitrine. J'ai attendu.

« Les habitants de Louvain », a-t-il répondu.

* * *

C'était la fin d'une longue journée durant laquelle les seules pages qui étaient passées sous mon plioir avaient été couvertes de formules mathématiques. Mais il faisait encore jour quand nous avons quitté les Presses, et Bastiaan attendait, adossé à la grille – ce léger trébuchement de mon cœur. Quand il nous a vues, il a rectifié la position de son chapeau et s'est légèrement tourné, afin que, sans être caché, son profil de guerre soit moins visible.

« Alors comme ça, vous êtes Bastiaan, a dit Aggie sans ciller. Nous avons *tellement* entendu parler de vous.

— Pas tellement, ai-je protesté.

— Non, pas *tellement*, a approuvé Lou.

— Bonjour, Bastiaan, a dit Maude.

— Bonjour, Maude, a dit Bastiaan avec un demi-sourire. Puis-je emmener Peggy faire un tour ? »

Maude a hoché la tête.

« Oui, oui, emmenez-la, a acquiescé Aggie. Maude, Lou et moi avons des projets et vous nous mettriez des bâtons dans les roues, tous les deux. »

* * *

« Où allons-nous ? ai-je demandé.

— Vous verrez bien. »

Nous avons traversé Jericho, sommes passés devant le Prince-de-Galles, la Taverne de Jericho et devant chez Turner, le marchand de journaux. Nous ne nous sommes arrêtés qu'au niveau de la ruelle qui menait au cimetière du Saint-Sépulcre.

Bastiaan s'y est engagé, mais je suis restée sur Walton Street.

« Je n'aurais jamais imaginé que vous croyiez aux lieux hantés, a-t-il dit.

— Je n'y crois pas. »

Il est revenu vers moi.

« Peut-être avez-vous peur des morts ? »

Un peu, ai-je pensé.

« Bien sûr que non », ai-je répondu.

Bastiaan a glissé son bras sous le mien et je me suis laissé guider. Malgré le soleil qui brillait, l'allée était sinistre, tout envahie de mauvaises herbes, et la loge du gardien était plongée dans l'obscurité. Quand nous sommes passés, j'ai vu la petite arche qui y conduisait. La pensée du gardien du cimetière qui devait être à l'intérieur, de sa femme qui préparait le dîner, m'a apaisée. Bastiaan s'est arrêté et j'ai porté le regard au-delà de la loge d'entrée, à l'intérieur du cimetière.

Une croix de pierre se dressait et des stèles, grandes et petites, jaillissaient de terre comme des dents mal rangées. Leur disposition semblait parfaitement fantaisiste, mais je savais qu'elle répondait à un plan, que les voisins dans la vie étaient aussi voisins dans la mort. Que les morts de Jericho étaient allongés ensemble le long du mur nord tandis que les morts de Balliol, Trinity et St. John's reposaient au pied du mur sud.

J'ai reconnu l'avenue d'ifs, couverte de fleurs printanières, avec la chapelle au fond, et j'ai hésité à nouveau. Je savais que si nous dépassions la chapelle en direction du mur nord, je trouverais les petites stèles de ma famille – arrière-grands-parents, grands-tantes et grands-oncles, enfants qui n'avaient jamais atteint l'âge adulte. *Laissez-moi vous résumer leur trépas*, aimait à dire Ma quand nous venions nettoyer les tombes la veille de la Toussaint. *Un rhume, la malchance, un pet mouillé. La luxure, un homicide, un cœur brisé.* Maude répétait toujours ces mots après elle, et Ma riait. Je lui demandais de m'expliquer telle ou telle mort, et elle me racontait leurs histoires.

Cela faisait cinq ans que Ma était enterrée. Maude m'avait prise par la main, à l'époque. Nous avions dix-sept ans, mais j'avais eu l'impression d'être de plusieurs années sa cadette. Elle marchait un demi-pas devant moi, acceptant toutes les condoléances en se faisant l'écho de la compassion bien intentionnée de tous ces gens. Je n'avais pas eu envie d'être là en cet instant, c'est vrai, mais je n'avais pas eu l'intention de rester absente aussi longtemps.

Bastiaan a évité l'allée d'ifs et je lui ai été reconnaissante de ne pas s'enfoncer trop profondément dans le cimetière. Il m'a conduite vers le mur sud d'un pas résolu. Il semblait connaître chaque arbre et chaque stèle brisée, et je me suis demandé s'il venait ici fréquemment et ce qui pouvait bien l'y attirer. Il s'est arrêté devant un sarcophage recouvert d'une pierre plate.

« Vous n'allez tout de même pas vous asseoir dessus ? me suis-je inquiétée.

— Bien sûr que si. Pourquoi ?

— Pourquoi ? Mais c'est une tombe, voyons.

— C'est bien ce que je disais, vous *avez* peur des morts.

— Je les *respecte*, ce n'est pas pareil. »

Bastiaan a retiré son pardessus et l'a étalé sur la pierre.

« Si j'étais mort, ça me ferait plaisir que des amis viennent s'asseoir sur ma tombe. »

Il s'est assis, pliant sa mauvaise jambe à un angle confortable. Je suis restée debout. Il a sorti un paquet d'une poche de son manteau et a entrepris de le déballer.

« Pains aux raisins », a-t-il annoncé.

Un parfum d'épices m'a chatouillé les narines et je me suis mise à saliver à la pensée du glaçage sucré et collant, mais je suis restée debout.

« Un peu écrasés, mais frais du jour. Je les ai pris au Marché couvert. » Il a tapoté la dalle à côté de lui. « Mme Wood est morte en 1868, Peggy. C'était il y a longtemps, et sa tombe est mal entretenue. Je pense qu'elle s'est peut-être effacée de la mémoire des hommes. »

J'ai fait un pas vers Bastiaan et vers ses pains aux raisins.

« Vous connaissez son nom ?

— Bien sûr. Je suis un habitué, maintenant, et elle est on ne peut plus obligeante. »

Il a planté les dents dans son petit pain.

« Vous êtes peut-être le seul à avoir prononcé son nom depuis des dizaines d'années », ai-je remarqué.

Il a levé les yeux vers moi, a dégluti.

« C'est sans doute vrai pour beaucoup de ceux qui sont enterrés ici. » Il a de nouveau tapoté la pierre à côté de lui. « J'ai parlé de vous à Mme Wood, Peggy. Elle vous attendait. »

Quand Ma a été mise en terre, j'ai été prise de haut-le-cœur. À l'idée qu'elle soit enterrée vivante, dans l'incapacité de communiquer. C'était irrationnel, insensé, mais comme je ne l'avais pas vue mourir – j'avais refusé –, je n'avais pas vu la souffrance la quitter, je n'avais pas vu ses traits se détendre, ses membres trouver le repos. Je n'avais pas éprouvé le calme qui avait suivi. Je restais obsédée par sa respiration difficile. Tilda m'avait serrée contre elle et m'avait retracé une nouvelle fois les derniers moments de Ma. *Ils ont été paisibles*, m'avait-elle dit, et Maude avait fait écho. Ma sœur avait été plus courageuse que moi ; elle n'était pas en colère. Maude avait pris la main de Ma et lui avait dit au revoir pour nous deux. Ensuite, quand le regret m'avait tourmentée, j'avais espéré que, dans sa confusion, Ma aurait pu prendre Maude pour moi une partie du temps, mais je savais très bien que ce n'était pas vrai. Pour Ma, nous ne nous ressemblions pas du tout.

Quand Tilda était à Jericho, Maude et elle allaient ensemble sur la tombe de Ma. Elles avaient cessé de me proposer de les accompagner.

Je me suis assise à côté de Bastiaan sur le sarcophage de Mme Wood. J'ai passé la main sur la pierre nue et ai senti les sillons des lettres gravées. Quelqu'un avait choisi les mots, une fille, peut-être. *Est-elle venue te voir après ton départ ?* me suis-je demandé.

Bastiaan m'a tendu un petit pain et m'a regardée mordre dedans, mâcher et sourire presque inconsciemment. J'ai passé la langue sur le sucre qui collait à mes lèvres et il s'est penché vers moi, sa bouche soudain sur la mienne, goûtant la douceur qui m'avait échappé. Son attitude était prudente, peut-être ne savait-il pas comment embrasser avec sa nouvelle bouche. Peut-être ne savait-il pas si je voulais qu'il essaye. Sa maladresse m'a fait reculer.

« Pardon, a-t-il murmuré.

— Mais non. »

Je me suis levée et me suis tenue debout entre ses jambes. J'ai approché les mains de son visage. Il m'était si familier, à présent, mais je ne l'avais encore jamais touché. La différence était palpable entre ma main gauche et la droite : la texture de sa peau, les contours où l'os était présent ou absent. J'ai retrouvé sa bouche. *Il me faudra un peu de temps*, ai-je pensé, *pour apprendre à l'embrasser.*

* * *

En avril, quand les réfugiés serbes sont arrivés, un grand nombre de Belges sont partis, parmi lesquels Goodie et Véronique. Mme Stoddard nous a convoquées dans son bureau.

« Elles ont pensé qu'elles seraient mieux à Elisabethville, nous a-t-elle expliqué.

— Qu'y a-t-il à Elisabethville que nous n'ayons pas ici ? » a demandé Aggie.

Elle prenait leur départ comme un affront personnel.

« C'est un petit bout de Belgique au cœur de l'Angleterre, a répondu Lou. Je ne le leur reproche pas. Là-bas, elles pourront parler leur langue, manger ce qu'elles aiment. Véronique m'a dit qu'ils ont même leur propre argent. Elle donnera un coup de main à l'école primaire – je ne l'ai jamais vue aussi heureuse. »

Le bonheur de Véronique n'a pas suffi à apaiser Aggie.

« Et moi, qu'est-ce que je suis censée faire, maintenant ?

— Te dire que tu as fait un travail remarquable avec Goodie et te trouver un nouveau projet, a dit Mme Stoddard. Il ne manque pas de tâches où tu peux être utile, Agatha.

— Ne manque pas de tâches, a répété Maude.

— Et Lotte ? ai-je demandé.

— Heureusement pour nous, Lotte ne voit pas l'intérêt d'aller vivre dans une petite Belgique », a répondu Mme Stoddard.

* * *

Aggie a démissionné quelques semaines plus tard.

« J'ai été embauchée dans la nouvelle usine de munitions de Banbury's, nous a-t-elle annoncé. Je commence fin juin. »

Lou a été prise de court.

« Mais alors, tu ne travailleras plus aux Presses ?

— Excellente déduction », l'a taquinée Aggie.

Je ne sais pas s'il y avait eu un seul jour où nous ne nous étions pas vues depuis notre entrée à l'école St. Barnabas, quand nous avions quatre ans.

« Elle ne quitte pas Jericho, Lou. Tu continueras à la voir sur le tas de fumier de Port Meadow, ai-je dit.

— Mais qu'y a-t-il à l'usine que nous n'ayons pas ici ? a demandé Lou.

— Une meilleure paye, a répondu Aggie. Et je pourrai porter un bleu de travail ! »

CHAPITRE 27

Bastiaan attendait, assis sur le muret devant l'église St. Margaret, le regard tourné vers Kingston Road. Il lui faudrait encore une bonne minute avant d'être certain que la silhouette qui s'approchait de lui était la mienne. Une minute durant laquelle je pouvais le contempler à loisir.

J'ai constaté qu'il n'avait rien laissé au hasard : l'angle de sa posture, l'inclinaison de sa tête, la casquette souple descendue un peu plus bas du côté gauche. Son profil de guerre était tourné vers St. Margaret, comme s'il espérait qu'une église serait plus indulgente. Il avait l'air mal à l'aise. J'ai hâté le pas.

Il m'a vue et tout son corps s'est détendu. Il a tourné la tête, délaissant le refuge de l'église, et une petite fille s'est arrêtée pour le dévisager. Sa mère l'a tirée par la main sans un mot, mais Bastiaan n'a pas semblé s'en rendre compte. Il était concentré sur moi, mon image remplissait peu à peu son champ de vision et faisait naître un sourire sur ses lèvres. J'ai soudain été gênée. Intimidée. J'avais attiré les regards toute ma vie, mais uniquement parce que Maude était à mon côté. En cet instant, elle ne l'était pas. Le sourire de Bastiaan, son attention, n'étaient destinés qu'à moi. Moi seule l'intéressais, et chaque pas vers lui me venait plus facilement que le précédent. Pourtant, c'était un peu inquiétant. Comme un bateau quittant l'amarrage, je sentais que je m'éloignais de Maude, et j'ai failli me retourner pour vérifier si elle n'était pas dans les parages. En même temps, je voulais plus que tout ce qui m'attendait, sans savoir ce que c'était. Je voulais me perdre, je voulais être perdue pour elle. Je l'ai chassée de mon esprit.

« C'est toi, a-t-il dit.

— Oui, c'est moi. »

Les maisons de St. Margaret's Road étaient toutes du même modèle : hautes, à pignon, en brique rouge régulière qui pouvait se passer d'habillage. Elles étaient beaucoup trop majestueuses pour Jericho, et malgré la distance avec Broad Street et la proximité de la Taverne de Jericho, l'adresse du courrier distribué devant leurs lourdes portes indiquait « Oxford ».

Nous marchions lentement, et j'ai eu le temps de faire semblant d'être à ma place dans cette rue bordée d'arbres, de prétendre que Bastiaan était mon mari et que la guerre était finie.

« Ma mère était toute petite quand on a construit ces maisons. À l'époque, cette rue s'appelait Rackham Lane et n'était pas plus chic que toutes les autres rues du quartier. Ma racontait que les enfants de Jericho avaient vu St. Margaret's Road sortir de terre.

— Elle a toujours vécu ici ? »

J'ai acquiescé.

« Une petite maison humide dans une rue près du canal. La même petite maison humide que celle où avait grandi son père. La même petite maison humide que celle où sont morts sa mère et son petit frère, encore bébé. Les enfants de Jericho toussaient tout le temps, c'est ce qu'elle disait. Ils ont cru qu'on construisait ces maisons-ci pour eux.

— Les enfants n'ont pas de mal à imaginer une vie meilleure.

— Ma n'a jamais cessé de le faire. »

Bastiaan s'est arrêté devant le portail d'une des maisons. Elle avait trois étages, de hautes fenêtres à chaque niveau. *Toute cette lumière*, ai-je pensé. *Tout cet air frais.*

« La famille loue une chambre en sous-sol à des réfugiés », a déclaré Bastiaan.

Il a ouvert le portail, mais je ne l'ai pas franchi derrière lui. Personne ne croirait que j'en avais le droit.

« Ils sont partis à la mer. »

Il m'a tendu la main.

« Comme c'est commode », ai-je remarqué.

J'ai passé le seuil sans son aide.

Le sous-sol disposait d'une entrée individuelle au bas de quelques marches, sur le côté de la maison. Elle donnait sur une grande pièce meublée de deux lits (étroits, mais avec des matelas à ressorts), deux fauteuils (vieux, mais bien rembourrés), un tapis posé sur des dalles froides et une table de toilette avec une cuvette et un broc assortis. Il a tiré sur un cordon et une lumière électrique a tout éclairé.

« Vous êtes à deux ?

— Plus maintenant, a répondu Bastiaan. Je partageais cette chambre avec un autre Belge, mais il ne se sentait pas à l'aise.

— Pas à l'aise ? Il y a du soleil le matin et vous avez deux fauteuils. Sur le *Calliope*, on ne peut en faire tenir qu'un. J'imaginais une sorte de cachot.

— Ce n'est pas le mobilier qui le dérangeait », a dit Bastiaan en tournant son profil de guerre vers moi.

« Tu plaisantes ? ai-je demandé.

— Il a fui avant l'arrivée des Allemands. Je pense que voir mon visage l'humiliait. »

J'ai pris place dans un des fauteuils.

« C'est donc provisoire – tu auras un nouveau compagnon de chambre bientôt ?

— Tout est provisoire. »

Bastiaan s'est assis sur le tapis, le dos appuyé au solide piètement du fauteuil dans lequel j'étais assise. Il a allongé sa jambe blessée.

« Nous devrions changer de place, ai-je suggéré.

— Je suis très bien ici. »

Ses cheveux m'avaient toujours paru brun foncé, mais, assise dans ce fauteuil, il m'a semblé que la lampe allumée au-dessus de nous les revêtait de couleurs. Châtain, acajou, quelques mèches d'un roux flamboyant. Il a bougé et les couleurs se sont mélangées.

J'ai touché le sommet de sa tête du bout des doigts. Ses cheveux étaient propres, sans brillantine, soyeux sous ma paume. Il s'est déplacé très légèrement pour pouvoir appuyer son profil de guerre contre ma cuisse. Ses blessures ont disparu et la guerre s'est éloignée. Je l'ai vu tel qu'il avait été. Avant que nous nous connaissions.

Sa tête s'est alourdie et son souffle s'est fait plus profond. J'ai enfoncé les doigts dans ses cheveux et les ai laissés se promener sur son crâne. Puis j'ai dressé l'inventaire : lèvres pleines, menton affirmé, mâchoire droite, pommette haute. Une beauté de magazine. Il avait dû faire tourner les têtes, en Belgique, attirer les sourires, les faveurs. *Je ne serais pas la première femme à qui il ferait l'amour*, ai-je pensé, et je me suis sentie rougir tandis qu'une chaleur subite m'envahissait. J'ai suivi du doigt les surfaces paisibles de son visage : l'arête de son sourcil, la longueur rectiligne de son nez. Quand ses lèvres se sont écartées, j'ai senti la chaleur de son souffle. Sa mâchoire, rasée de près, presque lisse, avait pour seule imperfection une zone où le rasoir s'était légèrement écarté. Le lobe de son oreille, doux comme ils le sont tous ; je l'ai pris entre mon pouce et mon index, il a cédé sous la pression, j'ai senti Bastiaan soupirer, j'ai senti ma chair de poule et vu la sienne. Il était beau.

« Continue », a-t-il dit.

Je n'avais pas eu conscience de m'arrêter.

« Ma mère, elle me faisait ça quand j'étais petit. »

Le bout de mes doigts sur sa pommette, autour de son œil.

« Je ne suis pas ta mère, Bastiaan. »

Sa paupière a palpité. Je l'ai effleurée, calmée.

« Je n'ai pas de mots pour dire ce que tu es, a-t-il murmuré.

— Ton amie ?

— Bien sûr. Mais autre chose encore. »

Le dos de mes doigts sur sa joue.

« Ta lectrice. Ta rédactrice.

— Oui, et oui.

— Ta confidente.

— Presque, mais pas tout à fait. J'avais besoin que tu viennes t'asseoir près de moi, et tu es venue.

— Un coup de chance.

— Rien ne m'a jamais paru étrange, avec toi.

— Tu ne m'as jamais paru étrange.

— Tu plaisantes, mais voilà ce que je veux dire : pour moi, *tout* était étrange – la langue, les odeurs de l'hôpital, le bruit des cloches d'Oxford. La souffrance. »

Une profonde inspiration. Sa main s'est levée pour presser la mienne contre sa joue.

« Tout n'était qu'absence – j'étais aveugle à la moitié du monde, je ne sentais rien là où ma peau avait été déchirée ou brûlée, je ne pouvais pas bouger comme avant. Je ne me connaissais pas. Tu m'as rendu familier à moi-même.

— C'est donc comme si j'étais de ta famille, l'ai-je taquiné.

— Pendant les premières semaines, il m'est en effet arrivé de me demander si une sœur aurait pu m'apporter un tel réconfort.

— Une sœur !

— Pendant les premières semaines.

— Et maintenant ? »

Ses lèvres se sont écartées, puis refermées. Je les ai touchées. J'ai attrapé le mot qui jouait entre elles.

« Amante », ai-je dit.

Un sourire sous mes doigts. Mes doigts tremblants.

Il a levé la tête et planté son regard dans le mien.

« C'est ce que je veux. »

J'ai tenu son visage entre mes mains. Je me suis penchée pour embrasser la lèvre qui ne pouvait pas sourire, embrasser le menton brisé, embrasser la mâchoire irrégulière et la joue affaissée, embrasser la paupière qui ne se refermait jamais sur l'œil de verre qui ne voyait rien. Bastiaan a cherché à se redresser, mais je l'en ai empêché. J'ai quitté le fauteuil et fermé les rideaux.

Debout devant lui, j'ai retiré tous les vêtements que je portais et je l'ai regardé regarder. J'avais attendu ardemment cet instant. Être vue complètement. Uniquement. Quand il a aperçu la courbure de mes seins, j'ai vu son torse se gonfler. J'ai laissé tomber mes sous-vêtements et l'ai entendu gémir. Mes gestes étaient lents, délibérés. Je ne voulais pas que le moindre mouvement soit irréfléchi. Une fois nue, je me suis agenouillée sur le tapis à côté de lui et je l'ai aidé à se déshabiller.

* * *

Nous nous sommes endormis. Sur le tapis, par terre devant le fauteuil, nous nous sommes endormis. Cela me semblait tout naturel – le poids de ma tête sur sa poitrine, sa masse contre mon corps, nos jambes enlacées. À mon réveil, il avait la main posée juste au-dessus de mon sein gauche. Je sentais contre la pression de sa paume chacun des battements de mon cœur.

J'ai bougé. Il s'est écarté.

« Pardon, a-t-il murmuré.

— Mais non. »

J'ai remis sa main où elle était.

« J'ai rêvé que tu étais morte. »

Si doucement.

Mon cœur a battu plus vite et je me suis demandé combien de temps il était resté allongé là, à l'affût d'une preuve que j'étais en vie.

Pour moi, cette preuve était partout. Dans l'odeur de l'amour – au creux de son aisselle, sur ma peau. Répandue par terre – mes vêtements et les siens, la capote anglaise que j'avais prise dans la bourse de velours noir de Tilda. Une sensibilité nouvelle, entre mes jambes et dans mon cœur.

J'ai pris la main qui reposait sur ma poitrine pour l'approcher de mes lèvres. Il a souri et les ombres de ses morts se sont évanouies. J'ai soulevé mon corps pour chevaucher le sien. J'ai pris son visage entre mes mains et j'ai embrassé la lèvre qui ne pouvait pas sourire. J'ai embrassé le menton brisé, j'ai embrassé la mâchoire irrégulière et la joue enfoncée. J'ai embrassé l'œil qui regardait, mais ne pouvait pas voir et je l'ai senti, froid contre ma bouche.

* * *

J'ai ramassé tous mes vêtements et Bastiaan m'a regardée m'habiller. Je l'ai regardé regarder, j'ai ralenti mes gestes. Je me suis approchée du miroir et j'ai enroulé mes cheveux puis épinglé mon chapeau. Il suivait les gestes de mes mains dans le reflet.

« Il faut que j'y aille, ai-je dit.

— Je t'accompagne. J'aimerais voir où tu vis.

— Non, il fait encore un peu jour et il faut que je me dépêche. »

* * *

Mon absence avait duré plus d'une heure. Plus de deux. Le jour déclinait. Quand j'ai aperçu le *Calliope*, mes pensées se sont éloignées de Bastiaan pour se rapprocher de Maude. Ma peau devenue si sensible était comme émoussée. Je me suis demandé si Rosie avait pensé à venir jeter un coup d'œil chez nous. Elle l'aurait fait si je le lui avais demandé. Pourquoi ne lui avais-je rien dit ? J'étais tellement lasse de demander.

Le ciel était presque sombre quand j'ai ouvert l'écoutille. Il devait être dix heures et demie. La lampe était froide, je l'ai rallumée. J'ai ramassé l'écharpe jaune de Maude qui traînait par terre, j'ai vu sa veste d'été posée sur le dossier du fauteuil – elle n'avait mis ni l'une ni l'autre pour aller à l'atelier. La table était jonchée de papiers et de six étoiles terminées, d'une assiette sale et d'un demi-verre de lait, où la peau se formait déjà.

J'ai emporté l'assiette et le verre à moitié plein dans la coquerie. J'ai versé un peu de vinaigre dans le lait, pour le faire surir, et j'ai posé l'assiette dans l'évier déjà plein de la vaisselle du matin. Un reflet, dans la fenêtre de la coquerie, si déformé que je n'aurais pu dire si c'était Maude ou moi. Il faisait nuit, dehors, nuit noire. Je l'avais laissée seule trop longtemps.

J'ai écarté le rideau de notre chambre. Elle pouvait se faire si petite, n'importe qui aurait pu croire que le lit était vide, avec ce matelas si vieux et si plein de bosses. Mais j'ai reconnu sa forme. J'ai touché la courbe de sa hanche et j'ai senti mon pouls s'apaiser. Elle tenait la couverture serrée sous son menton. Son souffle s'échappait en bouffées régulières de ses lèvres amollies par le sommeil, rouge cerise. J'ai refermé le rideau et suis retournée dans la coquerie.

Rouge cerise.

Je n'étais pas prête à aller me coucher. Je ne voulais pas que le sommeil s'empare de mon plaisir éveillé et le relègue dans le rêve, pas tout de suite. Je me suis fait un thé léger et, au lieu de l'apporter à table, je me suis assise dans le fauteuil, le fauteuil de Ma, solide et à ressorts, tapissé de velours vert, usé jusqu'à la trame à tant d'endroits. Il était bien trop volumineux pour notre péniche, mais Ma avait refusé de le remplacer par un siège plus petit.

Le fauteuil était posé sur un tapis élimé. J'ai ôté mes chaussures et retiré mes bas pour sentir la surface inégale sous mes pieds. Des oiseaux et des charmilles dans des tons fanés de rouge, de vert, de bleu – *une oasis d'imagination*, disait Ma quand elle s'installait pour nous lire des récits des *Mille et Une Nuits*. Nous nous asseyions à ses pieds, Maude perdue dans les motifs du tapis, moi perdue dans le tissage magique de la voix de Ma. Elle était ma Shéhérazade et je restais suspendue à chaque mot, je jouais avec chaque idée. Quand elle refermait le livre, elle se penchait vers moi, me prenait le menton. *N'oublie pas, Peg*. Je hochais la tête, connaissant la suite, l'anticipant comme la phrase favorite d'une histoire. *Si tu te ratatines jusqu'à la petitesse de ta situation, tu finiras par disparaître.*

Je m'asseyais rarement dans le fauteuil de Ma. Je ne l'évitais pas, mais nous étions deux et le fauteuil n'était que pour une. La table nous convenait mieux.

M'étais-je ratatinée ?

J'ai bu mon thé. La lampe a vacillé. Je me suis hissée sur mes pieds et suis allée poser la tasse vide dans l'évier.

Je me suis déshabillée. Chaque vêtement, chaque geste une reconstitution. J'ai fermé les yeux pour retrouver une image, un son, une odeur. J'ai déboutonné mon chemisier et retiré ma combinaison. Quand l'étoffe a frôlé mes seins, j'ai senti les cicatrices du bout de ses doigts. Quand l'air s'est déplacé autour de moi, je l'ai senti chuchoter dans mon cou. Il avait parlé français ; je n'avais pas reconnu la moitié des mots, mais j'avais tout compris.

J'ai soulevé la couverture et me suis glissée dans le lit à côté de ma sœur. Une légère odeur de tabac m'est montée aux narines, celui que Tilda fumait quelquefois.

* * *

J'ai devancé les cloches de St. Barnabas et me suis réveillée avant leur sonnerie. Le soleil levant n'avait pas dissipé l'obscurité qui régnait à bord du *Calliope* et j'ai estimé qu'il me restait un quart d'heure avant de devoir réveiller Maude. J'ai repoussé la couverture et me suis assise au bord du matelas. J'ai glissé les pieds dans mes pantoufles et attrapé le châle jeté au pied du lit. J'avais rêvé et, en drapant l'étoffe autour de mes épaules, j'ai cherché à me rappeler de quoi. De Bastiaan, mais j'étais incapable de faire resurgir mon rêve.

C'est alors que j'ai aperçu ses pieds recouverts de bas.

J'ai regardé sous la couverture. Maude était complètement habillée, vêtue de la robe abricot de Tilda.

Ses lèvres – rouge cerise. La couleur avait bavé sur sa joue.

Déguisements. Nous faisions souvent ça quand nous étions petites. J'ai collé un sourire sur ma moue réprobatrice, ai recouvert ma sœur et suis passée dans la coquerie.

« Œufs brouillés », ai-je annoncé en posant l'assiette devant Maude quand elle est venue à table.

Elle portait toujours la robe. Les bas.

Elle a repoussé l'assiette.

« Mais tu adores les œufs brouillés. »

Elle a tiré l'assiette vers elle et s'est mise à manger.

« J'aime mieux ça. »

Je me suis assise avec mon café.

« Tu adores les œufs brouillés, a dit Maude en pointant sa fourchette vers l'espace vide en face de moi.

— Je n'ai pas très faim. »

Maude est retournée à son petit déjeuner.

« Tu as oublié d'enfiler ta chemise de nuit, hier soir, Maudie, ai-je remarqué. Tu es allée te coucher avec ta robe neuve.

— Pour mieux attirer les garçons », a-t-elle dit.

C'est le commentaire qu'avait fait Tilda quand Maude avait pirouetté devant elle.

« C'est une très jolie robe, ai-je repris.

— Une jolie robe pour un joli perroquet. »

Cette phrase-là ne me rappelait rien. Mon café a refroidi.

CHAPITRE 28

Comme j'ai été incapable de convaincre Maude de se changer, elle est partie pour l'atelier dans sa robe abricot. Elle n'est pas passée inaperçue dans les rues de Jericho, où les femmes s'habillaient pour faire le ménage, travailler aux Presses ou passer une longue journée dernière un comptoir. Quelques hommes ont soulevé leur casquette, et quand un soldat lui a souhaité une bonne journée, Maude a répété : « Bonne journée » et a fait tourner sa jupe.

Nous nous sommes arrêtées chez Turner où nous avons acheté des bonbons pour Aggie.

« Vous avez une bien jolie robe, mademoiselle Jones, a remarqué M. Turner.

— C'est le dernier jour d'Aggie à l'atelier », ai-je répondu comme si cela devait tout expliquer.

* * *

Nous avions pris place autour de l'établi d'assemblage, un peu plus bavardes que nous n'aurions dû l'être, un peu plus détendues. Aggie parlait plus fort que d'habitude, mais Mme Hogg savait qu'elle n'avait plus aucune autorité sur elle et faisait semblant de ne pas le remarquer.

Lotte et moi assemblions les cahiers. Elle avait appris les mouvements qui permettaient d'être plus efficace et j'aimais observer l'instant où ses traits s'adoucissaient et où son corps prenait la cadence. J'étais sûre qu'elle n'en avait pas conscience, et ne faisais donc jamais de commentaire ; je veillais simplement à ce que mes propres pas reflètent les siens afin de ne pas la perturber.

Ce jour-là, Lotte se déplaçait le long de l'établi d'assemblage comme une femme qui inaugure une paire de chaussures neuves. Ses mouvements étaient maladroits et je n'ai donc pas cherché à suivre sa mesure. J'ai empilé les cahiers l'un après l'autre sur mon bras et ralenti l'allure en pensant à Bastiaan.

Lotte a tendu à Lou sa première pile de cahiers. Quelques instants plus tard, j'ai tendu la mienne à Maude.

« Lambine », a dit Maude.

Une simple observation, pas une réprimande. Elle a tapoté les bords, les a alignés, a tendu les cahiers à Aggie pour qu'elle vérifie.

Maude chérie, ai-je pensé, et je me suis penchée pour déposer un baiser sur sa joue. Au dernier moment, elle a tourné la tête et ses lèvres se sont posées sur les miennes. Elle a vu que j'étais choquée et a ri. C'était un bruit bizarre.

« Pas si mal ? » a-t-elle dit.

Une question.

Je n'ai pas su comment réagir.

« Pas si mal », a-t-elle conclu.

Aggie a survolé les cahiers que Maude lui avait passés.

« Impossible de distinguer le haut du bas, a-t-elle maugréé. C'est quoi, cette langue ?

— De l'allemand », a répondu Lotte, qui tendait déjà sa deuxième pile à Lou.

Lou a tapoté les bords, les a alignés.

« De l'allemand ? a répété Aggie. Pourquoi est-ce qu'on imprime des livres *allemands* ? »

Je me suis penchée plus attentivement sur ma deuxième série : vingt cahiers à quatre pliures, trente-deux pages chacun. J'ai jeté un coup d'œil aux premières pages. *Anthologie de poésie allemande : De Luther à Liliencron. Édité par H. G. Fiedler*. J'ai imaginé M. Cannan discutant avec les délégués : retirons *d'Oxford* du titre et personne ne pourra nous accuser de sympathies.

« C'est de la poésie, ai-je dit.

— De la poésie *allemande*, a précisé Aggie.

— De la poésie », a dit Maude.

Lotte a cessé d'assembler et j'en ai fait autant. Elle parcourait un des poèmes, articulant les mots tout bas.

« Lis-le-nous, Lotte », lui ai-je demandé.

« O Mutter, Mutter ! Hin ist hin !
Verloren ist verloren !
Der Tod, der Tod ist mein Gewinn !
O wär ich nie geboren ! »

« Et en anglais, ça veut dire quoi ? »

Elle m'a regardée à travers la largeur de l'établi d'assemblage et j'ai eu l'impression d'une distance immense. Puis elle a reposé les yeux sur le poème, mais a gardé le silence pendant un long moment ; j'ai pensé qu'elle avait du mal à le traduire. Quand elle a fini par reprendre la parole, ce n'était qu'un murmure.

« Oh mère, mère ! C'en est fini !
Ce qui est perdu est perdu.
C'est la mort, la mort qui m'attend !
Oh, puissé-je n'être jamais née ! »

Elle a recommencé à faire les cent pas le long de l'établi d'assemblage et je l'ai imitée, mais mes mouvements avaient perdu leur fluidité.

« Tu connais ces poèmes ? lui ai-je demandé.

— En Belgique, nous apprenons la poésie de nos voisins en même temps que nous apprenons leur langue.

— Ça me paraît raisonnable.

— En quoi est-ce raisonnable ? »

Le masque de Lotte a glissé et j'ai eu l'impression qu'un sourire de mépris lui pinçait les lèvres. Je ne savais pas quoi dire, mais je savais qu'elle ne détournerait pas les yeux avant que j'aie répondu.

« Il vaut sûrement mieux comprendre ses voisins que de ne pas les comprendre.

— C'est ce que j'ai longtemps pensé, moi aussi. »

Je n'ai rien dit. Nous avons recommencé notre cheminement, livré nos cahiers, recommencé.

« Si mes voisins devenaient mes ennemis, ai-je repris sans être sûre qu'il soit judicieux de parler, je crois que je préférerais savoir ce qu'ils disent. »

Lotte s'est arrêtée. Je me suis arrêtée. Ses yeux étaient d'un bleu glacial sans l'ombre habituelle de ses paupières baissées. Elle n'a pas élevé la voix, mais elle a détaché chaque mot. L'effort qu'elle devait faire pour ne pas crier faisait trembler sa lèvre supérieure.

« Les Allemands ne sont pas mes ennemis, Peggy. Mais il y a des gens qui se sont servis de leur langue comme d'une arme pour partager l'abjection de leurs pensées, tous les détails de ce qu'ils feront pour humilier, pour blesser. Ce qu'ils ont déjà fait. »

Elle s'est interrompue brusquement et j'ai eu le sentiment qu'elle avait enfreint une obligation de secret qu'elle s'était imposée. Je l'ai vue refouler sa confession, secouer la tête, baisser les paupières. Quand elle a relevé les yeux, le bleu s'était terni et sa voix était ferme.

« Quelle est cette comptine anglaise à propos de bâtons et de pierres ? »

Maude ne m'a pas laissé le temps de répondre.

« *Sticks and stones may break my bones, but words shall never hurt me* », « Pierres et bâtons peuvent me rompre les os, jamais des mots ne me blesseront ».

Elle la connaissait bien.

Lotte a tourné les yeux vers ma sœur et je me suis demandé si elle s'apprêtait à dévoiler autre chose. Mais elle a soudain molli, comme si toute combativité l'avait abandonnée.

« C'est un mensonge, a-t-elle dit en me regardant. Maude le sait.

— Un mensonge, a dit Maude.

— Si seulement j'étais restée sourde à tout ça », a ajouté Lotte.

Elle a fait passer le cahier suivant sur la pile qu'elle avait sur le bras ; je l'ai imitée. Nous nous sommes tues jusqu'à ce que tinte la clochette du thé du matin.

* * *

À la fin de la journée, un corps d'ouvrage avait été séparé des autres.

« Qu'est-ce qu'il a ? » me suis-je étonnée.

Aggie a pointé le menton vers Maude.

« Pendant que vous discutiez *poésie*, Lotte et toi, elle a mis le bazar dans le cahier central.

— Le bazar ?

— Ouais, le bazar. »

Aggie m'a montré ce que Maude avait fait.

« C'est plié n'importe comment », ai-je constaté.

Aggie m'a pris le cahier gâché des mains, l'a tourné dans un sens puis dans l'autre.

« Impossible de distinguer le haut du bas. »

J'ai parcouru l'atelier des yeux : Mme Stoddard avait le nez dans un registre, Mme Hogg passait un savon à une des nouvelles filles de St. Barnabas qui bavardait.

J'ai repris le cahier des mains d'Aggie et l'ai glissé dans la poche de mon tablier.

* * *

Nous sommes rentrées ce soir-là pour retrouver la chaleur d'étuve du *Calliope*. Nous avons maintenu l'écoutille ouverte avec *Une histoire des échecs* et j'ai ouvert les fenêtres, à bâbord et à tribord. Le courant d'air qui traversait la péniche apportait un vrai soulagement.

Maude s'est assise à la table et a tendu le bras vers la boîte de papiers. Elle a gardé son chapeau, comme elle avait gardé la robe abricot toute la nuit et toute la journée. Je suis restée debout derrière elle, l'ai observée un moment pendant qu'elle commençait à plier, puis je me suis penchée sur elle, ai passé les bras autour de ses épaules et lui ai parlé à l'oreille.

« Tu comptes sortir de nouveau, ce soir, Maudie ? »

Je cherchais à la déconcerter – que pouvais-je bien vouloir dire par « de nouveau » ? Mais Maude a haussé les épaules. Elle ressortirait peut-être, ou peut-être pas. Une faible odeur de tabac montait de sa nuque.

Impossible d'éluder une nouvelle conversation, mais ni Maude ni moi n'en avions le texte. Elle a attendu que je lui pose d'autres questions, que je m'asseye à côté d'elle comme aurait fait Ma et que je l'aide à trouver le vocabulaire dont elle avait besoin.

« Ton chapeau, idiote. »

C'est tout ce que j'ai dit. J'ai étalé un sourire sur mon visage et lui ai retiré le chapeau de la tête. Je l'ai accroché à la patère près de l'écoutille puis j'ai regardé l'eau du canal. De l'écume flottait à la surface, des arcs-en-ciel d'huile de cuisson, et d'autres choses encore. Une boîte de conserve vide est passée en flottant et je me suis demandé combien de temps il lui faudrait pour se remplir d'eau et couler.

J'avais prévu de faire des saucisses et de la purée, mais je me suis décidée pour un far aux saucisses, un des plats préférés de Maude. J'ai fouetté la pâte plus longtemps et plus énergiquement que d'habitude. En cuisant, elle a levé et a avalé les saucisses, comme disait Ma. Maude a applaudi quand j'ai posé le far sur la table et pendant le dîner, notre conversation a suivi son cours habituel.

Au dessert, nous avons mangé des pêches fraîches. Avant de déguster les morceaux de fruits collants, Maude a repoussé son pliage pour l'écarter du danger. Je l'ai regardée se lécher les doigts, les essuyer sur sa robe, et n'ai fait aucune réflexion.

Quand elle a recommencé son pliage, j'ai observé les premiers plis et j'ai su que ce serait un cœur.

« Tu fais ce cœur pour qui, Maudie ? »

Elle a haussé les épaules.

J'ai sorti le cahier de poésie allemande de mon sac et l'ai posé sur la table. Maude s'est penchée pour regarder.

« Poésie, a-t-elle dit.

— Poésie *allemande.* »

J'ai imité le ton et l'expression d'Aggie. Maude a souri.

J'ai pris une profonde inspiration et ai feuilleté les plis mal faits.

« Mais qu'est-ce que tu as fabriqué, Maudie ? »

Elle a secoué la tête, s'est un peu balancée. Elle ne savait pas. Elle était troublée. *N'insistez pas pour lui faire dire ce pour quoi elle n'a pas de mots*, disait toujours Ma à nos professeurs. *Aidez-la à s'exprimer autrement.*

« Je peux le remettre en ordre ? »

J'ai posé la main sur le cahier.

Sa tête a commencé à opiner, son balancement s'est arrêté.

« Remettre en ordre », a-t-elle dit.

J'ai ouvert le cahier et l'ai replié correctement.

« Veux-tu que nous demandions à Lotte d'en traduire un peu plus ?

— *Pierres et bâtons*, a répondu Maude.

— Je pourrais aussi demander à Bastiaan.

— *Pierres et bâtons.*

— Et si j'envoyais quelques poèmes à Tilda ? Elle pourrait les faire traduire par son médecin allemand. »

Maude a acquiescé.

« Hugo. »

* * *

23 juin 1916

Chère Pegs,

Les poèmes ont fait pleurer Hugo. Quand je lui ai demandé de traduire un texte pour moi, il a pensé que c'était quelque chose qu'avait écrit un des prisonniers allemands. Il a été ravi de découvrir que c'était un poème de Liliencron. Il a traduit le titre par « Mort parmi les épis de blé », puis il a lu les deux premiers vers tout haut. Il connaissait ce poème, Peg, et a récité le reste de la strophe par cœur. Ces vers auraient pu être écrits hier, a-t-il dit, mais ils ont été écrits il y a des décennies, à l'occasion d'une autre guerre de la Prusse contre la France.

Il sait tout sur Oxford et sur le Calliope. *Sur Maude et sur toi, et sur Helen, bien sûr. Il n'est ni choqué ni jaloux quand je parle d'elle. Ce lieu a rétréci notre faculté à éprouver l'un ou l'autre de ces sentiments. Quand je lui ai appris que tu avais barboté ces poèmes à l'atelier de reliure, il a souri. Ils auraient pu refuser d'imprimer des mots d'Allemands, a-t-il remarqué. Qu'ils ne l'aient pas fait lui inspire de l'espoir – « Par notre poésie, vous devriez nous connaître, a-t-il dit. C'est la même que la vôtre. »*

Merveilleusement romantique, tu ne trouves pas ? Pourtant, j'ai été furieuse. Je lui ai dit que j'en avais plus qu'assez des poèmes qui dépeignent des hommes ordinaires comme des saints sous prétexte qu'ils ont subi des morts plus affreuses que des morts ordinaires ou des blessures qui les ont condamnés à mener des vies plus affreuses que des vies ordinaires. Je lui ai dit qu'il n'y avait rien de noble à mourir dans un champ de blé, que c'était un foutu gâchis et rien d'autre.

Hugo m'a laissée fulminer tout mon soûl sans m'interrompre une seule fois. Comme j'ai besoin d'un minimum d'opposition pour alimenter ma rage et mon indignation, j'ai fini par m'épuiser. Quand j'ai repris mon souffle, Hugo a embrassé la bouche qui l'avait harangué et m'a dit, avec une logique exaspérante :

« La poésie nous permet de supporter l'insupportable. Il peut lui arriver de devoir mentir. »

J'ai compris alors pourquoi Alison (l'infirmière-chef Livingstone) insiste pour appeler nos patients « ces salauds de Boches ». Les considérer autrement, les considérer comme des hommes ordinaires pourrait bien rendre toute cette expérience insupportable.

Tilda x

J'ai lu « Mort parmi les épis de blé ». Puis j'ai lu « Wer Weiss Wo », que Hugo avait traduit par « Qui sait où », et le premier vers était : *Sur le sang et les cadavres, les décombres et la fumée*. Il n'y avait aucune gloire dans ce texte, et une fois arrivée à la fin, je me suis demandé si la vérité de ce poème avait plu à Tilda. Je ne le pensais pas, mais elle ne l'avait sans doute pas mise en colère non plus. Elle l'avait simplement rendue infiniment triste.

CHAPITRE 29

Il faisait encore jour quand Bastiaan et moi sommes sortis du cinéma. Oxford grouillait de monde et sans les uniformes on aurait pu croire que c'était un soir d'été comme un autre. Des groupes de jeunes officiers se déversaient dans les rues, sortant des mêmes pubs que quand ils étaient étudiants. Des jeunes femmes se promenaient par deux ou trois. Des couples marchaient bras dessus, bras dessous, s'arrêtant devant tel ou tel collège, devant telle ou telle église pour en admirer l'architecture. Oxford attirait toujours les touristes, malgré la guerre. Et malgré la guerre, une douce soirée d'été vous inspirait toujours un sentiment de paix.

J'évitais désormais le chemin de halage quand je rentrais d'Oxford le soir, mais la nuit n'était pas encore entièrement tombée et j'étais avec Bastiaan. Et puis, la rue était moins romantique.

Juste au-delà du pont de Hythe, nous avons aperçu un groupe d'hommes. Certains étaient en uniforme, certains en chemise blanche à col. D'autres encore étaient en bleu de travail et n'étaient visiblement pas rentrés chez eux depuis qu'ils avaient débauché ; ils titubaient sur le chemin de halage, le ventre rempli de bière.

« Il va bien y en avoir un pour finir dans le ruisseau, a dit Bastiaan.

— Ça lui fera peut-être le plus grand bien. »

Bastiaan a éclaté de rire et je me suis tournée pour le regarder – un rire pouvait transformer son visage, et je cherchais encore à en comprendre toutes les raisons.

Soudain, une voix. Inconnue.

« Hé, bonjour, toi ! »

Sorti de je ne sais où, un homme se dressait devant nous sur le chemin de halage, tout près de l'écluse d'Isis. Il avait beau porter l'uniforme, tout en lui était débraillé. Il m'a regardée de la tête aux pieds, comme aiment à faire certains hommes, et j'ai immédiatement perdu toute l'assurance que j'avais éprouvée en enfilant ma robe en début de soirée. J'ai senti la brise du canal jouer sur mes épaules, mes clavicules, mon torse. Je me suis dit que le décolleté était peut-être trop profond, l'étoffe trop mince. C'était une des retouches de Tilda. J'ai lâché la main de Bastiaan, mais je me suis rapprochée de lui. Il a posé le bras autour de mes épaules et j'ai senti se contracter les muscles de son torse.

« J'ai dit *bonjour*. »

L'homme a vaguement chancelé, vaguement souri, regardé Bastiaan, puis moi.

« À toi de répéter. »

Nous l'avons dépassé.

« Allons, ne sois pas comme ça, mon joli perroquet. »

J'ai fait volte-face.

« Comment m'avez-vous appelée ? »

Un froncement de sourcils. Confusion. Il s'est penché.

« Mon joli perroquet. »

Il a tenté de sourire. Il sentait le tabac.

« Pourquoi ?

— Tu aimes ça. »

Nouveau froncement de sourcils. Puis la vérité lui est apparue, en même temps qu'à moi. Il a trébuché en reculant d'un pas, il a regardé Bastiaan, a tressailli.

« Qu'est-ce que vous lui avez fait ? ai-je sifflé.

— Il a trop bu, a murmuré Bastiaan en me tenant plus serré – pour me rassurer, pour me retenir, je n'aurais su le dire.

— Qu'est-ce que vous lui avez fait ? » ai-je crié.

L'homme m'a dévisagée attentivement, comme s'il cherchait des erreurs, une infime coquille dans le texte. Ce n'est qu'en arrivant à mes yeux qu'il a été convaincu. Il a secoué la tête.

« Votre *joli perroquet* ? ai-je craché.

— Je n'ai rien fait.

— Vous avez fait quelque chose. »

Un rapide regard vers Bastiaan.

« Rien qu'elle n'ait pas voulu que je fasse. »

Je l'ai poussé, les deux mains à plat sur son torse malingre, exactement comme je repoussais les petites brutes de St. Barnabas quand elles se moquaient de Maude. J'ai ignoré Bastiaan. J'ai couru.

* * *

« Maude ! Maude ! »

Le fauteuil était vide. La coquerie était vide. Personne n'était assis à la table.

« Elle dort. Il est tard. »

Lotte a surgi de derrière le rideau de notre chambre.

J'ai ignoré l'injonction tacite de laisser ma sœur tranquille et quand Lotte est revenue dans la coquerie, je suis passée devant elle et j'ai écarté le rideau de notre chambre.

Maude était enroulée autour d'un oreiller, un rêve faisait palpiter ses paupières. J'ai touché sa joue. Elle était au chaud, en sécurité. J'ai déposé un baiser sur son front. Elle n'a pas bougé. La robe abricot gisait au pied du lit.

Lotte m'a regardée refermer le rideau. Elle m'a suivie des yeux jusqu'à la table. Quand je me suis assise, elle m'a regardée fixement, attendant que je dise quelque chose. Je ne savais pas quoi dire. J'ai enfoui ma tête entre mes mains.

« Il s'est passé quelque chose », a-t-elle affirmé.

J'ai relevé la tête brusquement. L'expression de Lotte m'a fait honte. Ce n'était pas une question. Elle me disait une chose que j'aurais déjà dû savoir.

« Que s'est-il passé ? » ai-je demandé.

À cet instant, Bastiaan est arrivé. Ce n'était pas ainsi que j'avais prévu de lui faire découvrir le *Calliope*. Il a trébuché sur *Une histoire des échecs* et s'est cogné la tête en se glissant par l'écoutille. Il était pâle d'avoir couru derrière moi, et Lotte s'est approchée pour l'aider à s'asseoir dans le fauteuil.

Elle est revenue dans la coquerie en évitant délibérément de me regarder, a pris la cruche et a rempli un verre d'eau qu'elle a apporté à Bastiaan.

« Lotte, ai-je dit d'une voix trop forte pour cet espace exigu. Qu'est-ce que tu sais ? »

Elle m'a regardée alors, les traits durcis par le mépris.

« Je ne sais rien, a-t-elle répondu. Mais je peux deviner.

— Qu'est-ce que tu as deviné ? » ai-je demandé, plus doucement.

La colère qui m'avait poussée sur le chemin de halage était émoussée maintenant par un sentiment de culpabilité. La robe abricot étalée, prête. Elle avait l'intention de ressortir. D'être le joli perroquet de quelqu'un.

« Elle porte la robe de Tilda, elle se met du rouge à lèvres, a repris Lotte. Elle dit des mots qu'elle ne disait pas avant. Tu les as entendus. Tu ne t'es pas demandé d'où ils venaient, ce qu'ils signifiaient ? Ou étais-tu trop occupée pour y faire attention ?

— Qu'est-ce que ça veut dire ?

— Tu l'as laissée ? » a demandé Lotte.

Un bref regard à Bastiaan.

« Quand ?

— Je ne sais pas, moi. N'importe quand ! Tu l'as laissée seule ? Tu as cru qu'elle se débrouillerait sans toi ? »

Je n'ai pas pu répondre. Bien sûr, je l'avais laissée seule de temps en temps. Je l'avais toujours fait. Mais jamais longtemps, jamais sans prévenir Rosie. Encore que récemment… Peut-être. Une ou deux fois. Mais Maude savait qu'elle ne devait pas faire la cuisine. Aussi longtemps qu'elle avait ses papiers, ses pliages, elle était heureuse. Avais-je perdu la notion du temps ? Peut-être. Une ou deux fois. Une ou deux fois, grisée par l'insouciance d'être enfin au singulier, peut-être avais-je perdu la notion du temps. Une ou deux fois. Lotte me fusillait du regard.

« Qui l'appelle *"joli perroquet"* ? a-t-elle demandé. Qu'est-ce que ça signifie quand elle dit "Pas si mal, pas si mal", quand elle cherche à t'embrasser comme elle l'a fait l'autre jour, à l'atelier ? »

J'ai gardé le silence et Lotte a haussé la voix.

« Tu as préféré ne pas comprendre ce qu'elle disait, a-t-elle crié. Toi ! Si quelqu'un a de bonnes raisons d'être consciente des risques, c'est bien toi. Et pourtant, tu la laisses…

— Moi, si quelqu'un… »

Mais Lotte n'en avait pas fini avec moi, et j'ai bafouillé.

« Tu crois que parce que tu lui as dit de rester, elle le fera. Mais elle est curieuse, elles sont toutes curieuses. »

Elle s'est mise à faire les cent pas, ses doigts fourrageant dans ses cheveux tandis que moi, j'essayais de retrouver ma voix.

« C'est *ma* sœur, Lotte. Je suis la mieux placée pour savoir quand elle peut rester seule ou non. »

Lotte s'est arrêtée et s'est déchaînée contre moi, son teint pâle empourpré d'une fureur qui me dépassait.

« C'est une enfant ! a-t-elle hurlé. Une enfant qui a la tête bourrée de comptines. Ça n'a aucun sens pour eux. Juste une bonne raison de lui faire du mal. Et tu l'as laissé. Pourquoi ? Pourquoi l'as-tu laissé ? *Pourquoi ? Pourquoi ?* » Le mot se répétait, encore et encore, se fragmentant en gros sanglots qui lui convulsaient le corps. Puis Bastiaan s'est dressé à côté d'elle et les sanglots sont devenus des halètements, mais la question se poursuivait, *Pourquoi ?*, de plus en plus faible. Les bras de Bastiaan se sont refermés autour d'elle, les bras dans lesquels il m'avait serrée, et elle s'est effondrée contre lui.

Bastiaan lui a parlé, j'ai saisi des bribes de français. Il l'a conduite vers le fauteuil. Ce n'est que lorsque Lotte a été assise que j'ai remarqué Maude. Elle était debout, immobile, inexpressive, encadrée par le rideau qui préservait l'obscurité de notre chambre, mais ne faisait rien pour la préserver du bruit. Je me suis demandé ce qu'elle avait entendu, ce qu'elle avait vu. Je me suis demandé ce qu'elle avait compris. J'ai fait mine de la rejoindre, mais elle a posé le doigt sur ses lèvres. *Ne les dérange pas*, disait-elle. Elle comprenait. Elle comprenait toujours. J'ai attendu.

Bastiaan a demandé où habitait Lotte et je lui ai expliqué comment aller chez Mme Stoddard. Il l'a aidée à descendre du *Calliope* et je les ai accompagnés. Je suis restée sur le chemin de halage, suivant des yeux leurs silhouettes qui se dirigeaient vers le pont de Walton Well. Ils avaient la même taille.

Ils parlaient la même langue. Je les ai imaginés parler français. *Ils n'auraient pas de mal à se faire comprendre parfaitement et ce serait un soulagement pour elle comme pour lui.*

Maude était retournée se coucher. Je l'ai rejointe dans notre lit, j'ai glissé mes genoux contre les siens et appuyé mon ventre contre son dos. J'ai posé la main sur sa hanche et, l'espace d'un instant, j'ai humé l'odeur de ses cheveux. J'ai frémi au souvenir des mains de Bastiaan, de son souffle dans mon cou. J'ai cherché à imaginer comment le corps de ma sœur réagirait si ma main était celle d'un homme. J'ai pensé au soldat sur le chemin de halage et j'ai eu la chair de poule.

J'ai eu la chair de poule. Et elle, avait-elle eu la chair de poule ?

Elle avait préparé la robe abricot.

« Tu es belle dans cette robe, Maude », ai-je dit.

Ça ne suffisait pas.

« Tu pourrais peut-être la mettre pour le gala de bienfaisance qui aura lieu au Stute ? On dansera.

— Des gamins et des vieux, a-t-elle chuchoté.

— Et aussi des aviateurs de l'aérodrome de Port Meadow, ai-je dit. Sur invitation spéciale. »

Elle s'est adoucie et je l'ai imaginée dans les bras d'un homme, évoluant sur la piste de danse. J'ai imaginé qu'ils s'embrasseraient peut-être, à la fin, et je savais combien cela pouvait être délicieux.

« Je crois que tu ne devrais pas retourner seule au pont de Hythe, Maudie. L'homme que tu as rencontré, ce n'est pas le genre qu'il te faut. »

Elle s'est tue longtemps – elle réfléchissait, elle ne dormait pas, et je me suis demandé ce qu'elle cherchait à dire. *Sois patiente*, aurait conseillé Ma. J'ai fermé les yeux et laissé ma tête s'enfoncer dans l'oreiller.

« Le genre qu'il me faut ? »

Sa question m'a tirée de mon assoupissement et j'ai failli dire *Bastiaan*.

« Je ne sais pas très bien », ai-je répondu, et j'ai senti sa déception.

J'ai imaginé Ma qui secouait la tête : *Essaie encore, et tâche d'être claire.*

« Ce sera un homme qui voudra te comprendre, Maudie. Un homme que tu voudras comprendre. »

Comme un livre, ai-je pensé.

« Comme un pliage magnifiquement compliqué », ai-je dit.

* * *

Le lendemain, lors de la pause déjeuner, Bastiaan m'a trouvée à mon endroit habituel devant le Stute, en train de lire les journaux. Il a déballé son sandwich. J'ai tourné une page.

« De quoi as-tu parlé avec Lotte quand tu l'as raccompagnée chez elle ? ai-je demandé.

— De rien.

— Si, forcément.

— De rien », a-t-il répété.

J'ai cessé de tourner les pages et je l'ai dévisagé, incrédule.

« Bastiaan, vous avez bien parlé de quelque chose. Que lui est-il arrivé, hier soir ?

— Elle ne... » Il cherchait les mots justes. « Elle ne va pas bien, je crois. Elle est... abîmée. Elle n'a pas enterré ses morts, et j'ai l'impression qu'elle n'a pas envie de le faire.

— Excuse-moi, ai-je dit, honteuse du ton de ma voix.

— Ce n'est rien. » Il m'a pris la main. « Je crois que Lotte ne tient plus à grand-chose, sauf à Maude. Et hier soir, elle a eu peur.

— Pourquoi Maude, à ton avis ? »

Il n'a pas répondu, mais son malaise s'est accru.

« Que t'a-t-elle dit, Bastiaan ? »

J'ai scruté son visage, cherchant un indice. Il avait cessé de manger et j'ai constaté qu'il avait les mâchoires serrées. Je me suis demandé si ça faisait très mal. J'ai été patiente.

« Maude, je pense, est comme son petit garçon », a-t-il enfin dit.

Son œil n'a pas quitté la table, il ne me regardait pas.

« Comme *était* son petit garçon. »

Je me suis rappelé des fragments de mots, quelques gestes de la veille au soir. Lotte, effondrée comme une poupée cassée. *Pourquoi l'as-tu laissé ? Pourquoi ? Pourquoi ?* Des fragments d'histoire qui se mettaient en place.

Il a relevé la tête.

« René. Son petit garçon s'appelait René. Il avait douze ans. »

Il y avait des choses que j'avais envie de savoir. Des choses que je n'avais pas envie de savoir. C'étaient les mêmes.

« Tu as dit que Maude était comme lui. Pourquoi ?

— René ne parlait presque pas. Quelques mots seulement, quelques phrases tirées de comptines et de chansons. Des signes de la main.

— Il était sourd ?

— Non, pas sourd, mais différent. *Unique en son genre*, a-t-elle dit, comme un livre enluminé. Sa vie est presque impossible, sans lui.

— Lotte t'a dit ça ?

— Elle me l'a dit encore et encore. Ce n'était pas une conversation.

— C'était quoi ? »

Il a secoué la tête.

« Elle a dit tout ça en français, puis en flamand, en allemand, en anglais. Elle a commencé à parler dès que nous sommes sortis du *Calliope* et elle ne s'est arrêtée que devant la porte de Mme Stoddard. Chaque récit avait son rythme, et ses gestes.

— Des gestes ?

— Elle utilisait des signes des mains, ceux de René, je pense. Je ne peux pas être certain de leur signification à tous, mais ils apparaissaient au même moment dans toutes les langues. C'était comme si elle récitait les répliques d'une pièce ; elle les avait répétées, je pense, pour qu'elles ne soient pas oubliées. Pour qu'*il* ne soit pas oublié. » Il a gardé le silence pendant quelques instants. « À la fin, elle pleurait, mais elle n'a pas eu l'air de s'en rendre compte.

— Elle ne nous a jamais rien dit. À ton avis, pourquoi a-t-elle choisi de te parler, à toi ?

— Parce que c'était le bon moment. Parce que je suis capable de comprendre ses mots. Parce que j'étais là quand son esprit s'est brisé. » Il s'est interrompu un instant. « Il lui faut un témoin, je crois.

— Un témoin ? De quoi ? »

Il a paru troublé.

« Elle veut qu'on se souvienne de son fils.

— Bien sûr qu'elle veut qu'on se souvienne de lui ! Et ça doit la soulager de pouvoir enfin parler. Je regrette qu'elle ne m'ait pas parlé. »

Mais au moment même où les mots sortaient de ma bouche, j'ai douté de leur véracité. Il serait plus facile d'ignorer la souffrance de Lotte. Plus facile d'être assise à côté d'elle à la table de pliage, de rentrer avec elle au *Calliope* et de parler de ce qu'elle pourrait faire à dîner. Si je ne savais rien de son fils, il serait plus facile de la voir en compagnie de Maude.

« Je ne crois pas que Lotte cherche le soulagement. Je crois qu'elle veut que quelqu'un d'autre se souvienne de René. » Il s'est tu un instant avant de reprendre. « Je crois qu'elle transmettait ses souvenirs… »

Le silence est resté en suspens entre nous, mais je savais qu'il réfléchissait.

Nous sommes restés assis sans rien dire et je pensais à Maude, aux vers qu'elle répétait, aux mots que j'employais pour la décrire : unique, seule en son genre, un livre parfaitement relié contenant la plus étrange des poésies. Bastiaan, je le savais, pensait encore à Lotte. À René.

« Il a été fusillé, je crois. »

Il l'a dit si bas.

René avait douze ans et s'exprimait en comptines.

« Elle te l'a dit ? »

Il a secoué la tête.

« J'étais là, à Louvain, peu après. J'ai vu l'endroit où ils avaient conduit les hommes et les jeunes garçons. Le mur taché de leur sang. Leurs corps. Certains étaient si jeunes que leurs pères avaient dû les porter jusque-là. »

Les morts de Lotte étaient ceux de Bastiaan. J'ai su, alors, pourquoi elle lui avait récité sa souffrance.

« Ils les ont exécutés, a-t-il poursuivi. Tous. »

Même les petits garçons qu'il avait fallu porter. Même le petit garçon qui parlait en comptines. Unique. Seul en son genre.

« Et ensuite, ils ont mis le feu à la bibliothèque universitaire.

— Lotte était bibliothécaire », ai-je murmuré.

« J'essayais de sauver les livres quand ils les ont rassemblés devant le mur. » Bastiaan a soupiré.

« Elle l'a dit dans toutes les langues. *Des manuscrits enluminés*, a-t-elle dit. *Irremplaçables.*

— Les a-t-elle sauvés ?

— Quoi ?

— Les manuscrits », ai-je répondu.

Non parce que cette question était importante, mais parce qu'elle était moins douloureuse que toutes les autres.

Il a eu l'air désorienté. Déçu, peut-être.

« Elle n'a rien sauvé, Peggy. Aucun de nous n'a rien sauvé. »

Tout n'est plus que cendres.

Une crampe m'a serré le ventre. Il s'appelait René. Il parlait à peine. Il était unique, comme un livre enluminé. J'ai pensé à Lotte dans l'atelier de reliure – pliant et assemblant les manuscrits, et puis chaque nuit, le souvenir des flammes qui les ravageaient. Comme une sorte de châtiment prométhéen.

J'ai eu la nausée.

« Comment peut-elle le supporter ? »

J'ai regardé Bastiaan.

« Mon Dieu, comment le pouvez-vous ? »

Je parlais tout bas, pour ne pas attirer l'attention, mais j'avais l'impression de hurler.

« Comment ? »

Il m'a regardée comme un parent regarde un enfant, un médecin un patient. Je n'avais rien su, et maintenant je savais. J'étais troublée, fâchée, bouleversée. Comment ne l'aurais-je pas été ? Bastiaan pouvait me guider à travers ce labyrinthe d'émotions, mais il ne m'en épargnerait pas la vérité.

« Maude, m'a-t-il enfin dit. Maude l'aide à le supporter. Et toi, Peggy. Tu m'aides, *moi*, à le supporter.

— Mais je ne sais rien de tout cela.

— Tu en sais suffisamment. »

J'ai secoué la tête.

« Il y a une guerre, Bastiaan. Tout ce traumatisme, le tien, celui de Lotte, et moi, moi qui ne parle que de livres, et de l'atelier, et de…

— C'est ce qui me permet de le supporter. »

CHAPITRE 30

Par une chaude soirée de la fin juin, j'ai aidé Maude à enfiler sa robe abricot tandis qu'elle m'aidait à en mettre une qui n'avait rien d'extraordinaire. Elle m'a inspectée et a plissé le nez.

« Elle est confortable », me suis-je justifiée.

J'ai noué mes cheveux en chignon bas, comme tous les matins. Puis j'ai coiffé ceux de Maude en une torsade floue ainsi que Tilda nous l'avait appris, et j'y ai épinglé quelques tiges de reines-des-prés en fleur.

« Tu es superbe », lui ai-je dit, et elle a fait tournoyer sa jupe.

Nous avons remonté Walton Street, passant devant la Taverne de Jericho et le Prince-de-Galles où les buveurs ont soulevé leurs chapeaux, devant le terrain de la Radcliffe Infirmary, devant les Presses et Somerville. J'ai aperçu Gwen et Bastiaan devant le Stute en compagnie d'Aggie et Lou, tous sur leur trente et un. En nous voyant approcher, Gwen s'est exclamée :

« Maude !

— Superbe, a dit ma sœur.

— En effet, a confirmé Gwen avant de se tourner vers moi. Et toi, tu es… » Elle a souri. « Eh bien, disons simplement qu'il n'y a pas grand risque qu'on te confonde avec Maude, ce soir.

— Heureusement que ton carnet de bal est déjà rempli, Peg », a renchéri Aggie.

Bastiaan m'a prise par le bras et nous sommes entrés ensemble au Stute.

Maude a dansé avec la moitié des aviateurs invités à la soirée de gala du Stute et, au cours des semaines suivantes, elle a insisté pour que nous fassions « notre part » à Port Meadow plus souvent que nous ne nous y étions engagées. Lotte nous accompagnait de temps en temps et nous arrachions les pommes de terre côte à côte, charriions du fumier et préparions de nouvelles planches de carottes et d'épinards. Quand le mois d'août est arrivé, nous étions musclées, bronzées et, surtout, épuisées. Mais nos membres douloureux nous remontaient le moral et il m'est arrivé une ou deux fois de surprendre un sourire sur les lèvres de Lotte à la fin d'une journée au potager des Presses.

Un soir, nous étions assises sur le pont avant du *Calliope* et Maude nous divertissait en nous proposant des charades. Elle avait toujours aimé ça, mais sa version s'inspirait plus de ce qu'elle voyait autour d'elle que de livres et de chansons. Alors que s'estompaient les dernières lueurs du jour, elle a rejoué la dispute qui nous avait opposées dans la coquerie, Lotte et moi, pour savoir qui ferait à dîner, ainsi que ma défaite facile. J'ai été affreusement gênée quand elle a mimé ma feinte insistance pour que Lotte *se repose, mette les pieds sous la table, me rende ma cuisine*. Je n'en avais pas pensé un traître mot. Je détestais faire la cuisine et nous le savions toutes. Quand je me suis retournée pour observer la réaction de Lotte, j'ai été frappée par sa joie : elle était penchée vers ma sœur, les mains jointes sous le menton, transfigurée.

Son visage d'avant, ai-je pensé.

Et puis Bastiaan est arrivé. Lotte a été la première à l'apercevoir et le sourire qui l'avait illuminée s'est estompé comme à contrecœur. Elle donnait l'impression de regretter déjà sa sensation sur son visage, bienfaisante comme le soleil. J'ai tourné les yeux vers Bastiaan avant de les reposer sur Lotte. Sa main jouait avec les commissures de ses lèvres, son sourire avait complètement disparu. On aurait pu croire qu'elle en avait honte. Qu'elle n'y avait pas droit.

La main de Bastiaan était posée sur mon épaule.

« Puis-je vous emprunter Peggy ? Le temps d'une petite promenade, a-t-il demandé, à Lotte ou à Maude, je n'aurais pas su le dire.

— Je reste », a répondu Lotte.

C'était ce que Bastiaan voulait savoir, parce que c'était ce que moi, je devais savoir.

« Quand nous reviendrons, je vous raccompagnerai chez vous, Lotte », a-t-il ajouté.

Évidemment, me suis-je dit, me rappelant les avoir trouvés si bien assortis lorsqu'ils s'étaient éloignés de moi en direction du pont. Mais j'ai remarqué alors l'indifférence avec laquelle Lotte a acquiescé, et j'ai compris qu'elle s'en moquait éperdument.

* * *

« J'ai un nouveau camarade de chambre, m'a annoncé Bastiaan quand nous sommes entrés dans Jericho. Un des réfugiés serbes. »

J'ai à peine cherché à cacher ma déception. Bastiaan a souri.

« Je regretterai, moi aussi, de ne plus avoir ma chambre pour moi tout seul.

— Je croyais que tous les réfugiés serbes d'Oxford étaient de jeunes garçons.

— Il y a aussi quelques-uns de leurs professeurs.

— Il est professeur, alors ?

— Il s'appelle Milan.

— Et il est venu seul ? »

Bastiaan a hésité et j'ai compris que la réponse n'était pas facile. Les fugitifs serbes avaient dû traverser les montagnes d'Albanie pour atteindre la côte Adriatique en plein hiver.

« La moitié seulement de son groupe est arrivée », a dit Bastiaan.

Les journaux racontaient qu'ils étaient morts de froid ou de faim par centaines, et que d'autres avaient été exécutés.

« Le père de Milan est tombé malade. Il ne pouvait plus marcher. Ils ont trouvé une grange dans laquelle il a pu se reposer, mais ensuite, il a été incapable de se relever. Sa mère a refusé de l'abandonner. Elle a donné à Milan son châle, son bonnet de laine et le maillot de corps bien chaud de son mari.

— Elle savait qu'elle mourrait de froid. »

Bastiaan a hoché la tête.

« Elle a dit à Milan qu'au moins, ce serait plus rapide. » Il a repris son souffle. « Quand il a atteint l'Adriatique, Milan avait perdu sa femme, ses parents et cinq orteils.

— Et *lui*, comment le supporte-t-il ?

— Les garçons. Ils sont l'avenir de la Serbie, affirme Milan. Il pense que la guerre ne durera pas éternellement et que les études qu'ils auront faites à Oxford les aideront à remettre leur pays sur pied quand ils rentreront. » Il a souri. « Et moi, je vais l'aider. Aujourd'hui, Milan m'a demandé de donner des cours d'anglais et de français aux plus jeunes. »

Quand nous sommes arrivés au cimetière, Bastiaan a étalé sa veste sur le sarcophage de Mme Wood, puis il a sorti deux bouteilles de cidre de son cartable.

« Pourquoi viens-tu ici, en vrai ? » lui ai-je demandé.

Il a ouvert une des bouteilles sans un mot, me l'a tendue.

« Parce que contrairement à toi, moi, j'ai peur des morts », a-t-il enfin répondu.

J'ai avalé une gorgée.

« Que veux-tu dire ? »

Il a ouvert l'autre bouteille et l'a tenue par le goulot. Quand il a bu, ses doigts ont touché le côté abîmé de sa bouche. C'était un geste exercé et subtil ; ses doigts sentiraient s'il en renversait avant que ses lèvres ne le puissent.

« Tu es sûre de vouloir la vérité ? m'a-t-il demandé.

— Bien sûr.

— Il arrive qu'il soit plus facile de ne pas savoir », m'a-t-il mise en garde.

J'ai pensé à la vérité que Lotte et lui avaient partagée et à toutes les expériences dont aucun d'eux ne voulait parler et qui les liaient, d'une certaine manière.

« Il arrive qu'il soit plus difficile de ne pas savoir », ai-je répliqué.

Il a gardé les yeux rivés sur les pierres tombales.

« Je rêve des morts. Toutes les nuits. De Belges morts. Des hommes, des femmes, des enfants. Fusillés, roués de coups ou brûlés. Ils sont partout où ils ne devraient pas être : dans la rue, sur leur banc d'église, autour de la table de la cuisine, dans leur salle de classe. »

Il a pris une profonde inspiration. Je n'ai pas bougé.

« L'escalier qui mène à la bibliothèque de l'université est constamment jonché de corps, de corps si nombreux qu'ils me barrent le passage. Ils gisent, brisés, là où ils auraient dû être debout. Dans certains de mes rêves, la bibliothèque est comme elle était avant l'arrivée des Allemands ; dans d'autres, elle brûle. »

Il m'a regardée alors, et ses traits étaient monstrueux, plus monstrueux qu'ils n'avaient jamais été depuis la toute première fois qu'ils s'étaient révélés à moi. En cet instant, son visage était le miroir de tout ce qu'il avait vu. J'ai tendu la main et je l'ai touché, son visage de guerre. Si c'étaient là les cicatrices que la guerre avait laissées sur sa peau, qu'avait-elle laissé sur son âme ? J'ai embrassé ses lèvres maladroites ; nous avions trouvé comment faire.

« Si je viens ici, c'est parce que c'est la place des morts, l'endroit où ils peuvent être en paix. Je veux les enterrer, Peggy.

— Et ça marche ? »

Il a haussé les épaules.

« Pas encore, mais c'est le seul endroit où je peux être sûr qu'ils ne me tourmenteront pas pendant mes heures de veille. »

J'ai parcouru du regard le cimetière éclairé par la lune, à présent, et rempli d'ombres, mais pas de fantômes.

« Je connais les gens de mes rêves, a poursuivi Bastiaan. Pas leurs noms, mais leurs visages – je ne peux pas les oublier. Trois femmes, toujours les mêmes, toujours le même homme. Les mêmes garçons à côté du mur. Je leur ai fermé les yeux, je les ai recouverts si je le pouvais. J'ai essayé de prier pour eux, mais aucun Dieu ne veillait sur Louvain, et les prières que je croyais connaître m'échappaient. » Il a secoué la tête comme pour se débarrasser de quelque chose. « Mais j'ai eu une idée. Leur trouver à chacun une tombe, ici, au Saint-Sépulcre, et les y coucher.

— Les y coucher ?

— Tu me crois fou. » Il a souri. « Je ne parle pas littéralement. C'est dans mon imagination que ces morts sont tourmentés. Je pense donc que mon imagination devrait pouvoir leur accorder le repos. » Il a posé les mains sur la pierre où nous étions assis. « Mme Wood a gentiment accepté d'accueillir une de ces femmes dans sa tombe. Il m'a fallu un moment pour la convaincre, mais je pense que, peut-être, je ne rêverai plus de cette femme. »

J'ai posé la main sur la pierre nue du sarcophage de Mme Wood et j'ai senti la fraîcheur de la nuit. Mais là où Bastiaan et moi avions été assis, là où nous nous étions embrassés et avions parlé des morts, la pierre s'était réchauffée.

Si les spirites ont raison, ai-je pensé, *s'il est possible d'être conscient par-delà la mort, j'accueillerai avec joie les amants qui viendront s'asseoir sur ma tombe un jour, et je serai heureuse d'y être allongée en compagnie des morts sans repos, pourvu que cela rende la paix aux vivants.*

* * *

27 août 1916

Chère Pegs,

Les soldats allemands aussi rêvent des morts, des leurs et des nôtres. Ils se confessent à moi et je ne comprends pas un mot. Hugo leur sert parfois d'interprète. Nous en avons eu un dont les morts étaient aussi réels que moi. Des garçons, surtout. Des cadavres ensanglantés éparpillés sur le sol, affalés sur les lits de camp. Il en sentait un peser de tout son poids sur sa poitrine et avait un mal de chien à respirer. Il a essayé de s'étrangler avec sa perfusion.

Ton Bastiaan paraît être un homme raisonnable.

Tilda x

QUATRIÈME PARTIE

HOMERI OPERA TOMUS III : ODYSSEAE LIBROS I-XII CONTINENS

Août 1916-mai 1918

CHAPITRE 31

Des pages d'épreuves pour moi. De tout et de rien.

« Quelque chose d'intéressant ? » m'a demandé Lou.

J'ai baissé les yeux sur le cahier que je pliais.

Homeri

Opera

Thomas W. Allen

Tomus III

Odysseae Libros I-XII Continens

Livres I à XII. Exactement la moitié de l'histoire. J'ai essayé de me rappeler ce qui se passe au milieu de l'*Odyssée* : Circé, les sirènes, Calypso, Scylla. Les femmes qui aident, tentent, séduisent, dévorent. Ma aimait la partie du milieu. Nous aimions la partie du milieu – telle que Ma nous la racontait, en tout cas.

J'ai terminé ce cahier et commencé le suivant. Des blocs compacts de grec ancien, notes en latin. Indéchiffrables. Je n'enviais pas le correcteur qui devrait vérifier les pages.

« Je n'y comprends rien, Lou. »

CHAPITRE 32

À la fin du mois d'août 1916, tout le monde semblait ne parler que de *La Bataille de la Somme*. Ce film était projeté dans tous les cinémas d'Oxford et tous les gens que je connaissais l'avaient vu au moins une fois. Certains allaient le revoir si souvent que ce n'était plus un documentaire, pour eux, mais un divertissement. Ils se remémoraient les pires scènes (les meilleures, selon eux), qui devenaient les clous du spectacle. J'ai attendu que Gwen soit rentrée de ses vacances d'été pour aller le voir. Lotte passait la soirée avec Maude, et j'ai retrouvé Gwen à l'Electra Palace de Queen Street. Nous étions assises tout devant, le cou tendu, et le film nous a conduites au fond des tranchées, dans la boue. Il nous a offert tout ce qu'il nous fallait pour nous faire imaginer encore pire.

« Pauvre Jack, ai-je chuchoté dans le noir.

— Pauvre Tilda », a chuchoté Gwen en réponse.

Quand la liste des morts s'est allongée et que Haig a déclaré que les combats étaient « remarquablement économes » en vies et que nos pertes étaient « faibles », je n'en ai pas cru un mot.

Comme Jack devait avoir une permission en octobre, Oberon a pris ses dispositions pour que la coque du *Retour de Rosie* soit radoubée et goudronnée. Cinq jours en famille ; il n'était jamais resté aussi longtemps depuis le début de la guerre. Oberon est arrivé à pied par le chemin de halage et Rosie l'a accueilli avec une lettre – la permission de Jack avait été annulée. Oberon est resté.

Il a vérifié les cordages et l'étanchéité du *Calliope* et a nettoyé notre conduit de cheminée. Un soir, nous nous sommes installés dans le jardin de rive de Rosie autour d'un vieux baril rempli de braises. Oberon nous a lu la dernière lettre de Jack – il ne pouvait pas révéler où il était ni ce qu'il faisait, et ne disait rien de ce qu'il pensait de quoi que ce soit. Quand Oberon a fini sa lecture, il m'a tendu les pages. Pas une ligne n'avait été censurée. J'en ai éprouvé un étrange chagrin.

La veille du jour où Oberon devait repartir, Rosie a fait frire du bacon et des œufs pour le petit déjeuner et j'ai été chargée du café. Dehors, ce n'était que bruine et vent, alors nous nous sommes assis dans la cabine du *Reste ici* et Oberon nous a lu des extraits de l'*Oxford Chronicle.* Sautant la liste des héros locaux, il est passé directement à la chronique « Nouvelles personnelles et sociales ».

« *Le nouveau député du Berkshire a pris son siège à la Chambre des Communes ;* Worple Flit et autres poèmes, *du neveu du Premier ministre, l'honorable Wyndham Tennant, sera publié à titre posthume immédiatement après sa mort en France ; le professeur Gilbert Murray a contracté une méchante grippe, qui l'a obligé à annuler tous ses engagements publics.* »

« Pauvre professeur Gilbert », a dit Maude.

Nous nous attendions à ce qu'Oberon poursuive sa lecture, mais il a gardé le silence.

« Qu'y a-t-il ? » a demandé Rosie.

Il avait les sourcils froncés.

« Tu ne me l'avais pas dit.

— Dit quoi ?

— Votre contrôleur, M. Hart. »

Il a dû remarquer nos regards vides. Il a lu le titre.

« *Disparition tragique de M. Horace Hart.* »

En dessous, une photo de M. Hart en toge noire d'universitaire. Sa vie et sa mort occupaient deux colonnes et demie, et Oberon n'en a pas omis un seul mot. Pourtant, tout ce que j'en avais retenu quand il s'est enfin tu était que M. Hart avait soigneusement plié ses gants et les avait posés par terre, sur la berge du lac de Youlbury. Il devait faire froid – « *glacial* », à en croire le journal –, ce qui ne l'avait pas empêché de s'enfoncer dans l'eau.

« *Il ne sera plus le même sans les Presses* », m'avait dit Eb. Mais c'était pire que cela. Tous ces morts, apprentis, typographes, imprimeurs, fondeurs – chaque disparition avait été une blessure.

Encore une victime de cette satanée guerre, ai-je pensé. Je savais pourtant qu'elle ne serait pas prise en compte.

* * *

Des cartes postales de Tilda arrivaient à intervalles irréguliers. Il nous arrivait d'attendre plusieurs semaines, et puis un beau jour, M. Turner nous en remettait trois d'un coup : une affranchie avec un timbre de l'armée, deux avec des timbres français. Certaines n'étaient même pas *pour* nous ou *de* Tilda, ce n'étaient que des fragments. Un jour, je les ai disposées sur la table, espérant pouvoir donner du sens à leur contenu.

3 août

Il y a eu trop de morts cette nuit. Une bande de nouvelles recrues, fraîchement sorties de l'Arène – c'est le nom qu'on donne au terrain de manœuvre du camp. Eux l'appellent la salle d'attente de l'enfer. Ils avaient passé moins d'une semaine sur le front quand on les a ramenés ici sur des brancards. Tous les poèmes, toutes les affiches voudraient vous faire croire qu'ils marchent à la mort dans un esprit de sacrifice. Ce n'est pas vrai. Ce n'est pas du tout vrai. Ce sont tous les mêmes, des anonymes, à l'image des hommes des histoires que votre maman aimait tant. Les hommes qui moururent, moururent, moururent afin qu'Ulysse puisse être un héros. Aujourd'hui, notre Ulysse s'appelle Haig et l'offensive de la Somme représente son sanglant voyage vers la gloire. Vous avez vu le film ? Il n'en dépeint que la moitié.

10 août

Trop épuisée pour dormir. Coup de main à St. John's en plus de mon travail habituel. Voilà des semaines que je n'ai pas eu de jour de congé. Les trains arrivent jour et nuit de la Somme. Surtout des hommes sur des civières. Certains en si mauvais état qu'ils meurent par terre, à l'endroit même où on les a déchargés. J'y ai passé six heures hier, après toute une nuit dans le service des Fritz. Des VAD qui font le tri parmi les corps, identifiant leurs blessures, les nettoyant juste ce qu'il faut avant de passer à la prochaine charogne. On dirait le travail de vautours. Ils sont couverts de guerre. De boue, de sang et d'autres machins qui puent.

La merde en est le moindre. Il y en a partout. La première chose à les quitter, et la dernière.

6 septembre

La nuit, je soigne des hommes que des soldats britanniques ont cherché à tuer. Le jour, c'est le contraire. Et ça continue, encore et encore.

7 septembre

Je bavarde avec les Allemands mourants comme si nous étions des clients qui font la queue à la boulangerie. Je leur demande s'ils ont vu Bill pendant leurs pérégrinations. Je le leur décris en détail. Je leur dis qu'il n'est vraiment pas fait pour la guerre. On aurait dû l'employer comme cuisinier, comme jardinier ou comme raccommodeuse – les uniformes ont tout le temps besoin d'être raccommodés. Comment dit-on raccommodeuse pour un homme ? Peut-être raccommodeur. Pourquoi est-ce que je fais ça ? Les Allemands ne comprennent pas un mot de ce que je dis.

10 septembre

J'ai vu Alison pleurer sur le corps du plus crasseux des Boches. Un garçon, dont la voix piaillait encore. Il s'était mis à l'appeler « Mutter ». Ça ressemble tellement à « mother ». Et « Wasser » ressemble à « water », « Freund » à « friend ». Serez-vous surprises d'apprendre que leur sang est rouge et qu'ils gémissent quand ils souffrent ? Qu'ils pleurent quand ils comprennent qu'ils ne rentreront plus chez eux ?

28 septembre

Savez-vous que je commets un délit en aimant Hugo ?

C'est une injure à toutes les mères anglaises qui ont perdu leurs fils anglais.

Et ça pourrait me valoir d'être arrêtée.

Plus que des lettres, on aurait dit les notes d'un journal intime, et j'éprouvais l'impression gênante de fourrer mon nez dans ce qui ne me regardait pas. Ce n'était pourtant pas leur contenu qui me préoccupait, mais la conscience croissante que Tilda était en train de sombrer et que je ne pouvais rien faire pour l'en empêcher. Je ne pouvais pas prendre sa place, je n'avais pas de conseil à lui donner, j'étais incapable d'inventer le moindre mensonge qui l'aurait convaincue que ce carnage était noble et juste.

« Je m'inquiète pour elle, Maudie. »

Maude a levé les yeux de l'étoile qu'elle pliait.

« Je m'inquiète », a-t-elle dit.

Puis elle s'est souvenue du courrier de l'après-midi qu'elle avait gardé dans sa poche depuis que M. Turner le lui avait remis.

« Tilda », a-t-elle dit en me tendant l'enveloppe.

Mon cœur s'est serré. J'ai regardé les autres, étalées sur la table, et j'ai eu envie de laisser cette enveloppe-là fermée, d'échapper à son contenu, quel qu'il fût.

Honteuse, je l'ai décachetée.

15 octobre 1916

Bonjour mes charmantes,

Les blessures s'aggravent, et les VAD expérimentées (moi) sont obligées de faire un travail d'infirmières. Depuis près d'un mois, je survis avec trois ou quatre heures de sommeil seulement, que je glane comme je peux. Pas un jour de congé. Quand j'ai fini au service des Fritz, je donne un coup de main à St. John's ou j'assiste à des opérations à l'hôpital général n° 24. Voilà mon inventaire d'hier (ou était-ce aujourd'hui ? je ne sais plus) : deux bras amputés au niveau de l'épaule, un sous le coude ; quatre jambes au-dessus du genou, deux dessous ; trois pieds ; onze doigts et six orteils. Les doigts sont ce que je préfère – à son réveil, le gars découvre sa main ou son pied enveloppé de bandages et il craint le pire. Je lui annonce que ce n'est que son petit doigt ou son gros orteil et je l'observe au moment où l'information arrive à son cerveau (ils prient pour ça, chaque fois qu'ils passent le parapet de la tranchée). « Je vais rentrer chez moi ? » demandent-ils. Oui. « Et on ne me renverra pas au front ? » Non. À ce moment-là, tous sans exception attrapent ma main, même si la leur est un tampon de pansements. Ils la couvrent de baisers comme si j'étais cette foutue Vierge Marie.

Tilda xxx

Qui les délivre du mal, ai-je pensé.

« Bonnes nouvelles ? » a demandé Maude.

Je me suis rendu compte que je souriais, je n'avais plus le cœur serré. J'ai regardé la page que j'avais en main – *Bonjour mes charmantes*. Une écriture soignée, sa signature à la fin.

« Elle a l'air d'aller un peu mieux », ai-je dit.

Puis j'ai lu la lettre tout haut.

Des marques de reconnaissance, voilà ce dont Tilda avait besoin. Un soupçon de feux de la rampe, un public d'un ou plusieurs spectateurs – ça n'avait pas d'importance. Les garçons qui se réveillaient, qui décidaient de vivre, qui lui embrassaient la main, c'étaient les admirateurs qui l'attendaient à l'entrée des artistes. Elle resterait en scène aussi longtemps que les applaudissements seraient suffisants.

J'ai fouillé dans la boîte à biscuits de Maude pour trouver une feuille de papier vierge. J'applaudirais à tout rompre.

* * *

Jack aurait dû avoir une permission de deux semaines en novembre, puis en décembre, puis en janvier. Annulée chaque fois. *Trop bon dans ce que je fais*, écrivait Jack en guise d'excuse. Nous n'avons jamais parlé de ce qu'il faisait.

Et puis, un jour de février 1917, nous avons vu un soldat marcher sur le chemin de halage.

« Il a l'air complètement éreinté, ai-je observé.

— Éreinté, a dit Maude.

— Pauvre gars », a chevroté la Vieille Madame Rowntree.

Elle était obligée de nous croire sur parole ; elle ne voyait qu'une tache floue.

Mais Rosie n'a rien dit. Elle s'est levée. Puis elle a couru. Elle s'est jetée au cou de l'inconnu et il s'est effondré contre elle. Je n'entendais pas ses sanglots, mais je les voyais ébranler toute sa carcasse et je voyais que Rosie devait se raidir pour les absorber.

Jack était épuisé. Maude l'a accompagné jusqu'au fauteuil de Ma pendant que Rosie et moi retransformions leur table en lit. Ils avaient fait ça tous les jours quand Jack était à la maison, et Rosie était rapide. Quand j'ai soulevé la literie rangée sous le banc, le *Reste ici* s'est empli d'un parfum de lavande.

Maude a aidé Rosie à déshabiller son fils pendant que je mettais de l'eau à bouillir. Il n'a pas eu l'air de remarquer notre présence, ou de s'en soucier. Quand j'ai apporté la cuvette et les gants de toilette, il a laissé Maude lui laver le visage et le cou, les bras et le torse, pendant que sa mère s'occupait du reste. Il était maigre, tendu. Ses pieds étaient boursouflés et pelaient, leur peau pâle et plissée comme s'il avait cent ans. Ce premier jour, il avait la tête trop brûlante pour qu'on la touche.

La fièvre de Jack a duré six jours. Il était congestionné, il souffrait, et il fallait lui donner du bouillon à la cuiller. Rosie avait maintenant deux infirmes sur les bras et, en fin de journée, elle était si fourbue qu'elle paraissait mince comme du papier pelure. Maude prenait le relais le soir pendant que je préparais à dîner pour nous tous. Personne ne se souciait de savoir si c'était bon. Le septième jour, Oberon est rentré et m'a envoyée chercher un médecin.

Quand le docteur est arrivé, il a fallu qu'Oberon sorte pour lui faire de la place. J'ai proposé de m'éclipser un instant à sa place, mais il a insisté pour que je reste. Il avait du mal à regarder son fils sans émotion et j'ai compris qu'il voulait épargner ça à Jack, ou se l'épargner. Conserver sa tête.

Les pieds de Jack étaient en bonne voie de guérison, a annoncé le médecin. Les pansements à la sauge de Rosie avaient été efficaces. Un cas bénin de pied des tranchées. Pas d'infection. Ça lui picoterait peut-être encore un moment, mais ce n'était pas assez grave pour qu'il soit libéré. Alors que nous ne l'avions même pas envisagé, nous avons été accablés d'apprendre que sa démobilisation n'était pas à l'ordre du jour.

« Quant à la fièvre, ce n'est que la grippe, a continué le médecin. Beaucoup de ceux qui rentrent de France en sont atteints. Ils sont épuisés, et elle les frappe plus sévèrement que d'ordinaire. »

Le médecin a parcouru des yeux le *Reste ici*, et j'ai vu la péniche telle qu'il devait la voir. Exiguë et pauvre, mais propre et chaude. Tout à sa place, pas plus que nécessaire, pas moins non plus.

« Vous faites exactement ce qu'il faut », a-t-il conclu.

Rosie a sorti une vieille boîte à tabac du fond du tiroir à couverts et lui a demandé ce qu'elle lui devait.

Le médecin a secoué la tête.

« C'est la guerre qui l'a rendu malade. Il ne serait pas correct que je vous fasse payer. Mais si son état s'aggrave, n'hésitez pas à l'envoyer à la Radcliffe Infirmary. »

La fièvre de Jack a baissé quelques jours plus tard.

« Encore deux semaines, a dit le médecin quand il est passé prendre des nouvelles de son patient, et il sera d'attaque pour retourner en France. »

Puis son attention s'est portée sur Maude. Elle tenait encore le linge qu'elle avait utilisé pour soigner les pieds de Jack avant l'arrivée du médecin. Elle était écarlate. Il a posé la main sur son front.

« Quant à celle-ci, vous feriez mieux de la mettre au lit. »

* * *

Un pas léger sur le pont avant. Quelqu'un a frappé doucement. M'attendant à ce que Rosie ouvre l'écoutille et entre comme à son habitude, j'ai continué à faire la vaisselle. On a refrappé.

Je me suis essuyé les mains et suis allée ouvrir.

« Vous n'êtes pas venues au travail. »

C'était Lotte. Elle avait les joues très colorées : le froid de la nuit, peut-être. Son regard s'est dirigé vers la cabine sans s'arrêter sur moi. Elle cherchait Maude.

« Elle a attrapé la grippe de Jack, lui ai-je dit. Je l'ai mise au lit. »

Lotte s'est frotté les mains et j'ai constaté qu'elle n'avait pas de gants. Elle devait avoir froid.

« Elle est malade ? »

Ses yeux impatients, écarquillés et d'un bleu glacial, se sont arrêtés sur moi. C'était comme une accusation.

L'épais brouillard avait drapé son chapeau et les épaules de son manteau d'une toile d'araignée d'humidité. J'aurais dû l'inviter à entrer, lui proposer une boisson chaude. Elle aurait eu moins froid aux mains, se serait calmée.

« Elle a un peu de fièvre, ai-je répondu. Mais tout va bien. Je m'occupe d'elle. »

Une ombre infime sur son visage, un plissement fugace de ses yeux. *Vraiment ?* disaient-ils.

« Je vais aider. »

Si cela avait été une question, j'aurais peut-être accepté. J'ai porté mon regard au-delà d'elle, dans la nuit. Un petit crachin tombait.

« Je ne peux pas te proposer d'entrer, Lotte. »

Maude était ma sœur, ma responsabilité.

« Tu risquerais de tomber malade aussi. »

Elle a cherché à insister, mais j'ai été la plus forte.

Deux jours plus tard, Maude était sur pied et jouait aux échecs avec Jack. Le lendemain, elle était de retour à l'atelier. Quand elle a pris place devant l'établi à côté de Lotte, j'ai vu le corps de la Belge fléchir.

À la fin de la journée, Lotte s'est attardée au vestiaire.

J'aurais dû accepter son aide, ai-je pensé.

« J'ai prévu de voir Bastiaan, ce soir », ai-je dit.

Elle a attendu l'invitation.

« Tu aurais envie de venir chez nous ? Je pense que tu as dû manquer à Maude.

— Lui manquer », a dit Maude.

La vérité de cette phrase a résonné dans ma tête. Une réprimande.

CHAPITRE 33

Nous n'avions pas eu la possibilité de passer beaucoup de temps ensemble, Bastiaan et moi, durant ce long hiver, et quand le mois de mars 1917 est arrivé, nous aspirions à la solitude du Saint-Sépulcre. Les derniers vestiges d'une averse de neige d'arrière-saison s'attardaient à l'ombre des tombes, mais nous nous étions préparés au froid. Bastiaan a posé une couverture sur le sarcophage de Mme Wood et, quand nous avons été assis, il en a étalé une autre sur nos genoux. J'ai rempli deux tasses de thé, que nous avons serrées entre nos mains gantées.

« Quel livre as-tu relié, aujourd'hui ? m'a-t-il demandé.

— Nous avons plié les pages d'*Homeri Opera*. »

Il a incliné la tête.

« Homère ?

— L'*Odyssée*. Livres I à XII, pour être précise. Dans le texte grec d'origine.

— En classe, on nous a obligés à lire Homère.

— À t'entendre, on pourrait croire que c'était une corvée.

— C'en était une, crois-moi. » Il a ri. « On nous faisait traduire en français des vers des pages que tu plies. Ce n'était pas l'histoire qui intéressait notre professeur.

— Tu as appris le grec ancien ?

— Un peu. Mais je n'étais pas très fort.

— Tu as lu toute l'histoire ?

— Oui. En français. Et toi ? »

Ça a été à mon tour de rire.

« Je suis de Jericho, Bastiaan, pas d'Oxford. J'ai quitté l'école à douze ans, et Homère n'était pas au programme de St. Barnabas, pas plus en anglais qu'en grec ancien.

— Mais pourquoi pas en anglais ?

— À quoi bon ? Nos destinées étaient bien trop ordinaires pour que les dieux s'en soucient, et nos voyages ne nous conduisaient pas au-delà des Presses.

— Les mêmes Presses qui impriment Homère en anglais *et* en grec ancien ? »

J'ai haussé les sourcils et imité Mme Hogg de mon mieux.

« Votre travail, mademoiselle *Jones*, consiste à relier les livres et non à les lire.

— Pourtant, tu les lis.

— Quelques-uns, ai-je reconnu, alors qu'en vérité, j'en lisais beaucoup. Quelques bribes par-ci par-là. Mais je serais bien en peine de déchiffrer du grec.

— Ça ne t'empêche pas de connaître les histoires d'Homère. Tu as bien dû en avoir une traduction entre les mains.

— Toute une étagère de traductions, ai-je rectifié. Ma rapportait des livres du travail, mal reliés. *Trop sublimes pour être lus à haute voix*, disait-elle, mais elle nous racontait les légendes comme elle les comprenait, en ajoutant des détails empruntés à d'autres versions des mythes grecs. Elle pouvait consacrer cinq minutes au résumé de la guerre de Troie et mettre une heure à nous expliquer pourquoi Hélène n'y était pour rien. »

Bastiaan a souri.

« Elle lisait autre chose qu'Homère ?

— Tout ce qui lui tombait sous la main. Son auteur préféré était Euripide. Elle a lu *Les Troyennes* si souvent qu'il est tombé en morceaux. »

Ma l'avait cousu ; Eb l'avait couvert. Il avait bâclé l'endossure juste assez pour que les plats soient en place, mais que le volume soit refusé à l'inspection. *Son* inspection. *Cher Scrooge*.

« Euripide ?

— Il avait donné la parole aux femmes.

— Je suis sûr que tu ressembles à ta mère. »

J'ai haussé les épaules. Ma avait été relieuse jusqu'au jour de sa mort.

« C'est Ma qui a baptisé notre péniche, ai-je dit. Elle était presque irréparable quand Oberon l'a récupérée. Elle n'avait pas de nom, alors Ma l'a appelée *Calliope*, comme la muse de la poésie. La muse d'Homère, selon certains. »

Je me suis tue. *Et alors ? Qu'est-ce que ça change ?* s'était moquée Mme Hogg quand Ma lui avait dit qui était Calliope. *Ce n'est pas parce que vous savez ce genre de choses que vous êtes meilleure que nous.*

Mais Bastiaan ne s'est pas moqué. Il a senti que je n'avais pas fini et il a attendu la suite.

« Un jour, j'ai demandé à Ma pourquoi Calliope n'avait pas écrit elle-même ses histoires.

— Qu'est-ce qu'elle t'a dit ?

— Que Calliope était une femme.

— C'est tout ?

— Tu ne crois pas que ça suffit ? » J'ai relevé un sourcil. « En tout cas, j'ai compris ce qu'elle voulait dire.

— Et c'était quoi ?

— Que le rôle d'une femme était d'*inspirer* des histoires, pas de les *écrire*. »

Bastiaan m'a dévisagée.

« À mon avis, tu n'y as pas cru, même ce jour-là. »

J'ai soupiré.

« Le problème est que j'y ai cru, si, plus ou moins. Mais tout de même, il y avait *Jane Eyre*, et *Orgueil et Préjugés*, et puis aussi *Middlemarch*.

— Et cette preuve t'a fait changer d'avis ?

— Juste assez pour m'inspirer l'envie de quelque chose qu'en réalité je ne peux pas avoir. Les sœurs Brontë et Jane Austen étaient loin d'être riches, semble-t-il, mais elles vivaient tout de même dans des maisons où une femme préparait leurs repas et où une autre faisait leurs lits et allumait leurs feux.

— Si tu n'étais pas obligée de travailler à l'atelier de reliure, tu écrirais ? »

Une conversation dont je n'avais pas le texte. À nouveau, il a attendu.

« Presque tout ce que je plie et assemble est écrit par des hommes, Bastiaan. Quand Ma m'a appris qu'en réalité George Eliot était une femme, j'ai décidé de changer de prénom et de m'appeler Edward. Pendant toute une semaine, je n'ai pas répondu à un autre nom. »

Je crois qu'il a compris qu'il n'y avait rien à ajouter.

« Elle est enterrée ici, ta maman ? »

C'était ma faute. Parler de Ma l'avait fait apparaître, et je me suis demandé si je l'avais fait exprès. Mais la question de Bastiaan ne m'en a pas moins surprise, et j'ai été incapable de répondre.

« Pardon. Je pensais, comme tu habites si près... »

Alors j'ai eu honte.

« Je ne suis jamais allée sur sa tombe », ai-je laissé échapper.

Il n'a rien dit.

« Je ne l'ai jamais vue morte. Et je n'ai pas pu regarder son cercueil s'enfoncer dans la terre. Quand je rêve de Ma, en dormant ou non, elle est vivante et en bonne santé. Je peux l'entendre, et j'ai peur que voir sa tombe n'y mette fin. »

Nous sommes restés assis en silence, à boire notre thé. Je jouais avec la vapeur qui sortait de ma bouche, cherchant à faire des ronds.

« Tu as froid, a remarqué Bastiaan.

— Oui, je suis gelée.

— Dans ce cas, allons-y. »

Nous nous sommes levés et je l'ai regardé replier les couvertures et les ranger dans sa sacoche. J'ai regardé sa main effleurer la pierre sur laquelle nous nous étions assis, un geste de remerciement à Mme Wood.

« J'aimerais bien te la présenter », ai-je dit.

J'ai pris la tête dans l'avenue d'ifs et suis passée devant la chapelle, comme si je faisais ça tous les jours.

Bastiaan ne m'a pas pris le bras, il ne m'a pas guidée. Il est resté en arrière et je lui en ai su gré. Il fallait que j'arrive seule. Il fallait que je demande pardon. J'avais été plus furieuse que triste, et j'avais eu moins de mal à rester furieuse en pensant à Ma comme à une femme vivante, qui respirait, qui était capable de revenir et de tout reprendre en main.

Il y avait un monde fou le long du mur nord, exactement comme dans les rues de Jericho. J'ai hésité. J'avais été persuadée de savoir exactement où aller, mais j'étais perdue. Cela faisait déjà presque six ans, et d'autres mères étaient mortes. Des pères et des grands-parents, un enfant de l'école paroissiale de St. Barnabas. Je les avais tous connus, plus ou moins. Un imprimeur, une préposée au thé, le fils aîné d'un typographe. *Quand je mourrai*, ai-je pensé, *je serai toujours relieuse.*

Le cimetière du Saint-Sépulcre n'avait pas de place pour les garçons de Jericho tombés au combat, mais quelques familles avaient fait graver les noms de fils et de frères sur les tombes de leurs parents ou grands-parents. C'étaient des hommes qui ne rentreraient jamais chez eux. Ils étaient portés disparus ou avaient été enterrés en France, en Grèce, ou en un autre lieu trop lointain. J'ai ralenti le pas pour déchiffrer leurs noms. *William Cudd, 24 ans, mort en Flandre*. Je l'avais connu à St. Barnabas. J'avais aussi connu *Thomas John Drew, 23 ans, mort en France*. Il était si grand que nous le surnommions Tom Pouce. J'ai dû me pencher pour lire l'inscription suivante – la pierre tombale était petite, mais les caractères magnifiques. C'était celle de *Derryth Owen, mère bien-aimée*. Et l'inscription ajoutée au-dessous était celle de son fils, *Gareth Owen, 37 ans, mort en France.*

Le souffle m'a manqué. Le typographe. Le lieutenant de Jack. Je l'avais su quand celle qu'il aimait ne le savait pas encore. Sa femme. J'avais été là à la sortie de l'église. *Époux bien-aimé* était gravé sous son nom et, encore plus bas, *Amour, Éternel*. Le tout en caractères Baskerville. Clairs et beaux.

Bastiaan a dû croire que j'avais trouvé la tombe de Ma. Il s'est approché, a posé la main dans mon dos alors que je m'accroupissais.

« Quelqu'un que j'ai connu, ai-je dit.

— Je suis désolé. Prends ton temps. »

En regardant autour de moi, j'ai aperçu le hêtre pourpre. Je m'étais tenue sous cet arbre avec Tilda et Maude. J'avais observé attentivement son écorce, son feuillage, le motif que dessinait le soleil qui brillait entre ses feuilles. Je m'étais adossée contre son tronc et avais frotté le dos de mes doigts contre sa rugosité. Je n'avais pas voulu entendre un mot de ce qui se disait autour de ce trou. Je n'avais pas voulu imaginer la boîte à l'intérieur. Quand le pasteur avait pris la parole, tout ce que j'avais entendu était le grattement sourd de mes jointures qui allaient et venaient sur l'écorce. Ce n'est qu'au moment où Maude s'était approchée de la tombe que j'avais constaté que le pasteur se taisait. J'avais tendu le bras pour l'arrêter, mais elle m'avait ignorée, s'était dirigée jusqu'au bord du trou, avait pris une poignée de terre sur le tas qui s'élevait à côté et l'avait jetée dedans. À ce moment-là, mes doigts saignaient. Je les avais regardés fixement, mais ça ne m'avait pas empêchée d'entendre la terre tomber sur la caisse.

Le hêtre avait poussé. La lumière basse de l'après-midi étirait ses branches dépouillées et épaississait sa couronne noueuse, le rendant menaçant. Il avait été un refuge, ce jour-là, un dérivatif. Je me suis approchée des ombres qu'il projetait. Je me suis tenue au même endroit. Je me suis adossée contre son tronc. J'ai senti l'écorce rugueuse sous mes doigts.

Puis j'ai suivi mon souvenir de Maude.

La petite pierre tombale était presque cachée. Tilda avait entretenu la tombe, mais la guerre la tenait éloignée et des mauvaises herbes poussaient tout autour. J'ai dû les écarter pour voir l'inscription.

Helen Penelope Jones
Mère bien-aimée
Amie bien-aimée
Qui mourut le 25 avril 1911
À l'âge de 36 ans.

Sous les mots, la gravure d'un livre ouvert.

Je m'étais attendue à trouver son nom et son âge, je m'étais préparée à *Mère bien-aimée.* Je me rappelais que Tilda m'avait demandé si elle pouvait ajouter *Amie bien-aimée*, et que je lui avais répondu que ça m'était égal. Mais j'avais compris la nature de leur relation, et elle était là, inscrite dans la pierre – Tilda s'était mise là où un mari aurait dû être.

C'est le livre qui m'a fait sangloter. Le livre qui m'a accablée. Bastiaan avait raison – j'étais comme elle. Six années de chagrin ont ruisselé par mes yeux et par mon nez. Elles m'ont secoué les épaules, plié le dos et forcée à rejoindre le sol froid où gisait ma mère.

* * *

Je ne sais pas combien de temps j'ai passé à murmurer dans la terre, à lui demander de pardonner. Ma colère. Mon absence. Toutes les fois où j'avais laissé Maude avec un inconnu. Toutes les fois où j'avais envisagé une vie dans laquelle ma sœur ne serait pas.

J'ai senti le poids d'une couverture. Bastiaan me relevait, le sang affluait dans mes jambes. J'avais des fourmis dans les pieds et Bastiaan a dû me soutenir jusqu'à ce qu'ils supportent mon poids. Je frissonnais.

« Elle prend si peu de place », ai-je dit.

Il a soupiré.

« À la fin, c'est vrai de nous tous. »

CHAPITRE 34

Homeri Opera. Odysseae.

Thomas W. Allen avait écrit sa satanée *Praefatio* en latin, et toutes les idées que pouvait bien contenir cette préface me sont passées au-dessus de la tête.

Encore une porte fermée, ai-je pensé, en faisant le premier pli, le deuxième pli. Le latin m'asticotait – *Homeri*, *academia*, *exemplar*, *antiquae*, *Athenis*, *linguae*, *vocabulorum traditionem* – échos d'une langue qui m'était connue. Alors que le grec…

Une autre feuille ; mes yeux balayaient le texte grec à chaque pli, sans rime ni raison. Dans ce sens ou dans l'autre, cela ne faisait aucune différence, cela n'avait aucun sens. J'en avais le vertige, la nausée. Un pli, deux plis, trois. J'avais la tête qui tournait, tournait.

…

…

« Mademoiselle Jones ! »

Quelque chose m'a piqué la joue. Le dogue rogue.

« Laissez-la respirer ! l'ai-je entendue dire. Retournez à vos places. »

J'étais allongée par terre, Mme Hogg à genoux, les yeux écarquillés. Inquiète ?

« Vous nous avez fait peur », a-t-elle dit.

Une voix bienveillante, sans trace d'aboiement. Oui, inquiète.

« Je… »

Je ne savais plus parler. *Vocabularum traditionem*, ai-je pensé.

« Je…

— Ne vous en faites pas, mademoiselle Jones. Vous vous êtes évanouie, c'est tout. Ça ira mieux dans une minute. »

Sa main sur mon front, sur ma joue. J'avais tellement chaud.

Maude a agité un éventail en papier devant mon visage. Un souffle d'air frais. Mme Hogg m'a aidée à me redresser. À regagner ma chaise. Elle était douce.

Maude m'a donné l'éventail en papier. Un pli, deux plis, trois, quatre, cinq… dix au moins. Le grec plié en accordéon, enfin utile à quelque chose.

* * *

Gwen a sorti le thermomètre de ma bouche et a froncé les sourcils.

« Tu as toujours de la fièvre », a-t-elle constaté en le secouant énergiquement.

Elle a posé l'autre main sur mon front, puis sur ma joue.

« Je ne suis pas sûre que tu aies des raisons de sourire. »

Cela faisait longtemps que personne ne s'était occupé de moi, et je ne pouvais m'empêcher d'être un peu heureuse de cette fièvre. De Gwen.

« Tu devrais entrer chez les VAD et devenir infirmière, lui ai-je dit.

— J'y ai pensé. »

Mon sourire s'est effacé.

« Oh, non, je t'en prie.

— Ce n'est pas mon genre, Peg. Autrement, je l'aurais fait depuis longtemps. »

Elle a reposé le thermomètre dans la tasse près de mon lit et a remonté mes couvertures jusqu'à mon cou. Nous avons tendu l'oreille toutes les deux en entendant Maude monter sur le pont avant. Elle a apporté à bord du *Calliope* le courrier et la fraîcheur de ce soir de mars.

Gwen a bien fermé l'écoutille et Maude lui a passé les lettres pour pouvoir retirer son manteau et son chapeau. Gwen a trié les enveloppes en revenant vers mon lit.

« Deux avec un timbre de l'armée, une avec un timbre français ordinaire, de Mme Taylor.

— Tilda », ai-je dit.

Gwen a posé la dernière lettre dans ma main tendue.

C'était à peine une lettre, une brève note écrite au verso d'une petite carte – une des œuvres d'Iso. On aurait pu la prendre pour une carte postale, si ce n'est qu'elle avait pour sujet une salle d'hôpital. Les couleurs étaient pâles. Une rangée de lits avec juste suffisamment de touches de pinceau pour évoquer un homme couché dans chacun ; des couvertures blanches, grisées par la nuit ; la touche jaune vif de la lampe torche que tenait une infirmière. Elle était de dos, mais les cheveux couleur miel qui retombaient en une grosse tresse de son calot ont retenu mon regard. J'ai reconnu sa silhouette, si grande et si droite. Le sujet principal de cette image était l'infirmière, pas les hommes, et j'ai imaginé Iso, assise hors champ, observant Tilda au travail. Elle avait su rendre quelque chose que je ne pourrais jamais exprimer en paroles. Une vérité sur Tilda, qu'elle portait dans son corps.

Je me suis penchée sur le texte.

20 février 1917

Chère Pegs,

Heureuse d'apprendre que Maude est de nouveau sur pied, mais comme tu n'es pas du genre à te plaindre d'un rhume, je ne peux que supposer que tu es vraiment malade. En temps normal, je ne m'inquiéterais pas, mais mon service se remplit de garçons qui ont beaucoup de mal à respirer (et nous n'avons plus que le tiers de notre personnel soignant). Les Français parlent de grippe, mais le docteur Hammond pense que c'est un nouveau genre de bronchite. Très contagieux. Dans votre cas, le coupable est certainement Jack. Il vous aura rapporté ça en souvenir. Le conseil que je peux te donner est de boire beaucoup d'eau et de laisser Maude veiller sur toi. C'est une chose qu'elle fait très bien, tu le sais.

Tendresse,

Tilda x

Elle n'a pas parlé du dessin, et je me suis demandé si elle savait comment Iso la voyait.

J'ai porté le regard au-delà du rideau de notre chambre et j'ai vu Gwen inspecter la bibliothèque de Ma. Elle a sorti un roman de la rangée supérieure. Quand elle l'a ouvert, l'idée que la main de Ma avait sans doute été la dernière à toucher ces pages m'a traversé l'esprit. J'ai regardé Gwen parcourir les premières lignes. Je ne distinguais pas les détails de la couverture et ne savais pas ce qu'elle lisait, mais elle souriait comme on sourit quand on tombe sur un texte familier, un texte qu'on a apprécié un jour, mais oublié. Elle a refermé le livre avec le plus grand soin, l'a retourné, a caressé la couverture. *Ma aurait aimé Gwen*, ai-je pensé.

« Tu as lu tous ces livres, Peg ?

— La plupart. »

Mais je n'étais pas sûre qu'elle m'ait entendue. Ma gorge me faisait l'effet d'un papier bon marché, fragile, friable.

Puis elle s'est penchée vers l'étagère du bas. Les Grecs.

« Et ça, tu l'as lu ? »

Toile verte, *Les Troyennes* en lettres d'or sur le plat supérieur. Traduit par Gilbert Murray.

J'ai hoché la tête.

« Le livre grec préféré de Ma.

— Vraiment ? » a-t-elle demandé en l'ouvrant.

Elle y a jeté un coup d'œil, sans lire.

« Il m'arrive de penser qu'Euripide détestait les femmes. Il les rend si cruelles. »

J'avais fait la même remarque à Ma.

« Certaines femmes *sont* cruelles », ai-je dit à Gwen.

Surtout si on les a traitées cruellement, avait ajouté Ma. *Comme la plupart des femmes de la Grèce antique.*

« Je pense qu'il rend les femmes importantes. Puissantes », ai-je repris en répétant les propos de Ma, et ma gorge m'a brûlée. « Il les laisse parler. »

Je m'attendais à ce que Gwen défende son point de vue, mais elle a hoché la tête. Seulement hoché la tête. Elle a rangé *Les Troyennes* à leur place dans la bibliothèque de Ma puis s'est accroupie pour regarder la pile de manuscrits non reliés et de cahiers détachés posés par terre devant les rayonnages. Elle a saisi le cahier du dessus.

« Qu'est-ce que c'est ?

— Une partie de livre.

— Pourquoi diable as-tu seulement une partie de livre ?

— Elle devait contenir quelque chose qui m'intéressait. »

Le cahier n'était pas coupé. Elle l'a retourné pour regarder la dernière page.

« Ça se termine au milieu d'une phrase, Peg.

— Rien ne dit que je ne pourrai pas ramasser d'autres pages un jour. »

Gwen a ri.

« Ramasser ! À t'entendre, on pourrait croire que ce n'est pas plus compliqué que d'aller chercher du pain. Si ça t'intéresse à ce point, pourquoi ne l'empruntes-tu pas ? Ça serait plus simple. »

Gwen avait touché un point légèrement sensible. Les cahiers qu'elle avait trouvés appartenaient pour la plupart à de grands livres, chers ou rares. Ils laissaient tous entrevoir un contenu que j'aurais bien voulu connaître et auquel j'étais furieuse de ne pas pouvoir accéder.

« J'essaie parfois de trouver un de ces livres au Stute ou à la bibliothèque publique d'Oxford, mais ils ne les ont pas toujours.

— Tu devrais essayer la Bodley ; ils possèdent tous les ouvrages publiés en Angleterre. Tu ne pourras pas les emprunter, c'est sûr, personne n'y est autorisé, mais tu peux être certaine de trouver tout ce qui t'intéresse.

— Et comment veux-tu que *moi*, j'entre à la Bodleian ?

— À bien y réfléchir… »

Elle a pris l'air penaud. Ça lui allait mal.

« Ha ha ! Je ne peux pas y entrer ? Alors ça, quelle surprise ! ai-je lancé.

— Il faut être parrainé. Au moins par un prof de fac, si tu es une femme. Je n'aurais pas dû te suggérer ça.

— Et si j'étais un homme ?

— Pourvu que tu portes une toge, longue ou courte, aucun parrainage n'est nécessaire. Et si un homme veut *emprunter* un livre, il peut s'adresser à la bibliothèque de l'Oxford Union Society. On y trouve tous les livres dont on peut avoir besoin pour réussir ses examens universitaires. »

Je me suis mise à rire et j'ai été prise d'une quinte de toux.

« Oh, Peg ! Ne sois pas cynique comme ça ! »

Gwen s'est approchée, a plongé une cuiller dans le pot de miel posé à côté de mon lit et l'a glissée entre mes lèvres.

« En réalité, il n'est pas complètement impossible pour une femme d'avoir accès à la bibliothèque de l'Oxford Union Society, a-t-elle repris.

— Et on fait comment, au juste ?

— Eh bien, il faudrait qu'elle fasse du plat à un type d'Oriel College pour qu'il accepte de la chaperonner, puis qu'elle s'adapte à son emploi du temps, quelle que soit la date à laquelle elle doit remettre son devoir, et, bien sûr, qu'elle lui passe un peu la brosse à reluire, et il n'est pas exclu qu'elle doive consentir à prendre le thé avec lui. Ce n'est que justice, après tout, puisqu'il empruntera les livres à sa place, ce qui n'est pas dépourvu de tout risque pour lui.

— Comment ça ?

— Imagine qu'elle les lise dans son bain. Ça pourrait bien arriver, non ? Ils pourraient glisser de ses petites mains. Mais elle supportera tous ces inconvénients pour avoir la possibilité de lire les ouvrages qui comptent et d'acquérir les connaissances nécessaires. Et un jour, elle obtiendra sa licence avec mention très bien, alors que son chaperon d'Oriel n'aura que bien, et elle finira par présider un comité moyennant un salaire modeste tandis que lui se retrouvera à la tête d'une société ou d'un pays, et sera un jour élevé à la pairie. D'autres questions ? »

J'ai léché le miel qui était resté collé sur la cuiller.

« Plus de questions, juste un fait. Aucun type d'Oriel n'accepterait de courir ce risque pour une fille de l'atelier de reliure. »

Elle a hoché la tête.

« Tu as sans doute raison. » Puis elle s'est assise sur le lit et a déplié le cahier qu'elle tenait. « Tout est sens dessus dessous et devant derrière. »

Elle l'a tourné d'un côté puis de l'autre avant de choisir une page qu'elle a lue tout haut.

« "*Il vint. La vie est ainsi faite que l'événement n'atteint pas, ne peut pas, ne veut pas atteindre l'espérance. Durant toute cette journée, il ne m'aborda point**." Affection contrariée, a-t-elle commenté. Il doit s'agir d'un roman. Mais lequel ? » Elle a observé le cahier plus attentivement. « Page 415. Une longue page.

— *Villette*, ai-je dit. Les feuilles imprimées viennent d'arriver à l'atelier.

— Un tout nouveau livre ? C'est épatant !

— Non, Gwen. Il fait partie de la série des Oxford World's Classics, nous le réimprimons régulièrement. Tu en as sûrement entendu parler ?

— Je devrais ?

— Charlotte Brontë ? Ça te dit quelque chose ?

— Évidemment, Peg, j'ai entendu parler d'*elle*. Je ne suis pas une béotienne. Je suis sûre que *Jane Eyre* est un de mes romans préférés.

— Tu en es sûre ?

— Enfin, je suis sûre qu'il devrait l'être.

— En vrai, quels livres lis-tu à Somerville, Gwen ?

— Ce que mon prof me dit de lire. Mais il m'arrive de lire en diagonale. » Elle a replié le cahier puis l'a tenu en l'air pour que je le voie. « Que fais-tu quand tu as "ramassé" la totalité ?

— Je les relie. Le cousoir est sur la table. »

Elle a disparu et j'ai entendu des pages glisser entre ses doigts.

« *Prose anglaise : narrative, descriptive, dramatique.* Grands dieux, Peg, pourquoi te donnes-tu tout ce mal ?

— Je n'aime pas survoler. »

Elle a réapparu dans mon champ de vision.

« Chacun ses goûts. Mon point fort à l'université consiste à imiter le style analytique de mes profs et à reproduire leurs arguments. » Elle a souri, comme si elle me confiait un secret. « Malgré les lacunes de ma culture, je ne m'en sors pas trop mal, dans l'ensemble.

— J'en suis certaine – tu les flattes.

— Exactement. La flatterie fait des miracles, en toutes circonstances.

— J'imagine qu'ils te cuisinent un peu quand même.

— Les vieux de la vieille, oui. Mais mon professeur principal actuel est une jeune femme un peu naïve. Si j'abonde en son sens, ça lui évite d'avoir à défendre ses propres idées. Ce qui nous arrange très bien toutes les deux.

— Mais quel est l'intérêt ?

— De quoi ?

— Pourquoi es-tu à Somerville si tu n'as pas envie d'apprendre ? »

J'avais haussé le ton juste assez pour me remettre à tousser. Gwen m'a tapoté le dos.

« C'est exactement la question que m'a posée Mlle Penrose, notre directrice, il y a quelques semaines.

— Et qu'as-tu répondu ?

— Que j'allais faire des efforts.

— Et tu as l'intention d'en faire ? »

De nouveau, ce sourire taquin.

« Bien sûr que non. Je vais simplement essayer de mieux dissimuler ma suffisance. Je devrais m'en tirer assez bien.

— Assez bien pour quoi ?

— Pour entretenir des conversations intéressantes avec des hommes lors de dîners et avec des femmes dans des comités.

— Tu me rends folle, Gwen. Et je suis trop malade pour ça. »

Elle m'a calmée d'un « Voyons, voyons » exagéré, comme si j'étais une enfant boudeuse. J'ai écarté sa main d'un geste brusque.

Elle m'a dévisagée un instant.

« Et *toi*, Peg, comment ferais-tu ?

— Tu veux dire si j'étais étudiante à Somerville ?

— Oui. Quelle serait ta stratégie pour t'en sortir ?

— Je ne serais pas à Somerville pour *m'en sortir.* »

Son air de jubilation s'est effacé de ses traits. Elle est devenue sérieuse, et j'ai été mal à l'aise. J'ai fermé les yeux. Quand j'ai senti sa main sur mon front, je me suis rendu compte que j'étais complètement crispée.

« Toujours chaude, a-t-elle constaté. Mais il me semble que la fièvre baisse. »

Je me suis détendue, j'ai ouvert les yeux.

« Tilda pense que j'ai *la grippe.*

— La quoi ?

— Ce que Jack a attrapé. La moitié des garçons renvoyés chez eux depuis Étaples l'ont.

— Les veinards. Mieux vaut rentrer avec un rhume français que d'avoir perdu un membre ou, pire, la boule. »

CHAPITRE 35

Un soir, Bastiaan est passé voir comment j'allais. Maude a pris son manteau, puis sa main. Elle l'a conduit jusqu'au fauteuil de Ma.

« Reste pour dîner », a-t-elle dit.

Puis elle est retournée dans la coquerie écraser des carottes et des pommes de terre bouillies avec du lait.

C'était un plat que Lotte appelait *stoemp*. Maude savait aussi faire des *frites* et des *tartines*, qui n'étaient en réalité que des sandwiches sans pain sur le dessus, mais elle les préparait à la perfection, sans étourderie ni catastrophe. Lotte lui avait appris comment faire et chaque recette s'accompagnait de sa propre chanson, une sorte de comptine qui aidait à Maude à rester concentrée. Je l'ai regardée attraper la poêle dans laquelle elle avait fait revenir des poireaux et du chou, sans jamais interrompre sa chansonnette. Elle les a ajoutés à la purée et j'ai été prise d'un élan de reconnaissance pour Lotte, pour sa patience et son ingéniosité. J'avais mangé du *stoemp* presque tous les soirs depuis que j'avais retrouvé l'appétit et j'aurais bien aimé me nourrir d'autre chose, mais si le *stoemp* était tout ce que Maude voulait préparer, je m'en contenterais.

J'ai entendu les pas de Gwen sur le pont. La chanson de Maude s'est arrêtée. Nous avons attendu le *toc-toc* familier et un nouveau courant d'air au moment où s'ouvrait l'écoutille.

« Il fait bon, chez vous, a remarqué Gwen en refermant l'écoutille. Comment va votre jambe, Bastiaan ?

— J'ai rendu la canne, a-t-il dit.

— Magnifique. »

Maude a repris sa chanson, repris son mélange. J'ai observé Gwen qui observait ma sœur. Maude a ajouté de la noix de muscade, du sel, du poivre.

« *Une assiette, et puis deux*, a-t-elle chantonné en tendant le bras vers l'égouttoir. *Une cuillerée pour moi, une cuillerée pour toi.* »

Elle a rempli une assiette et me l'a tendue.

« Merci, Maudie, j'ai une faim de loup.

— Une faim de loup », a-t-elle répété.

Puis elle a apporté une assiette pleine à Bastiaan pour lui éviter d'avoir à quitter le fauteuil de Ma. Enfin, elle s'est mise à table avec son propre repas.

« Je me sers, tu veux bien ? » a demandé Gwen.

Elle est allée à la cuisine et s'est préparé une assiette de *stoemp* avant de nous rejoindre à table.

« Merci, Maudie. J'ai une faim de loup, moi aussi. »

Maude l'a regardée.

« Enfin, pas vraiment. Je viens de dîner. Mais tout était un peu roussi et il y avait une bizarre odeur de foie. Ce que tu as préparé sent bien meilleur. Ça valait la peine de faire le mur.

— Bien meilleur, a dit Maude. Maintenant, mange. »

On aurait cru entendre Ma, et la phrase a eu l'effet escompté. Gwen a pris sa fourchette et s'est mise à manger.

Après le dîner, Gwen a ramassé nos assiettes et les a emportées dans la coquerie. Elle a mis la bouilloire sur la plaque et s'est appuyée au plan de travail en attendant que l'eau chauffe.

« J'ai pris le thé avec Mlle Bruce, l'autre jour », a-t-elle annoncé.

Pendant un temps, je ne me lassais pas d'entendre Gwen parler de Somerville. Je me coulais dans ses anecdotes et me laissais emporter par mon imagination. Mais ma fièvre m'avait guérie de cette illusion.

« La directrice adjointe ou Pamela ? ai-je demandé avec un agacement à peine déguisé.

— Pamela, du Comité d'aide aux réfugiés. Elle m'a dit quelque chose de tout à fait intéressant. »

De la vapeur commençait à s'élever de la bouilloire. J'espérais que l'eau allait bouillir pour qu'elle passe à autre chose. J'ai gardé le silence.

« Tu ne veux pas savoir ce qu'elle a dit ? »

Pas vraiment, ai-je pensé.

« Si, bien sûr, ai-je répondu.

— Elle m'a demandé si tu n'avais jamais envisagé de poursuivre tes études. »

J'étais assise, parfaitement immobile, en proie à un sentiment que je n'aurais su définir. L'effet de ses paroles n'a pas échappé à Gwen, qui s'est retournée pour s'occuper de la bouilloire alors que l'eau ne frémissait pas encore. Elle jouait avec moi.

« Gwen, ai-je dit, peut-être trop fort, pourquoi diable Mlle Bruce a-t-elle bien pu te poser cette question ? »

Gwen a soulevé la bouilloire de la plaque et a versé de l'eau chaude dans l'évier. Elle a ajouté des paillettes de savon et les a mélangées avec la main comme si elle avait fait ça toute sa vie.

« Gwen ! »

Elle s'est retournée et s'est adossée au plan de travail, l'air malicieux.

« Elle pense que tu as l'étoffe d'une Somervillienne. »

J'ai eu envie de lui jeter quelque chose au visage et j'étais sûre que mon expression le trahissait, mais cela ne l'a pas empêchée de poursuivre.

« Je n'ai pu que l'approuver, a-t-elle continué avant de se tourner vers Bastiaan. Vous êtes bien de cet avis, n'est-ce pas ?

— Je ne sais pas ce qu'est l'étoffe d'une Somervillienne. Avez-*vous* l'étoffe d'une Somervillienne ?

— Tout dépendra sans doute de la personne à qui vous poserez la question. Je suis plutôt moins motivée que d'autres. Pour tout vous dire, j'ai répondu à Mlle Bruce que Peg était probablement mieux faite que moi pour Somerville.

— Et comment a réagi Mlle Bruce ? » ai-je demandé, les dents serrées.

Gwen a ri.

« Oh, elle s'est empressée de m'approuver, puis elle m'a versé une nouvelle tasse de thé. »

J'ai regardé Gwen comme si je ne l'avais encore jamais vue. Était-il possible qu'elle ait vécu notre amitié sans ouvrir les yeux sur la vie que je menais ?

« Je n'aime pas qu'on parle de moi, Gwen.

— Sornettes. Nous aimons tous qu'on parle de nous. Mlle Bruce trouve que tu as tout ce qu'il faut pour être une bonne étudiante.

— Peggy aime lire, a expliqué Maude, comme Ma quand quelqu'un lui demandait pourquoi elle collectionnait tous ces livres.

— Exactement, a confirmé Gwen.

— Je devrais être flattée ?

— Je pense bien. Personne n'a jamais dit ça de moi.

— Ce qui ne t'empêche pas d'être où tu es, dans une chambre à toi, à Somerville College.

— À Oriel, en réalité. » Elle était exaspérante. « Pour le moment, en tout cas.

— Je sais que j'ai ce qu'il faut pour être une bonne étudiante, Gwen. Je l'ai toujours su. Mais s'il s'agit sans doute d'une qualité souhaitable pour une Somervillienne – indispensable, aurais-je eu tendance à penser, mais il semblerait que je me sois trompée –, pour une relieuse, c'est un défaut. Un obstacle. Déplaisant.

— Un foutu gâchis, a dit Maude.

— Pauvre Pegs, a réagi Gwen.

— Je t'en prie, pas de ça. Bon sang, Gwen, tu ne comprends donc pas ? On t'a toujours tout offert sur un plateau d'argent, même ce qui ne t'intéresse pas vraiment, comme les études.

— Pas tout, ce n'est pas vrai. J'aimerais avoir le droit de vote, mais personne ne me l'a offert.

— Ce n'est qu'une question de temps », a remarqué Maude.

Elle avait entendu cette phrase de la bouche de Tilda, et aussi de celle de Mme Stoddard. Elle l'avait même entendue de la bouche de Ma. *Toujours la même rengaine*, ai-je pensé. Vide de sens, alors que le temps pouvait s'étirer avec une telle facilité.

« Nous serons peut-être mortes avant d'avoir le droit de vote, ai-je repris.

— Oh, certainement pas ! Si j'en crois certaines rumeurs, nous n'avons jamais été aussi près de l'obtenir », a répliqué Gwen.

Je me suis affalée contre mon dossier, incapable de supporter plus longtemps la tension de mon corps. Je n'avais pas l'énergie de hausser la voix.

« Toi peut-être, Gwen, mais pas *nous* – j'ai désigné Maude, puis moi. *Nous* n'avons ni terre ni instruction, et *donc*, cela va sans dire, aucune expérience ni opinion dignes d'être prises en considération. » Je l'ai regardée droit dans les yeux. « Arrêtons là, veux-tu ? Cette conversation ne présente aucun intérêt pour Bastiaan et je suis encore malade. Je n'ai pas la force de te traiter d'enfant gâtée et de te convaincre que je le pense.

— Mais si, ça m'intéresse, a protesté Bastiaan.

— Bien sûr, a renchéri Gwen. Mlle Bruce – Pamela – pense que tu serais une parfaite candidate à une bourse de Somerville. »

Elle est suffisamment intelligente, avait dit mon institutrice. *Ça ne suffit pas toujours*, avait répliqué Ma.

« Figure-toi que j'ai vérifié et que nous disposons de deux bourses complètes pour des jeunes femmes désireuses d'étudier, mais qui n'en ont pas les moyens. Autrement dit pour les Pauvres Pegs comme toi. »

Elle a peut-être esquissé une courbette, mais je ne la regardais pas. Je regardais Maude. Elle avait pris quelques feuilles volantes, du papier pelure, des pages du *New English Dictionary*. Je me suis rappelé combien elles étaient difficiles à travailler, la patience de Ma quand elle nous avait appris à manipuler ce papier si fin. Avec ces feuilles, Maude confectionnait des pliages de sa propre invention. Rien que j'aie pu identifier, mais équilibrés et beaux. La douceur des pages apportait à ses créations une illusion de mouvement, comme si chacune était dotée de pétales ou d'ailes. J'ai essayé d'attraper un mot au vol pendant que le papier passait entre les mains de ma sœur.

Tribouiller (vx). S'agiter, se troubler. Quand le pliage de Maude a été terminé, je l'ai ramassé et j'ai lu ce qui figurait sur le dessus d'une aile. Une citation de 1668 : *Je me sens tout tribouiller le cœur quand je te regarde**.

Les mains de Maude avaient ralenti, et je me suis rendu compte qu'elle écoutait Gwen.

« Mlle Bruce m'a suggéré de t'en parler. Elle souhaite que je prenne la mesure de ton appétit pour les études. » Elle a pris un ton grandiloquent : « De ton endurance à leurs rigueurs. »

Une bourse. Pour les Pauvres Pegs comme toi.

« Une parfaite candidate », a dit Maude.

J'ai gardé les yeux rivés sur les pages du Dictionnaire. Je n'avais jamais connu l'atelier de reliure sans elles. Ma non plus. Elle avait dit un jour qu'il fallait de l'endurance pour définir la langue anglaise. *Pourquoi ?* avais-je demandé. *Parce qu'il y a tant de mots*, avait-elle répondu. *Mais nous n'avons pas besoin de les connaître tous*, avais-je observé. *Nous ne les utiliserons jamais*. Elle avait posé la main sur ma joue, comme elle le faisait avec Maude pour retenir son attention. *Certaines personnes les utiliseront, Peg. Ça ne fait pas de mal de savoir ce qu'ils veulent dire.*

« Pourquoi devrais-je étudier ?

— Lire les livres », a répondu Maude.

Gwen a quitté la table pour se diriger vers le fauteuil. Elle a laissé son doigt glisser le long de la bibliothèque de Ma puis s'est penchée vers les piles de manuscrits et de cahiers posées par terre. Elle a parcouru ainsi toute la longueur du *Calliope*, de la proue à la poupe.

« Mon Dieu, s'est-elle écriée, il y a même des pages dans votre pot de chambre. Je t'en prie, ne me dis pas que tu...

— Te torches le cul avec », a achevé Maude.

Tilda adorait dire ça.

Bastiaan a ri. Gwen a ri. Elle est revenue dans la coquerie.

« Tu sais que tu as déjà la plupart des livres dont tu as besoin pour l'examen de Somerville – peut-être pas tous, mais une bonne partie. » Elle a regardé Maude. « Je me demande quels jolis mots se sont retrouvés dans le... » Puis elle s'est tournée vers moi. « Je sais que ce n'est pas très délicat, mais où se déversent vos petites affaires ?

— Gwen ! »

Mon regard s'est posé sur Bastiaan. Son visage d'avant n'a pas pu rester impassible.

« Canal », a dit Maude.

Aussi dérangeante qu'ait pu être notre conversation précédente, je la préférais encore à celle-ci.

« Et pour les livres que je n'ai pas ? ai-je demandé. Je fais comment ? Les chapitres que je ne suis pas arrivée à chaparder – comment les lire ?

— J'ai une carte de lecteur de la bibliothèque publique d'Oxford, a dit Bastiaan.

— Leurs collections ne sont pas très à jour, lui ai-je fait remarquer alors que mon esprit commençait à s'emballer. Et l'examen d'entrée à Somerville n'est qu'une première étape. Si je veux pouvoir passer un diplôme, il faut aussi que je me présente aux Responsions.

— Eh bien dis donc, a lancé Gwen. Pour une relieuse, tu en connais un bout sur les examens d'Oxford. J'ai dû me farcir toute une séance de travaux dirigés sur le style de questions qu'on pose à l'examen d'entrée à Somerville et sur le contenu des Responsions.

— Je sais tout ça.

— Responsions ? a demandé Maude.

— « Répondre », ai-je dit. C'est un autre examen, et il faut que je le réussisse si je veux pouvoir m'inscrire à la préparation d'un diplôme.

— Ne crois pas qu'il suffira que tu aies fait tout ce travail pour que l'université te *donne* ton diplôme, est intervenue Gwen. Mais comment diable es-tu aussi bien informée ?

— J'ai plié et colligé les sujets d'examen pendant des années, ai-je expliqué.

— Bien, je pense que tu as répondu à la question de l'*appétit*. Mlle Bruce sera aux anges. »

Appétit, ai-je pensé. J'avais eu faim toute ma vie.

« Mlle Bruce sait-elle que j'ai quitté l'école à douze ans ?

— Cela n'a rien d'inhabituel pour une Somervillienne, a rétorqué Gwen. Personnellement, je ne suis pas allée à l'école du tout.

— Mais tu as eu des précepteurs. »

Elle a haussé les épaules. Une vérité gênante qui n'étayait pas son argumentation. Elle est revenue à pas lents vers le fauteuil de Ma, a ramassé un livre – un volume non relié, un tas de cahiers.

« À mon avis, tu es parfaitement au point pour l'examen d'entrée à Somerville : culture générale, un peu de thème français. » Elle s'est tournée vers Bastiaan. « Vous pourrez l'aider avec le français. Et puis, quelques questions sur un sujet de ton choix.

— Lui demandera-t-on de *parler* français ? a-t-il demandé.

— Non, Dieu merci. Elle ne serait jamais reçue.

— Et les Responsions ? ai-je insisté.

— Tes anciens manuels scolaires suffiront, pour commencer.

— Quel genre d'école crois-tu que j'aie fréquenté, Gwen ? Nous apprenions des mathématiques de boutiquier, et tout ce que je sais en latin, c'est *Te Deum Laudamus* – "Nous te louons, ô Dieu" – parce que ces mots figurent sur le vitrail de l'église St. Barnabas. Quant au grec ancien, à quoi pourrait-il servir à un élève de St. Barnabas ? »

Elle est restée coite un instant, mais a vite repris ses esprits.

« Le grec ancien n'est vraiment utile à personne, Peg.

— Il n'empêche qu'on en a besoin pour entrer à l'université d'Oxford. Se pourrait-il, Gwen, que le grec soit simplement un obstacle supplémentaire destiné à tenir les gens comme moi à l'écart d'Oxford ? »

Plus je bataillais, plus Gwen jubilait.

« J'espère qu'ils te prendront, Peg. Tu pourrais t'inscrire au club de débat. Tu serais absolument redoutable.

— J'espère qu'ils te prendront », a dit Maude.

Soudain, j'ai eu honte. Après avoir passé des années à aspirer à une autre vie, je cherchais des raisons pour ne pas en changer. J'avais toujours pensé que je valais mieux que le métier de relieuse auquel j'étais condamnée, et voilà que tout prétexte était bon pour prouver le contraire. La peur devait se lire sur mon visage, parce que quand Gwen s'est rassise à côté de moi, elle avait perdu son ton belliqueux.

« L'université exige que toutes les Somervilliennes sachent distinguer l'*êta* du *thêta* pour s'inscrire à la préparation d'un diplôme. Alors, tu feras ce qu'ont fait d'autres Somervilliennes avant toi – mémoriser le strict nécessaire pour passer ric-rac, et puis tout oublier. »

J'ai pris une profonde inspiration et j'ai accepté la main tendue.

« Ça ne me paraît pas insurmontable, ai-je admis.

— Pourvu que tu n'aies pas l'intention de t'inscrire en Lettres classiques, tu devrais t'en sortir sans difficulté. »

Je me suis reculée.

« Eh bien, c'est justement Lettres classiques que je veux faire.

— Ah bon ? »

Gwen a eu l'air désorientée.

« Mais non ! »

J'ai ri.

« Alors tu veux faire quoi ? Je suis sûre que tu y as déjà pensé.

— Littérature anglaise. »

CHAPITRE 36

Gwen avait raison : le *Calliope* était tapissé de pages, volantes ou reliées, qui pourraient m'aider à préparer l'examen d'entrée à Somerville. Évidemment. Les Presses réimprimaient en permanence les textes au programme de tous les examens d'entrée à l'université afin de disposer des réserves nécessaires pour satisfaire tous les jeunes gens et, de plus en plus, toutes les jeunes femmes désireux de venir étudier à Oxford. Les incidents étaient inévitables – des alignements défectueux, des pliages ratés, une endossure mal faite. Les reliures pouvaient être trop serrées ou trop lâches, et il arrivait que la colle sèche et laisse des traces sur une bonne reliure de cuir. Ces ouvrages n'étaient pas dignes de porter le sceau de la Clarendon Press. *Regarde ce que tu as*, m'avait conseillé Gwen avant de quitter Oxford pour ses vacances trimestrielles. Puis elle m'avait tendu une liste de sujets et de livres à étudier.

Maude et moi avons entrepris de tout réorganiser. Nous avons trié le fouillis de livres, de manuscrits et de cahiers de la proue à la poupe, et empilé les textes qui pouvaient m'être utiles. Je me mettais au travail tous les soirs, avant le dîner et après. Je m'asseyais devant les étagères et mangeais des tartines de Marmite. J'ai renoncé à beaucoup de mes habitudes. Je continuais à voir Bastiaan au Stute le lundi et le vendredi, mais au lieu de lire le journal, je me plongeais dans des livres d'histoire, et il était rare que nous allions nous promener le soir, de sorte que je n'avais pas besoin que Lotte vienne tenir compagnie à Maude aussi souvent. Le dimanche, j'avais à peine le temps de me salir les mains à Port Meadow que je demandais déjà qu'on veuille bien m'excuser. Je rentrais alors en courant au *Calliope* et à mes livres.

J'en avais oublié certains, des ouvrages qu'Eb avait donnés à Ma ou qu'elle avait rapportés à la maison avant que je m'y intéresse suffisamment pour les remarquer. Je suis ainsi tombée sur un vieil exemplaire d'*Aurora Leigh* d'Elizabeth Barrett Browning, aux pages cornées, mais à la reliure encore en bon état. *Ma avait dû payer pour se le procurer*, ai-je pensé, *ou bien quelqu'un d'autre l'avait fait*. Et elle l'avait adoré. J'ai lu quelques lignes d'une page cornée :

> *Le premier livre qui se présentait, je m'en emparais ; je l'emportais sous mon oreiller, et, le matin, une heure avant que le soleil me permît d'y lire, il me semblait en sentir les pulsations sous ma tête* !*

Je l'ai posé sur ma pile d'ouvrages à étudier, encore si petite – cela avançait plus lentement que je ne l'avais imaginé.

J'ai chargé Maude de chercher les livres qui figuraient, selon Gwen, sur la liste des lectures recommandées : histoire, classiques, littérature anglaise et critique littéraire, essentiellement. Un texte sur la philosophie, un essai de théorie économique (*Rien de trop ardu*, avait dit Gwen. *À quoi bon ?*) – tous imprimés par les Presses. Elle en a trouvé quelques-uns, faisant ainsi grandir ma pile, jusqu'au jour où elle m'a tendu un mince volume, cartonné et familier. Je me suis souvenue du plioir de Ma que j'avais laissé glisser, de la petite déchirure. Assez grande pour que le volume m'appartienne, assez petite pour ne pas le gâcher.

Mots de femmes avec leur signification, édité par Esme Nicoll.

J'ai tourné les pages, couvertes de mots qui avaient été négligés, de noms de femmes qui avaient été négligées. Elle les avait rassemblés sur des bouts de papier, avait dit M. Owen.

J'ai parcouru le *Calliope* du regard, j'ai vu les piles de cahiers et les fragments de livres. Les manuscrits cousus, mais pas reliés, les livres sur rubans, sans plats. *Nous ne sommes pas très différentes*, ai-je pensé. Je collectionnais des rebuts de livres, des pages abîmées qui ne valaient plus rien pour les Presses ni pour l'université, mais qui valaient quelque chose pour moi, comme les livres avaient valu quelque chose pour Ma. Je me suis demandé si Ma avait jamais eu plus cher désir que de les lire. Puis je me suis rappelé les moments où elle me les lisait, où elle m'expliquait des choses, me posait des questions. Tant de souvenirs, tous pliés ensemble. *Crois-tu qu'Hélène ait été responsable de la guerre de Troie ? Il aurait été très facile pour Jane Eyre d'épouser St. John. D'après toi, pourquoi ne l'a-t-elle pas fait ? Comprends-tu pourquoi Mme Graham s'est réfugiée à Wildfell Hall ?* Elle tenait à ce que je comprenne.

Elle m'avait dit un jour : *Il pourrait être dangereux d'appliquer aux gens les théories de M. Darwin.* Quand je lui avais demandé pourquoi, elle avait regardé Maude. *Comment juger qui est apte et qui ne l'est pas, Peg ? Faut-il prendre pour critère le degré d'intelligence ou de richesse d'une personne ? Ou bien sa gentillesse, sa vision unique du monde, ou peut-être le nombre de sourires qu'elle inspire ?* Puis elle m'avait chatouillée, et je n'y avais plus pensé.

J'ai reposé les yeux sur *Mots de femmes avec leur signification.* Des mots auxquels personne n'accordait d'importance, prononcés par des femmes dont personne ne se serait souvenu si elle n'avait pas écrit leurs noms sur des bouts de papier. Je l'ai posé sur ma pile de lectures.

* * *

Nous avons travaillé ainsi pendant deux semaines, trois peut-être. Et puis un jour, Lotte m'a demandé si Maude était malade.

C'était en fin d'après-midi. Nous retirions nos tabliers, nous les suspendions aux crochets et rassemblions nos affaires avant de quitter les Presses.

« Elle a maigri », a remarqué Lotte.

J'ai regardé ma sœur. Debout devant le petit miroir près de la porte, elle attachait son chapeau. *Nous avons toujours été minces*, ai-je pensé, et j'ai failli le dire. Mais j'ai surpris le visage de Maude dans la glace et remarqué le dessin accusé de sa mâchoire. J'ai passé le pouce autour de la ceinture de ma jupe et j'ai constaté qu'elle était moins serrée qu'auparavant.

« Vous avez maigri toutes les deux, a repris Lotte. Vous ne mangez pas comme il faut. »

Elle s'est approchée de Maude, a posé la main sur son épaule et s'est adressée à son reflet. Je n'entendais pas ce qu'elle disait, mais je pouvais voir qu'elle lui parlait gentiment et j'ai eu envie de lui dire de se taire, de s'éloigner, de laisser Maude tranquille. *Elle est à moi*, avais-je envie de lui dire.

Maude s'est détournée du miroir, son chapeau de travers.

« Lotte fera le déjeuner demain.

— Avec plaisir », ai-je répondu.

* * *

Le lendemain était un samedi. Lotte a effectivement préparé le déjeuner pendant que je triais une pile de cahiers, cherchant de quels livres ils provenaient et vérifiant si certains pouvaient m'être utiles. Quand nous nous sommes assises pour manger, Lotte nous a demandé comment nous nous en sortions.

« Un sacré bazar », a dit Maude, sans mon fiel habituel.

Lotte a hoché la tête. C'était indéniable.

« On va y arriver, ai-je dit.

— Ça m'étonnerait, a répondu Lotte. En plus, tu devrais étudier tous ces livres, pas les trier. »

Nous avons terminé le repas en silence ; débarrasser la table a été un soulagement. Pendant que je faisais la vaisselle, j'ai entendu Lotte expliquer à Maude comment dresser la liste de ce que nous avions. Comment tout recenser – les cahiers et les feuilles volantes, les livres reliés et les manuscrits non reliés.

« Ils sont tous importants, oui ?

— Tous importants, ai-je entendu Maude dire.

— Dans ce cas, ils doivent tous être catalogués. »

Elle avait apporté un grand registre, et je l'ai regardée le poser entre Maude et elle. Je l'ai écoutée expliquer comment s'en servir, comment le diviser en catégories et enregistrer chaque livre, son auteur, sa date de publication.

« Et le plus important : son emplacement », a conclu Lotte.

Puis elle a suggéré de définir un code permettant d'identifier chaque étagère, coin et recoin où un livre pouvait être rangé. On aurait dit que le *Calliope* était une bibliothèque dont elle était la conservatrice.

Une bibliothèque.

Évidemment.

Lotte avait été bibliothécaire. Le registre, la leçon. Elle y avait réfléchi. J'ai entendu Maude répéter, une chose et puis une autre, mémoriser la méthode.

Ce jour-là, Lotte a inauguré le registre. Elle a catalogué une poignée de livres et de cahiers déjà rangés dans une de mes piles d'études, puis a observé Maude pendant qu'elle en recensait d'autres.

« Elle est précise », m'a dit Lotte alors que je la raccompagnais sur le chemin de halage.

Le jour déclinait déjà et je me suis demandé si elle serait rentrée chez elle avant la nuit.

« Elle devrait se charger de l'inventaire de tous vos textes. » Elle a pointé le menton vers le *Calliope*. « Pour que vous sachiez ce que vous avez.

— Il y a beaucoup de machins sans intérêt, là-dedans », ai-je rétorqué.

Elle a secoué la tête.

« Ce n'est pas ce que tu penses. »

* * *

« Le cinéma de George Street passe encore *L'Émigrant*, m'a annoncé un jour Bastiaan pendant que nous mangions nos sandwiches au Stute. Si Lotte acceptait de tenir compagnie à Maude, nous pourrions aller à la séance de 6 heures. Qu'en penses-tu ? »

L'image de Maude et de Lotte seules à bord du *Calliope*, penchées sur le registre et entourées de nos livres. Des livres de Ma. De mes livres et de mes papiers. Si j'avais pu agir à ma guise, je serais restée assise au milieu d'eux toute la journée et toute la nuit. Il n'y aurait pas eu d'atelier où je devais travailler, pas de sœur dont je devais m'occuper, pas d'amoureux à qui je devais faire plaisir. J'aurais passé mon temps à lire, à apprendre, et…

Bastiaan a pris une profonde inspiration, et j'ai remarqué qu'il avait tourné son visage de guerre vers moi, pour mieux cacher ses sentiments.

« Et si tu dînais avec nous ? ai-je proposé. Lotte fera la cuisine, il y en a toujours trop. Ensuite, tu pourrais la raccompagner chez elle. »

Il a pivoté sur sa chaise pour que je voie son sourire.

Au cours des semaines qui ont suivi, Bastiaan est venu chez nous chaque fois que Lotte y était. Nous avons instauré une sorte de routine, et au bout d'un moment, j'ai apprécié de ne pas être seule. Je me faufilais parmi les livres et les piles de papiers qui s'alignaient le long des murs du *Calliope*. Je les comparais à la liste de textes et de sujets que Gwen m'avait donnée et, quand il me semblait que quelque chose pouvait être utile, je le remettais à Bastiaan. Assis dans le fauteuil de Ma, sa mauvaise jambe tendue, il classait les piles de livres par sujets. Si un cahier ne contenait aucun indice permettant d'identifier l'ouvrage auquel il appartenait, il le mettait de côté pour l'étiqueter.

Lotte nous faisait à manger, et après le dîner, elle aidait Maude à dresser le catalogue de notre bibliothèque. C'est le nom qu'elle lui avait donné : *La Bibliothèque du Calliope*. Elle l'avait écrit en beaux caractères sur la couverture du registre.

Ma avait amassé plus de livres que je ne l'aurais cru, mais ses acquisitions avaient été mûrement réfléchies, si bien qu'un grand nombre de titres figuraient sur la liste de Gwen. Ma démarche personnelle avait été beaucoup plus opportuniste et désorganisée. J'avais créé une forme de chaos là où l'ordre avait régné, mais Maude a réussi à trouver une place pour tout. Quand le tri a été terminé et le registre rempli, elle s'est chargée de préserver la belle organisation de la bibliothèque du *Calliope*.

Je me suis mise à lire chaque fois que j'en avais l'occasion. En prenant mon café du matin et après le dîner. Le soir, je me plongeais dans des pages que j'avais oubliées et dans d'autres que j'avais toujours ignorées. Certaines figuraient sur la liste de Gwen, d'autres non – je les lisais tout de même, pensant que Ma l'avait peut-être fait. Les livres du *Calliope* m'avaient accompagnée toute ma vie, mais à présent, je voulais les connaître de la première à la dernière page. Quand j'avais fini un livre ou un cahier, je les laissais sur la table. Maude m'interdisait de remettre quoi que ce soit sur une étagère, consciente que je risquais de le ranger de travers.

* * *

Oberon est passé, son flibot chargé de briques et non de charbon, malheureusement. Comme il avait l'intention de rester pour la nuit, Rosie lui a demandé d'improviser quelques sièges supplémentaires avec des seaux renversés, pour permettre à sept personnes de s'asseoir, et de les installer dans son jardin de rive pour que nous puissions dîner tous ensemble. Elle a mis son bonnet de batelière, parce qu'un dîner à sept sortait de l'ordinaire, et a servi à chacun une assiette à soupe de ragoût.

Le repas terminé, elle a sorti une enveloppe de sa poche. C'était une lettre de Jack qu'elle n'avait pas encore ouverte. Elle l'a tendue à Oberon, qui l'a lue tout haut :

« Nous sommes toujours en Flandre, mais je préfère ne pas vous dire exactement où parce que sinon le censeur va tout foutre en l'air. »

Lotte s'est levée, a débarrassé, puis a rapporté les assiettes sur le *Reste ici*. J'espérais que la voix d'Oberon ne porterait pas jusque-là.

« Pendant trois jours, nous avons été cantonnés dans une petite ville, et je crois que les habitants étaient contents que nous soyons là. Ils n'arrêtaient pas de nous apporter des pâtisseries – celles que je préfère sont des tartelettes fourrées au lait caillé. Ça nous change agréablement du corned-beef et des biscuits secs. »

Un demi-sourire.

« Des *mattentarten*, a précisé Bastiaan. Il a raison, c'est fameux. »

« *Ensuite, nous avons reçu notre commandement*, a repris Oberon, poursuivant sa lecture. *Les Boches tiennent une crête près d'ici, et nous avons l'intention de la prendre. Mais le premier jour, au lieu de nous battre, nous avons passé la moitié du temps à crapahuter dans la boue et dans des trous d'obus inondés. Tout est foutrement mouillé ici, foutrement boueux – pardon si je jure, grand-mère. Les deux armées ont complètement bousillé cet endroit. »*

Bastiaan a laissé échapper un bruit. Il a baissé la tête et Oberon s'est interrompu, mais ses yeux continuaient à courir sur les mots.

« Continue », a dit la Vieille Madame Rowntree.

Oberon s'est tourné vers Bastiaan.

« Continuez », a dit celui-ci sans relever la tête.

« Quand ils reviendront, ces pauvres Belges ne retrouveront pas grand-chose. Ça m'a fait penser au livre que tu m'as donné, grand-mère, La Guerre des mondes. *C'est comme si les Boches avaient un rayon ardent.*

Tout ce qui a pu exister ici un jour – arbres, bâtiments, charrettes, chevaux – n'est plus aujourd'hui que squelettes noircis. Des arbres morts tendent leurs branches vers le ciel gris, et je ne serais pas surpris de voir un tripode martien surgir des ténèbres. »

Oberon a lu le reste, mais je n'écoutais plus vraiment. J'observais Bastiaan, sa mâchoire serrée. Il a gardé la tête baissée jusqu'à ce qu'Oberon ait lu le dernier mot, puis il s'est levé et est allé marcher sur le chemin de halage.

Je m'apprêtais à le suivre quand Oberon a posé la main sur mon bras.

« Laisse-le tranquille, Peg. Juste une minute. »

Je me suis rassise.

« Et ça, a dit Oberon, j'ai l'impression que c'est pour toi, mademoiselle Maude. »

Il lui a tendu une feuille de papier, pliée en deux, avec *Mademoiselle Maude* écrit dessus, de la plus belle écriture de Jack.

Maude a hoché la tête, l'a prise. Je m'attendais à ce qu'elle l'ouvre, mais elle s'est levée et est montée à bord du *Calliope*.

J'ai rattrapé *Bastiaan* près du pont de Walton Well.

« Ce n'est pas juste », a-t-il dit.

Je savais ce qu'il avait en tête et je n'avais pas de réponse à cela.

« Jack devrait être ici, a-t-il dit, et c'est moi qui devrais être en Belgique. »

* * *

6 avril 1917

Chère Peg,

La nouvelle que tu m'as annoncée a été une merveilleuse surprise, et en même temps, c'était sans doute inévitable. Helen serait tellement… tu sais, elle en rêvait.

À propos de merveilleux événements inévitables. La décision des Américains nous a tous rendus fous de joie. Mieux vaut tard que jamais, que veux-tu. Leur arrivée marquera certainement le début de la fin de cette foutue guerre.

Tilda x

* * *

Quand les Toges ont regagné Oxford pour le troisième trimestre, Gwen était du nombre.

« *Bibliothèque du Calliope* », a-t-elle lu tout haut.

Le registre en main, elle a haussé les sourcils. À l'entendre, on aurait pu croire que c'était un devoir d'école.

« Quoi ? ai-je demandé. Notre maison n'est pas assez chic pour une bibliothèque ? »

Gwen a ri et a regardé autour d'elle.

« J'ai bien peur qu'elle ne sombre sous le poids de tous ces livres. »

J'ai ri à mon tour.

« Le *Calliope* était un bateau de travail, Gwen. Conçu pour transporter du charbon et des briques. Quelques livres ne devraient pas lui faire peur.

— *Quelques* livres ? » Elle a ouvert le registre et tourné les pages, l'une après l'autre. « Des centaines de livres, plutôt. C'est Maude qui a fait tout ça ?

— Lotte lui a appris. »

Je me suis approchée de Gwen et j'ai été impressionnée, une fois de plus, par le travail de Maude. *Précise*, avait dit Lotte.

« Je n'aurais jamais imaginé ça », a murmuré Gwen.

J'ai posé la théière sur la table et j'ai commencé à servir. Gwen a relevé les yeux du registre.

« Elle est remarquablement complète, ta *bibliothèque*. Ton contrôleur sait-il que tu as emporté tout ça ?

— Tout ne vient pas de l'atelier, ai-je protesté, alors que l'essentiel en venait. Il y a aussi des livres achetés en librairie, chez Blackwell's, surtout. Ma adorait aller là-bas. Elle parcourait les étagères, feuilletant des livres jusqu'à ce que Maude ou moi commencions à rouspéter. Alors elle attrapait le plus récent ouvrage d'Everyman's Library ou des World's Classics et l'apportait à la caisse. »

Je me suis interrompue : le souvenir de Ma qui ouvrait son porte-monnaie, tendait les pièces, souriait pendant qu'on emballait soigneusement le livre dans du papier brun.

« Je crois que Ma aimait le soin qu'on accordait aux livres, ai-je observé. Le respect.

— Ma mère ne m'a jamais emmenée dans aucune librairie », a soupiré Gwen.

Elle m'a fait pitié un instant, puis je l'ai imaginée entrant avec sa mère dans une boutique de mode, chez un bijoutier, dans un de ces salons de thé distingués où l'on sert de minuscules gâteaux sur des plateaux d'argent.

« Pauvre Gwen », ai-je dit.

Elle a souri, a reposé sa tasse.

« Bon, tu sais quels textes tu as. Tu sais où les trouver. Et maintenant, qu'est-ce que tu fais ?

— J'étudie. »

Elle a secoué la tête.

« Bûcher est la dernière chose à faire. »

J'ai froncé les sourcils.

« C'est tout nouveau pour toi, Peg. Si tu te plonges dans ces livres après tout le travail que tu as visiblement fait pour les trier, tu vas t'écrouler en chemin. Crois-moi sur parole : prendre un peu de bon temps maintenant rendra la tâche qui t'attend plus supportable. »

Quand Lotte et Maude sont rentrées du Marché couvert, j'ai demandé à Lotte si elle voulait bien rester pour la soirée.

« Je vais au cinéma avec Bastiaan », ai-je annoncé.

* * *

Je me suis réveillée tôt. Si tôt qu'il faisait encore noir. Mais j'avais les idées claires. Claires et limpides. L'esprit aiguisé.

« Il est temps de s'y mettre, ai-je glissé à l'oreille de Maude.

— Bûcher », a-t-elle marmonné en s'écartant de moi.

Je savais qu'elle dormirait encore plusieurs heures. J'ai déposé un baiser sur sa joue et me suis glissée hors de la chambre sur la pointe des pieds.

J'ai allumé la lampe. Un livre disgracié attendait sur la table depuis la veille au soir. J'avais commencé à le lire quand Bastiaan m'avait raccompagnée après le film.

« Pas encore », ai-je chuchoté.

Je suis allée dans la coquerie préparer du café, me suis accroupie devant le fourneau, et j'ai attisé les braises. L'aube était glaciale, mais le *Calliope* ne tarderait pas à se réchauffer. *Un avantage de l'exiguïté*, ai-je pensé. J'ai refermé la porte du fourneau.

Une fois le café passé, je l'ai versé, bouillant et noir, dans un bol que j'ai tenu à deux mains pour me réchauffer. J'ai regardé par la fenêtre le canal couleur d'encre et le ciel traversé d'ombres obscures. J'ai distingué le clocher de St. Barnabas qui se dressait, ombre plus sombre contre les autres.

J'avais pris du bon temps, et maintenant, j'aurais voulu une forme de bénédiction. J'étais un peu gênée, car je ne savais pas quelles paroles prononcer, ni si je devais les adresser à Dieu ou au saint patron des études – j'ignorais d'ailleurs complètement qui c'était. Cela ne m'a pas empêchée de demander que mon appétit de savoir ne décline pas et que mon endurance soit à la hauteur de la tâche. Puis j'ai bu une gorgée de café, comme pour sceller notre accord.

Je me suis installée avec le livre, et une nouvelle routine s'est établie. C'est à peine si j'ai remarqué le passage du printemps à l'été.

CHAPITRE 37

Bastiaan m'attendait à la sortie des Presses, sa veste jetée sur son cartable, ses manches de chemise retroussées.

« On va faire un tour ? » m'a-t-il proposé.

L'image du livre laissé ouvert sur la table le matin même m'a traversé l'esprit. Mon hésitation ne lui a pas échappé.

« Il doit faire trop chaud sur le *Calliope* pour étudier.

— Vas-y », m'a dit Lotte.

Elle a pris Maude par le bras et l'affaire a été réglée.

Il ne m'a pas fallu longtemps pour oublier le livre ouvert. Le bras de Bastiaan était ferme sous le mien, et sa boiterie presque imperceptible. C'était bon de me promener avec lui, et je me suis demandé pourquoi je ne disais pas oui plus souvent.

Nous avons quitté Walton Street pour nous engager dans la rue du cimetière. Les morts de Bastiaan passaient moins de temps dans ses rêves et le Saint-Sépulcre était devenu un lieu de paix, peuplé d'habitants familiers. Les morts à la guerre de Jericho n'étant pas enterrés ici, ils ne risquaient pas de lui tendre d'embuscade.

« Et tes études, comment ça marche ? m'a demandé Bastiaan en étalant sa veste sur la tombe de la vieille Mme Wood.

— Je me suis attaquée au grec ancien. »

Nous nous sommes assis et Bastiaan m'a tendu un sandwich.

« J'avais cru comprendre que tu voulais étudier la littérature anglaise.

— Tu as raison, mais le grec est le monstre que je dois abattre pour entrer à Somerville.

— Les dieux te prêteront-ils assistance ? »

J'ai souri.

« Tu les connais, Bastiaan. Ils accordent leurs faveurs aux mortels de haute naissance. Ce qui est loin d'être mon cas.

— Dans ce cas, il ne te reste qu'à travailler deux fois plus dur. »

Assis tout près l'un de l'autre, nous mangions nos sandwiches. Bastiaan a sorti une bouteille de ginger beer de son sac.

« Ça ne me dérange pas de devoir apprendre le grec, ai-je repris.

— Tant mieux, puisque c'est indispensable.

— J'aimerais bien lire Homère et Euripide dans le texte original, pouvoir les interpréter moi-même. »

Il m'a tendu la bouteille et j'ai bu une gorgée. Puis j'ai senti sa main sur mon genou. J'ai entendu le bruissement de l'étoffe lorsqu'il a retroussé ma jupe, j'ai senti ses doigts, frais, sur ma cuisse couverte d'un bas. Je pensais qu'il allait poursuivre son ascension, mais il est resté immobile pendant une éternité. J'avais presque oublié de quoi nous parlions.

« Homère, ai-je enfin dit.

— Oui ?

— J'aimerais bien le lire dans le texte original.

— Tu l'as déjà dit. »

Sa main est montée plus haut et j'ai reposé la bouteille. Je me suis inclinée légèrement en arrière. Bastiaan a bougé, a trouvé une position plus confortable. Une pensée m'a traversé l'esprit sans que je réussisse à l'exprimer, puis ses doigts ont trouvé le haut de mon bas, le bord de ma culotte, ma peau nue.

J'ai tourné la tête pour le regarder bien en face.

« Je me suis toujours demandé si Hélène avait été séduite ou enlevée par Pâris.

— Nous préférons penser qu'elle a été séduite », a-t-il dit, et ses doigts ont trouvé ma partie la plus tendre.

J'ai inspiré profondément.

« Nous préférons que ce soit une histoire d'amour », a-t-il poursuivi, me défiant de poursuivre la conversation.

J'ai gardé les yeux ouverts, contre leur volonté. J'ai rassemblé mes mots.

« En faire une histoire d'amour, ai-je dit, permet de rejeter sur elle la responsabilité de la guerre. »

Il n'a plus rien dit et je me suis sentie frémir sous le bout de ses doigts. C'était une danse que nous connaissions déjà et mes paupières se sont fermées, mais je savais qu'il ne quittait pas mon visage du regard, enregistrant la moindre variation, ajustant son rythme. *Preuve de vie*, ai-je pensé.

Mon souffle s'est appesanti et j'ai laissé échapper le gémissement grave qui m'avait gênée autrefois, mais ne me dérangeait plus. J'ai arqué le dos et, dans le silence du cimetière, mon cri est devenu le jappement d'une renarde.

Quand j'ai approché la main de sa braguette, il l'a prise dans la sienne et l'a portée à sa bouche. Il l'a embrassée.

« Tu es sûr ? » ai-je demandé.

Il a souri.

« C'est une des choses qui ont souffert de la traduction.

— Quoi donc ?

— L'idée que baiser est ce qu'il y a de plus important. »

J'aimais qu'il utilise le mot baiser. *Mon mot anglais préféré*, m'avait-il dit.

« Mais c'est bien le plus important, non ? »

Il a secoué la tête.

« Je l'ai longtemps cru.

— Et qu'est-ce qui a changé ?

— Ton plaisir. C'est quelque chose que je peux voir et sentir sur ma peau. Je peux le sentir, le goûter et l'entendre.

— Tu n'es peut-être pas le seul. »

Ma plaisanterie ne l'a pas amusé.

« Ton cri de plaisir, c'est aussi un cri de souffrance, Peggy. La toute première fois, je l'ai trouvé si familier et j'ai pensé… »

La toute première fois, il s'était figé et s'était mis à trembler.

« Tu as pleuré, ai-je dit.

— Et ensuite, tu es restée silencieuse. »

Je m'étais mordu la lèvre pour tenir ses morts à distance.

« C'était pire, a-t-il ajouté. Alors que maintenant, te donner du plaisir, ça me donne l'impression de remplir tes poumons d'air, de réchauffer ton sang, de faire battre ton cœur.

— Preuve de vie.

— C'est égoïste », a-t-il dit.

J'ai souri.

« Très. »

Bastiaan a replié la couverture puis a vidé les dernières gouttes de notre ginger beer sur le sol nu de la tombe d'un enfant. *William Proctor – Fils bien-aimé – 1843-1854.* Le choléra, très probablement. Si quelqu'un avait surpris le geste de Bastiaan, il aurait été scandalisé, mais j'avais appris à en voir la bonté. Il se souciait plus que quiconque depuis un demi-siècle des âmes qui étaient sous nos pieds, et c'était toujours à cet enfant qu'il offrait la ginger beer, comme une libation. Je me suis demandé s'il avait trouvé une dernière demeure pour tous les garçons qui le hantaient.

* * *

6 août 1917

Salut Pegs,

Nous nous sommes fait prendre et j'ai été remplacée. Pas renvoyée chez moi – Alison y a veillé – mais éloignée de ce salaud de Boche. Hugo a déjà été expédié ailleurs, je ne sais pas où. Garde les poèmes, tu veux bien ? Ceux qu'il a traduits ?

Tilda x

P.-S. : Ma remplaçante dans le service des Allemands est une Somervillienne. Elle s'appelle Vera. Elle occupe la couchette en face de la mienne. Alison dit qu'elle est très sérieuse, très compétente. Je n'imagine pas un instant que nous puissions devenir amies un jour, mais j'aime bien la regarder écrire dans son journal. On pourrait croire que sa vie en dépend. (C'est peut-être le cas. Elle écrit comme il m'arrive de boire. Elle ne s'arrête que lorsqu'elle a l'esprit vide de toute pensée et de toute image qui risquerait de l'empêcher de dormir.) C'est une des veuves. Son fiancé s'est fait tuer. La rumeur prétend qu'elle était sur son trente et un et s'apprêtait à marcher vers l'autel quand elle a appris la nouvelle.

P.-P.-S. : Et tes études ? Comment ça marche ? Bon sang, je ne peux rien imaginer de pire.

Vera. Je me suis demandé si c'était la Vera que j'avais entendue dire à M. Hart qu'elle était venue à Oxford pour étudier l'anglais. La jeune femme à laquelle j'avais été présentée au thé de Somerville. Je l'avais enviée, ce jour-là.

* * *

Je prenais sur mon temps de sommeil et j'étudiais avant l'aube et jusqu'à une heure avancée de la nuit. J'épargnais à Maude ma vigile matinale, et elle en tirait même profit – l'automne s'accompagnait de matins frisquets, mais il faisait toujours chaud à bord du *Calliope* et le café était toujours prêt pour son réveil. Je me levais avec les cloches de 5 heures et travaillais jusqu'à ce qu'elles sonnent 7 heures. Je me dépêchais alors de prendre des notes sur ce que j'avais lu, je marquais le passage où je m'étais arrêtée et refermais mon livre. Je réveillais Maude et notre matinée ressemblait à toutes les autres.

Un matin, je n'ai pas entendu les cloches de 7 heures. Maude ne s'est pas réveillée et il était déjà presque 8 heures quand j'ai refermé mes livres et que Rosie, inquiète, a frappé à la porte. Nous sommes arrivées en retard au travail, ce jour-là, et le lendemain aussi. Le jour suivant, je n'ai pas entendu les cloches de 5 heures et nous avons dormi toutes les deux jusqu'à ce que Rosie nous réveille. Mme Hogg s'est fait un plaisir de nous passer un savon et Mme Stoddard a été obligée de nous donner un avertissement.

« Je sais que tu étudies, Peggy, mais je ne peux pas fermer les yeux sur vos retards. »

Le lendemain, elle m'a offert un réveil.

« Je me demande comment tu as pu t'en passer pendant toutes ces années, a-t-elle dit.

— Les cloches.

— Et de longues années d'habitude, sans doute. Mais tes habitudes ont changé, récemment. » Elle m'a jeté un regard soucieux. « Il faut que tu te ménages, Peggy. Si tu continues comme ça, tu vas t'effondrer avant la ligne d'arrivée.

— J'ai tellement de retard à rattraper. »

Elle a hoché la tête.

« Peut-être, mais ce n'est pas en brûlant la chandelle par les deux bouts que tu y arriveras. »

Elle a pris le réveil et en a réglé le mécanisme.

« Je le mets à six heures et demie. C'est une heure décente pour se lever. Tu auras une demi-heure pour relire tes notes de la veille au soir avant de réveiller Maude. Juste relire tes notes, rappelle-toi. » Elle a soutenu mon regard. « Pas question d'ouvrir un livre ni de prendre un stylo. Tu retiendras plus de choses comme ça. » Elle m'a tendu le réveil. « J'ai ta parole ?

— Oui, madame Stoddard », ai-je dit, heureuse de son intervention.

Après cela, nous ne sommes plus jamais arrivées en retard à l'atelier, mais j'ai dû renoncer à ma solitude matinale. Maude a exigé de se lever quand le réveil sonnait, et je n'ai pas réussi à l'en dissuader.

« Tu n'as qu'à lui demander de préparer le petit déjeuner », m'a dit Lotte quand je m'en suis plainte.

Occupe-toi d'elle, Peg. Les mots de Ma, noués, désespérés. Ressassés dans mon esprit.

« Mais c'est à *moi* de le faire », ai-je protesté.

Lotte a soupiré.

« Ce n'est pas une enfant. »

Elle a pourtant détourné les yeux, se rappelant, peut-être, que c'était précisément l'image qu'elle se faisait de Maude. Au bout d'un moment, son regard est revenu se poser sur moi.

« Elle peut apprendre à préparer le petit déjeuner, et je suis sûre qu'elle sera très contente de le faire pour toi. »

Lotte a appris à Maude à faire du porridge comme elle lui avait appris à faire du *stoemp*. La préparation s'accompagnait d'une comptine et, trois soirs de suite, nous avons mangé du porridge au dîner, le temps que Maude l'apprenne par cœur.

C'est ainsi que nos rôles se sont inversés. Maude est devenue ma gardienne matinale – elle mettait le réveil à sonner pour notre lever, notre toilette, notre départ au travail. J'aurais volontiers jeté ce fichu réveil dans le canal.

Si mes soirées étaient sans réveil, elles n'étaient pas entièrement à moi. Après le dîner et la vaisselle, Maude réalisait des pliages comme elle l'avait toujours fait, ou bien elle prenait le registre de la

Bibliothèque du Calliope et remettait à leur place sur les étagères ou sur les piles les livres que j'avais fini de lire. Elle acceptait tout de même d'aller se coucher sans moi, ce qui me permettait de travailler jusqu'aux cloches de minuit.

* * *

C'était un dimanche, et j'ai entendu le pas inégal de Bastiaan sur notre pont avant. Un instant d'agacement, puis une vague de remords. J'ai marqué le passage où j'en étais.

« Tu n'es pas venue », a-t-il remarqué.

Il est resté debout, légèrement voûté. Il était trop grand pour le *Calliope*. J'étais censée le retrouver au Saint-Sépulcre.

« Je n'ai…

— Pas vu le temps passer, a-t-il complété.

— Pas vu le temps passer », a répété Maude.

Je le disais si souvent. Ce n'était pas toujours vrai, mais ce jour-là, si. J'ai refermé mon livre.

Bastiaan a secoué la tête.

« Tu préfères étudier.

— Je ne *préfère* pas. »

Un léger haussement d'épaules. Il s'est approché de la table où nous étions assises, Maude et moi, a ouvert son cartable et en a sorti deux bouteilles de ginger beer et deux brioches aux raisins. Il a regardé Maude.

« Débrouille-toi pour qu'elle fasse une pause à l'heure du thé », a-t-il dit.

Elle a acquiescé et il est reparti.

* * *

« Je t'empêche de travailler », a dit Bastiaan une semaine plus tard.

Mes doigts ont trouvé la rainure des lettres gravées dans la pierre. *Sarah, épouse bien-aimée de Henry Wood.* Je ne l'ai pas contredit.

* * *

Un jour de la fin septembre, Tilda était assise à la table quand nous sommes rentrées des Presses, Maude et moi. Mes livres étaient fermés et empilés loin d'elle.

« Dix jours de permission », a-t-elle annoncé.

Son sourire frémissait sous l'effort qu'il lui coûtait.

« Pour me remettre. »

Pour dessoûler, ai-je pensé. Je l'ai vue se verser du whisky dans une tasse à café et me suis persuadée que mes études ne pâtiraient pas d'une semaine d'interruption. Sa main tremblait presque autant que celle de la Vieille Madame Rowntree. Elle était maigre. Pour la première fois, je me suis dit qu'elle faisait son âge. Elle a posé son whisky sur le bord de la pile de livres. Il a vacillé. Il s'est renversé. Je n'ai rien dit. Maude m'a tendu un torchon ; j'ai essuyé les livres, puis Maude les a pris et les a rangés à leur place. Elle a écrit dans son registre puis est allée prévenir Rosie que Tilda avait besoin d'un bon repas.

* * *

Rosie la nourrissait. Maude et moi l'écoutions.

« Étaples, c'est une sorte d'enfer… Une semaine dans l'Arène et ils veulent partir au front… Ce sont les Redcaps et les Canaris[1]… Ils se disent de notre côté. Pires que les Boches… Ils l'ont exécuté… Un Australien. Ce pauvre gars s'était engagé en Nouvelle-Zélande. Jack. Il s'appelait Jack. »

M'a-t-elle entendue m'étrangler ?

« Pas notre Jack. Pas notre Jack. Ça s'est passé l'année dernière, mais ce n'était qu'un début. »

Sa tête branlait de droite à gauche. Encore du whisky.

« Ils l'ont exécuté. Pas notre Jack. Un Jack australien. Un Jack australien de l'armée de Nouvelle-Zélande. Pauvre type. Nous ne pouvons pas exécuter d'Australiens, si j'ai bien compris. Mais des Néo-Zélandais, si. Même quand ils se sont engagés. Ils ont coupé l'eau. Il avait du savon dans les yeux et il a gueulé contre un officier.

1. La police militaire, coiffée de casquettes rouges, et les instructeurs, qui portaient des brassards jaunes.

C'est une manie qu'ils ont, vous savez. Gueuler. Les Australiens. Tout le temps. Quels crétins. »

Elle a ri, ri.

« Je le vois encore avec sa serviette de toilette. Elle était trop petite pour cacher ses couilles. Ils ont coupé l'eau. Je vous l'ai dit ? Ils l'ont tabassé. Mais j'ai soigné ses blessures ; un peu d'iode, rien de très grave. Je lui ai lavé les yeux pour retirer le savon. Puis ils l'ont fusillé. »

Elle a pleuré, pleuré.

Elle vomissait tout ce qu'elle essayait de retenir. Mots et whisky, les deux. Mais tous les jours, les mots se faisaient plus rares. Et tous les jours, elle buvait moins.

Rosie la nourrissait. Maudie et moi l'écoutions.

* * *

La veille de son retour en France, Tilda nous a préparé à dîner. De la tourte au poulet. La participation de Rosie se manifestait dans la pâte croustillante et le poulet bien tendre, mais nous n'avons fait aucun commentaire.

« J'ai quelque chose à vous raconter », a-t-elle dit.

Pas de bouteille de whisky sur la table, pas d'odeur de whisky dans son haleine.

« Et je ne devrais pas. »

Je me suis demandé si elle avait conscience de tout ce qu'elle avait déjà dit.

« Il y a eu une sorte de mutinerie à Étaples. Des Néo-Zélandais, des Australiens, des Sud-Africains, des Canadiens, des Tommies. Tout a commencé quand un Néo-Zélandais s'est fait arrêter à son retour de la plage du Touquet. C'est une plage superbe, réservée aux officiers – il n'était pas officier. En fait, ça a sans doute commencé avant. Avec un Australien. Qui s'appelait Jack. »

Elle a répété ce qu'elle nous avait déjà raconté. Nous l'avons laissée parler.

« Ils nous ont enfermées. Pendant plusieurs jours. Les VAD, les infirmières. Toutes les femmes. Pour nous protéger, ont-ils prétendu. En fait, je ne crois pas que nous étions en danger. Je crois qu'ils ne voulaient pas de témoins. Ils nous ont apporté à manger et nous ont laissées prendre notre service, mais nous étions accompagnées à l'aller et au retour. Certaines d'entre nous ont dû soigner les hommes qu'ils ont passés à tabac. C'est comme ça qu'elles ont su ce qui se passait. »

Ses mains tremblaient et elle a levé les yeux vers l'étagère, au-dessus du banc de la coquerie. Il n'y avait rien, là-haut.

« On nous a interdit de répéter les rumeurs que nous avions pu surprendre. On nous a interdit de dire que nous avions été enfermées. On nous a interdit de raconter quoi que ce soit, à n'importe quel moment. Si nous le faisions, nous commettrions une infraction à la loi sur les secrets officiels et on nous jetterait en prison.

— Alors pourquoi est-ce que tu nous racontes ça ? »

Un sourire s'est étalé sur son visage.

« Ce n'est pas la première fois qu'on me dit de la boucler si je ne veux pas aller en prison. »

Je la retrouvais, de dix ans plus jeune. La suffragette dont nous étions tombées amoureuses.

* * *

Tilda a emballé trois boîtes de lait en poudre malté en prévision de son retour à Étaples.

« Je vais essayer de ne pas boire, à condition que vous essayiez de ne pas répéter les affreuses rumeurs que j'ai répandues, nous a-t-elle dit à toutes les deux. Je vous vois assez mal en prison, l'une comme l'autre.

— Essayer », a dit Maude.

Mais évidemment, ça lui a échappé.

Ils l'ont exécuté.

Pas notre Jack.

Pauvre type.

Ma Cassandre personnelle.

Personne n'a réagi.

CHAPITRE 38

Nous sommes tombées sur Eb en sortant de l'atelier.

« C'est pour toi », m'a-t-il dit.

C'était un livre. *Who's Who in Dickens.*

« Comment as-tu su que j'en avais besoin ?

— Vanessa », m'a-t-il répondu avant d'être distrait par quelque chose derrière moi.

Je me suis retournée : le dogue rogue. J'ai serré le livre contre ma poitrine, mais Mme Hogg m'a à peine accordé un regard. Eb s'est dirigé vers elle. Une main sur son bras, quelques mots, si bas que je n'ai entendu que *désolé*. Elle l'a regardé comme si elle ne comprenait pas, ne voulait pas comprendre. Puis elle a poursuivi son chemin et est sortie des Presses.

« Freddie est porté disparu », m'a expliqué Eb.

Freddie. M. Hogg. Il s'était engagé au moment où Eb avait cherché à le faire. Ma aimait bien Freddie Hogg. Ils avaient été voisins quand ils étaient petits, disait-elle. Il les avait aidés, Oberon et elle, à réparer le *Calliope*. Il n'avait jamais évité Ma à cause de nous. *C'est pour ça que Mme Hogg ne t'aime pas ?* avais-je demandé. Ma avait simplement haussé les épaules.

« Elle est tout de même venue travailler, ai-je fait remarquer à Eb.

— C'est peut-être ce qu'elle avait de mieux à faire, a-t-il dit. Elle n'a personne, chez elle. »

En passant sous l'arche des Presses, Maude et moi avons aperçu Gwen, adossée contre la grille, en train de lire un livre. Nous n'étions que deux employées sur les centaines qui quittaient les Presses en fin de journée et elle ne nous a même pas remarquées quand nous sommes arrivées à sa hauteur. J'ai posé la main sur la page ouverte.

« Peg. Bon sang, je me demande comment on est censé se les rappeler tous. »

Elle a refermé le livre et me l'a tendu.

J'ai lu le titre.

« *Who's Who in Dickens.*

— Dans ses propres mots, paraît-il, a précisé Gwen. Et une abondance de commentaires remarquablement perspicaces sur la manière dont ses personnages reflètent le genre humain. Exactement le genre de questions qu'ils risquent de poser à l'examen d'entrée à Somerville. »

J'ai préféré ne pas lui dire que j'en avais déjà un exemplaire.

« Merci, Gwen.

— Pas besoin de me remercier. La bibliothécaire était très impressionnée que je lise quelque chose qui n'est pas au programme, d'autant plus que je ne lis presque rien de ce qui y est. Je ne serais pas surprise d'être montée dans son estime.

— C'est possible, ai-je dit.

— C'est sûr. Elle a glissé une invitation à venir prendre une tasse de thé dans la dernière pile de livres qu'elle a livrée à Oriel. Un vrai privilège. Je ne l'ai jamais beaucoup fréquentée, mais notre bibliothèque me manque. Il suffit qu'on n'ait plus le droit d'aller quelque part pour qu'on meure d'envie d'y aller, tu ne trouves pas ? »

Qu'aurais-je bien pu répondre ?

« Elle veut peut-être simplement t'interroger sur ton soudain accès de zèle », ai-je dit.

Nous avons pris le chemin de la maison et Gwen nous a emboîté le pas. À chaque coin de rue, je m'attendais à ce qu'elle prenne congé, mais elle a continué à nous suivre.

« Nous n'avons que du pain et de la margarine à t'offrir, ce soir, Gwen. »

J'avais le livre à la main et me suis sentie coupable de ne pas pouvoir la remercier en lui offrant quelque chose de plus alléchant.

« Même pas de beurre ?

— Même pas de beurre, a confirmé Maude.

— Je me contenterai donc de thé. »

* * *

La table était jonchée des papiers de Maude et de cahiers récupérés de livres figurant sur la liste de lectures que Gwen m'avait donnée : *Les Œuvres poétiques complètes de William Wordsworth* (fragments), *Un siècle de parodie et d'imitation* (fragments), *L'Œuvre de Thackeray* (fragments), *Les Œuvres poétiques de Dryden* (l'intégrale sous reliure toile), *Les Œuvres complètes de William Shakespeare* (cousu, mais sans reliure).

Nos bols de porridge étaient dans l'évier avec la vaisselle de la veille au soir, j'avais été trop fatiguée pour aller chercher de l'eau. Ma tasse à café était perchée sur un cahier.

J'ai accroché mon manteau près de la porte et posé mon sac dessous avant de débarrasser précipitamment la table, comme si je pouvais dissimuler le pire avant que Gwen ne franchisse l'écoutille.

« Un sacré bazar », a déclaré Maude, en écho à mes vitupérations du matin.

En soulevant ma tasse à café, j'ai découvert l'auréole qu'elle avait laissée autour du titre d'un poème de Wordsworth, « La moissonneuse solitaire ». *Seule elle coupe et lie le grain**...

« Tu n'as pas tort, Maude, a approuvé Gwen. Un sacré bazar, c'est un fait. »

J'ai posé la tasse dans l'évier et jeté un torchon sur la pile de vaisselle sale. Puis je suis retournée à la table et j'ai entrepris de rassembler les livres, les cahiers et mes pages volantes de notes. Je ne les avais pas rangées dans le bon ordre et j'ai commencé à essayer de les trier, lisant la dernière ligne de cette page, la première de celle-là.

« Et merde », ai-je murmuré.

Gwen tripotait ce qui traînait encore sur la table.

« Et alors, tu bûches bien ? Ça avance comment ?

— À ton avis, Gwen ?

— Chaotiquement, a-t-elle dit.

— Chaotiquement, a répété Maude.

— Tu n'es pas censée l'aider, toi ? lui a demandé Gwen. Je croyais que tu étais chargée de tenir la maison en ordre. »

Maude a ramassé un livre.

« Lâche ça », ai-je fait sèchement.

Maude s'est tournée vers Gwen et a haussé les épaules. Puis elle a reposé le livre au milieu du fouillis, s'est assise à côté de sa boîte à biscuits et s'est mise à faire des pliages.

Gwen a lu le titre sur la couverture.

« *Analyses et critiques des œuvres de Charles Dickens*. Tu as besoin d'autres bouquins ?

— Tu as vu cette pile d'épaves, Gwen ? Rien que du rebut et des laissés-pour-compte. J'ai toujours besoin d'autres bouquins. »

J'avais parlé plus fort que je ne l'avais voulu. Maude s'est mise à se balancer, imperceptiblement, au rythme de ses pliages.

J'ai pris une profonde inspiration, j'ai reposé les livres, les cahiers et les feuilles volantes sur la table, et me suis laissée tomber sur une chaise.

« Pardon, Gwen, mais un sujet mène à un autre et je n'ai pas les livres qu'il me faudrait pour suivre. Ils sont rarement au Stute et je n'arrive jamais à la bibliothèque publique avant l'heure de fermeture. Tu es adorable d'avoir emprunté ce livre pour moi, mais j'ai l'impression de faire un puzzle dont je ne possède pas toutes les pièces. » Mon regard s'est posé sur ma sœur. « La pauvre n'en peut plus d'entendre ça.

— Peux plus d'entendre ça », a confirmé Maude et le balancement a cessé.

Elle a hoché la tête, pour qu'il soit bien clair qu'elle ne répétait pas.

Gwen a souri, et je me suis apprêtée à subir un de ses *Pauvre Pegs* narquois. Au lieu de cela, elle est entrée dans la coquerie, a attisé les braises du fourneau et a mis la bouilloire sur la plaque. Quand la vapeur a commencé à s'élever, elle a retiré le torchon que j'avais posé sur l'évier plein de vaisselle sale et a versé de l'eau bouillante sur le tout. Elle a rincé ma tasse, l'a essuyée et en a attrapé deux autres sur l'étagère.

« J'ai pris le thé avec notre bibliothécaire de Somerville, hier, a-t-elle annoncé.

— English breakfast ou darjeeling ? ai-je demandé sèchement.

— Darjeeling, a dit Gwen en ignorant mon ton. Servi dans sa plus belle porcelaine, qui plus est. » Elle a pris une de nos tasses et l'a tenue devant le faible jour qui entrait par la fenêtre de la coquerie. « Si fine que je pouvais voir à travers.

— Et quel était l'objet de ce petit tête-à-tête ? ai-je demandé.

— Voyons, laisse-moi...

— L'objet », a repris Maude.

Gwen s'est tournée vers elle.

« Mlle Garnell se posait des questions sur ma subite assiduité. J'ai emprunté plus d'ouvrages ce trimestre qu'au cours des trois années précédentes.

— Trois années précédentes », a dit Maude.

Elle ne faisait que répéter, mais Gwen l'a pris autrement.

« Je sais, et il s'en écoulera sans doute trois autres, à l'allure où j'avance.

— Ça doit être agréable de pouvoir lambiner, ai-je remarqué.

— En effet, plutôt, m'a-t-elle taquinée.

— L'objet, a répété Maude.

— L'objet ? C'était ta sœur.

— Moi ?

— À mes risques et périls, je lui ai raconté toute ton histoire. Au lieu de me passer un savon pour avoir prêté des ouvrages de Somerville au vulgum pecus, elle m'a demandé si tu arrivais à te procurer tous les autres livres dont tu pouvais avoir besoin.

— Le *Calliope* n'a pas grand-chose à voir avec cette fichue Bodley », a lancé Maude, qui connaissait toutes mes récriminations par cœur.

Gwen a regardé autour d'elle.

« Il s'y efforce, pourtant. Somerville n'a pas grand-chose à voir non plus avec la Bodley, mais Mlle Garnell prétend que nous avons la meilleure bibliothèque universitaire d'Oxford. Elle m'a également dit que si Peg désire en profiter, elle pourra certainement arranger cela avec Mlle Bruce. Elle veut parler de la sous-directrice *Alice* Bruce, pas de sa sœur Pamela, bien que Pamela ne soit pas sans influence. Je suis certaine qu'elle aura parlé de toi à la sous-directrice. » Elle a secoué la tête. « Toutes ces sœurs célibataires – on ne s'y retrouve plus. »

L'eau bouillait et Gwen a préparé du thé. Elle nous en a servi une tasse chacune, son sourire exaspérant plus large que jamais. Elle avait fini son numéro et était ravie de son interprétation.

« Qu'en dis-tu ? Tu peux commencer à en *profiter* dès le début du trimestre prochain, en janvier. »

Je suis restée muette. On mettait des livres à ma disposition, et un endroit où les lire.

J'ai regardé le fouillis qui encombrait la table, puis j'ai regardé Maude. Elle a soutenu mon regard, a hoché la tête. Puis elle s'est tournée vers Gwen.

« Oui, a-t-elle dit.

— Oui », ai-je répété.

* * *

Les morts de Bastiaan n'étaient pas encore parfaitement installés dans leurs tombes de Jericho. Certains étaient contents, m'a-t-il confié, alors que d'autres restaient agités. Je savais quand ils s'agitaient : ses cauchemars, sa main posée sur mon cœur quand je restais allongée immobile trop longtemps. Nous leur rendions visite à tous chaque fois que nous venions au Saint-Sépulcre. Ensuite, nous allions passer un moment avec Mme Wood.

Bastiaan a ouvert une ginger beer et j'ai sorti les poèmes qu'avait traduits Hugo si longtemps auparavant. J'avais hésité, me demandant comment Bastiaan réagirait, mais j'avais tellement envie de les partager en cet instant.

« "Mort parmi les épis de blé", a-t-il lu. Celui-là, je le connais.

— J'espère que sa lecture n'est pas trop pénible pour toi, mais la manière dont Tilda parlait de Hugo… » Je me suis interrompue. « Il ne ressemblait pas aux Allemands sur lesquels nous avons lu tant de choses. Ceux de Louvain. »

Bastiaan a lu le poème.

« C'est pénible, si, a-t-il murmuré. Parce que l'Allemand qui a écrit ce poème savait ce que vivre avec les morts représentait, et que l'Allemand qui l'a traduit aurait préféré soigner au lieu de tuer. Ce ne sont pas les mêmes hommes que ceux de Louvain, mais il est parfois difficile de ne pas les détester. »

Un silence, pendant un moment. Puis Bastiaan a bu une longue gorgée de ginger beer et son humeur s'est adoucie.

« Mme Wood n'aime pas que je parle comme ça, m'a-t-il dit en me rendant le poème. D'ailleurs, il est plus beau dans sa version originale.

— Tout est plus beau dans sa version originale », ai-je dit en lui prenant la bouteille des mains.

Il a haussé les épaules.

« C'est la seule manière de savoir vraiment ce que l'auteur voulait dire.

— Je regrette de ne pas connaître un mot d'allemand et de ne pas être meilleure en français.

— Peut-être tes enfants parleront-ils allemand, et aussi français », a dit Bastiaan.

Je me suis tue.

« Peut-être parleront-ils flamand, a-t-il poursuivi.

— Flamand ? »

Il a repris la bouteille, a bu une petite gorgée.

« Je me disais que c'était possible ? Peut-être ?

— Que j'aie des enfants, ou qu'ils parlent flamand ? »

Il a pris une profonde inspiration.

« Les deux, j'espère. »

J'ai compris et, involontairement, j'ai détourné le regard.

« Rentrons », ai-je proposé.

Nous nous sommes dirigés en silence vers le pont de Walton Well. Quand nous sommes arrivés sur le chemin de halage, Bastiaan a repris la parole.

« Pardonne-moi. Je n'aurais pas dû. Ça manque de romantisme. »

J'aurais voulu qu'il arrête de parler, mais il a arrêté de marcher.

Le chemin s'étirait sous mes yeux. La lune décroissante l'éclairait à peine et nos péniches n'auraient été que des ombres sans la lumière jaune qui s'échappait illégalement du *Calliope*. Maude avait oublié de masquer nos fenêtres et nous risquions une amende. C'était une bonne raison pour presser le pas, mais je savais que personne ne le remarquerait.

« Je veux t'épouser, Peggy. »

Je me suis tournée pour lui faire face.

« Bastiaan, je t'en prie…

— J'aimerais bien me mettre à genoux – il a regardé sa jambe raide – mais je ne peux pas. »

J'ai souri malgré moi.

« J'aimerais aussi passer une bague à ton doigt, mais je n'en ai pas les moyens.

— Bastiaan…

— Et puis j'aimerais que nous ayons des enfants qui parlent anglais, et français, et aussi allemand.

— Et puis flamand, ai-je dit, mes larmes ruisselant déjà.

— Oui. Et flamand. »

Nous sommes restés debout sur le chemin de halage, mais, pendant une éternité, aucun de nous n'a prononcé un mot.

« Et toi, que veux-tu ? a enfin demandé Bastiaan.

— Je ne m'y attendais pas.

— Mais que veux-tu ?

— Réussir mon examen d'entrée. »

Ça paraissait futile, mais c'était énorme pour moi.

« Quand tu auras réussi ton examen. Après la guerre. Pour ta vie, Peggy. Que veux-tu ? »

J'avais une réponse ; elle m'est venue à l'esprit instantanément. Je portais une toge, je lisais des livres.

« Je ne sais pas, ai-je répondu.

— Mais si, tu sais. »

J'avais toujours pensé que dans l'amour, ce serait *mon* cœur qui serait vulnérable. Qu'étant une femme, je serais gouvernée par lui. C'est ce que j'avais lu dans les romans et les poèmes, maintes et maintes fois. Mais dans ce petit mensonge, c'est le cœur de Bastiaan qui s'est brisé. Je l'ai vu se briser, et sa douleur a irradié dans ma poitrine.

« Je te veux, Bastiaan, mais…

— Ça ne suffit pas.

— Je veux écrire des livres, Bastiaan. Je veux que mes idées soient imprimées. Je veux que mon expérience compte. Je veux partager quelque chose…

— Mais pas avec moi.

— Avec toi, si, bien sûr, mais je ne peux pas être une épouse et une mère et faire des études en plus. C'est tout bonnement impossible, et je ne peux pas te priver de ce que tu veux. »

Ma voix s'est brisée. Je ne l'avais jamais dit tout haut, jamais énoncé, même en pensée.

« La vie que tu m'offres, c'est trop.

— Tu penses devoir choisir ?

— Oh, Bastiaan, je sais que je dois choisir. »

La vérité. Je ne pouvais pas la reprendre, et il ne pouvait pas la nier. Mais il a attendu que j'apporte une infime correction, que je la reformule ou la clarifie en notre faveur.

« Je pourrais rester », a-t-il dit.

J'ai posé la main sur sa joue et j'ai écrasé ses larmes sous mon pouce. Il voulait être architecte, m'avait-il confié un jour, comme son père. Le jour venu, avait-il dit, il rentrerait chez lui et aiderait à reconstruire la Belgique. C'était avant de m'aimer, avant que je l'aime. Elle l'avait encouragé, cette idée de réparation, et j'avais su, au moment où il en avait parlé, qu'il en aurait besoin pour guérir entièrement.

« Je ne suis pas sûre que tu aies vraiment envie de rester en Angleterre.

— Tu dis non.

— Je dis non. »

CHAPITRE 39

En janvier 1918, le premier jour du deuxième trimestre, je me suis présentée à la loge du concierge, dans Walton Street. Il était toujours en uniforme, mais il était plus jeune et avait perdu le bras gauche.

« Vous êtes venue faire du bénévolat ? »

Il avait probablement porté une toge avant-guerre. Sa voix le trahissait.

Plus de deux ans s'étaient écoulés. À l'époque, j'avais cru que je ne reviendrais jamais.

« Je voudrais aller à la bibliothèque », ai-je dit.

Il m'a regardée plus attentivement.

« Je suis navré, mademoiselle, mais les étudiantes de Somerville ne sont pas autorisées à fréquenter la bibliothèque. » Il était aussi courtois que possible. « Vous devrez rédiger une demande, et la bibliothécaire vous fera porter les livres à Oriel.

— Je ne suis pas étudiante. »

Il a plissé le front.

« Qu'êtes-vous, alors ?

— Je travaille en face.

— Aux Presses ?

— À l'atelier de reliure. »

Il a haussé les sourcils.

« Et quelle raison une relieuse aurait-elle de fréquenter la bibliothèque de Somerville ?

— Étudier le grec ancien.

— Vous plaisantez ?

— Si seulement ! Voyez-vous, si je veux *ne plus* être relieuse, il faut que je sache le grec ancien, ce qui n'est évidemment pas le cas. Voilà pourquoi je suis ici, avec une lettre de Mlle Alice Bruce, sous-directrice de Somerville College, m'autorisant à fréquenter la bibliothèque de Somerville. »

Je lui ai tendu le papier. Le concierge l'a pris, l'a lu, a vaguement secoué la tête et me l'a rendu.

« Bonne chance, m'a-t-il lancé. J'ai commencé à étudier le grec quand j'avais douze ans et je dois dire que je n'y comprends toujours pas grand-chose. »

Je suis entrée et un frisson d'impatience familier m'a picoté la peau, un souvenir de mon homme invisible. Il m'avait offert tout ce qu'il avait, et j'avais refusé. *Conserve ta tête*, ai-je pensé.

J'ai suivi le sentier qui faisait le tour de la petite cour engazonnée où des officiers, assis dans des fauteuils roulants, des plaids étroitement bordés autour de leurs genoux, savouraient quelques minutes de soleil hivernal après une semaine de mauvais temps.

Arrivée dans la cour principale, j'ai contourné l'hôpital de toile, trébuchant à deux reprises sur les cordes qui les ancraient dans le sol, mais sans tomber. À l'approche de la loggia, mon envie de faire demi-tour a lutté contre mon désir d'avancer. J'étais venue des dizaines de fois, mais avec un objectif différent, désintéressé, une participation à l'effort de guerre. Ce jour-là, la loggia m'a intimidée. Elle se dressait au-dessus de la cour, encadrée par des colonnes et des arches de pierre. Sous son ombre, j'ai aperçu des hommes en épaisses robes de chambre de laine – un bras en écharpe, un pansement sur un œil, une jambe dans le plâtre ou manquante. Ceux qui n'avaient pas de bandages avaient enfilé leurs uniformes et leurs pardessus pour se protéger du froid. Ils étaient assis sur les marches ou adossés à des piliers. Tous des officiers. Pas de membres en moins, pas de pansements sur l'œil ni de masques pour dissimuler un visage ravagé par la guerre. Ils bavardaient, souriaient et fumaient des cigarettes. *Dans peu de temps*, ai-je pensé, *ils seront renvoyés en France*. Ou en Italie, ou encore en Palestine. J'avais lu quelque part que les officiers couraient plus de risques de mourir que les simples recrues. J'ai eu la plus grande peine à regarder ces hommes-là.

J'ai baissé la tête et commencé à gravir l'escalier.

« Je peux vous aider ? »

Une voix de femme. Je n'étais pas encore au sommet des marches et j'ai dû tendre le cou pour la regarder en face. C'était une religieuse, vêtue de la robe grise, de la capeline rouge et du long voile blanc des infirmières militaires. Je ne l'avais encore jamais vue.

« Vous êtes venue faire du bénévolat ?

— Non, ma sœur, je vais à la bibliothèque. »

Je lui ai remis la lettre de Mlle Bruce.

« Je vois ici que vous vous appelez Peggy Jones.

— C'est exact.

— Je vois ici que vous êtes de Jericho. »

J'ai hoché la tête. Elle m'a longuement regardée d'en haut – ou de haut, je ne savais pas très bien –, avant de reprendre la parole.

« Et qu'est-ce qu'une fille de *Jericho* vient faire à la bibliothèque de *Somerville* ? »

Sa prononciation était irréprochable.

Elle s'est avancée légèrement et je suis redescendue d'une marche.

J'ai été frappée par le silence soudain de la loggia. Les officiers écoutaient, attentifs. La plupart étaient étudiants ou diplômés. Ils pouvaient entrer dans une bibliothèque universitaire sans qu'on leur pose de question, et ce seul privilège leur avait conféré l'étoffe dont on fait les officiers, comme si lire les aventures d'Ulysse pouvait vous transformer en meneur d'hommes.

J'ai essayé de formuler une réponse.

« Ma sœur… », ai-je commencé d'une voix calme, hésitante, mais parfaitement audible dans la loggia désormais silencieuse.

Elle a croisé les bras dans une posture de feinte patience. Nous étions deux femmes au milieu d'une masse d'hommes et j'ai compris alors que son plus cher désir était de m'humilier, de me remettre à ma place. Je demandais quelque chose que je n'aurais pas dû demander, et elle s'estimait en droit de me le refuser.

C'était un jeu, pour elle. Et elle s'attendait à ce que je cède.

Sœurs, ai-je pensé, me rappelant le mot que le typographe avait composé. Le mot que celle qu'il aimait avait défini. J'ai repris la marche que j'avais perdue. L'ironie du titre que portait cette femme m'a inspiré un petit sourire narquois. Elle a hésité, et je me suis remémoré de mon mieux la définition. *Femmes unies par un même désir de changement.* Je n'étais pas la seule, ai-je compris, à vouloir quelque chose à quoi ma naissance ne me donnait pas droit.

J'ai posé le pied sur la dernière marche, obligeant l'infirmière à reculer maladroitement pour éviter de renverser la chaise d'un de ses patients.

« C'est tout à fait étrange, voyez-vous, ai-je poursuivi, mais je veux lire les livres. »

Je l'ai vue hésiter. J'ai regardé les muscles de son visage se crisper tandis qu'elle réfléchissait à l'intérêt de me reprocher mon insolence, à ce que les officiers pourraient penser si je l'ignorais. J'ai tendu la main.

« Ma lettre, s'il vous plaît, ma sœur. Malheureusement, vous n'êtes pas la dernière personne devant qui je serai obligée de justifier ma présence. »

J'ai senti les yeux des officiers me suivre dans le bâtiment et j'ai marché en me redressant autant que je le pouvais. J'ai pris à droite et j'ai suivi le couloir comme si de rien n'était, mais quand je suis arrivée à l'escalier qui menait à la bibliothèque, j'ai constaté que j'étais trop essoufflée pour le monter. Mon cœur battait violemment contre mes côtes et j'avais la bouche sèche. *Preuve de vie*, ai-je pensé, et je me suis adossée contre la brique fraîche de la cage d'escalier jusqu'au moment où j'ai été sûre d'avoir la force de tout recommencer.

* * *

La bibliothécaire était assise à un bureau couvert de petites piles de livres, dont elle transcrivait les références dans un registre. Je me suis approchée et j'ai déchiffré les titres, les noms d'auteurs, ceux des étudiantes qui les avaient probablement demandés.

Elle a posé son stylo et je lui ai tendu ma lettre. Ce billet m'avait permis d'entrer dans la bibliothèque, mais la responsable n'était pas obligée d'en tenir compte, et j'ai pris conscience qu'elle disposait d'un pouvoir que l'infirmière n'avait pas. J'ai commencé à rassembler des arguments susceptibles, je l'espérais, de la convaincre de m'autoriser à utiliser la bibliothèque, mais quand elle a parcouru le billet, j'ai vu naître un sourire sur ses lèvres. Lorsqu'elle a levé les yeux, elle a pris un moment pour me dévisager, puis son sourire s'est élargi.

« Ravie de vous revoir », a-t-elle dit.

Elle me prenait pour quelqu'un d'autre. Un frisson de panique m'a parcourue.

« Vous ne me reconnaissez pas, bien sûr. » Elle a porté la main à ses cheveux. « Ils sont devenus complètement gris depuis notre dernière rencontre. Mon Dieu, ça doit faire deux ans, ou peut-être même trois ? Pour je ne sais plus quelle raison, je vous avais permis d'emprunter un livre. »

Elle n'était pas fâchée, et mon affolement a laissé place au souvenir de Bastiaan avant que je connaisse son visage, et au rythme des vers de Rudyard Kipling. Je me souvenais d'elle, maintenant.

« Mlle Garnell. Sophia Garnell, a-t-elle dit rapidement.

— Rudyard Kipling, ai-je balbutié, et elle a éclaté de rire.

— Le livre que vous aviez emprunté, sans doute, pas votre nom. Je préférerais vous appeler simplement Peggy, si vous n'y voyez pas d'inconvénient ? »

Mlle Garnell a contourné son bureau. Elle a lissé sa jupe et remonté ses lunettes sur son nez, puis elle m'a tendu la main et en a enveloppé la mienne. J'ai remarqué ses doigts tachés d'encre, mais la force de son étreinte m'a étonnée. Je lui ai serré la main avec la même énergie et elle a souri.

« Une poignée de main vous apprend toujours quelque chose sur les gens, a-t-elle dit sans lâcher la mienne. Vous savez vous adapter. »

Comme si j'avais le choix, ai-je pensé en essayant de garder un visage impassible.

« Sans être malléable pour autant. »

Elle a attendu un instant, espérant une réponse que je n'avais pas l'intention de lui donner, puis elle a souri.

« Avec une pointe d'obstination, aussi, ou je me trompe ? »

Elle m'a enfin libérée et a ramassé une petite pile de livres sur son bureau.

« Je ne vous ai pas heurtée, j'espère. »

Elle s'est dirigée vers les étagères et je l'ai suivie.

« Je dois avouer que j'étais impatiente de vous revoir, a-t-elle repris.

— Vraiment ?

— Vous êtes le sujet de prédilection de Gwen.

— Je croyais que c'était l'histoire. »

Mlle Garnell a ri.

« Elle prétend que vous devriez lire les livres au lieu de les relier.

— Vraiment ?

— Elle a le sens de la formule. »

Celles des autres, ai-je pensé.

« Et met beaucoup de passion à défendre une bonne cause. »

Mon pas s'est fait hésitant. Mlle Garnell s'est arrêtée.

« Oh, mon Dieu, je vous ai blessée. »

Une bonne cause ? Évidemment, j'étais blessée. Mais j'ai secoué la tête.

« Mais si, je vois bien. Il ne faut pas. Vous n'êtes qu'une bonne cause parmi d'autres. Et je ne serais pas surprise que vous ayez, vous aussi, une bonne cause bien à vous. » Elle a attendu ma réaction et l'a vue vaciller sur mon visage. « C'est bien ce que je pensais. Il y a peu de gens sur cette terre qui ne tirent pas avantage à être la bonne cause d'autrui. Votre amie Gwen a plus de privilèges que la plupart ; il n'est que justice qu'elle les partage. »

Elle a repris le couloir latéral, s'est arrêtée devant une étagère pour y ranger un des livres qu'elle avait sur le bras, a continué sa progression.

« Et de qui Gwen est-elle la bonne cause ? »

Mlle Garnell a souri, comme souriait parfois Gwen quand mes questions lui permettaient de développer un argument.

« Gwen ne serait pas ici sans l'appui insistant d'une tante qui ne manque pas de relations. » Mlle Garnell s'est penchée vers moi et a baissé la voix. « D'un point de vue purement scolaire, Gwen serait plus à sa place dans une université féminine. Elle manque…

— De passion pour l'étude ? »

Elle a incliné la tête.

« Mais son tempérament s'accorde fort bien avec Somerville.

— Et cette tante ? De qui est-elle la bonne cause ? »

Mlle Garnell a rangé un autre livre.

« De son mari, bien entendu. Mais pas pour les raisons que vous pouvez imaginer. C'est elle qui a l'argent, un avantage auquel s'ajoute une intelligence largement supérieure à tous égards, mais c'est lui qui a une voix au Parlement. Sa bonne cause à lui est le droit de vote des femmes – celui de sa femme en particulier –, et il a fait savoir clairement qu'il soutiendrait tous les projets de loi propres à le leur accorder. »

Elle a conclu par un hochement de tête et je l'ai imaginée à un des débats universitaires dont Gwen m'avait parlé.

« Vous êtes une ancienne élève de Somerville, mademoiselle Garnell ?

— Oh oui ! Et je le resterai jusqu'à mon dernier jour. »

Mlle Garnell a remis le dernier ouvrage en place puis m'a conduite vers la travée centrale.

« Littérature anglaise, a-t-elle annoncé. Une partie, du moins. »

Comme toutes les travées, celle-ci était équipée d'un grand bureau, assez vaste pour six étudiantes, et était très bien éclairée par de hautes fenêtres à croisée.

« C'est ma travée préférée, a précisé Mlle Garnell. Le soleil y donne tout l'après-midi et on y a Mlle Austen et les sœurs Brontë pour compagnes constantes. » Elle m'a regardée. « C'est la seule consolation de notre organisation actuelle – les étudiantes étant absentes, je peux venir m'installer ici avec mon registre et ma théière et y passer une heure agréable. Tous les bureaux ne sont cependant pas aussi confortables que celui-ci. »

Mlle Garnell a tendu le bras vers une des lampes posées au milieu et l'a allumée, puis elle a redressé un petit chevalet dissimulé dans le plateau de la table.

« Pour poser votre livre », m'a-t-elle expliqué en se tournant vers moi avec ravissement.

Enfin, elle a tiré une des lourdes chaises et a esquissé un geste de la main.

« Asseyez-vous. »

Je me suis assise.

Quand j'avais imaginé Somerville, j'avais péché par négligence. Je m'étais représenté des salles, des étagères et des volumes à reliure de cuir et j'étais allée jusqu'à sortir ces volumes des rayonnages et à deviner leur poids, entièrement reliés. Mais je ne m'étais pas assise devant un bureau, je n'avais pas vu la lumière qui tombait des fenêtres, je n'avais pas humé l'odeur émanant de livres qui n'avaient pas été encollés récemment, de livres qui avaient eu le temps de reposer.

Mlle Garnell m'a aidée à rapprocher la chaise du bureau, puis elle s'est dirigée vers les étagères et a laissé ses doigts glisser sur les dos à la recherche d'un titre. Elle aurait pu choisir n'importe quel livre pour me prouver l'utilité du bureau, mais elle a pris son temps. Finalement, elle a délogé un petit volume de sa place et me l'a tendu.

Jane Eyre.

C'était l'édition des Oxford World's Classics, identique à celle que nous avions et pareillement usée par une manipulation assidue. Il y avait une différence entre un livre régulièrement ouvert et un livre qui ne l'était pas. L'odeur, la résistance du dos, la facilité avec laquelle les pages se tournaient. Ce livre-là ressemblait au nôtre, mais je savais qu'il s'ouvrirait tout seul sur une autre scène et que les pages aux angles cornés ou aux bords usés ne seraient pas les mêmes que celles que Ma avait lues et relues.

Quand nous avions relié ces ouvrages, ai-je pensé, *ils étaient identiques.* Mais ils ne pouvaient pas le rester, j'en étais consciente. Dès que le dos d'un livre est cassé, il prend un caractère bien à lui. Ce qui émeut ou intéresse un lecteur n'est jamais ce qui émeut ou intéresse tous les autres. C'est pourquoi chaque livre, une fois lu, s'ouvrira à une autre page. Chaque livre, une fois lu, ai-je compris, aura raconté une histoire légèrement différente.

J'ai laissé le livre s'ouvrir où il voulait et je l'ai posé sur le chevalet. Mlle Garnell a parcouru la page du regard puis l'a lue à haute voix.

« *J'étais à même d'acquérir une excellente éducation**. » Elle a posé la main sur mon épaule. « Je pense que vous serez très bien ici, m'a-t-elle dit. Vous pouvez rester aussi longtemps que vous voulez. Je pars très tard. »

* * *

J'étais venue dans l'unique intention de me présenter, et non de rester, mais finalement, j'ai lu le chapitre jusqu'au bout.

Quand j'ai levé les yeux de la page pour les porter au-delà de la lampe, la travée était plongée dans l'obscurité. Il était temps d'aller retrouver Maude. J'ai refermé *Jane Eyre* et songé à chercher sa place sur les étagères, mais je me suis ravisée.

À son bureau, Mlle Garnell avait la tête baissée sur son registre. Elle a terminé sa notice avant de me regarder.

« Déjà ? D'après ce que Gwen m'avait dit, je pensais devoir vous houspiller au moment de mon départ. » Elle a contemplé la pile de livres posée sur son bureau. « J'en ai encore pour deux heures, au moins.

— Ma bonne cause, ai-je expliqué. Il faut que je rentre. »

Elle a hoché la tête : Gwen lui avait sûrement parlé de Maude.

« Bon, dites-moi de quels livres vous avez besoin et je ferai en sorte qu'ils soient prêts pour votre prochaine visite », m'a-t-elle dit.

J'ai fouillé dans mon cartable et j'en ai sorti la liste. Mlle Garnell y a jeté un coup d'œil.

« C'est bien ce que je pensais, pour l'essentiel. » Elle a levé la tête. « Mais je ne vois pas Wordsworth, Dryden et Shakespeare.

— C'est parce que je les ai déjà.

— Vraiment ?

— J'en ai des exemplaires à la maison, ai-je précisé. Non reliés, pour la plupart, mais à peu près entiers.

— Des publications de la Clarendon Press, sans doute ? »

J'ai acquiescé d'un signe de tête.

« Une mine.

— Quand un livre n'est pas impeccable, on le considère comme un déchet et il est mis au rebut. Si je peux, je l'emporte chez moi.

— Un déchet ? »

Elle a haussé les sourcils.

« Tout est une question de point de vue. »

Elle a parcouru la liste une seconde fois.

« Tous ceux-ci ne devraient pas poser de problème. » Puis elle m'a regardée. « Et votre grec ancien ? Quel est votre niveau ?

— Inexistant.

— À petites doses, mais régulièrement, voilà ce que je préconise. Je vais ajouter un manuel de grec.

— Je pourrai emporter ces ouvrages chez moi ? »

J'avais posé la question sans réfléchir, et je l'ai immédiatement regretté.

« Je suis navrée, Peggy... » Elle était gênée. « Il faut être de Somerville... »

J'ai senti mes joues s'empourprer.

« Votre sœur aussi est la bienvenue, si elle le souhaite, a proposé Mlle Garnell.

— Maude ne s'intéresse pas à la lecture, ai-je répliqué.

— Je suis sûre de pouvoir trouver de quoi l'occuper. »

CHAPITRE 40

Maude a été ravie à l'idée de visiter la bibliothèque, si bien que le samedi suivant, à la fin de notre matinée de travail, elle a glissé son bras sous le mien et nous avons traversé la rue, passant des Presses à Somerville.

« De Jericho à Oxford », a-t-elle dit tandis que nous nous frayions un passage au milieu de l'animation de Walton Street.

Nous sommes entrées dans la loge et le regard du concierge s'est porté de moi à Maude avant de revenir se poser sur moi.

« Mlle Jones ?

— Bien vu », ai-je dit.

Il a noté *Mlle Jones x 2* dans son registre.

Nous avons fait le tour de la petite cour, passant devant des officiers qui se prélassaient au soleil de midi.

« Calamité au carré, les gars.

— J'hallucine, ou quoi ?

— Double dose de plaisir, si vous voulez mon avis. »

Maude les a tous salués. Je l'ai entraînée, tête baissée. Au moment où nous gravissions les marches de la loggia, un officier assis dans un fauteuil en rotin a tendu sa canne pour nous barrer le passage.

« Infirmière, a-t-il dit, son regard passant de Maude à moi. Je vois double. »

Son voisin est intervenu :

« Profites-en tant que ça dure. »

L'infirmière souriait. Je l'ai fusillée du regard jusqu'à ce que son sourire s'efface et qu'elle se décide à intervenir.

« Messieurs. Un peu de correction, je vous prie. »

Mais il était trop tard.

« Calamité au carré, calamité au carré, double dose de plaisir, mais calamité au carré. »

Maude a entonné le refrain familier, répétant ces paroles comme une psalmodie, et j'ai senti tous les regards suivre notre progression au milieu des fauteuils et des lits de repos de la loggia. Lorsque nous avons été à l'intérieur du bâtiment, j'ai posé la main sur le bras de Maude.

« Il faut arrêter, maintenant, Maudie. »

Elle a serré sa lèvre inférieure entre ses dents jusqu'à ce que la pulsion lui passe.

Mlle Garnell était exactement au même endroit que quelques jours plus tôt, à moitié dissimulée derrière des piles de livres. Elle a levé la tête quand nous nous sommes approchées, m'a regardée, a regardé Maude, a hésité, s'est arrêtée sur moi.

« Mademoiselle Jones, quel plaisir de vous revoir ! C'est évidemment votre sœur. »

Elle s'est levée, a essuyé ses doigts maculés d'encre sur un mouchoir maculé d'encre.

« Maude, je te présente Mlle Garnell. »

Mlle Garnell lui a tendu la main et Maude l'a serrée.

« Je vous en prie, appelez-moi Sophia. Cela me permettra de vous appeler Maude et d'appeler votre sœur Peggy. Ce qui nous évitera la confusion que pourrait provoquer la présence de deux Mlle Jones dans la bibliothèque. »

Maude a souri.

« Sophia.

— Nous sommes habituées à cette confusion, ai-je remarqué.

— Je n'en doute pas. Mais je ne doute pas non plus que vous en soyez lasses. »

J'ai souri, haussé les épaules.

Elle a hoché la tête.

« J'ai des frères jumeaux. Nos parents eux-mêmes étaient incapables de les distinguer. C'était absolument épouvantable, mais ils étaient le plus souvent à l'internat, alors voilà… Bien. Je suppose que vous êtes impatiente de vous mettre au travail. »

J'ai acquiescé. Elle s'est tournée vers Maude.

« Vous pouvez rester avec Peggy si vous voulez, mais si vous vous ennuyez, vous pourriez m'aider à trier les retours. »

Maude a pesé les deux possibilités.

« Rester avec Peggy. »

Mon cœur s'est un peu serré, mais je lui ai fait traverser la bibliothèque jusqu'à la travée, avec son coin étude.

« La travée des Brontë », lui ai-je annoncé.

Nous nous tenions sur le seuil et j'ai examiné cet espace d'un regard neuf. J'essayais de le voir à travers les yeux de Maude : les hautes fenêtres, les étagères couvertes de livres reliés, la lumière qui jouait sur le bureau. Celui-ci était deux, peut-être trois fois plus grand que notre table du *Calliope*. Mlle Garnell avait déjà allumé la lampe, et un livre était posé sur le chevalet. D'autres étaient soigneusement empilés à côté, attendant leur tour.

J'ai senti Maude me serrer la main et je me suis tournée pour apercevoir *ma* joie sur *son* visage. Je l'ai conduite vers l'étagère où les sœurs Brontë étaient rangées côte à côte. *Comme nous*, ai-je pensé. Ensemble pour toujours. Maude a sorti *Jane Eyre* du rayonnage.

« Ma, a-t-elle dit.

— Presque le même », ai-je approuvé.

J'ai pris *La Dame du château de Wildfell*. Anne Brontë. Ma le préférait à *Jane Eyre*, sans avoir jamais pu expliquer pourquoi. J'ai ouvert le livre à une page que je connaissais, une page sur laquelle Ma aimait s'attarder. J'y ai trouvé une phrase à lire à ma sœur.

« Si elle était plus parfaite, elle serait moins intéressante. »*

Maude a hoché la tête.

« Oui », a-t-elle acquiescé.

Nous avons remis les sœurs Brontë sur leur étagère et nous sommes assises au bureau. Maude s'est installée en face de moi, si loin que j'ai dû faire glisser ses papiers de pliage sur toute la largeur du plateau. C'était la dernière série de papiers colorés de Tilda, lisses et uniformes, et ils se sont écartés comme le paquet de cartes d'un bonneteur. Maude les contemplait sans faire mine de les rassembler et je les ai contemplés, moi aussi – je serais incapable de me concentrer tant que ses mains n'exécuteraient pas les mouvements familiers.

« Kaléidoscope », ai-je dit.

Maude a souri. Elle a éparpillé les papiers, une fois, deux fois, s'arrêtant à chaque coup pour admirer l'effet. Elle a fini par les rassembler et s'est mise à plier. Je me suis intéressée au livre posé sur le chevalet. Abbott et Mansfield, *Manuel de grammaire grecque.* À petites doses, mais régulièrement, avait dit la bibliothécaire.

* * *

J'ai sursauté quand Maude a reculé sa chaise sur le plancher. Je me suis redressée, j'ai incliné le cou d'un côté à l'autre, massé le muscle entre mon pouce et mon index. J'ai feuilleté mon cahier et constaté avec étonnement que j'avais rempli cinq pages. J'ai réfléchi, essayé de me souvenir de quelque chose, mais j'en ai été incapable.

Maude s'est levée, une boîte en papier bleu entre les mains.

« Trier les retours, a-t-elle dit.

— Tu veux que je vienne avec toi ? »

J'aurais voulu qu'elle réponde oui. J'aurais voulu avoir un prétexte pour refermer le livre de grammaire grecque.

« Non, a-t-elle dit, et elle a pointé le menton vers le chevalet. Lis le livre. »

J'ai obéi. J'ai lu des pages que j'avais peine à comprendre et griffonné des notes que j'avais peine à lire. Quand j'ai eu une crampe à la main, je l'ai frottée et secouée. J'ai étiré mon dos, j'ai parcouru la travée du regard et me suis rappelé à quel point cette organisation était précaire. Tant d'imprévus risquaient de la perturber : Maude pouvait refuser de venir, Lotte pouvait ne pas être disponible, quelqu'un pouvait se plaindre et l'autorisation de Mlle Bruce être révoquée. J'ai mis la main sur la pile de livres que Mlle Garnell avait posée sur le bureau. J'avais besoin d'eux, mais n'avais aucun droit sur eux. Je n'étais là que par la grâce d'autrui. Fermant les yeux, j'ai cherché à me remémorer quelques éléments de la syntaxe grecque – concordance des temps, cas, mode. J'ai renoncé, j'ai ouvert mon cahier à une page vierge et cherché à retranscrire l'alphabet grec d'*alpha* à *oméga*. Il me manquait quatre lettres, et j'avais confondu *pi* et *phi*, *xi* et *psi*. J'ai refermé mon cahier d'un geste brusque, mais j'ai résisté à l'envie de jeter Abbott et Mansfield à l'autre bout de la travée. J'ai feuilleté les pages et mon angoisse s'est encore accrue. J'avais à peine réussi à apprendre le français ; comment apprendre une langue que plus personne ne parlait ? Comment faisaient les autres ? *Des professeurs particuliers*, ai-je pensé, et un instant, je me suis interrogée sur leur tarif horaire. Plus élevé que je ne pouvais me le permettre, ai-je conclu.

J'allais refermer le livre quand j'ai aperçu une note écrite dans un espace blanc en fin de chapitre. Elle était au crayon, un gribouillage que j'ai dû déchiffrer : *Tout ça, c'est du chinois pour moi*. Dessous, une autre main avait écrit : *Pour moi aussi*. Et au-dessous : *À quoi ça peut bien être utile ?*

* * *

Lentement, j'ai longé les travées jusqu'au bureau de la bibliothécaire. Il était presque entièrement dégagé, les piles de livres ayant été transférées sur un chariot, prêtes à retrouver leurs étagères. J'ai posé ma propre petite pile devant Maude, qui a immédiatement ouvert l'ouvrage du dessus afin que l'étiquette de prêt soit visible. Elle l'a fait glisser devant Mlle Garnell.

« Les livres de Peggy ne sont pas sortis de la bibliothèque, Maude. Inutile de les enregistrer. »

Maude a repris le livre, refermé la couverture. Mlle Garnell s'est tournée vers moi.

« Si votre sœur n'avait pas déjà un emploi, j'aurais un poste à lui offrir.

— Un poste à lui offrir, a dit Maude – ou répété, je ne savais pas très bien.

— Maude, tu préfères trier les livres ou les relier ? » lui ai-je demandé.

Elle a haussé les épaules. L'un ou l'autre, elle hésitait. Elle s'est tournée vers le chariot, le manuel de grec à la main, et a cherché où le poser.

« Vous pensez revenir demain, Peggy ? a demandé Mlle Garnell.

— J'espère, ai-je répondu.

— Dans ce cas – elle s'est tournée vers Maude –, nous garderons les livres dont Peggy a besoin à portée de main.

— À portée de main », a dit Maude.

Elle a repris les ouvrages qu'elle venait de poser sur le chariot.

« Merci, Maude, a dit Mlle Garnell.

— Merci, Maude », ai-je dit.

* * *

Maude était enchantée de venir à la bibliothèque chaque fois que Lotte ne pouvait pas lui tenir compagnie, mais après notre première visite, elle n'est plus jamais restée près de moi. Elle aidait Mlle Garnell, qui appréciait sa présence. *Elle a le sens de l'ordre*, m'a-t-elle dit un jour.

J'ai commencé à y passer plus de temps : les samedis après-midi, les dimanches après-midi, certains soirs. Enfin, ma pause déjeuner du lundi et du vendredi. L'image de Bastiaan donnant ses cours de français au Stute me trottait dans la tête et il me fallait quelque chose pour apaiser mon envie de l'y retrouver, de bavarder avec lui.

* * *

J'étais fatiguée à mon arrivée à la bibliothèque, et j'avais faim. Ce samedi matin-là, on nous avait imposé des heures supplémentaires, ce qui m'avait empêchée de rentrer déjeuner à la maison. L'examen d'entrée à Somerville avait lieu dans quelques semaines seulement, je n'avais pas un moment à perdre. La fenêtre de la travée des Brontë laissait filtrer la faible lueur de février et j'ai allumé la lampe de bureau. Il suffisait de tirer sur une cordelette et la page était éclairée. *C'est si facile*, ai-je pensé, me rappelant la lumière insuffisante de notre lampe à pétrole sous laquelle j'avais étudié la veille au soir, mes yeux surmenés. Une fois de plus, j'ai éprouvé un élan de gratitude à l'idée d'avoir été autorisée à fréquenter la bibliothèque de Somerville.

Je n'ai remarqué la présence de Gwen que lorsqu'elle s'est laissée tomber sur la chaise de l'autre côté de la table.

« Quand Bastiaan t'a-t-il emmenée au cinéma pour la dernière fois ? »

J'ai rougi.

« Les étudiantes de Somerville ne sont pas censées venir à la bibliothèque, Gwen. Tu ne devrais pas être ici.

— Je ne suis pas venue à la bibliothèque. Je suis ici pour rendre visite à un patient. » Elle m'a dévisagée. « Alors ?

— Nous n'allons plus au cinéma ensemble, Bastiaan et moi. »

Cela l'a réduite au silence, mais pas assez longtemps.

« Bien, bien. Ce sera donc à moi de te sauver des livres.

— Je n'ai pas besoin qu'on me sauve.

— Je suis sûre que si, alors suis-moi. »

J'ai été tentée.

« Où ça ? lui ai-je demandé.

— Au mémorial des Martyrs. Les femmes se rassemblent pour fêter ça. »

Le droit de vote. La loi avait été adoptée quelques jours plus tôt. Mon intérêt a fléchi.

« Cette fête ne me concerne pas, Gwen.

— Oh, arrête. C'est un immense pas dans la bonne direction, pour toutes les femmes.

— Il est facile de voir les choses comme ça quand c'est toi qui franchis ce pas. Un peu plus difficile quand tu ne fais que servir de tremplin. »

Elle m'a jeté un regard à la *Pauvre Pegs.*

« Pourquoi toi, Gwen ? Pourquoi t'accorde-t-on le droit de vote et pas à moi ?

— Je ne l'ai pas encore. Je n'ai pas trente ans.

— Mais tu l'auras, n'est-ce pas ? Même si tu n'obtiens jamais de diplôme, tu possèdes des terres.

— En ce qui me concerne, a-t-elle rétorqué, c'est une pour toutes et toutes pour une. Il s'agit d'un événement historique. Le début de quelque chose. Et j'ai bien l'intention de chanter pour fêter ça.

— Je t'en prie, vas-y. Moi, je reste et j'étudie.

— Bonne idée. » Elle s'est levée. « Si tu obtiens un diplôme, cette loi sera aussi importante pour toi qu'elle l'est pour moi. »

Mlle Garnell poussait son chariot dans la travée.

« Si j'étais vous, Gwen, je partirais avant que Peggy ne vous jette ce livre à la figure. »

Gwen a regardé le volume sur lequel était posée ma main.

« Ne vous en faites pas, mademoiselle Garnell. Jamais Peg ne prendrait le risque d'abîmer un livre aussi bien relié. »

Puis elle m'a envoyé un baiser et a tourné les talons.

CHAPITRE 41

J'ai pris place à un bureau au fond de la salle. *Ils sont tous pareils*, ai-je remarqué. Identiques. Sur chacun d'eux, trois crayons, une gomme, une copie d'examen retournée avec un carnet à côté. Devant chacun d'eux était assise une jeune femme, et chacune de ces jeunes femmes, aussi détendue qu'elle ait pu paraître quand nous étions encore dans le couloir, était fébrile. Elles arrangeaient les crayons, pianotaient sur leurs cuisses, croisaient et décroisaient les chevilles.

« Vous avez dix minutes pour lire les sujets, a annoncé la surveillante. Vous pouvez prendre des notes et préparer vos réponses, mais n'écrivez rien sur votre copie d'examen avant que je vous en donne l'autorisation. Vous aurez trois heures pour composer votre devoir. »

Un bruissement. Des pages qu'on tournait. L'examen m'était si familier. La police de caractères, le toucher du papier, le format des pages. Chaque fascicule d'examen tenait sur une seule feuille : huit pages, quatre feuillets, deux plis – in-quarto. Une rapide rognure et le tour était joué. Depuis que j'avais douze ans, j'en avais plié des milliers comme celui-ci. Mais pas cette année-là, Mme Stoddard y avait veillé. Elle m'avait même fait signer un texte par lequel je m'engageais à *ne pas chercher à avoir accès aux documents d'examen, ni directement ni indirectement en sollicitant des informations auprès d'autres employés des Presses.*

C'est comme la Loi sur les secrets officiels, avais-je plaisanté. *Tout le monde doit signer ça avant de passer un examen ?*

Mme Stoddard avait souri. *Tu es la première*, m'avait-elle répondu. *Cela te protégera, et si qui que ce soit compromet tes chances, il sera traité comme s'il avait communiqué des questions d'examen à un membre des Toges.*

Personne n'avait compromis mes chances.

J'ai lu les questions générales.

J'ai lu le texte en français pour la version non préparée. J'ai pensé à Bastiaan puis je l'ai chassé de mon esprit.

J'ai lu les questions de la matière que j'avais choisie. *Littérature anglaise. Vous n'avez à traiter que QUATRE questions.* Il y en avait vingt parmi lesquelles on pouvait choisir – discuter, comparer, donner des exemples, expliquer. Shakespeare, Milton, Wordsworth, Spenser, Dickens, Thackeray, Dryden. J'ai cherché Eliot, Austen, une des Brontë, mais je ne les ai pas trouvées. Pas une seule femme. J'ai regardé l'horloge – encore une minute. *Répète ce que tu as lu et ne cherche pas à être originale*, m'avait conseillé Gwen. J'ai choisi mes questions.

Analysez l'approche du sonnet chez Shakespeare et Spenser en mettant l'accent sur leurs différences.

Donnez des exemples d'observation précise de la nature chez Wordsworth.

« Ni Dickens ni Thackeray n'ont su rendre intéressant un personnage "bon". » Que pensez-vous de cette phrase ?

« L'interprétation de rôles féminins par de jeunes garçons a peut-être imposé des limites à l'art de Shakespeare. » Discutez.

Ces énoncés m'étaient familiers. Je réfléchissais à ce genre de sujets depuis des années ; Ma me les avait soumis sous une forme ou une autre, j'avais lu les œuvres en question, et maintenant, en plus, j'avais lu des textes critiques.

« Vous pouvez commencer. »

J'ai commencé.

Les questions générales. La version française. Mon crayon courait sur la page.

La première de mes questions au choix, la deuxième. J'ai paraphrasé, cité, j'ai associé tel argument à tel autre. Ce n'était pas si difficile, mais soudain, ça l'est devenu.

J'ai reposé mon crayon et j'ai frotté le muscle entre mon pouce et mon index. J'ai relu ce que j'avais écrit. Exactement ce qu'on attendait de moi, mais pas tout à fait ce que je pensais.

J'ai regardé l'horloge ; plus d'une heure s'était écoulée. J'ai relu mes réponses – des échos de ce que j'avais lu. Les commentaires d'hommes modernes sur les écrits d'hommes morts. Des idées réimprimées chaque année dans des textes éparpillés à travers tout le *Calliope* sous forme de cahiers détachés ou de manuscrits nus. J'aurais pu les réciter pendant mon sommeil, mais je n'avais pas toujours été d'accord avec elles. *Tu n'es pas obligée de l'être*, m'avait dit Ma.

J'ai raturé ma réponse à la question numéro un et ce que j'avais déjà écrit pour la question numéro deux.

J'ai recommencé.

* * *

On a ramassé nos copies et la porte donnant sur le couloir s'est ouverte.

« Comment tu t'en es sortie ? »

Une inconnue dans une jolie veste de laine. Une autre candidate. La différence entre nous était moins grande que trois heures auparavant.

« Je ne sais pas, ai-je répondu honnêtement, mais ce que j'ai écrit me plaît.

— C'est une drôle de façon de dire les choses.

— Ah bon ? »

Elle a incliné la tête sur le côté.

« Ma prof prétend qu'il faut savoir se mettre en valeur – rappeler les opinions courantes et prouver sa supériorité en s'appuyant sur des sources irréfutables pour justifier sa position.

— C'est ce que tu as fait ? » lui ai-je demandé.

Elle a souri.

« Je pense. Mais j'avais appris tellement de citations par cœur qu'il n'est pas impossible que j'en ai mélangé quelques-unes. » Un bruit de klaxon s'est fait entendre. « Oh, c'est pour moi. »

Elle s'est retournée et a fait signe au jeune homme assis au volant. Il était en uniforme d'officier et je me suis demandé si c'était son frère ou son amoureux. Elle ne me l'a pas dit, elle m'a pris la main et l'a serrée.

« J'espère de tout cœur que nous serons à Somerville ensemble. »

Elle n'a pas attendu ma réponse, mais quand l'automobile a redémarré, elle a agité la main comme si nous étions déjà amies.

Je suis rentrée à Jericho d'un pas lent, les questions d'examen et mes réponses tournant en boucle dans ma tête. *Ne cherche pas à être originale*, m'avait conseillé Gwen.

* * *

« Ça s'est bien passé, donc », a dit Gwen.

Elle était assise avec Mlle Garnell, une théière posée entre elles.

« Comment peux-tu le savoir ?

— À une centaine de petits signes révélateurs, a dit Mlle Garnell.

— Et visiblement, tu n'as pas pleuré », a ajouté Gwen.

Mlle Garnell m'a désigné une chaise de la tête et a rempli une troisième tasse.

« Racontez-nous tout. Quelles questions vous a-t-on posées ? »

Je les lui ai énoncées.

« Tu as répété ce que tu avais lu ? a demandé Gwen.

— Pour l'essentiel, oui. »

J'ai porté la tasse à mes lèvres.

Son visage s'est assombri.

« Que veux-tu dire par *pour l'essentiel* ? »

J'ai avalé, pris une autre gorgée. Son malaise m'inspirait un étrange plaisir.

« Je suis capable de penser par moi-même, Gwen. Je n'approuve pas toujours ce que j'ai lu.

— Oh mon Dieu ! s'est-elle exclamée. Indépendance d'esprit. »

Mlle Garnell a posé la main sur le bras de Gwen pour la calmer, mais l'inquiétude de cette dernière n'a fait que m'affermir dans l'idée que j'avais accompli un exploit. En vérité, j'étais encore sous le coup de l'émotion que m'avait inspirée cette expérience. On m'avait demandé mon opinion – ou plus exactement, on m'avait demandé mon opinion de personne instruite – et j'avais *tout* mis dans ma réponse. Pas seulement les idées d'autrui, mais aussi les miennes.

Gwen estimait que j'avais compromis mes chances de réussite, et elle avait peut-être raison. Mais quelqu'un lirait ce que j'avais écrit et, en cet instant précis, peu m'importait que cette personne juge mes réponses dignes de Somerville ou non. Elles seraient lues, elles seraient prises en compte.

« Quelle approche avez-vous choisie, Peggy ? m'a demandé Mlle Garnell.

— J'ai présenté les opinions courantes et montré en quoi elles présentaient peut-être des failles. »

Gwen a gémi.

« Ne t'en fais pas, Gwen. J'ai cité les noms habituels. Je me suis contentée de faire remarquer que leurs perspectives étaient remarquablement similaires et de souligner pourquoi des angles de vue différents pouvaient être éclairants. »

Elles m'ont laissée parler, et nous avons vidé la théière.

« Quoi qu'il en soit, vous aurez les résultats dans quelques semaines, a dit Mlle Garnell. Comment allez-vous vous occuper en attendant ?

— J'ai l'intention de continuer à étudier pour préparer les Responsions. »

Elle a souri.

« Certaines attendent de savoir si on leur offre une place avant de s'engager dans un tel marathon. En tout cas, la nécessité de vous détendre un peu et de reconstituer vos ressources intellectuelles ne serait pas une mauvaise excuse.

— Je ne suis pas certaine que me détendre reconstitue mes réserves de grec, ai-je répliqué. Elles sont encore très faibles. Je préfère faire comme si on m'offrait une place. Autrement, je vais perdre tout mon élan.

— Très bien. Promettez-moi seulement de lever le nez de vos livres de temps en temps. J'ai toujours trouvé les fleurs du printemps aussi stimulantes pour l'esprit que n'importe quel texte. »

CHAPITRE 42

J'ai suivi les conseils de Mlle Garnell et de Gwen. Le soir, je passais moins de temps à la bibliothèque et plus de temps avec Maude et Lotte. J'ai déchiffré du latin et appris des verbes grecs, mais je suis aussi allée voir *Charlot fait une cure* et *The Golden Idiot* au cinéma de George Street avec Aggie et Lou, et j'ai fait une sortie en barque avec Gwen sur la Cherwell. Un samedi après-midi, j'ai pris l'autobus pour Cowley avec Maude. Les champs voisins de la caserne n'étaient plus inondés d'hommes venus s'engager, mais j'étais obsédée par l'image de ceux que nous avions vus ce jour-là, jonchant d'autres champs, dans d'autres pays, et qui ne rentreraient jamais chez eux.

Quand les marronniers ont commencé à fleurir, j'ai cueilli une grappe de fleurs blanches pour l'offrir à Mlle Garnell.

Elle l'a prise en souriant :

« Alors, ça va ? Vous vous êtes détendue et requinquée ?

— Oui.

— Et vous avez eu des nouvelles ? »

J'ai pris l'air indifférent.

« Non. »

* * *

Je lisais sur le chemin du travail ; je connaissais assez bien le trajet pour ne pas trébucher. Sur Walton Street, Maude est passée devant moi pour entrer chez Turner. En entendant la clochette de la porte, j'ai rangé le livre dans mon sac.

« Du courrier, monsieur Turner ? l'ai-je entendue demander quand j'ai ouvert la porte derrière elle.

— J'espère que vous allez bien, mademoiselle Jones. »

J'ai parcouru les titres exposés sur le présentoir à journaux de M. Turner.

Des renforts britanniques, français et australiens bloquent l'offensive allemande à Ypres.

« Oui, monsieur Turner, a dit Maude. Une réponse de Somerville ? »

Le Baron rouge inhumé avec les honneurs militaires par un escadron britannique.

« Je ne saurais vous le dire, mademoiselle Jones. Je ne suis pas censé inspecter le courrier. »

Quelque chose dans sa voix. Quand je me suis retournée, je l'ai vu se pencher par-dessus le comptoir, souriant devant l'enveloppe que Maude avait séparée du reste de la liasse.

« Ce que vous attendiez, j'espère. »

Il s'adressait à moi.

C'était une enveloppe ordinaire, avec mon nom et l'adresse du magasin de journaux de M. Turner tapés à la machine au recto, Somerville College dans l'angle supérieur droit. Je l'ai décachetée.

Je l'ai lue.

Je l'ai relue.

« Une offre de Somerville ? » m'a demandé Maude.

Je lui ai tendu les feuilles pour qu'elle lise la lettre elle-même.

* * *

« Avec une bourse complète », ai-je annoncé à Mlle Garnell.

Elle a surgi derrière les piles des retours et m'a serrée dans ses bras.

Je m'étais habituée à cette manifestation d'amitié. Maude avait transmis la nouvelle de mon admission à Somerville à tout l'atelier de reliure, et Lou, Mme Stoddard et même Lotte avaient réagi en me prenant dans leurs bras. Mme Stoddard avait les yeux humides.

« Ta Ma… », avait-elle dit. Elle n'avait pas pu poursuivre.

Quand Eb l'avait appris, sans doute par Mme Stoddard, il n'avait pas hésité à affronter le côté filles pour venir me féliciter. Il n'était pas allé jusqu'à me serrer dans ses bras, mais je m'étais penchée en avant sans lui laisser le choix.

« Ta Ma… », avait-il commencé.

Ma avait aussi eu raison de lui.

« Votre sœur doit être terriblement fière, a dit Mlle Garnell.

— Oui, elle l'est vraiment.

— Ça a l'air de vous étonner. »

J'étais étonnée, mais surtout soulagée.

« J'avais peur qu'elle ne soit contrariée.

— Pourquoi le serait-elle ?

— Les choses vont changer. »

Mlle Garnell a souri.

« Les choses *vont* changer, c'est vrai, mais Maude me paraît tout à fait capable de s'adapter. » Mlle Garnell a regagné son côté du bureau. « Vos livres sont déjà sur la table de votre travée, m'a-t-elle dit. Vous avez visiblement bien fait de décider de ne pas dételer. »

Ce n'est qu'à ce moment-là que la vérité m'est apparue : il fallait que je réussisse les Responsions pour pouvoir accepter l'offre de Somerville. Mlle Garnell a dû voir cette prise de conscience se répandre sur mon visage.

« Un dernier obstacle à franchir, a-t-elle dit. Ce n'est pas le moment de vous dérober. »

* * *

3 mai 1918

Oh, Pegs,

Somerville ! Une foutue bourse ! Je suis certaine que tous ceux qui ont connu Helen t'auront déjà dit combien ta maman aurait été fière de toi. C'est vrai, bien sûr, elle aurait été fière, mais je vais te raconter un truc que personne d'autre que moi ne peut te dire. Alors prépare-toi – tu sais que je ne suis pas du genre à mâcher mes mots.

Si ta maman était là, la première chose qu'elle ferait serait de te serrer contre son merveilleux cœur et de te chuchoter à l'oreille qu'elle a toujours su que tu en étais capable. La deuxième chose qu'elle ferait serait de s'inquiéter. Et je vais te dire ce qui l'inquiéterait, parce que ça l'inquiétait déjà quand elle était en vie et que je l'ai entendue l'exprimer de cent façons différentes. En voici une version : « Peg passe tellement de temps à regarder en arrière pour voir où est Maude que j'ai peur qu'elle n'avance jamais. » En voici une autre : « Peg passe tellement de temps à regarder en arrière pour voir où est Maude que j'ai peur qu'elle ne laisse jamais Maude avancer. »

Helen ne s'est jamais pardonné de ne pas avoir insisté pour que tu poursuives ta scolarité. En vérité, ton attachement pour Maude lui a facilité la vie. Elle n'aimait pas penser qu'un jour tu partirais, mais l'idée que tu ne partirais pas la terrifiait tout autant.

Tu vas t'épanouir de l'autre côté de Walton Street, Peg, mais je ne peux pas m'empêcher de craindre que tu ne trouves une excuse pour y renoncer – surtout, que ce ne soit pas Maude, je t'en supplie.

Tilda x

* * *

Jack était en permission. La première semaine, il a beaucoup dormi et très peu parlé. Quand il était réveillé, il restait assis dans la coquerie du *Reste ici* à lire des sonnets de Shakespeare à la Vieille Madame Rowntree. Il arrivait à Maude de les rejoindre. Elle prenait une pile de papiers à plier et repartait en laissant à Jack une poignée d'étoiles.

La deuxième semaine, Oberon est rentré. Il est resté sept nuits au lieu d'une comme d'habitude, et il a mis Jack au travail. Ils se sont traînés à quatre pattes sur le *Reste ici* et sur le *Calliope*, grattant la rouille et les moisissures, colmatant les fuites. Ils ont récuré les barriques d'eau, vérifié les pompes de cale et réparé les joints des fenêtres. Jack a rafistolé le crochet de la porte d'écoutille pour que nous n'ayons plus besoin de la caler avec *Une histoire des échecs*. Il a graissé tous nos accessoires de cuivre, puis il s'est installé avec quelques pots de peinture pour retoucher les fleurs du *Reste ici*.

Puis j'ai entendu Jack rire. Son rire n'était ni aussi sonore ni aussi prolongé que dans mon souvenir, mais il était familier. C'était Jack. Oberon a pris ses dispositions pour repartir le lendemain matin.

Rosie, coiffée de son bonnet de batelière, se tenait à la barre, Jack debout à côté d'elle.

« Allons, à bord, mademoiselle Maude », a-t-il lancé à ma sœur.

Il lui a pris la main et elle s'est installée entre eux.

J'ai regardé le *Retour de Rosie* s'éloigner, mais je n'ai pas attendu de voir Maude revenir par le chemin de halage. L'imaginer suffisait. Rosie et Jack. Maude au milieu.

Ça suffisait.

* * *

Assise à mon bureau dans la travée des Brontë, j'ai disposé les pages de l'*Odyssée* devant moi puis j'ai sorti la traduction de Ma de mon cartable. Je la connaissais si bien. Le cuir tiède, comme si elle venait de le tenir. J'ai sauté l'introduction et ai ouvert le volume en grand à la première page du Livre I. J'avais l'intention de comparer le texte traduit avec le texte grec pour y comprendre quelque chose, mais c'était déroutant.

Mlle Garnell est passée devant la travée et a compris ce que j'essayais de faire.

« Il n'est pas toujours possible de réaliser une traduction littérale », m'a-t-elle dit en s'arrêtant à côté de moi.

Elle a posé les yeux sur la page du livre de Ma.

« Et pour être honnête, si vous voulez vraiment savoir ce qu'Homère a écrit, il faut apprendre la langue dans laquelle il a écrit, autrement vous vous condamnez à être à la merci du traducteur, de son époque, de sa perspective. De son sexe, a-t-elle ajouté. Prenez ces premiers vers de votre traduction. » Elle a lu tout haut : « *Conte-moi, Muse, l'homme aux mille tours, qui erra longtemps sans répit après avoir pillé la citadelle sacrée de Troie**. »

Ma commençait toujours par ce vers, quelle que fût la partie de l'histoire qu'elle s'apprêtait à nous raconter. *La Muse*, disait-elle, *est Calliope, bien qu'elle ne soit jamais nommée.*

« C'est bien joli, a repris Mlle Garnell, mais est-ce vraiment ce qu'Homère a écrit ? D'autres ont proposé une interprétation différente du même texte grec. »

Elle s'est dirigée vers une autre travée d'où elle est revenue avec une brassée de livres. Elle s'est assise à côté de moi, a ouvert un des volumes et a lu :

« *Ô Muse, conte-moi l'aventure de l'inventif, celui qui pilla Troie, pendant des années erra**. » Puis un autre : « *C'est l'homme aux mille tours,*

Muse, qu'il faut me dire, Celui qui tant erra quand, de Troade, il eut pillé la ville sainte.* » Mlle Garnell a inspiré profondément. « Dans certains cas, Peggy, peu importe comment une histoire est racontée, mais dans d'autres, il me semble que ça compte beaucoup. »

Elle a alors pris un exemplaire du texte original, l'a ouvert vers la fin et a lu l'écriture antique. J'ai regardé ses lèvres former les sons grecs et, avec un mélange d'admiration et d'envie, les ai entendues prononcer les mots.

« Maintenant, voyons comment nos érudits modernes ont interprété ce passage. »

Elle a trouvé la page correspondante de chacune des traductions, y compris celle de Ma, et les a disposées côte à côte.

« Rappelez-vous, Ulysse est retourné auprès de Pénélope au bout de vingt ans, il a trouvé sa demeure remplie de prétendants et il les a tués. Mais il ne se contente pas de ça », a-t-elle poursuivi, et son doigt s'est posé tour à tour sur chaque vers. « Il ordonne à son fils de tuer les femmes qui ont couché avec les prétendants. Et quelle que soit la traduction, on nous dit qu'elles sont pendues par le cou, si bien que leur mort est une souffrance et que leurs pieds tressaillent jusqu'à ce qu'ils ne contiennent plus du tout de vie. » Elle s'est redressée, a pris une grande inspiration, m'a regardée. « Que faut-il penser de ces femmes ? »

J'avais l'impression d'être la plus mauvaise élève de la classe. Je ne savais pas quoi répondre. Ma avait toujours sauté ce passage.

Mlle Garnell s'est repenchée sur les livres. Ses yeux et son index sont passés d'une traduction à l'autre.

« La traduction de votre mère présente ces femmes comme des jeunes filles. La deuxième en fait des servantes. Quant à la troisième, le traducteur les traite de prostituées.

— Pourquoi est-il important de savoir quel nom on leur donne ? »

Elle a souri.

« Les mots qu'on emploie pour nous désigner définissent notre valeur aux yeux de la société et déterminent si nous avons quelque chose à lui apporter. Et puis – elle a de nouveau posé le doigt sur les différentes traductions –, ils indiquent aux autres ce qu'il faut penser de nous, comment nous juger.

— Alors, comment *faudrait-il* appeler ces femmes ? »

Mlle Garnell a repris la version en grec ancien et l'a relue.

« Je crois que la traduction la plus littérale serait *femelles*. Mais ce n'est pas, je pense, la traduction la plus satisfaisante pour notre époque. Ces femmes étaient des esclaves, Peggy. Une condition si courante dans la Grèce antique que les conteurs n'avaient pas besoin de le préciser. Mais si nous voulons que cette histoire soit bien comprise aujourd'hui, en Angleterre, il me semble préférable d'employer des termes indiquant clairement la place de ces femmes dans la société. Elles n'étaient pas simplement des servantes…

— C'étaient des sortes de bonnes à tout faire », l'ai-je interrompue.

Esclave. Servante attachée à une famille. Obligée de servir jusqu'à sa mort. Je l'avais trouvé dans *Mots de femmes*.

« Exactement. Elles ne pouvaient pas plus *refuser* d'aller avec les prétendants que *refuser* de faire la lessive. Mais le lecteur pourrait avoir plus mauvaise opinion d'une prostituée qui s'est fait payer, ou d'une jeune fille qui est allée avec les prétendants de son plein gré. Dans ce cas, il ne jugera pas aussi sévèrement Ulysse d'avoir ordonné le châtiment qu'il leur inflige.

— Ce qui lui permet de rester un héros.

— Exactement, a dit Mlle Garnell en refermant chaque volume. À mon avis, les hommes qui traduisent Homère n'ont pas toujours été très indulgents à l'égard des femmes.

— Une opinion que vous vous êtes forgée parce que vous êtes capable de lire le grec, ai-je remarqué.

— En effet. »

J'ai repris les pages que j'avais apportées de l'atelier de reliure. Le texte était si bizarre. J'avais l'impression d'être devant un mur que je ne pouvais pas escalader, une porte fermée dont je n'avais pas la clé. C'était la Bodleian, c'était l'université d'Oxford, c'était le droit de vote. Je ne voyais pas comment je pourrais un jour avoir tout ce qu'il fallait pour y accéder.

« Ça m'agace de ne pas être en mesure de me faire une opinion, ai-je dit. De ne pas pouvoir penser comme vous pensez, parler comme vous parlez.

— Dans ce cas, tu ferais mieux de continuer à étudier. D'apprendre le grec. »

* * *

« Il est dangereux de lire en marchant. »

C'était sa voix. Mon cœur a battu plus fort, me rappelant qu'il n'obéissait pas toujours à ma tête. J'ai levé les yeux sur son visage de guerre, son visage d'avant, son demi-sourire. Il m'avait tellement manqué.

« Tu étudies même en marchant, a-t-il remarqué.

— Grec ancien, ai-je acquiescé, incapable de dire autre chose.

— Évidemment. »

Son demi-sourire, j'avais envie de poser les lèvres dessus. Il m'avait fallu un moment pour apprendre à le faire.

« Alors, tu as été admise ? »

J'ai hoché la tête. Et je savais qu'il voulait que je dise quelque chose de plus, mais mon esprit se battait avec des pierres tombales et des ginger beers, et avec sa main sur ma cuisse.

« Je suis content », a-t-il fini par dire.

Je l'ai regardé se diriger vers son logement et j'ai eu du mal à résister à l'envie de le suivre.

CINQUIÈME PARTIE

L'ANATOMIE DE LA MÉLANCOLIE

Mai-novembre 1918

CHAPITRE 43

C'était un vieux livre. Je l'ai deviné à la décoloration du bord des feuilles, à son odeur mi-renfermé mi-vanille, à son curieux format – in-quarto, étrangement étroit. Ebenezer, qui lui avait déjà retiré son ancienne couverture de cuir, était en train de le débrocher. Je l'ai vu aiguiser son couteau puis passer la lame sur les fils qui attachaient les cahiers à la ficelle. J'ai éprouvé un certain regret pour la femme qui, imaginais-je, avait relié ce livre. Elle était évidemment morte depuis longtemps, mais voir son travail défait aussi prestement m'a clouée sur le seuil.

Eb a détaché la dernière ficelle et on aurait cru que le livre inspirait.

Je suis entrée dans la salle de réparation.

« Mme Stoddard m'a mise à ta disposition pour l'après-midi. »

Eb a remonté ses lunettes sur son nez.

« Je serai bien content d'avoir de l'aide, a-t-il approuvé. Mon apprenti s'est engagé la semaine dernière. »

Je le savais déjà. Cinq apprentis s'étaient succédé auprès d'Eb depuis le début de la guerre, et l'armée les lui avait tous pris.

« Je ne lui en veux pas, a poursuivi Eb. La salle de réparation est sans doute l'endroit des Presses le moins passionnant pour un jeune gars. Pas de machines.

— La palme pourrait bien revenir au côté filles, ai-je objecté. Ces derniers temps, nous passons presque autant de temps à tricoter qu'à plier. »

Eb s'est écarté de l'établi et m'a invitée à m'approcher du livre dénudé.

« On travaille au ralenti partout, a-t-il remarqué. Le manque d'hommes, le manque de papier, et maintenant, cette grippe. »

Il m'a tendu un couteau pour que je retire la colle du bord plié de chaque cahier avant de le détacher de ses compagnons. Je les relierais à nouveau une fois qu'Eb aurait protégé les plis qui auraient pu être abîmés.

« Doucement, Peggy, c'est une vieille dame.

— Qu'est-ce que c'est ? » ai-je demandé.

Eb a repris l'ancienne couverture pour me la montrer.

Anatomie de Burton était à peine visible sur la tête du dos. Le lieu et la date de la reliure, *Londres 1676*, figuraient sur la queue.

« *L'Anatomie de la mélancolie* ? ai-je demandé.

— Elle-même. »

Il a mis la couverture de côté.

« Nous ne la réimprimons pas cette année ?

— Si. À l'heure même où nous parlons. Ça devrait nous occuper un petit moment – le nouveau format comptera plus de douze cents pages.

— Juste au moment où je commençais à attraper le coup de main au tricot. »

Il a pointé le menton vers le texte.

« Regarde un peu ça. »

Les pages étaient épaisses, couleur sépia, les bords de tête maculés de taches sombres. J'en ai tourné quelques-unes avant d'arriver au frontispice – des gravures détaillées d'hommes représentés dans différentes attitudes, chacune incarnant une cause de mélancolie telles que Robert Burton les avait imaginées près de trois siècles plus tôt.

« Que représentent-elles ? » ai-je demandé.

Eb a regardé par-dessus mon épaule et m'a donné son interprétation de la légende en latin de chaque gravure.

« Grosso modo : la religion, l'amour, la jalousie, la solitude, la mauvaise santé et le désespoir.

— Il me semble qu'il a fait le tour de la question », ai-je observé.

Eb s'est approché.

« Je crois qu'il a oublié la guerre. »

CHAPITRE 44

30 mai 1918

Tu avais raison de te faire du mouron, Peg. Ça a été effroyable. Inconcevable. La croix rouge peinte sur le toit était censée nous protéger, mais on aurait aussi bien pu y peindre une cible. Le 1er Hôpital général canadien n'est plus que décombres, ou presque. Trois infirmières sont mortes. Je connaissais Katherine et Margaret, mais l'autre – elle s'appelait Gladys – n'était arrivée à Étaples que quelques jours avant le bombardement. Elle n'en repartira plus.

Tilda x

* * *

La pluie tombait, régulière, sur la vitre de la travée des Brontë, et j'essayais d'imaginer son tambourinement comme quelque chose de plus sinistre, de plus meurtrier. Je n'y arrivais pas. Ce n'était que de la pluie. Et je me sentais si loin de Tilda.

« Vous avez l'air distraite, aujourd'hui », m'a fait remarquer Mlle Garnell.

Son chariot était chargé de livres.

« Vous devriez peut-être faire une pause. Et si vous m'aidiez à remettre tout ça en place ? »

Nous sommes allées dans la travée voisine et j'ai tendu à Mlle Garnell les livres à ranger sur les rayonnages. Nous sommes ensuite passées à la travée suivante, puis à la suivante, avant d'arriver à celle où se trouvaient tous les textes concernant la médecine.

Il n'y avait qu'un livre à remettre à sa place. Je l'ai pris et j'ai jeté un coup d'œil à son dos.

« *L'Anatomie de la mélancolie*, ai-je lu tout haut.

— Un de nos plus anciens ouvrages », a dit Mlle Garnell.

J'ai pensé au livre que nous avions réparé, Eb et moi. Celui-ci avait un autre format, et son emboîtage entoilé avait grand besoin de réparation. J'ai écarté le premier plat de couverture et senti le vieux papier chiffon – solide, un peu rugueux sous ma main experte, encore souple et à peine décoloré. J'ai tourné les pages.

« Qu'y a-t-il ?

— Il manque le frontispice », ai-je remarqué.

Elle a froncé les sourcils.

« Vous connaissez ce livre ?

— Il est en réimpression aux Presses. Je suis en train de plier les pages. » Je lui ai passé le volume. « Le frontispice est très beau – il représente les principales causes et les principaux remèdes de la mélancolie, sous forme d'une série de gravures. »

Son visage s'était éclairé.

« Une nouvelle édition et vous la reliez ? C'est merveilleux !

— Je ne suis qu'un élément de tout le processus de reliure – je plie, j'assemble, je couds. Le travail visible se fait du côté hommes. Ce sont eux qui couvrent les livres, les décorent.

— Le côté hommes ?

— Nous sommes presque entièrement séparés, ai-je expliqué. Même en ce moment. On n'a autorisé que deux ou trois femmes à faire fonctionner les machines des hommes. Tout s'arrêterait sans elles, mais il reste des ouvriers qui n'apprécient pas leur présence. »

Elle a hoché la tête.

« Un changement dans l'ordre habituel des choses. Ça peut en gêner certains, et offrir une chance à d'autres. Le malheur des uns fait le bonheur des autres, même si on peut trouver ça affreux. »

Je me suis souvenue que j'avais espéré un jour pouvoir saisir ma chance.

« J'ai obtenu la faveur d'ajouter le frontispice, ai-je dit. Il faut attendre que tout le reste du livre soit assemblé, et si mon travail est impeccable, personne ne verra où je l'ai collé. » J'ai désigné le livre qu'elle tenait. « La meilleure partie manque au vôtre – quelqu'un a dû la retirer. »

Elle a ouvert le volume et en a tourné les pages, comme si elle les voyait pour la première fois. Elle a secoué la tête.

« Je ne me suis jamais demandé comment un livre était relié », a-t-elle murmuré.

Puis elle m'a regardée avec la même expression que celle avec laquelle elle venait de regarder le livre. Elle est restée silencieuse un instant avant de poursuivre.

« J'ai l'impression que cet exemplaire a été fort mal traité. » Elle m'a montré une page où quelqu'un avait écrit dans la marge. « Les gens qui lisent les livres ne pensent pas toujours aux efforts nécessaires pour les relier ni au coût que peut représenter leur remplacement. »

Elle a caressé la couverture, un geste que j'ai reconnu. Je faisais le même chaque fois que je tenais entre mes mains un cahier, un manuscrit ou un volume médiocrement relié, avant de le ranger parmi tous ceux qui couvraient les murs du *Calliope*.

« Vous l'avez lu ? » m'a-t-elle demandé.

J'ai pensé aux cahiers que j'avais emportés de l'atelier, et que j'avais lus et relus.

« On nous dissuade de lire au travail, ai-je dit.

— Ne me dites pas que cela vous arrête. »

J'ai souri.

« Même si nous réussissons à comprendre certaines parties du texte, il faut des semaines pour relier certains livres, comme celui-ci, et une relieuse peut très bien n'avoir à plier que quelques chapitres.

— Et parmi ceux que vous avez pliés, y en a-t-il un que vous préférez ?

— Pour le moment, c'est *Amour du savoir, ou excès d'étude. Avec une digression sur la misère des lettrés, et pourquoi les muses sont mélancoliques* », ai-je récité.

Elle a ri.

« Pourquoi employer trois mots quand on peut en utiliser vingt ? Je ne m'étonne plus que ce livre soit aussi volumineux.

— Il semblerait qu'il ait grossi à chacune de ses révisions, ai-je précisé.

— Et l'avez-vous trouvé utile ?

— Je l'ai trouvé intéressant.

— Intéressant, c'est bien mieux qu'utile, a-t-elle remarqué. Qu'est-ce qui vous intéresse dans ce que dit Burton ?

— Que trop d'étude me condamnera à la solitude, me conduira à la folie, et me maintiendra dans la pauvreté.

— Ce qui ne vous empêche pas de persister.

— L'étude est une malédiction, mais elle peut aussi être un remède, à en croire Burton. » J'ai pensé à Bastiaan. « Je suis damnée si j'étudie, et damnée si je n'étudie pas. »

* * *

Le lendemain, à l'atelier, je me suis penchée plus attentivement sur le frontispice et sur les curieux vers que l'auteur avait écrits pour l'expliquer. À chacun des sept motifs de mélancolie, il avait attribué une ligne, et j'ai imaginé le grattement de la plume de Burton et sa lutte solitaire avec les idées et les mots. Il m'intriguait, ce livre. Il ne ressemblait à rien de ce que j'avais lu ou vu imprimé. Il était unique et éclairant.

J'ai relu les vers et me suis arrêtée sur *inamorato*. Eb l'avait traduit par « amour » et j'avais pensé à Bastiaan. Mais en cet instant, je me suis demandé si Burton ne parlait pas de l'amour de soi, des ambitions et des réalisations de soi-même. S'il était sans compromis, *un amour du savoir ou excès d'étude* était une cause particulière d'infortune, disait Burton. *Il en savait long là-dessus*, ai-je pensé.

* * *

« Si tu n'es pas prête maintenant, tu ne le seras jamais. »

J'ai levé les yeux. Gwen était debout devant la fenêtre des Brontë, projetant son ombre sur le *Manuel de grammaire grecque*.

« Qu'est-ce que tu fais ici ?

— Je suis venue te kidnapper.

— Hors de question.

— Tu crois que je plaisante, mais j'ai tout arrangé. Maude et Louise nous attendent au hangar à bateaux de la Cherwell. Ton amie Aggie devait venir, mais elle est au lit avec la grippe. Quant à

Lotte, elle a décliné l'invitation. Elle a tout de même eu la bonté de préparer un pique-nique, associant nos rations pour confectionner un vrai dîner de fête. Elle semble encourager les autres à prendre du bon temps et ne désapprouver que son propre amusement.

— Gwen, je ne peux pas. Les Responsions sont dans deux jours.

— Tu as dit que Mme Stoddard t'avait accordé un congé demain, tu auras toute la journée pour étudier.

— Pas toute la journée. Je dois assister au discours de la directrice aux candidates.

— Si Mlle Penrose pouvait te parler en cet instant précis, elle te conseillerait d'aller faire de la barque avec tes amies.

— Ça m'étonnerait. »

Gwen a posé la main sur le texte que j'étudiais.

« Dis-moi, si tu veux bien, ce que tu viens de lire.

— Ne sois pas agaçante.

— Dis-moi. »

J'ai soupiré. J'ai réfléchi. J'ai paniqué. Plus rien. Je n'avais pas la moindre idée de ce que j'avais lu. J'ai essayé d'écarter sa main de la page, mais Gwen a résisté.

« Et voilà », a-t-elle dit.

Puis elle a pris le livre et a regardé la page.

« Je te donne un indice : verbes. »

J'ai réfléchi. J'ai secoué la tête.

« Combien de modes ont les verbes grecs ? »

J'ai encore réfléchi. Il y avait les modes, les voix, les personnes, les nombres. Tant de choses à retenir, et en cet instant, je ne me souvenais de rien.

« C'est bien ce que je pensais, a dit Gwen. Ton cerveau s'est mis en grève. Il a besoin d'une petite récréation. »

Elle a refermé le livre, a rassemblé mes affaires et les a rangées dans mon cartable.

Combien de modes ? ai-je pensé. *Combien de satanés modes ?*

« Alors, tu viens ? » a demandé Gwen.

Elle était debout au-delà de la travée, mon cartable à l'épaule, le livre à la main. Elle s'est retournée et s'est mise en route. Je l'ai suivie.

« Gwen, ai-je dit, au désespoir. Il y en a combien ?

— Quatre, m'a-t-elle répondu par-dessus son épaule. Il y a quatre modes, trois voix, trois personnes et trois nombres. Ne me demande pas leurs noms. Je l'ai su un jour, mais j'ai oublié. Encore que l'idée que les verbes aient des voix m'ait toujours plu. Dieu sait que les étudier m'a toujours fait perdre la mienne. »

Elle est passée devant Mlle Garnell, a déposé le livre sur son bureau et est sortie de la bibliothèque.

« Emportez ça », m'a chuchoté Mlle Garnell alors que je me dépêchais de rattraper Gwen. Elle m'a tendu le manuel. « Ça restera entre nous. »

* * *

Lou achetait des glaces au moment où nous sommes arrivées au bord de la rivière.

« Quel parfum, Peg ? »

Je n'en avais pas la moindre idée.

« Le même que toi », a répondu Gwen à ma place.

Elle m'a confiée à Maude en lui disant :

« Débrouille-toi pour qu'elle ne tombe pas à l'eau. »

Maude m'a prise par la main et m'a conduite jusqu'à la barque. Je l'ai regardée comme si elle était une étrangère – familière, évidemment, mais d'une étrange façon. Maude s'est tournée vers Gwen.

« Si j'étais toi, je ne m'en ferais pas, a dit celle-ci. Rien d'anormal. Elle a trop étudié et croit avoir tout oublié. Ce n'est pas vrai, bien sûr, mais elle ne retrouvera ses esprits que lorsque nous serons sur la Cherwell à manger des glaces. »

Lou est arrivée à point nommé avec quatre gobelets de glace parfumée et nous sommes toutes montées à bord du bateau.

« C'est moi qui dirige, d'accord ? »

Gwen a pris la perche et nous a pilotées avec assurance sur la rivière. Nous avons mangé nos glaces sans dire grand-chose, mais le mouvement m'a détendue.

Au bout d'une demi-heure, nous nous sommes arrêtées sur la berge et Maude a sorti le pique-nique que Lotte avait préparé pour nous. Gwen nous a versé un verre de limonade à chacune. Le soleil ne se coucherait pas avant une heure et il faisait encore chaud.

Alors que mon ventre se remplissait, la mémoire m'est revenue d'un coup.

« Indicatif, impératif, subjonctif et optatif, ai-je dit tout haut.

— Qu'est-ce qui lui prend ? a demandé Lou.

— Absolument rien, a dit Gwen.

— Retrouvé ses esprits », a renchéri Maude.

J'ai repris courage.

* * *

Le lendemain, j'ai accompagné Maude aux Presses et j'ai continué jusqu'à Oriel, où la directrice Penrose allait prononcer son discours devant les candidates de Somerville aux Responsions.

La salle était pleine et cette image m'a un peu chagrinée. Tout semblait tellement facile pour un si grand nombre de ces filles. J'ai parcouru l'assistance du regard, espérant repérer une autre Ville au milieu des Toges, mais comment les différencier ?

« Je me demandais si tu serais là. »

Je me suis retournée. C'était la jeune femme avec laquelle j'avais parlé après l'examen. J'ai compris qu'elle avait réussi. *J'espère que nous serons à Somerville ensemble*, avait-elle dit.

Elle m'a désigné deux chaises et je l'ai suivie. Nous nous sommes assises au milieu de jeunes femmes qui portaient déjà de courtes toges noires d'étudiantes.

« Des premières années, m'a expliqué ma compagne. Elles doivent réussir les Responsions pour être acceptées dans un cursus diplômant. Toutes ne se donnent pas ce mal. Elles se contentent de suivre les cours de base et sortent avec de meilleures perspectives qu'à leur arrivée. »

Mon expression a dû la troubler.

« Tu sais bien, un peu d'anglais, un peu d'histoire, de vagues notions de français. C'est à peu près tout ce dont la plupart d'entre nous ont besoin pour faire un bon mariage et ne pas être une source d'embarras en société. »

Plaisantait-elle ? C'était difficile à dire.

« Tu ne penses certainement pas ça, sinon tu ne serais pas ici, lui ai-je fait remarquer.

— Détrompe-toi. Ça m'étonnerait que je réussisse les Responsions, et même si c'était le cas, à quoi bon ? Je peux être aussi brillante que je veux, je ne serai jamais diplômée de *cette* université.

— Mais alors pourquoi es-tu là ?

Elle s'est penchée vers moi.

« Il fallait que je fasse acte de présence. Mère est un vrai bas-bleu et en plus, c'est une suffragette. Tout à fait insupportable. »

Le brouhaha qui régnait dans la salle s'est assourdi et ma compagne s'est tournée vers l'estrade. Mlle Penrose attendait que le silence se fasse.

Elle se tenait très droite, l'essentiel de sa chevelure blanche retenue sous son tricorne, sa silhouette et ses vêtements dissimulés sous une toge noire complète. Elle était la première femme d'Oxford à avoir obtenu une mention très bien en lettres classiques, m'avait confié Mlle Garnell. *« Meilleure que la plupart des hommes*, avait-elle dit. *Mais même à elle, on n'a pas accordé de diplôme. »*

Pourtant, ça ne l'avait pas découragée de se présenter aux Responsions et de suivre le cursus menant au diplôme, ai-je pensé. Et elle était là. Directrice de Somerville. Elle était célibataire, mais ne constituait une source d'embarras pour personne. Elle baissait le regard vers nous, étudiantes et candidates souhaitant toutes ce qu'elle avait souhaité (à quelques exceptions près, comme je venais de le découvrir). *Elle doit être heureuse de voir la salle pleine*, me suis-je dit.

« Bienvenue. »

J'ai sorti de mon sac quelques feuilles blanches et un crayon taillé.

« L'importance de l'éducation », a-t-elle dit, et j'ai noté ses propos.

« … l'obligation de réaliser son potentiel et de le mettre au service de la communauté et du pays »,

« … une vie d'intellectuelle… »,

« … l'état actuel du monde. »

Ma mine s'est cassée. Regardant autour de moi, j'ai constaté que personne d'autre ne prenait de notes.

« Et une fois encore, le ministère de la Guerre demande aux plus brillantes et aux plus douées d'entre nous de travailler comme serveuses, cuisinières, employées de bureau. De rouler des bandages et de nettoyer des bassins. Un travail indispensable, j'en conviens, et je suis consciente que certaines d'entre vous seraient prêtes à renoncer à leur éducation et à leur potentiel pour se charger d'un travail de guerre que n'importe qui d'autre pourrait effectuer. »

La salle s'est agitée et un brouhaha s'est élevé parmi celles qui portaient des toges courtes. Mlle Penrose a soupiré, comme si elle savait que son discours était déjà vide de sens pour elles.

« Je vous en prie, voyez plus loin, a-t-elle repris. Que celles d'entre vous qui ont déjà accompli une partie de leur cursus se demandent comment elles pourront servir l'État dans un an ou deux, quand elles seront parfaitement formées. Que celles qui s'apprêtent à commencer leurs études songent qu'elles pourront servir utilement leur pays le jour où leurs talents encore en herbe seront pleinement réalisés. Certaines d'entre vous ont obtenu des bourses d'étude, complètes pour quelques-unes. Vous êtes l'avenir de ce pays, et il est essentiel que les plus douées s'engagent entièrement dans leurs études – une formation à Oxford ne saurait s'improviser. »

J'ai remué sur ma chaise. J'ai rougi. Une bourse complète. Les plus douées.

« Si vous échouez aux Responsions, a-t-elle poursuivi, alors, oui, bien sûr, répondez à l'appel du ministère de la Guerre. Il sera difficile de justifier de passer une année supplémentaire à attendre une place à l'université. »

* * *

Le jour des épreuves des Responsions, je me suis habillée lentement, soigneusement. En présence de Maude. Muettes toutes les deux.

Si vous échouez aux Responsions…

J'ai épinglé mes cheveux, mon chapeau.

Il sera difficile de justifier de passer une année supplémentaire à attendre…

Maude a fouillé dans le placard au-dessus de notre lit et a trouvé le rouge à lèvres de Tilda.

« Une touche pour l'assurance, a-t-elle dit.

— Plus pour du bon temps », ai-je ajouté en souriant.

Je l'ai pris, l'ai étalé sur mes lèvres, j'ai embrassé le mouchoir que Maude me tendait. Elle a sifflé, comme sifflait Tilda quand elle nous habillait pour sortir et nous faisait tournoyer.

« Je ne vais pas au bal, Maudie. »
Elle s'est approchée, a pris le mouchoir et m'a tamponné les lèvres. Elle a reculé.
« Parfait. »

* * *

« Merde ! m'a dit Maude dans Walton Street.
— Ce n'est pas un spectacle, Maude. Si j'oublie mon texte, je ne pourrai pas recommencer demain. »
L'angoisse me rendait méchante. Tilda avait expliqué à Maude qu'on disait ça aux acteurs pour leur souhaiter bonne chance, et elle avait du mal à trouver une autre parole d'encouragement. Je l'ai serrée dans mes bras. Fort.
« Merci, Maudie, lui ai-je chuchoté à l'oreille. De me laisser faire ça. »
Elle m'a rendu mon étreinte.
« Merde », a-t-elle répété.
Puis elle m'a lâchée et est entrée aux Presses.
Je l'ai suivie des yeux, me demandant si elle commençait à se sentir partir à la dérive. J'avais envie qu'elle se retourne.
Elle ne l'a pas fait.

* * *

Mathématiques, latin, grec ancien. Satané grec ancien.
« S'il vous plaît, mesdames, posez vos crayons. »
J'ai levé les yeux vers l'horloge – ce n'était pas possible. Mais des crayons se sont posés. La surveillante a attendu, juste un moment, avant de répéter la consigne. J'ai posé mon crayon.

* * *

J'ignore combien de temps je suis restée adossée au mur de la loge de Somerville. Elles attendaient, je le savais – Gwen et Mlle Garnell. Elles avaient certainement préparé une théière et trois tasses, une assiette de petits gâteaux. Mais je ne pouvais pas bouger. J'étais venue depuis la salle d'examen d'Oriel, à travers les rues d'Oxford, heureuse de l'ignorance de tous, heureuse qu'on ne me demande pas comment ça s'était passé et rongée par l'envie de n'avoir jamais à le dire.

* * *

Gwen a versé le thé, noir d'avoir infusé trop longtemps et aussi amer que mes idées.

« Du sucre ? » a-t-elle proposé.

J'ai secoué la tête ; l'amertume me semblait appropriée.

Elle a avalé une petite gorgée et a fait la grimace.

« Bon sang, il en a besoin. »

Elle a ajouté un morceau de sucre dans sa propre tasse, l'a goûtée, en a ajouté un autre.

Mlle Garnell m'a fourré un mouchoir propre dans la main.

« J'ai raté », ai-je dit.

Je me suis mouchée.

« Quelle partie ? a demandé Gwen.

— Celle que je ne pouvais que rater.

— Ce satané grec ancien », a-t-elle complété.

CHAPITRE 45

Lorsque nous nous sommes engagées dans Walton Street, Maude est passée devant moi.

J'ai entendu tinter le timbre au-dessus de la porte du magasin de journaux et Maude crier :

« Du courrier, monsieur Turner ? »

J'ai ralenti le pas.

« Est-ce ce que vous attendiez, mademoiselle Jones ? m'a demandé M. Turner quand je suis entrée dans sa boutique.

— La dernière haie à franchir », a dit Maude.

La dernière haie, ai-je pensé.

Maude m'a tendu la lettre.

Je l'ai regardée fixement. J'avais envie de la lui arracher des mains et de la déchirer. Si je ne l'ouvrais jamais, je ne saurais jamais. Un écho : c'était une phrase que des femmes disaient tout le temps, des femmes dont les fils ou les maris étaient absents. J'ai rougi. Je n'avais pas le droit. J'ai pris la lettre.

« Ouvre-la, a dit Maude.

— Pas maintenant, Maudie. Nous allons être en retard. »

Je l'ai glissée dans la poche de ma jupe.

* * *

« Ça ne va pas du tout, mademoiselle Jones », a protesté Mme Hogg en brandissant un cahier aux bords mal alignés.

Oh, *Maude*, ai-je pensé.

« Mademoiselle Jones, vous m'écoutez ? »

J'ai laissé ma main divaguer une fois de plus vers la poche de ma jupe. Les coins de l'enveloppe étaient cotonneux à force d'être triturés.

« Mademoiselle Jones ! »

J'ai enfin compris : ce n'était pas Maude que Mme Hogg réprimandait, c'était moi. Mlle Margaret Jones, aux bons soins de M. Turner, buraliste.

« Excusez-moi, madame Hogg. » J'ai tendu la main qui n'était pas dans ma poche. « Je vais le refaire. »

Elle n'a pas lâché le cahier.

« Vous vous imaginez peut-être que vous êtes trop bien pour travailler ici, mais je vous rappelle que vous n'êtes pas encore partie.

— Trop bien pour travailler ici, a dit Maude sans interrompre le mouvement de ses mains.

— Ça suffit ! » a aboyé Mme Hogg.

Depuis que son mari avait été porté disparu, elle aboyait tout le temps.

J'ai vu Maude se mordre la lèvre.

« Elle n'y peut rien, madame Hogg. »

C'était Lou qui était intervenue parce que moi, je m'étais tue.

« Vous le savez bien.

— Je n'en suis pas si sûre, a rétorqué Mme Hogg.

— Pas si sûre », a répété Maude.

Sa lèvre s'était échappée. Elle a ajouté à sa pile un autre cahier irréprochable et j'ai prié pour que Mme Hogg se taise.

« Comme je vous l'ai dit, madame Hogg, je vous prie de m'excuser. Je vais le replier immédiatement. »

Mme Stoddard a surgi, se dressant de toute sa taille au-dessus de notre dogue rogue.

« Merci, madame Hogg. Rien ne vous échappe. » Elle a pris le cahier des mains de la surveillante d'atelier et a parcouru le texte. « Je ne doute pas que Tolstoï vous en saura gré. » Puis elle s'est approchée de notre établi et a posé le cahier mal plié devant moi. « Quand vous aurez fini ceci, mademoiselle Jones, pourriez-vous passer dans mon bureau ? »

Mme Hogg était satisfaite. Elle a oublié Maude et poursuivi l'inspection des établis.

J'ai déplié le cahier et utilisé le plioir de Ma pour aplatir les froissures rebelles. Des pages d'*Anna Karénine, vol. 1.* Elles étaient à l'envers et en désordre. J'ai replié, veillant à aligner soigneusement les marques typographiques, puis j'ai posé le cahier sur la pile. Je n'avais pas la moindre envie de le rapporter chez nous. Je connaissais la fin de l'histoire.

* * *

Mme Stoddard écrivait dans son registre. *Elle ressemble tant à Mlle Garnell*, ai-je pensé, *dans sa manière de tourner la tête vers la page de titre de son exemplaire du manuscrit avant de l'incliner sur le registre.* Ses doigts tachés d'encre par un stylo qui fuyait, son mouchoir à portée de main pour les essuyer. Je l'ai regardée retranscrire le titre et l'auteur, le nombre d'exemplaires assemblés, les chiffres de perte. Je me suis demandé s'il était fréquent que les chiffres ne coïncident pas, et me suis légèrement redressée. Quand elle a eu fini sa notice, elle a levé les yeux.

« Tout va bien, Peggy ? m'a-t-elle demandé.

— Oui, oui, madame Stoddard », ai-je dit.

Elle a observé attentivement mon visage et a froncé les sourcils. Je savais qu'il était comme une page blanche. *Maudifié*, ai-je pensé, et cet effort me tuait. Si seulement elle m'avait laissée partir.

« Tu as reçu une réponse ? »

Cela n'a servi à rien. Ma lèvre inférieure a tremblé et je m'en suis voulu. J'aurais voulu la mordre, comme aurait fait Maude. J'aurais voulu la faire saigner.

« Oh, Peggy », a-t-elle murmuré.

Mais elle avait mal compris et je ne méritais pas, pas encore, sa compassion. J'ai sorti de ma poche l'enveloppe aux angles cornés, je la lui ai tendue.

« Tu ne l'as pas ouverte ! »

L'espoir a illuminé ses traits.

« Elle est arrivée ce matin. Je n'ai pas pu. Je n'aurais pas pu venir travailler si... »

Elle a souri.

« Veux-tu que je la garde pour toi ? Jusqu'à la fin de la journée, c'est tout. Comme ça, tu pourras continuer ton travail. »

J'ai inspiré profondément, soulagée qu'elle ne m'ait pas suggéré de l'ouvrir tout de suite, ici même.

« Oui. S'il vous plaît. Je ne peux pas m'empêcher de la toucher et j'ai fait plus d'erreurs aujourd'hui que durant les six dernières années.

— Tu exagères, Peggy. » Elle a encore souri. « Mais à peine. » Quand elle a vu que j'étais moins tendue, elle a baissé la voix. « Il ne s'agirait pas de donner à Mme Hogg d'autres motifs d'inquiétude. »

* * *

Mme Hogg a agité sa clochette pour annoncer la fin de la journée et un brouhaha de frottements de chaises et de bavardages a résonné dans tout l'atelier.

Ignorant délibérément le signal, j'ai pris une autre feuille imprimée. J'ai fait le premier pli, le deuxième, le troisième.

« Peggy. »

C'était Mme Stoddard. L'atelier était redevenu silencieux. Toutes les filles étaient parties.

Tournant les yeux vers l'établi de Maude, j'ai éprouvé le fourmillement de panique coutumier en constatant qu'elle n'était pas à sa place. C'était inutile, mais l'habitude m'a obligée à balayer la salle du regard. Elle était assise au bureau de la contremaîtresse, ses mains effectuant des pliages issus de sa propre imagination.

Il est temps, ai-je pensé. Pourtant, je n'étais toujours pas pressée. J'ai rangé mon établi, celui de Maude, ai glissé nos chaises dessous et me suis avancée vers la lettre.

« Il est temps, m'a dit Mme Stoddard.

— Une offre d'Oxford, a déclaré Maude.

— Oh, Maudie, ai-je soupiré. Et si ce n'était pas ça ? Et si j'avais échoué ? »

Elle a haussé les épaules.

« Et si », a-t-elle dit.

Mme Stoddard m'a glissé l'enveloppe dans la main.

« Dieu sait que tu le mérites, Peggy, et on t'a déjà accordé une bourse. De toute évidence, tu as le niveau requis. Pourquoi es-tu aussi inquiète ?

— L'épreuve de grec ancien, ai-je dit en prenant l'enveloppe.

— Ce satané grec ancien », a commenté Maude.

J'ai fourré l'enveloppe dans ma poche et suis sortie de l'atelier. Maude m'a suivie.

* * *

Maude a traversé la cour avec moi jusqu'à Walton Street. Quand je me suis arrêtée, elle a voulu m'entraîner à gauche, vers le canal, le *Calliope*, la maison. Vers tout ce qui était familier et ordinaire. Tout ce qui, osais-je imaginer, pourrait me manquer. Mais je ne me suis pas laissé faire.

Le bâtiment de Somerville se dressait, comme toujours, de l'autre côté de la rue. Il était si proche, à présent, plus proche que jamais, mais sous mes yeux, il a paru reculer. J'ai senti Maude me tirer par le bras. Je lui en ai voulu et me suis dégagée brutalement.

« Tu viens ? » m'a t elle demandé.

Je me suis tournée vers elle.

« Vas-y, Maudie, je n'en ai pas pour longtemps. »

Mais elle n'est pas partie. Elle avait quelque chose à me dire et son visage s'est contracté sous l'effort.

« De toute évidence, tu as le niveau requis. »

Les mots de Mme Stoddard. Le ton presque identique. Son visage s'est détendu et elle a hoché la tête, satisfaite d'avoir dit ce qu'elle voulait dire. Puis elle a pris le chemin de la maison.

* * *

Je n'étais jamais allée au cimetière sans Bastiaan et je m'attendais vaguement à ce qu'il y soit. Je me suis arrêtée devant la loge du portier et me suis tournée vers le sarcophage de Mme Wood. Bastiaan n'était pas là, mais j'ai tout de même pris cette direction. Je suis restée avec Mme Wood jusqu'à ce que sa pierre m'ait gelé les fesses. *Circule*, ai-je imaginé qu'elle disait. *Ce n'est pas de moi que tu as besoin.*

Je suis donc repartie, errant parmi les pierres tombales, m'arrêtant à chacun des morts de Bastiaan. Je les connaissais bien à présent – les Belges et leurs hôtes anglais. Je suis arrivée à la tombe du jeune William Proctor et j'ai regretté de ne pas avoir apporté de ginger beer. *Circule*, m'a dit le garçon.

L'avenue d'ifs, au-delà de la chapelle.

Jusqu'au mur nord et à tous ses morts de Jericho.

Un jeu d'ombre et de lumière dansait sur les noms et les dates. La brise faisait murmurer les arbres au-dessus de moi.

Helen Penelope Jones.

La gravure d'un livre ouvert.

Je me suis agenouillée, j'ai retiré les feuilles et arraché des mauvaises herbes qui poussaient à côté de sa tombe. Mes doigts ont effleuré son nom et j'ai senti le tracé de chaque lettre. *Pourquoi faut-il attendre d'être morts pour que nos noms soient inscrits sur quelque chose ?* me suis-je demandé.

J'ai sorti l'enveloppe de ma poche.

« As-tu jamais eu plus grand rêve ? » ai-je demandé.

J'ai glissé un ongle sous le rabat. Je ne voulais pas la déchirer, pas l'abîmer. J'apercevais la lettre à l'intérieur, pliée, juste une fois. Je l'ai sortie à moitié. *Chère Mademoiselle Jones.* Je l'ai repoussée à l'intérieur. Bien que sa voix ait été constamment là, dans ma tête, je n'avais pas parlé à Ma depuis six ans.

« Je t'en ai terriblement voulu de nous avoir laissées. »

C'était un soulagement de le dire.

J'ai levé les yeux vers les frondaisons qui ombrageaient sa tombe, pleines de souffle, de mouvement et de lumière changeante.

« Pourquoi n'as-tu pas insisté pour que je continue l'école ? »

Mais au moment même où je prononçais ces mots, je me suis rappelé qu'elle avait essayé.

« Tu aurais dû insister davantage. Je ne savais pas qui je serais sans Maude, et j'avais peur. Je t'imaginais assise à côté d'elle à l'atelier de reliure et je me sentais… »

Je me sentais quoi ?

« Exclue. Mise à l'écart. Superflue. »

Maude est extraordinaire, avait toujours dit Ma.

J'ai inspiré à fond, je me suis calmée. J'avais eu l'impression d'être une copie, un écho. Trop fragile pour être seule. J'avais anticipé mon sentiment de solitude et je m'étais opposée à Ma jusqu'à ce qu'elle cède.

« Je l'ai regretté, Ma. Un peu plus chaque année. Et puis tu es morte, et tout est devenu impossible. »

J'ai sorti la lettre. Entièrement.

« Tu savais ? » ai-je demandé, et j'ai compris en cet instant que forcément, elle avait su. « Est-ce pour cela que tu rapportais autant de livres à la maison ? »

Je l'ai dépliée.

Chère Mademoiselle Jones.

Il y avait plus de mots que ma mémoire n'en pouvait retenir, mais ceux qui comptaient se sont imprimés en moi.

Échoué.

Pas autorisée à accepter une bourse à l'heure actuelle.

L'ombre et la lumière ont bientôt cédé la place à l'obscurité. Le froid a envahi le cimetière. J'ai remis la lettre dans son enveloppe et j'ai refermé le rabat. Il ne s'est pas collé, évidemment. Rien de ce qui était ne pouvait être défait. Je l'ai laissée par terre devant la tombe de Ma et j'ai posé une pierre dessus.

* * *

La maison de St. Margaret's Road s'élevait sur trois étages. De hautes fenêtres à tous les niveaux. Je me suis rappelé avoir imaginé que c'était la nôtre.

J'ai poussé la grille, je me suis glissée sur le côté de la maison et j'ai descendu les marches menant à l'entrée du sous-sol. J'ai frappé.

Personne n'a répondu.

J'ai frappé une nouvelle fois puis je me suis assise sur une marche et j'ai attendu.

Milan a été le premier à rentrer.

« Il n'est pas loin, m'a-t-il dit. Il aide nos garçons à préparer un examen d'anglais, mais ils devront s'arrêter pour dîner. »

Il m'a tenu la porte.

« Je n'aurais pas dû venir », ai-je murmuré.

Il a souri.

« Il ne sera pas content si vous n'attendez pas. »

Je me suis installée dans un des fauteuils et j'ai regardé Milan remplir une bouilloire d'eau et la poser sur leur petit réchaud à kérosène.

« Vous aimeriez sûrement du thé, non ?

— Oui, je veux bien, merci. »

Un pas irrégulier dans l'escalier. J'ai dû résister à l'envie de me lever du fauteuil et de courir. Vers lui, ou loin de lui, je ne savais pas.

Milan a ouvert la porte avant que Bastiaan ait eu le temps de le faire. Je l'ai vu poser la main sur l'épaule de Bastiaan, la serrer. Puis il s'est écarté et Bastiaan est entré.

« Elle aimerait du thé, mon ami, lui a dit Milan. Sucre-le bien, elle est bouleversée, je crois. » Je me suis rendu compte qu'il n'avait retiré ni son manteau ni son chapeau. « Je vais dîner avec les garçons à Wycliffe Hall. »

Nous sommes restés seuls.

Bastiaan m'a examinée de la tête aux pieds, un pli soucieux sur le front. Je me suis souvenue de toutes les fois où sa main s'était posée au-dessus de mon cœur.

« Je ne suis pas blessée », ai-je dit.

Il s'est détendu, mais s'est détourné pour s'affairer devant le petit réchaud. J'ai vu sa main trembler quand il l'a tendue pour prendre la bouilloire. Quand il m'a tendu une tasse de thé, sa main était ferme.

Un peu trop chaud. Un peu trop sucré. Mais je l'ai bu d'un trait, consciente du regard de Bastiaan posé sur moi pendant tout ce temps.

« J'ai échoué, lui ai-je annoncé.

— Comment est-ce possible ? »

Il n'avait jamais douté de moi.

Je me suis levée de mon fauteuil et j'ai fait un pas vers lui, mais quand j'ai vu qu'il ne bougeait pas pour venir à ma rencontre, je me suis arrêtée, prise d'un soudain embarras.

« Je ne sais pas pourquoi je suis venue », ai-je dit.

Bastiaan est resté silencieux. Il n'a pas bougé d'un pouce.

« Je ferais mieux de partir », ai-je dit.

Toujours rien.

« Bastiaan, je ne sais pas quoi faire, je ne sais pas ce que tu veux.

— Je ne peux pas te dire quoi faire, Peggy, mais si, tu sais ce que je veux. »

Je le savais. Je le voyais dans sa peau, je l'entendais dans son souffle. Je n'avais pas oublié.

Lui non plus. J'avais dit *non*.

« C'est à toi de voir, Peggy. »

* * *

Nous étions allongés sur son lit, notre souffle encore précipité. Sa main déjà posée au-dessus de mon cœur.

« Resteras-tu en Angleterre ? lui ai-je demandé. Quand tout sera fini ? »

Un battement de cœur.

« Si c'est ce que tu désires, a-t-il répondu.

— Il y aura toujours Maude.

— Je sais. »

* * *

6 août 1918

Chères Peggy et Maude,

Je m'appelle Iso Rae. Je crois que Tilda vous a parlé de moi et que certains de mes dessins sont arrivés jusqu'à votre péniche, à Oxford. J'ai l'impression de vous connaître, et j'espère que vous ne trouverez pas cette lettre déplacée.

Tilda a reçu une affreuse nouvelle. Son frère, Bill, est mort. Il a été blessé sur la Marne et conduit à Étaples afin d'être soigné pour des blessures au ventre. Je ne suis pas certaine que vous puissiez imaginer à quel point cet endroit est immense. Il y a plus de monde ici qu'à Oxford – nous avons une vingtaine d'hôpitaux et à chaque instant, des milliers d'hommes y sont soignés. Tilda n'a appris la présence de Bill ici qu'après sa mort. Il était à l'hôpital St. John's, pas très loin du service des contagieux où elle travaille en ce moment. Cela paraît si cruel.

Tilda n'est plus elle-même (ou peut-être est-elle encore plus elle-même, si vous comprenez ce que je veux dire – chaque défaut est exacerbé). Je ne suis pas sûre qu'elle vous ait écrit, mais je pense que non.

Si vous avez connu son frère, je vous présente toutes mes condoléances.

Pour ma part, je trouve ce camp intenable. Tilda le rend un peu plus supportable. Je veillerai sur elle.

Avec mes sentiments les meilleurs,

Iso Rae.

Plus elle-même. Je comprenais parfaitement.

CHAPITRE 46

Mme Hogg s'est penchée au-dessus de mon épaule pour que personne d'autre n'entende ce qu'elle avait à me dire.

« Vous n'oublierez plus de sitôt où est votre place, n'est-ce pas, mademoiselle Jones ? »

Elle n'était pas la seule. Quand j'arrivais à l'atelier ou que j'en repartais, les autres me regardaient comme si je n'avais pas toujours vécu à Jericho, comme si je n'avais pas fréquenté St. Barnabas avec elles ou avec leurs filles et petites-filles, comme si ma mère n'avait jamais été relieuse et ma grand-mère avant elle, comme si mon grand-père n'avait pas été fondeur de caractères. Pour certaines, ma présence à l'atelier était intrusive. Je le ressentais autant qu'elles.

J'étais celle qu'on avait surprise à lire alors qu'elle aurait dû plier ; celle qui avait voulu être Toge au lieu d'être Ville. Si j'avais réussi, elles m'auraient souhaité bonne chance. Mais j'avais échoué. Je m'étais crue supérieure à elles, et je ne l'étais pas. Elles ne me le pardonneraient pas, et ne l'oublieraient que le jour où j'aurais oublié moi-même. La plupart n'étaient pas aussi directes que Mme Hogg, mais plus d'une m'a demandé si j'avais l'intention de rester, et j'ai vu un petit sourire narquois jouer sur leurs lèvres. *Que cela te serve de leçon*, disaient-elles. *Tu n'es pas meilleure que nous.*

L'avais-je vraiment cru ?

Pourtant, ça ne les a pas intéressées très longtemps. Les nouvelles de la bataille d'Amiens ont apporté autant d'espoir que de chagrin. Puis les rumeurs sur ceux qui mouraient de la grippe espagnole sont devenues de plus en plus saisissantes. Un chauffeur de bus avait arrêté son véhicule au milieu de la route, il était descendu sur le trottoir en titubant et s'était effondré, raide mort. Un soldat rentré chez lui en permission, solide comme le Pont-Neuf le matin, mort le soir. Tout le monde connaissait quelqu'un qui était terriblement malade ou hospitalisé à la Radcliffe Infirmary. Et tous les jours, nous étions plus nombreuses à connaître quelqu'un qui en était mort. Mes ambitions contrariées étaient désormais sans importance.

J'ai repris mon existence de relieuse. Je pliais les mêmes pages, encore et encore. Je ne prenais plus la peine de les lire, préférant laisser les bruits de l'atelier me saturer l'esprit : le froissement des feuilles imprimées qu'on tirait des mains de papier, les pages qu'on tournait, le coup rapide du plioir de Ma qui marquait les plis. Ils noyaient les *alpha*, *bêta*, *gamma* du grec, les verbes au parfait, au plus-que-parfait, à l'imparfait.

Maintenant, bien sûr, je m'en souvenais parfaitement.

Quand Mme Stoddard a agité sa clochette, les bruits de papier se sont tus.

« Mesdames. Une fois de plus, je me vois dans l'obligation de demander à celles d'entre vous qui en ont la possibilité d'accepter de faire des heures supplémentaires pendant un certain temps. » Elle a parcouru l'atelier du regard et nous avons vu ce qu'elle voyait : des établis à moitié occupés, des piles de feuilles non pliées. « Les usines de munitions nous ont privées de quatre nouvelles ouvrières et une bonne dizaine d'autres sont terrassées par la grippe. Si vous êtes disponibles et volontaires, je vous prierais de bien vouloir passer me voir avant de partir, tout à l'heure. »

Cette requête n'était pas inhabituelle ; depuis le départ d'Aggie, un nombre toujours croissant de femmes quittaient l'atelier pour l'usine de munitions. Quand j'avais proposé de rester pour travailler sur *L'Anatomie de la mélancolie*, je cherchais à éviter le grec plus qu'à prêter main-forte aux Presses. Mme Stoddard avait refusé. « Tu as mieux à faire », m'avait-elle dit, et cette perspective lui avait fait briller les yeux.

Cette fois, son regard, comme le mien, était éteint.

« Merci, Peggy, a-t-elle dit. Je vais t'inscrire avec Maude et Lotte. »

Puis elle a regardé la relieuse suivante pour empêcher l'émotion d'avoir raison d'elle ou de moi.

La semaine suivante, deux nouvelles femmes nous ont quittées pour l'usine de munitions, et d'autres, plus nombreuses, ont attrapé la grippe. Mme Stoddard a agité sa clochette une fois de plus, mais pas pour nous réclamer des heures supplémentaires. Elle avait une demande de la Croix-Rouge à nous transmettre.

« Des volontaires, a dit Mme Stoddard. Des célibataires ou des femmes mariées sans enfants. »

Du travail de guerre, ai-je pensé, me rappelant le discours de Mlle Penrose. Je n'avais plus aucune raison de voir plus loin. Je n'étais pas *l'avenir*, et cetera. Je n'étais pas parmi *les plus brillantes*, et cetera. *Si vous échouez aux Responsions*, avait-elle dit, *alors, oui, bien sûr, répondez à l'appel du ministère de la Guerre. Il sera difficile de justifier de passer une année supplémentaire à attendre une place à l'université*. Et cetera, et cetera, et cetera.

J'ai assisté à la réunion d'information avec Lotte et Maude et j'ai écouté attentivement l'infirmière nous expliquer ce que nous devions faire et ne pas faire. J'ai signé en précisant que j'étais disponible trois soirs par semaine ainsi que le samedi après-midi. J'ai pris le laissez-passer et le masque en tissu, et l'ai assurée que je cousais suffisamment bien pour en fabriquer un autre.

« Merci d'avoir répondu à notre appel », a-t-elle dit.

* * *

Bastiaan est venu faire les visites avec moi, Maude accompagnait Lotte. Pour l'essentiel, nous étions chargés de vérifier que les gens étaient bien installés, de donner un coup de balai, de ranger les chambres, de réchauffer la soupe apportée par les voisins. La première semaine, on nous a demandé d'aider une mère de quatre enfants dont le mari était en France. Elle était tellement essoufflée qu'elle avait du mal à bouger et nous a demandé de bien vouloir faire la toilette de ses enfants et de les coucher. Quand l'un d'eux s'est mis à pleurer en voyant le visage de Bastiaan, les autres l'ont vite imité. Il me les a laissés pour s'occuper de la vaisselle qui encombrait l'évier.

Ensuite, nous avons confié nos familles à Lotte et Maude en échange de leurs personnes âgées. Et une nouvelle routine s'est établie.

Nous nous réveillions, Maude et moi, nous abattions une journée de travail complète à l'atelier, puis Bastiaan et Lotte nous accompagnaient au *Calliope* pour prendre le thé avant que nous repartions pour les maisons indiquées sur nos listes de la Croix-Rouge. Nous en faisions plus que ce que nous nous étions engagés à faire ; les trois soirs prévus se sont transformés en quatre, et nous ne disposions pas de tous nos dimanches. Mais la situation s'aggravait. Des garçons rentraient de France, d'Italie, de Macédoine. Ils n'avaient survécu à la guerre que pour capituler devant le virus espagnol. *Quelle injustice*, ai-je pensé quand mon premier soldat est mort de la grippe. Nous étions arrivés avant l'ambulance et sa mère nous a demandé de lui enfiler son uniforme. Ses membres n'étaient pas encore raides, et Bastiaan ne cessait de chercher son pouls. J'ai dû écarter sa main du poignet du jeune homme.

« Il l'a attrapée en France, nous a expliqué sa mère. Le prendra-t-on en compte parmi les victimes de guerre ?

— Bien sûr », ai-je répondu.

Mais j'ai appris plus tard que ce n'était pas le cas.

Heureusement que Rosie était là. La Vieille Madame Rowntree mobilisait tout son temps, mais elle nous a aidés en nous nourrissant. Et grâce à Oberon, notre seau à charbon a toujours été à moitié plein alors que d'autres devaient s'en passer. Les longues journées d'été étaient elles aussi une bénédiction. Si la sécheresse et même la chaleur n'étaient pas toujours au rendez-vous, la lumière rendait tout plus facile à supporter. Très peu de maisons de Jericho disposaient de l'électricité, et le pétrole était devenu hors de prix. Nous profitions de ces longues journées pour rester plus tard si le besoin s'en faisait sentir. Et apparemment, il se faisait toujours sentir.

* * *

Le samedi, nous nous efforcions de terminer nos visites avant l'heure du thé pour avoir une longue soirée devant nous. Bastiaan m'invitait parfois au cinéma, et si Milan était sorti, nous emportions dans leur sous-sol du fromage et des cornichons avec une demi-miche de pain. Nous faisions l'amour, puis nous dînions. Nous laissions les miettes tomber au milieu des draps, et j'aimais les sentir me griffer et me chatouiller. Elles prouvaient ma nudité, et celle de Bastiaan. Elles nous rappelaient que nos corps pouvaient faire autre chose que travailler, saigner et avoir du mal à respirer. Nous faisions comme si la chambre était à nous. Comme si la guerre était finie et que Milan avait regagné la Serbie avec ses garçons. J'imaginais que Maude vivait sa vie.

« Mais tu retourneras peut-être en Belgique », ai-je dit un jour en coupant des tranches de fromage et en y ajoutant des cornichons, comme si sa réaction m'indifférait.

Il a haussé les épaules. J'ai fait semblant de ne pas le voir.

« Je n'aurai peut-être pas le choix, a-t-il dit. Ton gouvernement a l'intention de nous renvoyer tous chez nous quand la guerre sera finie.

— Si nous nous mariions, tu pourrais rester », ai-je repris.

Il ne me l'avait plus proposé, mais j'y avais pensé.

« Si nous nous mariions, tu pourrais venir avec moi, a-t-il rétorqué.

— En Belgique ?

— Il y aura tant de choses à reconstruire.

— Il y a Maude.

— Elle pourrait nous accompagner. »

J'ai haussé les épaules. Il a fait semblant de ne pas le voir.

C'était comme une partie d'échecs, et elle se terminait toujours par un pat.

CHAPITRE 47

Alors que cahin-caha, l'été 1918 se dirigeait vers son terme, trois femmes de Jericho sont mortes, des bénévoles qui avaient rendu visite aux malades. J'en ai entendu parler dans la file d'attente du poissonnier, lors d'une pause thé à l'atelier, et chez Mme Townsend, la femme que Bastiaan et moi passions voir. Elle pleurait sans discontinuer, se reprochant d'avoir passé son rhume à la dernière, une si jolie fille. Mme Townsend avait la peau qui pendait sur les os parce qu'elle avait maigri trop vite, et je me suis étonnée qu'elle ait encore la force de pleurer. Je me suis assise à côté d'elle avec un bol de bouillon ; elle a détourné la tête.

« Vous devriez partir, m'a-t-elle dit d'une voix éraillée. Sinon je vais vous tuer, vous aussi. »

Trois femmes qui avaient répondu à l'appel. Je me suis demandé si l'une ou l'autre avait raté les Responsions ou ignoré Mlle Penrose et ses exhortations à voir plus loin. La Croix-Rouge cherchait des célibataires et des femmes mariées sans enfants, avait dit Mme Stoddard. Ils savaient que ça risquait d'arriver ; bien sûr, ils le savaient. Ils ne voulaient pas faire d'orphelins.

Trois femmes. J'ai cherché dans la presse locale, mais il n'y avait pas de tableau d'honneur. *Leurs vies n'ont pour ainsi dire pas laissé de traces*, m'avait dit Ma un jour, alors que je lui demandais ce qu'étaient devenues les Troyennes. *Alors leurs morts ne valent pas qu'on leur consacre une ligne.*

Ainsi disent les poètes, ai-je pensé. Les hommes qui tiennent la plume.

* * *

Notre nouvelle routine nous épuisait au point que nous n'avions pas l'énergie de nous occuper des piles de livres, de manuscrits et de cahiers qui encombraient encore le *Calliope*. Entre l'atelier et notre travail de bénévoles, Maude n'avait pas le temps de consulter son registre, et moi je n'avais pas le cœur de remiser définitivement tous ces papiers. Pendant quelques semaines, nous les avons enjambés et contournés, nous déplacions un livre par-ci, un autre par-là, nous posions nos tasses dessus et les utilisions pour écraser les moustiques qui n'ont cessé de nous importuner tout au long de cet été pluvieux et humide. Mais aucune de nous n'en parlait. Nous ne le pouvions pas.

Et puis, un dimanche de la fin du mois de septembre, Maude a sorti notre registre et a entrepris de mettre sur les rayonnages ce qui traînait un peu partout. Elle ne m'a pas demandé d'aide et je ne lui en ai pas proposé.

J'étais debout, avec ma tasse de café vide, et je regardais ma sœur. Elle était pleine d'assurance, elle était heureuse. S'il avait fait plus beau, j'aurais pu aller me promener avec Bastiaan au bord de la Cherwell sans hésiter un instant à la laisser seule.

J'avais cru que ce serait moi que la guerre changerait, mais je commençais à comprendre que c'était Maude qui avait changé.

J'ai débarrassé les restes du petit déjeuner, préparé une nouvelle cafetière et posé une tasse fumante devant ma sœur. Par-dessus son épaule, j'ai regardé les colonnes impeccables. *Elle pourrait vraiment être bibliothécaire*, ai-je pensé.

Je me suis éloignée pour faire le lit, puis je me suis assise dans le fauteuil de Ma et j'ai pris un livre sur l'étagère. *La Dame du château de Wildfell*, Anne Brontë. J'ai pensé à ma travée, à la bibliothèque, qui n'était plus ma travée. J'ai reposé le livre, me suis levée, j'ai inspecté le *Calliope* de la proue à la poupe. Il était si petit que j'avais l'impression d'étouffer. Et puis il y avait Maude. À genoux, elle trouvait une place pour un livre, pour un autre. Les livres, les cahiers, les manuscrits. Ils rendaient le *Calliope* encore plus petit, encore plus étroit. Ils devaient *élargir votre monde*, avait dit Ma. Mais si je ne les avais pas lus, je n'aurais jamais su à quel point mon monde était petit.

« Nous ferions mieux de nous en débarrasser, ai-je lancé.

— Non », a dit Maude.

Elle est revenue vers la pile de livres posée sur la table, en a pris un et l'a cherché dans son registre. Elle a noté quelque chose, puis s'est levée et est venue vers moi.

« *L'Anatomie de la mélancolie*, a-t-elle dit. De la part d'Eb. »

J'y avais fait allusion. Et une fois le pliage, l'assemblage et la couture terminés, une fois les livres emboîtés, achevés et envoyés à l'entrepôt, Eb me l'avait offert. *Il a été mal endossé*, avait-il déclaré. *Le dos va se déformer*. Pour le moment, il avait pourtant l'air parfait.

« De la part d'Eb », a-t-elle répété.

Elle a parcouru du regard le *Calliope*, les étagères bourrées de livres, de cahiers et de manuscrits. Tous des cadeaux, me disait-elle. Offerts ou durement gagnés. Et je n'avais pas le droit de m'en débarrasser. Ils étaient à nous.

J'ai ouvert la *Mélancolie* et j'ai regardé les premières pages. Un poème, de l'auteur à son livre – *Sors, mon livre, au grand jour*. Il couvrait deux pages. Puis les vers décrivant le frontispice. Puis le frontispice lui-même. J'ai feuilleté le reste des pages jusqu'à la planche détachée. J'avais dit à Eb que la page de gravures ne figurait pas dans l'exemplaire de Somerville, et il m'avait donné une planche pour la remplacer.

J'ai serré la *Mélancolie* contre ma poitrine.

« Très bien », ai-je dit.

Quand Maude a eu fini de ranger tous les livres et tous les manuscrits sur leurs étagères, tous les cahiers et toutes les pages volantes dans leurs coins et recoins, il ne restait qu'un livre sur la table.

Manuel de grammaire grecque, d'Abbott et Mansfield.

Ça restera entre nous, avait dit Mlle Garnell en me le tendant.

Maude me regardait, les sourcils froncés.

« Rapporte-le. »

* * *

Bastiaan m'a accompagnée à Somerville.

La cour, l'hôpital de toile, la loggia où des officiers se rétablissaient dans des lits ou des fauteuils en rotin. Seuls les visages avaient changé. Mais l'infirmière était toujours celle à qui j'avais montré mon autorisation neuf mois auparavant. *Qu'est-ce qu'une fille de Jericho vient faire à la bibliothèque de Somerville ? Rien*, ai-je pensé alors. Absolument rien.

Mlle Garnell était à son bureau, dissimulée derrière une pile de livres, la tête baissée sur le registre de prêts. Elle m'avait manqué.

« Peg ! » Sa joie s'est rapidement muée en inquiétude. « Oh, Peg. »

Elle a contourné son bureau et m'a enveloppée de ses bras. J'aurais préféré qu'elle s'abstienne. J'aurais peut-être réussi à serrer les dents.

Elle m'a tendu un mouchoir et Bastiaan s'est approché, prêt à me rattraper, peut-être, mais j'avais l'impression d'être déjà tombée.

« Je vous présente Bastiaan », ai-je dit, heureuse de détourner l'attention de mon échec.

« Rudyard Kipling », a répondu Mlle Garnell.

Il lui a décoché son demi-sourire et s'est légèrement incliné.

« Ravi de faire votre connaissance, mademoiselle. Vous avez été très importante pour Peggy.

— J'espère l'être encore. »

J'ai sorti le manuel de grec de mon cartable.

« Merci de m'avoir permis de l'emprunter. »

Pendant un instant, sa main et la mienne ont tenu le livre. Aucune n'était prête à faire ce qui devait être fait.

« Vous êtes sûre ? a-t-elle dit. Vous pourriez le garder, réessayer.

— C'est un rude combat.

— Où serions-nous si nous reculions devant les rudes combats ? m'a-t-elle demandé.

— Je suis sûre », ai-je dit.

J'ai lâché le livre.

Elle est retournée à son bureau et a feuilleté son registre des prêts. Elle a suivi du doigt la colonne de gauche jusqu'à ce qu'elle l'ait trouvé. Puis elle a posé une règle sous l'entrée et mon regard s'est déplacé le long de la colonne de droite. *Peggy Jones* était noté de sa charmante écriture. *Peggy Jones*, dans le registre des prêts de la bibliothèque de Somerville. Elle a tiré un trait dessus.

« Et maintenant ? a-t-elle demandé.

— Retour à la normale.

— Les choses *sont* en train de changer, Peg.

— Ah oui ?

— Il y a le droit de vote. »

J'ai souri.

« Pas pour moi.

— Un autre rude combat, mais ce n'est qu'une question de temps. »

C'est ce que Ma disait toujours. Elle l'avait dit pendant des années. Et puis, elle n'a plus eu le temps.

« J'ai quelque chose pour vous », ai-je dit en changeant de sujet.

Mlle Garnell a tenu le frontispice de *L'Anatomie de la mélancolie* comme si c'était une feuille d'or qui risquait de s'enrouler sur elle-même et de s'abîmer irrémédiablement.

« En couleurs, a-t-elle dit. Superbe ! »

L'émotion la faisait bégayer.

* * *

Le travail à l'atelier a ralenti au fur et à mesure que les imprimeurs, les typographes et les préposés à l'entretien des machines étaient touchés par la maladie.

Quand nous traversions la cour, les gens s'écartaient pour rester à distance. Le bruit avait couru qu'il y avait parmi nous des bénévoles de la Croix-Rouge et, un nombre croissant d'habitants de Jericho étant atteints, on préférait nous éviter. Mme Hogg a suggéré à Mme Stoddard de réserver une partie de l'atelier aux bénévoles. Nous étions neuf, toutes célibataires, toutes sans enfants. Sans lui céder entièrement, Mme Stoddard a ménagé un peu plus d'espace entre nous et a accepté les demandes de toutes celles qui souhaitaient changer d'établi.

Un écart s'est créé entre elles et nous, et bientôt, tout le monde l'a appelé le « No Man's Land ». Mme Stoddard s'est fâchée plus d'une fois lorsque des plis parfaits ou des pages impeccablement assemblées étaient victimes de *la stupide danse d'esquive* qui se déroulait quand l'une d'*elles* s'approchait trop de l'une de *nous*.

« Mais qu'est-ce qui vous prend ? » a-t-elle crié un jour.

Jamais, depuis que je travaillais à l'atelier, je ne l'avais entendue élever la voix.

« Si vous aviez des mioches, vous feriez pareil », a rétorqué l'une des autres.

La phrase a claqué comme une gifle et Mme Stoddard a paru assommée. Elle a regagné son bureau sans un mot.

Mais le No Man's Land n'est pas resté vide bien longtemps. Les malades se sont rétablies. Elles sont revenues à l'atelier et ont occupé le No Man's Land avec une sorte de liberté triomphante. Elles riaient plus souvent et parlaient plus fort que *nous* ou *elles*, et traversaient l'atelier sans jamais faire tomber leurs feuilles. Elles avaient été atteintes, et je m'étais assise au chevet de suffisamment de malades pour savoir qu'elles avaient toutes eu peur, même si leur fièvre avait cédé rapidement et que des mucosités n'avaient pas encombré leurs poumons. Elles avaient lu les journaux, soigné des frères revenus de France, connu quelqu'un qui avait connu quelqu'un qui s'était réveillé patraque un matin et avait rendu l'âme avant le coucher du soleil. Elles avaient redouté cette grippe plus qu'elles ne redoutaient les Boches, et maintenant qu'elles l'avaient eue, elles se sentaient invincibles.

D'autres femmes sont tombées malades et sont revenues, deux femmes sont mortes, trois ne se sont jamais complètement rétablies.

Nous avons cessé de parler du No Man's Land.

19 septembre 1918

Salut Pegs,

Tu as été très futée de dénoncer mon comportement désastreux à Iso dans ton message. Elle supporte mal qu'on s'apitoie sur soi-même et est très à cheval sur les obligations – or tu es mon obligation, semble-t-il. Je me demande où elle est allée chercher une idée pareille.

Quand elle a appris que j'avais laissé toutes tes lettres sans réponse, elle m'a passé un savon, m'a tendu quelques feuilles de son meilleur papier à lettres et m'a conseillé de ne pas le gaspiller. Je ne sais pas très bien ce qu'elle imaginait que j'allais en faire. Me moucher dedans, peut-être. Le déchirer et le lui jeter au visage (je l'aurais bien fait, mais comme je te l'ai dit, c'était son plus beau papier). Elle a attendu que j'aie un stylo entre les doigts pour accepter de me laisser seule, et maintenant, elle est assise devant ma cahute. Elle n'a pas confiance en moi pour envoyer ce que je suis en train d'écrire.

Iso voudrait sans doute que je te présente mes excuses et que je te dise que tout ira bien. Mais ce serait gaspiller son beau papier à lettres. Mensonges et propagande. Je pense que nous savons, maintenant, ce qu'est cette guerre et ce qu'elle fait aux gens. Je ne te ferai pas cet affront.

En vérité, un trop grand nombre des garçons qui passent par ici ressemblent à Bill. Je m'occupe de tous comme si c'était lui, et quand ils meurent, j'ai l'impression d'être condamnée à relire éternellement ce télégramme. C'est un peu plus facile si je réussis à effacer la terreur de leur visage, à leur tenir la main ou à leur chuchoter à l'oreille des fariboles à propos de paradis. Chaque fois, j'imagine qu'une jolie infirmière a fait la même chose pour Bill, et chaque fois, je suis provisoirement soulagée de mon chagrin. De ma colère.

Oh, Peg ! C'est comme si j'étais occupée par une force ennemie et que la seule façon de m'en débarrasser était de me détruire. Mon arme, tu n'en seras pas surprise, a été l'alcool, mais cela fait maintenant une semaine que je n'ai pas bu un verre. Une semaine qu'Iso m'a trouvée allongée dans mon vomi. J'aurais pu mourir, m'a-t-elle dit, étouffée. « Mort accidentelle » – voilà ce qu'on aurait annoncé, selon elle, pour épargner l'humiliation à ma famille. « Quelle famille ? » ai-je ricané. « La personne qui habite à l'adresse que tu as donnée au ministère de la Guerre », a-t-elle ricané en retour.

C'est toi, soit dit en passant. Bien que l'adresse soit celle de M. Turner, buraliste, c'est ton nom qui figurera sur l'enveloppe.

Tilda x

P.-S. : Ils tombent comme des mouches par ici. Avant même d'avoir eu le temps de pointer un fusil contre un Boche, ils se retrouvent dans un lit d'hôpital. C'est bien pire que l'année dernière, alors sois prudente quand tu vas voir tes malades. N'oublie pas ton masque.

P.-P.-S. : Je pense qu'Helen aurait apprécié Mlle Garnell – es-tu sûre d'être sûre ?

* * *

La clochette de la pause déjeuner a tinté et j'ai terminé le pli que j'avais commencé. Lotte a terminé son pli ; nous avons attendu que Maude termine le sien.

« Pourrais-je te voir, Peggy, avant que tu partes déjeuner ? »

C'était Mme Stoddard, les mains posées sur le dossier de la chaise de Maude, les yeux baissés sur moi.

Je me suis tournée vers Maude.

« Je te retrouve à la maison, lui ai-je annoncé. À moins que je n'aille chercher un sandwich pour le manger dans la cour.

— Manger dans la cour », a-t-elle dit.

J'ai regardé Lotte ; elle a hoché la tête. Je me suis levée et j'ai déposé un baiser sur le front de Maude.

L'atelier était vide quand je me suis enfin trouvée devant le bureau de Mme Stoddard.

« Je t'ai recommandée à M. Hall pour un nouveau poste.

— Quel nouveau poste ? »

Elle a souri.

« Assistante correctrice. »

J'ai mis un moment à comprendre.

« Un poste est à pourvoir, a-t-elle poursuivi. Plus d'un, en réalité. J'ai parlé de toi au Contrôleur il y a un petit moment, et il m'a demandé d'arranger ça.

— Un poste à pourvoir ?

— Je pensais avoir un peu plus de temps, mais voilà. Entre la guerre et la grippe, nous avons du mal à satisfaire toutes les commandes. M. Hall insiste beaucoup pour que tu commences au plus vite. » Elle était tout agitée. « En fait, si tu acceptes, il serait content que tu commences dès cet après-midi.

— Cet après-midi ?

— C'est un peu précipité, je sais.

— Il faut que j'habitue Maude à cette idée », ai-je remarqué.

Mme Stoddard a froncé les sourcils, a posé la main sur mon bras.

« Peggy, Maude n'a pas besoin que tu la tiennes tout le temps par la main. »

Je n'ai rien dit.

« Il m'arrive de penser qu'elle aimerait bien un peu…

— Quoi ?

— Un peu d'indépendance.

— N'est-ce pas le cas de tout le monde ? » ai-je répondu sèchement.

Nous nous sommes tues. Un silence inconfortable.

« Elle a beaucoup changé, ces dernières années, a repris Mme Stoddard.

— Depuis l'arrivée de Lotte », ai-je ajouté sans la moindre bienveillance.

Comme une enfant boudeuse. Je me suis pincée. Très fort.

« Peut-être, a reconnu Mme Stoddard. Ou peut-être Maude a-t-elle simplement profité des possibilités qui se sont présentées. Lotte en a été une, mais ce n'est pas la seule. »

L'image de Maude qui dressait le catalogue de la bibliothèque du *Calliope*. Faisait des étoiles pour Tilda, aidait Mlle Garnell, préparait du *stoemp* et du porridge. La robe abricot, le rouge à lèvres cerise. Qui soignait Jack, me soignait.

« Elle est tout à fait capable de se passer de toi, Peggy. »

J'ai secoué la tête. Mme Stoddard a eu l'air accablée.

« Tu ne veux pas accepter ce poste ?

— Non, enfin, je veux dire, si. »

Elle me proposait de lire les livres, pas de les relier. J'avais envie de rire. J'avais envie de pleurer.

« Qu'est-ce qui te tracasse comme ça ? a demandé Mme Stoddard.

— Vous avez toujours pensé que je raterais l'examen ? »

Elle n'a pas répondu tout de suite.

« J'espérais que non, a-t-elle enfin dit. Et puis, quand tu as obtenu la bourse… »

Elle a baissé les yeux vers son registre.

« Pourquoi m'avoir encouragée ? »

J'étais soudain en colère contre elle. En colère contre Gwen et Mlle Garnell. Elles avaient toutes besoin d'une bonne cause, mais en définitive, peu leur importait que leur bonne cause échoue.

« Parce que c'est ce que tu voulais, a-t-elle répondu. Je savais que ce serait très difficile, mais je savais aussi que tu regretterais de ne pas avoir essayé.

— Comment pouviez-vous le savoir ? »

Ses traits se sont affaissés, et soudain, j'ai compris.

« Vous avez passé l'examen d'admission à Oxford, madame Stoddard ?

— Non. Jamais.

— Vous auriez voulu ? »

Comment décrire son sourire ? Si je l'avais dessiné, je l'aurais dit mélancolique.

« Plus que tout », a-t-elle répondu.

* * *

Le Contrôleur m'a remis un exemplaire des *Règles de Hart pour typographes et correcteurs.*

« Pour toutes les questions de style, commencez par cela », a-t-il dit.

Puis il m'a accompagnée jusqu'au service de correction, une série de petits bureaux au premier étage.

« Un placard à balais, guère mieux, a-t-il reconnu.

— J'ai l'habitude des petits espaces. »

Mais quand il a ouvert la porte, j'ai constaté que ce n'était pas un euphémisme. Des ouvrages de référence étaient rangés dans un vieux cuveau à lessive.

« Vous êtes la dernière d'une longue série de correcteurs, m'a-t-il dit. On vous remettra un exemplaire d'un livre avant qu'il soit imprimé en grand nombre pour être envoyé à l'atelier de reliure. Vous n'aurez qu'à vérifier qu'il n'y a pas d'erreurs d'impression flagrantes.

— Je ne ferai pas de relecture ? »

M. Hall a souri.

« L'exemplaire qu'on vous confiera devrait avoir dépassé le stade de la relecture depuis longtemps.

— Alors pourquoi me donner cela ? »

J'ai brandi les *Règles de Hart.*

« Nous les donnons à tous nos correcteurs. »

* * *

Mes journées de travail se soustrayaient désormais aux ordres de la clochette du thé, de la clochette du déjeuner et du dogue rogue. La préposée au thé passait deux fois par jour, et j'avais le temps de m'attarder sur les feuilles imprimées comme je n'en avais jamais eu la possibilité à l'atelier de reliure. Mais le côté filles me manquait, et la première semaine, j'ai trouvé un prétexte pour y faire un saut tous les jours.

« Et Maude ? Comment s'en sort-elle ? demandais-je chaque fois à Mme Stoddard.

— Sans le moindre problème », m'avait-elle dit la première fois.

Puis : « Très bien. »

Et enfin : « Franchement, Peggy, j'ai l'impression que Maude te manque plus que tu ne lui manques. »

Après cela, j'ai plus ou moins mis fin à mes visites et j'ai commencé à attendre impatiemment la fin de la journée, où je retrouvais Maude dans la cour et où elle me prenait par le bras.

« Tu m'as manqué, Maudie », disais-je parfois.

Elle ne répétait pas toujours.

CHAPITRE 48

C'était le premier jour du premier trimestre ; le dernier jour de septembre. Le chemin de halage était jonché de feuilles mortes – jaunes, orangées, rouge patiné – mais la plupart des couleurs étaient encore suspendues aux arbres et les écureuils folâtraient parmi elles. Ils se hâtaient de récolter tout ce qu'ils pouvaient avant l'arrivée du froid. C'est ce qu'ils faisaient, tous les automnes. Une routine que la guerre elle-même ne pouvait perturber.

Nous parcourions les rues de Jericho, suivant l'itinéraire que nous empruntions presque chaque jour depuis que nous avions commencé à travailler à l'atelier de reliure treize ans auparavant. L'itinéraire que nous emprunterions jusqu'à ce que nos mains se mettent à trembler et notre vue à baisser. Quand nous remontions Walton Street, j'étais soulagée que Somerville serve encore d'hôpital et que ceux qui y entraient et en sortaient soient pour la plupart des hommes en blouse blanche ou en uniforme militaire, et non des femmes en toge. Depuis que j'étais correctrice, je songeais à peine à Mlle Garnell, sinon pour l'imaginer, de temps en temps, dans la travée des Brontë. J'étais heureuse que l'effervescence de la rentrée n'atteigne pas Jericho.

C'est alors que Maude m'a serré le bras un peu plus fort.

« Toges », a-t-elle dit.

Je n'ai pas regardé. Je pensais au manuscrit que j'étais en train de corriger, aux erreurs qui n'avaient rien à voir avec l'impression : une grammaire imprécise, des idées paresseuses. Je transmettrais le texte à la reliure, laissant à d'autres le soin de le critiquer.

Je les entendais, pourtant. Un groupe de jeunes femmes qui parlaient toutes en même temps. Des intonations cultivées qui se détachaient çà et là. Elles étaient excitées, mais cherchaient à se contenir. *Leur satanée bonne éducation*, ai-je pensé.

Maude a posé la main sur ma joue, elle m'a regardée dans les yeux. Avec moi, c'était si facile, et je m'étais toujours demandé si c'était parce que c'était elle-même qu'elle voyait, et non une étrangère. Elle a soutenu mon regard et les voix des nouvelles étudiantes m'ont paru moins offensantes. Elle a soutenu mon regard et je me suis calmée. Elle a soutenu mon regard et je me suis sentie moins seule. J'ai cherché mon reflet dans ses yeux et je m'y suis trouvée, en miniature, là où j'avais toujours été. Mais quand j'ai ajusté la mise au point pour regarder Maude, et non plus moi, je me suis rappelé que ses yeux n'avaient jamais été le miroir des miens. Ils n'avaient jamais reflété ma colère ni ma déception. Ils n'avaient jamais exprimé le désir de quelque chose qui lui était refusé ni l'exaspération contre ceux qui l'en privaient.

Les yeux de Maude étaient plutôt ceux de Ma. Maude me regardait avec la même tendresse, la même inquiétude et, en cet instant, c'est le souvenir de Ma qui m'est venu à l'esprit. Qu'avait-elle dit, tant d'années auparavant ? *C'est la seule occasion que tu auras, Peg. Je t'en prie, saisis-la.*

Maude continuait à m'apaiser, et je me suis rappelé la pitié dans les yeux de Ma quand j'avais refusé de retourner à l'école. *Pourquoi ?* avait-elle demandé. *L'argent*, avais-je menti. *Nous le trouverons.* Elle avait souri, comme si elle avait eu le dernier mot. *Maude*, avais-je crié, et Ma avait tressailli avant de secouer lentement la tête. *Maude n'a pas besoin de toi, Peg.*

Mais je savais qu'elle mentait.

Maude savait qu'elle ne mentait pas. Et je voyais à présent dans les yeux de Maude la pitié de Ma. *Maude n'a pas besoin de toi*, avait répété ma sœur quand nous avions quitté St. Barnabas à la fin de notre dernière journée de classe, puis quand nous étions entrées à l'atelier de reliure, et une fois encore alors que nous étions assises de part et d'autre de Ma. Avant de nous montrer les premiers plis, Ma s'était penchée vers ma sœur et avait chuchoté : *Ça suffit, Maudie. Sois gentille. Peg a besoin que tu sois gentille.*

Debout là, entre les Presses et Somerville, je nous ai perçues autrement. Maude ne m'avait jamais prise pour elle – c'était mon erreur à moi, mon angoisse et mon fardeau. Maude était singulière : *unique en son genre*, avait toujours dit Ma. *Comme un manuscrit enluminé*, avais-je pensé. C'était moi qui me réfugiais dans notre gémellité. Elle me servait d'excuse. Elle m'avait toujours servi d'excuse.

Maude m'a doucement tourné la tête vers l'autre côté de Walton Street, m'obligeant à regarder ce que je refusais de voir. Elles étaient là, les nouvelles Somervilliennes dans leurs courtes toges noires, traînant autour de la loge du concierge, cherchant à apercevoir quelque chose de l'université qui serait la leur quand la guerre en aurait fini avec elle. Qu'elles ne soient pas autorisées à entrer était ma seule consolation.

« On dirait une volée de corbeaux, ai-je dit à Maude.

— De corbeaux. »

Elle a souri. Comme s'il n'attendait que cela, un officier est sorti de la loge de Somerville et le groupe s'est égaillé. Elles ont voleté en arrière pour le laisser passer, voleté en avant. Elles ont fini par comprendre qu'elles gênaient et se sont dispersées par deux ou trois en direction d'Oxford et de leurs logements temporaires à Oriel.

J'aurais dû tourner le dos à Somerville et franchir l'arche menant aux Presses. Mais j'ai suivi ces femmes des yeux jusqu'à ce que le tournant de Walton Street les dissimule. J'ai frissonné, malgré ce satané soleil. J'ai senti ma poitrine se contracter, et les bruits de Jericho se sont estompés. J'ai inspiré profondément l'air qu'exigeait mon chagrin, et j'ai senti Maude s'approcher. Son ventre était plaqué contre mon dos, s'adaptant parfaitement à la courbure de ma colonne vertébrale. Ses bras étaient autour de ma poitrine ; son menton s'est posé sur mon épaule.

« Aussi bonne que n'importe laquelle d'entre elles », a-t-elle dit à mon oreille.

Ma avait dit cette phrase à Maude, mille fois. Ce souvenir a empli mes poumons d'un souffle tremblant, parce que Maude l'avait toujours crue.

Pas moi.

* * *

Rosie est passée avec une cocotte de ragoût de mouton.

« La Vieille Madame Rowntree va beaucoup mieux », a-t-elle annoncé.

Elle a posé sa marmite sur la table avant d'aller chercher des bols dans la coquerie.

« Mme Townsend aussi, a dit Bastiaan.

— À votre avis, quel est leur secret ? »

J'ai soulevé le couvercle de la marmite de Rosie et une odeur de quatre-épices s'est répandue d'un bout à l'autre du *Calliope*.

Rosie a haussé les épaules.

« Maude et Lotte rentrent bientôt ?

— Oui, ai-je acquiescé. Elles sont chez Mme Hillbrook.

— Comment va-t-elle ?

— Pas plus mal, Dieu merci, mais elle passe le plus clair de son temps à dormir. C'est surtout pour son fils qu'elle a besoin d'aide. Il est en pleine forme, d'après Maude.

— Autrement dit, difficile », a commenté Rosie.

Je savais qu'elle pensait à Jack – il avait toujours été difficile.

« Des nouvelles ? ai-je demandé.

— On a reçu une lettre, à peine une page. Maude me l'a lue. » Elle a secoué la tête. « Elle aurait pu être écrite par n'importe qui. » Elle a rempli nos bols et m'a passé le mien. « Mais il a ajouté un message pour Maude, comme toujours. Et comme toujours, elle l'a escamoté. » Rosie a tendu un bol à Bastiaan. « Elle te laisse les lire ? » m'a-t-elle demandé.

J'aurais bien voulu lui citer une ligne, une plaisanterie ou une observation dans lesquelles elle aurait reconnu Jack, mais Maude ne partageait jamais ses messages.

Le ragoût était bon, et nous étions repus quand nous avons entendu quelqu'un courir sur le chemin de halage.

Maude est apparue brusquement à l'écoutille, hors d'haleine. Elle a accroché mon regard, comme elle le faisait parfois quand elle était à court de mots et espérait que je saurais ce qu'elle pensait. Je n'en avais pas la moindre idée.

« Que se passe-t-il, Maudie ? »

Profondes inspirations, elle tremblait de tous ses membres. Pas seulement d'avoir couru.

« C'est Lotte ? » a demandé Bastiaan.

Nous nous étions levés tous les deux, nous l'encadrions comme des sentinelles.

Maude s'est tournée vers lui ; il était tout près. Elle m'a regardée pour me demander de l'aide.

« Mme Hillbrook ? Son état s'est aggravé ? »

Ses mots étaient enfermés derrière un mur d'émotions. Elle a tapé du pied.

« Son fils, ai-je repris. C'est son fils ? »

Soulagement. Elle a hoché la tête, *oui*.

« Son fils, a-t-elle répété.

— Il est blessé ? a demandé Bastiaan.

— Malade, a dit Maude. Malade.

— Il faut appeler une ambulance, Maudie ? »

Elle a acquiescé d'un signe de tête. Bastiaan a attrapé nos manteaux, m'a aidée à enfiler le mien, a mis le sien.

« Je file à St. Barnabas pour téléphoner. »

* * *

Maude courait sur le chemin de halage, elle a franchi le pont. Quand nous sommes arrivées dans Walton Street, nous étions hors d'haleine. Nous avons ralenti, repris notre souffle, ajusté nos masques. Nous avons tourné dans Cranham Street et j'ai senti se resserrer l'étau des rangées de maisons mitoyennes étroites, en brique nue et maculées de traces de charbon.

Deux femmes qui bavardaient sur leurs seuils sont rentrées chez elles. Un vieil homme a porté la main à sa casquette, mais a traversé la rue. C'était notre hâte, nos masques. Nous étions déjà contaminées.

Maude a poussé une porte semblable à toutes les autres et a gravi quatre à quatre les marches raides qui menaient aux chambres. J'aurais dû la suivre, mais l'odeur… douceâtre, vaguement acide, avec autre chose que j'étais incapable d'identifier. Je ne l'ai pas supportée et j'ai été prise de haut-le-cœur. Je me suis précipitée à la cuisine. La fenêtre s'ouvrait à peine de quelques centimètres, mais l'air froid s'est rué à l'intérieur et j'ai pris une profonde inspiration. Je suis retournée jusqu'à l'escalier et je suis montée.

Nous avions rendu visite à des personnes âgées, Bastiaan et moi. Leurs maisons sentaient le tabac froid, la vieille huile de friture, l'urine, parfois. *Votre travail*, avait dit l'infirmière de la Croix-Rouge, *consiste à nourrir le chat, à insister pour qu'ils prennent un peu de bouillon, à les remettre sur pied.* Et ils avaient tous été remis sur pied, même Mme Townsend qui n'en avait pas particulièrement envie. Mais nulle part je n'avais senti pareille odeur.

Ma main se cramponnait trop fermement à la rampe. Mes jambes étaient de plomb. Quand j'ai atteint le palier, l'odeur est devenue encore plus suffocante et j'ai regretté de n'avoir pas pulvérisé de désinfectant sur mon masque. *Plus à cause de la puanteur que dans l'espoir que ça t'évitera d'attraper une cochonnerie*, avait écrit Tilda.

Je pouvais voir à l'intérieur des deux chambres. Mme Hillbrook était dans la plus proche, ses cheveux blonds collés sur l'oreiller, son souffle un râle dans sa poitrine. Un seau était posé à côté du lit et des vomissures séchées maculaient le drap qui pendait du matelas.

Je me suis demandé pourquoi elles n'avaient pas refait le lit, pourquoi elles n'avaient pas vidé le seau, pourquoi Lotte ne passait pas un linge frais sur le front de la malade. Je me suis posé toutes ces questions. Et puis j'ai compris.

L'autre chambre.

Je me suis tournée vers elle. Une odeur métallique, comme celle de menstrues, d'un chiffon mis trop longtemps à tremper. Abominable. Fétide. Sa chemise de nuit tachée. Le coin de sa bouche taché. Je l'entendais faire des bulles, je voyais l'écume mousser dans ses narines.

Le petit garçon, blond comme sa mère. Son visage couleur lavande.

Lotte le tenait. Assise par terre, adossée au lit, elle le tenait dans ses bras comme un tout petit enfant. *Dix ans*, avait dit Maude. *En pleine forme.* Ses jambes maigres pendaient au-dessus des genoux de Lotte et elle serrait son corps contre le sien, la tête du petit lovée dans le creux de son cou. Des mucosités s'écoulaient, roses, de son nez, de sa bouche. La joue de Lotte en était toute luisante, son menton, ses lèvres. Où était son masque ? Elle se balançait d'avant en arrière, déversant un flot de paroles sur la tête du petit garçon. Du français. Elle n'interrompait sa psalmodie que pour l'embrasser.

Je suis entrée dans la chambre. Maude était adossée contre un mur, les yeux écarquillés, rivés sur Lotte et le garçon. *Il devrait être au lit*, me suis-je dit. *Soutenu par des oreillers*, me suis-je dit. *Pour qu'il respire mieux*, me suis-je dit.

Je me suis avancée vers eux.

« *Nein !* » a-t-elle craché, le regard fou, tandis que sa jambe se tendait pour me décocher un coup de pied dans le tibia.

J'ai commencé à comprendre.

« Elle ne nous reconnaît pas, ai-je dit.

— Effrayée », a dit Maude.

Terrifiée, ai-je pensé. Lotte était terrifiée.

C'est ainsi que Bastiaan nous a trouvées. Il est resté sur le seuil et a regardé Lotte bercer le petit. Il a écouté ce qu'elle disait puis il s'est assis par terre en restant très en arrière. Il lui a parlé d'une voix basse et douce, en français, et Lotte l'a écouté.

Je ne sais pas ce qu'il lui a dit, mais il y avait un rythme dans ses paroles. *Parce que j'étais là*, m'avait-il dit. Il parlait comme un père qui apaise un enfant. Ses propos ont calmé Lotte, ils ont calmé Maude, et ils m'ont calmée. Quand Lotte a cessé de se balancer, Bastiaan s'est approché en rampant, traînant sa mauvaise jambe. Elle a serré le petit encore plus fort contre elle et Bastiaan s'est arrêté, mais il a continué à parler dans son français doux et apaisant.

Une inspiration comme un frisson, et elle a parcouru la chambre du regard. La folie s'était effacée de ses yeux. Elle savait qui nous étions, où elle était. Elle a regardé le petit garçon couché dans ses bras et ses traits se sont effondrés de chagrin. Bastiaan était à côté d'elle, les bras autour d'elle et du petit.

Cela a duré peut-être une minute, peut-être une heure, je ne sais pas. Mais quand Bastiaan a pris le petit des bras de Lotte et l'a allongé sur le lit, il était mort.

CHAPITRE 49

Mme Stoddard a dit que Lotte avait dormi pendant deux jours.

Pendant ce temps, la fièvre de Mme Hillbrook a baissé et ses poumons ont commencé à se décongestionner. Maude est restée à côté d'elle pendant qu'elle pleurait, et je me suis occupée de la lessiveuse et du linge sale. Nous ne nous attendions pas à ce que Lotte remette les pieds Cranham Street, et pourtant, elle est revenue. La dernière serviette de toilette séchait encore quand elle a franchi la porte d'entrée et m'a fait savoir que ma présence n'était pas nécessaire. Elle a pointé le menton vers le thé et les toasts que je venais de disposer sur un plateau.

« Je vais le monter », a-t-elle dit.

Elle donnait l'impression d'être redevenue elle-même, et cela m'a inquiétée.

« Tu crois vraiment que tu devrais être ici, Lotte ?

— Bien sûr, pourquoi pas ? »

Je n'ai rien osé dire. J'ai pris le plateau et elle a tendu les mains. Nous sommes restées un moment face à face, chacune campant sur sa position. Elle ne céderait pas, je le savais, alors je lui ai donné le plateau puis je suis allée chercher mon manteau et mon chapeau.

Lotte m'a accompagnée vers la porte et s'est arrêtée avec le plateau au pied de l'escalier. Il n'était pas question de me laisser monter.

« C'est bon, Peggy, m'a-t-elle dit. Je vais bien. »

J'ai appelé ma sœur :

« Maudie. »

Elle est arrivée sur le palier et a baissé les yeux.

« Lotte est là. Je rentre à la maison et je mets le thé en route », lui ai-je annoncé.

Elle a hoché la tête, indifférente.

Je suis rentrée sans elle, préoccupée. Mais une heure plus tard, Maude était assise à notre table et faisait des pliages pendant que je préparais deux œufs à la coque.

« Des étoiles, m'a-t-elle dit quand je lui ai posé la question.

— Pour qui ?

— Mme Hillbrook. »

* * *

Maude avait réalisé très peu de pliages depuis que nous avions commencé nos visites pour la Croix-Rouge, mais durant la semaine qui a suivi le retour de Lotte chez Mme Hillbrook, elle a repris ses anciennes habitudes. Elle pliait le matin pendant que je préparais le café, et le soir pendant que je préparais le thé. Quand je lui demandais de faire la cuisine, elle acceptait, chantonnant la recette ainsi que Lotte le lui avait appris, mais dès qu'elle avait mangé, elle repoussait son assiette et reprenait ses papiers. Elle fabriquait des étoiles, uniquement des étoiles, et ne s'arrêtait que lorsqu'il était l'heure d'aller visiter des malades ou de se coucher. Si nos réserves de charbon étaient basses, nous nous couchions de bonne heure, et dans ce cas, Maude emportait ses papiers pour profiter au maximum de la lumière à laquelle je m'efforçais de lire.

J'ai refermé mon livre sans prendre la peine de marquer ma page. Trois étoiles ornaient notre couvre-lit et Maude en avait presque fini une quatrième. *Stellifère*, ai-je pensé, me rappelant un mot qui avait attiré mon attention sur une page du *New English Dictionary*. J'ai imaginé qu'elles étaient toutes accrochées autour de la maison de Cranham Street.

« Comment va Mme Hillbrook, Maudie ?

— Mieux.

— Il faut encore que tu ailles la voir ?

— Triste. »

Elle a terminé l'étoile commencée.

Affliction, ai-je pensé. La mère et la fille de la mélancolie.

« Elle sera toujours triste, ai-je répondu. C'est pour elle ? »
Maude a secoué la tête.
« Lotte », a-t-elle dit.

* * *

Il faisait nuit quand je les ai entendues sur la passerelle. Comme la graisse s'était figée autour des saucisses, je les ai remises sur la plaque, j'ai refait bouillir les haricots et réchauffé les pommes de terre. *Lotte va avoir du mal à avaler ça*, ai-je pensé, imaginant déjà sa moue. J'ai attrapé trois assiettes.

Maude a tiré une chaise et aidé Lotte à s'asseoir pendant que je servais. Les haricots étaient kaki et je n'ai pas pu m'empêcher de faire moi-même la moue. J'ai serré les dents et j'ai posé une des assiettes devant Lotte. Elle l'a regardée sans la moindre expression de dégoût. *Sans les remarquer*, ai-je pensé.

« *Merci* », a-t-elle dit d'une voix basse et plate.

En français, de nouveau.

Je me suis assise. J'ai regardé Maude couper une saucisse – une fois, deux fois, trois fois. Quatre portions égales. Un vieux rituel, qui lui était revenu. Puis je l'ai regardée faire la même chose avec l'autre saucisse.

J'ai mangé tous mes haricots, pour m'en débarrasser. Ils m'ont retourné l'estomac.

« Comment va Mme Hillbrook ? » ai-je demandé en coupant une pomme de terre.

Lotte m'a regardée, mais ne m'a pas répondu. La pomme de terre était trop cuite. Aqueuse.

« Mme Hillbrook ? » ai-je répété en fourrant un morceau de pomme de terre dans ma bouche.

J'ai fait un effort pour ne pas la recracher. *C'est de la bonne nourriture, Peg, ne la gaspille pas*, disait toujours Ma.

« Comment va-t-elle ?

— *Disparu* », a-t-elle répondu en français.

J'ai dû réfléchir. *Disparu*. Parti. J'ai avalé. C'était infect.

« On l'a emmenée à l'hôpital ? » ai-je insisté.

Lotte a secoué la tête, mais son expression n'apportait aucune précision ; elle avait les yeux vides. Je me suis rendu compte qu'en fait, elle ne me regardait même pas. Je me suis tournée vers Maude.

« Mais elle allait mieux », ai-je dit avec un calme affecté.

Maude a hoché la tête.

« Mieux. »

Elle semblait effrayée. Elle a disposé les tronçons de saucisse sur son assiette.

Je me suis retournée vers Lotte.

« Que s'est-il passé, Lotte ? Je croyais que la fièvre avait baissé. »

Lotte a secoué la tête.

« *Pas possible.*

— Comment ça, pas possible ? »

Lotte s'est concentrée un moment, et c'était comme si elle venait de se réveiller.

« Elle pouvait pas, a-t-elle dit dans un anglais hésitant.

— Elle ne pouvait pas quoi ?

— *Vivre.*

— *Vivre ?*

— Rester en vie », a chuchoté Maude, ses mains occupées, occupées à changer et rechanger la disposition des morceaux de saucisse.

« Vous avez appelé une ambulance ? »

Rien.

« Maude. Vous avez appelé une ambulance ? »

Elle a hoché la tête.

« Et ils n'ont rien pu faire ? »

Elle a secoué la tête et a mis un morceau de saucisse dans sa bouche avant de réorganiser les autres pour combler la brèche sur son assiette. Je l'ai regardée manger tous les bouts, refaisant systématiquement le dessin.

Elle a laissé les haricots et les pommes de terre.

« Pas bon.

— Je sais », ai-je reconnu.

J'ai ramassé les assiettes.

Lotte n'avait rien mangé, rien bu. Elle n'a pas cherché à m'aider à débarrasser. Lorsque la vaisselle a été lavée et essuyée, elle était toujours assise là où nous l'avions laissée, les yeux fixes, mais dans le vide. Elle était pâle, plus pâle que d'habitude. J'ai posé la main sur son front.

« Chaud ? a demandé Maude, la peur toujours répandue sur son visage.

— Non, ai-je répondu. Mais elle ne va pas très bien, n'est-ce pas, Maudie ?

— Pas bien », a-t-elle confirmé.

Comme il était trop tard, qu'il faisait trop noir et que Bastiaan n'était pas là pour la raccompagner, nous avons aidé Lotte à s'installer dans la chambre de Ma. Nous lui avons ôté sa jupe, son chemisier et son corset. Nous l'avons fait asseoir sur le lit et lui avons retiré ses chaussures, avons roulé ses bas jusqu'au bout de ses pieds, Maude à gauche, moi à droite. Quand Maude s'est assise derrière elle et a entrepris de retirer les épingles de son chignon, Lotte est restée parfaitement immobile. J'ai trouvé la brosse de Ma et l'ai tendue à ma sœur, puis je me suis retirée là où le rideau séparait la chambre de Ma de la nôtre. J'ai regardé Maude démêler l'extrémité des cheveux de Lotte. Lotte était si blonde, et Ma avait été si brune, mais l'image était la même. Brosser les cheveux de Ma avait toujours été la tâche de Maude. Quand elle s'est mise à brosser ceux de Lotte, j'ai tiré le rideau.

* * *

Maude m'a rejointe au lit et je me suis lovée contre elle. Pendant un moment, nous avons écouté Lotte ronfler.

« Presque aussi fort que Tilda », ai-je remarqué.

J'essayais d'apporter une toute petite pointe de légèreté alors que je savais que c'était impossible.

Maude s'est tue et j'ai regretté que Tilda ne soit pas là. Je me suis serrée contre elle, mon ventre collé contre son dos. J'ai trouvé sa main qui avait remonté la couverture tout contre son menton, et je l'ai prise dans la mienne.

« Comment pourrais-je vivre ? a chuchoté ma sœur.

— Qu'est-ce que ça veut dire, Maudie ?

— Sans lui. »

Sans son petit garçon. *En pleine forme*, avait dit Maude. Sa peau couleur lavande.

« As-tu entendu Mme Hillbrook dire ça, Maudie ? »

Un hochement de tête.

« Et Lotte ? »

Nouveau hochement de tête.

J'ai serré la main autour de la sienne et je me suis dit qu'il y avait peut-être des choses auxquelles il valait mieux ne pas toucher. Des questions à ne pas poser, car la vérité est trop difficile à entendre. Mais je sentais le corps de Maude crispé contre le mien et je savais qu'elle attendait ma prochaine question. La vérité était trop lourde pour elle.

« Mme Hillbrook s'est fait du mal, Maudie ? »

Le mouvement lent de sa tête. *Non*. Nous sommes restées immobiles. Nous avons écouté Lotte ronfler.

« Maudie, qu'est-ce que Lotte a dit à Mme Hillbrook ? »

Une profonde inspiration. J'ai senti tout son corps se dilater.

« *Pas possible*, *pas possible*, a répondu Maude.

— Encore et encore ?

— Encore et encore.

— Et qu'est-ce que Lotte a *fait*, Maudie ? »

Elle a expiré un grand coup ; ses muscles ont commencé à se détendre. *Je chauffe*, ai-je pensé. Je posais les bonnes questions.

« Quelque chose, a-t-elle dit. Pas. Bien.

— Tu étais là, Maudie, quand Lotte a fait quelque chose de pas bien ? »

Elle a secoué la tête et j'ai senti ses larmes entre nos doigts. Je me suis rappelé les cheveux du petit garçon, blonds comme ceux de sa mère. Presque aussi blonds que ceux de Lotte. Aussi blonds que les cheveux d'un autre petit garçon. *Pas possible*, avait dit Lotte. La vie avait été impossible pour elle.

« Elle t'a envoyée chercher l'ambulance, c'est ça, Maudie ? »

Maude a hoché la tête.

« Et pourtant, Mme Hillbrook allait mieux », ai-je poursuivi.

Maude a hoché la tête.

« Et quand tu es revenue ?

— *Disparu*, a dit Maude, comme Lotte avait dû le lui dire.

— Partie, ai-je dit.
— Elle ne pouvait pas vivre, a chuchoté Maude.
— C'est Lotte qui t'a dit ça ?
— Encore et encore. »

* * *

Quand nous nous sommes réveillées le lendemain matin, Lotte avait une fièvre que nous ne sommes pas arrivées à faire baisser.

* * *

Le troisième jour, Mme Stoddard est venue accompagnée d'un médecin. Il s'est cogné la tête en passant par l'écoutille, puis s'est figé pour parcourir le *Calliope* des yeux.

« Au moins, c'est propre », a-t-il dit sans s'adresser à personne en particulier.

Je me suis demandé si son masque dissimulait de la pitié ou du mépris.

Dès qu'il a entendu la respiration crépitante de Lotte, il s'est dirigé vers elle.

« Une seule d'entre vous, a dit le médecin en arrivant à son chevet, et Mme Stoddard a fait mine de se retirer. Restez, madame Stoddard, si vous voulez bien, mais une de ces jeunes filles suffira amplement. »

Maude était déjà assise sur le lit, épongeant la sueur du front de Lotte en chantant « Frère Jacques ». Je me suis écartée.

J'ai regardé Mme Stoddard et Maude redresser Lotte pour que le médecin puisse ausculter ses poumons. Je l'ai vu promener le stéthoscope sur son dos. Elles l'ont allongée et il a examiné ses yeux, ses oreilles, sa bouche. Il a pris ses mains et a inspecté ses doigts, puis il a soulevé les couvertures pour regarder ses orteils. Lavande.

« Grippe », l'ai-je entendu dire, comme si nous ne le savions pas déjà.

Puis il a regardé Maude.

« Elle est comme ça depuis trois jours ? »

Maude a acquiescé.

« Elle n'a pas assez d'oxygène, a-t-il dit à Mme Stoddard. Une réfugiée, disiez-vous ? »

Mme Stoddard a hoché la tête.

« Je vais faire ce que je peux pour lui trouver un lit d'hôpital », a-t-il repris avant de se tourner vers Maude. « Vous avez fait du bon travail, jeune demoiselle. Elle n'aurait pas pu être mieux qu'ici. »

Mme Stoddard l'a raccompagné jusqu'au chemin de halage et je les ai suivis du regard par la fenêtre de la coquerie. Elle lui a posé une question et il a secoué la tête. *Il a l'air fatigué*, ai-je pensé. *Tellement fatigué.*

* * *

Maude a chanté pour Lotte jusqu'à son dernier souffle, si tant est qu'on puisse parler de souffle. Et elle a continué à chanter jusqu'à la fin de la comptine, en français. Elle n'avait chanté que des chansons en français. Lotte avait dû les lui apprendre quand elles étaient seules.

Je suis restée à l'écart, regardant Mme Stoddard retirer les oreillers qui avaient soutenu Lotte et, avec le concours de Maude, disposer son corps bien à plat sur le lit. Maude a embrassé Lotte sur le bout des doigts et lui a croisé les mains sur la poitrine.

Ce n'était pas la première fois que j'étais là, de l'autre côté du rideau. Tilda était présente ce jour-là à la place de Mme Stoddard, mais Maude était la même. Elle était capable de côtoyer la mort. En pareil moment, elle ne se rappelait pas le passé, n'imaginait pas l'avenir. Elle n'éprouvait pas le besoin d'invectiver la mort, d'essayer de redonner vie au corps qu'elle aimait en criant et en frappant. Elle s'est occupée de Lotte comme elle s'était occupée de Ma, et j'ai regardé jusqu'à ce que je ne puisse plus le supporter.

Le médecin avait dû annoncer à Mme Stoddard qu'elle ne vivrait pas jusqu'à la fin de la journée. Voilà pourquoi elle était restée. Elle resterait encore. Elle aiderait Maude à arranger le corps comme Maude avait aidé Tilda. Elles feraient la toilette de Lotte et elles l'habilleraient, et quand elles auraient terminé, Mme Stoddard rappellerait le médecin, ou ferait peut-être seulement venir l'entrepreneur des pompes funèbres. À quoi le médecin pourrait-il bien servir, désormais ? Et Maude veillerait Lotte, sans peur. Comme elle avait veillé Ma.

Je les ai laissées à leur travail.

* * *

Je suis arrivée chez Bastiaan, mouillée et frissonnante. Milan m'a ouvert la porte.

« Il va mieux. »

Je n'avais pas su qu'il avait été malade.

« Je vous laisse. »

Il a pris son manteau à la patère près de la porte et il est parti.

Mes frissons ont empiré et mes jambes ont refusé de me porter plus près de lui. J'avais les yeux rivés au pied de son lit et j'imaginais une nuance bleuâtre au bout de ses orteils.

Mais il est sorti du lit. Il a pris mon manteau et m'a enveloppée dans une couverture. Il me parlait à l'oreille, son souffle s'exhalant sans heurt entre les mots. Son souffle chaud dans mon cou.

Son souffle. Le rythme de son souffle. *Preuve de vie*, ai-je pensé.

Je me suis effondrée par terre et il s'est effondré avec moi ; je lui ai tout raconté à propos de Lotte.

« Elle ne pouvait pas rentrer, m'a-t-il dit.

— Comment ça ?

— En Belgique. Elle m'a dit que si on la renvoyait là-bas, elle n'aurait pas la force de le supporter. Pour elle, m'a-t-elle dit, il ne restait rien à reconstruire. »

CHAPITRE 50

7 novembre 1918

Salut mes charmantes,

Quels affreux moments vous avez vécus. Je suis tellement, tellement désolée d'apprendre ce qui est arrivé à Lotte. Mais je suis heureuse de savoir que Jack est rentré et qu'il a survécu à la guerre avec tous ses doigts, tous ses orteils et à peu près toute sa tête. Je doute pourtant qu'il redevienne un jour le Jack que vous connaissiez en 1914. Comment un seul d'entre nous pourrait-il redevenir celui qu'il était autrefois ? Qu'il ait repris son travail aux Presses est une bonne chose – retrouver une routine familière peut être salutaire. Pour le moment, je vous conseille de lui éviter les bruits trop forts et de refaire tranquillement connaissance avec lui.

À part ça, pour ce qui est de la fin de la guerre, tous les gens importants disent qu'elle est pour un de ces jours. Les Boches continueront à tirer jusqu'à l'armistice, bien entendu, et nous nous ferons un devoir de riposter. La fin de votre guerre ne sera donc pas la fin de la mienne. Je resterai jusqu'à ce qu'on n'ait plus besoin de moi – six mois au moins.

Tilda x

P.-S. : La femme de Bill a décliné ma proposition de lui donner un coup de main avec leurs garçons – elle a pris d'autres dispositions et va épouser un homme qui a perdu un bras sur la Somme.

Comment un seul d'entre nous pourrait-il redevenir celui qu'il était autrefois ? me suis-je demandé. J'ai replié la lettre et l'ai rangée avec toutes celles qu'elle nous avait déjà envoyées.

* * *

Nous avons essayé de faire la fête. Nous avons rejoint la foule et avons bu tout ce qu'on nous offrait, c'est-à-dire beaucoup, s'agissant de Bastiaan. Depuis que la guerre avait été gagnée, son visage était un motif de fierté. Il ne faisait plus peur maintenant qu'ils avaient tous un coup dans le nez. « Bravo ! » lui a lancé un vieil homme en lui flanquant une grande tape dans le dos. D'autres lui serraient la main. Une fille a couru jusqu'à lui et a embrassé sa joue affaissée, la peau de velum, avant de rejoindre ses amies en gloussant et en s'essuyant la bouche.

« Est-ce que ça en valait la peine ? » a demandé quelqu'un.

Je me suis retournée et j'ai vu une femme, son regard fuyant le visage de Bastiaan, son corps voûté sans que l'âge ou une quelconque infirmité en fussent responsables. Sa question ne s'adressait à personne. S'adressait à tout le monde. J'ai eu l'impression qu'elle la posait depuis un moment, que ses épaules s'étaient voûtées sous le poids de la perte.

« Essayons de trouver un endroit plus tranquille », a suggéré Bastiaan.

Comme il haussait le ton pour couvrir le bruit des fêtards, son accent était plus prononcé.

« On a mené votre foutue guerre, alors maintenant fichez le camp, rentrez chez vous ! »

Ces paroles, crachées par un homme, applaudies par d'autres. Sans un mot, nous avons remonté High Street, nous collant contre les vitrines pour éviter la cohue.

* * *

Le *Calliope* était plongé dans l'obscurité, mais une chaude lumière jaune jaillissait du *Reste ici.* Je me suis penchée pour voir à l'intérieur.

Maude et Jack jouaient aux échecs, Rosie tricotait, la Vieille Madame Rowntree dormait dans un fauteuil.

Bastiaan a fait un signe de tête et j'ai su comment se déroulerait le reste de la soirée : je frapperais, Rosie répondrait, Maude nous rejoindrait sur le chemin de halage et nous ferions les quelques pas qui séparaient le *Reste ici* du *Calliope*. Bastiaan s'assurerait que nous étions bien rentrées, puis il nous dirait au revoir. Je me fourrerais au lit avec Maude en regrettant qu'elle ne soit pas lui.

Au cours des douze dernières heures, tout avait changé, mais pas cette scène. J'ai frappé. Rosie a répondu. Maude a rassemblé ses affaires.

« C'est fini », a dit Maude en nous rejoignant, Bastiaan et moi, sur le chemin de halage.

À l'intérieur du *Calliope*, Bastiaan s'est arrêté près de l'écoutille ouverte, la tête légèrement baissée pour épouser la courbure du bateau, son manteau toujours sur le dos. Il m'a pris la main et l'a approchée de ses lèvres.

« C'est fini », a-t-il dit.

Il aurait dû repartir, agiter la main sur le chemin de halage, confirmer que nous nous retrouverions le lendemain ou le surlendemain. C'était notre routine, le modèle de vie que nous avions établi. Elle nous avait permis de tenir bon pendant que nous attendions la fin, pendant que tout le monde attendait la fin. Mais la fin était venue, et au lieu de s'en aller, il a porté ma main à sa joue.

Il est resté là sans bouger, ma main se réchauffant contre sa peau, ses pensées enfermées en lui derrière une paupière close. Il y avait quelque chose dans le silence entre Bastiaan et moi. Mélancolie. *Aucun être humain ne peut lui échapper*, me suis-je rappelé.

« Reste », ai-je dit, assez fort pour que Maude l'entende.

Il a ouvert son œil.

« S'il te plaît, reste. »

Bastiaan a porté le regard derrière moi, vers la table où Maude était assise. Je n'étais jamais seule en cause.

« Reste », a-t-elle dit.

J'ai levé la tête.

« Tu es sûre ? » a demandé Bastiaan.

Il aurait pu s'adresser à elle, ou à moi. Nous avons répondu toutes les deux.

« Reste. »

* * *

Nous étions allongés dans le lit de Ma, face à face, nus. J'ai tendu le bras pour tenir la courbe de son épaule dans le creux de ma paume, j'ai suivi la ligne de son bras et me suis étonnée de sa pilosité – clairsemée sur le haut du bras, épaisse et noire sur l'avant-bras. J'ai poursuivi jusqu'à son poignet et à sa main, posée sur sa cuisse. J'ai suivi chaque doigt, senti chaque articulation, remarqué les stries sur l'ongle de son pouce. *J'ai encore tant de choses à connaître de lui*, ai-je pensé. J'ai glissé mes doigts entre les siens et porté sa main à mon visage. Je voulais sentir sa texture sur ma joue, les variations entre sa paume et le bout de ses doigts. J'ai gardé les yeux ouverts, ne voulant rien cacher. Le bout de ses doigts était rugueux, creusé de cicatrices. Je les ai portés à ma bouche, les cicatrices plus vives contre mes lèvres. Ma langue a exploré leur forme comme si elles pouvaient laisser leur empreinte et raconter leur histoire. Pendant tout ce temps, j'ai retenu son regard, mais ensuite il a hésité et sa paupière s'est fermée. J'ai senti la profonde inspiration, le soulèvement de son torse.

« Regarde-moi », ai-je murmuré.

Il a rouvert l'œil, a laissé son souffle s'exhaler, reprendre un rythme régulier. Puis il a levé la main vers ma mâchoire et ses doigts ont joué autour du lobe de mon oreille, se sont emmêlés dans mes cheveux. Chair de poule, comme si une brise avait effleuré ma peau. Mais j'ai à peine cillé. Je ne voulais rien manquer.

Ma main est revenue se poser sur son corps et mes doigts ont effleuré les poils de ses aisselles, drus et humides. La fièvre de l'armistice m'est montée aux narines – la joie et l'inquiétude, la transpiration de la marche rapide le long du canal. J'ai senti l'alcool qui s'évaporait de son corps, et au-dessous de tout cela, j'ai senti son désir. Je l'ai goûté, léché sur mes doigts. Salé. Vaguement sucré. J'ai passé la main sur l'éminence nerveuse d'un faisceau de muscles, sur l'empreinte de chaque côte. Il était grêlé de cicatrices laissées par le métal, le feu, la pierre, le bistouri. Je prenais mon temps. Je comptais, je mesurais. *Elles sont petites, elles s'estomperont, elles se nivelleront*, ai-je pensé. Mais elles seront toujours là. Puis j'ai caressé la combe de sa taille et le léger promontoire de sa hanche et je me suis étonnée de la délicatesse de sa peau, de sa vulnérabilité.

« Ta peau, ici, est comme celle d'une femme », ai-je chuchoté.

Puis ma main est remontée vers sa poitrine, où les poils se raréfiaient. J'ai fait le tour d'un mamelon, puis de l'autre, les aréoles si douces que le bout de mes doigts paraissait rugueux à leur contact.

« Et ici, on dirait celle d'une fille. »

De sa poitrine à son nombril, puis aux poils de son pubis. Ils étaient plus rêches que ceux de ses aisselles, les boucles plus serrées. Je l'ai senti s'éveiller.

Il a retiré sa main de ma nuque où elle s'était attardée et m'a empêchée d'aller plus loin.

« À moi, maintenant », a-t-il chuchoté.

C'était un travail de cartographes. Nous dressions réciproquement la carte de nos corps pour pouvoir en retrouver le chemin.

* * *

Je me suis réveillée, désorientée. Une sourde palpitation dans ma tête, la bouche sèche. La lumière n'était pas à sa place et, pendant un moment, je n'ai pas su où j'étais. Puis je me suis souvenue que nous étions dans le lit de Ma.

Reste, avions-nous dit, et il était resté.

J'ai bougé la main et senti le creux du matelas, la chaleur des draps. J'ai touché sa peau : la combe de sa taille, le léger promontoire de sa hanche. J'ai fermé les yeux et me suis rappelé les contours que j'avais tracés. La carte de lui que j'avais dessinée. Nous avions pris notre temps, dépassant le désir qui s'emparait habituellement de nous chaque fois que nous avions l'occasion de l'assouvir. Nous l'avions tenu à distance pendant des heures. Des heures, oui ; je le savais aux grains de sable que je sentais entre mes globes oculaires et mes paupières. Nous les avions gardées ouvertes jusqu'à ce que cela nous devienne presque impossible. Nous avions attendu pour les fermer que chaque cicatrice et chaque imperfection nous soient familières, que chaque surface ait été explorée et que la nature de notre désir et de notre angoisse nous ait empli les narines. Et ce n'est que lorsqu'elles avaient été fermées que nous avions fait l'amour.

Son souffle s'échappait du côté tendre de ses lèvres. Rythmé, inchangé. Ma main sur sa taille ne l'avait pas fait frémir et je n'avais pas hâte qu'il se réveille. *Quand il le fera*, ai-je pensé, *la vie reprendra*.

C'est ce que les gens fêtaient. Un retour au quotidien tel qu'il avait existé. Comme si c'était possible.

Ou souhaitable.

J'étais allongée là, pensant à d'autres femmes qui se réveillaient dans leur lit, les tempes battantes, la bouche sèche. Qui repensaient à la veille, qui se rappelaient avoir dansé dans une salle ou une autre jusqu'à ce que la bière vienne à manquer, avoir embrassé des inconnus ou s'être laissé embrasser. Ou avoir paradé à l'arrière d'un camion qui descendait High Street, agitant les bras en criant : « C'est fini ! C'est fini ! »

S'étaient-elles réveillées, comme moi, « C'est fini » résonnant encore à leurs oreilles, tandis qu'elles se demandaient ce que cela signifiait vraiment ? Avaient-elles pensé à l'emploi qu'elles perdraient peut-être au retour de tous ces frères, de tous ces amants et maris ? Avaient-elles songé aux libertés auxquelles elles devraient renoncer, ou qu'elles devraient se battre pour conserver ? La fille qui avait embrassé Bastiaan sur la joue l'avait fait par bravade et j'imaginais qu'en la voyant, d'autres femmes s'étaient demandé si elles pourraient encore aimer l'homme qui passerait la porte dans une semaine, dans un mois, dans un an. S'étaient-elles réveillées convaincues qu'elles l'aimeraient toujours, malgré le visage ravagé, les jambes hors d'usage ou les morts qui s'agrippaient à lui, refusant d'être enterrés ?

C'est fini, pensaient-elles peut-être. Mais non, ce n'était pas fini.

Mélancolie, ai-je songé. Elle aurait l'odeur de Bastiaan et le goût du sel. Je ne m'en déferais jamais.

Le bruit de la bouilloire posée sur la plaque. Lotte avait aussi appris à Maude une comptine pour ça. Je n'ai pas bougé, attendant de l'entendre, mais Maude gardait le silence. Elle la chantait dans sa tête, maintenant, mais de temps en temps un vers s'échappait.

J'ai entendu qu'elle décrochait une tasse et la posait sur le plan de travail. Puis une autre. Puis une troisième, merci, Maude. Le frémissement de l'eau – j'ai entendu Maude la verser dans la théière, la faire tourner, la renverser. Le couvercle de la boîte à thé. *Une par tasse, une pour la théière, verse l'eau, garde tout au chaud.* Penserait-elle au cache-théière ? Il lui arrivait d'oublier.

Je me suis glissée hors du lit et j'ai enfilé la robe de chambre suspendue sur le côté de la penderie de Ma. Puis j'ai entendu un tintement.

Quand le thé est prêt, la clochette il faut sonner, ai-je pensé. Je me suis retournée vers le lit, mais Bastiaan dormait toujours.

Maude avait les yeux tout brillants d'une bonne nuit de sommeil. Elle a souri puis m'a regardée de la tête aux pieds.

« À Tilda », a-t-elle dit.

J'ai écarté les bras et tourné sur moi-même.

« Trop longue », a ajouté Maude.

J'ai retroussé le bas pour ne pas me prendre les pieds dedans et ai rejoint Maude à table. Elle a rempli une tasse pour moi, une tasse pour elle. Elle a mis du sucre – deux pour chacune, un petit plaisir. Elle a tourné les yeux vers la chambre de Ma.

« On le laisse dormir ? » ai-je demandé.

Elle a acquiescé d'un signe de tête et n'a pas rempli la troisième tasse.

« C'est fini », a dit Maude.

Je ne savais pas vraiment comment réagir.

« Les Belges vont rentrer chez eux ? »

Elle répétait ce qu'elle avait entendu, mais je savais que c'était une question.

« Certains pourraient avoir une raison de rester », ai-je dit.

Son regard s'est à nouveau porté vers la chambre de Ma avant de se poser sur moi. Elle tenait sa tasse à deux mains, pour les réchauffer. Elle attendait une réponse.

J'ai bu lentement mon thé, chaud et sucré, et pensé à tout ce que nous avions fait la nuit précédente, Bastiaan et moi, à tout ce que nous avions dit. Quand ma tasse a été vide, j'ai regardé ma sœur.

« Je ne sais pas, Maudie. Je ne sais vraiment pas. »

Elle a rempli ma tasse, a ajouté du sucre.

« Une raison de rester ? » a-t-elle demandé.

Il avait une raison de rester, et une raison de partir. Moi aussi.

« Je l'aime, Maudie. Je suis… »

J'allais dire : *Moi-même. Complètement moi-même quand je suis avec lui.* Mais ce n'était pas tout à fait vrai.

« Je suis tiraillée », ai-je dit.

Elle a hoché la tête et l'éclat de ses yeux s'est terni lorsqu'elle a légèrement baissé la tête.

« Ce n'est pas toi, Maudie. »

Elle a relevé la tête.

« Tu n'as pas besoin que je te tienne par la main. »

C'était la première fois que j'essayais d'exprimer clairement les choses et je redoutais la manière dont les mots pourraient sortir, leur degré de justesse.

« Je crois que c'est Somerville. »

Je me suis arrêtée. Maude a levé sa tasse et l'a vidée d'un trait. Elle s'en est versé une autre, puis elle a soulevé le couvercle de la théière et a regardé à l'intérieur. Elle avait oublié le cache-théière, mais je me suis rappelé que Lotte avait eu du mal à trouver une rime pour ce mot. Je lui avais proposé *hier* et *fier*. *Ça n'a pas de sens*, avait-elle dit, *et puis après tout, le cache-théière n'est pas si important*. Je l'avais mal pris. Mais elle avait raison. Le cache-théière n'était pas si important. Maude s'est levée de table et a reposé la bouilloire sur la plaque.

« Il y a assez d'eau ? » lui ai-je demandé.

Elle a soulevé la bouilloire, l'a soupesée et a hoché la tête. Puis elle est revenue à table.

J'ai mis du sucre dans sa tasse pleine de thé, un seul. J'ai remué.

« Somerville », a-t-elle dit.

Somerville, ai-je pensé. Ce satané Somerville. J'ai secoué la tête et Maude a posé la main sur la mienne, un geste de compréhension qu'elle avait observé cent fois.

« Je continue à rêver de Somerville, Maudie. Je rêve que j'étudie encore et que les examens n'ont pas eu lieu. »

Le frémissement de l'eau. Bastiaan a écarté le rideau de la chambre de Ma.

Il était debout là, vêtu des habits de la veille, attendant sans doute une invitation à nous rejoindre. Je n'ai rien dit. Je scrutais son visage. Nous n'étions parvenus à aucune conclusion, n'avions fait aucun plan. Avait-il une raison suffisante de rester ou fallait-il qu'il rentre chez lui pour reconstruire, pour guérir ? J'avais tant de mal à lire en lui et il avait, je le savais, tant de mal à lire en moi. C'était comme si nous avions resserré autour de nous toutes les couches dont nous nous étions dépouillés la nuit précédente. Pour nous cacher, pour nous protéger, comment savoir ?

Maude a apporté la théière pleine à table et Bastiaan l'a regardée remplir sa tasse, puis il s'est assis en face de moi. Sans poser la question, Maude a ajouté deux sucres – je ne lui ai pas dit qu'il n'en prenait pas. Elle a posé la tasse devant lui et s'est assise. Nous l'avons regardé boire et il a pris garde, ai-je pensé, à ne pas réagir à cet excès de sucre.

Il a reposé sa tasse vide sur la table.

« Merci, Maude. Une bonne tasse de thé. »

Elle a incliné la tête et l'a regardé, un peu trop longtemps pour que cela ne devienne pas gênant, et Bastiaan a bougé pour lui éviter l'image de son visage ravagé. Mais il avait mal compris.

« C'est fini, a-t-elle enfin dit.

— Oui », a-t-il répondu.

Elle a continué à le regarder et j'ai compris quelle conversation elle désirait. J'ai failli intervenir, changer de sujet et épargner Bastiaan. Mais je me suis levée et suis passée dans la chambre que je partageais avec Maude. J'ai tiré le rideau derrière moi.

« C'est fini, l'ai-je entendue répéter. Les Belges vont rentrer chez eux. »

Bastiaan a gardé le silence, mais Maude était plus patiente que la plupart des gens. J'ai retenu mon souffle, repensant à la nuit qui venait de s'achever. Je connaissais désormais le moindre centimètre de son corps, mais nous n'avions pas parlé. Nous avions préféré ne pas parler. J'ignorais ce qu'il avait en tête.

« Beaucoup vont rentrer, a-t-il dit.

— Certains pourraient avoir une raison de rester ? » a-t-elle demandé.

Une répétition, mais aussi une question.

« Ils auront toutes les raisons de rester, a dit Bastiaan, et j'ai retenu mon souffle. Mais ils n'auront peut-être pas le choix. »

Je me suis tournée vers notre penderie et j'ai sorti une jupe propre, un chemisier propre. *Ce n'est pas une réponse*, ai-je pensé.

Et puis, elle a repris la parole. Les mots et les expressions s'enchaînaient gauchement.

« Peggy.

— Je l'aime », a répondu Bastiaan.

Je savais que ce n'était pas ce qu'elle voulait entendre.

« Une raison de rester, a ajouté Maude.

— Je sais », a-t-il dit.

Je me suis habillée. J'ai enroulé mes cheveux en chignon que j'ai épinglé. Puis je suis allée dans la chambre de Ma chercher mes bas et mes chaussures.

Bastiaan avait fait le lit.

On aurait pu croire que nous n'y avions jamais dormi. J'ai regardé par terre – il ne restait rien de lui. *Reste*, avait dit Maude.

Reste, avais-je dit.

CHAPITRE 51

Le lendemain de l'Armistice n'était pas un jour chômé pour les gens comme Maude et moi, mais les Presses n'étaient pas à l'abri des retombées des festivités et des chagrins de la veille. Les mots *Paix* et *God Save the King* s'affichaient à la lueur des lampes à gaz au-dessus de l'entrée des Presses, et le tiers du personnel de l'atelier de reliure était absent.

« Tu es venue nous aider ? » m'a demandé Mme Stoddard quand j'y suis passée, à l'heure du thé.

J'ai secoué la tête.

« Je viens juste vous dire bonjour, ai-je dit. Nous manquons aussi de correcteurs, ce qui m'arrange. On m'a confié de vraies épreuves à relire à la recherche de vraies erreurs, et pas seulement de fautes d'impression.

— Il était grand temps, a remarqué Mme Stoddard.

— Malheureusement, ça ne va pas durer.

— Pourquoi dis-tu cela ? »

Elle le savait aussi bien que moi.

« Je suis un bouche-trou, madame Stoddard, rien de plus. Ils seront bientôt tous rentrés et je retrouverai cet établi, où je plierai des pages avec Maude. Exactement à la même place qu'il y a quatre ans. »

Elle n'a rien eu à m'objecter.

Des épreuves du *Concise Oxford Dictionary of Current English* m'attendaient dans mon placard à balais. Je n'avais à vérifier que les pages de préface et, comme il s'agissait de la septième impression, elles avaient toutes les chances d'être irréprochables. J'ai pris le plioir de

Ma et l'ai fait glisser le long de la page, scrutant chaque ligne. J'ai trouvé un espace superflu, rien d'autre. J'ai parcouru les autres pages à la recherche d'erreurs typographiques. Rien. Mission accomplie.

Je n'ai pourtant pas mis la pile d'épreuves de côté. J'ai cherché le mot qui me semblait résumer les quatre années qui venaient de s'écouler.

Perte.

Le Dictionnaire abrégé le définissait simplement comme : *Le fait de perdre quelqu'un ou quelque chose* et renvoyait au verbe *perdre.* Je suis retournée en arrière de quelques pages. *Perdre : Être privé de quelqu'un ou de quelque chose à la suite d'une négligence, d'un accident, d'une séparation, de la mort.*

Cela n'expliquait pas tout à fait le sentiment que j'éprouvais. Depuis que j'avais renoncé à Somerville, j'avais l'impression d'avoir perdu une partie de moi-même, d'avoir perdu celle que j'aurais pu être. Quand je pensais à mon avenir, il y avait un espace superflu.

Je me suis levée et me suis étirée. Les exercices de gymnastique de Mme Stoddard faisaient partie de mon rituel de correctrice comme ils l'avaient fait de mon rituel de plieuse, de mon rituel d'assembleuse. Peu importait que je trouve la définition pertinente ou non. Mon travail était de veiller à ce que les mots soient correctement imprimés. *Votre travail est de corriger les livres, pas d'y réfléchir*, aurait pu dire Mme Hogg.

J'ai livré les pages puis je suis passée voir Maude à l'atelier – pas pour vérifier si elle s'en sortait, mais parce qu'elle me manquait.

Mme Hogg faisait les cent pas derrière les établis de pliage. *Toujours à rôder*, ai-je pensé, *toujours à l'affût d'une faiblesse.* Mais elle ne rôdait pas. C'est à peine si elle regardait par-dessus l'épaule des quelques relieuses venues travailler. Le nom de son mari avait été publié dans le journal : *Tué au combat, caporal F. J. Hogg.* Il n'était plus porté disparu et Mme Hogg n'avait plus à s'angoisser, mais son chagrin ne faisait que commencer.

Je me suis dit, alors, qu'elle aurait peut-être un avis personnel sur le sens du mot perte. Mais je savais ce qu'elle m'aurait répondu si je lui avais posé la question : *Mon opinion est sans importance, mademoiselle Jones.*

* * *

Je suis arrivée à temps pour la clochette du déjeuner.

« M. Hall vous accorde une demi-heure de pause supplémentaire en raison de l'Armistice », a annoncé Mme Stoddard, sa voix couvrant le raclement des chaises sur le sol.

J'ai accompagné Maude dans la cour, où Jack attendait près du bassin.

Il était légèrement penché en avant, un peu fébrile, mais quand il nous a vues, il s'est redressé. Il a agité la main et son plus beau sourire a éclairé son visage. Nous sommes sortis sur Walton Street pour découvrir que Jericho avait recommencé la fête. Le vacarme a fait tressaillir Jack. Son plus beau sourire a vacillé.

« Tu viens, Jack ? » a crié une voix.

C'était un apprenti typographe, trop jeune pour avoir combattu. Ils étaient toute une bande et ont attendu que Jack leur réponde. Il aurait pu être leur surveillant s'il n'avait pas perdu quatre ans.

J'ai vu ses doigts frémir d'inquiétude. *Il aspire plus que tout au calme du canal*, ai-je pensé.

« Jack, ai-je dit. Est-ce que Maude pourrait déjeuner avec Rosie et toi ? J'ai promis à Gwen de la retrouver.

— Oui, bien sûr, a-t-il répondu et ses traits se sont détendus. Le devoir m'appelle », a-t-il crié au garçon qui attendait sa réponse, et dans un élan de galanterie, il a offert son bras à Maude. « Me permettrez-vous de vous accompagner, mademoiselle Maude ? »

Un écho du Jack d'autrefois. Maude lui a saisi le bras.

« Dites à Rosie que je prendrai quelque chose de bon en passant au Marché couvert, ai-je dit. Nous le partagerons après le dîner.

— Quelque chose de bon, a dit Maude, et elle s'est serrée contre Jack.

— Quelque chose de bon, a-t-il répété en posant le regard sur elle, puis sur moi. Je la ramène à l'atelier pour une heure et demie. »

Oxford grouillait de gens qui avaient obtenu ou pris un jour de congé. La moitié étaient encore ivres, et je me suis demandé si Gwen se serait rappelé notre rendez-vous. Elle m'avait crié cette invitation depuis l'arrière d'une moto qui descendait High Street, la veille au soir. La rue avait été pleine d'étudiants – des femmes de Somerville, des hommes d'Oriel. Je m'étais demandé si Mlle Penrose le savait, ou Mlle Bruce. Elles auraient sûrement fermé les yeux.

Gwen était assise sur les marches du Mémorial des Martyrs. Quand elle m'a vue, elle s'est levée, a légèrement vacillé.

« Oh là là, s'est-elle écriée. Décidément, j'ai bu trop de champagne. J'ai encore la tête qui tourne. » Elle m'a prise par le bras. « Ou alors, c'est la gueule de bois. Quoi qu'il en soit, le remède est le même : du thé bien fort. »

Nous sommes allées jusqu'à Cornmarket Street et Gwen s'est arrêtée devant l'hôtel Clarendon.

« Tu crois ? » ai-je demandé.

C'était un endroit hors de prix.

« Pourquoi pas ? C'est un jour de fête ! »

Elle paierait, cela allait de soi.

Le portier a adressé à Gwen le signe de tête réservé aux habitués, et je l'ai suivie à travers le hall d'entrée jusqu'au salon de thé de l'hôtel. Elle a demandé une table près de la fenêtre.

« Pour que nous puissions voir la joie sur le visage des passants », m'a-t-elle dit.

Prévenant, le serveur a tiré une chaise pour Gwen. Je me suis assise sans lui laisser le temps d'en faire autant pour moi.

« Ils ne rayonnent pas tous de joie », lui ai-je fait observer.

Le serveur nous a apporté deux verres d'eau et a disposé deux petits menus sur la table devant nous. Gwen a hoché la tête et il a compris que nous n'avions plus besoin de lui pour le moment.

« La plupart, si, a-t-elle répliqué, et ce sont ceux que j'ai décidé de regarder. »

J'ai haussé les sourcils.

« Oh ! Ne sois pas comme ça. Il y a eu tellement de malheur pendant si longtemps que nous pouvons tout de même nous offrir quelques jours d'insouciance. »

Mes sourcils ont repris leur place habituelle et j'ai souri.

« Bien sûr. Tu as raison. »

Gwen a consulté son menu. Je l'ai imitée, mais j'ai été incapable de me concentrer sur autre chose que les prix. Elle a posé le sien sur le côté, ayant fait son choix.

« Quelques jours seulement, Peg. Après quoi, nous devrons pousser notre avantage.

— Notre avantage ? »

Le serveur est revenu. Il était vêtu d'une chemise blanche amidonnée, d'un nœud papillon et d'un gilet. Ses cheveux clairsemés étaient soigneusement pommadés et la lumière du lustre se reflétait dans ses chaussures. Gwen ne remarquait manifestement rien de tout cela, et c'est donc vers elle qu'il s'est tourné.

« Une grosse théière, de thé fort. Et une assiette de scones avec de la confiture, de la crème *et* du beurre, si vous en avez », a-t-elle dit.

Il a esquissé un sourire forcé et je me suis demandé comment il fêterait la fin de la guerre quand il en aurait la possibilité.

« Où en étais-je ? a demandé Gwen.

— À pousser ton avantage.

— Ah, oui ! C'est comme si nous sortions d'une chrysalide. Les quatre dernières années ont été une sorte d'incubation, dont nous, les femmes, ne pouvons émerger que plus intelligentes, plus fortes. » Elle a froncé les sourcils. « Non, ce n'est pas du tout ça. »

J'ai décidé qu'en effet, elle n'avait pas encore tout à fait dessoûlé.

« Le terme d'incubation pourrait faire croire que nous sommes restées cachées, a-t-elle poursuivi, dans l'attente d'un changement. Foutaises. Nous avons été mises à l'épreuve et avons prouvé notre valeur à ceux qui avaient besoin d'en être convaincus, tu ne crois pas ? On a exercé leurs fichus emplois, fabriqué leurs bombes, conduit leurs autobus…

— Ah oui ? Tu as fait ça quand ? »

M'ignorant, elle a poursuivi.

« On a essuyé leurs fronts, et quand ils nous ont demandé de marcher à la mort, nous l'avons fait – avec un simple masque entre l'ennemi et nous. »

J'ai hoqueté de surprise.

« Oh, Peg. Pardon. »

J'étais incapable de mettre un mot sur ce que j'éprouvais. Il y avait de la tristesse, mais aussi d'autres choses, liées au regret. J'aurais voulu que Gwen continue à parler pour que je puisse cesser de me souvenir, mais Lotte planait entre nous. Lotte *avait* marché à la mort, de son plein gré, le visage découvert afin que la mort la reconnaisse.

« Il devrait y avoir un mémorial pour les femmes comme Lotte », a fini par dire Gwen, plus lentement, d'une voix plus basse.

Quand notre commande est arrivée, Gwen a versé du lait dans sa tasse et a déposé une rondelle de citron dans la mienne. Elle a vérifié que le thé avait suffisamment infusé.

« Toutes les villes auront des monuments à la gloire des hommes, a-t-elle repris en soulevant la théière pour nous servir. Mais ça m'étonnerait qu'il y en ait un seul en l'honneur des femmes. »

J'ai regardé ma tasse se remplir, remarqué que la rondelle de citron montait jusqu'à la surface où elle flottait comme un radeau. La vapeur s'élevait et j'ai soufflé doucement vers elle.

« Leur sacrifice n'a été ni glorieux ni noble, a poursuivi Gwen. C'était un travail de femmes et on l'attendait d'elles, un point c'est tout. »

Elle a bu son thé puis s'est calée contre son dossier. Elle était très satisfaite de son analyse, mais n'avait pas compris ce qui était arrivé à Lotte, et je n'ai pas eu le cœur de le lui expliquer.

« Quoi qu'il en soit, a repris Gwen après quelques instants de silence, j'ai une nouvelle passionnante à t'annoncer. Je sais de source sûre qu'il va y avoir des élections législatives. Un de ces jours, à en croire ma tante.

— Eh bien, j'en suis ravie pour ta tante.

— Qu'est-ce que ça veut dire ?

— Crois-tu qu'elle votera en songeant à mes intérêts ? À ceux de Rosie ou de Tilda ?

— Je croyais que nous avions dépassé ce débat. Ça viendra, Peg. Avant que tu aies eu le temps de dire ouf, nous irons aux urnes, toi et moi, bras dessus, bras dessous.

— Ah oui ? Comment crois-tu que cela arrivera, Gwen ? Peut-être ne pourras-tu pas voter aux prochaines élections, mais dès que tu auras trente ans, ce droit te sera garanti. Pas à moi. Bon sang, tu as parfaitement raison de dire que les femmes l'ont mérité, et c'est aussi ce que dit la presse. Mais combien de celles qui ont fabriqué des obus ou conduit des autobus possèdent des terres ou un diplôme ? Elles l'ont mérité, nous sommes parfaitement d'accord, mais en attendant, seules les femmes dans ton genre seront appelées à voter.

— Pourquoi te mets-tu en colère comme ça, Peg ? »

Comment pouvait-elle ne pas comprendre ?

« Je veux, moi aussi, ce que tu trouves normal d'avoir, et pendant un moment, j'ai cru que je l'obtiendrais. Je me suis trompée. Je ne suis pas arrivée à franchir tous ces fichus obstacles et je prends conscience maintenant que ce n'est pas seulement l'accès à Somerville qui m'est refusé, mais l'accès à tout. »

Elle a tendu la main vers la mienne, cherchant à imprimer sur son visage une expression qui puisse passer pour de la compassion. J'ai reculé les doigts.

« Ton joli petit projet a capoté et évidemment ça n'a aucune conséquence pour toi, alors que moi, je ne suis pas plus avancée qu'avant, Gwen, et en plus, je suis sacrément furieuse.

— Mon petit projet ?

— C'était cruel, ai-je rétorqué.

— Ah ! Parce que tu étais parfaitement contente de ton sort avant que je te mette cette idée en tête – c'est ça que tu veux dire ? Tu n'avais jamais éprouvé le moindre intérêt pour Somerville ? J'imagine que tu as couvert les murs de ton bateau de livres parce que ça tient chaud en hiver, pas parce que tu aimais lire ni parce que tu t'intéressais le moins du monde aux idées qu'ils contiennent. »

Je la détestais en cet instant, je détestais ses privilèges et ses avantages, l'aisance avec laquelle elle débattait.

« Ils tiennent chaud, c'est vrai, ai-je dit, inébranlable.

— Je sais. Sinon, je ne l'aurais pas dit. »

Nous nous sommes regardées fixement. De marbre, l'une comme l'autre. Chacune avec la main posée sur l'anse de sa tasse, prête à la porter à ses lèvres, à boire une gorgée. Mais accomplir ce geste aurait été une concession. La première qui bougeait aurait perdu.

Ses lèvres ont frémi. Pas les miennes.

« Tu as gagné », a-t-elle dit, le frémissement laissant place à un grand sourire.

Elle a porté sa tasse à ses lèvres, a bu.

« Bois, Peg, ça va être froid. »

Je n'avais pas l'impression d'avoir gagné. J'ai regardé Gwen se verser une autre tasse. Je l'ai regardée couper un scone en deux et j'ai été contrariée par le beurre et la crème. Par la dépense. Par la certitude qu'elle laisserait les restes sur l'assiette en porcelaine quand elle serait rassasiée. Je me suis rappelé la première fois que je l'avais vue, aux Examination Schools. Elle avait marché devant moi, ouvrant les portes sans frapper. Je l'avais suivie, heureuse de m'abriter derrière le bouclier de son assurance. Un peu envieuse, mais ça m'était passé. Elle avait tout fait pour cela, et la guerre avait encore facilité les choses – nous étions tous dans le même bateau, disaient les gens, et c'était effectivement l'impression que nous avions, la plupart du temps. Mais maintenant, la guerre était finie et les femmes comme Gwen ne seraient plus supposées frayer avec les femmes comme moi. Les femmes comme Gwen feraient la queue pour aller voter parce que les femmes comme moi avaient donné la preuve qu'elles pouvaient faire un travail d'hommes.

Dieu merci, nous ne nous détestions pas réciproquement autant que nous l'avions cru, avait écrit Gilbert Murray dans sa brochure d'Oxford. *Dieu merci*, avais-je pensé.

En cet instant pourtant, je détestais Gwen.

J'ai laissé mon thé refroidir.

« Il faut que j'y aille, ai-je dit en repoussant ma chaise pour me lever.

— Mais tu n'as pas mangé ton scone. »

J'ai regardé le scone, moelleux et généreux, et j'ai imaginé le goût délicieux qu'il aurait avec le beurre, la crème et la confiture. En cet instant, je n'avais qu'une envie : me rasseoir et rire, voir l'inquiétude s'effacer du visage de Gwen et la laisser remplir ma tasse de thé chaud.

Mais je n'ai pas pu. J'ai enfilé mon manteau, noué mon écharpe et vérifié que mon chapeau était bien mis.

« Il faut que je passe au Marché couvert avant de retourner aux Presses », ai-je dit.

Elle a regardé sa montre.

« Il faut vraiment que tu y retournes ?

— C'est mon emploi, Gwen. Je ne fais pas ça pour me distraire, moi. »

* * *

J'ai laissé mes larmes couler en me dirigeant vers le Marché couvert. Je ne les ai pas essuyées, je n'ai pas baissé les yeux quand les passants les remarquaient. J'étais lasse de faire semblant d'être satisfaite. J'avais voulu tellement plus, et j'avais l'impression de m'être fait escroquer.

« Ça va, mon petit ? »

Une vieille femme, ses mains gercées tenaient un panier plein, des fruits talés sur le dessus. J'imaginais les morceaux de viande bon marché et le pain de la veille, dessous.

« Je veux plus que ça », lui ai-je répondu.

Elle a vaguement secoué la tête et a posé sa main libre sur mon bras.

« Dieu merci ! a-t-elle dit. J'ai cru que vous veniez d'apprendre une mauvaise nouvelle. C'est arrivé à certaines, vous savez. Un moment très dur. Ça rend les choses encore plus douloureuses, en un sens. »

Avec un sourire triste, elle a poursuivi sa route.

J'ai jeté un coup d'œil à l'intérieur du Marché couvert. Il était tout pavoisé et j'entendais une voix claironnante vendre à la criée des petites brioches de la victoire. Je me suis demandé si le chagrin serait plus amer alors que les journaux ne parlaient que de paix. J'étais accablée de honte.

Je me suis essuyé le visage et j'ai suivi la voix claironnante à travers le Marché couvert. J'ai acheté six brioches de la victoire puis je suis retournée au salon de thé de l'hôtel.

Je regrettais de n'être pas restée avec Gwen pour manger les scones ; leur seul prix aurait dû me coller à ma chaise. *Qu'est-ce que tu veux ?* aurait-elle pu me demander. J'aurais haussé les épaules et elle m'aurait peut-être dit d'arrêter de faire la tête. Mais elle aurait insisté ; elle aurait trouvé le moyen de m'arracher la vérité. *Si j'étais restée pour manger les scones*, ai-je pensé, *je l'aurais laissée faire*. J'ai un peu pressé le pas, espérant qu'elle m'aurait attendue.

Je suis arrivée tout essoufflée. Le lustre éclairait l'intérieur comme une scène de théâtre et j'ai vu deux vieilles dames assises sur nos chaises. Les scones avaient été débarrassés – la confiture, la crème, le beurre. Ils avaient été remplacés par des sandwiches. J'ai poursuivi mon chemin jusqu'à Jericho, la tête basse, l'esprit obnubilé par les réponses que j'aurais pu donner à Gwen si j'étais restée, si elle était restée. Mais la vérité de ce que je voulais changeait à chaque coin de rue. À mon arrivée aux Presses, ma seule certitude était que je voulais bien plus que je ne pouvais avoir.

« Comme tout le monde, sans doute », ai-je dit tout haut.

* * *

En fin de journée, nous nous sommes retrouvés sur le *Reste ici*. Rosie nous avait préparé à dîner et, à la fin du repas, j'ai sorti les petites brioches.

« Brioches de Pâques, a dit Maude en fronçant légèrement les sourcils.

— Brioches de la victoire », ai-je rectifié.

Rosie en a pris une et l'a rompue.

« Ça a la même odeur qu'une brioche de Pâques. » Elle a aidé la Vieille Madame Rowntree à en glisser un morceau dans sa bouche. « Qu'est-ce que tu en penses, Ma ? »

Nous avons attendu, comme nous y étions obligés maintenant, que la Vieille Madame Rowntree ait fini de chercher ses mots. Quand ils sont sortis, ils étaient à peine audibles.

« Ça a le même goût qu'une brioche de Pâques », a-t-elle dit.

Maude a pris la sienne et l'a partagée en deux. Elle en a tendu une moitié à Jack.

« C'est fini », a-t-elle dit.

Jack a gardé le silence, mais il l'a regardée dans les yeux et elle l'a laissé faire. Au bout d'un moment, elle a hoché la tête, très lentement.

« C'est fini », a-t-elle répété.

Il semblait incapable de détacher ses yeux d'elle, et incapable d'acquiescer.

« Il y en a une par personne », ai-je précisé.

Nous avons mangé les brioches et bu notre thé, échangé des nouvelles sur les gens des Presses.

« Aggie revient la semaine prochaine, ai-je annoncé à Rosie.

— Tant mieux.

— Elle n'est pas franchement ravie.

— Plus de bleu de travail et moins de paye », a dit Maude en imitant Aggie.

Elle a tendu la main vers la dernière brioche et j'ai retiré l'assiette.

« Tu attends Bastiaan ? » m'a demandé Rosie.

Il ne devait pas venir. Nous nous étions mis d'accord : nous avions tous les deux besoin d'un peu de temps pour réfléchir. J'ai secoué la tête.

« Alors qui ? a demandé Maude.

— Gwen. Peut-être. Je ne sais pas. »

Mais il faisait nuit, il bruinait et elle aurait dû soudoyer le concierge pour qu'il la laisse sortir à une heure pareille. Elle ne viendrait plus.

Nous avons terminé nos brioches et vidé la théière. La dernière brioche était là, en évidence. Quand nous avons regagné le *Calliope*, je l'ai enveloppée dans une serviette de table et je l'ai rangée dans la boîte à pain.

* * *

Je me suis réveillée de bonne heure le lendemain et j'ai laissé Maude dormir pendant que je préparais le café. J'ai entendu des pas sur la passerelle, lourds et assurés. Gwen, à coup sûr. J'ai sorti la brioche de la victoire de la boîte à pain, je l'ai aspergée d'un peu d'eau et l'ai mise au four.

Elle avait les joues roses de froid. Derrière elle, le jour se levait à peine, et j'ai pris conscience qu'elle avait dû quitter Oriel dans le noir.

« Gwen, je suis désolée.

— Je sais bien. C'est précisément pour ça que je suis venue, pour que tu puisses me présenter tes excuses. » En voyant mon expression, elle s'est hâtée d'ajouter : « Je suis désolée, moi aussi. Bien. N'en parlons plus. »

Je l'ai fait entrer, j'ai pris son manteau, je l'ai suspendu au-dessus du mien. Je l'ai regardée retirer ses gants et son chapeau et les poser au bout de la table. Je crois qu'elle savait que je l'observais, et elle a fait durer chaque geste. *Elle ressemble tant à Tilda*, ai-je pensé. C'était une bonne raison pour ne pas la détester.

« Tu sais, Peg, a-t-elle dit en parcourant le *Calliope* du regard, un pli sérieux lui barrant le front, je me demande si tu ne devrais pas essayer de trouver plus de livres.

— Plus de livres ! Pourquoi diable aurais-je besoin de plus de livres ? »

Elle m'a dévisagée et j'ai vu un sourire lutter contre la gravité forcée de ses traits.

« Parce qu'il fait bigrement froid, ici. »

* * *

La brioche avait rempli le *Calliope* de sa chaude odeur épicée. Je l'ai mise sur une des assiettes de Ma et l'ai posée devant Gwen.

« C'est Pâques ?

— C'est une brioche de la victoire. Je l'ai achetée hier.

— Exprès pour moi ? a-t-elle demandé avec une fausse humilité.

— En fait, oui. Je n'aurais pas dû te laisser au Clarendon.

— Ce sont les scones que tu n'aurais pas dû laisser, ils étaient délicieux.

— C'est le plus grand d'un certain nombre de regrets.

— J'ai horreur des regrets. »

Elle a sorti quelque chose de son sac et l'a posé sur la table. J'ai reconnu la serviette. Ses plis se sont écartés pour laisser apparaître un scone.

« Tu devrais le mettre au four », m'a-t-elle conseillé.

J'ai obtempéré.

« Dommage que tu n'aies pas volé un peu de beurre. »

Gwen a posé une boîte en papier sur la table entre nous deux. C'était un objet que Maude aurait pu fabriquer, et je me suis rappelé que Gwen lui avait demandé comment on les faisait.

« Mes privilèges ne me rendent pas indifférente à la valeur du beurre », a-t-elle remarqué.

J'ai ouvert la boîte. Deux portions de beurre.

« Oh, Gwen ! »

Elle a agité la main.

« Sers-moi un café. »

Un écho.

« Sers-moi un café. »

Maude était là, enveloppée dans la couverture sous laquelle nous dormions. J'ai rempli trois tasses de café et elle nous a rejointes à table. J'ai donné sa tasse à Gwen ; Maude lui a donné la brioche de la victoire puis elle a tendu la main vers le scone. Je l'ai laissée le prendre, et quand elle a tendu la main vers le beurre, je l'ai laissée le prendre aussi. Tout.

* * *

Gwen nous a accompagnées aux Presses.

« Les couloirs sont vides, chez nous, aujourd'hui, a-t-elle remarqué. La moitié des filles sont rentrées chez elles, certaines pour préparer le retour des soldats, d'autres pour pleurer de plus belle. Les cours sont annulés jusqu'à la fin de la semaine.

— Tu vas rentrer chez toi ? lui ai-je demandé.

— Nous n'avons pas de projets à faire, et rien à pleurer. Ce qui veut dire – elle m'a pris le bras – que nous pouvons manger des scones au déjeuner tous les jours.

— Des scones au déjeuner, a répété Maude.

— Il faut que tu viennes avec nous, Maude, a-t-elle dit, tout en me serrant le bras comme si elle savait que je risquais de m'y opposer. Mais il ne faudrait pas non plus abandonner Jack. Je sais de source sûre qu'il se réjouit de te retrouver pour sa pause déjeuner. »

C'était vrai. Rosie me l'avait dit, je l'avais dit à Gwen, et maintenant, elle le disait à Maude. J'ai observé ma sœur, en quête d'un signe montrant que cette information la touchait, mais elle n'a ni rougi, ni souri, ni ralenti le pas. Elle a tout de même hoché la tête.

« Ça m'étonnerait que M. Hall continue à nous laisser prolonger nos pauses déjeuner, ai-je remarqué.

— Oh ! Il n'est pas question d'aller à l'hôtel Clarendon. C'est hors de prix. Nous resterons à Jericho, peut-être au salon de thé de Little Clarendon Street. Maintenant que la guerre est finie, il va falloir qu'ils se réhabituent à nous, les Somervilliennes. Nous serons l'avant-garde.

— *Nous*, les Somervilliennes ?

— Pourquoi pas ?

— Parce que j'ai été recalée, Gwen. »

Elle a haussé les épaules.

« Rêve de Somerville, a dit Maude.

— C'est bien ce que je pensais », a répondu Gwen.

J'ai dégagé mon bras de celui de Gwen.

« Et si vous cessiez un peu de parler de moi comme si je n'étais pas là ? »

Gwen s'est arrêtée.

« C'est vrai, Peg ? Tu as toujours envie d'aller à Somerville ? »

Maude s'est arrêtée.

« Vrai », a-t-elle dit.

Je me suis arrêtée.

« J'ai fait plus qu'en rêver, si tu te souviens bien. Et après avoir fait plus qu'en rêver, j'ai échoué.

— Une fois, a dit Gwen.

— Comment ?

— Tu as échoué *une* fois. *Moi*, j'ai échoué *deux* fois.

— Comment ?

— Voilà que tu fais comme Maude. » Elle s'est tournée vers ma sœur. « Pardon, Maude. » Elle s'est retournée vers moi. « Je te l'ai sûrement dit.

— Non, Gwen. Tu ne me l'as jamais dit.

— Je voulais sans doute que tu me croies plus intelligente que je ne le suis.

— Je ne t'ai jamais crue plus intelligente que tu ne l'es. »

Sourcils arqués, air faussement outré. Elle m'a pris le bras et nous nous sommes remises en route du même pas.

CHAPITRE 52

Cadeaux de Noël.

Celui que j'avais préparé pour lui était enveloppé dans un cahier, non coupé et non plié.

« Inintéressant, ai-je dit quand il a commencé à lire la feuille. Ouvre-le, c'est tout. »

Il a tiré sur la ficelle et le cahier s'est déployé.

Son demi-sourire.

« Un cache-nez ?

— Ça ne se voit pas ? »

Il l'a sorti du paquet. La laine était couleur bleuet et la tension presque parfaite. Lou me l'avait fait détricoter trois fois. *L'échec te réussit, Peg*, m'avait-elle dit quand je lui avais montré mon dernier essai.

Il m'a tendu le cache-nez.

« Tu veux bien me le mettre ? »

Il a baissé la tête pour que je sois assez grande. Une boucle autour du cou et un nœud devant. La longueur était parfaite. Je l'ai attiré vers moi.

Le cadeau qu'il me destinait était emballé dans du papier journal, mais j'ai bien vu que c'était un livre. J'ai essayé de deviner.

« Rudyard Kipling ? »

Il a secoué la tête.

« Baudelaire ?

— Ton français n'est pas assez bon.

— Mais tu continueras à me donner des leçons. »

Une inclinaison de sa tête.

« Ouvre. »

C'était un vieux livre, la toile rouge avait bruni et était usée aux angles. Les mots sur le dos étaient à peine visibles.

HOMERI

OPERA

ODYSSEAE

I-XII

L'original grec. J'ai eu envie de le jeter à l'autre bout de la pièce, alors je l'ai serré contre mon cœur. Mais je n'ai pas réussi à émousser le tranchant de ma voix.

« Je ne peux pas le lire.

— Tu apprendras. »

Pendant quelques instants, je suis restée muette, fâchée, perdue. *Réessayer*, avait dit Mlle Garnell quand je lui avais rapporté le manuel de grec. *Non. Un rude combat*. Puis je l'avais vue tirer un trait sur mon nom dans le registre des prêts de Somerville.

J'ai effleuré l'écharpe au cou de Bastiaan. Elle lui allait bien.

« J'aurais préféré Baudelaire. »

Ma voix était plus douce, plus triste.

« Baudelaire aurait été une consolation », a-t-il dit.

APRÈS

5 octobre 1920

Ma chère Peggy,

Les Américains nous ont pulvérisés ! Quatre-vingt-quinze médailles, dont quarante et une en or. Depuis la guerre, ils ont gagné en rapidité et en force, et nous avons tous eu du mal à rivaliser avec eux. Mais perdre dans cette lutte-là n'a aucune importance. Pour la Belgique, les Jeux ont été un formidable remontant. Les derniers jours, les étudiants ont pu assister gratuitement aux épreuves. Je suis allé à Anvers où j'ai vu Paavo Nurmi remporter le dix mille mètres. On le surnomme le Finlandais volant. Je n'ai pas honte de t'avouer que j'ai pleuré. J'ai vu des hommes du monde entier s'aligner et courir côte à côte. Ils n'ont pas tous fait aussi bien que le Finlandais volant, et certains étaient dans un tel état d'épuisement qu'ils ont trébuché et chuté au moment de franchir la ligne d'arrivée. L'un d'eux est tombé près de l'endroit où je me trouvais, et je l'ai entendu haleter. Alors un autre s'est penché pour l'aider à se relever, et je les ai vus s'étreindre. Comment ne pas penser à d'autres hommes faisant de même il y a quelques années seulement. J'ai essayé de conserver ma tête, Peggy, mais je n'ai pas pu.

Les journaux ont parlé des Jeux de la Paix, et c'est bien le sentiment que nous éprouvions, mais il n'y avait pas d'Allemands dans cette course, pas de Hongrois, d'Autrichiens ni de Turcs. Je me demande quand nous leur pardonnerons.

Mon dernier examen s'est bien passé. J'ai suivi ton conseil et, la veille, j'ai loué une barque. J'ai convaincu deux camarades d'études de venir faire un tour sur le canal avec moi et nous avons ramé pendant près d'une heure. Nous nous sommes retrouvés dans le passage de bateaux de service et avons bien failli chavirer. Nous avons reconnu que nous serons sans doute meilleurs architectes que marins, et nous sommes amusés à nous poser réciproquement des colles pour notre dernier examen. Nous en savions plus que nous ne le pensions, et avons tous obtenu notre diplôme.

C'est une bonne période pour les architectes – certaines villes belges ressemblent encore à un coffre à jouets, pleines d'édifices à moitié construits et de blocs éparpillés. Il y a cependant bien des débats sur la manière dont il faut reconstruire, ce qui ralentit les travaux. Certains voudraient que chaque bâtiment soit la réplique exacte de ce qui a été détruit. D'autres préféreraient oublier le passé et bâtir une nouvelle Belgique. J'y vois une lutte entre mémoire et espoir. Il me semble que cette rivalité n'a pas lieu d'être.

Ce qui me ramène aux Américains. Ils participent à la reconstruction de la bibliothèque de l'université de Louvain. La bibliothèque de Lotte. Un architecte américain a dessiné les plans, et elle sera plus grande et encore plus belle qu'avant. Les emplois ne manquent pas pour les nouveaux diplômés et mes professeurs m'ont encouragé à me porter candidat. Mais pendant un moment, je n'ai pas pu.

C'étaient mes morts, Peggy. Cette offre d'emploi à Louvain les a dérangés. Je ne pouvais pas penser à la nouvelle bibliothèque sans imaginer les débris noircis et ensanglantés de l'ancienne. Tous mes morts ne sont pas revenus (certains semblent définitivement installés au cimetière du Saint-Sépulcre), mais il y a un garçon qui vient me voir presque toutes les nuits. Une femme, aussi. Elle a quelquefois le visage de Lotte. Je me suis convaincu que mes réticences étaient la cause de leur tourment. Louvain n'a pas guéri, et la bibliothèque universitaire est peut-être la plus grave de ses blessures.

J'ai donc postulé un emploi, et je viens de recevoir une réponse positive – la lettre est devant moi au moment où je t'écris. Elle m'annonce que je ferai partie de l'équipe chargée de l'avant-projet détaillé de la tour. Si je ne suis pas certain que cela suffise à apaiser tout à fait mes morts, c'est tout de même un début.

La reconstruction de la bibliothèque prendra de longues années, Peggy, mais j'ai déjà commencé à l'imaginer pleine de livres – des livres en flamand, en français et en allemand, et il y en aura aussi beaucoup en anglais. Des dons de vos universités. J'espère qu'une fois la construction terminée, cela te donnera une raison de plus de venir jusqu'ici.

Transmets mon meilleur souvenir à Gwen, avec toutes mes félicitations. Comme tu l'as écrit dans ta dernière lettre, il était grand temps.

Bien à toi,

Bastiaan

P.-S. : La prochaine fois que tu rendras visite à nos amis du Saint-Sépulcre, veux-tu bien avoir la gentillesse d'aller saluer Mme Wood pour moi et offrir une libation de ginger beer aux garçons ? Je ne sais pas si cela servira à quelque chose ou non, mais j'aime t'imaginer là-bas.

* * *

J'ai soigneusement replié la lettre. Elle était arrivée la semaine précédente et, déjà, les plis commençaient à s'user et les mots qui en étaient prisonniers à s'estomper. Je l'ai rangée dans son enveloppe que j'ai glissée dans mon exemplaire de l'*Odyssée* d'Homère. Le volume, tout râpé à force d'être manipulé, était gonflé de lettres. Certaines en anglais, d'autres en français – Bastiaan continuait à me donner des cours. J'ai remis l'*Odyssée* à sa place à côté de mon lit et me suis approchée de la fenêtre.

Des gens passaient rapidement sous l'arche du bâtiment des Presses donnant sur Walton Street, comme ils le faisaient depuis près d'un siècle. Des hommes et des femmes de Jericho, des garçons et des filles qui, quelques mois plus tôt encore, étaient assis sur les bancs de l'école St. Barnabas. Des pères et des fils, des mères et des filles, trois générations de certaines familles de Jericho. Il y avait des imprimeurs, des typographes, des fondeurs de caractères et des relieuses.

J'avais choisi une jupe bleu marine unie et un corsage blanc avec un ruban bordeaux cousu au bord de l'encolure carrée. Pas de col, pas de broderie. Des richelieus noirs étaient posés au pied de mon lit et la chambre embaumait le cirage. Chaussée de bas, j'attendais Maude.

Je l'ai aperçue dans la rue vêtue de sa robe abricot, l'ourlet un peu remonté, l'encolure échancrée en arrondi, dégageant ses clavicules.

Elle marchait devant Rosie et Tilda, mais serrait fermement le bras de Jack. Un beau couple.

Elle s'est arrêtée là où je m'étais toujours arrêtée. Elle a levé les yeux vers les fenêtres du premier étage de Somerville College. J'ai agité le bras, mais elle ne m'a pas répondu – j'étais invisible derrière la vitre, derrière le reflet de la lumière matinale, de Walton Street, de Jericho. Mais elle a continué à regarder en direction de ma fenêtre, et quand j'ai vu ses lèvres remuer, j'ai murmuré les mots avec elle :

« Lis les livres, ne les relie pas. »

Certaines paroles doivent être énoncées encore et encore, partagées et comprises, leur écho doit résonner à travers le temps jusqu'à ce qu'elles deviennent vérité et cessent de n'être que fantasme.

Tilda et Rosie l'ont rejointe. Elles ont suivi le regard de Maude et Tilda a souri. C'était son sourire d'avant-guerre, un sourire que Ma aurait reconnu. Bien du temps avait passé, et j'avais oublié combien elle était belle. Je me suis écartée de la fenêtre pour m'asseoir sur mon lit. Les ressorts ont protesté et l'image d'autres femmes s'asseyant à la même place pour enfiler leurs chaussures m'a traversé l'esprit. J'ai noué les lacets, je me suis levée et dirigée vers la porte. Quand j'ai tendu le bras pour attraper la toge suspendue au crochet, mon cœur a fait un bond dans ma poitrine. C'était une toge de boursière, plus longue et plus ample que la toge ordinaire de la plupart des étudiantes. Je l'avais méritée. J'avais appris le grec et, pour la seconde fois, j'avais obtenu une bourse. *Les livres t'auront servi de pont entre Jericho et Oxford*, m'avait taquinée Gwen. *D'un côté de Walton Street à l'autre*, avais-je répondu. *De relieuse à étudiante*, ai-je pensé. J'ai drapé la toge par-dessus mes vêtements de ville.

Une semaine s'était écoulée depuis qu'on m'avait remis ma toge. Une semaine depuis que le concierge avait ouvert la porte de cette chambre et s'était excusé que le matelas soit un peu mou et le tirage de la cheminée un peu lent. La chambre risquait d'être bruyante, m'avait-il dit, car elle donnait directement sur Walton Street. Les employés des Presses ne tenaient pas compte du besoin de tranquillité des étudiantes.

L'unique miroir de la pièce était accroché au-dessus de la cheminée. Il était juste assez grand pour que je voie mon visage et les plis de l'épaule de ma toge. J'ai lissé mes cheveux – ils me surprenaient encore. Je les avais fait couper à la nouvelle mode, juste sous les oreilles. Cette coiffure m'allait bien, au dire de tous. *Ça te change complètement*, m'avait assuré Tilda.

Je me suis retournée vers la fenêtre. Elles étaient encore là. Maude, les yeux toujours levés, sa bouche répétant en boucle la même phrase. La transformant en chanson. Tilda et Rosie se sont remises en route en même temps, invitant Maude et Jack à traverser la rue. J'ai fait demi-tour et j'ai quitté ma chambre.

« Cela fait longtemps qu'elles attendent ce jour, m'a dit le vieux concierge quand je suis entrée dans sa loge.

— Des dizaines d'années, pour certaines.

— La première fois que je les ai vues, c'étaient de jolies petites choses comme vous, et je dois avouer que j'ai eu du mal à reconnaître certaines des matrones qui sont venues me saluer ce matin. Figurez-vous que trois d'entre elles sont grands-mères !

— Grands-mères, ai-je répété, cherchant à m'en imprégner.

— Vous devez être reconnaissante de n'avoir pas eu à attendre aussi longtemps, mademoiselle Jones. »

Je n'étais pas sûre que *reconnaissante* soit le mot juste.

* * *

Les femmes se rassemblaient.

« Une volée de corbeaux, a remarqué Maude.

— Sans vouloir offenser notre petit corbeau à nous », a ajouté Tilda, passant le bras autour de mes ailes noires gonflées.

Elles se sont rapprochées de moi pendant que nous nous dirigions vers le Sheldonian Theatre, comme si ma toge pouvait leur en assurer l'accès. Elles étaient passées devant bien souvent, mais n'avaient que rarement eu l'occasion de défiler sous les bustes des philosophes barbus. Ces hommes de pierre étaient les portiers du lieu, et ces portes étaient restées fermées à nos semblables.

« Gwen », a dit Maude.

Elle était là, en effet, exhortée à se mettre en rang par la sous-directrice Alice Bruce. Gwen portait une longue toge noire avec un capuchon orné d'une bordure blanche et la souple calotte carrée des diplômées. Quand elle nous a vues, elle s'est dirigée vers nous.

« N'est-ce pas tout simplement merveilleux ? »

Elle a enroulé ses ailes autour des miennes.

« Une volée de corbeaux, a redit Maude. Tout simplement merveilleux.

— À propos, a repris Gwen. J'ai changé d'avis au sujet d'un mariage avantageux et tout ça. Je vais plutôt m'engager en politique.

— Ça t'a prise quand ? lui ai-je demandé.

— Il y a quelques minutes, quand Mlle Bruce nous a priées de nous mettre en rangs. » Elle m'a pris les mains. « Tu avais raison, Peg. C'est mon devoir – envers vous toutes. » Elle s'est tournée vers Rosie, Tilda, Maude. « Pourquoi ma voix serait-elle plus importante que la vôtre ?

— Mademoiselle Lumley ! a crié la sous-directrice Bruce. Ne croyez-vous pas que vous vous êtes fait suffisamment attendre ? »

Gwen m'a lâché les mains et a reculé d'un pas. Elle m'a inspectée de la tête aux pieds.

« La Ville en toge. Tu feras ton entrée au Sheldonian avant d'avoir eu le temps de dire ouf, Peg. »

Gwen est allée rejoindre les femmes de Somerville, St. Hilda's, St. Hugh's et Lady Margaret Hall. Elles étaient sûrement plus de cent, regroupées entre la Bodleian Library et le Sheldonian Theatre. La directrice Penrose a pris place, ainsi que la sous-directrice Bruce, Mlle Garnell et la directrice de St. Hilda's. Elles étaient toutes en rang – étudiantes, professeures, directrices, toutes impatientes de recevoir leurs diplômes.

La cour située entre les deux vénérables bâtiments m'a soudain rappelé la cour carrée des Presses. Le grouillement de femmes faisant écho au grouillement d'hommes, quatre années auparavant.

Mon regard a balayé les rangées de femmes. Certaines avaient les cheveux gris, le visage ridé par la vie. D'autres étaient jeunes, leurs derniers examens encore tout frais dans leur mémoire. Combien d'entre elles avaient pleuré des pères, des frères, des amants ? Combien avaient pleuré des fils ? Lesquelles s'étaient remises grâce à des soins vigilants ? Lesquelles avaient enterré une mère, une sœur, une amie ? Combien manquaient à l'appel ?

Ce sont les rescapées de la guerre et de la grippe, me suis-je dit, et maintenant, elles ont vaincu la tradition. Elles sourient, exaltées par la perspective d'un avenir qu'elles ont gagné et qu'elles savent mériter.

Une directive a été donnée, quelque part dans la rangée. Toutes les femmes se sont tournées vers les portes grandes ouvertes du Sheldonian. Elles se sont tues. Elles ont redressé les épaules. Je les ai suivies des yeux pendant qu'elles entraient dans le bâtiment pour recevoir leurs diplômes.

NOTE DE L'AUTRICE

J'ai trouvé l'idée de cette histoire dans les archives des Presses universitaires d'Oxford. Je cherchais des détails qui pourraient prêter les couleurs de la vérité à un autre roman que j'étais en train d'écrire : *La Collectionneuse de mots oubliés*, à propos de l'*Oxford English Dictionary*. Des détails, j'en ai trouvé en abondance dans des photographies et des coupures de presse, des documents administratifs et dans le *Clarendonian*, une remarquable publication interne fondée en 1919 et destinée à permettre au personnel des Presses de renouer avec la grande famille des Presses et toute la communauté de Jericho au terme de quatre années de guerre.

Dans les pages du *Clarendonian*, les employés des Presses évoquaient la mémoire de ceux qui étaient tombés et étaient encouragés à se pencher sur leurs propres expériences du conflit, ce que très peu ont pourtant fait – il semblerait qu'en 1919, la plupart aient préféré tourner la page sur cette période. J'ai en revanche trouvé des annonces pour des spectacles du groupe de théâtre des Presses, pour leur orchestre et leur chorale, les résultats de leurs équipes sportives, un communiqué sur une exposition de fleurs et de légumes qui mettrait à l'honneur la production de Port Meadow, ainsi que les dernières nouvelles des dispositions prises pour la construction d'un monument aux morts à la mémoire des quarante-cinq hommes des Presses qui s'étaient battus et étaient morts pour leur pays. Mais la plus grande partie des pages du *Clarendonian* était consacrée à des biographies du personnel des Presses, passé et présent. Apprentis et contremaîtres de la salle de composition ou de la fonderie avaient rédigé des anecdotes amusantes, bien formulées et compatissantes sur eux-mêmes et sur d'autres. C'est ce que j'aime dans les archives – entendre la voix de gens dont les noms ne figureront jamais dans un livre d'histoire et qui me confient leurs impressions de l'histoire. Avec le *Clarendonian*, j'avais touché le gros lot, mais il manquait encore quelque chose ; il manque toujours quelque chose.

Je savais que des dizaines de femmes avaient travaillé du « côté filles » de l'atelier de reliure pendant la Grande Guerre, mais elles n'étaient ni rédactrices ni sujets des biographies du *Clarendon*. Rechercher leurs voix dans le reste des archives ne m'a pas livré grand-chose. J'ai déniché deux ou trois images en noir et blanc de femmes et de filles assises en rangs devant de longs établis, occupées à plier de grandes feuilles de pages imprimées ; un film muet tourné en 1925 par la Fédération des industries britanniques et consacré à la fabrication d'un livre aux Presses universitaires d'Oxford – on y voyait notamment une femme assembler des cahiers avec une cadence et une grâce telles qu'elle donnait l'impression de danser. Et un discours d'adieu au contrôleur des Presses, M. Hart, à l'occasion de son départ en retraite. En feuilletant les pages de ce discours d'adieu, j'ai fait la rencontre des relieuses – quarante-sept, de Kathleen Ford à Hannah Dawson. Elles avaient apposé leur signature, chacune avec son écriture personnelle. C'était la preuve de leur existence.

Je n'avais rien de plus, mais c'était suffisant. J'ai commencé à imaginer une femme qui dansait le long de l'établi d'assemblage. Je me suis demandé quel livre elle assemblait sur son bras, puis je me suis demandé s'il lui arrivait de s'interrompre pour en lire un passage. Soudain, j'ai eu un personnage.

Cette histoire est un roman, et tous ses personnages principaux sont issus de mon imagination ; en revanche, les lieux où ils vivent, travaillent, font du bénévolat et étudient sont réels. Les Presses universitaires d'Oxford et Somerville College se dressent toujours à la même place que durant la Grande Guerre, et certains de ceux qui ont joué un rôle important dans ces établissements apparaissent dans mon histoire. C'est le cas en particulier de MM. Charles Cannan, Horace Hart et Frederick Hall des Presses universitaires d'Oxford, et de Mlle Pamela Bruce, de la sous-directrice Alice Bruce et de la directrice Emily Penrose de Somerville College. Le discours de la directrice auquel Peggy assiste dans le roman est presque entièrement emprunté à celui qu'a bel et bien prononcé la directrice Penrose à l'époque. Les questions de l'examen d'entrée à Somerville sont calquées sur celles d'un examen réel qui s'est tenu quelques années après la guerre.

Le camp de base de l'armée britannique à Étaples, en France, a lui aussi été on ne peut plus réel. Il a abrité jusqu'à 100 000 hommes et pouvait en soigner 22 000, répartis dans une vingtaine d'hôpitaux. Il était connu pour sa brutalité, et les sanctions sévères prises contre des engagés ont entraîné une mutinerie en septembre 1917. Celle-ci a été déclenchée plus précisément par l'envoi en cour martiale de quatre soldats à la suite d'une altercation qui avait éclaté à la suite d'une coupure d'eau, alors qu'un des soldats prenait une douche. Dans mon roman, j'ai associé des détails de cet incident à d'autres, mais un soldat a effectivement été fusillé à cause de son rôle dans cette affaire. Il s'agissait du deuxième classe Jack Braithwaite, un Australien qui servait dans le 2e bataillon du régiment Otago de la Force expéditionnaire de Nouvelle-Zélande. Il ne reste plus aujourd'hui du camp de base d'Étaples que le cimetière militaire, avec son cénotaphe obsédant et ses 11 504 pierres tombales disposées en rangées impeccablement alignées sur des pelouses parfaitement entretenues ; 10 773 de ces tombes datent de la Première Guerre mondiale, et la grande majorité sont celles de membres des forces du Commonwealth, rassemblant le Royaume-Uni, le Canada, l'Australie, la Nouvelle-Zélande, l'Afrique du Sud et l'Inde. Mais Étaples est également le lieu où reposent vingt femmes tuées au cours de raids aériens ou mortes de maladie, parmi lesquelles les infirmières canadiennes Katherine Maud, Mary MacDonald, Gladys Maude Wake et Margaret Lowe. D'autres pierres tombales, 658, conservent la mémoire de soldats allemands, dont beaucoup ont été soignés dans le service médical réservé aux prisonniers de guerre allemands.

Une note sur l'utilisation d'œuvres féminines de littérature et d'arts visuels. Les commentaires, la littérature et les représentations artistiques contemporains de la Première Guerre mondiale ont été en grande majorité masculins et se sont évidemment concentrés sur les expériences de ceux qui avaient combattu et avaient trouvé la mort. Quand le regard s'est dirigé sur les femmes, il a eu tendance à se porter sur celles qui ont attendu et pleuré. En écrivant cette histoire, j'ai voulu au contraire donner plus de place aux femmes qui travaillaient et à celles qui avaient dû fuir leur pays. Tout en consultant les archives et les récits historiques, j'ai essayé de trouver les commentaires et les œuvres littéraires et artistiques de femmes qui avaient vécu la guerre. Ces œuvres ont été presque entièrement réalisées par des femmes instruites, membres des classes moyenne ou supérieure – celles qui avaient le temps et les moyens d'écrire et de peindre. Bien que cet ensemble d'œuvres soit un peu faussé par la place disproportionnée accordée aux femmes privilégiées, il ne m'en a pas moins été d'une immense utilité.

Quelques-uns de ces travaux méritent une mention particulière : les mémoires de Vera Brittain, *Mémoires de jeunesse*, m'ont livré un aperçu de l'expérience des VAD (les auxiliaires du Voluntary Aid Detachment) au camp de base de l'armée britannique à Étaples, tout comme l'ouvrage de Penny Starns, *Sisters of the Somme : True Stories from a First World War Field Hospital.* L'anthologie de poèmes écrits par des femmes pendant la Première Guerre mondiale établie par Catherine Reilly, *Scars Upon My Heart*, m'a fait découvrir des expériences diverses et souvent complexes de femmes pendant la guerre – des expériences largement ignorées par les anthologies générales de poésie consacrées à cette période. Le premier volume du *Journal* de Virginia Woolf, qui couvre les années 1915 à 1919, a joué un rôle essentiel en m'aidant à comprendre qu'une fois que la guerre est là, ceux qui ne se battent pas, ne fuient pas ou ne pleurent pas s'y adaptent – elle est présente, à l'arrière-plan, mais la vie continue. Enfin, les œuvres picturales de l'artiste australienne Isobel Rae m'ont communiqué une expérience émotionnelle du camp militaire d'Étaples que j'ai trouvée irrésistible. Un grand nombre des représentations de Rae sont aujourd'hui conservées dans les archives de l'Australian War Memorial. Elles chuchotent plus qu'elles ne hurlent, communiquant un point de vue que seule pouvait avoir une femme qui vivait derrière les lignes et au chevet des blessés – un point de vue jugé inintéressant quand Rae a voulu être nommée artiste de guerre officielle et a été refusée à cause de son sexe. Une de ses œuvres représente la mutinerie d'Étaples. Cette mutinerie, également évoquée dans les mémoires de Vera Brittain, a pourtant été passée sous silence à l'époque, en application de la loi sur les secrets officiels *(Official Secrets Act)*. Isobel Rae et Vera Brittain ont apparemment enfreint cette loi. J'imagine qu'Iso Rae aurait pu apprécier la compagnie de mon personnage Tilda Taylor, et j'en ai donc fait des amies – une décision artistique à laquelle, je l'espère, Iso Rae ne verrait rien à redire.

Une note sur les livres mentionnés dans ce roman. Ils n'ont pas été recherchés ni sélectionnés avec beaucoup de soin. Ils se sont plutôt imposés d'eux-mêmes au cours de mon travail, comme ils s'imposent à Peggy au cours du sien. Alors que je tournais les pages des archives historiques, ces livres me sont apparus. Dans chaque cas, quelque chose en eux a éveillé mon intérêt, quelque chose qui résonnait à l'intérieur de l'histoire que j'avais commencé à raconter.

Les livres jouent leur propre rôle. Personnages secondaires ou principaux, ils se trouvent tous sur les rayonnages de la Bodleian Library. L'université d'Oxford a l'autorisation d'imprimer des livres depuis 1586, et s'il n'existe pas d'archives intégrales de tous les livres imprimés et reliés aux Presses universitaires d'Oxford depuis cette date, j'ai trouvé suffisamment de références pour ceux qui sont évoqués ici dans différentes sources, parmi lesquelles *The History of Oxford University Press* édité par Gadd, Eliot et Louis (2014) et l'*Oxford University Press General Catalogue*, publié par Humphrey Milford (1916), mais établi en réalité par May Wedderburn Cannan, poétesse et deuxième fille de Charles Cannan. Malgré son travail colossal, sa contribution est passée sous silence. Bref, lorsque Peg plie des pages, ces pages ont effectivement été pliées aux Presses universitaires d'Oxford plus ou moins à la même date.

Cinq livres méritent une attention particulière. Ils donnent leur titre à chacune des parties du récit et ont été présents dès la première heure. En écrivant, j'imaginais Peggy plier leurs pages, assembler leurs cahiers ou coudre le corps de l'ouvrage. Puis j'ai imaginé qu'elle les lisait.

Comme Peggy, j'ai abordé ces livres dans une totale ignorance. Mais en m'y intéressant, en m'intéressant à leur forme et à leur contenu, ainsi qu'à ce qu'ils avaient pu représenter en ce temps et en ce lieu, je n'ai, pas plus que Peg, pu échapper à leur influence. C'est ainsi que l'histoire de Peggy se plie autour d'eux. Si vous voulez, vous aussi, les connaître un peu mieux, voici une brève biographie de chacun.

Shakespeare's England : An Account of the Life & Manners of His Age (L'Angleterre de Shakespeare : exposé de la vie et des coutumes de son temps)

Publié en deux volumes en 1916 pour coïncider avec le tricentenaire de la mort de Shakespeare, *Shakespeare's England* est un recueil d'articles écrits par des érudits issus de diverses disciplines comprenant le droit, la médecine, la science, la religion, l'art, les traditions populaires, l'agriculture et l'industrie du livre. Dans chaque cas, l'auteur s'interroge sur les écrits de Shakespeare dans le contexte de la vie que l'on menait dans l'Angleterre élisabéthaine. Le projet de *Shakespeare's England* a été conçu en 1905 par Sir Walter Raleigh. La production a ensuite été confiée à Sir Sidney Lee et enfin à Charles Onions (alors coéditeur de l'*Oxford English Dictionary*). Les inquiétudes sur son état d'avancement ont été constantes, et bien des gens doutaient que cet ouvrage pût être publié à temps pour le tricentenaire du Barde.

The Oxford Pamphlets on World Affairs (Les Brochures d'Oxford sur les affaires du monde)

Dans le courant des années 1914 et 1915, les Presses universitaires d'Oxford ont publié une série de quatre-vingt-six brochures destinées à informer, encourager et influencer le débat sur la guerre. Hommes politiques, universitaires et intellectuels publics (uniquement des hommes, à ma connaissance) ont commenté toutes sortes de sujets liés à la guerre, parmi lesquels ses causes, les notions de bien et de mal dans ce conflit, ses influences et ses conséquences géopolitiques, les questions commerciales, la théologie et la guerre, les obligations européennes à l'égard de la Belgique, les motivations allemandes de la guerre, et la poésie. Peggy est en contact avec quatre de ces opuscules : « War Against War » (« La guerre contre la guerre ») d'A. D. Lindsay (1914), « Thoughts on War » (« Réflexions sur la guerre ») de Gilbert Murray (1914), « How Can War Ever Be Right » (« Comment la guerre peut-elle être juste ») de Gilbert Murray (1914) et « Might Is Right » (« Force fait loi ») de Sir Walter Raleigh (1914).

A Book of German Verse (Anthologie de poésie allemande)

Les Presses universitaires d'Oxford publient régulièrement des recueils de poèmes d'Angleterre et du reste du monde. En 1916, une nouvelle édition de *The Oxford Book of German Verse* a provoqué une polémique. Comment une maison d'édition britannique pouvait-elle publier de la poésie allemande au moment précis où tant de fils de la Grande-Bretagne tombaient sous les balles de fusils allemands ? Certains peuvent avoir jugé que cette initiative était de mauvais goût, lui reprochant son manque d'éthique et de patriotisme. Les Presses universitaires d'Oxford s'en sont tenues à leur décision de publier cet ouvrage, mais ont retiré « Oxford » de son titre. Le résultat a été *A Book of German Verse : From Luther to Liliencron (Anthologie de poésie allemande : de Luther à Liliencron)*, édité par H. G. Fiedler.

*Homeri, Opera Tomus III : Odysseae Libros I-XII Continens (Homère, Œuvres, tome III : contenant les Livres I-XII de l'*Odyssée)

Les Presses universitaires d'Oxford publient la collection des « Oxford Classical Texts » depuis la fin des années 1890. Cette série propose des textes de la littérature antique grecque et latine dans leur langue originale. Ces publications sont essentiellement destinées aux étudiants en lettres classiques et les préfaces et notes sont traditionnellement présentées en latin, sans commentaires ni traduction en anglais. Dans ce roman, Peggy plie les pages de la deuxième édition d'*Homeri, Opera Tomus III : Odysseae Libro I-XII Continens*, éditée par Thomas W. Allen et publiée en 1917. Ce titre pourrait se traduire par *Odyssée d'Homère, Livres I-XII.*

The Anatomy of Melancholy (L'Anatomie de la mélancolie)

Écrite par Robert Burton et publiée pour la première fois en 1621, *The Anatomy of Melancholy* est un livre d'une rare excentricité. Son titre complet est *L'Anatomie de la mélancolie, Ce qu'elle est, avec toutes les variétés, symptômes, pronostics et ses divers traitements. En trois parties, avec leurs sections, membres et sous-sections respectifs, philosophiquement, médicalement, historiquement disséquée**.

C'est un livre sur la mélancolie, mais aussi sur la littérature, la philosophie, la théologie, la psychologie et la mythologie. Burton, professeur à l'université d'Oxford, s'est mis tout entier dans ce livre, en même temps que ses lectures, pendant toute la durée de sa vie – « J'écris sur la mélancolie, car je suis affairé d'éviter la mélancolie », déclare-t-il dans sa préface. S'efforçant de surmonter sa propre mélancolie, Burton a révisé son ouvrage à cinq reprises, y opérant constamment des ajouts sans jamais rien en retrancher, de sorte que la version publiée par les Presses universitaires d'Oxford en 1918 comptait presque 1 500 pages. Au cœur du livre figure la conviction que la mélancolie est indissociable de l'essence humaine : « La mélancolie, écrivait Burton, est le propre de l'homme mortel*. » Et de la femme.

REMERCIEMENTS

Je remercie les peuples Kaurna et Peramangk sur les terres traditionnelles et non cédées desquelles ce livre a été écrit. Ils ont été les premiers conteurs de ce lieu que j'appelle chez-moi, et l'écho de leurs récits résonne à travers toute la longue histoire de ce pays. Il suffit d'écouter pour entendre.

La gratitude ne saurait suffire pour ceux qui améliorent mes phrases. Chez Affirm Press, merci, Ruby Ashby-Orr, pour ton intelligence si sensible, ton calme, la sûreté de ta main et ton brillant talent d'éditrice. Merci, Martin Hughes, d'avoir compris l'histoire que j'essayais de raconter. Merci, Vanessa Pellatt, pour ton regard acéré et pour ta précision ; Helen Cumberbatch, pour avoir vérifié l'exactitude des faits, et Emma Schwartz, Julian Welch et Armelle Davies pour votre relecture. J'éprouve une immense reconnaissance pour l'apport éditorial de Clara Farmer et Amanda Waters chez Chatto & Windus au Royaume-Uni, et de Susanna Porter et Sydney Shiffman chez Ballantines Books aux États-Unis. Vos remarques généreuses et perspicaces sont intimement tissées dans la trame de cette histoire.

Merci à tous ceux qui ont assuré l'entrée de ce livre dans le monde et lui ont donné un bel aspect – et plus particulièrement à Keiran Rogers, Laura McNicol Smith, Bonnie van Dorp, Stephanie Bishop-Hall et à tous les membres d'Affirm Press, ainsi qu'aux artistes qui ont réalisé la couverture, Andy Warren (Australie), Kris Potter (Royaume-Uni) et Belina Huey (États-Unis).

Je remercie tout particulièrement ceux qui m'ont rendue sensible à ma responsabilité dans ma manière d'aborder des expériences singulières de vécu, dont l'autisme et l'écholalie, ainsi que celle des jumeaux homozygotes. Merci Carol Peschke, Eli Cohn et Olivia Nicoll.

Toute ma reconnaissance va aux premiers lecteurs de cet ouvrage, et plus particulièrement à Tegan Bennett Daylight – tes idées sur l'auteur et sur l'écriture valent le détour. Merci, Shannon McCune, pour ta sollicitude qui n'est jamais allée jusqu'à m'épargner les indispensables critiques. Un immense e-baiser à mon groupe d'écriture de confinement – Alison Rooke, Tee O'Neill, Amanda Skelton, Gabrielle Coslovich et Sally Bothroyd. Et à toutes les bonnes âmes d'Affirm Press qui ont jeté un coup d'œil aux pages mal dégrossies de mon manuscrit et m'ont livré de véritables joyaux de réactions : Grace Breen, Susie Kennewell, Wendy Sutherland et Laura Franks, merci à toutes.

Un merci tout spécial à Linda Kaplan de Kaplan/DeFiore Rights pour avoir défendu mon œuvre sur la scène internationale.

Je n'aurais pas pu écrire ce livre sans les connaissances et la générosité des personnes suivantes. Peter Zajicek, relieur et conservateur à la Bibliothèque nationale d'Australie-Méridionale – merci d'avoir partagé vos souvenirs et vos compétences, de m'avoir montré toutes les étapes de la reliure à l'ancienne d'un ouvrage et de m'avoir patiemment appris à plier les pages. Merci d'avoir trouvé un exemplaire en PDF de *Women in the Bookbinding Trade* de Mary Van Kleeck (1913). Que les recherches et la rédaction soient l'œuvre de femmes en fait une rareté pour son temps. Que vous l'ayez cartonné et entoilé pour m'en faciliter la lecture en fait un cadeau. À Lee Hayes, commissaire de la remarquable exposition en ligne de l'université d'Adelaïde *Cover to Cover – Exposing the Bookbinder's Ancient Craft*, merci d'avoir rassemblé tous ces documents et de m'avoir ensuite tout réexpliqué personnellement. Docteur Martin Maw, archiviste des Presses universitaires d'Oxford – c'est la deuxième fois que vous m'aidez à raconter l'histoire avec exactitude. Merci de répondre systématiquement à mes mails, merci de m'avoir accueillie (encore) dans les archives du grand bâtiment de Walton Street, merci pour vos chapitres de contribution à *The History of Oxford University Press*, et merci de m'avoir recommandé la lecture du merveilleux ouvrage de Mick Belson, *On the Press*, et du livre de May Wedderburn Cannan, *Grey*

Ghosts and Voices. Merci aussi de vous être assis à côté de moi pour me raconter toute l'histoire des Presses et des gens qui y sont liés, et du contexte que vous avez tissé tout autour : Jericho, la guerre et tous ces détails qui donnent vie à l'histoire. Enfin, Kate O'Donnell, archiviste à Somerville College, université d'Oxford, merci pour vos remarquables ressources en ligne exposant dans le détail l'histoire de Somerville College pendant la Première Guerre mondiale et pour votre invitation à venir visiter son bâtiment. J'ai éprouvé un immense plaisir à arpenter avec vous le domaine et la bibliothèque et vous suis infiniment reconnaissante de vos efforts pour me procurer des copies d'examen, des discours, des lettres et des cartes.

Bien que je ne puisse pas vous donner leurs noms, il y a d'autres archivistes, bibliothécaires, conservateurs et passionnés dont l'enthousiasme et les connaissances ont enrichi cette histoire, sans parler des établissements et des financements qui rendent possible leur travail silencieux, mais essentiel. Merci aux Presses universitaires d'Oxford, à Somerville College, à la Bodleian Library, à l'Oxfordshire History Centre, au Jericho Centre online (jerichocentre.org.uk), à l'Historic Narrowboat Club (hnbc.org.uk), au London Canal Museum, à l'Imperial War Museum de Londres, au cimetière militaire d'Étaples, à la State Library of South Australia, à l'Australian War Memorial et à la bibliothèque Barr-Smith de l'université d'Adélaïde.

Un merci tout spécial à Donna Adkinson (cousine bien-aimée et interprète extraordinaire) qui a veillé à ce que je ne me perde pas en France et a traduit les menus et les panneaux d'information touristique relatifs à la base militaire britannique d'Étaples. Merci aussi à Carly Adkinson pour son aide dans mes recherches générales (la partie de canotage à Oxford a été un moment inoubliable).

S'agissant de la bonté d'étrangers, je dois beaucoup aux propriétaires de péniches du canal d'Oxford qui ont accepté de parler à une inconnue curieuse de leur vie à bord. Merci tout particulièrement à Lorraine et Maffi de m'avoir généreusement invitée sur leurs péniches et de m'avoir permis de prendre des notes et des photos. Merci aussi à Julian Dutton pour son merveilleux ouvrage, *Water Gypsies : A History of Life on Britain's Rivers and Canals*.

Les personnes et les lieux suivants ont accompagné la rédaction de ce livre en m'offrant un espace où écrire, un refuge pendant mes voyages de recherches, des discussions, des confirmations, des fêtes et des distractions : Varuna, The National Writers' House, toutes les bonnes âmes qui assurent l'approvisionnement en café au Sazón et au Lady Luck, Nicola Williams, Jo et Don Brooks, Lisa Harrison, Ali Elder, Suzanne Verrall, Andrea et Krista Brydges, Anne Beath, Lou-Belle Barrett, Vanessa Iles, Jane Lawson, Rebekah Clarkson, David Washington, Jolie et Mark Thomas, Margie et Greg Sarre, Suzie Riley, Karen et Doug à Port Elliot.

À mes parents, Peggy et Islwyn Williams, merci d'avoir toujours cru que j'en étais capable. À ma merveilleuse belle-mère, Mary McCune, merci d'avoir écouté toutes mes idées et de m'avoir prodigué de sages conseils. À Aidan et Riley, merci d'avoir tenu l'écriture pour une chose admise et d'avoir sauvegardé la réalité de la vie – je vous aime tous les deux à la folie.

Et à Shannon, mon fidèle lecteur, assistant personnel, chauffeur, thérapeute, cultivateur de fleurs qui enchantent et d'aliments qui nourrissent, mon plus profond amour et mon plus grand admirateur. Je pourrais probablement m'en sortir sans toi, mais l'envie m'en manquerait.

Enfin, aux femmes et aux jeunes filles qui ont plié, assemblé et cousu les livres. Vous avez droit à tout mon respect.

RÉFÉRENCES DES ŒUVRES CITÉES

Homère, l'*Odyssée*, trad. Médéric Dufour et Jeanne Raison, Paris, Garnier, 1963.

William Shakespeare, Sonnet 27, trad. Jean Fuzier, Paris, Gallimard, coll. « La Pléiade », 1959, p. 91.

Souris. Citation de Mme de Sévigné, 24 décembre 1689 in *Littré*.

R. D. Blackmore, *Lorna Doone*, trad. M.-M. Fayet, Paris, Phébus, 1988.

Charlotte Brontë, *Villette*, trad. Albine Loisy et Brian Telford, Paris, Gallimard, 1932.

Molière, *Georges Dandin*, II, 1.

Elizabeth Barrett Browning, *Aurora Leigh*, trad. A. B., Paris, Stock, 1903.

William Wordsworth, *La Moissonneuse solitaire*, trad. F.-R. Daillile, Paris, Gallimard, 2001, p. 137.

Charlotte Brontë, *Jane Eyre*, trad. Mme Lesbazeilles-Souvestre, Paris, Hachette, 1890, p. 208.

Anne Brontë, *La Dame du château de Wildfell*, trad. M. Rancès, Paris, Gallimard, 1937.

Homère, *Odyssée*, trad. Hélène Tronc, Paris, Belin-Gallimard, 2009.

Homère, *Odyssée*, trad. Philippe Jacottet, Paris, La Découverte, 2016.

Homère, *Odyssée*, trad. Victor Bérard, Paris, Le Livre de poche, 1974.

Robert Burton, *Anatomie de la mélancolie*, trad. Gisèle Venet, Paris, Gallimard, coll. « Folio », 2005, p. 153.

Robert Burton, *Anatomie de la mélancolie*, trad. B. Hoepffner, Paris, José Corti, 2000, p. 24.

Composition et mise en pages
Nord Compo à Villeneuve-d'Ascq

#lisez engagé !
www.lisez.com
Pour plus d'information :
Imprimé sur du papier issu de forêts gérées durablement.

Achevé d'imprimer par
Normandie Roto Impression s.a.s.
N° d'impression : 2403528
Imprimé en France